KB116494

안나 카레니나

안나 카레니나 _상

Анна Каренина

레프 톨스토이 장편소설 이명현 옮김

ANNA KARENINA
by LEV TOLSTOI (1878)

일러두기

1. 원서 속에서 로마자로 표기된 러시아어가 아닌 외국어(프랑스어, 영어, 독일어 등)는 이 책에서도 원어 그대로 실었으며 괄호 안에 그 뜻을 병기했다.

2. 본문 속 성경 텍스트는 『공동 번역 성서』에서 인용하는 것을 원칙으로 하되, 본문 내용에 맞게 자체적으로 번역한 부분도 있다.

3. 이 책의 번역 대본으로는 Lev Tolstoi, *Anna Karenina*(Moskva: Khudozhestvennaia literatura, 1976)를 사용했다.

이 책은 실로 꿰매어 제본하는 정통적인 사철 방식으로 만들어졌습니다.
사철 방식으로 제본된 책은 오랫동안 보관해도 손상되지 않습니다.

원수 갚는 것은 내가 할 일이니 내가 갚아 주겠다.*

* 이 문장은 『신약 성서』의 다음 구절에서 인용된 것이다. 〈친애하는 여러분, 여러분 자신이 복수할 생각을 하지 말고 하느님의 진노에 맡기십시오. 성서에도 《원수 갚는 것은 내가 할 일이니 내가 갚아 주겠다》하신 주님의 말씀이 있습니다.〉(「로마인들에게 보낸 편지」 12장 19절) 『구약 성서』의 다음 구절 역시 참조할 것. 〈그들의 포도는 소돔의 포도나무에서 잘라 온 것, 고모라 벌판에서 옮겨 온 것이라, 포도 알마다 독이 들어 있어 쓰지 않은 송이가 없다. 그 포도주는 바다뱀 독이요, 독사의 무서운 독이다. 그렇다. 이것은 내가 숨겨 둔 것, 봉해서 내 창고에 보관해 둔 것이 아닌가? 보복하고 앙갚음할 그날까지. 그들이 비틀걸음을 칠 그때까지. 이제 그들이 망할 날이 오고야 말았다. 예정되었던 일이 닥쳐왔다.〉(「신명기」 32장 32~35절)

등장인물

안나(안나 아르카디예브나 카레니나) 주인공.
카레닌(알렉세이 알렉산드로비치) 그녀의 남편. 공직자.
세료자(세르게이, 쿠티크) 그녀의 아들.

스티바(오블론스키, 스테판 아르카디치) 안나의 오빠. 공직자.
타냐(탄추로치카), **그리샤, 릴리, 니콜라이, 마샤** 그의 자식들.
돌리(다리야 알렉산드로브나, 돌린카) 그의 아내. 셰르바츠키가의 첫째 딸.

셰르바츠키 공작(알렉산드르 드미트리예비치) 돌리의 아버지. 노공작.
셰르바츠카야 공작 부인 그의 아내.
나탈리(나탈리야 알렉산드로브나) 그의 둘째 딸.
키티(예카테리나 알렉산드로브나, 카테리나, 카텐카, 카탸, 카티카) 그의 막내딸.
리보프(아르세니) 나탈리의 남편. 외교관.

브론스키(알렉세이 키릴로비치, 알료샤) 청년 장교. 귀족 지주.
브론스카야 백작 부인 그의 어머니.
알렉산드르 그의 형. 장교.
바랴(바르바라) 그의 형수. 알렉산드르의 아내.
페트리츠키 그의 친구. 장교.
야시빈 그의 친구. 장교.
벳시(옐리자베타 표도로브나 트베르스카야) 그의 사촌. 안나의 친구.

레빈(콘스탄틴 드미트리치, 코스탸) 귀족 지주.
니콜라이(니콜라이 레빈, 니콜렌카) 그의 친형.
세르게이 이바노비치(코즈니셰프) 그의 아버지 다른 형. 작가.
스비야시스키(니콜라이 이바노비치) 그의 친구. 군(郡) 귀족단장.

마담 슈탈 귀부인.
바렌카(바르바라) 그녀의 양녀. 키티의 친구.
리디야 이바노브나 백작 부인. 카레닌의 친구.

제1부

1

모든 행복한 가정은 서로 닮았고, 모든 불행한 가정은 제
각각으로 불행하다.

오블론스키 집안은 온통 뒤죽박죽이었다. 남편이 아이들
의 입주 가정 교사였던 프랑스 여자와 바람 피운 것을 알게
된 아내가, 도저히 한집에서 같이 살 수 없다고 남편에게 공
표하였던 것이다. 이러한 사태가 이미 사흘째 이어져, 주인
내외는 물론 모든 식솔들과 하인들마저 괴롭기 짝이 없었다.
집안 식구들과 하인들은 주인 내외의 동거가 무의미하며, 차
라리 여인숙에서 우연히 만난 사람들이 그들, 오블론스키가
의 가족이나 식솔보다 더 가까울 거라고 느끼고 있었다. 아내
는 방에서 나오질 않았고, 남편은 벌써 사흘째 집 밖으로만
나돌았다. 아이들은 버림받은 애들처럼 집 안을 이리저리 뛰
어다녔다. 영국인 가정 교사는 가정부와 한바탕 말다툼을 벌
인 뒤 친구에게 새로운 가정 교사 자리를 구해 달라는 편지를
썼다. 요리사는 다른 때도 아닌 식사 시간에 일을 그만두고

집을 나가 버렸다. 식모와 마부 역시 임금 정산을 요구했다.

부부 싸움이 벌어진 지 사흘째 되던 날, 스테판 아르카디치 오블론스키 공작은 — 세상 사람들이 부르는 대로 하자면, 스티바는 — 평소대로 아침 8시에, 아내의 침실이 아니라 자기 서재의 모로코가죽 소파에서 잠을 깼다. 푹신한 소파 위에서 그는 말쑥하게 잘 다듬어진 살찐 몸을 돌려 눕더니, 한참 더 자고 싶은 듯 베개를 꼭 끌어안고는 한쪽 뺨을 깊숙이 파묻었다. 그러다가 갑자기 벌떡 일어나서 소파에 앉아 눈을 떴다.

〈그래, 근데, 그게 어떻게 됐더라?〉 꿈속의 장면을 떠올리면서 그는 생각했다. 〈어떻게 된 거지? 그래! 알라빈이 다름슈타트에서 한턱냈지. 아니야, 다름슈타트가 아니라 어딘지 미국풍의 식당이었어. 그래 맞아, 꿈속에서 다름슈타트는 미국에 있었지. 알라빈이 유리로 된 식탁에서 만찬을 베풀고, 식탁들이 「Il mio tesoro(나의 보배)」를 불렀지. 아니야, 「Il mio tesoro(나의 보배)」가 아니라 뭔가 더 멋진 곡이었던 것 같아. 그리고 목이 긴 작은 병들이 놓여 있었는데, 그게 다 여자들이었다고.〉 그는 이렇게 간밤의 꿈을 떠올렸다.

스테판 아르카디치의 눈동자가 활기를 띠며 빛났다. 그는 미소 띤 얼굴로 생각에 잠겼다. 〈그래, 멋졌어, 너무 근사했어. 그것 말고도 생시에는 말로도, 심지어 생각으로도 표현할 수 없는 끝내주는 뭔가가 거기에는 아주 많이 있었어.〉 이윽고 나사 커튼 사이로 비스듬히 내비치는 빛줄기를 감지한 그는 쾌활하게 두 발을 소파 아래로 내던지고서 아내가 (작년 생일 선물로) 수놓아 준 금빛 모로코가죽 슬리퍼를 발짐작으

---

1 모차르트의 오페라 「돈 조반니」에서 돈 오타비오가 부르는 아리아를 가리키는 듯하다. 이하 모든 주는 옮긴이의 주이다.

로 찾기 시작했다. 그러고는 9년간 몸에 밴 버릇대로 자리에 앉은 채 실내 가운이 걸려 있는 침실 한쪽으로 두 손을 뻗었다. 그 순간 문득, 그는 어째서 자신이 아내의 침실이 아니라 서재에서 잠을 자게 되었는지를 기억해 냈다. 그의 얼굴에서 미소가 싹 가시고, 이마는 잔뜩 찌푸려졌다.

「아악, 아흐! 아아!」 그간 벌어진 일들을 떠올리자 울음 같은 탄식이 터져 나왔다. 아내와 벌였던 말다툼의 세세한 장면 하나하나와 빠져나갈 구멍 없는 자신의 처지가 또다시 생생하게 떠올랐고, 자신이 저지른 잘못이 너무나 고통스럽게 상기되었다.

「그래! 아내는 나를 용서하지 않을 테고 용서할 수도 없을 거야. 제일 끔찍한 건, 모든 게 내 책임이요 내 탓이지만 나는 잘못이 없다는 사실이야. 바로 이 점에 그 모든 드라마가 있는 거라고. 아악, 아흐, 아아!」 아내와의 말다툼 가운데 가장 끔찍했던 인상들을 떠올리면서 그는 절망적으로 웅얼거렸다.

가장 불쾌한 대목은 그가 아내한테 주려고 커다란 배를 두 손에 들고서 아주 즐겁고 흡족한 기분으로 극장에서 막 돌아오던 그 순간이었다. 그때 아내는 응접실에 없었고, 이상하게도 서재에도 없었다. 결국 침실에서 모든 것을 낱낱이 폭로하는 불운의 쪽지를 손에 쥐고 있는 아내를 발견하였다.

그가 보기에 늘 걱정거리에 시달리고 분주하며 머리가 나쁜 아내 돌리[2]는 메모지를 손에 쥔 채 꼼짝 않고 앉아서 공포와 절망과 노기 서린 표정으로 그를 쳐다보고 있었다.

「이게 뭐죠? 이게?」 쪽지를 가리키면서 그녀가 물었다.

2 정식 이름인 다리야의 영국식 애칭. 당시 러시아 귀족 사회에서 영국식 문화가 유행했음을 알 수 있다.

그 순간을 떠올릴 때면, 종종 있는 일이지만, 사건 자체보다는 오히려 아내의 질문에 대한 자신의 대응이 스테판 아르카디치를 괴롭혔다.

갑작스레 지독히 수치스러운 면을 들켰을 때 사람들에게 일어나는 현상이 그 순간 그에게도 일어났다. 아내 앞에서 자신의 잘못이 드러났을 때, 그는 자신이 처한 상황에 걸맞은 표정을 짓지 못했다. 모욕을 느끼거나, 단호하게 부인하거나, 변명을 하거나, 용서를 구하거나, 심지어 아무렇지도 않게 구는 대신 — 이 모든 게 그가 한 짓보다는 나았을 것이다! — 그의 표정은 뜻하지 않게(〈뇌수의 반사 작용인 게지.〉 생리학을 좋아하는 스테판 아르카디치는 내심 생각했다), 전혀 뜻하지 않게, 습관적으로, 선량한 미소를, 그러므로 바보 같은 미소를 짓고 말았던 것이다.

그는 이 어리석은 미소를 지은 자기 자신을 용서할 수가 없었다. 그의 미소를 본 돌리는 마치 육체의 고통을 느끼듯 부르르 떨더니, 특유의 악다구니로 한바탕 독설을 퍼붓고는 방을 뛰쳐나갔다. 그때부터 그녀는 남편을 보려 하지 않았다.

〈모든 게 다 그 얼빠진 미소 탓이야.〉 스테판 아르카디치는 생각했다.

「어쩌면 좋지? 어떻게 해야 하나?」 그가 절망적으로 중얼거렸지만, 해답은 없었다.

2

스테판 아르카디치는 스스로에게 정직한 사람이었다. 그

는 자신을 속일 수 없었고, 자신의 행동을 뉘우치고 있다고 스스로를 설득시킬 수 없었다. 6년 전쯤인가 처음으로 아내에 대한 불충을 저질렀을 때 뉘우쳤던 바를 지금의 그는 뉘우칠 수가 없었다. 서른네 살의 미남이자 곧잘 사랑에 빠지는 자신이, 살아 있는 아이 다섯과 죽은 아이 둘의 엄마이며 자신보다 고작 한 살 어린 아내를 사랑하지 않는다는 사실을 뉘우칠 수는 없는 노릇이었다. 단지 아내에게 더 확실하게 숨기지 못한 것을 후회할 뿐이었다. 하지만 그는 자신의 처지에서 오는 온갖 고통을 절감했으며, 아내와 아이들, 그리고 스스로가 가여웠다. 그 일이 아내에게 그토록 엄청난 영향을 끼칠 줄 미리 예상했더라면 그는 아마도 자신의 죄과를 더 철저하게 숨길 수도 있었으리라. 이 문제를 깊이 생각해 본 적은 한 번도 없었지만, 아내가 얼마 전부터 자신의 부정을 짐작하고서 예의 주시하고 있음은 어렴풋이 느끼고 있던 터였다. 심지어, 심신이 쇠약해진 데다 늙고 이미 몰골이 추해진 여자이자 잘난 구석이라곤 전혀 없는, 그저 한 가정의 순박하고 선량한 어머니일 뿐인 그녀가 당연히 관대해져야 한다는 생각까지 하지 않았는가. 그러나 상황은 정반대였다.

「아아, 끔찍해! 아악, 어휴, 끔찍해!」 스테판 아르카디치는 홀로 되뇌었지만 아무런 방편도 생각해 낼 수가 없었다. 〈일이 이렇게 되기 전까지만 해도 모든 게 얼마나 순조로웠고, 우리는 얼마나 잘 지냈던가! 아내는 아이들로 인해 행복하고 만족스러워했고, 나는 그녀를 방해하는 일 없이 아이들도 집안 살림도 아내가 원하는 대로 전적으로 그녀에게 맡겼었는데. 그래, **그 여자**가 우리 집 가정 교사였던 게 화근이야! 화근이었다고! 자기 집 가정 교사한테 구애를 하다니 뭔가 진부하고 저속한 구석도 있고. 하지만 그 얼마나 멋진 가정 교사였던가! (그는 마드무아젤 롤랑의 간교한 검은 눈과 미소를 생생하게 떠올렸다.) 그렇지만 그녀가 집에 있을 때는 아무 짓도 하지 않았어. 정말이지 제일 나쁜 건 그녀가 이미……. 이 모든 걸 마치 일부러 이렇게 꾸민 것 같단 말이야. 아아, 아아, 아아악! 어쩌지, 어찌해야 하나?)

가장 복잡하고 풀기 어려운 문제들에 대해 삶이 제시하는 보편적인 해답, 그것 외에는 그 어떤 해답도 없었다. 그 해답이란, 그날그날의 요구에 따라 사는 것, 즉 만사를 잊는 것이었다. 하지만 적어도 밤이 될 때까지는 꿈을 통해 잊을 수는 없었으며, 호리병 여자들이 노래하던 그 음악 소리로 되돌아갈 수도 없었다. 그러므로 삶이라는 꿈으로 망각하는 수밖에.

「차차 알게 되겠지.」 스테판 아르카디치는 혼잣말을 하고는 자리에서 일어나 하늘색 비단 안감을 댄 회색 가운을 걸치고 허리끈을 묶었다. 그러고서 널찍한 가슴으로 숨을 잔뜩 들이쉰 다음, 살찐 몸을 가볍게 나르는 씩씩한 안짱다리 걸음으로 창가로 다가가 커튼을 올리고서 벨을 요란하게 울렸다. 벨이 울리자마자 그의 오랜 친구이자 시종인 마트베이가 정장과 장화, 전보를 들고 왔다. 이발사도 면도 용구들을 들고 마트베이를 뒤따라 왔다.

「관청에서 온 서류가 있나?」 스테판 아르카디치가 전보를 손에 쥐고 거울 앞에 앉으면서 물었다.

「책상 위에 있습니다.」 마트베이는 동정 어린 눈초리로 주인 나리를 미심쩍게 쳐다보며 대답했다. 그러고서 잠시 머뭇거리다가 능글맞은 미소를 지으며 말했다. 「삯마차 주인이 보낸 사람이 다녀갔습니다요.」

스테판 아르카디치는 아무 대답 없이 거울 속의 마트베이를 쳐다보기만 했다. 거울 속에서 마주친 시선으로 짐작하건대, 그들은 서로를 잘 이해하고 있었다. 스테판 아르카디치의 눈빛은 이렇게 묻는 듯했다. 〈대체 그 얘길 왜 하는 거야? 정말이지 몰라서 그래?〉

마트베이는 외투 주머니에 손을 넣고 한쪽 발을 앞으로 내민 채 말없이, 온화하게, 보일 듯 말 듯한 미소를 지으며 주인 나리를 바라보았다.

「일요일에 오라고 했습죠. 그때까지는 나리께 걱정 끼치지 말고 괜한 헛수고도 말라고 일렀습니다.」 미리 생각해 둔 말이 분명했다.

스테판 아르카디치는 마트베이가 우스갯소리로 관심을 끌고자 한다는 걸 알아차렸다. 그는 전보를 뜯고서 늘 하던 대로 잘못 전달된 표현들을 짐작으로 바로잡아 가며 읽어 내려갔다. 다 읽고 나자 그의 얼굴에 화색이 돌았다.

「마트베이, 내 누이 안나 아르카디예브나가 내일 온다네.」 길고 곱슬한 구레나룻을 갈라 분홍빛 길을 내고 있던 이발사의 윤기 어린 통통한 손을 잠시 멈춰 세우면서 그가 말했다.

「천만다행이군요.」 마트베이가 말했다. 이 대답으로 그는 주인 나리와 마찬가지로 자신도 이 방문이 의미하는 바를 이해하고 있음을 드러내 보였다. 안나 아르카디예브나, 스테판 아르카디치의 친애하는 누이라면 부부지간에 화해를 도모할 수 있을 터였다.

「혼자 오십니까, 아니면 남편분과 같이 오시나요?」 마트베이가 물었다.

이발사가 윗입술을 면도하고 있는 중이라 대답할 수가 없기에 스테판 아르카디치는 손가락 한 개를 세워 올렸다. 마트베이가 거울을 향해 고개를 끄덕였다.

「혼자 오시는군요. 위층에 방을 마련해 놓으라고 할까요?」

「다리야 알렉산드로브나에게 물어보게. 어디에 방을 마련할지 말이야.」

「다리야 알렉산드로브나 마님께요?」 마트베이가 의아스럽다는 듯 되물었다.

「그래, 가서 아뢰게. 이 전보를 가져가고, 뭐라고 하는지 나한테 전해 줘.」

〈슬쩍 떠보고 싶은 게로군.〉 마트베이는 그의 의중을 파악했지만, 그저 이렇게만 대답했다.

「분부대로 합죠.」

마트베이가 손에 전보를 쥔 채 삐걱거리는 구둣발로 부드러운 양탄자를 천천히 내디디며 방으로 되돌아왔을 때, 스테판 아르카디치는 이미 세수와 빗질을 마치고 옷을 차려입으려는 참이었다. 이발사는 나가고 없었다.

「다리야 알렉산드로브나 마님은 아기씨들과 집을 떠나실 거라고 말씀드리라 하셨습니다. 그분께서, 그러니까 나리께서 원하시는 대로 하라십니다.」 마트베이가 눈웃음을 지으며 말하더니 주머니에 손을 찔러 넣고 고개를 비스듬히 기울인 채 주인 나리를 똑바로 쳐다보았다.

스테판 아르카디치는 잠시 침묵했다. 예의 잘생긴 얼굴에 선량하면서도 약간 애처로운 미소가 떠올랐다.

「어쩌지, 마트베이?」 그가 고개를 저으며 물었다.

「괜찮습니다, 나리. 수습될 겁니다.」마트베이가 대꾸했다.

「수습이 될 거라고?」

「물론입죠.」

「그리 생각하나? 그런데 거기 누구요?」스테판 아르카디치가 문 밖에서 여자 옷자락이 스치는 소리를 듣고 물었다.

「접니다요.」단호하고도 듣기 좋은 여자 목소리가 돌아왔다. 곧이어 문 뒤에서 유모 마트료나 필리모노브나가 근엄한 표정으로 얽은 얼굴을 내밀었다.

「무슨 일인가, 마트료샤?[3]」스테판 아르카디치가 그녀가 있는 문 밖으로 나가며 물었다.

비록 스테판 아르카디치가 전적으로 아내에게 잘못하였으며 그 자신 또한 이를 절감하고 있었으나, 집안의 모든 식솔들이, 심지어는 다리야 알렉산드로브나의 가장 가까운 벗인 유모조차 그의 편이었다.

「무슨 일인데?」그가 침울한 어조로 물었다.

「나리, 가셔서 다시 한번 사죄하세요. 하느님께서 도우실 거예요. 너무나 괴로워하고 계세요. 차마 두 눈 뜨고 볼 수가 없네요. 집안이 온통 뒤죽박죽입니다. 아기씨들을 가엾이 여기셔야죠. 사죄하세요, 나리. 어쩔 수가 없잖아요! 애를 써야지만…….」

「만나 주지 않을 거야.」

「그래도 나리께서 할 도리는 하셔야죠. 하느님은 자비로우시니, 하느님께 빌어 보세요. 나리, 하느님께 기도하세요.」

「그래, 알겠어, 그만 가보게.」스테판 아르카디치는 순간 얼굴을 붉히면서 말을 이었다. 「자, 그럼 옷을 입자고.」그는

3 마트료나의 애칭.

마트베이 쪽으로 몸을 돌리고서 실내 가운을 단호하게 벗어 던졌다.

마트베이는 벌써부터 준비해 둔 루바시카[4]를 막중한 책임 인 양 손에 들고서 보이지 않는 뭔가를 입으로 불어 날리고 있었다. 그는 만면에 만족감을 드러내며 소중히 가꾸어진 주 인 나리의 몸을 루바시카로 감쌌다.

3

옷을 입은 스테판 아르카디치는 향수를 뿌리고 루바시카 의 소매를 매만진 뒤, 익숙한 동작으로 주머니마다 담배와 지 갑, 성냥, 두 줄의 사슬과 장식이 달린 시계를 집어넣었다. 그 러고 나서 손수건을 한차례 털고는, 닥쳐온 불행에도 불구하 고 여전히 청결하고 향기롭고 건강하며 육체적으로 활기찬 자기 자신을 느끼며 걸음마다 가볍게 다리를 떨면서 식당으 로 향했다. 거기서는 이미 커피가 그를 기다리고 있었고, 편 지와 관청에서 온 서류가 그 옆에 나란히 놓여 있었다.

스테판 아르카디치는 자리에 앉아 편지들을 읽었다. 그중 하나는 아내의 영지에 있는 숲을 매입하려 하는 상인이 보 낸 매우 불쾌한 편지였다. 숲은 어쩔 수 없이 팔아야만 했다. 그러나 지금, 아내와 화해하지 못한 상황에서 그 얘기를 꺼 낼 수는 없었다. 무엇보다도 불쾌한 것은, 그 일로 인해 금전 적인 이해관계가 아내와의 화해라는 당면 과제와 뒤얽히게

4 러시아의 전통 의상. 희거나 붉은 무명천으로 된 셔츠의 일종으로 보통 목에서 가슴까지 앞섶이 트이고 수가 놓여 있다.

되었다는 사실이었다. 자신이 금전적인 이해관계에 따라 움직일 것이며, 따라서 숲을 팔기 위해 아내와 화해하려 들 것이라는 생각, 바로 그러한 생각이 그에게 모욕감을 불러일으켰다.

편지를 다 읽은 뒤 스테판 아르카디치는 관청에서 보낸 서류들을 앞에 가져다 놓고 두 건의 서류를 재빠르게 훑어보며 커다란 연필로 몇 군데 표시한 다음 한쪽으로 치우고서 커피 잔을 들었다. 커피를 마시면서는 아직도 촉촉한 조간신문을 펼쳐 읽기 시작했다.

스테판 아르카디치는 자유주의적인 논조를 지니되 극단적이지 않은, 대다수가 지지하는 경향의 신문을 구독했다.[5] 본래 학문에도 예술에도 정치에도 관심이 없는 그였지만 그 모든 분야에 대해 다수의 사람들과 자신이 구독하는 신문이 고수하는 견해를 확고하게 지지했으며, 오직 다수의 사람들이 견해를 바꾸는 경우에만 그 역시 입장을 바꾸었다. 더 정확하게 말하자면, 그가 견해를 바꾸는 게 아니라 그의 내면에서 그것들이 은연중에 저절로 바뀌었다.

스테판 아르카디치는 노선도 견해도 선택하지 않았으며, 그러한 노선이나 견해가 스스로 그에게 찾아왔다. 그건 그가 모자와 프록코트의 모양을 직접 고르는 대신 사람들이 착용하는 것을 택하는 것과 매한가지였다. 일정한 틀을 갖춘 사회에서 생활하는 그에게, 보통 성년기에 발달하는 일정한 사고

---

5 당시 페테르부르크에서 발행되던 신문 『목소리』를 암시한다. 1863년부터 1884년까지 발행되던 이 신문은 자유주의적 관료들의 기관지 역할을 했으며, 일명 〈여론의 바로미터〉라는 별칭을 얻을 정도로 세간에 커다란 영향력을 발휘했다.

활동이 요구되는 경우 특정한 견해를 갖는다는 것은 모자를 갖는 것과 마찬가지로 불가피한 일이었다. 또한 자신이 속한 부류의 많은 이들이 지지하는 보수적인 입장보다는 자유주의적인 경향을 선호하는 이유가 있다면, 그것은 자유주의적인 경향이 보다 합리적이라고 판단해서가 아니라 그것이 자신의 생활 방식에 더 잘 들어맞기 때문이었다. 자유주의 당파가 말하기를 러시아에서는 모든 게 비루하다는데, 실제로 스테판 아르카디치만 해도 빚만 많고 돈은 절대적으로 부족했다. 자유주의 당파가 또 말하기를 결혼이란 낡은 제도이며 개혁이 불가피하다는데, 실제로 스테판 아르카디치에게 가정 생활은 큰 만족을 주지 못했으며 그로 하여금 성정에 어긋나게 거짓말을 하고 위선을 저지르도록 강요했다. 자유주의 당파가 주장하기를, 아니 정확히 말해서 암시하기를, 종교란 일부 미개한 국민들을 위한 굴레일 뿐이라는데, 실제로 스테판 아르카디치는 가장 짧은 기도 중에도 다리의 통증을 느끼지 않을 수 없었으며, 이승에서 사는 게 무척이나 즐거울 수도 있는데 도대체 왜 저승에 관해 그토록 무시무시하고 과장되게 말하는지 알 수가 없었다. 게다가 유쾌한 농담을 좋아하는 스테판 아르카디치는 가끔씩, 혈통을 자랑하려 든다면 그것이 류리크[6]에서 멈춰서는 안 되며, 최초의 선조인 원숭이를 부정해서도 안 된다고 말함으로써 점잖은 사람들을 당혹스럽게 만드는 게 즐거웠다. 이와 같이 자유주의적인 경향은 스

6 러시아 최초의 국가를 세운 통치자. 노브고로드 공국의 창설자이자 류리크 왕조(862~1598)의 시조. 러시아어로 〈바랴그〉라고 불리는 북방 바이킹족 출신으로, 동슬라브인들의 청에 따라 루시(옛 러시아) 땅에 와서 지배자가 되었다고 전한다. 류리크 왕조 다음으로는 로마노프 왕조(1613~1917)가 이어진다.

테판 아르카디치의 습관이 되었고, 그는 자신이 구독하는 신문을 좋아했으니, 식사 후에 피우는 담배와 마찬가지로 그것이 머릿속을 가벼운 연기로 채워 주곤 했기 때문이다. 신문의 사설을 읽어 보니 거기에는 다음과 같이 서술되어 있었다. 급진주의가 모든 보수주의적인 요소들을 전부 집어삼킬 듯 위협하고 있다는 둥, 정부는 반드시 혁명 세력을 진압하기 위한 조치를 취해야만 한다는 둥 원성을 높이는 것은 오늘날 전적으로 쓸데없는 짓이며, 오히려 〈우리의 견해로는 위험은 가상의 혁명 세력에 있는 게 아니라 진보를 가로막는 전통의 완강함에 있다〉,[7] 운운. 그는 또 다른 재무 관련 기사도 읽었는데, 그것은 벤담과 밀을 언급하면서 정부 부처를 은근히 비꼬는 내용이었다. 그 모든 비아냥의 의미를, 누가 누구를 겨냥하여 어느 건으로 조소를 보내는 것인지를 그는 특유의 재빠른 분별력으로 간파해 내고는 언제나처럼 모종의 만족감을 느꼈다. 그러나 마트료나 필리모노브나의 충고와 집안이 불행에 잠겨 있다는 사실이 떠오르는 바람에, 오늘은 그러한 만족감도 훼손되고 말았다. 그는 보이스트 백작[8]이 풍문대로 비스바덴을 방문했다는 소식, 이제 백발은 사라질 거라는 기사, 사륜 경마차 판매 광고와 한 젊은이의 구직 광고를 읽었으나 이러한 소식들은 전처럼 그에게 평온하고도 아이러니한 만족감을 안겨 주지 못했다.

신문 읽기를 마치고, 두 잔째 커피를 마시고, 버터 바른 칼

7 〈진보를 가로막는 전통의 완강함〉에 관한 논평이 1873년 1월 21일 자 『목소리』에 실린 바 있다.

8 Friedrich Ferdinand von Beust(1809~1886). 오스트리아-헝가리 제국의 수상이자 비스마르크의 정치적인 적수. 당시 러시아의 일간지에 그의 이름이 자주 오르내렸다.

라치[9]를 먹어 치운 그는 자리에서 일어나 조끼에 묻은 빵 부스러기들을 털어 낸 뒤, 너른 가슴팍을 쫙 펴고서 흐뭇한 미소를 지었다. 마음속에 특별히 유쾌한 감정이 떠오른 게 아니라, 소화가 잘돼서 기쁨의 미소가 일었던 것이다.

그러나 그 기쁨의 미소가 곧바로 모든 것을 상기시켰기에 그는 생각에 잠겼다.

두 아이의 음성(스테판 아르카디치는 그것이 막내아들 그리샤와 큰딸 타냐의 목소리라는 것을 알아챘다)이 문밖에서 들려왔다. 아이들은 무언가를 실어 나르다가 쏟아 버린 참이었다.

「지붕 위에는 승객들을 태우면 안 된다고 내가 말했잖아.」 딸아이가 영어로 소리쳤다. 「자, 얼른 주워!」

〈완전 엉망진창이군.〉 스테판 아르카디치는 생각했다. 〈저렇게 아이들끼리만 뛰어다니고 있다니.〉 그는 문으로 다가가서 아이들을 소리쳐 불렀다. 녀석들은 기차 노릇을 하던 나무 상자를 내던지고는 아버지 방으로 향했다.

아버지의 총애를 받는 딸아이가 거침없이 뛰어 들어와서 웃으며 아버지를 부둥켜안더니 그의 목에 매달린 채 언제나처럼 볼수염에서 풍기는 익숙한 향수 냄새를 음미했다. 딸아이는 고개를 숙인 탓에 불그스레해진, 온화하게 빛나는 아버지의 얼굴에 입을 맞추고는 뒤돌아 달려 나가려 했다. 그러나 아버지가 아이를 붙잡았다.

「엄마는 어때?」 딸아이의 매끈하고 보드라운 목덜미를 어루만지며 아버지가 물었다. 그러고서 자신에게 인사하는 아들에게 미소를 지으며 〈안녕, 애야〉라고 답했다.

9 슬라브인들이 즐겨 먹는 굵은 고리 모양의 흰 빵.

그는 자신이 아들을 덜 사랑한다는 사실을 자각하고 있었으며, 그래서 늘 공평하게 대하고자 노력했다. 그러나 아들아이도 그것을 느끼고 있었기에 아버지의 차가운 미소에 웃음으로 답하지 않았다.

「엄마요? 일어났어요.」딸아이가 대답했다.

스테판 아르카디치는 한숨을 내쉬며 생각했다. 〈그러니까, 또 밤새 한숨도 안 잤다는 거로군.〉

「그래, 엄마 기분은 좋아?」

딸아이는 아버지와 어머니가 싸웠고, 어머니의 기분이 좋을 리가 없으며, 아버지도 틀림없이 그 사실을 알면서 이렇듯 아무렇지도 않게 물어보며 모르는 척하고 있다는 걸 알고 있었다. 그 때문에 딸아이는 얼굴을 붉혔다. 그 순간 아버지 역시 그것을 알아차리고 얼굴을 붉혔다.

「몰라요.」딸아이가 말했다. 「엄마는 공부하라는 소리도 안 하고, 미스 헐이랑 같이 할머니 댁에 놀러 가래요.」

「그럼 다녀오렴, 우리 탄추로치카.」[10] 그가 아이를 붙든 채 보드라운 손을 쓰다듬으면서 말했다. 「아, 그래, 잠깐만.」

그는 어제 벽난로 위에 놓아두었던 사탕 상자를 가져다가 그중에서 딸아이가 좋아하는 초콜릿과 과즙 사탕 두 개를 골라 건네 주었다.

「그리샤 줘요?」딸아이가 초콜릿 사탕을 가리키며 물었다.

「그래그래.」그는 딸아이의 어깨를 다시 한번 쓰다듬고는 정수리와 목덜미에 입을 맞춘 뒤 보내 주었다.

「마차가 준비되었습니다.」마트베이가 말했다. 「그런데 여자 의뢰인 한 분이 찾아왔는데요, 나리.」그가 덧붙였다.

10 타냐의 애칭.

「온 지 오래되었나?」

「30분쯤요.」

「곧바로 알리라고 몇 번이나 말했어!」

「커피라도 좀 드시라고 그랬습니다요.」 도저히 화를 낼 수 없을 만큼 정겹고 격의 없는 말투로 마트베이가 대답했다.

「얼른 들어오시라고 해.」 오블론스키는 화가 나서 인상을 찌푸리며 말했다.

의뢰인은 2등 대위의 아내 칼리나였는데, 가능하지도 않고 어처구니없는 요구를 하였다. 그러나 스테판 아르카디치는 평소에 하던 대로 그녀를 자리에 앉혀 놓고 중간에 말을 끊지 않으면서 주의 깊게 그녀의 얘기를 경청하였으며, 누구를 찾아가서 어떻게 부탁하면 되는지 자세한 조언까지 해주었을 뿐 아니라 심지어 그녀에게 도움을 줄 사람 앞으로 큼직하고 길게 늘어지며 수려하면서도 정확한 특유의 필체로 민첩하고도 조리 있게 쪽지까지 적어 주었다. 2등 대위의 아내를 보낸 뒤 스테판 아르카디치는 모자를 집어 들고서 무언가 잊은 게 없는지 생각하느라 잠시 멈추었다. 잊은 것은 아무것도 없었다. 잊고 싶은 존재, 다름 아닌 아내를 제외하고는.

「아아, 이런!」 그는 고개를 떨구었다. 잘생긴 얼굴에 우울한 기색이 드리웠다. 〈가볼까, 말까?〉 그는 속으로 중얼거렸다. 갈 필요가 없다고, 지금 여기서는 위선밖에 아무것도 있을 수 없다고, 지금 그들의 관계를 바로잡고 회복하기란 불가능하다고, 왜냐하면 그녀를 또다시 사랑을 불러일으킬 만한 매력적인 여자로 만들기란 불가능하며, 스스로를 사랑을 할 수 없는 늙은이로 만드는 것 또한 불가능하기 때문이라고 내면의 목소리가 그에게 말했다. 위선과 거짓말이 아니고는 아무것도 나올 게 없었다. 그런데 위선과 거짓말은 그의 성정에 어긋나는 것이었다.

「하지만 어떤 경우엔 그래야만 해. 정말이지 이대로 내버려 둘 수는 없잖아.」 스스로에게 용기를 북돋우려 애쓰며 그가 말했다. 그는 가슴을 쭉 펴고 궐련을 꺼내 피워 물더니 두 모금쯤 빨고는 자개로 만든 재떨이에 던져 버린 채 재빠른 걸음으로 어두운 응접실을 지나 아내의 침실로 향하는 또 다른 문을 열어젖혔다.

4

다리야 알렉산드로브나는 짧은 상의 차림으로 방 안에 어지럽게 널린 물건들 한가운데 선 채 활짝 열어젖힌 옷장 앞에서 무언가를 골라내고 있었다. 한때는 숱도 많고 아름다웠지만 이제는 이미 듬성듬성해진 머리칼은 뒤통수에 동그랗게 땋아 올렸고, 겁먹은 듯한 커다란 두 눈은 여윈 얼굴 탓에 더욱 불거져 보였다. 남편의 발걸음 소리를 들은 그녀는 하던 일을 멈추고서 준엄한 경멸의 표정을 지으려 헛되이 애를 썼다. 그녀는 남편이 두려웠고, 그와 마주하기도 싫었다. 그녀는 지난 사흘 동안 이미 열 번이나 시도했던 일을 다시금 막 시도하던 참이었다. 친정으로 가져갈 아이들과 자신의 물건들을 골라내는 일 말이다. 그러나 이번에도 단행할 수가 없었다. 그저 지난번과 마찬가지로, 일을 이대로 내버려 둘 수는 없으며 그에게 벌을 내리든지 망신을 주든지 자신이 겪은 고통의 일부만이라도 되갚든지, 아무튼 뭐라도 해야 한다고 혼잣말을 할 뿐이었다. 그녀는 여전히 그를 떠날 거라고 되뇌었지만, 그게 불가능한 일이라는 걸 스스로도 알고 있었다. 그것은 불가능했다. 왜냐하면 그이를 자신의 남편으로 여기고 사랑하는 습관을 버릴 수가 없기 때문이었다. 뿐만 아니라 여기 집에서도 다섯 아이를 간신히 돌보는 마당에, 아이들을 친정에 데려가면 상황은 더 나빠질 거라는 생각이 들었다. 게다가 지난 사흘 동안 질 나쁜 고기 국물만 먹이는 바람에 막내가 병이 났고, 다른 아이들은 어제 거의 굶다시피 했던 것이다. 그렇게 집을 떠나는 게 불가능하다고 느끼면서도, 그녀는 스스로를 속이며 여하튼 물건들을 고르고 떠날 것처럼 굴었다.

남편을 보자마자 그녀는 마치 무언가를 찾는 듯이 옷장 속에 두 손을 넣었고, 그가 지척에 다가왔을 때야 그쪽을 돌아보았다. 그러나 준엄하고 단호한 표정을 지어 보이려 했던 그녀의 얼굴에는 난처한 기색과 고통스러운 표정이 드리워 있었다.

「돌리!」 그가 작고 소심한 목소리로 말했다. 목을 움츠려 불쌍하고 온순하게 보이고자 했음에도 불구하고 그의 모습은 생기와 건강미로 환하게 빛났다.

생기와 건강미로 빛나는 그 모습을 그녀는 머리끝에서 발끝까지 재빠른 눈길로 훑어보았다. 〈그래, 이이는 행복하고 만족스러운 거야! 그런데 나는……? 모두가 좋아하고 칭찬하는 이이의 선량함이 정말이지 불쾌해. 나는 이 선량함이 증오스러워.〉 그녀는 생각했다. 그녀의 입은 굳게 닫혔고, 창백하고 예민한 얼굴의 오른쪽 근육이 경련을 일으키기 시작했다.

「원하는 게 뭐예요?」 그녀가 평소와는 달리 둔중한 음성으로 재빨리 물었다.

「돌리!」 그가 떨리는 목소리로 다시 그녀를 불렀다. 「안나가 오늘 온대.」

「그게 나랑 무슨 상관이죠? 나는 아가씨를 맞이할 수 없어요!」 그녀가 소리를 질렀다.

「하지만, 그래야만 해, 돌리…….」

「나가요, 나가! 나가라고요!」 그녀는 남편을 보지도 않은 채 소리쳤다. 흡사 육체적인 고통에서 비롯한 것만 같은 외침이었다.

아내에 대해 생각하고 있을 때는 스테판 아르카디치는 침착할 수 있었고, 마트베이의 표현대로 모든 게 다 **잘 수습될** 거라는 희망을 품을 수 있었으며, 따라서 차분하게 신문을 읽고 커피도 마실 수 있었다. 그러나 괴로움에 지치고 고통스러워하는 그녀의 얼굴을 보고 온순하면서도 절망적인 그녀의 목소리를 듣자, 숨이 막히면서 목구멍에서 무언가가 치밀어 오르더니 두 눈에 눈물이 어리는 것이었다.

「맙소사, 대체 내가 무슨 짓을 저지른 건지! 돌리! 제발! 정말이지…….」 그는 말을 이을 수가 없었다. 울컥하는 흐느낌에 목이 메었다.

그녀는 옷장 문을 쾅 닫고는 스테판을 쳐다보았다.

「돌리, 내가 무슨 말을 할 수 있겠어? 그저 용서해 줘, 용서해 달라고……. 생각 좀 해봐, 9년이나 결혼 생활을 했는데 그 한순간, 한순간을 보상하지 못하는 거냐고.」

그녀는 선 채로 눈을 내리깔고서, 제발 자신의 의혹을 풀어 달라고 애원이라도 하듯이 그의 다음 말을 기다렸다.

「한순간, 잠시 마음이 끌려서 그만…….」 마침내 입을 연 그는 이야기를 계속 이어 가고 싶었으나 말이 떨어지자마자, 마치 육체적인 고통 때문인 듯 또다시 그녀의 입술이 앙다물리고 오른쪽 뺨에는 경련이 일었다.

「나가요, 여기서 나가라고요!」 그녀가 더욱 앙칼지게 소리쳤다. 「그리고 당신 마음이 끌렸다는 그따위 추잡한 일에 관해서는 나한테 말하지 말라고요!」

그녀는 방을 뛰쳐나가려 했으나 온몸이 휘청거리는 탓에 몸을 기대고자 의자 등받이를 붙잡았다. 그의 얼굴은 일그러지고 입술이 부풀어 올랐으며 눈에서 눈물이 솟구쳤다.

「돌리!」 이윽고 그가 울먹이며 얘길 꺼냈다. 「제발 아이들을 생각해, 애들이 무슨 죄야. 내가 잘못했어, 나를 벌해 줘, 나한테 죗값을 치르라고 해줘. 할 수 있는 건 무엇이든 할 각오가 되어 있다고! 내가 잘못했어. 얼마나 잘못했는지, 이루 말로 다 할 수가 없어! 하지만, 돌리, 나를 용서해 줘!」

그녀는 의자에 앉았다. 아내가 힘겹게 내뱉는 커다란 숨소리를 듣고 있자니 그는 그녀가 말할 수 없이 가여워졌다. 그녀는 몇 차례나 말을 꺼내려 했으나, 말이 나오질 않았다. 그는 가만히 기다렸다.

「당신은 놀고 싶을 때나 아이들을 떠올리죠. 하지만 나는 늘 아이들을 생각하고, 이제 걔들이 끝장났다는 것도 알아요.」 요 며칠 동안 여러 차례 속으로 뇌까린 구절 중 하나를 내뱉은 게 분명했다.

그녀가 〈당신ty〉[11]이라고 하자 그는 고마운 마음으로 그녀

---

11 러시아어에는 상대를 정중하게 부르는 호칭인 〈vy〉와 친밀하고 편하게 부르는 호칭인 〈ty〉라는 두 종류의 2인칭 대명사가 있다. 전자는 거리감이 있는 공적인 관계에서나 윗사람을 대할 때, 후자는 친하고 허물없는 사이 혹은

를 바라보았으며, 감동한 나머지 그녀의 손을 잡으려 했다. 그러나 그녀는 혐오스럽다는 듯 몸을 피했다.

「아이들이 걱정이에요. 걔들을 구할 수 있다면 난 무슨 짓이든 할 작정이에요. 하지만 무엇으로 걔들을 구해 낼지, 나 자신도 모르겠어요. 아버지에게서 멀리 떼어 놔야 하는지, 아니면 타락한 아버지 곁에 남겨 둬야 하는지. 그래요, 타락한 아버지 곁에 말이에요……. 어디, 대꾸 좀 해봐요. 이 모든 일이 벌어진 마당에 우리가 함께 사는 게 가능하겠어요? 과연 그게 가능한 얘기냐고요. 말 좀 해봐요, 그게 정말 가능하냐고요!」 그녀가 언성을 높이며 되풀이해서 물었다. 「내 남편이, 내 아이들의 아버지가, 내 아이들의 가정 교사와 바람을 피웠는데 말이에요…….」

「그러면 어떻게……. 그러면 어쩌면 좋겠어?」 자신이 무슨 말을 하는지도 모르는 채, 고개를 점점 더 아래로 떨구며 그가 애처로운 음성으로 물었다.

「나는 정말 당신이 정말 역겹고 혐오스러워요!」 그녀는 점점 더 흥분하면서 소리쳤다. 「당신이 흘리는 눈물은 맹물일 뿐이에요! 당신은 결코 나를 사랑한 적이 없어요. 당신은 심장도, 고결함도 없는 사람이에요! 당신은 나에게 역겹고, 추악해요, 남이에요, 그래요, 남이라고요!」 고통과 악의에 가득 찬 나머지 그녀는 스스로에게도 너무나 끔찍한 단어인 바로

아랫사람을 대할 때 사용된다. 여기서 스테판 아르카디치는 돌리가 냉전 중에도 자신을 친밀한 호칭인 〈ty〉라고 불러 주자 기뻐하고 있는 것이다. 일반적으로 〈ty〉를 〈너〉, 그와 대립되는 존칭인 〈vy〉를 〈당신〉이라고 번역하는 경우가 많지만, 러시아어의 어감과 우리말의 어감에는 차이가 있기에 이를 그대로 반영하여 번역하기엔 무리가 있으므로 이 책에서는 맥락에 따라 친밀한 호칭인 〈ty〉를 〈당신〉이라고 옮기기도 했다.

그 **남**이라는 말을 내뱉고 말았다.

아내를 바라보던 그는 그녀의 얼굴에 드리운 악의에 경악했다. 아내에 대한 자신의 연민이 그녀를 화나게 했다는 걸 그는 깨닫지 못했다. 그녀는 남편에게서 자신에 대한 사랑이 아니라 연민을 보았던 것이다. 〈그래, 나를 증오하고 있어, 용서해 주지 않을 거야.〉 그는 생각했다.

「정말이지 끔찍해! 끔찍하다고!」 그가 웅얼거렸다.

바로 그때 다른 방에서 아이가 소리치기 시작했다. 넘어진 게 틀림없었다. 다리야 알렉산드로브나는 귀를 기울였고, 그러자 문득 그녀의 표정이 누그러졌다.

자신이 어디에 있는지, 무엇을 해야 하는지 잊고 있었다는 듯이, 그녀는 몇 초 사이 불현듯 정신을 차리고는 재빨리 자리에서 일어나 문으로 향했다.

〈그래, 내 아이를 진정으로 사랑하고 있는 거야.〉 그는 아이의 울음소리를 들은 그녀의 얼굴 표정이 달라졌음을 눈치채고 속으로 생각했다. 〈바로 **내** 아이를 말이야. 그러니 나를 어찌 증오하겠어?〉

「돌리, 한마디만 더 들어 줘.」 그녀의 뒤를 쫓아가며 그가 입을 열었다.

「나를 쫓아오면 사람들을, 아이들을 부르겠어요! 당신이 파렴치한이라는 걸 모두가 다 알아 버리게 말이죠! 나는 당장 떠날 테니 당신은 당신 정부랑 여기서 살라고요!」

그러더니 그녀는 문을 쾅 닫고서 방을 나가 버렸다.

스테판 아르카디치는 한숨을 내쉬고 얼굴을 쓱 문지른 다음 조용히 방을 나섰다. 〈마트베이가 말했지, 수습이 될 거라고. 하지만 어떻게 그리 된단 말인가? 가능성조차 보이지 않는걸. 아아, 이 얼마나 끔찍한 일이냐! 그토록 저속한 말들을 큰 소리로 떠들어 대다니.〉그는 아내가 내지른 〈파렴치한〉과 〈정부〉라는 단어를 떠올리며 혼잣말을 했다. 〈어쩌면 하녀들이 들었을지도 몰라! 너무나 저속해, 너무나.〉스테판 아르카디치는 잠시 서 있다가 눈가를 문지르고 숨을 크게 몰아쉰 뒤 가슴을 편 채 방을 나왔다.

금요일이었고, 식당에서는 독일인 시계공이 시계의 태엽을 감고 있었다. 스테판 아르카디치는 자신이 이 빈틈없는 대머리 시계공을 염두에 두고서 손수 지어낸 우스갯소리, 〈시계의 태엽을 감기 위해 평생토록 스스로 태엽에 감겼노라〉를 떠올리며 씩 웃었다. 그는 근사한 농담을 좋아했다. 〈그래, 어쩌면 수습이 될지도 몰라! **수습이 되다**, 참 멋진 표현이군. 써먹을 필요가 있겠어.〉

「마트베이!」 스테판 아르카디치가 목소리를 높였다. 「마리야와 함께 소파 딸린 방에다가 안나 아르카디예브나에게 필요한 모든 것들을 마련해 놓게.」 마트베이가 대령하자 그가 일렀다.

「알겠습니다요.」

스테판 아르카디치는 모피 외투를 걸치고서 현관으로 나섰다.

「집에서 식사하지 않으실 건가요?」 마트베이가 배웅하며 물었다.

「봐서 되는대로 하지. 자, 이거 가져가서 쓰게.」 지갑에서 10루블을 꺼내 주면서 그가 말했다. 「이거면 충분하겠지?」

「충분하든 않든 간에 이걸로 해결해야겠죠.」 마트베이는 마차 문을 쾅 닫고서 현관 계단으로 한 걸음 물러났다.

그러는 동안 다리야 알렉산드로브나는 아이를 달랬고 사륜마차 소리로 남편이 떠난 것을 알아채고는 침실로 되돌아왔다. 그곳이 밖으로 나서자마자 그녀를 에워싸는 집안일들로부터 도피할 수 있는 유일한 피난처였다. 방금 전만 해도, 그녀가 아이 방에 갔던 그 틈에 영국인 가정 교사와 마트료나 필리모노브나가 더 이상은 미룰 수도 없고 오직 그녀만이 답할 수 있는 질문들을 그녀에게 해댔던 것이다. 산책할 때 아이들에게 어떤 옷을 입혀야 하나요? 우유를 줘야 하나요? 다른 요리사를 구해야 하나요?

「아아, 나를 좀 내버려 둬요, 내버려 두라고요!」 그녀는 이렇게 말하고 침실로 돌아와 남편과 이야기를 나누던 바로 그 자리에 다시 앉아서는, 앙상한 손가락으로 반지가 빠져나갈 듯 깡마른 두 손을 꽉 쥔 채 남편과 주고받은 말들을 하나씩 돌이켜 보기 시작했다. 〈가버렸어! 그런데 **그 여자**랑 대체 어떻게 끝낸 걸까?〉 그녀가 생각했다. 〈그 여자를 만나고 다니는 건 아닐까? 왜 그걸 그이에게 물어보지 않은 거지? 아냐, 아냐, 같이 지내면 안 돼. 한집에 있다고 해도, 우린 남남이야. 영원히 남남이라고!〉 스스로도 두려운 이 말을 그녀는 특히 힘주어 반복했다. 〈하지만 얼마나 사랑했던가, 맙소사, 그이를 내가 얼마나 사랑했던가! 얼마나 사랑했던가……! 정말 이제 나는 그이를 사랑하지 않는 걸까? 예전보다 더 그이를 사랑하는 건 아닐까? 끔찍해. 중요한 건 그러니까……〉 마트료나 필리모노브나가 문을 열고 고개를 들이미는 바람에, 이렇게 시작한 상념을 그녀는 매듭짓지 못했다.

「제 남동생을 데려오도록 분부를 내려 주세요.」 마트료나가 말했다. 「남동생이 뭐라도 먹을거리를 만들어 줄 거예요.

안 그러면 아기씨들은 어제처럼 6시까지 굶게 됩니다.」

「알았어, 지금 나가서 그렇게 이를게. 그런데, 새 우유를 받아 오라고 사람을 보냈나?」

이윽고 다리야 알렉산드로브나는 하루치의 집안일에 몰두하였고, 그 속에 자신의 고뇌를 잠시나마 가라앉혀 두었다.

5

스테판 아르카디치는 훌륭한 재능 덕에 학창 시절 공부는 잘했지만, 게으르고 장난이 심했던 탓에 열등생 중 하나로 졸업하였다. 하지만 줄곧 이어진 방탕한 생활과 대단치 않은 관등, 그리고 젊은 나이에도 불구하고 그는 모스크바의 어느 관공서에서 명예롭고 보수도 상당한 부장직을 맡고 있었다. 이 관직을 그는 누이 안나의 남편 알렉세이 알렉산드로비치 카레닌의 주선으로 얻게 되었는데, 카레닌이 그 관공서가 속한 행정 부처의 요직 중 하나를 차지하고 있던 터였다. 그러나 카레닌이 자신의 처남을 그 자리에 앉히지 않았다 하더라도, 스티바 오블론스키는 수백 명의 다른 인물들, 그러니까 형제, 누이, 친척, 사촌, 삼촌, 고모를 통해서 그 자리 혹은 6천 루블 가량의 연봉을 받는 그와 비슷한 직책을 얻어 냈을 것이다. 아내 소유의 재산이 넉넉했음에도 불구하고 그의 재정적 형편이 파산 상태에 이르렀기 때문에, 그에겐 그 정도의 자리가 필요했다.

모스크바와 페테르부르크의 절반이 스테판 아르카디치의 친척이거나 지인이었다. 그는 이 세계의 세도가였거나 세도

가인 사람들 사이에서 태어났다. 공직자나 경륜가의 3분의 1이 스테판의 부친과 친우 관계였고, 젖먹이 시절부터 그를 알고 지냈다. 또 다른 3분의 1은 그와 호형호제하는 사이였으며, 나머지 3분의 1은 잘 알고 지내는 사이였다. 말하자면 관직이나 임대료, 이권 등등의 형태로 지상의 부(富)를 배급하는 자들이 모두 그의 친지라 할 수 있었으니, 그들이 자기사람을 외면할 리는 없었다. 따라서 오블론스키는 유리한 직책을 얻기 위해 특별히 애쓸 필요가 없었다. 그저 사양하지 않고 질시하지 않으며 언쟁하지 않으면 되는 것이요, 화를 내지만 않으면 되는 것이었는데, 타고난 선량한 기질 덕에 한 번도 그런 적은 없었다. 혹시라도 누군가 자신에게 필요한 만큼의 봉급이 따르는 직책을 줄 수 없다고 말한다면, 그로서는 웃기는 일이었을 것이다. 더군다나 그가 뭔가 굉장한 것을 바라는 것도 아니니 말이다. 그는 그저 동년배들이 얻어 내는 정도의 자리만을 원할 뿐이었고, 그 정도의 직책이라면 누구 못지않게 해낼 수 있었다.

스테판 아르카디치의 지인들이 그를 좋아하는 것은 그의 선량하고 쾌활한 성정과 의심할 바 없는 솔직함 때문만이 아니었다. 수려하고 훤한 외모, 빛나는 눈동자, 검은 눈썹과 머리칼, 하얀 피부와 홍조에는 그를 만나는 사람들에게 물리적으로 정겹고 유쾌한 인상을 불러일으키는 무언가가 있었다. 「아하! 스티바! 오블론스키! 저기 그 친구가 오고 있구먼!」 그를 만날 때면 사람들은 거의 항상 만면에 희색을 띠면서 이렇게 말했다. 이따금 그와 나누는 대화에 딱히 흥겨운 점은 없었다고 해도, 다음 날이나 이틀 후에 그와 다시 만나면 역시나 똑같이 모두가 즐거워했다.

모스크바의 어느 관공서에서 부장으로 근무한 지 3년째로 접어들면서 스테판 아르카디치는 동료와 부하와 상사, 그리고 업무상 그와 관계하는 모든 이로부터 애정은 물론 존경까지 받게 되었다. 이렇듯 모두로부터 직무상의 존경심을 불러일으킨 스테판 아르카디치의 중요한 자질은 첫째로 스스로의 결점에 대한 자각에서 비롯한 지나친 겸손이요, 둘째로 그가 신문에서 접하곤 하는 그런 종류라기보다는 그의 핏속에 흐른다고 할 수 있는, 재산이나 관직이야 어떻든 간에 모든 사람들을 전적으로 평등하고 동등하게 대하는 완전한 자유주의요, 셋째로 — 이것이 중요한데 — 자신이 맡은 일에 대한 철저한 무관심이었다. 그 덕에 그는 업무에 열중하는 일도, 실책을 저지르는 일도 결코 없었다.

　　직장에 도착한 스테판 아르카디치는 공손한 경비원의 안내를 받으며 서류 가방을 들고 자신의 자그마한 집무실에 들러 제복으로 갈아입은 다음 관공서 안으로 들어갔다. 그러자 서기들과 직원들 모두가 자리에서 일어나 정중하게 고개를 숙여 인사했다. 스테판 아르카디치는 언제나처럼 서둘러 자기 자리로 가서 직원들과 악수를 나누고는 의자에 앉았다. 그는 지나치지도 모자라지도 않게, 예의에 어긋나지 않을 정도로만 농담과 빈말을 던지고서 업무를 개시했다. 쾌적한 업무 수행에 필요한 자유, 소탈함, 격식 간의 경계를 스테판 아르카디치보다 더 정확하게 포착할 자는 아무도 없었다. 스테판 아르카디치가 자리에 있을 때면 으레 그러하듯, 비서가 쾌활하면서도 정중한 태도로 서류를 들고 다가와서는 스테판 아르카디치가 본을 보인 자유주의자다운 격의 없는 어조로 이야기를 꺼냈다.

「마침내 펜자현(縣) 관청에서 정보를 입수했습니다. 보십시오, 쓸모 있지 않을까요…….」

「드디어 입수했군요!」 스테판 아르카디치가 손가락을 서류 사이에 끼워 넣으며 말했다. 「그럼, 여러분…….」 이윽고 집무가 시작되었다.

〈만일 저들이…….〉 보고를 들으면서, 그는 의미심장하게 고개를 숙인 채 생각했다. 〈자기네 수장이 불과 반 시간 전에는 엄청난 잘못을 저지른 문제아였다는 걸 알게 된다면!〉 보고서를 읽는 동안 그의 눈가에는 웃음기가 어려 있었다. 2시까지 업무는 중단 없이 진행되어야 했고, 그 뒤로는 휴식 및 점심시간이었다.

2시가 채 못 되었을 때 관공서의 대형 유리문이 급작스레 열리더니 누군가 들어섰다. 전 직원이 이 흥밋거리에 내심 반가워하며 고개를 들고서 책상 위에 놓인 황제의 초상과 국장(國章) 너머 문 쪽을 쳐다보았다. 그러나 문가에 서 있던 경비원이 입구로 들어온 자를 쫓아내고는 유리문을 닫아 버렸다.

업무 보고가 끝나자 스테판 아르카디치는 자리에서 일어나 기지개를 켠 뒤 이 시대의 자유주의에 경의라도 표하듯이 그 자리에서 궐련을 꺼내 들고 자기 집무실로 갔다. 그의 직원 두 명, 즉 고참 직원 니키틴과 시종보 그리네비치가 그를 따라왔다.

「점심 식사 후에는 마무리 지을 수 있겠군.」 스테판 아르카디치가 말했다.

「그렇고말고요!」 니키틴이 맞장구를 쳤다.

「한데 그 포민이라는 작자는 대단한 사기꾼임이 분명합니다.」 그리네비치가 방금 검토한 건에 관여하고 있는 인물 중

한 사람을 언급했다.

스테판 아르카디치는 그리네비치의 말에 인상을 찌푸림으로써 선입견을 갖는 건 점잖지 못한 일임을 일깨워 줄 뿐, 아무런 대꾸도 하지 않았다.

「아까 들어온 사람은 누구였나?」 그가 경비원에게 물었다.

「각하, 제가 한눈을 판 사이 어떤 작자가 허락도 없이 기어 들었지 뭡니까. 각하를 뵙고 싶다면서요. 그래서 제가 일렀습죠. 직원분들이 다 나오시면, 그때 —」

「그 사람 지금 어디 있지?」

「아마 현관으로 나갔나 봅니다. 내내 여기서 얼쩡거리고 있었는데……. 아, 바로 저 사람입니다.」 다부진 체격에 어깨가 떡 벌어지고 곱슬한 턱수염을 기른 사나이를 가리키며 경비원이 말했다. 그자는 양털 모자를 벗지도 않은 채 닳고 닳은 돌계단을 빠르고 가벼운 걸음으로 뛰어오르고 있었다. 서류 가방을 들고서 계단을 내려가던 말라빠진 어느 관리가 걸음을 멈추더니 층계를 뛰어오르는 사내의 다리를 못마땅한 듯이 바라보다가 오블론스키를 향해 무슨 일인지 묻는 듯한 시선을 던졌다.

스테판 아르카디치는 계단 위에 서 있었다. 뛰어 올라오는 사내가 누구인지를 알아보자, 수놓은 제복 깃 위로 온후한 빛을 발하던 그의 얼굴이 더욱 환하게 빛났다.

「그래, 맞구먼! 레빈, 드디어 왔군!」 그는 자기 쪽으로 다가오는 레빈을 바라보면서 장난기 어린 다정한 미소를 지었다. 「아니, 자네가 어찌 이 소굴까지 나를 찾아오셨는가?」 악수만으로는 모자라 친구에게 입을 맞추면서 스테판 아르카디치가 말을 이었다. 「온 지 오래되었나?」

「방금 도착했네. 자네가 무척 보고 싶었어.」 레빈은 수줍어하면서도 노기 어린 불안한 눈초리로 주위를 둘러보면서 대답했다.

「내 방으로 가세.」 자존심 세고 다혈질에 내성적인 친구의 성격을 잘 알고 있는 스테판 아르카디치는 이렇게 말하고서 친구의 손을 잡더니 위험한 장애물들 사이로 길을 안내하듯 그를 이끌고 갔다.

스테판 아르카디치는 거의 모든 지인들과 말을 트고 지냈다. 예순의 노인이든 스무 살 청년이든, 배우든 장관이든, 상인이든 장군이든 가리지 않았다. 그와 말을 튼 사람들 상당수가 사회적 신분상 양극단에 위치하였기에, 오블론스키를 통해 자기네가 무언가를 공유하고 있음을 알았더라면 그들은 무척이나 놀랐을 것이다. 그는 함께 샴페인을 마시는 모든 사람들과 말을 놓았으며, 모든 이들과 함께 샴페인을 마셨다. 따라서 부하들이 있는 자리에서 이른바 **창피스러운** 〈위인〉 ─ 이것은 그가 자기 친구 중 몇몇을 익살맞게 일컫는 호칭이었다 ─ 을 만날 때면, 부하들이 불쾌한 인상을 덜 받게끔 특유의 기지를 발휘하곤 했다. 레빈은 창피스러운 〈위인〉이 아니었지만, 오블론스키가 직감한바 그는 오블론스키가 부하들 앞에서 자신과 친밀한 관계임을 드러내는 것을 거북하게 여겨서 서재로 서둘러 데려가는 거라고 지레짐작하고 있는 듯했다.

레빈은 오블론스키와 거의 동년배로, 그와 말을 트고 지내는 건 단지 샴페인 때문만은 아니었다. 레빈은 코흘리개 시절부터 그의 단짝이었다. 죽마고우들이 그러하듯이, 그들은 각자 다른 성격과 취향에도 불구하고 서로를 좋아했다. 하지만 그럼에도, 서로 다른 분야의 일을 택한 사람들이 흔히 그러하듯이, 그들은 각자 상대방의 일을 진지하게 대하고 옹호하면서도 내심 그것을 경멸하곤 했다. 자신이 영위하는 이 삶만이 유일한 진짜 삶이며, 벗이 영위하는 저 삶은 환영일 뿐이라고 여기는 것이었다. 레빈을 볼 때마다 오블론스키는 살짝 번지는 조소 어린 미소를 억제할 수가 없었다. 시골에서 모스크바로 온 레빈을 맞이하는 게 벌써 여러 차례인데, 그가 시골에서 뭔가를 하고 있지만, 그게 정확히 무슨 일인지를 스테판 아르카디치는 결코 제대로 알 수도 없었고, 관심도 없었다. 레빈은 언제나 흥분하고 조급하고 약간 주눅 든 상태로, 그리고 그로 인해 짜증이 난 채로 모스크바를 방문했으며, 대부분의 경우 사물에 대한 전적으로 새로운 의외의 관점을 내비치곤 했다. 그러한 시각을 스테판 아르카디치는 비웃으면서도 좋아했다. 마찬가지로 레빈 또한 내심 친구의 도회풍 생활 양식을 경멸했으며, 그의 일을 쓸모없는 짓이라 여기고 비웃었다. 그러나 둘 사이에는 차이점이 있었으니, 오블론스키가 아무렇지 않게 행동하면서 자신만만하고 후덕하게 비웃는 반면에 레빈은 자신 없는 태도로 비웃었고 간혹 성을 내기도 한다는 사실이었다.

「자네가 오기를 오래전부터 기다렸네.」 방으로 들어서자 스테판 아르카디치는 이제 위험한 건 끝났다는 듯, 잡았던 레빈의 손을 놓으며 말했다. 「만나서 정말 반갑네.」 그가 말을 이었다. 「그래, 어떤가? 어찌 지냈나? 언제 온 거야?」

레빈은 오블론스키 직원 둘의 낯선 얼굴을 바라볼 뿐 말이 없었다. 특히 그는 그리네비치의 우아한 손을 유심히 바라보았다. 유난히 희고 가느다란 손가락에, 누렇고 기다란 손톱은 끝이 굽어 있었고, 루바시카 소매에는 눈에 확 들어올 정도로 크고 번쩍이는 단추가 달려 있었다. 마치 이 손이 모든 주의를 끌어 삼켜 버리는 바람에 자유롭게 생각할 수가 없는 것 같았다. 오블론스키는 곧바로 이를 알아차리고 씩 웃었다.

「아, 그래, 자네들을 소개해야지.」 그가 말했다. 「내 동료들이야. 필리프 이바니치 니키틴, 미하일 스타니슬라비치 그리네비치라고 하네.」 그러고는 레빈 쪽으로 고개를 돌렸다. 「이 친구는 젬스트보[12] 활동가라네. 신임 지방 자치회 의원이지. 한 손으로 5푸드[13]를 들어 올리는 체조 선수이자 축산업자이자 사냥꾼인 내 친구 콘스탄틴 드미트리치 레빈이라네. 세르게이 이바니치 코즈니셰프의 아우 되는 사람이야.」

「만나 뵙게 되어 반갑습니다.」 고참 직원이 말했다.

「영광스럽게도 형님이신 세르게이 이바니치를 뵌 적이 있습니다.」 기다란 손톱이 달린 가느다란 손을 내밀면서 그리네비치가 말했다.

레빈은 인상을 찌푸리며 냉담하게 악수를 하고는 곧바로 오블론스키 쪽으로 고개를 돌렸다. 온 러시아가 다 아는 문필가이자 한배에서 나온 형에게 커다란 존경심을 품고 있긴 했지만, 지금은 자신을 콘스탄틴 레빈이 아니라 저명인사 코즈니셰프의 아우로만 대하는 것을 견딜 수가 없었다.

「아닐세, 나는 이제 젬스트보 활동가가 아니야. 모든 이들과 된통 싸운 뒤로는 더 이상 의회에 나가지 않는다네.」 그가

12 알렉산드르 2세가 1864년에 단행한 대개혁의 일환으로 시행되어 1914년까지 존속했던 제정 러시아 시대의 지방 자치 기구. 43개 현에 설립되어 운영되었다. 젬스트보는 지방 의회와 자치 행정부 역할을 하는 상임 위원회로 구성된다. 대중 교육과 공중 보건에 큰 기여를 했지만, 운영 체계의 비민주성과 중앙 정부에 대한 종속적 관계로 인해 많은 비판을 받기도 했다.

13 러시아의 옛 무게 단위로, 1푸드는 약 16.38킬로그램이다.

오블론스키를 향해 말했다.

「그렇게 빨리!」 오블론스키가 미소를 지었다. 「어찌 된 거야? 왜 그랬나?」

「얘기하자면 길어. 나중에 설명하겠네.」 그래 놓고 레빈은 곧장 이야기를 시작했다. 「간단히 말해서, 나는 그 어떤 지방 의회 활동도 존재하지 않으며 존재할 수 없다고 확신하게 되었다네.」 마치 방금 누군가로부터 모욕이라도 당한 듯한 태도였다. 「한편으로 그건 장난감일세. 의회 놀이를 하는 거지. 한데 나는 장난감을 갖고 재미를 느낄 만큼 어리지도 늙지도 않았거든. 다른 한편으로(그는 딸꾹질을 하기 시작했다), 그건 군(郡)의 coterie(도당)들이 돈을 짜내려고 이용하는 수단이야.[14] 예전에는 후견 기관이나 재판소가 그렇더니만 지금은 젬스트보가 그렇다니까…… 뇌물이 아니라 부당한 봉급의 형태로 챙기는 거지.」 그는 마치 그 자리에 있는 사람 중 누군가 자신의 견해에 반박이라도 한 양 열을 내며 말했다.

「이런! 자네, 보아하니 또다시 새로운 국면에 들어섰구먼, 보수적인 국면에 말이야.」 스테판 아르카디치가 말했다. 「어찌됐든, 이 문제에 관해서는 다음에 논하기로 하세.」

「그래, 다음에 얘기하자고. 그건 그렇고, 자네한테 볼일이 있다네.」 그리네비치의 손을 혐오스럽게 쳐다보면서 레빈이 말했다.

스테판 아르카디치는 보일 듯 말 듯 미소를 지었다.

「그런데 자네, 유럽식 옷은 이제 절대로 입지 않겠다고 하지 않았던가?」 프랑스 재봉사한테 주문한 게 분명해 보이는

---

14 레빈의 말은 1870년대에 급진적 민주주의를 표방했던 정론지에 널리 확산되어 있던 견해이다.

새 외투를 훑어보며 그가 말했다. 「그래! 분명 새로운 국면이 구면.」

순간 레빈은 얼굴을 붉혔는데, 어른들이 자신도 모르게 살짝 홍조를 띠는 정도가 아니라, 쑥스러워하는 스스로의 모습이 우습다는 걸 느끼고 그 때문에 눈물이 날 만치 수치스러워져 더더욱 얼굴을 붉히는 소년과도 같은 모습이었다. 그토록 총명하고 사내다운 얼굴에 이토록 어린애 같은 표정이 어리는 것을 보기가 너무도 민망하여 오블론스키는 그의 얼굴에서 눈길을 돌리고 말았다.

「그래, 어디서 볼까? 자네와 정말로, 꼭 얘기를 나눠야 하거든.」 레빈이 말했다.

오블론스키는 잠시 망설이는 듯했다.

「이러는 게 어때? 구린[15]으로 가서 식사를 하고, 거기서 얘기함세. 3시까지는 한가하다네.」

「안 돼.」 레빈이 잠시 생각하더니 대꾸했다. 「다른 데 또 볼일이 있어서.」

「좋아, 그럼 같이 저녁 식사를 하자고.」

「저녁 식사? 사실 무슨 특별한 건 아니야. 그저 딱 두 마디만 얘기하고 물어보면 돼. 긴 얘기는 나중에 하고.」

「그럼 지금 그 두 마디를 말해 보게. 긴 얘기는 저녁을 먹으면서 나누도록 하지.」

「두 마디란 이런 걸세.」 레빈이 얘길 꺼냈다. 「근데 정말이지 특별한 건 아니네.」

쑥스러움을 이겨 내려고 애를 쓰느라 그의 인상이 갑자기 험악해졌다.

15 레스토랑의 상호.

44

「셰르바츠키 집안분들은 어찌 지내시는가? 예전과 다름없으신가?」그가 물었다.

레빈이 오래전부터 자신의 처제인 키티[16]를 좋아하고 있다는 걸 잘 아는 스테판 아르카디치의 입가에 보일 듯 말 듯 미소가 떠올랐고, 그의 두 눈은 쾌활하게 반짝이기 시작했다.

「자네는 두 마디만 했지만, 나는 두 마디로 대답할 수가 없네그려, 왜냐하면……. 아, 잠시만…….」

비서가 들어와서 친근하고도 공손한 태도로, 모든 비서들이 그러하듯이 업무에 관해서는 자신이 상관보다 더 잘 알고 있다는 소박한 우월 의식을 품은 채, 서류를 들고 오블론스키에게 다가와 질문하는 척하며 업무상의 난항을 설명하기 시작했다. 스테판 아르카디치는 설명을 다 듣기도 전에 비서의 손 위에 자기 손을 다정하게 얹었다.

「아니, 그저 내가 말한 대로만 해요.」그는 미소를 지으며 짐짓 온화하게 지시를 내리고는 업무에 대한 자신의 견해를 간략하게 설명한 뒤, 서류를 옆으로 치우면서 말했다. 「당부하건대, 그리해요. 부탁이오, 자하르 니키티치.」

당혹스러워진 비서는 자리에서 물러났다. 오블론스키가 비서와 대화를 나누는 동안 조금 전의 곤혹스러움을 완전히 떨쳐 버린 레빈은 의자 위에 양쪽 팔꿈치를 괴고 선 채 조소를 머금은 얼굴로 그들을 예의 주시하고 있었다.

「이해할 수가 없군, 이해할 수가 없어.」그가 말했다.

「뭘 이해할 수 없단 말인가?」오블론스키가 환한 미소를 짓고는 궐련을 꺼내면서 물었다. 그는 레빈이 무언가 당돌한 얘기를 꺼내기를 기다리고 있었다.

16 정식 이름인 예카테리나의 영국식 애칭.

45

「자네들이 뭘 하는 건지 이해가 안 간다고.」레빈이 어깨를 으쓱이며 대답했다.「어떻게 그런 일을 그리 진지하게 할 수가 있나?」

「왜 그런 생각을 하나?」

「왜냐니, 하는 일이 없으니 그러지.」

「자네야 그렇게 생각할지 모르지만, 우리는 할 일이 산더미 같다네.」

「서류상의 일 아닌가. 하긴, 자네가 그런 일에는 소질이 있지.」레빈이 대꾸했다.

「그러니까, 자네 생각에는 나한테 뭔가 다른 결함이 있다는 건가?」

「아마도.」레빈이 대답했다.「하지만, 그럼에도 불구하고 나는 자네의 위엄에 탄복하고 있다네. 이렇게 대단한 사람이 내 친구라는 게 자랑스러워. 그나저나, 자네, 내 질문에 대답하지 않았지.」그가 오블론스키의 눈을 똑바로 쳐다보면서 필사적으로 덧붙였다.

「그래, 알았어, 알았네. 두고 보자고, 자네 또한 이렇게 될 테니까. 카라진스키군에 3천 데샤티나[17]의 땅을 갖고 있겠다, 그토록 억센 근육에다 열두 살짜리 소녀처럼 생기발랄하니 좋기도 하겠지만, 자네 역시 우리처럼 될 거라고. 그래, 자네가 물어본 거 말일세. 달라진 건 없네. 하지만 자네가 그토록 오랫동안 찾아오지 않은 건 유감이군.」

「왜, 무슨 일 있었나?」레빈이 놀라서 물었다.

「아니, 아무 일 없어.」오블론스키가 대답했다.「이따 얘기

17 러시아의 옛 지적(地積) 단위. 1데샤티나는 약 10,920제곱미터에 해당한다.

함세. 그런데 정말 무슨 일로 온 건가?」

「아아, 그건 나중에 얘기하자고.」 레빈이 또다시 귓불까지 벌겋게 붉히며 말했다.

「그러지 뭐. 알았네.」 스테판 아르카디치는 말을 이었다. 「있잖아, 자네를 우리 집에 초청하고 싶네만, 아내의 건강이 좋지 않아서 말이야. 이러는 게 좋겠네, 혹시 셰르바츠키 집안 사람들이 보고 싶다면 말이지, 아마도 오늘 4시에서 5시까지는 동물원에 있을 걸세. 키티가 스케이트를 타러 다니거든. 그리로 가보게. 나는 나중에 들르지. 그러고서 같이 식사하러 어딘가 가자고.」

「그거 괜찮군, 그럼 이따 보지.」

「정신 잘 차리게, 내가 자네를 잘 아는데 말이야, 또 깜빡 잊어버리거나, 느닷없이 시골로 가버리기만 해보라고!」 스테판 아르카디치가 웃으면서 호통을 쳤다.

「그런 일은 없을 거야, 절대로.」

그러고서 문 밖으로 나설 때에야 레빈은 깜박 잊고 오블론스키의 동료들에게 인사를 하지 않았다는 걸 깨달았지만, 그대로 집무실 밖으로 나섰다.

「대단히 정력적이신 분이신 것 같습니다.」 레빈이 방을 나가자 그리네비치가 말했다.

「아무렴.」 스테판 아르카디치가 고개를 끄덕이며 맞장구쳤다. 「행운아야! 카라진스키군에 3천 데샤티나의 땅이 있는데다, 전도유망하고 혈기왕성하지! 우리랑은 다르다고.」

「아니, 당신이 불평을 다 하시다니요, 스테판 아르카디치?」

「기분이 아주 최악이야. 고약하다니까.」 스테판 아르카디치는 무거운 한숨을 내쉬었다.

6

오블론스키가 레빈에게 무슨 일로 왔느냐고 물었을 때 레빈은 얼굴을 붉혔고, 얼굴을 붉힌 것 때문에 스스로에게 화가 났다. 왜냐하면, 실은 오로지 그 때문에 왔음에도 불구하고 〈자네 처제에게 청혼을 하러 왔네〉라고 말하지 못했기 때문이다.

레빈 일가와 셰르바츠키 일가는 모스크바의 유서 깊은 귀족 가문으로 늘 서로 친근하고 사이좋게 지내 왔으며, 그러한 관계는 레빈의 대학 시절에 더욱 공고해졌다. 그는 돌리와 키티의 오빠인 젊은 셰르바츠키 공작과 함께 대학 입시를 준비하여 나란히 진학했다. 당시 셰르바츠키의 집에 자주 드나들던 레빈은 그 집안에 홀딱 반해 버렸다. 이상하게 여겨질는지 모르겠지만 콘스탄틴 레빈은 그 집안, 그 가족들에게, 특히 셰르바츠키 일가의 절반을 이루는 여성들에게 흠뻑 빠졌다. 레빈은 자신의 모친을 기억하지 못했고, 그의 유일한 누이는 그보다 한참 손위였다. 따라서 그는 부모의 죽음에 의해 박탈당한, 교양 있고 명예롭고 유서 깊은 귀족 가문의 가정 환경이라는 것을 셰르바츠키 일가에서 처음으로 접했던 것이다. 그 집안의 모든 구성원들, 특히 여자들은 무언가 신비롭고 시적인 베일로 감싸인 듯했다. 그들에게서 그는 어떠한 결점도 보지 못했을 뿐 아니라, 그들을 덮고 있는 그 시적인 베일 아래 가장 고결한 감정들과 온갖 완벽함들이 감춰져 있으리라 추측했다. 무엇 때문에 그 세 아가씨들이 매일 번갈아 가며 프랑스어와 영어로 얘기해야 하는지, 무엇 때문에 그들은 차례차례 정해진 시간에, 대학 동기들이 함께 공부하고 있는 위층의 오빠 방까지 소리가 들리도록 피아노를 연주해야 하는 지, 또한 무엇 때문에 프랑스 문학과 음악, 미술, 춤을 가르치는 교사들이 드나드는지, 무엇 때문에 정해진 시간이면 세 자매가 마드무아젤 리농과 함께 공단 외투를 입고서(돌리는 길게, 나탈리는 중간 기장으로, 키티는 붉은 스타킹을 팽팽하게 당겨 신은 늘씬한 두 다리가 훤히 보일 만큼 짧게) 사륜마차에 올라타고 트베르스카야 가로수 길로 나서는지, 무엇 때문에 그들은 금빛 휘장이 달린 모자를 쓴 하인을 대동하고서 트베르스카야 거리를 거닐어야 하는지 ― 이 모든 것들과, 그들의 비밀스러운 세계 속에서 행해지는 여타의 많은 것들을 그는 이해할 수가 없었다. 하지만 그는 거기서 행해지는 모든 일이 아름답다는 걸 알고 있었고, 그 신비로움에 흠뻑 빠져들었다.

대학 시절 그는 세 자매 중 장녀인 돌리에게 마음을 줄 뻔했지만, 그녀는 오래지 않아 오블론스키에게 시집을 가버렸다. 그런 뒤 그는 둘째에게 마음을 두기 시작했다. 마치 자기가 반드시 세 자매 중 한 사람을 연모해야 하며, 단지 그게 누구인지를 분별하지 못할 뿐이라고 여기는 듯했다. 그러나 나탈리 역시, 사교계에 모습을 드러내자마자 외교관 리보프에게 시집을 가버렸다. 레빈이 대학을 졸업할 무렵 키티는 아직 어린애였다. 그리고 해군으로 입대한 젊은 셰르바츠키가 발트해에서 익사하는 일이 일어나는 바람에, 오블론스키와의 우정에도 불구하고 레빈과 셰르바츠키 일가의 교제는 뜸해지고 말았다. 그러다 올해 초겨울 시골에서 한 해를 보낸 레빈이 모스크바로 와서 셰르바츠키 일가와 대면했을 때, 그는 자신이 세 자매 중 누구를 사랑하게끔 운명 지어졌는지를 비로소 깨닫게 되었다.

좋은 가문 출신에, 가난하기는커녕 엄청난 부자인 서른 두 살의 그가 셰르바츠키 일가의 영애에게 청혼하는 것보다 더 간단한 일은 없을 것 같았다. 십중팔구 사람들은 그가 훌륭한 배필이라고 인정할 것이었다. 그러나 레빈은 사랑에 빠져 버렸고, 따라서 키티는 모든 면에서 완벽 그 자체이자 이 세계 전체보다 고결한 존재인 반면 그 자신은 지상의 저급한 존재로 여겨졌으며, 남들이건 그녀 자신이건 그가 그녀에게 합당한 배필이라 인정한다는 것은 생각조차 할 수 없었다.

모스크바에 머물면서 키티를 만나기 위해 사교계를 드나들기 시작한 레빈은, 혼미한 상태에서 두 달 동안 거의 매일 그녀를 만나다가 문득 〈그런 일은 있을 수 없다〉라고 단정 짓고서 시골로 떠나 버렸다.

〈그런 일은 있을 수 없다〉라는 레빈의 확신은, 친척들이 보기에 자신은 매력적인 키티에게 걸맞지 않은 배필이며 키티 또한 자신을 사랑할 리가 없다는 점에 바탕을 두고 있었다. 사람들이 보기에 그는 번듯하거나 뚜렷한 직업도, 사회적 지위도 없는 사람이었다. 서른두 살이 된 지금 그의 동년배들은, 누구는 육군 대령 혹은 시종무관의 자리에 올랐고, 누구는 교수였으며, 또 누구는 은행장 또는 철도청장이거나, 아니면 오블론스키처럼 관공서의 부서장직을 맡고 있었다. 그런데 그는(남들 눈에 자신이 어떻게 비춰질지 그는 잘 알고 있었다) 소나 기르고 황새나 사냥하며 집이나 짓는, 한마디로 말해서 아무것도 기대할 게 없는 무능하고 보잘것없는 지주에, 사회 통념상 아무짝에도 쓸모 없는 인간들이 즐겨 하는 그렇고 그런 짓거리만 일삼는 위인이었던 것이다.

신비스럽고 매력적인 키티가, 이토록 못생기고 평범하며 특출한 점이라곤 하나도 없는(그는 스스로를 그렇게 생각했다) 자신 같은 사람을 사랑할 수는 없는 일이었다. 뿐만 아니라 예전에 그가 키티를 대하던 태도 — 그녀의 오빠와 맺은 우정 때문에 빚어진, 아이를 대하는 어른의 태도가 그에게는 사랑을 가로막는 새로운 장벽으로 여겨졌다. 그가 생각하기에 자신처럼 못생기고 선량한 사람은 친구로서만 사랑할 수 있으며, 자신이 키티를 사랑하는 것과 동일한 종류의 사랑을 받으려면 우선 미남이어야 하고, 더 중요하게는 특출한 인간이어야 했다.

　여자들이 종종 못생기고 평범한 사람들을 좋아하기도 한다는 얘기를 들은 적은 있지만, 정말 그러리라 믿지는 않았다. 왜냐하면 자기 자신에게 비추어 보건대, 그 역시 아름답고 신비스럽고 특별한 여자들만을 사랑할 수 있기 때문이었다.

　그러나 시골에서 혼자 두 달을 지내고 보니, 그는 이것이 새파랗던 시절에 겪었던 세 번의 연애 감정 중 하나가 아니라는 확신을 갖게 되었다. 이번 것은 그에게 단 한 순간도 평정을 허락하지 않았다. 그녀가 자신의 아내가 될 것인지 아닌지 하는 문제를 해결하지 않고서는 도저히 살 수가 없음을, 자신의 절망은 단지 상상에서 비롯된 것일 뿐이며 자신이 거절당하리라는 그 어떤 근거도 존재하지 않음을 그는 확신하게 되었다. 그리하여 그녀에게 청혼하고 그 집안 식구들이 받아 주기만 한다면 결혼하리라는 굳은 결심을 하고서 이렇게 모스크바로 올라온 것이었다. 만일 거절당한다면…… 자신이 어찌 될 것인지, 그는 상상조차 할 수 없었다.

7

아침 기차로 모스크바에 도착한 레빈은 한배에서 태어난 이부(異父) 형 코즈니셰프의 집에 여장을 풀었다. 그는 옷을 갈아입은 다음, 자신이 왜 왔는지 솔직하게 털어놓고 조언을 구하고자 형의 서재로 갔다. 그런데 형은 혼자가 아니었다. 유명한 철학 교수가 와 있었는데, 그는 매우 중대한 철학적 문제를 두고 둘 사이에 생긴 오해를 풀고자 하리코프에서 일부러 찾아온 터였다. 당시 교수는 유물론자들에게 대항하여 열띤 반론을 펴고 있었는데, 이를 관심 있게 주시하던 세르게이 코즈니셰프가 그의 최근 논문을 읽고서 반대의견을 피력한 서한을 보냈던 것이다. 교수가 유물론자들에게 지나치게 양보하고 있다며 질책하는 내용이었다. 그러자교수는 어디 한번 이야기를 해보자고 곧바로 그를 찾아왔다. 마침 한창 유행 중인 주제, 바로 인간의 활동에 있어서 심리적인 것과 생리적인 것 간의 경계가 존재하는가, 존재한다면 과연 어디에 존재하는가 하는 문제에 관한 대화가 오가던 참이었다.[18]

모든 이들에게 으레 그러듯이 친절하면서도 차가운 미소로 동생을 맞이한 세르게이 이바노비치는 그를 교수에게 소개한 뒤 하던 이야기를 계속했다.

18 잡지 『유럽 통보』를 통해 1875년에 개진되었던 격렬한 논쟁을 염두에 둔 대목이다. 당시 K. D. 카베린이라는 교수가 이 잡지에 게재된 「심리학의 과제」라는 논문을 통해서 〈심리학적인 현상과 물질적인 현상 간의 직접적인 연관성을 우리는 파악할 수 없다〉는 주장을 폈고, 그에 반박하여, I. M. 세체노프는 〈반사의 유형에 따라〉 이루어지는 〈모든 심리적 활동〉은 생리학적 연구 대상이 된다는 점을 논증하였다.

왜소한 체격에 이마가 좁고 누렇게 뜬 얼굴에 안경을 쓴 교수 또한 인사를 나누느라 잠시 대화를 중단했다가 다시 레빈에겐 신경 쓰지 않고 논의를 이어 나갔다. 레빈은 내심 교수가 자리를 뜨길 기다리며 자리에 앉아 있다가 곧 대화 내용에 흥미를 갖게 되었다.

그 역시 지금 거론되는 논문들을 잡지에서 접한 바 있었고, 자연 과학도인 자신에게 익숙한 자연 과학적 기본 원리들의 발전이라 여기며 흥미진진하게 읽었었다. 하지만 동물로서의 인류의 기원[19]이나 반사 작용, 생물학과 사회학에 대한 예의 과학적 결론들을, 최근 들어 더욱 자주 그의 뇌리를 스쳐 가는 삶과 죽음의 의미라는 문제와 결부시켜 본 적은 결코 없었다.

형과 교수의 대화를 듣던 그는 그 두 사람이 과학적인 문제들을 내면적인 문제들과 관련짓고 있으며, 몇 차례나 그러한 문제에 거의 다가서고 있음을 알아챘다. 그러나 그가 느끼기에, 번번이 가장 중요한 부분에 근접하자마자 그들은 황급히 그로부터 멀어져 또다시 자잘한 각론들과 전제들, 인용, 암시, 권위 있는 전문가들의 견해에 기대어 인증하는 일에 매몰되는 것이었다. 따라서 도대체 어떤 얘기가 오가고 있는 건지 그로서는 이해하기가 어려웠다.

「저는 인정할 수 없습니다.」 세르게이 이바노비치가 언제나처럼 분명하고 절도 있는 표현과 우아한 말투로 이야기했다. 「외부 세계에 대한 나의 모든 관념이 감각적 인상에서 비

19 러시아에서 1871년에 찰스 다윈의 저서 『인류의 기원과 선택』이 번역, 출간되었으며, 당시 다윈의 이론에 관한 수많은 논문들이 주요 잡지에 발표되었다.

롯한다는 케이스의 견해에 저는 어떠한 경우에도 동의할 수 없습니다. 저에게 있어 **존재**라는 가장 기본적인 개념은 감각을 통해서 주어지는 게 아닙니다. 왜냐하면 그 개념을 전달해 주는 특수한 기관이 존재하지 않기 때문이죠.」

「그래요. 하지만 그들, 부르스트, 크나우스트, 프리파소프[20]는 〈존재에 대한 당신의 인식은 모든 감각들의 총합으로부터 비롯한 것이다, 예의 존재에 대한 인식은 감각들의 산물이다〉 하고 답할 겁니다. 심지어 부르스트는 감각이 없다면 존재라는 개념도 없다고 직설적으로 말하고 있어요.」

「저는 그와 정반대의 견해를 말씀드리죠…….」 세르게이 이바노비치가 다시 이야기를 시작했다.

그때 레빈은 또다시 두 사람이 가장 중요한 지점에 다가가다가 그로부터 멀어지고 있음을 느꼈고, 그래서 교수에게 질문을 던지기로 마음먹었다.

「그렇다면, 만일 내 감각이 소멸한다면, 그러니까 내 육신이 죽어 버리면, 더 이상 그 어떤 존재도 있을 수가 없다는 건가요?」 레빈이 물었다.

교수는 대화가 중단된 것이 짜증스럽고 그로 인해 흡사 정신적 고통이라도 느낀다는 듯이, 철학자는커녕 배 끄는 인부처럼 생긴 이 기묘한 질문자를 유심히 쳐다보다가 다시 세르게이 이바노비치에게로 시선을 돌렸다. 〈도대체 무슨 말을 해줘야 되는 겁니까?〉라고 묻는 듯한 눈빛이었다. 그러나 세르게이 이바노비치는 교수처럼 고집 세고 편향된 태도로 말하는 사람이 아니었다. 그의 사고는 교수에게 응수하는 동시

---

20 세르게이 이바노비치가 언급한 케이스를 비롯해 열거된 이들은 모두 톨스토이의 허구이다.

에, 조금 전의 질문을 유발한 단순하고도 자연스러운 관점도 이해할 만한 여유를 지니고 있었기에, 그는 웃으면서 이렇게 말했다.

「그 문제라면 아직은 우리에게 해결할 권한이 없어…….」

「자료가 없지요.」 교수가 못을 박고는 논증을 이어 갔다. 「그러니까 제가 지적하는 바는, 프리파소프가 단언하듯이, 감각이 인상에 근거한다면 우리는 그 두 개념을 엄밀하게 구분해야 한다는 것입니다.」

레빈은 더 이상 대화에 귀 기울이지 않고, 교수가 떠나기만을 기다렸다.

8

교수가 떠나자 세르게이 이바노비치는 동생에게 말을 건넸다.

「네가 와줘서 무척 반갑구나. 오래 있을 거니? 농사는 좀 어때?」

레빈은 형이 농사에 별 관심 없이 그저 선심 쓰는 차원에서 물어본 것임을 알고 있었기에, 밀을 매출하여 번 돈에 대해서만 건성으로 대답했다.

레빈은 결혼하겠다는 자신의 의사를 형에게 털어놓은 다음 조언을 구하고 싶었으며, 그렇게 하리라 굳게 마음먹었던 참이었다. 그러나 막상 형을 보고, 교수와 나누는 대화를 듣고, 마치 보호자라도 되는 듯한 말투로 농사에 관해 묻는 소리를 듣고 나니(어머니로부터 물려받은 영지는 아직 분배가 이루어지지 않아 레빈이 양쪽 몫을 다 관리하고 있었다), 어쩐지 결혼 결심에 대한 이야기를 꺼낼 수 없으리라는 느낌이 들었다. 아무래도 형이 그 문제를 자신이 원하는 방향으로 생각하지 않을 것 같았던 것이다.

「젬스트보는 어떻게 돼가고 있니?」 세르게이 이바노비치가 물었다. 그는 젬스트보에 관심이 아주 많고, 거기에 큰 의미를 부여하는 사람이었다.

「음, 솔직히 잘 모르겠어요…….」

「모르겠다니? 넌 젬스트보 의원이잖니?」

「아니에요. 이제는 의원이 아닙니다. 탈퇴했어요」 콘스탄틴 레빈이 대답했다. 「더 이상 총회에도 나가지 않는걸요.」

「유감이군!」 세르게이 이바노비치가 얼굴을 찌푸리며 내뱉었다.

레빈은 자신의 입장을 변호하고자 군 총회에서 벌어진 일을 이야기하기 시작했다.

「늘 그런 식이라니까!」 세르게이 이바노비치가 레빈의 말을 가로챘다. 「우리 러시아인들은 늘 그런 식이야. 하긴, 어쩌면 그게 우리의 장점인지도 모르지. 자신의 결함을 볼 줄 아는 능력 말이야. 하지만 우리는 도가 지나쳐. 비꼬는 말을 입에 달고 살면서 그걸로 위안을 삼는다니까. 장담하는데, 그런 권한들, 우리네 지방 자치 기구들을 유럽의 국민들, 독일인들이나 영국인들에게 준다고 쳐봐. 그들은 거기서 자유를 일궈낼 거야. 그런데 우리는 이렇게 비웃고만 있으니.」

「하지만 어쩌겠어요?」 레빈이 자책하는 투로 말했다. 「그게 제 마지막 시도였어요. 전력을 다해 애써 봤다고요. 더는 못 하겠어요. 능력이 모자라요.」

「능력이 모자라다니.」세르게이 이바노비치가 말했다. 「너는 문제를 제대로 파악하지 못하고 있어.」

「그럴지도 모르죠.」레빈이 의기소침하여 대꾸했다.

「너 그건 알고 있니? 니콜라이가 또다시 여기 와 있단다.」

니콜라이는 콘스탄틴 레빈의 친형이자 세르게이 이바노비치와는 이부형제 사이였다. 자기 재산의 대부분을 탕진하고 몰락해 버린 인간으로, 아주 이상하고 질 나쁜 회합에 출입하는가 하면 형제들과 불화를 일으키곤 했다.

「뭐라고요?」놀란 레빈이 버럭 소리를 질렀다. 「어떻게 아셨어요?」

「프로코피가 길에서 봤다더라.」

「여기, 모스크바에서요? 지금 어디 있나요? 어디 있는지 아세요?」레빈은 당장이라도 찾아갈 기세로 자리에서 벌떡 일어났다.

「괜한 말을 했구나.」동생이 흥분하는 모습에 세르게이 이바노비치는 고개를 내저었다. 「어디서 지내는지 알아 오라고 사람을 보냈다. 그리고 내가 지불한 니콜라이의 어음을 그 애가 알고 지내는 트루빈 편에 보냈지. 그랬더니 여기 이 답신을 보냈더구나.」

세르게이 이바노비치가 문진 아래서 쪽지를 꺼내 동생에게 건넸다.

레빈은 낯익고도 기이한 필체로 쓰인 글을 읽었다. 〈부탁이니 부디 나를 가만히 내버려 두십시오. 이게 내가 친애하는 형제들에게 바라는 유일한 소망입니다. 니콜라이 레빈.〉

전언을 읽은 레빈은 두 손에 그대로 쪽지를 들고서 고개를 숙인 채 세르게이 이바노비치 앞에 서 있었다.

이제 불행한 형에 대해 잊고자 하는 욕망과, 그런 바람은 나쁘다는 의식이 그의 마음속에서 서로 싸우는 중이었다.

　「분명 나를 모욕하고 싶은 거야.」 세르게이 이바노비치가 말을 이었다. 「하지만 그 애는 나를 모욕할 만한 위인이 못 되지. 나도 진심으로 그 애를 돕고 싶지만, 그건 불가능하다는 걸 알고 있다.」

　「그래요, 그래.」 레빈이 거듭 말했다. 「이해해요. 그리고 작은형에 대한 형님의 태도를 존중해요. 하지만 작은형한테 가 봐야겠어요.」

　「원한다면 가렴. 권하는 바는 아니지만.」 세르게이 이바노비치가 말했다. 「그러니까, 나로서는 우려될 게 없어. 그 녀석이 너와 나 사이에 싸움을 붙이지는 않을 테니. 하지만 너를 위해서라면, 충고하건대, 가지 않는 게 나을 거다. 돕는 건 불가능하니까. 그렇지만 네가 원하는 대로 하렴.」

　「아마도 도울 수는 없겠죠. 하지만 저로서는, 특히 지금 이 순간에는요, 그래요, 이건 다른 얘기지만, 내 맘이 편치 않을 것 같아요.」

　「글쎄, 그게 나로서는 이해가 안 되는구나.」 그러고서 세르게이 이바노비치는 덧붙였다. 「내가 하나 알게 된 건 바로 겸양의 교훈이야. 니콜라이가 지금 같은 모습으로 돌변한 뒤로 나는 소위 추잡함이라는 걸 보다 관대하게 바라보게 되었다. 너도 알잖니, 그 녀석이 무슨 짓을 저질렀는지…….」

　「아아, 그건 정말 끔찍해요, 끔찍해!」 레빈이 되뇌었다.

　세르게이 이바노비치의 하인으로부터 작은형의 주소를 받고서 곧장 출발하려던 레빈은, 곰곰이 생각해 보고는 형에게 가는 것을 저녁때까지 미루기로 했다. 무엇보다도 마음의 평정을 찾기 위해서는 모스크바에 오게 된 본래의 용건을 해결해야만 했다. 그렇게 형의 집을 나선 뒤 오블론스키가 근무하는 관청으로 간 그는, 거기서 셰르바츠키 집안 사람들에 관한 소식을 듣고는, 오블론스키가 키티를 만날 수 있을 거라고 일러 준 곳으로 향했다.

9

오후 4시, 동물원 입구에서 레빈은 두근거리는 마음으로 마차에서 내려, 언덕과 스케이트장으로 이어지는 좁다란 길을 따라 걸음을 옮겼다. 입구에서 셰르바츠키 일가의 마차를 보았으니 틀림없이 거기서 그녀를 찾을 수 있을 것이었다.

날은 몹시 춥고 청명했다. 입구에는 사륜마차, 썰매, 삯마차와 헌병들이 줄지어 서 있었다. 정갈하게 차려입은 사람들이 밝은 햇빛에 모자를 빛내면서 출입구와 깨끗이 비질이 된 길을 따라 북적였고, 처마에 조각이 새겨진 자그마한 러시아식 집들이 길을 둘러싸고 있었다. 동물원의 늙고 구부러진 자작나무들은 쌓인 눈의 무게를 이기지 못해 가지들을 전부 늘어뜨렸는데, 그 모습이 마치 장중한 새 법의를 걸친 것 같았다.

스케이트장으로 난 길을 걸어가면서 그는 혼자서 중얼거렸다. 「흥분해서는 안 돼, 침착해야만 해. 뭘 걱정하는 거야? 뭐가 두려운 거야? 진정해, 이 바보야.」 그는 자신의 심장을 향해 애원하고 있었다. 스스로를 진정시키고자 애를 쓸수록 숨이 더 가빠졌다. 그와 마주친 어느 지인이 소리쳐 그를 불렀지만, 레빈은 상대가 누구인지조차 알아차리지 못했다. 그는 언덕으로 다가갔다. 오르내리는 썰매들에 매달린 사슬 소리가 언덕 위까지 쩌렁쩌렁 울렸고, 질주하는 썰매들의 덜컹거림과 사람들의 흥겨운 목소리가 왁자지껄했다. 몇 걸음 더 나아가자 눈앞에 스케이트장이 펼쳐졌다. 그는 빙판을 달리고 있는 그 모든 사람들 사이에서 단번에 그녀를 알아보았다.

거기 있는 그녀를 발견한 레빈은 환희와 두려움에 사로잡혔다. 그녀는 스케이트장의 맞은편 끄트머리에서 어떤 귀부인과 마주 선 채 이야기를 나누고 있었다. 그녀의 옷차림에도, 그녀의 몸가짐에도 특별한 점은 없었다. 그러나 이 군중 속에서 그녀를 알아보는 일은 레빈에게 엉겅퀴 속에서 장미꽃을 발견하는 것만큼이나 쉬운 일이었다. 모든 것이 그녀로 인해 환하게 빛났다. 그녀는 주위를 환히 비추는 미소와 같았다. 〈정말 내가 저쪽 빙판으로 내려가서 그녀에게 다가가도 되는 걸까?〉 그는 생각했다. 그녀가 있는 자리가 범접할 수 없는 성소(聖所)로 여겨졌기에, 그는 한순간 되돌아서 가버릴 뻔했다. 그 정도로 두려워진 것이다. 마음을 다잡고, 그녀 근처에 온갖 종류의 사람들이 지나다니고 있으니 자신 또한 스케이트를 타고 그녀 쪽으로 갈 수 있다는 사실을 분별해내야 했다. 그는 마치 태양을 마주할 때처럼, 한참이나 그녀를 바라보지 않으려 애쓰며 내려갔다. 그러나 마치 태양처럼, 그녀는 바라보지 않아도 보였다.

일주일에 하루, 바로 그 시간에는 서로 잘 아는 한 무리의 사람들이 빙판에 모이곤 했다. 무리 중에는 고난도의 기술을 자랑하는 스케이트 명수들도 있었고, 썰매 뒤에 매달려 스케이트를 배우는 소심하고 서툰 동작의 신참들도, 소년들도, 건강을 위해 운동 삼아 스케이트를 타는 노인들도 있었다. 그 모두가 레빈에게는 선택받은 행운아들로만 보였다. 왜냐하면 그들은 여기, 그녀 가까이에 있으니 말이다. 스케이트를 타는 모든 사람들이 너무도 무심히 그녀를 추월하거나 따라잡곤 했으며, 심지어 그녀와 이야기를 나누거나, 그녀와는 전혀 상관없이 질 좋은 얼음과 쾌청한 날씨를 즐기며 흥겨워했다.

키티의 사촌인 니콜라이 셰르바츠키가 짧은 모닝코트와 통이 좁은 바지 차림으로 스케이트를 신은 채 벤치에 앉아 있다가 레빈을 보고는 소리쳤다.

「러시아 제일의 스케이트 선수가 납시는군! 온 지 오래됐나? 빙판이 끝내줘. 어서 스케이트를 신으시게.」

「스케이트가 없는걸.」 그녀가 있는 곳에서 이토록 대담하고 거리낌 없이 구는 것에 놀라며 레빈이 대답했다. 직접 바라보지는 않았지만, 그는 한순간도 그녀를 시야에서 놓치지 않았다. 태양이 자신에게 가까이 다가오는 것이 느껴졌다. 구석에 있던 그녀가 긴 부츠를 신은 가느다란 다리를 어정쩡하게 내딛고는 눈에 띄게 겁을 내며 그가 있는 쪽으로 얼음을 지치며 오고 있었다. 러시아식 전통 복장을 한 소년이 두 팔을 필사적으로 휘두르며 허리를 깊숙이 수그린 채 그녀를 지나쳐 갔다. 불안한 자세로 스케이트를 타고 있던 그녀는 끈에 매달린 자그마한 머프에서 빼낸 두 손을 준비하듯 꼭 쥐더니 방금 알아본 레빈을 바라보며 그를 향해, 그리고 겁먹은 자기 자신을 향해 웃음을 지었다. 그러더니 방향을 틀고 한쪽 발로 탄력 있게 빙판을 밀어 곧장 셰르바츠키에게 다가와서는 그의 손을 잡은 채 미소를 지으며 레빈에게 목례를 건넸다. 그녀는 그가 상상한 것보다 더 아름다웠다.

그녀를 생각할 때면 그는 그녀의 모든 것, 특히 어린아이와 같은 해맑음과 선량함을 머금은, 처녀다운 매끈한 어깨 위로 자연스레 늘어뜨린 금발에 감싸인 자그마한 얼굴의 그 매력을 생생하게 떠올릴 수 있었다. 어린애 같은 그녀의 표정은 가냘픈 몸매의 아름다움과 더불어 그가 또렷이 기억하는 그녀만의 독특한 매력을 만들어 냈다. 그러나 늘 예기치 않게 그를 놀라게 만드는 것이 있었으니, 바로 온순하고 차분하며 진심 어린 두 눈동자에 어린 표정과 특히 그녀의 미소였다. 그 미소는 유년 시절 드물게 경험했던 세계, 마음이 유순해지고 나긋나긋해지는 듯한 마법의 세계로 그를 이끌곤 했다.

「오신 지 오래되셨나요?」 그녀가 레빈에게 악수를 청하며 물었다. 「고마워요.」 레빈이 머프에서 떨어진 손수건을 주워 건네자 그녀가 덧붙였다.

「저요? 오래되지 않았습니다. 바로 어제…… 그러니까 오늘…… 왔어요.」 흥분한 탓에 그녀가 던진 질문을 곧바로 이해하지 못한 채 레빈이 대답했다. 「댁으로 찾아뵈려고 했습니다.」 대답을 하고 나서 자신이 무슨 일로 그녀를 찾았는지를 상기한 그는 당황하며 얼굴을 붉혔다. 「스케이트를 타시는 줄, 게다가 그렇게 잘 타시는 줄은 몰랐군요.」

그녀는 레빈이 당황하는 이유를 알고 싶다는 듯이 그를 주의 깊게 바라보았다.

「칭찬해 주시니 영광이네요. 이곳에서는 당신이 탁월한 스케이트 선수라는 전설이 떠돌거든요.」 검은 장갑을 낀 작은 손으로 머프에 내려앉은 성에를 털어 내며 그녀가 말했다.

「네, 한때 열심히 탔지요. 완벽에 도달하고 싶었어요.」

「당신은 뭐든 열심히 하시는 것 같아요.」 그녀가 미소를 지었다. 「스케이트 타시는 모습을 꼭 보고 싶어요. 어서 스케이트를 신으세요. 우리 함께 타요.」

〈함께 타다니! 그게 과연 가능하단 말인가?〉 레빈은 그녀를 바라보며 생각했다.

「지금 바로 신고 오겠습니다.」

그러고서 레빈은 스케이트를 신으러 갔다.

「오랜만에 뵙습니다, 나리.」 스케이트를 다루는 일꾼이 한쪽 발을 쥐고 뒷굽의 나사를 조이면서 말했다. 「나리 다음으로는 신사분들 중에 스케이트 명수가 한 명도 나오질 않았습죠. 자, 이만하면 괜찮으신가요?」 스케이트 끈을 꽉 묶어 주며 그가 물었다.

「좋네, 좋아. 빨리 좀 해주게.」 레빈은 자신도 모르게 얼굴에 피어오르는 행복의 미소를 간신히 억누르며 대답했다. 〈그래, 이것이 바로 인생이야. 이것이 바로 행복이라고! **함께**라고 그녀가 말했어, **우리 함께 타요**라고. 지금 그녀에게 말할까? 하지만 지금 행복하니까, 희망만으로도 행복하니까 말을 꺼내기가 두려워. 그러면 어쩌지……? 하지만 말해야만 해! 해야 한다고! 소심함 따위는 저리 꺼져 버리라지!〉

자리에서 일어선 레빈은 외투를 벗고 막사 가장자리의 거친 얼음 위를 이리저리 내달리다가 마침내 매끈한 얼음판으로 달려 나가서는 자유자재로 속도를 내거나 줄이고 방향을 틀면서 손쉽게 얼음을 지쳤다. 그는 두려운 마음으로 그녀에게 다가갔지만, 그녀의 미소가 또다시 그를 안심시켰다.

그녀가 레빈에게 손을 내밀었고, 그들은 속력을 더해 가며 나란히 나아갔다. 속도가 빨라질수록 그녀는 그의 손을 더 꼭 쥐었다.

「당신과 함께라면 금방 익힐 것 같아요. 당신에겐 왠지 믿음이 가요.」그녀가 레빈에게 말했다.

「당신이 저에게 의지할 때면, 저 역시 자신감이 생긴답니다.」이렇게 말하고서 그는 순간 자신의 말에 깜짝 놀라 얼굴을 붉혔다. 실제로 그가 그 말을 내뱉자마자, 갑자기 태양이 먹구름 뒤로 사라지듯이 그녀의 얼굴에서 그 모든 상냥한 빛이 가시고 말았다. 골똘히 생각에 잠겨 있음을 나타내는 그 익숙한 표정 변화를 레빈은 곧바로 알아챘다. 그녀의 매끈한 이마에 주름이 파인 것이다.

「무슨 불쾌하신 일이라도 있으신지요? 이렇게 물어보는 것도 주제넘습니다만.」레빈이 재빨리 중얼거렸다.

「왜요……? 아니에요, 불쾌한 거라곤 전혀 없어요.」그녀가 차갑게 대답하고는 곧바로 덧붙였다. 「혹시 마드무아젤 리농을 만나 보셨나요?」

「아직 못 뵈었습니다.」

「그분한테 가보세요. 그분이 당신을 얼마나 좋아하시는지 몰라요.」

〈이건 뭐지? 내가 기분을 상하게 한 거야. 하느님, 저를 도와주소서.〉레빈은 이렇게 생각하고서 백발의 머리채를 말아 올리고 벤치에 앉아 있는 나이 든 프랑스 여자에게로 달려갔다. 그녀는 틀니가 드러나도록 활짝 웃으면서 오래된 친구를 대하듯이 그를 맞이했다.

「그래요, 우리는 성장하기 마련이죠.」그녀가 눈짓으로 키티를 가리키며 레빈에게 말했다. 「그리고 늙어 가기 마련이고요. 저 tiny bear(아기 곰)가 벌써 이렇게 컸다니 말예요!」프랑스 여자가 소리 내어 웃으면서 말을 잇더니, 레빈이 세 아가씨들을 영국 동화에 나오는 세 마리 곰에 비유하면서 했던 농담을 상기시켰다.「기억나요? 당신이 그렇게 부르곤 했잖아요.」

그는 전혀 기억이 나질 않았지만 그녀는 벌써 10년 가까이 그 농담을 떠올리며 웃고 즐거워하던 터였다.

「자, 가봐요, 어서 가서 스케이트를 타요. 우리 키티도 이제 스케이트를 잘 탄답니다, 그렇지 않습니까?」

레빈이 다시 키티에게 왔을 때 그녀에게서 굳은 표정은 사라져 있었고, 두 눈은 여전히 진실하고 상냥하게 그를 바라보았다. 하지만 어쩐지 레빈은 그 상냥함에서 심상치 않은, 일부러 침착한 척하는 기색을 느꼈고, 그래서 침울해졌다. 키티는 자신의 늙은 가정 교사와 그녀의 별난 점들에 대해 잠시 얘기하다가 레빈의 근황을 물었다.

「정말로 시골에서 겨울을 보내는 게 권태롭지 않으세요?」

「그럼요, 권태롭지 않습니다. 아주 바쁜걸요.」레빈은 느낄 수 있었다. 지난 초겨울에 그랬던 것처럼, 지금도 그녀는 도저히 벗어날 수 없는 예의 침착한 분위기로 그를 휘어잡고 있었다.

「오랫동안 머무르실 건가요?」키티가 물었다.

「모르겠습니다.」자신이 무슨 말을 하는지도 모른 채 레빈이 대답했다. 이 침착하고 우정 어린 분위기에 굴복하고 만다면 또다시 아무것도 결론짓지 못한 채 떠나게 될 거라는 생각이 머리를 스쳤다. 그는 반란을 일으키기로 결심했다.

「모르다니요?」

「저는 모릅니다. 그건 당신에게 달려 있으니까요.」말을 마친 순간 레빈은 자신이 내뱉은 말에 몸서리를 쳤다.

그의 말을 듣지 못했는지, 아니면 듣고 싶지 않았는지, 그녀는 무언가에 걸려 넘어질 듯하다가 한쪽 발을 두 차례 구르고는 서둘러서 그로부터 멀리 가버렸다. 그녀는 마드무아젤 리농에게 다가가서 뭔가 이야기를 건넨 뒤, 귀부인들이 스케이트를 벗고 있는 막사 쪽으로 향했다.

〈하느님 맙소사, 내가 무슨 짓을 한 거지! 아아, 주여! 저를 도와주소서, 저를 일깨워 주소서.〉 레빈은 마음속으로 기도를 되뇌었다. 동시에 그는 격렬한 움직임의 욕구를 느끼고는 안팎으로 원을 그리며 이리저리 내달렸다.

바로 그때 청년들 중 한 사람, 신예 스케이트 명수 가운데 제일 실력이 뛰어난 이가 스케이트를 신고 입에 궐련을 문 채 카페에서 나와 한차례 내달리더니 계단을 쿵쿵 울리면서 뛰어 내려왔다. 순식간에 아래로 내려온 그는 자연스럽게 늘어뜨린 양팔의 자세를 바꾸지도 않고 얼음을 지쳤다.

「아, 저건 신기술인걸!」 이렇게 말하고서 레빈은 자신 또한 그 신기술을 선보이고자 곧장 위로 내달렸다.

「다치지 않게 조심하게, 숙련이 필요하네!」 니콜라이 셰르바츠키가 그를 향해 소리쳤다.

발판에 올라선 레빈은 위에서부터 한껏 내달렸는데, 익숙지 못한 자세였던지라 두 팔로 균형을 잡을 수밖에 없었다. 마지막 계단에서 삐끗하긴 했지만, 그는 빙판에 손을 댈 듯하다가 힘찬 동작으로 자세를 바로잡고는 웃으면서 앞으로 나아갔다.

〈멋지고 사랑스러운 사람이야.〉 바로 그때 마드무아젤 리농과 함께 막사를 나서던 키티가, 마치 사랑하는 친오빠를 바라보듯이 잔잔한 애정이 묻어나는 미소를 띤 채 레빈을 바라보며 생각했다. 〈정말이지 내가 잘못한 걸까? 정말로 내가 뭔가 나쁜 짓을 저지른 걸까? 그런 걸 두고 사람들은 교태 부린다고 하지. 내가 사랑하는 이는 저이가 아니라는 걸 나는 잘 알아. 그렇지만 저이와 함께 있으면 즐거운걸. 게다가 저렇게 좋은 사람이잖아. 그런데 도대체 왜 나한테 그런 말을 했을까……?)

스케이트장을 나서려는 키티와 계단에서 그녀를 마중하는 키티의 어머니를 본 레빈은 격렬히 움직인 탓에 불그레해진 얼굴로 멈춰 서서 생각에 잠겼다. 그는 스케이트를 벗고 동물원 입구에서 키티 모녀를 따라잡았다.

「만나 뵙게 돼서 정말 반가워요. 언제나처럼 저희 집은 목요일마다 손님들을 맞이한답니다.」 공작 부인이 말했다.

「그렇다면 오늘이군요?」

「집에서 뵙게 되면 아주 기쁠 거예요.」 냉담한 어투로 공작 부인이 말했다.

그 매정함에 화가 난 키티는 어머니의 차가운 말투를 무마하고 싶어 견딜 수가 없었다. 그녀는 고개를 돌리고는 웃으면서 말했다.

「또 뵈어요.」

그 순간 중절모를 비뚜름하게 쓴 스테판 아르카디치가 얼굴과 두 눈을 밝게 빛내며 개선장군처럼 신이 나서는 동물원에 들어서고 있었다. 그러나 장모와 가까워지자 그는 울적하고 죄지은 듯한 표정으로 돌리의 안부를 묻는 그녀의 질문에 답하는 것이었다. 조용하고 음울하게 장모와 이야기를 나눈 뒤, 그는 다시 가슴을 쫙 펴고서 레빈의 팔짱을 꼈다.

「그래, 그럼 가볼까?」 스테판이 물었다. 「줄곧 자네 생각을 했어. 와줘서 무척 기쁘네.」 그가 의미심장한 표정으로 레빈의 눈을 쳐다보며 말했다.

「그래, 어서 가세.」 행복해진 레빈이 대답했다. 그 와중에
도 내내 〈또 뵈어요〉라고 말하던 그녀의 음성이 들리고, 그녀
가 짓던 미소가 어른거렸다.

「앙글리야²¹로 갈까, 아니면 예르미타시로 갈까?」

「아무래도 상관없어.」

「그럼, 앙글리야로 가지.」 스테판 아르카디치가 앙글리야
를 선택한 건 예르미타시보다 앙글리야에 그어 놓은 외상값
이 더 많기 때문이었다. 그 호텔을 피하는 건 좋지 않다고 그
는 생각했다. 「자네가 타고 온 마차가 있겠지? 잘됐군. 내가
타고 온 삯마차는 돌려보냈거든.」

호텔로 가는 내내 두 친구는 말이 없었다. 레빈은 키티의
표정 변화가 무엇을 의미하는지를 생각하면서 아직 희망은
있다고 스스로를 북돋우다가도, 다시 절망에 잠겨 희망이란
어리석은 것임을 분명히 인식했다. 한편으로는 자신이 **또 뵈
어요**라는 그녀의 미소 띤 말을 듣기 전과는 완전히 다른 사람
이 된 것 같다는 생각도 들었다.

스테판 아르카디치는 가는 동안 메뉴를 고민하고 있었다.

「자네 튀르보²² 좋아하지 않나?」 목적지에 거의 다다르자
그가 레빈에게 말했다.

「뭐?」 레빈이 되물었다. 「튀르보? 그래, 튀르보라면 **사족을
못 쓰지**.」

---

21 당시 모스크바의 페트롭카 거리에 있던 호텔. 객실에 호화로운 가구들
이 비치되어 있었다.

22 가자미나 넙치류의 생선으로 만든, 미식가들이 높이 사는 프랑스식 고
급 요리.

10

오블론스키와 함께 호텔 안으로 들어섰을 때, 레빈은 스테판 아르카디치의 얼굴과 온몸에서 풍기는 은근한 광휘와도 같은, 모종의 특별한 표정과 자태를 느끼지 않을 수 없었다. 오블론스키는 외투를 벗고 모자를 비뚜름하게 쓴 채 식당 안으로 걸어 들어가며, 연미복 차림에 냅킨을 들고서 그의 뒤를 졸졸 따르는 타타르인 종업원들에게 이런저런 지시를 내렸다. 어디서나 그러듯이 그곳에서도 그를 반갑게 맞이하는 지인들을 향해 좌우로 목례를 하고 간이 테이블로 다가가 생선을 안주 삼아 보드카를 한 잔 마셨다. 그러고는 리본과 레이스로 치장하고 짙게 화장한 카운터의 곱슬머리 프랑스 여자를 향해 무언가 말을 건네자 프랑스 여자가 폭소를 터뜨리는 것이었다. 레빈은 보드카를 마시지 않았는데, 순전히 가발과 poudre de riz(쌀가루)와 vinaigre de toilette(화장용 초산)[23]로 빚어진 것만 같은 이 프랑스 여자에 대한 혐오감 때문이었다. 그는 마치 더러운 곳을 피하듯이 재빨리 그녀로부터 물러났다. 그의 영혼은 온통 키티에 대한 생각으로 가득 차 있었고, 그의 두 눈은 의기양양한 행복의 미소로 반짝였다.

「이쪽으로 오십시오, 나리, 여기라면 아무에게도 방해받지 않으실 겁니다, 나리.」 그들 뒤를 바짝 따라붙던 늙고 머리가 희끗한 타타르인이 말했다. 그의 널찍한 엉덩이 뒤편에는 연미복 뒷자락이 양쪽으로 한껏 벌어져 있었다. 「모자 이리 주시지요, 나리.」 타타르인은 스테판 아르카디치에 대한 경의

---

23 맥락상 쌀가루와 화장용 초산은 색과 향이 진하고 야릇한 화장품을 의미한다.

의 표시로 그와 함께 온 레빈의 비위를 맞추었다.

그는 청동 촛대 아래편, 이미 식탁보가 깔려 있는 원형 식탁에 순식간에 새 식탁보를 깔고서 벨벳 의자를 옮겨 놓더니 냅킨과 메뉴판을 손에 든 채 스테판 아르카디치 앞에 서서 주문을 기다렸다.

「별실을 원하신다면, 곧 비게 될 겁니다. 골리친 공작이 어느 귀부인과 함께 계시거든요. 그리고 신선한 굴이 들어왔습니다.」

「앗! 굴이라.」

스테판 아르카디치가 생각에 잠겼다.

「계획을 바꾸면 안 될까, 레빈?」 그가 메뉴판에 손가락을 얹은 채 말했다. 진지하게 고민하는 기색이 역력했다. 「굴 상태는 좋은가? 잘 살펴보게!」

「플렌스부르크산(産)입니다, 나리. 오스텐더산(産)은 없고요.」

「플렌스부르크산은 그렇다 치고, 신선하긴 한 건가?」

「어제 들어왔습죠.」

「그럼, 굴부터 시작하고, 그다음으로는 계획을 전부 바꾸는 게 어떤가? 응?」

「상관없네. 나야 양배추수프와 메밀죽이 제일 좋지.[24] 하지만 그런 건 여기 없잖은가.」

「카샤아라뤼스[25]가 있는데 주문하시겠습니까?」 유모가 어

---

24 〈양배추수프와 죽은 우리의 양식〉이라는 속담이 있을 정도로 이 두 가지는 러시아 민중들이 즐겨 먹는 보편적인 음식이었다. 죽은 주로 메밀이나 쌀가루로 만들었다.

25 러시아식 죽을 말한다.

린애를 대하듯 타타르인이 레빈 쪽으로 몸을 깊숙이 숙이면서 물었다.

「아닐세, 농담은 그만하지. 자네가 고른 거면 좋네. 스케이트를 탔더니 배가 고프군.」 순간 레빈은 오블론스키의 얼굴에서 불만스러운 표정을 읽고는 이렇게 덧붙였다. 「자네의 선택을 무시한다고 생각지는 말게. 기꺼이 잘 먹을 테니.」

「물론 그래야지! 뭐니 뭐니 해도, 이런 게 인생의 즐거움 중 하나 아니겠나.」 스테판 아르카디치가 말했다. 「자 그럼 이보게, 굴 스무 개랑……. 너무 적으려나……. 그럼 서른 개쯤 내오고, 근채수프 있잖나 —」

「프랭타니에르 말씀이시죠?」 타타르인이 말꼬리를 낚아챘다. 하지만 스테판 아르카디치는 그에게 프랑스어로 요리명을 읊조리는 기쁨을 허용하고 싶지 않은 모양이었다.

「근채 수프 말일세, 알겠나? 다음으로는 걸쭉한 소스를 곁들인 튀르보를 내오고, 그다음에는…… 로스트비프를 준비해 주게. 좋은 걸로 내오도록 신경 좀 써줘. 구운 닭이랑 과일 절임도 가져오고.」

요리 이름을 프랑스어 메뉴판에 적힌 대로 부르지 않는 스테판 아르카디치의 습성을 기억해 낸 타타르인은 더 이상 그의 말에 토를 달지 않았지만, 주문 내역을 모두 메뉴판에 적힌 대로 반복해 되뇌는 즐거움만은 놓치지 않았다. 〈프랭타니에르수프, 보마르셰소스를 얹은 튀르보, 풀라르드아레스트라공,[26] 마세두안드프뤼[27]…….〉 그런 다음 잽싸게 장정된 메뉴판을 내려놓고는 또 다른 주류 메뉴판을 집어 스테판 아르

---

26 거세하여 살을 찌운 암탉에 허브를 곁들여 구운 요리.
27 각종 소스와 토핑을 얹은 과일 칵테일. 과실주에 안주로 곁들인다.

카디치에게 내밀었다.

「무얼 마실까?」

「원하는 걸로. 조금만 하지, 샴페인으로.」레빈이 말했다.

「뭐? 시작부터? 하긴 뭐, 좋을 대로 하게. 자네 하얀 라벨이 붙은 걸 좋아하지?」

「카세블랑.」타타르인이 말꼬리를 낚아챘다.

「그럼 그걸로 굴과 함께 내오게. 그다음은 그때 가서 주문하지.」

「분부대로 합죠. 테이블 와인은 무엇으로 하시겠습니까?」

「뉘를 가져오게. 아냐, 클래식한 샤블리가 좋겠군.」

「예. 늘 드시던 치즈로 내올까요?」

「그래, 파르마산으로. 아니면, 자네는 다른 게 좋은가?」

「아니, 상관없어.」레빈이 못내 웃음을 지으며 대답했다.

타타르인은 널찍한 엉덩이 뒤로 연미복 뒷자락을 휘날리며 달려가더니, 5분 뒤 진줏빛 껍질에 담긴 굴 접시를 들고 손가락 사이에 술병을 끼운 채 잽싸게 들어왔다.

스테판 아르카디치는 풀 먹인 냅킨을 구겨 조끼 안쪽에 끼워 넣은 다음 두 팔을 편안하게 내려놓고서 굴을 먹기 시작했다.

「괜찮은데.」그가 은제 포크로 껍데기에서 즙 많은 굴을 떼어 내 연이어 집어삼키면서 말했다.「괜찮아.」촉촉하고 반짝이는 눈으로 레빈과 타타르인을 번갈아 쳐다보며 그가 되풀이했다.

치즈를 곁들인 흰 빵을 더 좋아하긴 하지만, 레빈 역시 굴을 못 먹는 건 아니었다. 그러나 지금 그는 넋을 잃은 채 오블론스키만 바라보고 있었다. 병마개를 뽑아 테가 넓은 술잔에 거품 이는 샴페인을 따른 타타르인도 눈에 띄게 만족스러운 미소를 머금고 흰 넥타이의 매무새를 바로잡으며 스테판 아르카디치를 바라보았다.

「자네는 굴을 별로 좋아하지 않나 봐?」 스테판 아르카디치가 샴페인 잔을 비우며 물었다. 「아니면 무슨 걱정거리라도 있는 건가? 응?」

그는 레빈이 즐거워했으면 싶었다. 한데 레빈은 침울한 게 아니라 거북했다. 마음속에 지금과 같은 생각을 품은 채 술집에서, 이 분주함과 요란함들 속에서, 귀부인을 동반하고 식사를 하는 별실들 사이에 앉아 있는 게 언짢고 불편했다. 청동 촛대, 거울, 가스등, 타타르인이 어우러진 이 정황, 그 모든 것이 그에게는 꺼림칙했다. 자신의 영혼을 가득 채운 그것에 혹여 더러움이 묻을까 그는 두려웠다.

「나 말인가? 그래, 걱정되는 게 있지. 뿐만 아니라 이 모든 게 왠지 거북하군.」 그가 말했다. 「자네는 상상도 못 하겠지만, 나 같은 시골 사람에게는 이 모든 게 기괴하다네. 아까 자네 사무실에서 본 그 작자의 손톱처럼 말이야…….」

「그래, 가엾은 그리네비치의 손톱이 자네의 관심을 끄는 걸 봤네.」 스테판 아르카디치가 웃으면서 응수했다.

「나는 참을 수가 없네.」 레빈이 말했다. 「자네, 한번 내 입장이 되어 보라고. 시골 사람의 관점에서 보란 말이지. 시골에서 우리는 되도록 일하기 편하도록 손을 관리하려 애쓴다네. 그러기 위해서 손톱을 짧게 깎고, 때로는 소매도 걷어 올리지. 그런데 여기서는 사람들이 일부러 손톱을 있는 대로 기르고, 찻잔 받침만 한 단추로 소매를 걸어 잠가 버린단 말일세. 두 손으로 아무 일도 못 하도록 말이야.」

얘기를 듣던 스테판 아르카디치가 쾌활하게 웃었다.

「그래, 그건 험한 노동을 할 필요가 없다는 걸 나타낸다네. 그의 정신이 일을 하니까…….」

「그럴지도 모르지. 어쨌든 간에 나에게는 기괴하단 말일세. 이것도 마찬가지야. 시골 사람들은 얼른 일을 할 수 있도록 서둘러서 배를 채우려는 반면, 지금 자네와 나는 어떻게든 오랫동안 배를 채우지 않으려 애를 쓰고, 그러기 위해 이렇게 굴을 먹고 있지 않은가…….」

「글쎄, 물론 그렇지만…….」 스테판 아르카디치가 응수했다. 「교양의 목적도 있지 않겠나. 모든 것에서 즐거움을 얻는 법이라고나 할까.」

「그런 게 목적이라면, 나는 차라리 야만인이 되겠네.」

「자네는 이미 충분히 야만인이야. 레빈 집안 사람들은 온통 야만인들이라니까.」[28]

레빈은 한숨을 내쉬었다. 니콜라이 형이 떠올랐고, 그러자 양심의 가책이 들고 괴로워서 얼굴이 찌푸려졌다. 하지만 오블론스키가 곧바로 레빈의 주의를 끄는 화제를 꺼냈다.

「그래, 어떤가. 오늘 저녁 우리 식구들, 그러니까, 셰르바츠키 일가를 방문해 주지 않겠나?」 그는 거칠거칠한 빈 굴 껍데기를 치우고 치즈를 끌어다 놓으면서 의미심장하게 눈빛을 빛냈다.

「그러지, 꼭 가겠네.」 레빈이 대답했다. 「공작 부인께서 나를 초대하는 걸 별로 달가워하지 않는 눈치긴 했지만.」

「무슨 소리! 신경 쓰지 말게! 습관일 뿐이야……. 이보게,

---

28 레빈Levin이라는 성이 사자를 뜻하는 〈레프lev〉에서 비롯되었음을 염두에 둔 농담조의 말이다.

여기 수프를 내오게⋯⋯! Grande dame(고위층 귀부인)이신 그분의 버릇이라고.」 스테판 아르카디치가 말했다. 「나도 갈 거야. 한데 합창 연습 때문에 바니나 백작 부인 댁에 들러야 하거든. 그건 그렇고, 자네가 어찌 야만인이 아니겠나? 느닷 없이 모스크바를 떠나 사라져 버린 건 어떻게 해명할 셈인 데? 셰르바츠키 집안 사람들은 나한테 끊임없이 자네에 관해 묻는다네. 마치 내가 틀림없이 자네에 관해 알고 있을 거라는 듯 말이야. 내가 아는 건 단 하나뿐일세. 자네는 항상 아무도 안 하는 짓을 한다는 거지.」

「맞아.」 레빈이 천천히 흥분된 어조로 말했다. 「자네가 옳 아. 나는 야만인이야. 하지만 나의 야만스러움은 내가 떠나 버린 데 있는 게 아니라, 지금 이곳에 왔다는 데 있지. 지금 내가 왔다는 것 말이네⋯⋯.」

「자네는 정말이지 행운아라니까!」 스테판 아르카디치가 말을 받았다.

「어째서?」

「준마는 낙인으로 알아보고, 사랑에 빠진 젊은이는 눈빛으 로 알아보는 법이지.」[29] 스테판 아르카디치가 단언했다. 「자 네 앞에 모든 게 놓여 있네.」

「그럼 자네의 모든 건 뒤에 있단 말인가?」

「아니, 뒤는 아니더라도, 자네에게는 미래가 있지만, 나한 테 있는 건 현재거든. 그리고 그 현재라는 게 어중간해.」

「무슨 일이 있는 건가?」

「그래, 안 좋아. 하지만 내 얘기는 하고 싶지 않네. 게다가 다 설명하기가 불가능하기도 하고.」 스테판 아르카디치가 말

[29] 푸시킨의 시 「아나크레온」에서 인용한 구절이다.

했다. 「그런데 자네는 대관절 무슨 일로 모스크바에 온 건가……? 어이, 이보게, 여기 좀 치워 주게.」 그가 타타르인에게 소리쳤다.

「짐작하고 있잖은가?」 레빈이 그윽하게 빛나는 눈을 스테판 아르카디치에게 고정시킨 채 대꾸했다.

「짐작은 가지만, 내가 그 얘길 꺼낼 수는 없네. 이 정도면 자네는 내가 제대로 짐작하고 있는 건지 아닌지 알 수 있겠지.」 스테판 아르카디치는 의미심장한 미소를 머금고서 레빈을 바라보았다.

「그렇다면, 자네는 내게 뭐라 말하겠나?」 레빈은 얼굴 근육에 온통 경련이 이는 것을 느끼며 떨리는 목소리로 말했다. 「자네는 이 일에 대해 어떻게 생각하나?」

스테판 아르카디치는 레빈에게서 눈길을 떼지 않은 채 샤블리 잔을 천천히 비웠다.

「나 말인가?」 스테판 아르카디치가 대꾸했다. 「그보다 더 바라는 바는 없을 걸세. 있을 수 있는 최선의 일이지.」

「자네가 잘못 짚은 건 아니겠지? 우리가 무슨 얘기를 하는 건지 알고 있는 거지?」 레빈이 상대를 뚫어져라 바라보았다. 「자네는 그게 가능한 일이라고 보는가?」

「가능하다고 생각하네. 대체 왜 불가능하단 말인가?」

「아니, 정말로 그게 가능하다고 보는 건가? 아니야, 자네가 생각하고 있는 모든 걸 말해 보게! 어쩌면, 만일, 만에 하나 거절의 대답이 나를 기다리고 있다면……? 심지어 난 그렇게 되리라는 확신이 들어…….」

「대체 왜 그런 생각을 하는 건가?」 미소를 머금은 채 레빈이 흥분하는 모습을 바라보며 스테판 아르카디치가 말했다.

「이따금씩 그런 생각이 든다네. 그건 나에게도 그녀에게도, 정말이지 끔찍한 일이지 않을까 하는······.」

「여하튼 간에 그런 일이 젊은 처자에게 끔찍할 건 전혀 없네. 처녀들은 청혼을 받으면 자랑스러워하기 마련이거든.」

「그래, 다른 모든 아가씨들은 그렇지만, 그녀만은 아니야.」

스테판 아르카디치가 씩 웃었다. 그는 레빈의 감정을 익히 알고 있었고, 그에게 세상 여자들은 두 부류로 나뉜다는 사실도 잘 알고 있었다. 한 부류는 그녀를 제외한 모든 여자들로, 인간적인 약점들을 죄다 갖춘, 평범하기 짝이 없는 이들이다. 또 다른 부류는 약점이라곤 그 어떤 것도 없는, 인간적인 모든 면을 초월한 그녀 단 한 사람인 것이다.

「잠깐, 소스를 끼얹게.」 자기 몫의 소스를 물리는 레빈의 손을 제지하면서 오블론스키가 말했다.

순순히 소스를 접시에 끼얹긴 했지만, 레빈은 스테판 아르카디치가 음식을 먹도록 내버려 두지 않았다.

「아니, 잠시, 잠시만.」 그가 말했다. 「이건 나한테 생사가 걸린 문제라는 걸 알아주게나. 그 누구와도 이 문제에 관해 이야기를 나눠 본 적이 없네. 그리고 자네 말고는 이 일에 관해 이야기할 만한 사람이 아무도 없어. 자네와 나는 모든 면에서 아주 딴판 아닌가. 취향도, 견해도 모든 게 다르니까. 하지만 자네가 나를 좋아하고 이해한다는 걸 나는 잘 알고 있네. 그래서 나 또한 자네를 끔찍이도 좋아하지. 하지만, 제발 부탁인데, 나한테 완전히 솔직하게 말해 줘야 하네.」

「나는 생각하는 그대로를 말하고 있어.」 스테판 아르카디치는 빙그레 웃으며 대꾸했다. 「그런데, 이제 그 이상을 말해 주겠네. 내 아내가 말이야, 놀라운 여자거든······.」 아내와의 관계를 떠올린 스테판 아르카디치가 한숨을 내쉬고는 잠시 침묵하더니 하던 말을 이어 갔다. 「내 아내는 예지력을 타고 났다네. 사람 속을 훤히 꿰뚫어 본다니까. 그게 다가 아닐세. 집사람은 앞으로 일이 어떻게 될지, 특히 혼사와 관련해서는 정확히 알아맞힌다고. 예를 들어 샤홉스카야 양이 브렌텔른에게 시집갈 거라고 예언을 했었거든. 아무도 그 말을 믿으려 하지 않았지만 결국 그렇게 됐단 말이지. 게다가 집사람은 자네 편이라네.」

「그게 무슨 뜻인가?」

「집사람은 자네를 좋아할 뿐만 아니라, 키티가 반드시 자네의 아내가 될 거라고 한다니까.」

그 말을 듣는 순간, 레빈의 얼굴은 감동의 눈물에 가까운 미소로 환하게 빛났다.

「그분이 그렇게 말씀하셨단 말이지!」 레빈이 소리쳤다. 「내가 항상 얘기했잖나, 그분, 자네의 부인은 참으로 매력적인 분이라고 말이야. 그래, 됐네, 그 얘기는 이제 됐어.」 자리에서 일어나며 그가 말했다.

「그래, 그런데 자리에 좀 앉게. 수프를 내왔잖아.」

하지만 레빈은 앉아 있을 수가 없었다. 그는 새장같이 좁은 별실의 이 끝과 저 끝을 예의 단호한 걸음걸이로 두 차례나 왕복하면서 눈물을 들키지 않도록 두 눈을 깜박인 다음에야 다시 자리에 앉았다.

「이해해 주게.」 그가 입을 열었다. 「이건 사랑이 아니야. 나는 사랑에 빠진 적이 있었네만, 이번엔 그런 종류의 것이 아닐세. 이건 내 감정이 아니라, 어떤 외부의 힘에 사로잡힌 거라네. 정말이지 그런 건 있을 수 없다고 결론을 내렸기에 떠나고 말았지 않았겠나. 그러니까, 지상에는 없는 그런 행복 같은 것 말일세. 하지만 나 자신과 싸운 뒤에야 마침내 깨달았지. 그것 없이는 내 삶도 존재할 수 없다는 걸 말이야. 그래서 결단을 내려야 ─」

「대체 왜 떠났던 건가?」

「아아, 잠시만! 아아, 너무 많은 생각들이 떠오르는군! 물어봐야 할 건 또 얼마나 많은지! 내 말 좀 들어 보게. 조금 전 자네가 한 말이 나를 어떻게 만들었는지 자네는 아마 상상도 못 할 걸세. 너무나 행복해서 치가 떨릴 지경이라고. 모든 걸 잊었지 뭔가. 니콜라이 형이…… 여기 있다는 걸…… 오늘 알았네. 그런데 형에 관해 잊고 만 거야. 형 역시 행복한 사람이라는 생각이 들지를 않나, 미친 것 같아. 그렇지만 한 가지 두려운 건……. 자네는 결혼을 했으니 이런 감정을 잘 알겠지……. 두려운 건 말이야, 우리처럼 사랑이 아니라 죄악으로 물든 과거를 지닌 나이 지긋한 사람이…… 갑자기 순결하고 무구한 존재와 가까워진다는 거, 그건 혐오스러운 일이거든. 따라서 나 자신에게 자격이 없다고 느끼지 않을 수 없는 걸세.」

「하지만 자네의 죄가 대단한 것도 아닌걸.」

「아아, 어쨌거나…….」 레빈이 말했다. 「어쨌거나, 〈혐오감을 품고 내 인생을 뒤적이면서 나는 전율하고, 저주하며, 비통하게 푸념을 토하노라…….〉[30] 바로 이런 거지.」

「어쩌겠나, 세상이 그렇게 만들어진 것을.」 스테판 아르카디치가 말했다.

---

30 푸시킨의 시 「회상」에서 인용한 구절. 톨스토이는 이 시를 세상에 몇 안 되는 위대한 걸작이라고 평가했다.

「그래도 한 가지 위안거리가 있는데, 내가 항상 좋아했던 이 기도문 같은 거라네. 〈공적을 보시고 저를 용서하지 마시고, 자비로써 용서하소서〉라는 구절이지. 그녀 역시 오직 그런 식으로만 나를 용서할 수 있을 테니.」

11

레빈이 잔을 비운 뒤, 둘은 잠시 말이 없었다.

「한 가지 자네에게 해야 할 말이 있네. 자네 브론스키를 아는가?」 스테판 아르카디치가 레빈에게 물었다.

「아니, 몰라. 그건 왜 묻는데?」

「다른 병을 내오게.」 스테판 아르카디치가 그들 주변을 맴돌며 술잔을 채워 주던 타타르인에게 주문했다. 마침 그 시점에는 그가 필요치 않은 까닭이었다.

「왜 내가 브론스키를 알아야 하지?」

「자네가 브론스키를 알아야 하는 이유는, 바로 그가 자네의 경쟁자 중 하나이기 때문이야.」

「브론스키가 대체 뭐 하는 작자인데?」 레빈이 물었다. 방금 전까지 오블론스키가 넋을 놓고 바라보던, 어린애처럼 기뻐서 어쩔 줄 모르던 그의 얼굴이 악의에 찬 불쾌한 모습으로 변해 버렸다.

「브론스키는 키릴 이바노비치 브론스키 백작의 자제로 페테르부르크의 잘나가는 청년들 중에서도 가장 뛰어난 모범 사례라네. 나는 트베리에서 근무하던 시절에 그를 알게 됐지. 그가 신병 모집차 왔었거든. 엄청난 부자에 얼굴도 잘생긴 데다 인맥도 두텁고 시종무관이라네. 게다가 아주 친절하고 선량한 호인이야. 그저 괜찮은 청년이 아니라 그 이상이지. 내가 여기서 알게 된 바로는 교양 있고 똑똑하기까지 하더군. 장래가 아주 촉망되는 사람일세.」

레빈은 인상을 찌푸린 채 말이 없었다.

「그러니까, 그 친구가 이곳에 나타난 건 자네가 떠난 지 얼마 안 돼서야. 내 보아하니, 그 친구가 키티한테 홀딱 빠져 있네. 자네도 짐작하겠지만, 장모님은…….」

「미안하네만, 무슨 얘긴지 하나도 못 알아듣겠군.」 음울하게 눈살을 찌푸린 채 레빈이 말했다. 바로 그때 니콜라이 형을 떠올린 그는 형을 잊을 수 있을 수 있었던 자신이 얼마나 추악한지 생각했다.

「이보게, 잠시, 잠시만.」 스테판 아르카디치가 미소 띤 얼굴로 레빈의 손을 건드리며 말을 붙였다. 「나는 단지 알고 있는 바를 얘기하는 걸세. 그리고 다시 말하지만, 이런 미묘하고 예민한 사안에 대해서는 온갖 추측들이 가능한 법인데, 내 생각에 기회는 자네에게 있네.」

레빈은 의자에 몸을 파묻었다. 낯빛이 창백했다.

「나로서는 일을 서둘러 마무리 지으라고 충고하고 싶네.」 레빈에게 술을 마저 따르며 오블론스키가 말을 맺었다.

「아니, 고맙지만 사양하겠네. 더 이상 못 마시겠어.」 레빈은 잔을 밀어냈다. 「이러다 취하겠네……. 그런데 자네는 어떻게 지내나?」 그가 말을 이었다. 화제를 바꾸고 싶은 기색이 역력했다.

「한마디만 더 하지. 여하튼 간에 이 문제를 속히 결론짓게. 일단 오늘은 얘기하지 않는 게 좋겠네.」 스테판 아르카디치가 말했다. 「내일 아침에 찾아가서 고전적인 방식으로 청혼을 하게나. 그러면 신이 자네를 축복하실 걸세…….」

「한데 자네는 늘 우리 영지에 사냥하러 오고 싶어 했잖은가? 봄에 도요새를 잡으러 오게.」 레빈이 말했다.

지금 그는 스테판 아르카디치와 이 얘기를 시작한 게 너무나 후회되었다. 페테르부르크에서 왔다는 어느 장교와의 경쟁에 관한 이야기, 그리고 스테판 아르카디치의 추측과 충고로 인해 그의 **특별한** 감정이 더럽혀지고 만 것이다.

스테판 아르카디치는 빙그레 웃었다. 레빈의 마음속에서 무슨 일이 벌어지고 있는지 훤히 보이는 것 같았다.

「언제 한번 가겠네.」 그가 말했다. 「그래, 이 친구야, 여자들이란 회전축 같은 존재야. 그 위에서 모든 게 돌아간다고. 그래서 내 처지가 이렇게 말이 아니라네. 아주 안 좋아. 모든게 여자들 때문이지. 나에게 솔직하게 말해 보게.」 한 손으로 시가를 꺼내 들고 다른 한 손으로는 술잔을 쥔 채 그가 이야기를 이어 갔다. 「충고를 좀 해달라고.」

「대체 문제가 뭔가?」

「얘긴즉슨 이런 거지. 가령, 자네가 결혼을 했고 아내를 사랑한다고 치자고. 그런데 다른 여자한테 끌린 거야…….」

「미안하지만, 지금 무슨 말을 하는 건지 전혀 이해가 안 되네. 그건 마치……. 좌우간 이해가 안 돼. 그건 마치 내가 여기서 실컷 배부르게 음식을 먹고 나갔는데 곧바로 빵집을 지나치면서 빵을 훔치는 격이잖나.」

스테판 아르카디치의 두 눈이 평소보다 더 반짝였다.

「왜 이해가 안 되지? 흰 빵은 때로 참을 수 없을 정도로 맛있는 냄새를 풍기는걸.

Himmlisch ist's, wenn ich bezwungen

Meine irdische Begier;

Aber doch wenn's nicht gelungen,

Hatt' ich auch recht hübsch Plaisir!

(내가 만일 스스로의 속된 욕망을

이겨 냈다면, 참으로 근사했겠지.

하지만 설사 그러지 못했다 해도

나는 역시 행복했노라!)」[31]

이 구절을 읊으면서 스테판 아르카디치는 희미하게 미소를 지었다. 레빈 역시 미소 짓지 않을 수 없었다.

「그래, 농담은 그만하고…….」오블론스키가 이야기를 계속했다. 「생각 좀 해보게, 사랑스럽고 온순하며 애정이 넘치는 여자, 애처롭고 고독한 여자가 모두를 위해 자신을 희생했다네. 이미 일이 벌어진 지금에 와서, 생각 좀 해보게, 내가 정말 그녀를 버려야겠나? 그래, 가정을 깨지 않기 위해서 헤어져야 한다고 치자고. 하지만 그녀를 가엾게 여기고, 돌봐 주고, 위로해 주면 안 되는 건가?」

「정말 미안하네. 자네가 알다시피, 나에게 모든 여자는 두 부류로 나뉜다네……. 그러니까…… 정확히 말하자면, 여자들이 있고, 또……. 그러니까 나는 아름답고 타락한 인간들[32]이란 본 적도 없고, 앞으로도 못 볼 거야. 곱슬머리에 진하게 화장을 한, 카운터 앞에 앉아 있던 그 프랑스 여자 같은 이들 말이야. 나한테 그런 여자는 파충류라네. 모든 타락한 여자들

31 요한 스트라우스 2세의 오페레타「박쥐」중 한 소절.
32 푸시킨의 희곡「역병 기간의 향연」에 나오는 표현.

역시 매한가지지.」

「그럼, 복음서에 나오는 여자는 어떻고?」

「아아, 그만하게! 사람들이 그 말을 악용할 줄 알았더라면, 그리스도는 그 얘기를 입 밖에 내지도 않았을 걸세. 복음서를 통틀어 사람들이 기억하는 건 오로지 그 구절뿐이니. 아무튼 나는 생각하는 바가 아니라 느끼는 바를 이야기하는 걸세. 나는 타락한 여자들에 대해 혐오감을 품고 있네. 자네는 거미를 두려워하지만, 나는 저 파충류를 두려워하지. 분명 자네는 거미를 탐구한 적이 없을 테고, 따라서 그들의 생리를 모를 거야. 나 역시 그렇다네.」

「속 편한 소리 하는구먼. 이러든 저러든 내 알 바 아니란 말이지, 디킨스류의 신사[33]처럼 말이야. 그들은 왼손으로 난처한 문제들을 집어서 오른쪽 어깨 너머로 던져 버리지. 하지만 사실을 부정하는 것은 해답이 아니야. 어쩌면 좋을지, 그 얘기를 해달란 말일세. 어찌하면 좋겠나? 아내는 늙어 가는데 자네는 여전히 원기 왕성한 거야. 그러다 부지불식간에 느끼는 거지. 자네가 아내를 얼마나 존경하는지와는 상관없이, 더 이상 연애 감정으로는 사랑할 수 없다는 걸 말이야. 그런데 그때 갑자기 사랑이 나타나는 거지. 그러면 자네는 파멸일세, 파멸이라고!」 낙담에 빠진 스테판 아르카디치가 침울한 목소리로 말했다.

레빈이 실쭉 웃었다.

「그래, 난 망했어.」 오블론스키가 말을 이었다. 「그러니 어찌해야 좋단 말인가?」

---

33 찰스 디킨스의 소설 『우리 공통의 친구』에 등장하는 거만하고 무신경한 인물인 포드스냅을 가리킨다.

「빵을 훔치지 말게.」

스테판 아르카디치는 껄껄 웃었다.

「오, 도덕군자 양반! 하지만 이보게, 두 여자가 있단 말일세. 그중 한 여자는 자신의 권리만을 주장하지. 그런데 그 권리라는 게 정작 자네로서는 줄 수가 없는 자네의 사랑인 거야. 그리고 다른 한 여자는 자네를 위해 모든 걸 희생하고 아무것도 요구하지 않는다네. 어찌해야 하겠나? 어떻게 처신을 해야 하느냐고. 정말이지 무서운 드라마라니까.」

「그 문제에 대한 나의 본심을 알고 싶다면 말해 주겠는데, 나는 그게 드라마라고 생각하지 않네. 그 이유란 이런 거야. 내 생각에, 사랑은……. 기억하겠지만, 플라톤이『향연』에서 정의 내린 두 가지 사랑은 사람들에게 시금석이 되어 준다네. 어떤 사람들은 오직 하나의 사랑만 이해하고, 나머지 다른 이들은 또 다른 하나의 사랑만 알고 있네. 그중에서 플라토닉하지 않은 사랑만 이해하는 사람들이 쓸데없이 드라마 운운하곤 하지. 그런 사랑에는 그 어떤 드라마도 있을 수가 없는데 말이야. 〈만족을 느끼게 해주신 데 머리 숙여 감사드리오. 그럼 이만 안녕히.〉 이게 드라마의 전부라네. 한편 플라토닉한 사랑에도 드라마란 있을 수가 없네. 왜냐하면 그런 사랑의 경우 모든 게 투명하고 결백하기 때문이고, 또……..」

그 순간 레빈은 자신이 저지른 죄악과 함께 스스로와 벌인 내적 투쟁을 떠올렸다. 그러더니 느닷없이 이렇게 덧붙이는 것이었다.

「하지만 어쩌면 자네가 옳을지도 몰라. 정말 그럴지도……. 그렇지만, 잘 모르겠네. 정말이지 모르겠군.」

「이보게.」 스테판 아르카디치가 말했다. 「자네는 아주 순

수한 인간이야. 그건 자네의 미덕이자 흠결이기도 하지. 자네
는 순수한 성품이라 삶이 순수한 현상들로만 이루어지기를
바라지만, 그런 건 있을 수 없어. 자네는 공직 활동을 경멸하
지. 왜냐하면 모든 일이 목적에 부합하기를 바라니까. 하지만
그런 건 있을 수 없다네. 또한 자네는 한 인간의 행동이 언제
나 목표를 가지길 바라고, 사랑과 가정생활이 언제나 하나로
일치했으면 싶지. 하지만 그런 건 있을 수가 없네. 삶의 그 모
든 다채로움과 매력과 아름다움은 빛과 어둠으로 이루어지
는 법이니까 말이야.」

레빈은 한숨만 쉴 뿐 아무런 대꾸도 없었다. 더 이상 오블
론스키가 하는 말에는 귀 기울이지 않은 채 자기 자신에 대
한 생각에 잠겨 있었다.

두 사람은 문득 동일한 것을 느꼈다. 그것은 비록 그들이
친구이고 함께 식사를 했으며 둘 사이를 더욱 가깝게 해줘
야 할 포도주도 함께 마셨건만, 각자 오직 자기 자신에 대해
서만 생각하고 있으며 서로가 서로에게 상관할 바가 아니라
는 사실이었다. 오블론스키는 식사 후에 상대와 더 가까워
지기는커녕 극단적으로 갈라서게 되는 일을 이미 여러 차례
겪어 봤기에 이러한 경우 어떻게 대처해야 하는지도 잘 알
고 있었다.

「계산서를 가져오게!」 그는 이렇게 외치고는 바로 옆 홀로
나갔다. 마침 거기서 그는 안면이 있는 부관과 마주쳐, 그와
함께 어느 여성 배우와 그녀의 후견인에 관하여 담소를 나누
기 시작했다. 부관과 대화를 시작하자마자, 오블론스키는 늘
지적이고 심리적인 긴장감을 과도하게 불러일으키는 레빈과
의 대화에서 놓여났다는 사실에 안도와 편안함을 느꼈다.

타타르인이 26루블 몇 코페이카에 팁을 더한 계산서를 가져왔을 때, 다른 때 같았으면 시골 사람답게 자기 몫으로 떨어진 14루블에 경악을 했을 레빈이건만 오늘만큼은 별 신경도 쓰지 않고 계산을 치른 후 곧장 집으로 향했다. 옷을 갈아입은 뒤 셰르바츠키 일가를 방문할 작정이었다. 거기서 그의 운명이 결판날 것이었다.

12

공작 영애 키티 셰르바츠카야는 열여덟 살이었다. 올겨울에 그녀는 사교계에 진출했다. 그녀에 대한 사교계의 반응과 평판은 그녀의 두 언니 때보다도 대단했으며, 심지어 셰르바츠키 공작 부인의 기대마저 넘어설 정도였다. 그뿐 아니라 모스크바의 각종 무도회에서 춤을 추는 청년이란 청년은 모두 키티에게 홀딱 반했으며, 사교계에 진출한 첫 번째 겨울에 벌써 진지하게 구애하는 두 명의 배필감이 나타난 터였다. 바로 레빈과 그가 떠나자마자 등장한 브론스키 백작이었다.

겨울로 접어들 무렵 레빈이 나타나서 개인적으로 셰르바츠키 일가를 드나들기 시작하고 키티를 향한 연모의 정을 분명하게 내비쳤을 때, 키티의 부모는 딸의 장래에 관해 처음으로 진지하게 대화를 나누게 되었고 내외간에 언쟁이 오가는 일까지 벌어졌었다. 공작은 레빈의 편을 들었는데, 자신은 키티를 위해 이보다 더 좋은 배필감은 바라지도 않는다는 것이었다. 공작 부인은 논점을 비켜 가는 여성 특유의 태도로, 키티는 아직 너무 어리다는 둥, 레빈은 도무지 진지한 의향을 밝히지 않는다는 둥, 키티가 레빈에게 별 애착이 없다는 둥, 이런저런 구실을 대곤 했다. 그러면서 정작 중요한 말, 사실 자기는 딸에게 더 좋은 배필이 나타나길 고대하고 있으며, 레빈은 도무지 호감이 가지 않을뿐더러 도통 이해할 수 없는 사람이라는 말은 입 밖에 내질 않았다. 그래서 레빈이 돌연 모스크바를 떠나자 공작 부인은 내심 기뻐하며 의기양양하게 남편한테 말했던 것이다. 「그것 보라고요, 내가 옳았잖아요.」 그러다가 브론스키가 나타나자 그녀는 한층 더 기뻐하면서, 키티는 그냥 좋은 배필 정도가 아니라 근사하기 이를 데 없는 신랑감을 만나야 한다는 자신의 입장을 확고하게 다졌다.

모친에게는 브론스키와 레빈을 비교하는 것 자체가 불가능했다. 모친으로서는 레빈의 기이하고 신랄한 사고방식과 그녀가 보기에는 오만함에서 비롯된, 사교계에서의 서투른 처신, 그리고 가축들이나 농부들이랑 어울려 지내는, 그녀의 관념에 따르면 어쩐지 야만적인 시골 생활이 마음에 들지 않았다. 매우 못마땅했던 또 한 가지는 딸에게 홀딱 반했다는 위인이 한 달 반 동안이나 집을 드나들면서도 무언가를 기다리는 듯 동정을 살피기만 하는데, 보아하니 청혼을 하면 명예에 금이 가지는 않을지 염려하는 눈치일 뿐, 신붓감이 사는 집에 드나들 때는 자기 의사를 분명히 해야 한다는 걸 제대로 알지도 못하고 있다는 점이었다. 그러더니 별안간 아무런 설명도 없이 떠나 버린 것이다. 〈키티가 사랑에 빠지지 않을 만큼 그 작자에게 매력이 없는 게 다행이지 뭐야〉라고 모친은 생각했다.

브론스키는 모친의 모든 바람을 충족시켜 주었다. 엄청난 부자인 데다 총명하고, 명망가 출신에, 군(軍)과 궁정에서 출세 가도를 달리는, 그야말로 매력 넘치는 인물이었다. 그보다 더 좋은 인물을 바랄 수는 없었다.

브론스키는 무도회에서 노골적으로 키티에게 구애하고 그녀와 춤을 추고 그녀의 집에 드나들었으니, 마침내 그가 키티와 혼인할 심사라는 점에는 의심의 여지가 없는 상황이었다. 그럼에도 불구하고, 모친은 겨울 내내 지독한 불안과 근심에 잠겨 지냈다.

공작 부인 자신은 30년 전에 숙모의 중매로 결혼을 했다. 사전에 모든 신상이 파악된 신랑감이 집으로 와서 신붓감을 선보았고, 식구들은 그를 선보았다. 중매를 선 숙모가 서로 주고받은 인상을 알아본 뒤 양측에 전했다. 인상은 좋았다. 그다음으로는 정해진 날짜에 부모님께 청혼을 했고, 예정되었던 청혼은 받아들여졌다. 모든 게 아주 수월하고 간단했다. 적어도 공작 부인에게는 그랬다. 그러나 딸들을 출가시킬 때는, 평범해 보이기만 하던 그 일이 수월하지도 간단하지도 않음을 체감하곤 했다. 손위의 두 딸, 다리야와 나탈리야를 시집보낼 때 두려운 건 오죽 많았고, 떠오르는 생각들은 얼마나 허다했으며, 쓴 돈만 해도 얼마며, 남편과 부딪친 일은 또 얼마나 잦았던가! 그런데 이제 또 막내딸을 사교계에 내보내면서 먼젓번 두 딸을 출가시킬 때와 똑같은 두려움과 똑같은 의혹들, 그리고 그때보다 더 잦은 남편과의 말다툼을 겪고 있는 것이었다. 노(老)공작은 다른 아버지들과 마찬가지로 딸들의 명예와 순결에 관해서는 특히나 깐깐하게 챙겼다. 그는 딸들 일에 무분별할 정도로 열성적이었고, 그중에서도 유독 아끼는 키티에 대해서는 특히 더 그랬다. 그래서 사사건건 공작 부인이 딸의 명예를 훼손한다면서 아내와 옥신각신하는 것이었다. 이미 두 딸을 출가시키면서 그런 일에 익숙해진 공작 부인이건만, 이번만큼은 공작의 지나친 꼼꼼함도 그럴 만하게 느껴졌다. 최근 들어 그녀는 사교계의 풍습이 많이 바뀌었고, 엄마의 책무가 더 막중해졌음을 알게 된 터였다. 가만 보니, 요즘 키티 또래의 여자애들은 무슨 회합 같은 것을 조직하거나 강습을 받으러 다니는가 하면,[34] 남자들과 자유롭게 사귀고, 자기네들끼리 거리를 쏘다니고, 대다수가 인사할 때 무릎을 굽히지 않으며, 중요하게는, 자기 남편감을 고르는 건 부모의 일이 아니라 자기 일이라는 뚜렷한 확신을 갖고 있었다. 〈요즘은 딸들을 예전처럼 출가시키지 않아.〉 이제 어딜 가든지, 젊은 처녀들부터 나이 든 사람들까지도 죄다 그렇게 생각하고 이야기하는 것이었다. 하지만 그래서 요즘은 과연 어떻게들 결혼을 시키고 있는지, 공작 부인으로서는 그 누구에게서도 알아낼 수가 없었다. 부모가 자식들의 운명을 결정해야 한다는 프랑스식 관례는 받아들여지지 않았으며 비난을 받았다. 처녀들에게 완전한 자율을 허용하는 영국식 풍습 역시 러시아 사교계에서는 통례가 아니긴 마찬가지였으니, 그건 실현 불가능한 일이었다. 한편 중매를 통하는 러시아식 풍습은 왠지 꼴사납게 여겨져, 모두들, 심지어 공작 부인 자신도 그것을 비웃었다. 한데, 그렇다

---

34 당시 모스크바에 여학생을 대상으로 하는 고등 강좌가 개설되었으며, 페테르부르크에도 법학, 문학, 의학 등 다양한 분야의 학회와 강좌가 조직되었다. 그러한 강좌와 회합은 젊은 세대들에게 자유의 이상을 길러 주는 토양이 되었다.

면 과연 어떻게 배필을 찾고 출가를 시켜야 하는지에 대해서는 아무도 몰랐다. 이 문제로 공작 부인과 이야기를 나눈 이들은 이구동성으로 이렇게 말했다. 「아니, 무슨 그런 말씀을요, 이제 그런 고리타분한 풍습일랑 버릴 때가 되었다고요. 젊은 사람들이 결혼하는 거지 부모들이 하는 게 아니잖아요. 젊은이들이 자기들 방식대로 인생을 꾸려 가도록 내버려 둬야 하는 때가 되었답니다.」 하지만 딸자식이 없는 사람들이나 그런 속 편한 소리를 할 수 있는 법이다. 공작 부인이 생각하기에, 딸아이는 가깝게 어울려 지내다 보면 결혼을 원치 않는다든가 혹은 남편감으로서 적당치 못한 남자와도 사랑에 빠질 수 있는 아이였다. 따라서 사람들이 오늘날 젊은이들은 스스로 자기 운명을 꾸려 가야 한다고 아무리 주입시켜도 그녀는 그 말을 신뢰할 수 없었다. 시대를 막론하고 다섯 살짜리 아이들에게 가장 좋은 장난감은 장전한 권총이라는 말을 믿을 수 없는 것과 마찬가지로 말이다. 그러므로 공작 부인은 키티의 혼사가 손위의 두 딸 때보다 더 염려스러웠던 것이다.

지금 그녀가 걱정하는 것은, 브론스키가 자기 딸을 그저 쫓아다니는 데서 그쳐 버리면 어쩌나 하는 점이었다. 보아하니 딸아이는 이미 브론스키에게 반해 버린 게 분명했다. 공작 부인은 그가 반듯한 사람이며 따라서 그런 불미스러운 일은 일어나지 않을 거라고 스스로를 위로하곤 했다. 하지만 그러면서도 요즘같이 자유로운 남녀 교제의 풍토가 얼마나 쉽사리 여자애들의 혼을 빼놓을 수 있는지, 그리고 대부분의 남자들이 그러한 죄악을 얼마나 하찮게 여기는지를 그녀는 알고 있었다. 지난주에 키티는 브론스키와 마주르카를 추는 동안 둘이서 어떤 이야기를 나누었는지 모친에게 들려주었다. 그 대화가 공작 부인을 부분적으로 안심시키긴 했지만, 그래도 완전히 마음을 놓을 수는 없었다. 브론스키가 키티에게 말하기를, 자기네 두 형제는 어머니에게 전적으로 복종하는 게 몸에 배었으며, 어머니와 상의하지 않고 어떤 중요한 일을 벌이기로 결정하는 일은 결코 없다는 것이었다. 「지금 나는 특별한 행운을 고대하듯이 페테르부르크에서 어머니가 당도하시기를 고대하고 있습니다.」 그는 이렇게 말했다고 했다.

키티는 아무런 의미도 덧붙이지 않은 채 이 말을 그대로 전했다. 하지만 모친은 달리 이해했다. 늙은 백작 부인이 당도하기를 그가 자나 깨나 고대하고 있다는 것, 또한 그녀가 아들의 선택에 흡족해하리라는 것을 그녀는 알 수 있었다. 바로 그렇기 때문에, 그가 자기 어머니의 마음을 상하게 할까 염려된다는 이유로 아직 청혼을 하지 않는다는 게 이상했다. 하지만 그녀는 딸아이의 결혼 자체를 간절히 원했으며, 무엇보다도 불안에서 놓여나고 싶었기에 그 말을 믿었다. 남편을 버리려 하는 맏딸 돌리가 겪는 불행을 옆에서 지켜보는 게 아무리 가슴 아파도, 막내딸의 운명에 대한 염려가 그녀의 모든 감정을 삼켜 버린 참이었다. 그러다가 오늘, 레빈의 출현으로 그녀에게 새로운 걱정이 더해진 것이다. 한때 레빈에게 연정을 품었던 듯한 딸아이가 혹여 쓸데없이 지나친 강직함 때문에 브론스키의 청혼을 거절하지나 않을지, 그리고 레빈이 출현함으로써 거의 마무리되어 가던 혼사가 엉망이 되거나 늦춰지지나 않을지 그녀는 염려가 되었다.

「뭐라던? 온 지 오래되었다니?」 집에 돌아오자 공작 부인이 레빈에 관해 물었다.

「오늘 왔대요, maman(엄마).」

「한마디만 하마……」 공작 부인이 입을 열자, 진지하고도 생기를 띤 그 표정에서 키티는 엄마가 무슨 말을 할지 짐작할 수 있었다.

「엄마.」 그녀가 갑자기 얼굴을 붉히더니 잽싸게 공작 부인을 향해 몸을 돌리고서 말했다. 「제발 부탁이니, 그 문제에 관해서라면 아무 말도 말아 주세요. 알아요. 다 알아요.」

엄마가 바라는 바를 그녀 역시 똑같이 원하고 있었다. 하지만 엄마가 그것을 바라게 된 동기가 그녀에게 모욕감을 안겨 주곤 했다.

「내가 얘기하고 싶은 건, 단지 한 남자한테 희망을 줘버리면……」

「엄마, 아이, 제발 말씀 마세요. 그 얘기를 꺼내는 건 너무 싫어요.」

「그래, 안 하마, 안 할게.」 딸의 눈에 눈물이 글썽이는 걸 보고는 엄마가 말했다. 「하지만, 애야, 하나만 얘기하마. 엄마한테 숨기는 비밀 같은 건 없을 거라고 약속했지? 비밀 같은 건 없을 거지?」

「절대로, 결코 없을 거예요, 엄마.」 키티가 새빨갛게 얼굴을 붉힌 채 엄마의 얼굴을 똑바로 바라보며 대답했다. 「하지만 지금은 말씀드릴 게 아무것도 없어요. 글쎄요…… 뭔가 할 말이 있다고 해도, 뭘 어떻게 얘기해야 할지 모르겠어요……. 몰라요…….」

〈그래, 얘는 저런 눈을 하고서는 거짓말을 못 해.〉 흥분과 행복에 잠긴 딸의 모습에 엄마는 웃으며 생각했다. 지금 딸의 마음속에서 벌어지고 있는 일들이, 가엾게도 그 아이에게는 얼마나 의미심장하고 엄청난 것으로 여겨질까 생각하며 미소 지었던 것이다.

13

식사를 마치고부터 연회가 시작되기 전까지 키티는 전투를 앞둔 청년이 겪는 것과 비슷한 기분을 느꼈다. 그녀의 심장은 세차게 뛰었고, 머릿속 생각은 어느 것에도 집중하질 못했다.

그 두 남자가 처음으로 서로를 대면하는 오늘 저녁은 틀림없이 자신의 운명에 결정적인 영향을 미칠 순간이 되리라 그녀는 예감하고 있었다. 끊임없이 그 두 사람을, 때로는 따로따로, 때로는 한꺼번에 그려 보았다. 지난날을 생각할 때면 흡족하고 푸근한 마음으로 레빈과 함께 지내던 시간들이 한참이나 떠오르곤 했다. 유년 시절에 대한 회상, 그리고 죽은 오빠와 레빈의 우정에 대한 추억이 자신과 레빈의 관계에 시적인 아름다움을 더해 주었다. 그녀가 확신했던, 자신에 대한 레빈의 사랑은 그녀의 기분을 뿌듯하게 하고 기쁨에 들뜨게 만들곤 했다. 그래서 레빈을 떠올리면 그녀의 마음은 편안해졌다. 브론스키는 대단히 사교적이고 차분한 사람이었지만, 레빈과 함께 있을 때 완전히 소탈하고 투명해지는 기분이 드는 것과 달리, 그를 떠올릴 때면 무언가 불편한 게 섞여 들었다. 정직하고 사랑스러운 그 사람이 아니라 바로 자기 자신 속에 어떤 위선이 숨어 있는 것만 같았다. 반면 브론스키와의 미래를 상상하면 그녀 앞에 찬란하고 행복한 전망이 펼쳐졌지만, 레빈과의 미래는 안갯속 같았다.

연회복으로 갈아입기 위해 위층으로 올라가서 거울을 들여다본 그녀는 자신이 일생 최고의 날 가운데 하루를 맞이하고 있으며, 더할 나위 없이 활기찬 상태임을 기쁜 마음으로 자각했다. 닥쳐올 일을 감당하기 위해서라도 그러한 자각이 반드시 필요한 터였다. 그녀는 스스로의 겉모습에서 드러나는 평정과 자유로우면서도 우아한 행동거지를 의식했다.

7시 30분, 그녀가 응접실로 내려가자마자 하인이 아뢰었다. 「콘스탄틴 드미트리치 레빈 님이 오셨습니다.」 공작 부인은 아직 자기 방에서 나오지 않았고, 공작 역시 마찬가지였다. 〈역시 그런 거였어.〉 키티가 생각했다. 모든 피가 심장으로 몰려드는 것만 같았다. 거울을 본 그녀는 너무나 창백한 자신의 낯빛에 경악했다.

그가 왜 이렇게 일찍 온 건지, 지금 그녀는 확실히 알 수 있었다. 그녀를 독대하고서 청혼을 하려는 게 분명했다. 그러자 이제야 처음으로, 모든 것이 완전히 다른, 전혀 새로운 측면에서 생각되었다. 순간 이것이 자신이 누구를 사랑하는지, 누구와 함께하면 행복해질 것인지 하는, 자기 한 사람만 걸린 문제가 아님을 그녀는 깨달았다. 이제 자신이 사랑하는 사람에게 모욕을 안겨 주어야만 하는 것이다. 그것도 잔인하게⋯⋯. 어째서 그럴 수밖에 없는가? 사랑스러운 그이가 그녀를 사랑하고, 그녀를 흠모하기 때문이다. 하지만, 어쩔 수가 없다. 그럴 수밖에, 그럴 수밖에 없었다.

〈맙소사, 정말로 내가 내 입으로 그이에게 말해야 한단 말인가?〉 그녀는 생각에 잠겼다. 〈뭐라고 말해야 하나? 정말로 그이를 사랑하지 않는다고 말해야 하나? 하지만 그건 거짓인 걸. 그러면 대체 뭐라고 말하지? 다른 사람을 사랑한다고 말하나? 아니야, 그럴 수는 없어. 도망쳐야겠다, 도망치자.〉

레빈의 발걸음 소리가 들렸을 때, 그녀는 이미 문 쪽으로 다가가고 있었다. 〈아니야! 이건 정직하지 못한 짓이야. 두려워할 게 뭐 있어? 나는 아무런 나쁜 짓도 하지 않았어. 될 대로 되라지! 진실을 말하겠어. 그이와 어색하게 지낼 순 없잖아. 자, 그이가 왔어.〉 반짝이는 두 눈을 자신에게 고정시키고 있는 레빈의 다부지면서도 수줍은 모습을 보며 그녀는 생각했다. 그러고는 마치 용서를 빌듯이 그의 얼굴을 똑바로 쳐다보며 손을 내밀었다.

「때맞춰 오질 못했군요. 너무 일찍 온 것 같습니다.」 빈 응접실을 둘러보며 그가 말했다. 기대했던 대로 자신의 고백을 방해할 사람이 아무도 없다는 걸 알게 되자, 그의 낯빛이 어두워졌다.

「어머나, 아니에요.」 키티가 대답하며 탁자 옆에 앉았다.

「실은 혼자 있는 당신과 만나고 싶었습니다.」 용기를 잃지 않으려고 자리에 앉지도, 그녀를 쳐다보지도 않은 채 그가 말문을 열었다.

「엄마가 곧 나오실 거예요. 어제는 무척 피곤해하셨어요. 어제는…….」

자신의 입에서 무슨 소리가 나오는지도 모르는 채, 그러면서도 애원하는 듯한 그의 부드러운 눈길을 피하지 않으며 그녀가 말했다.

그가 물끄러미 바라보자, 그녀는 얼굴을 붉히고서 말문을 닫았다.

「여기 오랫동안 머무르게 될지 나 자신도 모르겠다고 말했 었죠……. 그건 당신한테 달려 있다고요…….」

눈앞에 닥친 일에 어떻게 반응해야 할지 몰라서, 그녀는 점점 더 깊이 고개를 떨구었다.

「그건 당신에게 달려 있다고 말입니다…….」 그가 되풀이 했다. 「말하고 싶었습니다……. 말하고 싶었어요……. 바로 그 것 때문에 온 겁니다. 그러니까…… 내 아내가 되어 주십시 오!」 그는 자기 입에서 무슨 말이 나오는지도 모르는 채, 그 냥 지껄여 버렸다. 그러나 가장 무서운 말이 이미 내뱉어졌음 을 깨닫고는, 하던 말을 멈추고 그녀를 바라보았다.

그녀는 그에게 눈길을 주지 않은 채 힘겹게 한숨을 내쉬었 다. 그녀는 희열을 느끼고 있었다. 그녀의 영혼은 행복감으로 충만했다. 그의 사랑 고백이 자신에게 이토록 강력한 인상을 불러일으킬 줄은 전혀 예상하지 못했었다. 그러나 이 모든 생 각은 한순간이었다. 그녀는 브론스키를 떠올리며 레빈을 향 하여 자신의 밝고 진실한 두 눈을 들었다. 절망에 잠긴 그의 얼굴을 본 그녀는 서둘러 대답했다.

「그럴 수는 없어요……. 용서하세요.」

불과 1분 전까지만 해도 그녀는 그에게 얼마나 가까운 존 재였으며, 그의 인생에서 얼마나 중요한 존재였던가! 그런 그녀가 이제는 얼마나 낯설고 먼 존재가 되었는가!

「저로서도 달리 어쩔 수가 없었습니다.」 그는 그녀에게 눈 길을 주지 않은 채 말했다.

그러고는 목례를 하고서 그대로 돌아가려 했다.

14

하지만 바로 그때 공작 부인이 응접실로 들어왔다. 키티와 레빈이 단둘이 있는 데다, 둘의 표정이 어두운 것을 알아채자 그녀의 얼굴에 공포의 빛이 서렸다. 레빈은 목례만 할 뿐 말이 없었다. 키티 역시 눈을 떨군 채 아무 말도 하지 않았다. 〈천만다행으로 거절했군.〉 모친은 생각했다. 목요일마다 손님을 맞이하며 짓는 습관적인 미소가 그녀의 얼굴에 환하게 번졌다. 그녀는 자리에 앉아서 시골 생활에 대해 레빈에게 이것저것 묻기 시작했다. 그는 눈에 띄지 않게 집을 나설 요량으로, 손님들이 오기를 고대하며 다시 자리에 앉았다.

5분 뒤, 지난겨울에 결혼한 키티의 친구 노드스톤 백작 부인이 들어왔다.

몸집이 마르고 누르스름한 피부색에 빛나는 검은 눈동자를 지닌, 병적이고 신경질적인 여자였다. 그녀는 키티를 좋아했다. 키티를 향한 그 애정은, 기혼 여성이 처녀들에게 보이는 애정이 흔히 그렇듯, 키티를 자신의 이상에 맞추어 출가시키고자 하는 바람으로 표현되곤 했다. 따라서 그녀는 키티를 브론스키에게 시집보내고 싶어 했다. 초겨울에 키티의 집에서 자주 마주치곤 했던 레빈이 늘 못마땅했던 그녀는 레빈을 볼 때마다 소일거리를 즐기듯 어김없이 그를 조롱했다.

「그이가 그토록 위대하신 저 높은 곳에서 나를 내려다볼 때마다 얼마나 좋은지 몰라. 그토록 지혜로운 대화를 나누다가도 내가 너무 어리석은 탓에 얘기를 중단해 버리거나, 아니면 나를 **관대하게** 봐준다니까. 나는 그게 너무 좋아. 나한테까지 몸을 낮추시다니! 내가 싫어서 못 견디는 꼴이 고소해 죽겠어.」그녀는 레빈에 대해 이렇게 말하곤 했다.

그녀가 옳았다. 실제로 레빈은 그녀를 견딜 수 없었고, 그녀가 자랑스러워하는 것들, 그녀 스스로 자신의 미덕이라 여기는 것들, 그녀의 예민함, 투박하고 일상적인 모든 것들에 대한 우아하고 세련된 멸시와 무관심을 그는 경멸했다.

노드스톤 백작 부인과 레빈 사이에는 사교계에서 종종 발견되는 관계가 형성되어 있었다. 겉으로는 우정 어린 태도를 보였지만 실제로는 서로를 진지하게 대할 수 없고, 따라서 상대에게서 모욕감조차 느낄 수 없을 정도로 서로를 경멸하는 사이였다.

노드스톤 부인은 곧바로 레빈에게 덤벼들었다.

「앗! 콘스탄틴 드미트리치! 우리의 타락한 바빌론을 또다시 찾아와 주셨군요!」초겨울 어느 땐가, 모스크바를 가리켜 바빌론이라고 했던 레빈의 말을 떠올린 그녀가 작고 누르스름한 손을 내밀면서 그에게 말을 걸었다.「그래, 어떤가요? 바빌론이 교정되었나요, 아니면 당신이 타락했나요?」그녀가 비웃음을 흘리며 키티의 표정을 살폈다.

「제가 한 말을 기억해 주시니 참으로 영광입니다.」레빈이 대꾸했다. 그사이 원기를 회복한 그는 이제 막 습관대로 노드스톤 백작 부인과의 조소 어린 적대 관계에 돌입할 참이었다. 「제 말이 부인께 대단히 강한 인상을 주었나 봅니다.」

「아아, 두말하면 잔소리죠! 저는 모조리 기록해 두거든요. 근데 참, 키티, 또 스케이트를 탔니?」

그러더니 백작 부인은 키티와 이야기를 나누기 시작했다. 레빈으로서는 지금 떠나는 것이 아무리 거북해도, 여기 남아 저녁 내내 키티를 보는 것보다는 나을 것이었다. 그녀는 가끔씩 그를 힐끗거리면서도 그의 시선은 줄곧 피하고 있었다. 레빈이 자리에서 일어나려 했지만, 그의 침묵을 눈치챈 공작 부인이 그에게 말을 걸었다.

「모스크바에 오래 머물 건가요? 젬스트보 일을 맡고 있잖아요. 그러니 오래 비울 수는 없겠죠.」

「아닙니다, 부인, 전 이제 젬스트보 일을 하지 않습니다.」 그가 대답했다. 「며칠 지낼 예정으로 왔습니다.」

〈저이한테서 지금 뭔가 심상치 않은 게 느껴지는걸.〉 경직되고 심각한 레빈의 표정을 유심히 살피며 노드스톤 백작 부인은 생각했다. 〈어째서인지 자기 얘기를 늘어놓는 데 재미를 못 붙이고 있군. 그렇다면 내가 끌어내 주지. 키티 앞에서 저이를 바보로 만드는 게 재밌어 죽겠거든. 자, 해보자고.〉

「콘스탄틴 드미트리치, 이게 도대체 무슨 일인지 설명 좀 해주세요. 당신이라면 이런 건 죄다 알고 계실 테니까요. 우리 칼루가 영지의 농부들과 아낙네들이, 하나같이 가진 걸 몽땅 술 마시는 데 날려 버리고는 우리한테는 한 푼도 지불하지 않고 있어요. 이게 대체 무슨 뜻일까요? 당신은 늘 농부들을 칭찬하셨잖아요.」

이때 또 한 명의 귀부인이 응접실로 들어오자 레빈은 자리에서 일어섰다.

「죄송합니다, 백작 부인. 정말 그런 건 전혀 모르겠어서 아무런 말씀도 드릴 수가 없군요.」 레빈은 이렇게 대답하고는 귀부인의 뒤를 이어 들어서는 군인을 유심히 바라보았다.

〈저 사람이 브론스키임이 틀림없어.〉 레빈은 짐작을 확인하고자 키티를 바라보았다. 그사이 이미 브론스키를 본 그녀는 레빈의 눈치를 살피고 있었다. 무의식중에 빛나는 그녀의 두 눈과 눈길만으로도 그는 그녀가 이 사내를 사랑한다는 것을, 그녀가 제 입으로 사실을 말해 준 것이나 진배없음을 알아챘다. 그런데 이 사내가 대체 어떤 사람이기에?

싫든 좋든, 이제 레빈은 남지 않을 수 없었다. 그녀가 사랑하는 사람이 과연 어떤 위인인지 알아야만 했다.

세상에는 행운이 따르는 경쟁자와 만났을 때 그가 지닌 모든 장점들을 부정하고 그에게서 오로지 단점만을 캐내려 드는 사람들이 있다. 그와 반대로, 바로 그 행운의 경쟁자에게서 그에게 승리를 가져다준 자질을 발견하고, 가슴이 미어지는 고통을 감수하면서도 오로지 장점만을 찾고자 하는 사람들도 존재한다. 레빈이 바로 후자의 부류에 속했다. 브론스키의 장점과 매력을 발견하는 건 어렵지 않았다. 그것은 한눈에 들어왔다. 브론스키는 중키에 체격이 다부진 흑발 사내로, 선량하고 잘생긴 데다 아주 침착하고 자신감 넘치는 얼굴을 하고 있었다. 짧게 이발한 검은 머리와 방금 면도한 듯한 아래턱, 새로 지은 품 넓은 제복까지, 그의 얼굴과 외모에서 풍기는 모든 것이 깔끔하면서 동시에 기품 있었다. 브론스키는 안으로 들어서는 귀부인에게 길을 비켜 주고는 먼저 공작 부인에게 다가가 인사한 다음 키티 쪽으로 향했다.

키티에게 다가갈 때, 그의 아름다운 눈은 유독 더 다정한 빛을 발했다. 보일 듯 말 듯, 행복하고 겸허하면서도 의기양양한(레빈에게는 그렇게 보였다) 미소를 지으며 깍듯하고 조심스럽게 허리를 굽히고는, 작지만 널찍한 손을 그녀에게 내밀었다.

거기 모인 모든 이들에게 인사를 하고 몇 마디 얘기를 주고받은 브론스키는, 자신에게서 시선을 뗄 줄 모르는 레빈에게는 단 한 번의 눈길도 주지 않은 채 자리에 앉았다.

「소개해 드리지요.」 공작 부인이 레빈을 가리키며 말했다. 「콘스탄틴 드미트리치 레빈이에요. 이분은 알렉세이 키릴로비치 브론스키 백작이고요.」

브론스키가 자리에서 일어나 호의적인 눈길로 레빈을 응시하며 악수를 청했다.

「겨울에 함께 식사하기로 되어 있었던 것 같습니다만.」 그가 특유의 담백하고 개방적인 미소를 지으면서 말했다. 「그런데 뜻밖에도 시골로 떠나셨더군요.」

「콘스탄틴 드미트리치는 도시와 우리 같은 도시 사람들을 경멸하고 증오한답니다.」 노드스톤 백작 부인이 말했다.

「제 말이 부인에게 강한 인상을 준 게 틀림없었나 봅니다. 제가 한 말들을 그토록 잘 기억하시니 말이지요.」 이렇게 대꾸한 레빈은 좀 전에 이미 같은 말을 했다는 사실을 깨닫고 얼굴을 붉혔다.

브론스키가 레빈과 노드스톤 백작 부인을 쳐다보더니 미소를 지었다.

「늘 시골에만 계시나요?」 그가 물었다. 「겨울에는 무료하실 것 같은데요.」

「할 일이 있다면야 무료할 턱이 없지요. 게다가 저 혼자서도 적적하지 않습니다.」 레빈이 날 선 투로 대답했다.

「저도 시골을 좋아합니다.」 브론스키는 레빈의 어조를 감지했지만 모르는 척 말을 받았다.

「하지만 백작님, 설마 내내 시골에서만 지내는 데 동의하시는 건 아니겠죠.」 노드스톤 백작 부인이 말했다.

「글쎄요, 모르겠습니다. 오래 있어 본 적은 없어서요. 사실

묘한 감정을 느낀 일이 있습니다.」 그가 이야기를 이어 갔다. 「언젠가 어머니와 함께 니스에서 겨울을 보낼 때였었죠. 그때만큼 시골이, 그것도 짚신을 신은 농부들이 사는 러시아 시골이 그토록 그리웠던 적이 없었습니다. 아실 테지만, 니스야말로 따분한 곳이지요. 나폴리와 소렌토도 잠시 머물 때나 좋고요. 바로 그런 데만 가면 유독 러시아 생각이 많이 나요. 그것도 시골 말입니다. 그건 마치…….」

브론스키는 침착하고 호의적인 시선으로 레빈과 키티를 번갈아 바라보았다. 머릿속에 떠오르는 대로 주워섬기는 게 틀림없었다.

노드스톤 백작 부인이 무언가 이야기하고 싶어 한다는 걸 눈치챈 브론스키는 얘기를 마치지 못한 채 중단하고는 그녀의 말에 귀를 기울였다.

대화는 한시도 그칠 줄 몰랐다. 화젯거리가 떨어질 때를 대비하여 늘 여분의 주제를 준비해 두는 공작 부인에게는 비장의 무기 두 가지가 있었으니, 고전 및 실무 교육, 그리고 병역의 의무가 그것이었다. 그러나 그 무기를 꺼낼 기회도 없었고, 노드스톤 백작 부인 역시 레빈을 조롱할 틈이 없었다.

레빈도 공통의 대화에 끼어들고 싶었지만 그럴 수가 없었다. 매 순간 〈지금 가야 해〉라고 되뇌면서도, 그는 무언가를 기다리는 듯 자리를 뜨지 않았다.

대화가 회전하는 탁자[35]와 영혼에 관한 것에 이르자,[36] 심령

---

35 강령술에서 몇 사람이 손을 대면 신령의 힘으로 탁자가 저절로 움직이는 현상을 말한다.

36 모스크바에서 발행되던 잡지 『러시아 통보』에 1875년 심령술에 대한 논문이 특집으로 실렸는데, 톨스토이는 해당 논문들로부터 대단히 강렬한 인상을 받았다.

술을 믿는 노드스톤 백작 부인은 자신이 목격한 기적에 관해 이야기를 늘어놓기 시작했다.

「백작 부인, 저도 거기 꼭 좀 데려가 주십시오! 오만 곳을 돌아다녔건만, 신비한 거라곤 단 한 번도 본 적이 없거든요.」 브론스키가 웃으면서 말했다.

「좋아요, 다음 주 토요일에 데려가 드리죠.」 노드스톤 백작 부인이 대답했다. 「그런데, 콘스탄틴 드미트리치, 당신도 그런 걸 믿으시나요?」 그녀가 레빈에게 물었다.

「뭣하러 저한테 물어보시나요? 제가 뭐라고 답할지 이미 알고 계실 텐데요.」

「그래도 당신의 의견을 듣고 싶은걸요.」

「제 의견은 그저 이렇습니다.」 레빈이 대답했다. 「이른바 교육받은 계층이 농민들보다 더 뛰어날 게 없다는 걸 그 회전하는 탁자가 입증해 준다는 것이죠. 농민들은 마귀의 눈이라든가, 귀신에 홀리는 것, 마술 같은 미신을 믿습니다만, 우리는…….」

「그래서요, 당신은 안 믿는다는 말씀인가요?」

「믿을 수가 없습니다, 백작 부인.」

「제가 직접 봤다는데도요?」

「시골 아낙들도 직접 집귀신을 봤다고들 얘기하죠.」

「그러니까, 내가 거짓말을 하고 있다고 생각하시는군요?」 그러고서 그녀는 불쾌한 웃음을 터뜨렸다.

「그렇지 않아, 마샤, 콘스탄틴 드미트리치는 믿을 수가 없다고 말했을 뿐이잖아.」 레빈 때문에 당혹스러워진 키티가 얼굴을 붉힌 채 말했다. 레빈은 그녀의 속마음을 눈치채고 더 화가 나 대꾸하려 했지만, 브론스키가 곧바로 특유의 호인다운 명랑한 미소를 지으며 험악하게 돌변하려는 대화를 수습하고자 나섰다.

「가능성조차 전혀 인정하지 않으시는 건가요?」 그가 물었다. 「그렇다면 우리는 우리가 모르는 전기의 존재를 어떻게 인정하는 걸까요? 아직 우리에게 알려지지 않은 새로운 힘이 왜 존재할 수 없겠습니까? 그런 힘은 ―」

「전기가 발견되었을 때는……」 레빈이 잽싸게 말을 가로챘다. 「현상이 드러났을 뿐, 그것이 어디서 발생하고 무엇을 만들어 내는지 알려지지 않았죠. 전기의 응용법을 고안해 내기까지는 수 세기가 걸렸습니다. 반면에 심령술사들은 그와 완전히 반대로, 회전하는 탁자들이 주문을 써준다느니, 영혼이 그들에게 강림한다느니 하는 이야기에서 시작합니다. 그러고 나서야 그게 미지의 힘이라고 주장하는 거죠.」

언제나 그렇듯이 브론스키는 주의 깊게 레빈의 얘기를 들었다. 그의 말에 흥미를 느끼는 기색이 역력했다.

「그래요, 하지만 심령술사들은 이렇게 말합니다. 지금 이게 과연 어떤 힘인지 우리는 모른다, 그러나 힘이란 게 존재하는 건 분명하다, 그 힘이 작용하는 조건이란 이러이러한 것이다, 그 힘이 무엇으로 이루어져 있는지는 학자들더러 연구하게 하라. 그래요, 전 그게 새로운 힘이 될 수 없는 이유를 모르겠습니다. 만일 그것이 ―」

「왜냐하면 말입니다……」 다시 레빈이 중간에 말을 끊었다. 「전기의 경우엔, 타르를 털에 문지를 때마다 매번 일정한 현상이 나타나기 마련입니다만, 이 경우는 그렇지가 않아요. 따라서 그건 자연 현상이 아닌 거죠.」

응접실 대화치고는 얘기가 너무 심각하게 흘러가고 있다

고 생각한 브론스키는 반박하지 않고, 다만 화제를 바꾸기 위해 유쾌하게 웃으면서 귀부인들에게 다시 말을 건넸다.

「자, 그럼 지금 시험해 보죠, 백작 부인.」 그가 이야기를 꺼냈지만, 레빈은 자신이 생각한 바를 끝까지 전부 털어놓고 싶었다.

「제 생각에는……」 그가 다시 말을 이었다. 「자신이 일으킨 기적을 어떤 새로운 힘으로 설명하려는 심령술사들의 시도는 전혀 가망이 없는 짓입니다. 그들은 노골적으로 영적인 힘에 관해 언급하면서도 그것을 물질적인 실험의 대상으로 삼으려 한단 말입니다.」

모두들 그의 말이 끝나기만을 기다리고 있었고, 그 역시 그것을 느꼈다.

「제 생각에, 당신은 탁월한 영매가 될 것 같은걸요.」 노드스톤 백작 부인이 말했다. 「당신 속에는 무언가 열광적인 면이 있거든요.」

레빈은 뭔가 대꾸하려고 입을 열었으나, 얼굴만 붉힌 채 아무 말도 하지 않았다.

「자, 그럼, 키티 양, 탁자를 가지고 실험을 한번 해봅시다.」 브론스키가 문득 제안을 했다. 「공작 부인, 허락해 주시겠습니까?」

그러고서 브론스키는 일어나 탁자가 어디 있는지 눈으로 찾았다.

키티 역시 탁자를 가지고 오려고 일어나서 레빈의 곁을 지나치다가 그와 눈이 마주쳤다. 그녀는 그가 진심으로 가여웠고, 더군다나 자신이 그 원인이라는 걸 알기에 그의 불행이 마음 아팠다. 〈용서하실 수만 있다면, 부디 저를 용서해 주세

요.〉 그녀의 두 눈은 이렇게 속삭이고 있었다. 〈저는 지금 너무나 행복하거든요.〉

〈모두를 증오합니다. 당신도, 나 자신도.〉 그의 시선이 대답했다. 그러고서 그는 모자를 손에 쥐었다. 하지만 아직 떠날 운이 아니었다. 모두가 탁자 주변에 둘러앉고 레빈은 막 나가려던 참에, 마침 노공작이 들어온 것이다. 공작은 부인들과 인사를 나눈 다음 레빈에게로 향했다.

「어이구!」 그가 반갑게 운을 띄웠다. 「그래, 온 지 오래되었나? 자네가 여기 있는 줄 몰랐네. 무척 반갑군.」

노공작은 레빈에게 때론 존대하고 때론 하대하곤 했다. 그는 레빈을 얼싸안은 다음 대화를 나누기 시작했는데, 그러는 동안 자신에게 말을 걸어 주기를 고대하며 잠자코 서 있는 브론스키를 알아채지 못했다.

마침 둘 사이에 일이 있었던 뒤라, 키티는 아버지가 베푸는 친절이 레빈에게 부담이 될 거라 생각했다. 그리고 결국 브론스키의 목례에 차갑게 응하는 아버지의 모습에, 또 어째서 자신이 공작에게 불친절한 응대를 받아야 하는지, 납득하고자 하나 납득하지 못한 채 호의와 의혹 어린 시선으로 그녀의 아버지를 바라보는 브론스키의 모습에 얼굴을 붉혔다.

「공작님, 콘스탄틴 드미트리치를 이쪽으로 좀 보내 주세요.」 노드스톤 백작 부인이 말했다. 「우리가 실험을 해보려던 참이었거든요.」

「무슨 실험요? 탁자 돌리는 거 말입니까? 죄송합니다만 신사 숙녀 여러분, 제 생각에는 고리 던지기가 더 재미있을 것 같은데요.」 노공작은 브론스키를 쳐다보며 그가 이 실험을 생각해 냈으리라 짐작했다. 「고리 던지기 놀이가 더 의미 있을 겁니다.」

브론스키는 특유의 자신만만한 눈빛으로 놀랍다는 듯 공작을 바라보더니, 보일 듯 말 듯 미소를 짓고는 곧바로 노드스톤 백작 부인과 다음 주에 열릴 성대한 무도회에 대해 얘기를 나누기 시작했다.

「참석하실 거죠?」 그가 키티에게 물었다.

노공작이 자신에게서 고개를 돌리자마자 레빈은 슬며시 밖으로 빠져나갔다. 그날 연회에서 그가 얻은 마지막 인상은 무도회에 관한 브론스키의 질문에 대답하며 행복하게 미소 짓던 키티의 얼굴이었다.

15

연회가 끝나고 나서, 키티는 레빈과 나눈 대화의 내용을 엄마에게 전했다. 레빈에 대해 온갖 연민의 감정을 느끼면서도, **청혼**을 받았다는 생각에 그녀는 기뻤다. 그녀는 자신이 올바로 처신했다는 점을 의심하지 않았다. 그렇지만 잠자리에서 한참 동안이나 잠들 수가 없었다. 한 가지 인상이 머릿속에서 떠날 줄 몰랐던 것이다. 그것은 아버지가 하시는 말씀을 듣거나, 자신과 브론스키를 쳐다보며 서 있을 때, 찌푸린 눈썹 아래 선량한 두 눈으로 음울하고 처연하게 상대를 바라보던 레빈의 얼굴이었다. 그가 너무나 측은하다는 마음이 들어 두 눈에 눈물이 핑 돌았다. 그러나 곧바로 그녀는 자신이 그이 대신에 누구를 택했는가를 생각했다. 예의 남자답고 자신만만한 얼굴, 그 품위 있는 침착함, 모든 일에서 모든 이들에게 빛을 발하는 그 선량함을 그녀는 생생하게 떠올렸다. 사랑하는 사람이 자신에게 전하는 사랑을 상기하고서 다시금 즐거운 기분을 되찾은 그녀는, 이내 행복의 미소를 지으며 베개를 베고 누웠다. 〈측은해, 너무나 측은해. 하지만 어쩌겠어? 난 잘못한 게 없는데.〉 그녀는 생각했다. 하지만 내면의 목소리는 그녀에게 다른 얘기를 하고 있었다. 자신이 후회하는 게 레빈의 마음을 사로잡은 것인지, 아니면 그의 청혼을 거절한 것인지, 그녀는 알 수가 없었다. 어쨌거나 그러한 의혹들로 그녀의 행복한 기분은 망가져 버렸다. 〈주여, 자비를 베푸소서! 주여, 자비를 베푸소서! 주여, 자비를 베푸소서!〉 잠들 때까지 그녀는 마음속으로 이렇게 중얼거렸다.

그 시각 아래층에 있는 공작의 작은 서재에서는, 사랑하는 딸 때문에 공작 내외간에 그즈음 종종 되풀이되던 실랑이가 벌어지고 있었다.

「뭐냐고? 바로 이거요!」 두 손을 휘휘 내젓는 동시에 하얀 실내용 가운의 옷깃을 여미면서 공작이 호통을 쳤다. 「당신이란 사람에게는 자존심도 품위도 없다는 거요. 당신은 천박하고 어리석은 중매로 딸자식을 망신시키고 걔의 신세를 망치고 있다고!」

「제발, 그러지 말아요, 여보. 내가 대체 뭘 어쨌다고 그래요?」 공작 부인이 울상을 지었다.

딸아이와 이야기를 나누고 행복과 만족에 젖어 있던 그녀는 여느 때처럼 잘 자라는 인사를 하러 공작의 방으로 왔다가, 레빈의 청혼과 키티의 거절에 대해 얘기할 생각은 없었지만, 브론스키와의 일이 완전히 마무리된 듯하니 그의 모친이 오기만 하면 결판이 날 거라고 넌지시 암시를 주었다. 그런데 그 말을 듣는 순간 공작이 발끈하여 고래고래 험한 소리를 내지르는 것이었다.

「당신이 뭘 어쨌느냐고? 당신이 한 짓이란 이런 거요. 첫째, 신랑감을 꼬드기는 거. 그래, 모스크바 전체가 떠들어 댈 거요. 그럴 만도 하지. 연회를 베풀 생각이라면, 엄선된 신랑감들만 부르지 말고 죄다 불러요. 그놈의 **애송이들**(공작은 모스크바의 젊은이들을 그렇게 부르곤 했다)을 죄다 불러 모으라니까. 악사들도 불러서 춤을 추게 하지 왜, 오늘처럼 그렇게 신랑감들만 대면시키지 말고. 나는 그런 꼴 보는 게 가증스럽고, 구역질 난단 말이오! 당신은 바라던 바를 달성했소. 딸아이의 마음을 온통 어지럽혀 놓았으니까. 레빈이야말로 백배는 더 나은 사람이오. 그놈의 페테르부르크 멋쟁이로 말할 것 같으면, 기계로 찍어 내듯이 하나같이 똑같아. 죄다 쓰레기라고. 그 인간이 설사 왕손이라 해도 내 딸한테 그런 인간은 전혀 필요치 않아!」

「아니, 내가 뭘 어쨌다는 거예요?」

「그건 말이야……」 화가 치민 공작이 소리를 버럭 질렀다.

「당신 말만 듣다가는……」 공작 부인이 남편의 말을 가로챘다. 「우리는 절대로 딸을 시집보내지 못할 거예요. 그렇게 되면 시골로 떠나야만 해요.」

「차라리 그러는 게 낫지.」

「진정해요. 내가 정말 아첨이라도 떨었단 말이에요? 추호도 아니에요. 한 청년이, 게다가 아주 괜찮은 청년이 딸아이한테 반한 거라고요. 게다가 애도 보아하니……」

「그래, 당신 보기에는 그렇겠지! 딸아이가 실제로 사랑에 빠졌다고 치자고. 그런데 그 청년은 내가 생각하는 것보다도 결혼에 마음이 없다면 어쩔 거요? 어이구, 도저히 눈 뜨고 볼 수가 없을 거요……! 〈아으, 심령술이 어쩌고, 아으, 니스가 어쩌고, 아으, 무도회가 어쩌고…….〉 공작은 아내의 모습과 자신이 흉내 내는 모습을 머릿속에 그리며, 단어 하나하나마다 무릎을 굽혔다. 「그런 식으로 우리가 카텐카[37]의 불행을 자초하게 되는 거라고. 그 애가 정말로 그런 생각에 사로잡히게 되면…….」

「대체 왜 그렇게 생각하는 거예요?」

「생각하는 게 아니라, 알고 있는 거요. 그런 거라면 여자들보다는 우리 남자들한테 보는 눈이 있는 법이니까. 나는 생각이 진중한 사람을 알아본단 말이오. 레빈이 바로 그런 사람이지. 그놈의 엉터리 재담가 같은 메추리들을 나는 훤히 꿰고 있소. 그런 인간들은 그저 희희덕거리는 게 전부라니까.」

「정말로 당신 생각을 고집하다가는 ─」

「돌이켜 볼 때는 이미 늦을 거요. 다센카[38]의 경우처럼 말이야.」

「알았어요, 알았어. 이제 그만해요.」 돌리의 불행을 상기한 공작 부인이 남편의 말을 막았다.

「옳거니, 그럼 잘 주무시게!」

서로에게 성호를 긋고 입 맞춘 다음, 결국 서로가 자신만의 생각에 빠져 있음을 느끼면서 노부부는 헤어졌다.

처음에 공작 부인은 오늘의 연회가 키티의 운명을 결정지었으며 브론스키의 의향에는 의심할 바가 없다고 확신하고

---

37 키티(예카테리나)의 러시아식 애칭. 카텐카 외에도 카탸, 카티카 등의 애칭이 있다.

38 돌리(다리야)의 러시아식 애칭. 그 밖에도 돌린카, 돌렌카 등이 있다.

있었지만, 남편의 이야기가 그 생각을 온통 휘저어 놓았다. 방으로 돌아온 그녀는 알 수 없는 미래에 대한 두려움을 품고서, 키티와 똑같이 마음속으로 되뇌었다. 〈주여, 자비를 베푸소서! 주여, 자비를 베푸소서! 주여, 자비를 베푸소서!〉

16

브론스키는 가정생활이라는 것을 전혀 몰랐다. 그의 모친은 젊은 시절 사교계를 화려하게 주름잡던 여성으로서, 결혼생활 중에, 그리고 결혼 생활에 종지부를 찍은 이후에는 특히 사교계 전체에 수많은 염문을 뿌리고 다녔다. 아버지에 대한 기억이 거의 없는 브론스키는 중앙 유년 학교에서 교육받고 성장하였다.

장래가 유망한 젊은 장교의 신분으로 학교를 졸업하자마자 그는 곧장 유복한 페테르부르크 무관들의 생활 궤도에 편입되었다. 가끔씩 페테르부르크의 사교계에 드나들곤 했지만, 그의 모든 연애사는 사교계 바깥에서 이루어졌다.

호화롭고도 문란한 페테르부르크의 생활을 접고 모스크바로 온 그는, 자신에게 반한, 사랑스럽고 순진무구한 사교계 아가씨와 가까워지는 황홀함을 처음으로 경험했다. 자신과 키티와의 관계에서 무언가 불쾌한 일이 생길 수 있다는 생각을 그는 꿈에도 하지 않았다. 무도회에서는 주로 그녀와 춤을 추었고, 그녀의 집도 자주 방문했다. 사교계의 흔한 얘깃거리와 온갖 쓸데없는 잡담들을 그녀와 나누며, 그는 자기도 모르게 그녀가 특별하게 받아들일 의미를 그 무의미한 얘기들에 부여하곤 했다. 만인이 있는 자리에서 못 할 얘기를 그녀에게 한 적은 한 번도 없었지만, 그가 느끼기에 그녀는 점점 더 자신에게 의지하는 것 같았고, 그런 기미가 감지될수록 그의 기분은 더 흐뭇해졌으며, 그녀를 향한 그의 감정도 한층 애틋해졌다. 자신이 키티에게 영향력을 행사하는 방식이 사교계에서 특정한 용어로 지칭되고 있다는 것도, 그건 바로 결혼할 의사는 전혀 없이 처녀를 유혹하는 짓이라는 것도, 그런 유혹이 자기처럼 전도유망한 청년들 사이에서 흔한 어리석은 행동 중 하나라는 것도 그는 모르고 있었다. 그는 자신이 처음으로 그러한 쾌락을 발견한 줄로만 알았으며, 스스로의 발견을 한껏 즐길 뿐이었다.

그가 만일 오늘 저녁 키티의 양친이 주고받은 얘기를 들을 수 있었거나, 가족의 입장이 되어 만일 자신이 키티와 결혼하지 않을 경우 그녀가 불행해지리라는 점을 깨달을 수 있었다면, 그는 너무 놀라 그 사실을 믿으려 하지 않았으리라. 자신에게, 더욱이 그녀에게도 그처럼 좋기만 한 크나큰 즐거움이 나쁜 짓일 수 있다는 것을 그로서는 도저히 납득할 수 없을 테니 말이다. 그리고 더더욱 믿을 수 없는 것은, 자신이 결혼을 해야만 한다는 사실이었다.

결혼이란 게 그에게 가능한 일로 여겨진 적은 단 한 번도 없었다. 그는 가정생활을 좋아하지 않을뿐더러, 자신이 몸담고 있는 독신자 세계의 관점에 따라, 가정이라든지 특히 남편이라는 존재를 대할 때마다 낯설고 적대적이며 무엇보다도 우스운 무언가를 떠올리곤 했다. 비록 키티의 양친이 그러한 얘기를 나눴으리라고는 전혀 짐작하지 못했지만, 그날 저녁 셰르바츠키 일가를 나서면서 브론스키는 키티와 자신 사이에 형성된 은밀한 정신적 연결 고리가 그날 저녁 아주 확고해졌으며, 따라서 뭔가에 착수해야 한다고 느꼈다. 그러나 무엇에 착수해야 할지, 할 수는 있을지 감이 잡히질 않았다.

〈바로 그래서 황홀한 거야.〉셰르바츠키 일가를 나와서 돌아가는 길에 그는 생각했다. 부분적으로는 저녁 내내 담배를 피우지 않은 덕분이기도 했지만, 언제나처럼 정결함과 신선함이라는 유쾌한 기분에 젖어 그 집을 나선 참이었다. 그런 기분과 더불어 자신을 향한 그녀의 사랑에 그는 새로운 감동을 느꼈다. 〈그거야말로 매혹적이지. 나도 그녀도 아무 말 하지 않으면서, 눈길과 억양의 보이지 않는 대화를 통해서 서로를 그토록 잘 이해하다니 말이야. 그리고 오늘 그녀는 그 어느 때보다도 분명하게 나에게 사랑한다고 했어. 오, 그 얼마나 사랑스럽고 소박한가. 그리고 중요한 건 순진무구하다는 거지! 나 자신이 훨씬 순결해지고 훌륭해진 기분이야. 나한테도 심장이란 게 있구나, 나한테도 좋은 점들이 많구나, 하는 느낌이 들어. 사랑에 빠진 그 어여쁜 눈동자라니! **너무나**……라고 말할 때의 그 눈동자 말이야.〉

〈그래, 그래서 이제 어쩔 건데? 아무것도 없지. 내가 좋고, 그녀도 좋고, 그뿐이야.〉그러고서 그는 오늘 저녁을 어디서 마무리하면 좋을지 고민하기 시작했다.

그는 갈 만한 곳을 떠올리며 이모저모 따져 보았다. 〈클럽에 갈까? 카드놀이 패에 합류해서 이그나토프와 샴페인이나 한잔할까? 아니야, 거긴 안 갈래. 그럼 Château des fleurs(꽃들의 성),[39] 거기 가서 오블론스키를 만나 가요랑 캉캉 춤을

39 모스크바 페트롭스키 공원에 있던 극장식 유흥 주점의 이름이다. 무희, 경음악단, 곡예사 등이 무대에서 공연을 했다.

구경해? 아니야, 이제 그것도 지겨워. 바로 이래서 난 셰르바 츠키 일가를 좋아하는 거야. 내가 더 나은 사람이 되거든. 그 냥 숙소로 가자.〉 그는 뒤소 호텔의 자기 방으로 곧장 가서 야 식거리를 주문했다. 그런 다음 옷을 벗고 베개에 머리를 얹자 마자 언제나처럼 깊고 편안한 잠에 빠져들었다.

17

다음 날 오전 11시에 브론스키는 페테르부르크 기차역으 로 어머니를 마중 나갔다. 역사의 대형 계단에 다다랐을 때 그의 눈에 가장 먼저 들어온 사람은 같은 기차를 타고 올 누 이를 기다리던 오블론스키였다.

「어이, 백작님!」 오블론스키가 외쳤다. 「누구를 마중 나왔 나?」

「어머니를 마중 나왔습니다.」 오블론스키와 마주치는 사 람들이 모두 그렇듯이, 브론스키는 웃으면서 대답했다. 둘은 악수를 하고서 함께 계단을 올랐다. 「어머니께서 오늘 페테 르부르크에서 당도하시거든요.」

「자네를 새벽 2시까지 기다렸네. 셰르바츠키 공작 댁에서 나와 대체 어디로 간 겐가?」

「숙소로 갔습니다.」 브론스키가 대답했다. 「솔직히 말씀드 리자면, 어제 셰르바츠키 댁에 다녀온 뒤 기분이 너무 좋아서 아무 데도 가고 싶지가 않았습니다.」

「준마는 낙인으로 알아보고, 사랑에 빠진 젊은이는 눈빛으 로 알아보는 법이지.」 스테판 아르카디치가 레빈에게 한 것과 똑같이 선언조로 말했다.

브론스키는 그 말을 굳이 부정하지 않는다는 기색으로 미소를 짓고는 곧바로 화제를 바꾸었다.

「그런데 여긴 누구를 마중 나오신 겁니까?」 그가 물었다.

「나? 아름다운 여인을 만나러 나왔지.」 오블론스키가 대답했다.

「저런, 저런!」

「Honni soit qui mal y pense(이 말을 부정하게 해석하는 자 부끄러운 줄 알라)! 내 누이 안나를 기다리네.」

「아, 카레니나[40] 부인 말이군요?」 브론스키가 물었다.

「그래, 자네도 물론 내 누이를 알 테지?」

「아마 그렇겠죠. 아니, 모를지도……. 정말, 기억이 안 나는데요.」 브론스키는 카레니나라는 이름에서 막연히 고루하고 따분한 무언가를 떠올리면서 별생각 없이 대답했다.

「그래도 내 고명한 매제 알렉세이 알렉산드로비치는 틀림없이 알고 있겠지. 그는 온 세상이 다 아는 인물이니까.」

「평판을 들어 알고 있습니다. 풍모도 알죠. 명석하시고, 학식도 높으시고, 어딘지 모르게 경건하신 분이라고……. 하지만 아시다시피, 그런 건 not in my line(내 분야가 아니라서).」

「그래, 아주 비범한 사람이지. 약간 고리타분한 구석이 있긴 하지만, 훌륭한 사람이야.」 스테판 아르카디치가 말했다. 「훌륭한 사람이고말고.」

「그래요. 그 표현이 그분한테 더 잘 어울리는 것 같군요.」 브론스키가 미소 짓고는 문 옆에 서 있던, 키 크고 나이 지긋

40 카레니나는 카레닌의 여성형으로 주인공 안나의 성(姓)이다. 안나의 본래 성은 오블론스카야이다.

한 모친의 하인을 발견하고 말했다. 「이리로 들어오게.」

최근 들어 브론스키는 스테판 아르카디치에 대해 모든 사람들이 한결같이 느끼는 유쾌한 기분 이상의 애착을 느끼고 있었다. 그가 키티와 결부된 존재로 여겨졌기 때문이다.

「어떠십니까, 일요일에 **디바**를 위해 저녁이라도 함께하지 않으시겠습니까?」 브론스키가 미소 띤 얼굴로 그의 팔을 잡으며 제안했다.

「여부가 있나. 합석할 사람들을 모아 보지. 참, 자네 어제 내 친구 레빈과 인사했지?」 스테판 아르카디치가 물었다.

「물론이죠. 그런데 웬일인지 금방 가시던데요.」

「그 친구 정말 멋진 호인일세.」 오블론스키가 말을 이었다. 「그렇지 않던가?」

「글쎄, 잘 모르겠습니다.」 브론스키가 대답했다. 「무슨 까닭인지 모르지만, 모스크바 사람들에게는 말이죠, 물론 지금 저와 이야기를 나누는 분은 예외로 하고요……,」 그가 농담조로 덧붙이고는 말을 이었다. 「……어쩐지 날카로운 면이 있는 것 같아요. 왠지 항상 고집을 부리고, 화를 내질 않나, 늘 뭔가를 느끼게 하고 싶어 안달인 것 같단 말입니다.」

「그런 면이 없진 않지, 맞아, 그런 게 있어…….」 스테판 아르카디치가 유쾌하게 웃으면서 맞장구를 쳤다.

「그래, 곧 도착하는가?」 브론스키가 역무원에게 물었다.

「거의 도착했습니다.」 역무원이 대답했다.

역내의 분주한 움직임, 화물 운반원들의 발 빠른 행보, 하나둘씩 나타나는 헌병과 역무원, 속속 도착하는 마중객으로 보아 기차가 당도하고 있음이 점점 더 분명해졌다. 얼어붙은 증기 사이로, 짧은 모피 외투 차림에 부드러운 펠트 장화를 신고서 굽은 선로를 건너다니는 일꾼들이 보였다. 먼 쪽 선로에서 째지는 듯한 기적 소리와 육중한 것이 움직이는 굉음이 들려왔다.

「아니야.」 브론스키에게 키티에 대한 레빈의 마음을 얘기하고 싶어 견딜 수 없었던 스테판 아르카디치가 말을 걸었다. 「아닐세. 자네는 내 친구 레빈을 잘못 평가하고 있어. 대단히 예민하고, 언짢게 굴 때도 있긴 하지만, 가끔씩은 무척 사랑스러운 친구라네. 성정이 아주 정직하고 진실하거든. 마음이 비단결 같단 말일세. 한데 어제는 특별한 사정이 있었지.」 스테판 아르카디치는 의미심장하게 미소 지었다. 어제 친구에게 느꼈던 진심 어린 공감은 까맣게 잊은 채, 그는 지금 그것과 똑같은 감정을 브론스키에 대해서만 느끼고 있었다. 「그래, 그가 유달리 행복할 수도, 혹은 불행할 수도 있었던 이유가 있었어.」

브론스키가 걸음을 멈추고서 직설적으로 물었다.

「그러니까, 그게 뭔데요? 혹시 어제 그자가 형님의 belle-sœur(처제)에게 청혼이라도 했단 말입니까?」

「아마도.」 스테판 아르카디치가 대답했다. 「왠지 그런 기색이 엿보였거든. 그 친구가 일찍 가버렸고, 게다가 기분까지 좋지 않았다면 그건 분명……. 사랑에 빠진 지 오래되었네. 그래서 나는 그 친구가 참 안쓰러워.」

「그랬군요……! 하지만 그녀로서는 더 나은 다른 배필을 기대할 수도 있지 않겠습니까.」 브론스키는 이렇게 말한 뒤 가슴을 곧게 펴고는 다시 걸음을 내디뎠다. 「하지만 나는 그를 잘 모르겠습니다.」 그가 덧붙였다. 「그래, 참 괴로운 상황이긴 하죠! 그렇기 때문에 대부분이 클라라[41]와의 연애를 선호하는 거겠죠. 그 경우 실패란 단지 돈이 부족하다는 걸 의미할 뿐이지만, 이런 경우에는 인격이 저울질당하니까요. 그건 그렇고, 저기 기차가 오는군요.」

정말로 저 멀리서 기관차가 경적을 울렸다. 몇 분이 지나자 플랫폼이 진동하더니, 혹한 때문에 아래로 굽은 증기를 내뿜고 중간 바퀴의 변속 지렛대를 천천히 규칙적으로 굽혔다 폈다 반복하면서, 천으로 칭칭 감은 얼굴에 증기 고드름을 잔뜩 매달고 점잖게 인사를 하는 기관사를 태운 기관차가 질주하며 지나갔다. 탄수차(炭水車) 뒤로는 날카롭게 짖어 대는 경비견을 실은 수하물 차량이 속도를 점차 늦추면서 한층 심하게 플랫폼을 진동시키며 지나갔다. 그리고 마침내 승객을 태운 차량이 다가와 진동하다가 완전히 멈추었다.

체격 좋은 차장이 호각을 불며 열차에서 뛰어내리자, 그의 뒤를 따라 성질 급한 승객들이 하나둘 내리기 시작했다. 꼿꼿한 자세로 근엄하게 주위를 살피는 근위대 장교, 손가방을 들고서 쾌활하게 웃어 대는 경박한 상인, 어깨에 자루를 짊어진 촌부가 차례로 내렸다.

오블론스키와 나란히 서서 차량들과 내리는 승객들을 눈으로 살피던 브론스키의 머릿속에서 어머니에 대한 생각은 까맣게 잊힌 채였다. 키티와 관련해서 방금 알게 된 사실이 그에게 흥분과 희열을 안겨 주었던 것이다. 무의식중에 그의 가슴이 쫙 펴졌고, 두 눈은 빛났다. 그는 자신이 승자임을 느꼈다.

「브론스카야 백작 부인께서는 이 칸에 계십니다.」 사내답게 생긴 차장이 브론스키에게 다가와 일러 주었다.

41 화류계의 여자를 일컫는 것으로 보인다.

차장의 말에 그는 정신을 차리고 목전에 둔 어머니와의 상봉을 상기했다. 그는 내심 어머니를 존경하지 않았으며, 스스로는 깨닫지 못했지만 어머니를 사랑하지도 않았다. 그러면서도 자신이 속한 세계의 관념에 따라, 그리고 자신이 받은 교육에 준하여 지극히 공손하고 예의 바르게 대하는 것 말고는 어머니에 대한 다른 태도는 상상할 수가 없었다. 심지어 어머니를 존경하고 사랑하는 마음이 희미해져 갈수록, 겉으로는 더욱더 공손하고 예의 바르게 대하곤 했다.

18

브론스키는 차장을 따라서 차량에 올라탔다. 객실 출입문 앞에서 그는 밖으로 나가려는 귀부인에게 길을 내주기 위해 잠시 멈춰 섰다. 사교계에 몸담은 사람의 익숙한 눈썰미로 부인의 외모를 한눈에 살핀 브론스키는 그녀가 최상류층의 여인임을 간파했다. 그는 실례를 표하고 차량 안으로 들어갔지만, 그녀를 한 번 더 쳐다봐야 할 것만 같았다. 그것은 그녀가 아주 아름답거나 외모 전반에서 세련됨과 겸허한 우아함이 우러나와서가 아니라, 그의 곁을 지나쳤을 때 그 사랑스러운 얼굴 표정에 유달리 다정하고 상냥한 무엇이 담겨 있었기 때문이었다. 그가 뒤를 돌아보았을 때 그녀 역시 고개를 돌렸다. 짙은 속눈썹 때문에 검게 보이는 빛나는 잿빛 눈동자가 마치 지인을 알아본 것처럼 그의 얼굴을 호의적으로 잠시 주시하더니, 곧바로 누군가를 찾으려는 듯 다가오는 한 무리의 사람들에게로 시선이 옮겨 갔다. 그 짧은 눈길을 통해 브론스키는 그녀의 얼굴에 아른거리는, 그리고 빛나는 두 눈과 진홍빛 입술을 빙긋이 끌어당기는 희미한 미소에서 감도는 억제된 생기를 감지할 수 있었다. 마치 무언가가 그녀의 존재를 가득 채우고 넘쳐흘러서 의지와는 무관하게 시선의 광채나 미소를 통해 발산되는 것만 같았다. 두 눈 속의 불빛을 그녀는 일부러 꺼버렸지만, 빛은 그녀의 의지에 반하여 보일 듯 말 듯한 미소 속에서 반짝이고 있었다.

브론스키는 객차 안쪽으로 들어갔다. 그의 모친은 검은 눈동자에 머리채를 말아 올린 여윈 몸집의 노부인으로, 눈을 가늘게 뜨고는 아들을 바라보면서 얇은 입술로 살며시 미소 짓고 있었다. 그녀는 자리에서 일어나 손가방을 하녀에게 건넨 뒤 삐삐 마른 작은 손을 내밀더니, 손으로 향하는 아들의 얼굴을 받쳐 올리고 그의 뺨에 입을 맞추었다.

「전보는 받았니? 잘 지냈지? 다행이로구나.」

「오시는 길은 괜찮으셨어요?」 브론스키가 모친 옆에 앉아서 안부를 물었다. 그러면서 그는 자기도 모르게 문밖에서 들려오는 여인의 목소리에 귀를 기울였다. 출입문에서 마주친 바로 그 귀부인의 음성임을 그는 알 수 있었다.

「어쨌든 저는 당신 의견에 동의할 수 없어요.」여인의 음성이 들렸다.

「그건 페테르부르크식 견해입죠, 마님.」

「페테르부르크식이 아니라 그저 여성의 견해일 뿐이에요.」그녀가 대꾸했다.

「그럼, 마님의 손에 입을 맞추어도 될는지요?」

「안녕히 가세요, 이반 페트로비치. 그리고 오라버니가 여기 계시지 않는지 좀 살펴봐 주시고, 보시거든 저한테로 보내

주세요.」 귀부인이 문가에서 당부하고는 다시 객실 안으로 들어왔다.

「그래, 오빠를 찾으셨나요?」 브론스카야 백작 부인이 귀부인을 향해 물었다.

브론스키는 그제야 이 여인이 카레니나임을 깨달았다.

「부인의 오라버니는 여기 와 계십니다.」 그가 자리에서 일어나며 말했다. 「죄송합니다. 제가 못 알아 뵈었습니다. 알고 지낸 게 워낙 잠깐이라서.」 브론스키가 목례를 하며 말했다. 「아마 저를 기억 못 하시겠죠.」

「오, 아니에요.」 그녀가 말했다. 「저야말로 알아볼 만도 했는데 말이죠. 왜냐하면 어머님과 함께 기차를 타고 오는 내내 백작님 얘기만 했거든요.」 그녀가 흘러넘치는 생기를 마침내 미소로써 드러내며 말했다. 「그런데 제 오라버니는 여전히 보이질 않네요.」

「알료샤,[42] 그분을 좀 모시고 오너라.」 나이 든 백작 부인이 분부했다.

브론스키는 플랫폼으로 나가 소리쳤다.

「오블론스키! 여기예요!」

카레니나는 잠자코 오빠가 오기를 기다리지 못하고, 그를 발견하자마자 단호하고 경쾌한 발걸음으로 차량 밖으로 나갔다. 그러더니 다가오는 오빠를 보자마자 브론스키가 깜짝 놀랄 정도로 결연하고 우아한 동작으로 오빠의 목을 왼팔로 끌어안고는 재빨리 당겨서 진하게 입을 맞추는 것이었다. 브론스키는 눈을 떼지 못한 채 그녀를 바라보면서 이유 모를 미소를 짓다가 어머니가 기다리신다는 걸 상기하고는 다시

42 알렉세이의 애칭.

122

차량 안으로 들어갔다.

「정말이지 너무 사랑스럽지 않니?」백작 부인이 카레니나를 두고 말했다. 「그녀의 남편이 내 옆에 앉히더구나. 아주 즐거웠단다. 오는 내내 같이 얘길 나눴어. 그런데, 너 말이다, 들리는 말로는…… vous filez le parfait amour. Tant mieux, mon cher, tant mieux(이상적인 사랑을 하는 중이라면서. 아주 잘됐다, 얘야, 아주 잘됐어).」

「뭘 두고 하시는 말씀인지 모르겠네요, maman(어머니).」아들이 냉정하게 대꾸했다. 「자, maman(어머니), 이제 가시지요.」

카레니나가 백작 부인에게 작별 인사를 하려고 다시 객차 안으로 들어섰다.

「백작 부인, 이렇게 아드님을 만나셨네요, 저는 오라버니를 만났고요.」그녀가 쾌활하게 말했다. 「게다가 제 이야기도 이제 바닥났어요. 더 이상은 말씀드릴 게 없는 것 같네요.」

「무슨 말씀을요, 부인.」백작 부인이 그녀의 손을 잡고 말했다. 「부인과 함께라면 세계 일주를 해도 지루한 줄 모를 거예요. 말을 하든 안 하든 같이 있으면 기분이 좋은, 그런 매력적인 여성분이시니까요. 아드님에 관해서는 부디 걱정하지 말아요. 자식과 떨어져 지내지 않을 수는 없는 법이지요.」

카레니나는 지나칠 정도로 꼿꼿하게 미동도 없이 서 있었고, 그녀의 두 눈에는 미소가 어려 있었다.

「안나 아르카디예브나에게는 말이지…….」백작 부인이 아들에게 설명해 주었다. 「여덟 살 먹은 아드님이 있는데, 한 번도 아드님과 떨어져 지내신 적이 없는 모양이야. 두고 온 걸 내내 마음 아파하시더구나.」

「네, 백작 부인과 내내 말씀을 나눴어요. 저는 제 아들 얘기를 하고 부인께서는 당신 아드님 얘기를 하셨죠.」 카레니나가 말했다. 미소가 또다시 그녀의 얼굴을 환하게 밝혔다. 브론스키를 향한 다정한 미소였다.

「틀림없이 아주 지루하셨겠군요.」 브론스키는 그녀가 던진 애교 섞인 농담의 공을 얼른 받아쳤다. 하지만 그녀는 그런 말투로 대화를 이어 가고 싶지 않은 듯, 백작 부인을 향해 말했다.

「정말이지 감사합니다. 저 역시 어제 하루가 어떻게 흘러갔는지 모를 지경이었어요. 안녕히 가세요, 백작 부인.」

「잘 가세요, 사랑스러운 친구.」 백작 부인이 응답했다. 「그 예쁜 얼굴에 입 맞추게 해주세요. 늙은이식으로 대놓고 말할게요. 당신을 좋아하게 됐어요.」

얼마나 상투적이든 간에 카레니나는 그 말을 진심으로 믿고 기뻐하는 눈치였다. 그녀는 얼굴을 붉히더니 몸을 굽혀서 백작 부인의 입술에 자신의 볼을 갖다 대었다. 그러고는 다시 몸을 똑바로 펴고서, 입술과 두 눈 사이에 아른거리는 예의 미소를 띤 채 브론스키에게 손을 내밀었다. 그는 자신을 향해 내민 그 자그마한 손을 쥐었다. 그의 손을 꼭 잡고 과감하게 흔드는 그녀의 정력적인 악수에 그는 뭔가 특별한 것을 대한 듯 흐뭇해졌다. 그녀는 꽤나 통통한 몸집을 희한하게도 가볍게 나르는 재빠른 걸음걸이로 차량 밖으로 나갔다.

「너무나 사랑스러워.」 노백작 부인이 말했다.

그녀의 아들 역시 똑같은 생각을 하고 있었다. 그는 카레니나의 우아한 자태가 사라질 때까지 만면에 미소를 머금은 채 눈으로 그녀를 배웅했다. 창밖으로 그녀가 오빠에게 다가

가는 모습이 보였다. 그녀는 오빠의 손 위에 자기 손을 얹고 서 생기를 발하며 무언가 얘기하기 시작했다. 그 자신, 즉 브론스키와는 아무런 상관도 없는 이야기임이 분명했고, 그는 그 점이 유감스러웠다.

「그건 그렇고, maman(어머니), 다들 잘 지내죠?」 그가 모친을 돌아보며 같은 말을 되풀이했다.

「다 잘 지낸다, 아주 좋아. 알렉상드르는 아주 귀엽단다. 그리고 마리는 정말이지 미인이 됐어. 무척 재미있는 아이야.」

백작 부인은 다른 무엇보다 관심을 가졌던 사안들, 즉 페테르부르크 여행의 목적이었던 손자의 세례식과 큰아들에게 베푼 황제 폐하의 특별한 은혜에 대해 이야기하기 시작했다.

「라브렌티가 저기 왔네요.」 브론스키가 창밖을 내다보며 말했다. 「괜찮으시면, 이제 출발하시죠.」

백작 부인과 함께 온 늙은 집사가 차량 안으로 들어와 갈 준비가 다 되었다고 아뢰자 노부인은 몸을 일으켰다.

「자, 가시지요. 이제 인파도 많이 줄었어요.」 브론스키가 말했다.

젊은 하녀가 손가방과 개를 안았고, 집사와 짐꾼은 다른 짐 보따리를 챙겨 나섰다. 브론스키는 어머니의 팔짱을 꼈다. 그런데 그들이 차량 밖으로 내렸을 때, 별안간 몇몇 사람들이 겁에 질린 표정을 하고는 그들 곁을 지나쳐 후다닥 뛰어가는 것이었다. 역장 역시 독특한 빛깔의 정모(正帽)를 쓴 채 내달렸다. 무언가 심상치 않은 일이 벌어진 게 분명했다. 사람들은 기차 뒤편으로 우르르 달려갔다.

「뭐야? ……무슨 일이야? ……뭐라고? ……어디? ……몸을 던졌대! ……깔렸어!」 지나가는 사람들 사이에서 이런저런 소리가 들렸다.

서로 팔짱을 끼고 가던 스테판 아르카디치와 누이 또한 놀란 얼굴로 되돌아와서는 몰려든 사람들을 피해 기차 승강구에 멈춰 섰다.

부인들은 다시 차량 안으로 들어갔고, 브론스키는 스테판 아르카디치와 함께 무슨 변고인지 자세히 알아보기 위해 몰려든 인파를 뒤쫓았다.

경비원이 술에 취했는지 아니면 극심한 혹한으로 옷을 너무 많이 껴입었는지, 후진하는 열차 소리를 못 듣고서 그만 열차에 깔려 버린 것이었다.

브론스키와 오블론스키가 돌아오기 전에 이미 부인들은 집사에게서 자세한 사정을 전해 들었다.

두 남자는 형체를 못 알아볼 정도로 훼손된 주검을 보았다. 오블론스키는 몹시 괴로운 눈치였다. 인상을 잔뜩 찌푸린 채 금방이라도 울음을 터뜨릴 것 같았다.

「어휴, 너무나 끔찍해! 어휴, 안나, 네가 그걸 봤더라면! 아아, 정말이지 끔찍해!」 그가 되뇌었다.

브론스키는 아무 말이 없었다. 수려한 그의 얼굴은 심각했지만, 지극히 침착했다.

「아아, 백작 부인, 부인께서 그걸 보셨더라면…….」 스테판 아르카디치가 계속해서 말을 이었다. 「그 사람의 아내도 여기 있는데…… 차마 눈 뜨고 볼 수가 없어요. 주검 위로 달려들더군요. 사람들이 그러는데, 대가족을 그 사람 혼자서 먹여 살렸답니다. 너무나 참혹해요!」

「그 사람을 위해서 뭐라도 할 수는 없을까요?」 흥분된 목소리로 속삭이듯이 카레니나가 말했다.

브론스키가 그녀를 쳐다보더니 곧바로 차량 밖으로 나섰다.「곧 돌아올게요, maman(어머니).」

몇 분 뒤 그가 돌아왔을 때 스테판 아르카디치는 이미 백작 부인에게 어느 신예 여가수에 관해 떠벌리는 중이었고, 백작 부인은 아들이 오기를 기다리며 초조하게 문 쪽을 살피고 있었다.

「이제 가시죠.」브론스키가 안으로 들어서며 말했다. 그들은 다 함께 밖으로 나갔다. 브론스키가 모친과 함께 앞장을 섰고, 카레니나와 그녀의 오빠가 뒤를 따랐다. 역사를 나서려 할 때, 브론스키를 뒤쫓아온 역장이 다가왔다.

「제 조수에게 2백 루블을 주셨다면서요. 실례지만, 분명하게 밝혀 주십시오. 누구에게 주신 겁니까?」

「남편을 잃은 부인에게 주시오.」어깨를 움찔하며 브론스키가 덧붙였다.「뭘 굳이 물어보는 건지 이해가 안 가는군.」

「돈을 줬다고?」뒤에서 오블론스키가 소리치더니 누이의 손을 꼭 쥐면서 덧붙였다.「참으로 훌륭해, 아주 훌륭해! 멋진 청년이야, 그렇지 않니? 존경을 표합니다, 백작 부인.」

그러고서 그는 누이와 함께 그녀의 하녀를 찾기 위해 멈춰 섰다.

그들이 거리로 나왔을 때 브론스키 모자를 태운 마차는 이미 떠난 뒤였다. 역사를 빠져나오는 사람들 모두가 방금 전 사고에 대해 얘기하고 있었다.

「정말 끔찍한 죽음이야!」어떤 신사가 남매의 곁을 지나가며 말했다.「두 동강이 났다더군.」

「내 생각은 그 반대일세. 가장 손쉬운, 일순간의 죽음이지.」다른 사람이 지적했다.

「아니, 어떻게 제대로 조치를 취하지 않을 수가 있지?」 또 다른 사람이 말했다.

카레니나가 마차에 올라탔을 때, 입술을 덜덜 떨면서 간신히 눈물을 참고 있는 누이의 모습에 스테판 아르카디치는 깜짝 놀랐다.

「왜 그러니, 안나?」 수백 사젠[43]을 간 뒤 그가 물었다.

「불길한 징조예요.」 그녀가 말했다.

「무슨 그런 쓸데없는 생각을!」 스테판 아르카디치가 말했다. 「네가 왔다는 거, 그게 중요한 거야. 내가 너한테 얼마나 많은 걸 기대하고 있는지 모를 거다.」

「브론스키를 안 지는 오래되었나요?」 그녀가 물었다.

「응. 있잖니, 우리는 그 친구가 키티와 결혼하기를 바라고 있단다.」

「그래요?」 안나가 조용히 대꾸했다. 「자, 이제, 오빠 얘기를 해보죠.」 마치 자신을 방해하는 그 어떤 성가신 것을 물리적으로 털어 내려는 듯, 그녀는 한차례 머리를 흔들고서 덧붙였다. 「오빠 일에 관해 얘기해 보자고요. 오빠가 보낸 편지를 받고 이렇게 온 거잖아요.」

「그래, 난 너한테 모든 희망을 걸고 있어.」 스테판 아르카디치가 말했다.

「어디, 죄다 털어놔 봐요.」

그러자 스테판 아르카디치가 이야기를 시작했다.

집에 다다르자 오블론스키는 누이를 마차에서 내려 주고 한숨을 내쉬며 여동생의 손을 꼭 잡았다 놓은 다음, 관청으로 향했다.

43 러시아의 거리 단위. 1사젠은 약 2.14미터에 해당한다.

19

안나가 방으로 들어섰을 때, 돌리는 작은 응접실에서 아버지를 닮은 티가 벌써 역력한 은발의 포동포동한 사내아이와 나란히 앉아 프랑스어 읽기 숙제를 봐주는 중이었다. 아이는 책을 읽으면서 재킷에 간신히 매달려 있는 단추를 손에 쥐고 이리저리 돌리며 뜯어 내려 애쓰고 있었다. 엄마는 벌써 몇 차례나 아이의 손을 단추에서 떼어 냈지만, 조막만 한 통통한 손은 또다시 단추를 쥐곤 했다. 엄마는 단추를 뜯어 자신의 주머니에 넣어 버렸다.

「손을 가만히 두란 말이다, 그리샤.」 그녀가 아이에게 이르고서 이불을 다시금 손에 쥐었다. 마음이 괴로울 때면 늘 손에 쥐곤 하는 해묵은 일감으로, 지금 그녀는 그것을 신경질적으로 붙든 채 손가락으로 바늘코를 젖혀 그 수를 세는 것이었다. 비록 어제는 시누이가 오든 말든 자기로선 알 바 아니라고 남편한테 전하라 일렀지만, 실은 시누이가 도착하면 맞이할 준비를 다 해놓고서 초조하게 기다리던 중이었다.

돌리는 슬픔으로 녹초가 되어 있었고, 그것에 온통 사로잡혀 있었다. 하지만 그녀는 시누이 안나가 페테르부르크 최고위층 인사의 부인이자, 페테르부르크의 grande dame(고위층 귀부인)이라는 사실을 상기하였다. 그러한 정황 때문에 그녀는 남편에게 공표한 바를 이행하지 않았다. 즉 시누이가 온다는 사실을 잊지 않았던 것이다. 〈그래, 어쨌거나 안나는 아무 잘못이 없으니까.〉 돌리는 생각했다. 〈그녀에 관해서라면 좋은 것 말고는 아는 게 없는걸. 나를 대하는 태도도 늘 상냥하고 친절하기만 했잖아.〉 사실 페테르부르크의 카레닌 일가를 방문했을 때 받은 인상을 기억하자면, 그 집안 자체가 그녀의 마음에 들지 않았다. 그들의 가정생활 곳곳에 무언가 허위적인 것이 배어 있었다. 〈그렇다고 해서, 무슨 명분으로 내가 그녀를 맞이하지 않을 수 있겠어? 단지 나를 위로하려 들지만 말아 줬으면!〉 돌리는 생각했다. 〈온갖 위로와 충고, 그리고 그리스도교적인 용서, 그 모든 걸 수천 번도 더 생각해 봤지만 다 소용없었는걸.〉

요사이 돌리는 오로지 아이들하고만 지냈다. 자신의 비애에 대해 사람들과 말을 섞고 싶지 않았고, 그러한 비애를 가슴에 품은 채 다른 얘기를 할 수도 없었다. 어떤 식으로든 자신이 안나에게 모든 걸 얘기하게 될 것임을 그녀는 알고 있었다. 속을 털어놓을 생각에 기쁘기도 했지만 그녀, 즉 남편의 누이동생에게 자신이 당한 모욕을 얘기해야 하고, 그녀가 미리 준비해 둔 설득과 위로의 말을 들어야 하는 상황에 부아가 치밀기도 했다.

종종 그렇듯이, 그녀는 매 순간 시계를 보며 시누이가 오기를 기다려 놓고서도 정작 그녀가 도착한 순간은 놓쳐 버렸고 초인종 소리도 듣지 못했다.

손님의 옷자락 스치는 소리와 가벼운 발걸음 소리가 문가에서 들려오자 그제야 그녀는 눈길을 돌려 그쪽을 바라보았다. 그녀의 지친 얼굴에 기쁨이 아닌 놀라움의 표정이 무심코 번졌다. 그녀는 자리에서 일어나 시누이를 얼싸안았다.

「어머, 벌써 도착했군요?」 시누이에게 입을 맞추며 그녀가 말했다.

「돌리, 정말 반가워요!」

「나도 반가워요.」 돌리는 희미하게 미소 지으며, 안나의 표정에서 그녀가 이번 일을 알고 있는지를 읽어 내려 애썼다. 〈알고 있는 게 틀림없어.〉 안나의 표정에 어린 연민을 눈치채고 그녀는 생각했다. 「자, 가요, 아가씨 방으로 안내할게요.」 그녀는 자초지종을 설명해야 하는 순간을 가능한 한 늦추고 싶었다.

「애가 그리샤인가요? 세상에, 어쩜 이렇게 많이 컸니!」 안나는 아이에게 입을 맞춘 뒤 멈춰 서서는 돌리에게서 눈을 떼지 않은 채 얼굴을 붉혔다. 「아니요, 아무 데도 가지 않았으면 해요.」

스카프와 모자를 벗던 그녀는 곱슬거리는 검은 머리를 감아 올린 머리채에 모자가 걸리자 좌우로 고개를 흔들며 머리카락을 풀어 헤쳤다.

「얼굴이 환하게 빛이 나는 게 행복하고 건강해 보이네요.」 돌리가 샘난다는 듯 말했다.

「내가요……? 그런가요?」 그녀가 대꾸했다. 「어머나, 타냐구나! 우리 세료자랑 동갑내기.」 방으로 뛰어 들어온 소녀에게 눈길을 건네며 안나가 말했다. 그녀는 소녀의 두 손을 잡고서 입을 맞추었다. 「아주 귀여운 소녀로구나, 어쩜 이리도 귀여울까! 아이들을 모두 보여 주세요.」

아이들의 이름을 부르면서 안나는 아이들 모두의 이름뿐만 아니라 태어난 해와 달, 성격, 그동안 앓았던 병까지 하나하나 기억해 냈다. 돌리는 그런 그녀를 높이 사지 않을 수가 없었다.

「자, 아이들을 보러 가요.」 그녀가 말했다. 「그런데 바샤는 지금 잠이 들었어요. 깨우기가 좀 그렇네요.」

아이들을 둘러본 뒤, 안나와 돌리는 단둘이 남아 커피 잔을 앞에 두고 서로 마주 앉았다. 안나가 쟁반을 들어 옆으로 치웠다.

「돌리.」 그녀가 입을 열었다. 「오빠한테서 얘기 들었어요.」

돌리가 냉담한 눈빛으로 안나를 쳐다보았다. 그녀는 위선적인 동정의 말이 나오기를 기다렸다. 하지만 안나는 그런 말은 입에 올리지도 않았다.

「사랑스러운 돌리!」 그녀가 다시 입을 열었다. 「나는 오빠를 변호할 생각도 없고, 위로의 말도 하고 싶지 않아요. 그럴 수는 없어요. 하지만, 있잖아요, 돌리, 나는 단지 언니가 가엾어요, 정말이지 진심으로 가엾어요!」

짙은 속눈썹이 드리운 그녀의 반짝이는 눈동자에 별안간 눈물이 어렸다. 올케 곁으로 가까이 다가앉은 안나는 예의 정력적인 자그마한 손으로 그녀의 손을 꼭 잡았다. 돌리는 시누이의 손을 물리치지 않았지만, 냉랭한 표정만은 바꾸지 않았다. 그녀가 입을 열었다.

「나를 위로하려 들지 마세요. 그 일이 있은 후 모든 걸 잃었어요, 다 끝장났다고요!」

이 말을 내뱉고 나자 그녀의 표정이 조금 누그러졌다. 안나는 돌리의 메마르고 가녀린 손을 들어 올리더니 입을 맞추고서 말했다.

「하지만, 돌리, 어쩌면 좋죠? 어찌해야 할까요? 이런 참담한 상황에서 과연 어떻게 처신하는 게 그나마 좋을까요? 이걸 생각해야만 해요.」

「다 끝났어요. 더 이상 할 수 있는 건 없어요.」 돌리가 말했다. 「가장 나쁜 건, 알다시피 내가 그이를 버릴 수 없다는 사실이에요. 아이들이 있으니 나는 자유롭지 못해요. 하지만 그이와 함께 살 수는 없어요. 그이를 보는 게 너무 괴로워요.」

「사랑스러운 돌리, 오빠가 얘길 해주긴 했지만, 언니 얘기를 듣고 싶어요. 나한테 전부 말해 주세요.」

돌리가 의혹을 품은 표정으로 그녀를 바라보았다.

안나의 얼굴에서 가식 없는 사랑과 연민이 확연하게 느껴졌다.

「좋아요.」 그녀가 문득 말을 꺼냈다. 「처음부터 얘기하죠. 내가 어떻게 결혼을 했는지는 잘 알 거예요. maman(엄마)의 교육 때문에 나는 순진할 뿐 아니라 어리석었어요. 아무것도 몰랐던 거예요. 남편들이란 본래 아내에게 자신의 과거사를 고백한다고들 하죠. 하지만 스티바는……」 순간 그녀는 남편의 이름을 고쳐 불렀다.[44] 「스테판 아르카디치는 나한테 아무런 얘기도 해주지 않았어요. 믿지 못하겠지만, 나는 지금까지 나만이 그이가 아는 유일한 여자인 줄 알았어요. 그렇게 8년을 살아왔다고요. 남편의 부정이라는 걸 의심해 본 적이 없었을 뿐만 아니라, 그런 건 있을 수 없는 일이라고 여겨 왔어요. 그런데, 생각 좀 해보세요. 그런 생각만을 갖고 있다가 그 모든 끔찍한 일을, 그 모든 추잡한 일을 알게 된 거예요……. 생각 좀 해보세요. 스스로가 행복하다고 완벽하게 확신하고 있다가, 별안간……」 돌리는 순간적으로 터져 나오려는 울음을 억누르며 이야기를 이어 갔다. 「별안간 그 편지를…… 그이가 자기 정부한테, 바로 애들의 가정 교사한테 보낸 편지를 내가 받아 본 거예요. 그래요, 그건 너무 끔찍한 일이에요!」 그녀가 재빨리 손수건을 꺼내서 얼굴을 가렸다. 「여자한테 반한

---

44 돌리는 무심코 남편을 〈스티바〉라는 애칭으로 불렀다가 다시 거리감과 공식적인 느낌을 주는 이름과 부칭으로 바꿔서 부르는 것이다.

거라면 거기까지는 이해해요.」잠시 침묵한 후 그녀가 다시 말을 이었다. 「하지만, 치밀하고도 교활하게 나를 속이다니요……. 게다가 같이 놀아난 사람이 누구냐고요! 그 여자와 어울리면서 계속 내 남편 노릇을 하다니……. 끔찍해요! 아가씨는 이해하지 못할 거예요…….」

「오, 아니에요, 이해해요! 이해해요, 사랑스러운 돌리, 이해하고말고요.」안나가 그녀의 손을 꼭 쥐면서 말했다.

「지금 내 처지가 얼마나 비참한지, 그이가 이해할 것 같나요?」돌리가 이야기를 계속했다. 「천만에요! 그이는 행복해하고 만족스러워하고 있을걸요.」

「오, 그렇지 않아요!」안나가 순간 올케의 말을 끊었다. 「오빠도 애처로워요. 뼈아프게 뉘우치고 있는걸요…….」

「그이가 과연 뉘우칠 줄 아는 사람일까요?」시누이의 얼굴을 주의 깊게 응시하던 돌리가 말을 가로챘다.

「그럼요, 나는 오빠를 잘 알아요. 도무지 불쌍해서 볼 수가 없어요. 우리 둘 다 오빠가 어떤 사람인지 잘 알고 있잖아요. 오빠는 선량하면서도 자존심이 강하지만, 지금은 비참할 지경이에요. 무엇보다 애처로운 건(여기서 안나는 돌리를 감동시킬 만한 중요한 이야기를 생각해 냈다) 바로 두 가지가 오빠를 괴롭히고 있다는 사실이에요. 하나는 아이들 보기에 부끄럽다는 것이고, 다른 하나는 언니를 사랑하면서도…… 그래요, 정말이지 세상 그 누구보다 언니를 사랑하면서도…….」그녀는 반박하려 드는 돌리의 말을 재빨리 가로막았다. 「언니에게 상처를 줬다는 것, 너무나 큰 고통을 안겨 줬다는 거예요. 〈아냐, 아냐, 그 사람은 나를 용서하지 않을 거야〉라고 내내 말하더군요.」

돌리는 생각에 잠긴 채 시누이의 이야기를 들으면서 그녀 너머 다른 곳으로 시선을 돌렸다.

「그래요, 그이가 비참한 지경이라는 건 알고 있어요. 당한 사람보다, 죄지은 사람이 더 괴로운 법이죠.」 그녀가 말했다. 「이 모든 불행이 자기 탓이라는 걸 그이가 깨닫고 있다면 그렇겠죠. 하지만 내가 어떻게 그이를 용서하겠어요? 그 여자와 그런 일이 있었는데 어떻게 내가 다시 그이의 아내 노릇을 할 수 있겠어요? 이제 그이와 같이 산다는 건 고역이에요. 왜냐하면 바로 그이를 사랑했기 때문이죠. 그에게 느낀 내 과거의 사랑이 좋았기 때문이라고요…….」

울음이 북받쳐 올라 그녀의 말은 중단되었다.

그러나 마치 일부러 그러는 것처럼, 매번 기분이 조금 누그러지면 그녀는 다시 자신을 화나게 한 일들에 관해 이야기를 시작하곤 했다.

「그래요, 그 여자는 젊고 아름답죠.」 그녀가 이야기를 계속했다. 「안나, 내 청춘과 미모를 누구한테 다 저당 잡혔는지 알잖아요? 그이와 그이의 자식들한테죠. 나는 그이한테 헌신했어요. 그러느라 나의 모든 게 다 사라져 버렸죠. 그리고 이제 당연하게도 그이는 싱싱하고 천박한 여자에게 더 매력을 느끼는 거예요. 분명 둘이서 내 얘기 했겠죠. 더 나쁘게는 일부러 침묵했거나요. 이해하겠어요?」 그녀의 두 눈에 또다시 증오의 불길이 일었다. 「그런 일이 있고도 그이는 나와 말을 섞을 텐데…… 어쩌라고요? 그이의 말을 믿으란 말인가요? 절대로 그럴 순 없어요. 그래, 모든 게 이미 끝장났어요. 수고와 고통에 대한 보상과 위안이 되어 주었던 모든 게……. 이게 가당키나 한가요? 방금 전에 나는 그리샤한테 공부를 시켰어요. 예전에 그건 기쁨이었지만, 지금은 고통이에요. 대체 내가 무엇을 위해서 애쓰고 공을 들여야 하나요? 내게 아이들이 무슨 소용이냐고요! 끔찍한 건, 내 마음이 갑자기 완전히 돌아섰다는 거예요. 사랑과 애정 대신 나한테 남은 건 오로지 그이를 향한 증오뿐이에요. 정말이지 그이를 죽여 버리고 싶다고요…….」

「제발, 돌리, 그 심정은 이해해요. 하지만 스스로를 괴롭히지는 말아요. 너무나 심한 모욕을 당했고, 너무 흥분한 상태라서 언니는 지금 많은 것을 제대로 못 보고 있어요.」

돌리가 어느 정도 잠잠해진 채, 두 사람은 2분쯤 말이 없었다.

「어쩌면 좋을지 생각 좀 해봐요, 안나. 나 좀 도와줘요. 온갖 생각을 다 해봤지만, 아무런 수도 떠오르질 않아요.」

안나 역시 아무런 방도도 떠오르지 않기는 마찬가지였다. 하지만 그녀의 심장은 올케의 말 한 마디 한 마디와 매 순간의 표정에 즉각적으로 감응하고 있었다.

「한 가지만 얘기할게요.」 안나가 마침내 입을 열었다. 「나는 누이동생이니까 오빠의 성격을 잘 알아요. 오빠는 무슨 일이건 새까맣게 잊어버리거나(이 대목에서 그녀는 이마 앞에 대고 시늉을 해보였다) 무언가에 정신없이 빠져드는 데 타고난 소질이 있어요. 그 대신 또 진정으로 뉘우칠 줄도 알죠. 지금 오빠는 자신이 어떻게 그런 일을 저지를 수 있었는지 믿지도, 이해하지도 못하고 있어요.」

「아니에요, 그이는 이해해요, 이해하고 있다고요!」 돌리가 시누이의 말을 가로챘다. 「하지만 나는……. 아가씨는 나를 잊고 있나 본데…… 내 속이 과연 더 편하겠어요?」

「잠깐만요. 솔직히 말해서 오빠한테 사정 얘기를 들을 때는 언니의 입장이 얼마나 참담한지를 제대로 몰랐어요. 그저 오빠와 오빠의 가정이 망가졌다는 것만 생각했어요. 오빠가 불쌍했죠. 하지만 언니와 얘기를 하고 나니, 같은 여자로서 다른 생각이 들어요. 언니의 고통을 알겠고, 이루 말할 수 없을 정도로 언니가 안쓰러워요! 하지만 돌리, 나는 언니의 고통을 전부 다 이해하지만, 단 한 가지만은 모르겠어요. 나는 모르겠어요…… 언니의 마음속에 오빠에 대한 사랑이 얼마만큼 남아 있는지……. 그건 언니가 알고 있겠죠. 오빠를 용서할 수 있을 만큼의 사랑이 남아 있는지 말이에요. 만일 그만큼은 남아 있다면, 오빠를 용서해 주세요!」

「아니요…….」 돌리가 입을 열었다. 하지만 안나가 그녀의 손에 입을 맞추며 다시 끼어들었다.

「언니보다 제가 세상일은 더 잘 알잖아요.」 그녀가 말했다. 「스티바 같은 사람들을 나는 잘 알아요. 그들이 이런 경우에 어떻게 대처하는지 말이에요. 오빠가 그 여자와 함께 언니 얘기를 했을 거라고 했죠? 그런 일은 없었어요. 그런 사람들은 부정을 저지를지언정 자기 가정과 아내만큼은 신성하게 여겨요. 그들에게 그런 여자들은 결국 경멸의 대상일 뿐이기 때문에 가정에 방해가 되지는 못해요. 그들은 가정과 그런 관계 사이에 어떤 넘을 수 없는 경계를 긋곤 해요. 그런 성향이 나로서는 이해가 안 되지만, 아무튼 그래요.」

「하지만 그이는 그 여자에게 입을 맞췄고…….」

「돌리, 제발, 그만해요. 나는 언니와 사랑에 빠졌을 때의 스티바를 떠올려 봤어요. 그때 기억이 아직 생생해요. 오빠는 내게 와 언니 얘기를 하면서, 언니가 자신에게 얼마나 고상하고 고귀한 존재인지 얘기하면서 울먹이곤 했죠. 나는 알아요. 둘이서 함께 살면 살수록 언니는 스티바에게 더 고결한 존재가 되었어요. 정말이지 우리가 웃을 정도였다니까요. 말끝마다 〈돌리는 정말이지 놀라운 여자야〉라고 덧붙이는 거예요. 오빠에게 언니는 언제나 신성한 존재였고, 지금도 마찬가지예요. 반면에 그런 유혹은 오빠의 영혼을 사로잡지 못해요.」

「하지만 그런 유혹이 되풀이된다면요?」

「그런 건 있을 수 없는 일이에요, 내가 아는 한…….」

「그럼, 아가씨 같으면 용서해 줄 건가요?」

「모르겠어요, 판단을 못 내리겠어요……. 아니, 그래요, 용서할 수 있어요.」 잠시 생각하더니, 안나가 대답했다. 그러고서 머릿속으로 상황을 떠올리고는 마음속으로 저울질해 본 다음 다시 덧붙였다. 「그래요, 용서할 수 있어요. 할 수 있다고요. 할 수 있어요. 나 같으면, 용서할 거예요. 예전과 똑같을 수는 없겠지만, 그래요, 그래도 용서해 줄 거예요. 마치 그런 일이 없었던 것처럼, 전혀 없었던 것처럼 용서해 줄 거예요.」

「그야 물론 그래야죠.」 돌리가 마치 여러 차례 생각해 본 바를 말하듯이 재빠르게 시누이의 말에 응수했다. 「그런 식이 아니라면, 그건 용서가 아닐 테니까요. 만일 용서를 한다면 완전히, 말끔하게 해야죠. 자, 이제 가요, 방으로 안내할게요.」 돌리가 일어나서 말했다. 가는 도중에 그녀는 안나를 끌어안았다. 「사랑스러운 안나, 아가씨가 와줘서 얼마나 기쁜지, 정말 얼마나 기쁜지 몰라요. 내 맘이 한결 편해졌어요, 훨씬요.」

20

그날 안나는 하루 종일 집에서, 그러니까 오블론스키 부부의 집에서 보냈다. 그녀가 온 걸 벌써 알아낸 지인 몇몇이 그날 벌써 그녀를 보러 찾아왔지만, 손님은 아무도 들이지 않았다. 안나는 오전 내내 돌리와 아이들과 함께 있었다. 그러는 한편, 오라버니에게 꼭 집에서 점심 식사를 하라는 내용의 쪽지를 전했다. 〈집으로 오세요. 하느님은 자비로우십니다.〉 쪽지에는 이렇게 적혀 있었다.

오블론스키는 집에서 점심을 먹었다. 평범한 대화가 오갔고, 아내는 지난 며칠과 달리 그를 〈스티바〉라고 불렀다. 남편과 아내 사이에 여전히 거리감이 남아 있긴 했어도 결별에 대한 얘기는 이미 온데간데없이 사라져, 스테판 아르카디치는 해명과 화해의 가능성을 발견했다.

식사를 마치자마자 키티가 찾아왔다. 그녀는 안나 아르카디예브나가 누구인지는 알고 있었지만, 아주 조금만 알 뿐이었다. 그래서 지금 언니네로 오면서, 다들 하나같이 칭찬해 마지않는 저 페테르부르크 사교계의 귀부인이 자신을 어떻게 맞아 줄지 염려되는 바가 없지 않았다. 하지만 안나 아르카디예브나는 키티를 마음에 들어 했고, 키티도 그 점을 곧바로 알아차렸다. 안나는 그녀의 미모와 젊음에 넋을 잃은 게 분명했다. 키티 또한 정신 차릴 새도 없이 안나의 영향력 아래 놓여 있게 되었을 뿐 아니라 그녀에게 홀딱 반해 버렸다. 그것은 젊은 처녀들이 연상의 기혼녀를 흠모하는, 그런 종류의 감정이었다. 안나는 사교계의 귀부인이나 여덟 살짜리 소년의 엄마 같지가 않았다. 키티를 감동시키고 매혹시키는, 진지하고 때로는 우수 어린 그 눈빛만 아니었다면, 유연한 몸놀림과 싱싱한 기운, 미소나 눈빛으로 분출되는 얼굴의 생기로 인해 오히려 스무 살짜리 처녀 같았다. 안나가 아주 소탈하며 아무것도 감추지 않는다는 걸 키티는 느낄 수 있었다. 그러면서도 어쩐지, 키티 자신은 닿을 수 없는, 복잡하고도 고상한 관심사들로 가득한 고차원적인 세계가 그녀에게 들어앉아 있는 듯했다.

식사를 마친 뒤 돌리가 자기 방으로 들어가자, 안나는 재빨리 자리에서 일어나 시가를 막 피워 문 오라버니에게로 다가갔다.

「스티바.」 그녀가 쾌활하게 눈을 찡긋하고는 오라버니에게 성호를 그어 주면서 문 쪽을 향해 눈짓했다. 「어서 가보세요, 하느님이 도우시길.」

누이동생의 뜻을 알아차린 그는 피우던 시가를 내던지고 문 뒤로 사라졌다.

스테판 아르카디치가 나가자 안나는 아이들에게 둘러싸여 앉아 있던 소파로 다시 돌아왔다. 엄마가 이 고모를 좋아하는 걸 알았는지, 아니면 자기들도 그녀에게서 특별한 매력을 느꼈는지, 아이들이 종종 그러듯 손위의 두 아이를 따라 손아래의 아이들까지 식사 전부터 처음 보는 고모한테 딱 달라붙은 채 그녀의 곁을 떠날 줄 몰랐다. 그들 사이에는 일종의 놀이 같은 게 벌어지고 있었으니, 가능한 한 고모 곁에 가까이 앉아서 고모를 만지고, 고모의 작은 손을 잡고서 입을 맞추거나 반지로 장난을 치고, 아니면 다만 옷자락이라도 건드려 보는 것이었다.

「자, 자, 아까 앉았던 그대로 앉아요.」 안나 아르카디예브나가 자기 자리를 찾아 앉으며 아이들에게 말했다.

또다시 그리샤가 그녀의 팔 아래로 고개를 들이밀고는 옷자락에 머리를 기댔다. 아이의 얼굴은 자부심과 행복으로 환하게 빛났다.

「그래, 무도회가 언제라고요?」 그녀가 키티에게 말을 건넸다.

「다음 주요. 성대한 무도회랍니다. 언제 가도 흥겨운 무도회 중 하나예요.」

「언제 가도 흥겹다니, 그런 무도회가 있단 말인가요?」 안나는 부드럽게 조소를 흘렸다.

「이상하게도 그런 게 있더라고요. 보브리셰프가에서 열리는 무도회는 늘 즐거워요. 니키틴가의 무도회도 마찬가지고요. 반면에 메시코프가의 경우는 항상 따분하죠. 정말이지 그런 거 못 느끼셨나요?」

「네, 키티, 나에게 흥겨운 무도회 같은 건 이미 존재하지 않아요.」 안나가 말했다. 순간 키티는 그녀의 두 눈에서 자신에게는 열려 있지 않은 어떤 특별한 세계를 감지했다. 「덜 괴롭고 덜 지루한 무도회만 있을 뿐이죠…….」

「어떻게 **부인께** 무도회가 지루할 수 있죠?」

「어떻게 **나한테** 무도회가 지루하지 않을 수 있죠?」 안나가 되물었다.

어떤 대답이 나올지 안나가 이미 알고 있음을 키티는 눈치챘다.

「왜냐하면 부인은 언제나 가장 아름다우시니까요.」

툭하면 얼굴을 붉히는 안나가 역시 발그레해진 얼굴로 대답했다.

「첫째, 전혀 그렇지 않으며, 둘째, 그렇다고 한들 그게 나한테 좋을 게 뭐가 있겠어요?」

「이번 무도회에 가실 거죠?」키티가 물었다.

「안 갈 수는 없겠죠……. 자, 이거 가지려무나.」안나가 타냐에게 말했다. 타냐는 고모의 가늘고 흰 손가락 끝에서 곧잘 흘러내리는 반지를 잡아 빼는 중이었다.

「부인께서 오시면 저는 너무 기쁠 거예요. 무도회장에 계시는 부인의 모습을 너무나도 보고 싶어요.」

「어쩔 수 없이 가야 한다면, 적어도 아가씨를 기쁘게 해준다는 생각으로 위안을 삼을 수 있겠군요……. 그리샤, 제발, 잡아당기지 마. 죄다 헝클어졌잖니.」그리샤가 가지고 노느라 불거져 나온 머리채를 바로잡으며 그녀가 말했다.

「연보랏빛 드레스를 입고 무도회에 계신 모습을 떠올려 보고 있어요.」

「어째서 꼭 연보라색이어야 하죠?」안나가 미소를 지으며 물었다.「자, 애들아, 어서 가봐, 어서. 들리잖아, 미스 헐이 차 마실 시간이라고 부르잖니.」그녀는 아이들을 곁에서 떼어 내어 식당 쪽으로 보냈다.

「아가씨가 왜 나보고 무도회에 오라고 하는지 알겠어요. 그 무도회에 많은 걸 기대하고 있는 거죠. 사람들이 전부 와주기를, 모두가 참석했으면 하는 바람인 거죠.」

「어떻게 아셨어요? 네, 맞아요.」

「아! 정말 좋은 때로군요.」안나가 말을 이었다.「나 역시 그런 하늘빛 안개를 기억한답니다. 마치 스위스의 산꼭대기에 드리운 안개 같은 거죠. 유년기가 막 끝난 그 축복받은 시절, 모든 것을 감싸고 있던 그 안개 말예요. 그 거대하고 행복하고 즐거운 세계로부터 길이 뻗어 나가면서 점점 좁아지죠. 그 기나긴, 칸칸이 연결된 방으로 들어서는 건, 즐겁기도 하고 무섭기도 해요. 비록 밝고 아름다운 곳이라 해도 말이에요⋯⋯. 그 방을 지나오지 않은 사람이 과연 누가 있겠어요?」

키티는 아무 말 없이 미소를 지었다. 〈이분은 과연 그 방을 어떻게 지나쳐 왔을까? 이분의 연애사를 죄다 알고 싶어.〉 안나의 남편 알렉세이 알렉산드로비치의 무미건조한 외모를 떠올리며 그녀는 생각했다.

「나도 뭔가 알고 있답니다. 스티바가 얘기해 주더군요. 축하드려요. 참 호감이 가는 분이더군요.」 안나가 말을 이었다. 「기차역에서 브론스키를 만났어요.」

「어머나, 그분이 거기에 가셨었나요?」 키티가 얼굴을 붉히며 물었다. 「스티바가 뭐라고 한 거죠?」

「죄다 떠들던데요. 그리되면 나도 기쁠 거예요. 어제 브론스키의 모친과 같은 기차를 타고 왔거든요. 그런데 모친께서 잠자코 계시질 않고 줄곧 그분 얘기를 하시지 뭐예요. 총애하는 자식인 거죠. 엄마들이 편파적이라는 건 잘 알아요. 하지만⋯⋯.」

「어머님께서는 부인에게 뭐라 하시던가요?」

「아아, 정말 많은 얘길 하셨어요! 내가 보기에, 그분은 어머님의 사랑을 한 몸에 받는 아드님이지만, 그럼에도 기사 같은 분인 게 분명해요⋯⋯. 가령 모친께서 말씀하시길, 자기 전 재산을 형에게 양도하려 했다는 거예요. 그뿐만 아니라 어릴 적에 이미 비범한 일을 해냈는데, 글쎄 물에 빠진 여자를 구했다지 뭐예요. 한마디로 영웅이죠.」 안나는 미소 지으며 기차역에서 그가 건넨 2백 루블을 떠올렸다.

하지만 그 2백 루블에 관해서 그녀는 얘기하지 않았다. 어쩐지 그 일을 떠올리는 게 불쾌했다. 그녀와 관련된, 있어서는 안 되는 무언가가 도사리고 있는 것만 같았다.

「그분이 댁으로 와달라고 간곡하게 청하셨어요.」 안나가 이야기를 계속했다. 「나 역시 노부인을 뵙고 싶어서 내일 그분 댁에 가려고요. 그나저나 천만다행으로 스티바가 돌리 곁에 오래 머물러 있네요.」 안나가 일어서며 화제를 돌렸다. 키티가 보아하니, 그녀에게 뭔가 언짢은 구석이 있는 듯했다.

「아냐, 내가 먼저야! 나라니까!」 차를 다 마신 아이들이 안나 고모 쪽으로 냅다 달려오며 소리쳤다.

「모두 다 같이!」 안나는 이렇게 외치더니 웃으면서 아이들 쪽으로 달려가, 기쁨에 겨워 빽빽 소리를 지르며 꿈틀거리는 녀석들을 한꺼번에 얼싸안아 쓰러뜨렸다.

21

어른들끼리 차 마실 시간이 되자 돌리가 방에서 나왔다. 스테판 아르카디치가 나오는 기척은 없었는데, 분명 뒷문을 통해서 아내의 방을 나간 모양이었다.

「위층이 추울 것 같아서요.」 돌리가 안나에게 말을 건넸다. 「아가씨 방을 아래층으로 옮겼으면 싶어요. 그러면 우리도 더 가까이서 지내게 될 테니까요.」

「아이참, 내 걱정은 말아요.」 안나가 대답하고서 돌리의 얼굴을 쳐다보며 그들 부부가 화해를 했는지 살폈다.

「여기는 좀 밝을 거예요.」 올케가 말했다.

「얘기했잖아요, 나는 언제 어디서든 쥐 죽은 듯 잘 자요.」

「무슨 얘기를 하는 거야?」 스테판 아르카디치가 서재에서 나오며 아내를 향해 물었다.

키티도, 안나도 그의 말투에서 화해가 성사되었음을 바로 알아챘다.

「안나의 거처를 아래층으로 옮겼으면 해서요. 한데 커튼을 바꿔 달아야 해요. 아무도 할 줄을 모르니 뭐, 내가 직접 해야겠죠.」 돌리가 그에게 대꾸했다.

〈정말로 완전히 화해한 걸까?〉 그녀의 냉담하고 무덤덤한 어조를 들으며 안나는 생각했다.

「아이고, 됐어, 돌리. 힘든 일은 죄다 도맡는구려.」 남편이 말했다. 「원한다면, 내가 뭐든 다 할게.」

〈그래, 틀림없이 화해한 거야.〉

「당신이 뭐든 다 하는 법은 내가 잘 알고 있답니다.」 돌리가 대답했다. 「마트베이한테 할 수 없는 일을 하라고 시켜 놓고 본인은 나가 버리잖아요. 그러면 마트베이가 죄다 엉망진창으로 만들어 놓는 거죠.」 이 말을 하며 익숙한 놀림조의 미소를 짓느라 돌리의 입술 끝에 잔주름이 잡혔다.

〈완전히, 완전히 화해했어, 완전히.〉 안나가 생각했다. 〈천만다행이야!〉 자기 덕에 일이 이렇게 풀렸다는 사실에 기뻐하며 안나는 돌리에게 다가가 입을 맞추었다.

「절대 그렇지 않아. 당신은 왜 나랑 마트베이를 그렇게 무시하는 거야?」 스테판 아르카디치가 보일 듯 말 듯한 미소를 지으며 아내에게 대꾸했다.

저녁 내내 돌리는 살짝 놀리는 투로 남편을 대했고, 스테판 아르카디치는 만족스러운 듯 즐거운 기색이었다. 그렇다고 이제 용서를 받았으니 잘못은 다 잊은 듯이 보일 정도는 아니었지만 말이다.

9시 30분, 다탁을 둘러싸고 유달리 유쾌하고 즐겁게 피어 오르던 오블론스키 일가의 저녁 담소가 지극히 단순한 일 때문에 파장이 나고 말았다. 그러나 그 단순한 일은 왠지 모두에게 기묘한 것으로 느껴졌다. 다들 알고 있는 페테르부르크의 지인들에 관해 이야기를 나누던 중, 안나가 잽싸게 자리에서 일어났다.

「그 여자의 사진이 내 앨범에 있어요.」안나가 말했다.「내 친김에 우리 세료자 사진도 보여 줄게요.」그녀가 아이 엄마의 자부심이 배어 나오는 미소를 지으며 덧붙였다.

10시경이면 보통 아들과 밤 인사를 나누거나, 종종 무도회장으로 가기 전 아이를 직접 잠자리에 눕힐 시각이라, 그녀는 아들과 이토록 멀리 떨어져 있는 게 서글퍼졌다. 무슨 얘길 하든지 생각은 곱슬머리 세료자에게로 되돌아가곤 했다. 그녀는 아들의 사진을 보고 싶었고, 아이 얘기를 하고 싶었다. 그래서 구실이 생기자마자 자리에서 일어나 특유의 경쾌하고 단호한 걸음으로 앨범을 가지러 간 것이다. 그녀의 방이 있는 위층으로 올라가는 계단은 큼지막하고 따뜻한 출입구의 층계참에서 시작되었다.

그녀가 응접실을 나서던 바로 그때, 현관에서 초인종이 울렸다.

「누굴까?」돌리가 말했다.

「나를 데리러 오기에는 아직 이르고, 손님이 오기엔 늦은 시각인데.」키티가 말했다.

「아마 서류를 가지고 온 걸 거야.」스테판 아르카디치가 덧붙였다. 안나가 층계참을 지나는 사이, 하인이 주인에게 누가 왔는지 고하러 현관 계단으로 올라갔고, 방문객은 등불 옆에 서 있었다. 안나는 아래를 내려다보고는 곧바로 그가 브론스키임을 알아보았다. 그러자 이상한 쾌감이 모종의 두려움과 더불어 그녀의 가슴속에서 꿈틀거렸다. 그는 외투를 벗지 않고 선 채로 주머니에서 뭔가를 꺼내고 있었다. 그녀가 계단 중턱에 다다랐을 때, 그가 눈을 들어 그녀를 보았다. 순간 그의 얼굴에는 겸연쩍고 당혹스러운 빛이 번졌다. 가볍게 목례를 하고서 지나치는 그녀의 등 뒤에서, 안으로 들어오라고 그를 부르는 스테판 아르카디치의 우렁찬 목소리와 들어가기를 사양하는 브론스키의 조용하면서 부드럽고 침착한 목소리가 들렸다.

안나가 앨범을 들고 돌아왔을 때 그는 이미 가고 없었다. 스테판 아르카디치가 얘기하기를, 그는 내일 타지에서 온 저명인사들을 위해 열릴 예정인 만찬에 대해 알아보러 왔다는 것이었다.

「도통 들어오려고 하질 않더군. 참 이상한 친구야.」 스테판 아르카디치가 덧붙였다.

키티가 얼굴을 붉혔다. 그녀는 그가 왜 왔는지, 왜 안으로 들어오지 않았는지를 자신만은 알고 있다고 생각했다. 〈우리 집에 갔었던 거야. 거기 내가 없으니까 여기 있으리라 생각했겠지. 하지만 늦은 시각인 데다 안나도 있으니 들어오지 않은 거고.〉

모두들 아무 말 없이 눈짓만 주고받다가, 이윽고 안나의 앨범을 보기 시작했다.

예정된 만찬에 관해 자세히 알아보고자 9시 30분에 친구

의 집을 방문해 놓고서 집 안에 들어오지 않았다는 사실에는
특별할 것도 이상할 것도 전혀 없었다. 하지만 모두에게 그
일은 이상하게 여겨졌다. 그 누구보다도 이상하고 불길하게
여긴 이는 바로 안나였다.

22

   붉은 카프탄[45] 차림에 분을 바른 하인들이 꽃들과 나란히
서 있는 불빛 환하고 널찍한 계단으로 키티가 어머니와 함께
들어선 순간, 무도회가 시작되었다. 홀에서는 벌집처럼 웅성
거리고 바스락거리는 소리가 끊임없이 새어 나왔다. 두 모녀
가 층계참의 나무들 사이에서 거울을 보며 머리매무새를 다
듬는 사이 조심스럽고도 또렷한 오케스트라의 바이올린 소
리가 들려왔다. 첫 번째 왈츠가 시작된 것이다. 다른 쪽 거울
앞에서 향수 냄새를 짙게 풍기며 백발의 관자놀이를 매만지
던 늙은 문관이 계단에서 모녀와 마주치자 비켜섰는데, 낯모
르는 키티를 보고 넋이 나간 기색이 역력했다. 셰르바츠키 노
공작이 **애송이들**이라 부르는 사교계의 청년 중 하나인, 턱수
염이 없고 가슴팍이 심하게 파인 조끼 차림의 한 젊은이가
흰 넥타이를 바로잡으며 걸어가다가 그들에게 인사를 하고
는 달음질로 옆을 지나치더니, 다시 돌아와 키티에게 카드리
유[46]를 청했다. 첫 번째 카드리유는 이미 브론스키와 추기로

45 길이가 무릎 아래로 내려오는 두루마기 형식의 러시아 전통 남자 의상.
46 프랑스에서 18세기 후반에 발생한 사교춤. 네 명의 남녀가 한 조를 이
루어 사방에서 서로 마주 보며 춘다.

되어 있었기에 그 청년과는 두 번째 카드리유를 추기로 약속해야 했다. 장갑을 끼던 어느 무관은 문가에서 비켜선 채 콧수염을 쓰다듬으며 분홍빛의 키티를 황홀하게 쳐다보았다.

옷차림과 머리 모양은 물론 그 밖에 무도회를 위한 모든 치장에 무척이나 공을 들이고 신경을 썼음에도 불구하고, 지금 키티는 분홍빛 원피스 위에 비단 망사가 겹겹으로 드리워진 드레스를 입은 채 너무나도 자유롭고 거리낌 없이 무도회장으로 들어서고 있었다. 마치 장미꽃 장식과 레이스를 비롯한 모든 몸치장 하나하나가 그녀 자신과 시종들에게 조금도 신경 쓸 만한 것이 아니었다는 듯, 자신은 태어날 때부터 그 비단 망사와 레이스를 걸치고 높이 올린 머리 모양에 장미꽃과 잎사귀 두 개를 달고 있었다는 듯한 태도였다.

늙은 공작 부인이 홀 입구에서 딸아이의 접혀 올라간 허리춤 리본을 바로잡아 주려고 하자, 키티는 살짝 몸을 피했다. 자신의 모든 것이 그 자체로 아름답고 우아할 게 분명하기에 아무것도 손볼 필요가 없다고 느꼈던 것이다.

키티는 생애 가장 행복한 나날 중 하루를 보내고 있었다. 드레스는 꽉 끼는 데가 전혀 없었고, 레이스 장식은 어느 하나 늘어지지 않았으며, 장미꽃 장식 또한 그 어디도 구겨지거나 망가진 데가 없었다. 굽 높은 분홍빛 구두는 발을 조이기는커녕 오히려 가뿐하게 만들어 주는 것 같았고, 숱이 무성한 금발의 많은 머리채는 작은 머리 위에 너무나 자연스럽게 얹혀 있었다. 그녀의 손을 모양 그대로 감싼 긴 장갑에는 세 개의 단추가 가지런하게 채워져 있었다. 돋을새김 메달이 달린 벨벳 리본은 특히나 부드럽게 그녀의 목에 둘려 있었는데, 이 벨벳 리본이 얼마나 매혹적이었는지, 집에서 자신의 목을 거울에 비춰 보던 키티에게는 마치 리본이 말을 하는 듯 여겨질 정도였다. 다른 모든 것에는 석연치 않은 구석이 있을 수 있다 해도, 벨벳 리본만은 너무도 아름다웠다. 키티는 여기 무도회장에서도 거울에 비친 리본을 힐끗 보고는 미소를 지었다. 드러난 어깨와 팔에서는 차가운 대리석의 기운이 느껴졌는데, 그것은 그녀가 특히 좋아하는 느낌이었다. 두 눈은 빛났으며, 자신의 매력을 의식하고 있는 새빨간 입술은 미소를 감출 수 없었다. 홀 안으로 막 들어온 그녀는 망사와 리본, 레이스와 꽃으로 치장한 여인들이 남자 파트너의 춤 신청을 고대하면서 무리 지어 있는 곳에 이르기도 전에(키티가 그 무리에 섞인 적은 한 번도 없었다) 왈츠 신청을 받았다. 바로 최고의 파트너, 무도회의 위계를 따지자면 수석 파트너이며 저명한 무도회 악장이자 예식 지휘자, 잘생기고 늘씬한 유부남 예고루시카 코르순스키였다. 첫 번째 왈츠의 파트너였던 바니나 백작 부인을 막 놓아준 그는 자신의 소임을 다하기 위해 춤추러 달려 나가는 몇 쌍의 남녀들을 둘러보다가 홀 안으로 방금 들어온 키티를 발견하고는 그 독특한, 무도회 지휘자 특유의 오만 방자한 걸음걸이로 그녀에게 달려가 몸을 숙여 인사하더니, 그녀의 의사는 묻지도 않은 채 팔을 들어 그녀의 잘록한 허리를 감싸 안으려 했다. 키티가 쥐고 있던 부채를 누구에게 건네야 할지 몰라 두리번거리자 이 집의 안주인이 그녀를 향해 웃으면서 부채를 받아 줬었다.

「제때 오셔서 참 다행입니다.」 그녀의 허리를 감싸며 코르순스키가 말했다. 「늦는 건 좋지 못한 버릇이죠.」

그녀는 왼팔을 굽혀 그의 어깨에 얹었다. 분홍 구두를 신은 작은 두 발이 경쾌하고도 절도 있게 음악의 박자에 맞추어 매끄러운 마루 위를 재빠르게 나아가기 시작했다.

「당신과는 왈츠를 추면서도 쉴 수 있을 것 같군요.」 그가 첫 부분의 느린 스텝을 내디디며 말했다. 「멋지네요. 경쾌하고, précision(정확합니다).」 그는 안면 있는 모든 아리따운 여인들을 상대로 으레 하는 말을 그녀에게 건넸다.

키티는 파트너의 칭찬에 미소로 화답하고는, 그의 어깨 너머로 계속해서 홀을 살펴보았다. 그녀는 무도회장의 모든 사람들이 마법처럼 단 하나의 인상으로 합쳐지는 듯 느끼는 사교계의 신참이 아니었으며, 그렇다고 모든 사람들이 따분할 정도로 익숙해 보일 만큼 무도회에 닳고 닳은 아가씨도 아니었다. 두 경우의 중간에 해당하는 그녀는 흥분을 느끼면서도, 주변을 관찰할 수 있을 만큼 스스로를 제어하고 있었다. 홀의 왼쪽 구석에 사교계의 꽃이라 할 만한 사람들이 모여 있는 것이 눈에 띄었다. 코르순스키의 아내로 맨살을 어마어마하게 드러낸 미녀 리지와 이 집의 안주인도 있었고, 사교계의 꽃이 있는 곳이면 늘 알짱대기 마련인 크리빈도 대머리를 빛내고 있었다. 젊은이들은 감히 다가설 엄두를 못 낸 채 그쪽을 바라보고만 있었다. 거기서 키티는 눈으로 더듬어 스티바를 찾아냈고, 그다음으로는 검은 벨벳 드레스를 입은 안나의 매혹적인 몸매와 두상을 발견했다. 그리고, 그이 역시 거기 있었다. 레빈의 청혼을 거절한 그날 저녁 이후로 키티는 그를 보지 못했다. 키티는 예의 밝은 눈으로 그를 즉시 알아보았고, 심지어 그가 자신을 바라보고 있다는 것도 알아차렸다.

「어떠세요, 한 곡 더 추시겠습니까? 지치신 건 아닌지?」 코르순스키가 약간 숨을 헐떡이며 물었다.

「아니에요, 고맙습니다.」

「어느 쪽으로 모실까요?」

「카레니나 부인이 저기 계신 것 같네요……. 그분께 데려다주세요.」

「분부대로 모시지요.」

코르순스키는 다시 왈츠를 추기 시작하더니 스텝을 늦추고 〈Pardon, mesdames, pardon, pardon, mesdames(실례합니다, 여러분, 실례합니다, 여러분)〉이라고 중얼거리며 홀의 왼쪽 구석으로 곧장 나아갔다. 깃털 하나에도 걸리는 법 없이 레이스와 비단 망사, 리본의 파도를 요리조리 빠져나가던 그가 마침내 커다란 반원을 그리며 파트너를 돌려세우자 망사 스타킹을 신은 그녀의 가녀린 다리가 드러났고, 치맛자락이 거대한 부채처럼 펼쳐져 크리빈의 무릎을 덮었다. 코르순스키는 몸을 숙여 인사한 다음, 떡 벌어진 가슴을 똑바로 펴고서 안나 아르카디예브나 쪽으로 데려가기 위해 키티에게 손을 내밀었다. 키티는 붉어진 얼굴로 크리빈의 무릎에서 치맛자락을 걷어 내리고는 약간의 어지럼증을 느끼며 안나를 찾으려고 주위를 둘러보았다. 안나는 귀부인과 신사들에게 둘러싸인 채 서서 이야기를 나누고 있었다. 안나는 키티가 원했던 연보라색 드레스 대신에 가슴팍이 깊이 파인 검정색 벨벳 드레스 차림이었다. 늙은 코끼리의 상아 조각처럼 윤곽이 뚜렷하고 풍만한 어깨와 가슴, 둥그스름한 두 팔과 가늘고 조그만 손이 훤히 드러났다. 드레스 가장자리는 온통 베네치아산 손뜨개 레이스로 장식되어 있었다. 가발을 섞지 않은 그녀의 검은 머리에는 자그마한 오랑캐꽃 다발이 얹혀 있었고, 똑같은 꽃다발이 허리에 두른 검은 리본의 새하얀 레이스 사이에도 달려 있었다. 머리 모양은 그리 눈에 띄지 않았다. 시선을 끄는 것은 오직 관자놀이와 뒤통수를 비집고 나온 갈고리 모양의 곱슬머리뿐이었다. 선이 곧고 다부진 목에는 진주 목걸이가 걸려 있었다.

키티는 매일같이 안나를 보면서 그녀에게 흠뻑 빠졌고, 어김없이 연보랏빛 드레스를 입은 그녀의 모습을 상상하곤 했다. 하지만 검은 드레스 차림의 안나를 본 지금, 그녀는 자신이 안나의 매력을 미처 다 이해하지 못하고 있었음을 깨달았다. 완전히 새롭고 예기치 못한 안나를 발견한 것이다. 이제 그녀는 안나가 연보라색 드레스를 입을 리가 없다는 것을, 그녀의 매력은 옷차림을 뛰어넘어 존재한다는 것을, 그녀에게 걸쳐지면 어떤 옷도 결코 돋보일 수 없다는 사실을 깨달았다. 지금 그녀가 입은 저 검은 드레스와 화려한 레이스도 전혀 눈에 띄지 않았다. 그것은 그저 액자일 뿐, 보이는 것은 오직 그녀, 소박하고 자연스럽고 우아하면서도 명랑하고 생기발랄한 그녀뿐이었다.

안나는 언제나처럼 지나칠 정도로 몸을 꼿꼿하게 펴고 서 있었다. 키티가 그쪽으로 다가갔을 때, 그녀는 이 집의 주인을 향해 살짝 고개를 돌린 채 그와 이야기를 나누던 참이었다.

「아뇨, 저는 돌을 던지지는 않아요.」 그녀는 어떤 질문에 대답하는 중이었다. 「저로서는 이해가 안 되긴 하지만요.」 그녀가 어깨를 들썩이며 답변을 덧붙이더니, 곧바로 상냥한 응원의 미소를 지으며 키티를 향해 고개를 돌렸다. 여성 특유의 재빠른 눈길로 그녀의 차림새를 살펴본 안나는 눈에 띌 듯 말 듯한, 그러나 키티만은 알아차릴 수 있는 고갯짓으로 그녀의 옷차림과 미모에 찬사를 표했다. 「아예 춤을 추면서 홀에 입장하시더군요.」그녀가 말했다.

「이 아가씨는 저의 가장 충실한 조력자 중 한 분이시죠.」 코르순스키가 아직 면식이 없는 안나 아르카디예브나에게 목례를 하며 말했다. 「공작 영애께서는 무도회를 흥겹고 아름답게 만들도록 도와주신답니다. 안나 아르카디예브나, 왈츠 한 곡 추시지요.」 그가 허리를 숙이며 청했다.

「그런데 두 분이 서로 아는 사이신가요.」 주인이 물었다.

「저희가 모르는 분이 있겠습니까? 저와 제 아내가 흰털 늑대라도 되는지, 모든 분들이 저희를 안답니다.」 코르순스키가 대답했다. 「왈츠 한 곡 추시죠, 안나 아르카디예브나.」

「저는 가능하면 춤을 추지 않는답니다.」 그녀가 말했다.

「하지만 지금은 불가능한 경우겠죠.」 코르순스키가 응수했다.

바로 그때 브론스키가 다가왔다.

「지금은 불가능한 경우라니, 그럼 가시죠.」 브론스키가 건넨 인사에는 대꾸도 없이, 그녀가 재빨리 한 손을 코르순스키의 어깨에 올렸다.

〈무엇 때문에 그를 맘에 들어 하지 않는 걸까?〉 키티는 안나가 브론스키의 인사에 일부러 화답하지 않은 걸 알아챘다. 브론스키는 키티에게 다가가 첫 번째 카드리유를 같이 추기로 한 약속을 상기시키며, 요즈음 도통 그녀를 볼 수 없었던 것에 유감을 표했다. 키티는 그가 건네는 말을 들으면서도 넋을 놓은 채 왈츠를 추는 안나를 바라보았다. 그녀는 브론스키가 왈츠를 청하리라 기대했지만, 그는 청하지 않았다. 그녀가 의아스러운 얼굴로 쳐다보자 그제야 곧바로 얼굴을 붉히고는 황급히 왈츠를 청했는데, 그녀의 가녀린 허리를 끌어안고서 첫 스텝을 밟자마자 갑자기 음악이 멈추고 말았다. 키티는 자신에게서 너무나 가까운 거리에 있는 그의 얼굴을 바라보았다. 그를 바라보던 자신의 시선, 그가 응답해 주지 않았던 사랑으로 충만한 그 시선은 그 후로 오랫동안, 몇 년이 지나도록 쓰디쓴 수치스러움으로 그녀의 심장을 도려내곤 했다.

「Pardon, pardon(실례합니다, 실례합니다)! 왈츠, 왈츠!」 홀 저편에서 코르순스키가 소리치고는 가장 먼저 마주친 아가씨를 낚아채어 춤을 추기 시작했다.

23

브론스키와 키티는 몇 차례 왈츠를 추었다. 왈츠가 끝난 뒤 키티는 어머니에게 다가갔다. 거기 있던 노드스톤 백작 부인과 몇 마디 말을 나누는 사이, 브론스키가 첫 번째 카드리유를 청하려 다시 그녀에게 다가왔다. 카드리유를 추는 동안 둘 사이에는 그 어떤 의미심장한 말도 오가지 않았다. 다만 그가 귀여운 마흔 살짜리 어린애들이라면서 아주 익살스럽게 묘사한 코르순스키 부부에 대한 이야기라든지, 머잖아 창설될 공공 극장[47]에 관한 대화만 나누었을 뿐이다. 다만 한 차례 그녀의 아픈 곳을 건드리는 얘기가 있었는데, 그것은 레빈

47 러시아의 공공 극장은 1873년 모스크바의 바르샤바 광장에 처음으로 건립되었다. 그 전까지 주요 도시의 극장들은 모두 황실 극장 사무국의 독점적인 관리하에 놓여 있었으며 따라서 공공 극장의 건립은 〈극장 독점 체제로부터의 해방〉의 첫걸음으로 간주되었다. 그러나 실제로 공공 극장의 요금은 일반 민중들이 드나들기에는 상당히 부담스러울 만큼 비쌌다고 한다.

에 관해서, 그가 여기에 왔느냐고 브론스키가 그녀에게 물었을 때였다. 그러고서 그는 덧붙이기를, 레빈이 무척 마음에 든다는 것이었다. 하지만 키티도 카드리유에서 대단한 무언가를 기대한 건 아니었다. 그녀는 마음을 졸인 채 마주르카가 시작되기를 고대하고 있었다. 마주르카를 추는 동안 모든 게 매듭지어질 것이었다. 카드리유를 추는 동안 그가 마주르카를 청하지 않은 것도 그녀를 불안하게 만들지 않았다. 그녀는 이전의 무도회에서 그랬듯이 자신이 브론스키와 마주르카를 출 것이라 확신하고 있었으며, 그래서 마주르카를 추자는 다섯 남자들의 청을 거절한 터였다. 마지막 카드리유가 연주될 때까지 키티에게 무도회는 온통 즐거운 색채와 음악과 춤사위로 어우러진 마법 같은 꿈인 듯 여겨졌다. 그녀는 너무나 지칠 때만 춤을 멈추고 휴식을 청했다. 그런데 제일 따분한 젊은이 하나를 도저히 거절할 수 없어 마지못해 그와 마지막 카드리유를 추던 중, 그녀는 우연찮게 브론스키와 안나 커플과 vis-á-vis(마주 보게) 되었다. 무도회가 시작될 때 안나를 보고 나서는 지금까지 한 번도 마주치지 못하다가, 지금 여기서 문득 또다시 완전히 새롭고 예기치 못한 그녀의 모습을 보게 된 것이었다. 키티는 그 자신이 너무나 잘 알고 있는, 성취에서 비롯한 흥분의 기색을 안나에게서 엿보았다. 안나는 그녀 자신이 일깨운 환희에 흠뻑 취해 있었다. 키티는 그런 감정을 잘 알았으며 그 특징 역시 알고 있었는데, 그것을 지금 안나에게서 목격할 수 있었다. 바로 타는 듯이 떨리는 두 눈의 광채와 자기도 모르게 입술을 움찔거리게 만드는 행복과 흥분의 미소, 그리고 뚜렷하게 드러나는 우아하고 정확하며 경쾌한 동작이었다.

〈누구일까?〉 키티는 생각했다. 〈모든 사람, 아니면 한 사람?〉 그녀는 대화의 실마리를 놓치고서 수습을 못 해 난감해하는 파트너를 외면한 채, 때론 grand rond(큰 원)로, 때론 chaîne(일렬)으로 사람들을 내모는 코르순스키의 활기찬 명령에 귀 기울이는 척하며 계속해서 관찰했다. 그러자 그녀의 심장이 점점 조여 오기 시작했다. 〈아니, 이건 여러 사람들의 감탄에 취한 게 아니야. 단 한 사람의 열광 때문이야. 그런데 그 한 사람이 누구지? 설마 그이란 말인가?〉 브론스키가 말을 건넬 때마다 안나의 눈에서는 기쁨의 빛이 타올랐고, 행복의 미소가 그녀의 진홍빛 입술을 굽이치게 했다. 그녀는 그러한 환희의 징후를 내비치지 않으려고 자제하는 듯했지만, 그것들은 저절로 얼굴에 드러났다. 〈그렇다면 그이는?〉 그에게로 시선을 돌린 키티는 경악했다. 그녀의 얼굴에서 그토록 뚜렷하게 나타나는 징후가, 마치 거울인 양 바로 그의 얼굴에서도 드러났던 것이다. 언제나 침착하고 자신만만한 태도, 느긋하고 평온한 표정은 어디로 갔단 말인가? 그래, 지금 그는 그녀에게로 주의를 돌릴 때마다 그 앞에 무릎이라도 꿇고 싶다는 듯 고개를 살짝 숙였고, 시선에는 오로지 순종과 두려움의 기색만이 어려 있었다. 〈당신의 기분을 상하게 하고 싶지 않습니다.〉 매번 그의 눈길은 이렇게 말하는 것만 같았다. 〈나 자신을 구원하고 싶은데, 어찌하면 좋을지 모르겠습니다.〉 그녀가 한 번도 보지 못했던 표정이 그의 얼굴에 떠올라 있었다.

그들은 지인들을 언급하며 시시하기 짝이 없는 대화를 나눌 뿐이었지만 키티에게는 그 모든 얘기들이 두 사람과 자신의 운명을 결정짓는 듯 여겨졌다. 정말 기묘한 일이었다. 실제로, 이반 이바노비치가 구사하는 프랑스어가 얼마나 우스운지 모르겠다는 둥, 옐레츠카야는 더 나은 배필을 찾을 수 있을 거라는 둥 따위의 이야기일 뿐임에도, 그러한 대화는 그 두 사람에게 중요한 의미를 지녔으니, 그들 역시 키티와 똑같은 것을 느끼고 있었던 것이다. 무도회 전체와 세상 전체, 모든 것이 온통 키티의 영혼 속에서 안개에 뒤덮이고 말았다. 오로지 몸에 익힌 엄격한 교육만이 그녀를 지탱해 주었고, 그녀에게 요구되는 것들, 즉 춤추고 질문에 대답하고 말하고 심지어 미소 짓는 것까지 억지로 하게끔 강제하였다. 하지만 마주르카가 시작되기 직전, 이미 의자들을 배치하기 시작하고 몇몇 커플들이 작은방에서 큰 홀로 옮겨 왔을 때, 키티는 절망과 공포에 사로잡혔다. 다섯 명을 거절한 터라 이제 그녀는 마주르카를 출 수 없었다. 누군가 춤을 청하리라는 희망조차 없었다. 사교계에서 너무나도 눈부신 성공을 거둔 그녀가 지금껏 춤 신청을 받지 못했을 거라고 그 누가 상상할 수 있겠는가. 어머니에게 몸이 안 좋으니 집으로 가야겠다고 말하는 수밖에 없었지만, 그럴 힘마저도 없었다. 만신창이가 된 것만 같았다.

그녀는 자그마한 응접실의 구석진 곳으로 가서 맥없이 안락의자에 앉았다. 드레스의 부푼 치맛자락이 그녀의 가냘픈 체구 주변에 구름처럼 솟아올랐다. 맨살을 드러낸 처녀의 부드럽고 가녀린 팔 한쪽이 힘없이 늘어져 분홍빛 치마 겉자락의 주름 속에 파묻혔다. 그녀는 다른 손에 쥐고 있던 부채를 들어 성마른 손동작으로 달아오르는 얼굴에 부채질을 했다. 이제 막 풀잎에 매달린 채 무지갯빛 날개를 펼치고서 포르르 날아오를 태세의 한 마리 나비 같은 자태와는 정반대로, 속에서는 끔찍한 절망감이 심장을 조여 왔다.

〈어쩌면 내가 잘못 짚은 걸지도 몰라. 그런 게 아닐지도 모르잖아?〉

그러고서 그녀는 자신이 목격한 모든 것을 돌이켜 보았다.

「키티, 이게 대체 어찌 된 일이야?」 노드스톤 백작 부인이 양탄자 위로 발걸음 소리를 죽이면서 그녀에게 다가왔다. 「도무지 이해가 안 되네.」

키티가 아랫입술을 부르르 떨더니, 벌떡 일어섰다.

「키티, 마주르카 안 추는 거야?」

「안 춰, 안 춘다고.」 키티가 떨리는 목소리로 울먹거렸다.

「그 사람이 내가 보는 앞에서 그 여자한테 마주르카를 청하더라니까.」 노드스톤 백작 부인은 누가 그 사람이고 그 여자인지를 키티가 짐작하리라 생각하며 말을 이었다. 「그러니까 그녀가 그러던데. 〈셰르바츠카야 공작 영애와 추시기로 한 거 아닌가요?〉」

「아, 아무래도 상관없어!」 키티가 대답했다.

그녀 자신 말고는 아무도 그녀의 처지를 이해하지 못했다. 바로 어제, 어쩌면 그녀가 사랑하고 있을지도 모르는 사람의 청혼을 거절했다는 것을, 그것도 다른 상대를 믿었기 때문에 거절했다는 사실을 아무도 몰랐던 것이다.

노드스톤 백작 부인은 함께 마주르카를 추던 코르순스키를 찾아내서는 키티에게 춤을 청하라고 일렀다.

키티는 첫 번째 쌍이 되어 춤을 추었다. 다행히도 말을 할 필요는 없었는데, 왜냐하면 코르순스키가 장내를 지휘하느라 시종일관 이리저리 뛰어다닌 덕분이었다. 브론스키와 안나는 거의 그녀의 맞은편에 자리를 잡았다. 그녀는 타고난 형

안으로 그들을 지켜보았고, 그들과 쌍쌍이 마주하게 될 때는 더 가까이서 살피기도 했다. 그들을 지켜볼수록 자신에게 불행이 닥쳤음을 그녀는 더욱더 확신하게 되었다. 그녀가 보기에, 사람들로 꽉 찬 이 홀에서 그 두 사람은 마치 단둘만 있는 듯 느끼고 있었다. 게다가 언제나 그토록 굳세고 당당했던 브론스키의 얼굴에 드리운 순종적이고 쩔쩔매는 표정에 그녀는 충격에 빠지지 않을 수 없었다. 마치 영리한 개가 잘못을 저질렀을 때 짓는 표정과도 같았다.

안나가 미소를 지으면, 그 미소는 곧 그에게 옮아갔다. 그녀가 상념에 잠기면, 그 역시 심각해지곤 했다. 어떤 초자연적인 힘이 키티의 시선을 안나의 얼굴로 이끌었다. 예의 단순한 검정 드레스를 입은 그녀에게서는 매력이 넘쳤다. 팔찌를 낀 통통한 두 팔 역시 매력적이었고, 진주 목걸이를 걸친 다부진 목도 매력적이었다. 모양새 산만한 곱슬머리도, 자그마한 발과 손의 우아하고 경쾌한 움직임도, 생기 넘치는 수려한 얼굴도 매력적이었다. 하지만 그녀의 매력에는 무섭고 잔혹한 무언가가 도사리고 있었다.

키티는 이전보다 더 넋을 잃은 채 그녀를 바라보았으며, 그럴수록 더욱더 괴로워졌다. 그녀는 짓뭉개진 기분이었고, 그녀의 표정이 이러한 기분을 드러냈다. 마주르카를 추다가 그녀와 맞닥뜨린 브론스키가 곧바로 알아보지 못할 정도로 그녀의 모습은 변해 있었다.

「멋진 무도회죠!」무슨 말이든 건네려고 그가 키티에게 말했다.

「네.」그녀가 대답했다.

코르순스키가 새로 고안해 낸 복잡한 동작을 되풀이하며

한창 마주르카를 추던 중, 안나가 원형 대열의 한가운데로 나와서 두 명의 남성 파트너를 붙잡고는 어느 귀부인과 키티를 자기 쪽으로 불렀다. 키티는 겁에 질린 표정으로 그녀를 쳐다보며 다가갔다. 안나는 가늘게 뜬 눈으로 키티를 바라보더니 그녀의 손을 잡고 빙그레 웃었다. 하지만 자신의 미소에 응하는 키티의 얼굴이 오로지 절망과 경악으로 가득 차 있음을 눈치채자, 곧 그녀에게서 고개를 돌려 다른 귀부인과 흥겹게 얘기를 나누기 시작했다.

〈그래, 맞아, 그녀에게는 무섭고 악마적이면서도 매력적인 뭔가가 있어.〉키티가 속으로 생각했다.

안나는 만찬 자리에 남으려 하지 않았지만, 집주인이 그녀에게 간청하기 시작했다.

「그만하시지요, 안나 아르카디예브나.」 코르순스키가 자신의 연미복 소매 밑으로 그녀의 맨손을 끌어당기며 말했다. 「저에게 코티용[48]에 관한 아주 근사한 아이디어가 있답니다! Un bijou(매혹적인 분)!」

그가 그녀를 끌며 조금씩 걸음을 옮겼다. 집주인은 만족스러운 듯 미소를 지었다.

「아닙니다, 저는 남지 않겠어요.」 안나가 웃으면서 말했다. 웃고 있긴 했지만, 대답에서 풍기는 단호한 어조로 미루어 코르순스키와 주인은 그녀가 결국 남지 않으리라 짐작했다.

「모스크바에서 열린 이 한 차례의 무도회에서 전 겨우내 페테르부르크에서 추던 것보다 더 많이 춤을 춘걸요.」 안나가 옆에 서 있는 브론스키를 돌아보며 말했다. 「떠나기 전에 좀 쉬어야 할 것 같아요.」

48 카드리유풍의 격렬한 사교춤.

「내일 정말 떠나시는 건가요?」 브론스키가 물었다.

「네, 그럴 생각이에요.」 그의 대담한 질문에 그녀는 놀란 듯했다. 그러나 대답하는 순간 그녀의 두 눈과 미소에 비치는 걷잡을 수 없이 떨리는 광채가 그를 뜨겁게 달구었다.

안나 아르카디예브나는 저녁 식사를 마다하고 떠났다.

24

〈그래, 나한테는 뭔가 불쾌하고 혐오감을 불러일으키는 구석이 있어.〉 셰르바츠키 일가를 나선 레빈은 형이 있다는 곳으로 걸어가며 생각했다. 〈게다가 나는 남들에게 아무 쓸모가 없어. 사람들은 내 자존심을 들먹거리지만, 그게 문제가 아니야. 나한테는 자존심이란 것도 없어. 자존심이 있었다면 나 자신을 그런 상황에 몰아넣지 않았을 거야.〉 그러고서 그는 브론스키를 떠올렸다. 행복하고 선량하고 영리하고 침착한 그는, 틀림없이 단 한 번도 오늘 자신이 겪었던 그런 끔찍한 상황에 처해 본 적이 없을 터였다. 〈그래, 그녀는 그를 선택해야만 했던 거야. 그래야만 했어. 그러니까 그 어떤 연유로도 누군가를 원망할 필요가 없어. 잘못은 나한테 있으니까. 도대체 그녀가 자기 인생을 나와 함께하길 원할 거라고 생각할 권리가 나에게 있었느냐고! 내가 누군데? 내가 뭔데? 하찮은 인간, 그 누구에게도 필요 없는 인간인걸.〉 뒤이어 니콜라이 형을 떠올린 그는 즐거운 마음으로 형에 대한 추억에 잠겼다. 〈세상의 모든 것이 흉측하고 추잡하다는 형의 말이 옳았던 건 아닐까? 우리는 아마도 니콜라이 형을 정당하게 심판하지 못하고 있고, 예전에도 그러지 못했어. 물론 누더기가 된 털외투를 입고 술에 취해 있는 형을 본 프로코피의 관점에서야 형은 멸시할 만한 인간이겠지. 하지만 내가 아는 형은 달라. 나는 형의 영혼을 알고, 내가 형과 닮았다는 것도 알지. 그런데도 나는 형을 찾으러 가는 대신 식사를 하러 이리로 왔던 거야.〉 레빈은 가로등으로 다가가서 지갑 속에 넣어 두었던 형의 주소를 확인하고는 마차를 불러 세웠다. 형에게 가는 긴 시간 동안 그는 니콜라이 형의 생애에서 자신이 익히 알고 있는 사건들을 생생하게 떠올렸다. 대학 시절과 졸업 후 1년 동안, 동료들의 그 모든 비웃음에도 불구하고 형은 교회의 모든 예배와 기도와 재계를 이행하며 온갖 쾌락들, 특히 여자를 멀리한 채 수도사처럼 지냈다. 그러던 형이 갑자기 돌변하더니 추잡하기 짝이 없는 인간들과 가까이 지내면서, 너무나 방종하고 방탕한 삶으로 뛰어들었던 것이다. 그다음으로 생각나는 일은 형이 양육하겠다고 마음먹고 시골에서 데려온 어느 소년과 관련된 사건이었다. 발작처럼 화가 폭발한 형은 그 아이를 마구 때려서 불구로 만든 혐의로 기소되었다. 그다음에 떠오른 것은 어느 사기꾼에 관한 일로, 그와의 내기에서 진 형은 어음을 써 준 다음 그가 자신을 속였다는 것을 입증해 보이려고 그를 제소하였다(이게 바로 세르게이 이바니치가 갚아 준 그 돈이었다). 다음으로는 폭행 혐의로 구역 경찰서에서 하룻밤을 지낸 일이었다. 그리고 큰형 세르게이 이바니치가 어머니로부터 물려받은 영지 중 자신에게 배당된 몫을 지불하지 않기라도 한 것처럼 꾸며 냈던 수치스러운 소송 건. 마지막으로 생각나는 건 형이 서부 지구로 배속되어 떠난 뒤 거기서 상사를 구타한 죄로 재판을 받은 일이었다……. 그 모든 것이 너무나도 추잡했지만, 레빈에게는 그것이 형 니콜라이 레빈을 모르는 이들이 생각하는 만큼 그렇게 추악하게 여겨지지 않았다. 그들은 형의 그 모든 이력을 몰랐고, 그의 마음을 몰랐다.

니콜라이 형이 독실한 신앙과 재계와 수도자들과 교회의 예배에 몰두하던 시절, 그가 종교 속에서 도움을 찾고 자신의 불같은 성정을 제압할 수단을 구했던 그때, 그 누구도 형을 지지해 주지 않았을 뿐 아니라 모두가, 자신 역시 그를 비웃었던 것을 레빈은 기억하고 있었다. 사람들은 형을 조롱하며 그를 노아라고 불렀고, 수도자라고 비웃어 댔다. 반면에 그가 포악하게 돌변했을 때는 그 누구도 형을 도와주지 않았고, 모두가 공포와 혐오를 품은 채 그를 외면했던 것이다.

평생 저지른 그 모든 추악한 행위에도 불구하고 니콜라이 형이 영혼의 깊은 곳, 영혼의 밑바탕에 있어서는 그를 경멸했던 사람들보다 더 잘못되지 않았다는 것을 레빈은 느끼고 있었다. 특유의 걷잡을 수 없는 성정과 무언가에 의해 억눌린 이성을 갖고 태어난 것은 형의 잘못이 아니었다. 그럼에도 형은 언제나 좋은 사람이 되고자 하지 않았는가. 〈내가 먼저 모든 걸 털어놓고, 형으로 하여금 모든 걸 털어놓게 해야지. 그리고 내가 형을 사랑하며 그렇기 때문에 이해한다는 걸 보여 주겠어.〉 밤 11시경 주소에 적힌 호텔에 다다른 레빈은 마음속으로 다짐했다.

「위층의 12호실과 13호실입니다.」 경비원이 레빈에게 일러 주었다.

「안에 계시나?」

「그럼요, 계실 겁니다.」

12호실의 문은 반쯤 열려 있었다. 열린 방 안에서 빛줄기를 타고 질 나쁜 텁텁한 담배의 짙은 연기와 함께, 레빈이 모르는 사람의 음성이 새어 나왔다. 그러나 레빈은 곧바로 형이 거기 있다는 것을 알아챘다. 형의 기침 소리가 드문드문 들려왔던 것이다.

그가 문 안쪽으로 들어섰을 땐 낯선 음성이 이렇게 말하고 있었다.

「모든 건 얼마나 합리적이고 의식적으로 일이 진행되느냐에 달려 있습니다.」

콘스탄틴 레빈이 방 안을 들여다보니 거대한 모자인 양 덥수룩한 머리털에 반외투를 입은 젊은 청년이 이야기를 하고 있었고, 소매와 옷깃이 없는 모직 드레스 차림에 얼굴이 얽은 젊은 여자가 소파에 앉아 있었다. 형은 보이지 않았다. 형이 이토록 낯선 사람들 속에서 지내고 있다는 생각이 들자 콘스탄틴의 가슴이 죄어 왔다. 아무도 그가 들어오는 소리를 못 들은 기색이라 콘스탄틴은 덧신을 벗으며 반외투 차림의 신사가 하는 말에 귀를 기울였다. 그는 어떤 사업에 관해서 얘기하는 중이었다.

「뭐, 그놈의 특권층 놈들은 귀신이 잡아가라지.」 형이 기침을 하면서 한마디 내뱉었다. 「마샤!⁴⁹ 저녁거리 좀 내와, 포도주도 남았으면 내오고. 없으면 사람을 보내.」

여자가 자리에서 일어나 칸막이 뒤로 가다가 콘스탄틴을 보았다.

「니콜라이 드미트리치, 어떤 나리께서 오셨어요.」 그녀가

49 마리야의 애칭.

165

말했다.

「누굴 찾는데?」 니콜라이 레빈의 음성이 신경질적으로 튀어나왔다.

「접니다.」 이렇게 말하며 콘스탄틴 레빈은 불빛이 있는 쪽으로 나왔다.

「저가 누구야?」 니콜라이가 한층 더 신경질적인 음성으로 되풀이했다. 급하게 일어서다가 어디엔가 걸린 듯한 소리도 들렸다. 곧 문가에 서 있던 레빈의 눈앞에 너무나 친숙하면서도, 그 험한 몰골과 완연한 병색으로 충격을 주는 형상이 나타났다. 키가 크고 비쩍 마른 몸에 등이 구부정하고, 두 눈은 놀란 듯 휘둥그레한 형의 모습이었다.

레빈이 마지막으로 봤던 3년 전보다 그는 더 여위어 있었다. 짧은 프록코트 차림이라 두 손과 예의 장대한 골격이 더욱 거대해 보였다. 머리카락은 듬성듬성해졌고, 입술 위에는 전과 똑같이 콧수염이 반듯하게 나 있었다. 변함없는 두 눈은 방 안에 들어온 이 방문객을 의아하다는 듯, 그러면서도 천진하게 바라보았다.

「엇, 코스챠!」[50] 동생을 알아본 그가 문득 내질렀다. 곧바로 그의 두 눈이 반가움으로 빛났다. 하지만 그러자마자 그는 거기 있던 젊은이를 돌아보더니 마치 넥타이가 목을 조이기라도 하듯, 콘스탄틴에게는 매우 익숙한 경련을 일으키며 머리와 목을 떨었고, 그러자 그 핼쑥한 얼굴에 완전히 다른, 험상궂고 고통스러우면서도 잔혹한 표정이 어렸다.

「너와 세르게이 이바니치에게 편지로 알렸을 텐데. 나는 너희들을 모르며 알고 싶지도 않다고 말이지. 네가, 너희들이

50 콘스탄틴의 애칭.

나한테 무슨 볼일이냐?」

형은 콘스탄틴이 상상했던 모습과 전혀 달랐다. 그의 성정 중에서도 가장 고약하고 괴팍한 부분, 사람들과의 소통을 너무나 어렵게 만드는 바로 그 면모를 콘스탄틴은 형을 떠올리며 잠시 망각했던 것이다. 형의 얼굴을 본 지금, 특히나 계속해서 경련을 일으키며 흔들리는 머리를 보고 그는 모든 것을 기억해 냈다.

「형한테 딱히 볼일이 있는 건 아니에요.」그가 겁먹은 듯 대답했다.「그냥 형을 보러 온 겁니다.」

동생의 겁먹은 태도에 니콜라이는 조금 누그러진 기색이었다. 그가 입술을 움찔했다.

「그럼, 그냥 왔단 말이지?」그가 말했다.「들어와 앉아라. 저녁밥 먹으련? 마샤, 3인분을 내오라고 해. 아니, 잠시만 기다려. 이 사람이 누군지 아니?」그가 반외투를 입은 신사를 가리키며 동생에게 물었다.「크리츠키 씨란다. 키예프에서 온 내 친구지. 아주 뛰어난 사람이야. 물론 경찰이 뒤를 쫓고 있단다. 왜냐하면 이 친구는 비열한 인간이 아니니까.」

그러고서 니콜라이는 습관처럼 방 안에 있는 모든 이들을 한차례 둘러보았다. 문가에 서 있던 여자가 나가려는 걸 보고서 그가 소리쳤다.「잠깐 기다리라고 내가 말했잖아!」그러더니 모두를 향해, 콘스탄틴에게는 이미 너무도 익숙한 특유의 조리 없고 요령 없는 말투로 동생을 향해 크리츠키의 이력을 읊어 대기 시작했다. 그가 가난한 대학생들을 지원하는 단체와 일요 학교를 운영했다는 이유로 대학에서 쫓겨난 일이며 교사로서 민중 학교에 투신한 일, 그리고 거기서도 역시 쫓겨난 뒤 또 무슨 이유인가로 재판을 받은 얘기를 늘어놓았다.

「키예프 대학 출신이시라고요?」 방 안에 깃든 어색한 침묵을 깨고자 콘스탄틴 레빈이 크리츠키에게 물었다.

「그래요, 키예프 대학을 다녔습니다.」 크리츠키가 낯을 찌푸리고 노기를 띤 채 말했다.

「그리고 이 여자는……」 니콜라이가 그의 말을 가로채며 여자를 가리켰다. 「내 인생의 반려자, 마리야 니콜라예브나야. 유곽에서 데려왔지.」 그는 이 말을 하면서 목을 씰룩거렸다. 「그래도 나는 이 여자를 사랑하고 존경한다. 그리고 나를 알고자 하는 모든 사람들이……」 그가 인상을 찌푸리면서 목청을 높여 덧붙였다. 「이 여자를 존중하고 좋아해 주기를 바란다. 어쨌든 간에 이 여자는 내 아내니까, 어쨌든 간에 말이야. 자, 이제 네가 누구를 상대하고 있는지 잘 알겠지. 만에 하나 모욕감이 든다면, 당장 꺼져 버리든가. 여기가 문이니까.」

그러고서 그는 다시 한번 묻는 듯한 눈초리로 모두를 둘러보았다.

「제가 왜 모욕감을 느끼겠습니까? 이해할 수가 없군요.」

「그러면, 마샤, 저녁 식사를 가져오라고 해. 3인분을. 보드카랑 포도주도……. 아니, 잠깐만……. 아냐, 됐어……. 가봐.」

25

「그러니까……」 니콜라이 레빈이 이마를 잔뜩 찌푸린 채 경련을 일으키며 말을 이었다. 필시 무슨 말을 하고, 뭘 해야 할지 판단이 안 서는 게 분명했다. 「저것 좀 봐라……」 그가 방구석에 있는, 가느다란 노끈으로 묶인 철근들을 가리켰다.

「저거 보이지? 저게 우리가 착수하려는 새로운 일이야. 그 일이란 생산 협동조합이지⋯⋯.」

콘스탄틴은 그의 말을 거의 듣지 않고 있었다. 폐병 기색이 완연한 형의 얼굴을 응시하다 보니 점점 더 형이 애처롭게 느껴져서 아무리 애를 써도 조합에 관한 얘기가 귀에 들어오지 않았다. 그 조합이라는 게 단지 형으로 하여금 자기 자신에 대한 경멸에서 벗어날 수 있게 해주는 최후의 수단에 불과하다는 것을 그는 알고 있었다. 니콜라이 레빈은 이야기를 계속했다.

「자본이 노동자를 압박한다는 건 잘 알 게다. 우리 나라의 노동자들, 촌부들은 노동의 모든 짐을 떠안고 있으며, 제아무리 일을 한다 해도 짐승과도 같은 처지에서 벗어날 수가 없게 되어 있지. 그들이 스스로의 처지를 개선하고 여가를 누리고 교육도 받을 수 있는 밑천인 임금 소득, 그 모든 잉여분이 자본가들에 의해 갈취당한단 말이다. 게다가 사회라는 게, 그들이 일을 하면 할수록 상인들과 지주들만 돈을 벌게끔 되어 있어. 노동자들은 언제나 일하는 가축일 뿐이지. 이러한 제도를 바꿔야 해.」 말을 마친 그가 묻는 듯한 눈초리로 동생을 바라보았다.

「그럼요, 물론이죠.」 형의 광대뼈 아래 피어오른 붉은 홍조를 바라보며 콘스탄틴이 대답했다.

「그러니까 우리는 지금 철공(鐵工) 협동조합을 조직하는 중이다. 거기서는 모든 생산과 이윤, 무엇보다도 생산 수단이, 모든 것이 공동의 소유지.」

「조합이 어디에 설립되나요?」 콘스탄틴 레빈이 물었다.

「카잔현에 있는 보즈드레마 마을이야.」

「어째서 촌락이죠? 촌락에는 일이 엄청 많을 텐데요. 왜 촌락에 철공 협동조합을 세웁니까?」

「왜냐하면 농부들은 전과 마찬가지로 지금도 여전히 노예나 다름없으니까. 너와 세르게이 이바니치는 그러한 노예 상태에서 그들을 끌어내리려는 게 못마땅하겠지.」 동생의 반박에 화가 난 니콜라이 레빈이 말했다.

그때 콘스탄틴 레빈은 어둡고 구질구질한 방 안을 둘러보면서 한숨을 내쉬었다. 그 한숨이 니콜라이의 울화를 한층 더 돋운 듯했다.

「너와 세르게이 이바니치의 귀족적인 사고방식은 익히 알고 있다. 그가 자신의 모든 지적 능력을 현존하는 악을 정당화하는 데 동원하고 있다는 것도.」

「아니, 왜 세르게이 이바니치를 들먹이는 겁니까?」 레빈이 웃으면서 무심코 한마디 내뱉었다.

「세르게이 이바니치 말이냐? 왜 그런지 내가 말해 주지!」 세르게이 이바니치라는 이름이 도마 위에 오르자 갑자기 니콜라이 레빈이 소리를 질렀다. 「왜 그러냐면…… 무슨 이유를 들어 볼까? 한 가지만 들자면…… 그런데 너는 왜 나를 찾아온 거냐? 이런 걸 경멸하는 주제에. 오냐, 좋다. 가라, 꺼져 버리라고!」 그는 의자에서 일어서며 소리를 질렀다. 「꺼져, 꺼져 버려!」

「전혀 경멸하지 않아요.」 콘스탄틴 레빈이 겁먹은 듯 대꾸했다. 「논쟁할 생각조차 없다고요.」

바로 그때 마리야 니콜라예브나가 돌아왔다. 니콜라이 레빈이 노기 어린 눈초리로 그녀를 돌아보자 그녀가 재빠르게 니콜라이에게 다가가서는 뭐라고 속삭였다.

「내가 건강이 안 좋아서 신경이 과민해졌다.」 니콜라이 레빈이 안정을 되찾으며 힘겹게 숨을 들이쉬었다. 「너는 이제 세르게이 이바니치와 그의 논문에 관해 얘기하려 들 테지. 그건 완전히 엉터리에다가 말짱 거짓말, 순 자기기만이야. 정의라는 걸 모르는 인간이 대체 그것에 관해 뭘 쓸 수 있겠니? 당신은 그가 쓴 논문을 읽어 봤소?」 니콜라이 레빈이 다시 탁자 쪽으로 다가앉더니 자리를 마련하기 위해 절반가량 채워진 궐련들을 밀어 치우며 크리츠키를 향해 물었다.

「안 읽었습니다만.」 크리츠키가 음울하게 대답했다. 대화에 끼어들고 싶지 않은 기색이 역력했다.

「어째서 안 읽은 거요?」 니콜라이 레빈이 이번엔 크리츠키에게 화를 냈다.

「그런 일에 시간을 낭비할 필요가 없다고 생각하기 때문이지요.」

「아니, 실례지만, 시간을 낭비하리라는 걸 당신이 어떻게 안단 말이오? 많은 이들에게 그 논문은 이해하기 어려울 거요. 즉 그들의 지적 수준을 뛰어넘는단 말이오. 하지만 나로 말할 것 같으면, 경우가 다르지. 나는 그의 사상을 훤히 꿰뚫고 있고, 그게 왜 허점투성이인지도 알거든.」

모두가 침묵했다. 크리츠키가 천천히 일어나더니 모자를 손에 쥐었다.

「저녁은 안 들 텐가? 그럼, 잘 가시오. 내일 철물공과 함께 오시오.」

크리츠키가 나가자마자 니콜라이 레빈이 웃으면서 눈을 찡긋했다.

「저 친구도 별로야.」 그가 뇌까렸다. 「딱 보면 알지…….」

그런데 바로 그때 크리츠키가 문가에서 그를 불렀다.

「뭐 더 볼일이 있소?」 니콜라이가 묻고는 그가 있는 복도로 나갔다. 마리야 니콜라예브나와 단둘이 남게 된 레빈은 그녀에게 말을 걸었다.

「형과 함께 지내신 지 오래됐나요?」

「그게 그러니까, 벌써 2년째예요. 건강이 아주 안 좋아지셨죠. 약주를 많이 드신답니다.」 그녀가 말했다.

「그러니까 어느 정도로 드시는데요?」

「보드카를 마셔요. 몸에 해로운데 말이죠.」

「정말로 많이 드시나요?」 레빈이 재빨리 속삭이듯 물었다.

「네.」 니콜라이 레빈이 나타난 문가를 겁먹은 듯 돌아보며 그녀가 대답했다.

「무슨 얘기를 한 거야?」 니콜라이가 얼굴을 찌푸린 채 놀란 눈으로 두 사람을 번갈아 쳐다보며 물었다. 「무슨 얘기를 했냐니까?」

「별 얘기 안 했어요.」 당황한 콘스탄틴이 얼버무렸다.

「말하기 싫으면 관둬라. 다만, 네가 이 사람과 할 얘기라곤 전혀 없다. 저 사람은 천한 여자고 너는 귀족 나리니까.」 니콜라이가 목에 경련을 일으키며 내뱉었다.

「나도 다 알아. 네가 모든 걸 알아차리고 평가를 내렸다는 것, 그리고 내 방탕한 삶에 대해 유감을 품고 있다는 걸 말이지.」 그가 언성을 높이며 다시 말문을 열었다.

「니콜라이 드미트리치, 니콜라이 드미트리치.」 마리야 니콜라예브나가 재차 속삭이며 그에게 다가갔다.

「그래, 알았어, 알았다고……! 저녁 식사는 어찌 됐어? 아, 저기 가져왔구먼.」 쟁반을 들고 선 하인을 보고 니콜라이가 말했다. 「이쪽으로, 여기 두게.」 그는 성난 목소리로 이르더니 보드카병을 쥐고 잔에 따른 다음 단숨에 비워 버렸다. 「자, 한잔하련?」 그새 기분이 좋아진 그가 동생에게 말했다. 「세르게이 이바니치 얘기는 이제 그만두자. 어쨌든 간에 너를 만나니 반갑구나. 아무리 그런들 우리가 남은 아니니까. 자, 마셔라. 그래, 뭘 하고 지내는지 얘기 좀 해보렴.」 그는 빵 조각을 게걸스럽게 씹으며 술을 새로 한 잔 따르고는 말을 이었다. 「어떻게 지내니?」

「전처럼 시골에서 혼자 지내며 농사를 짓고 있어요.」 걸신들린 듯 먹고 마시는 형의 모습을 참담한 심정으로 바라보던 콘스탄틴이 그런 티를 내지 않으려고 애쓰면서 대답했다.

「결혼은 왜 안 하는 거냐?」

「안 되더라고요.」 콘스탄틴은 얼굴을 붉혔다.

「어째서? 나야 종친 인생이지만 말이다! 나는 나 자신의 인생을 망쳐 버렸어. 했던 얘기를 또 한다만, 내 몫을, 그게 나한테 필요했던 그 시점에 주었더라면 내 인생 전체가 완전히 달라졌을 거다.」

콘스탄틴 드미트리치는 서둘러 화제를 돌렸다.

「있잖아요, 형이 데리고 있던 바뉴시카가 말이죠, 내 영지 포크롭스코예에서 서기 일을 하고 있어요.」

니콜라이는 목을 움쭉거리며 생각에 잠겼다.

「그래, 얘기해 보렴. 포크롭스코예 일은 어찌 돼가니? 집은 여전하니? 자작나무들이랑 우리가 다니던 학교는? 정원사 필리프는 아직 정정하고? 거기 그 정자(亭子)랑 의자가 생생하게 기억나는구나! 세간살이는 아무것도 바꾸지 말아라. 속히 결혼부터 하고. 그래서 본래 있던 그대로 꾸려 가거라. 네

아내 될 사람이 괜찮은 여자라면, 그때 너에게 가마.」

「지금 당장 내려오세요.」 레빈이 말했다. 「우린 아주 잘 지낼 수 있을 거예요!」

「세르게이 이바니치를 만날 일이 없을 거라는 보장만 있다면야 가겠지만.」

「만날 일 없을 거예요. 큰형님과는 전혀 무관하게 지내는 걸요.」

「그래, 하지만 어쨌든 간에, 너는 그 인간과 나 사이에서 선택해야만 해.」 니콜라이가 자신감 없는 눈초리로 동생을 바라보았다. 그 소심함이 콘스탄틴의 심금을 건드렸다.

「그 점에 대해서 제 속내를 죄다 털어놓길 원하신다면 말씀드리겠는데요, 형님과 세르게이 이바니치의 싸움에서 저는 어느 쪽 편도 들지 않습니다. 두 분 다 옳지 못해요. 형님은 외적인 면에서 더 잘못하셨고, 큰형님은 내적인 면에서 더 잘못하신 거예요.」

「옳거니! 바로 그걸 깨달았구나. 바로 그걸 깨달은 게지?」 니콜라이가 기쁨에 들떠서 외쳤다.

「그래도, 솔직히 말씀드리자면, 형님과의 우애가 저한테는 더 소중해요. 왜냐하면…….」

「왜, 어째서 그렇지?」

콘스탄틴은 니콜라이 형이 불행한 처지이고 우애를 필요로 하기 때문에 그렇다고 말할 수가 없었다. 동생이 바로 그 점을 얘기하고 싶어 한다는 걸 곧바로 알아챈 니콜라이는 인상을 찌푸리며 다시 보드카병을 쥐었다.

「이제 그만해요, 니콜라이 드미트리치!」 목이 긴 술병으로 통통한 맨손을 뻗치며 마리야 니콜라예브나가 만류했다.

「내버려 둬! 귀찮게 굴지 말라고! 두들겨 패줄 테니!」그가 고함을 질렀다.

하지만 마리야 니콜라예브나가 온순하고 선량한 미소를 지어 보이자, 그 미소는 니콜라이에게도 옮아갔다. 그녀는 보드카병을 냉큼 치워 버렸다.

「저 여자는 아무것도 모를 것 같지?」니콜라이가 말했다. 「저 사람은 모든 걸 우리보다도 더 똑똑하게 파악하고 있어. 정말이지, 저 여자한테는 뭔가 예쁘고 사랑스러운 구석이 있지 않니?」

「전에는 한 번도 모스크바에 와본 적이 없으신가요?」아무 말이라도 해야겠기에 콘스탄틴이 그녀에게 물었다.

「저 사람한테 존대하지 마라. 오히려 두려워한다니까. 윤락가에서 도망치려 했다는 죄목으로 재판을 받았을 때 판결을 내렸던 치안 판사[51]를 제외하고는 그 누구도 저 사람한테 존대를 한 적이 없거든. 맙소사, 세상에 이 무슨 엉터리 같은 일이 다 있단 말이냐!」별안간 그가 고함을 쳤다. 「그놈의 새로운 제도, 치안 판사, 젬스트보, 이게 다 무슨 추잡한 꼴불견이냐고!」

그러더니 그는 자신이 새로운 제도들과 충돌했던 이야기를 늘어놓기 시작했다.

콘스탄틴은 온갖 사회 제도가 무의미하다는 형의 말에 공감할 뿐 아니라 스스로도 그런 말을 곧잘 입에 올리곤 했지만, 지금 형의 입을 통해 그 이야기를 듣고 있자니 어쩐지 불쾌한 느낌이 들었다.

51 러시아에서 1864년 사법 개혁에 의해 도입된 치안 재판을 담당하는 법관. 사소한 민사 및 형사 소송을 다룬다.

「저세상에서나 그 모든 걸 알게 되겠죠.」그는 농담조로 응수했다.

「저세상? 어휴, 저세상이라면 난 싫다!」공포가 서린 사나운 두 눈으로 동생의 얼굴을 또렷이 응시하며 니콜라이가 말했다. 「내 것이든 남의 것이든, 그 모든 추잡한 난장판에서 벗어나는 건 정말이지 좋은 일 아니겠냐만, 그래도 죽는 건 두렵다. 너무나도 두려워.」그는 몸서리를 쳤다. 「자, 뭐라도 한잔하자꾸나. 샴페인은 어때? 아니면 어딘가 밖으로 나가든지. 롬인들을 보러 가자꾸나! 있잖니, 나는 롬인들과 러시아 가요가 참 좋아졌단다.」

그의 혀가 꼬이기 시작했고, 이야기가 여기서 저기로 두서없이 오락가락했다. 마샤의 도움을 얻어, 콘스탄틴은 아무 데도 가지 말자고 그를 설득하고서 고주망태가 된 형을 간신히 잠자리에 눕혔다.

마샤는 도움이 필요한 경우 콘스탄틴에게 편지를 보내고, 동생한테 가서 살도록 니콜라이 레빈을 설득하기로 약속했다.

26

콘스탄틴 레빈은 아침에 모스크바를 떠나 저녁 무렵 집에 도착했다. 돌아오는 기차에서 그는 국정에 관해, 혹은 새로 설비된 철로에 관해 동승한 승객들과 대화를 나누었는데, 모스크바에 있을 때와 매한가지로 뒤엉킨 생각들과 스스로에 대한 불만, 뭔지 모를 수치심이 그를 사로잡았다. 하지만 집 근처 역에 내려서 카프탄의 깃을 세운 애꾸눈 마부 이그나트와 조우했을 때, 역사의 창문으로 내비치는 희미한 빛줄기 속에서 융단이 깔린 자신의 썰매와 꼬리를 묶고 고리와 술이 달린 마구를 맨 자신의 말들을 보았을 때, 썰매에 자리를 잡고 앉는 사이 마부 이그나트가 그에게 청부업자가 마을에 도착했다는 둥, 암소 파바가 새끼를 낳았다는 둥, 그동안의 시골 영지의 소식들을 전해 주었을 때, 그는 머릿속의 혼란이 해소되고 수치심과 스스로에 대한 불만이 가시는 것을 느꼈다. 이그나트와 말들을 보자마자 찾아온 느낌이었다. 그리고 마부가 가져온 털외투를 입고 담요로 몸을 감싼 채 썰매에 올라타 집으로 가는 동안 당장 처리해야 할 영지의 일들을 떠올리면서, 또 한때는 혹사당했어도 씩씩한 승마용 말이었던 돈 지방산(産) 곁말를 흘끔흘끔 바라보면서, 그는 자신에게 일어난 일을 완전히 다르게 인식하게 되었다. 그는 본연 그대로의 자신을 느꼈으며, 다른 존재는 되고 싶지 않았다. 지금은 단지 전보다 더 나은 자신이 되고 싶을 뿐이었다. 먼저 그는 오늘 이후로는 결혼이 가져다줄 법한 특별한 행복을 더 이상 바라지 않을 것이며, 따라서 현재를 경시하는 일도 없을 것이라 마음먹었다. 둘째로, 그는 이제 절대로 추악한 욕정에 휘둘리지 않기로 결심했다. 청혼을 하려던 순간, 욕정에 휘둘리던 과거의 기억이 그를 몹시도 괴롭혔던 터였다. 다음으로는 니콜라이 형을 떠올리면서 앞으로는 결코 형을 잊는 일이 없을 것이며, 상황이 안 좋아지면 즉각적으로 도움을 줄 수 있도록 형을 주시하고 결코 눈 밖에 두지 않겠노라고 다짐했다. 그 같은 상황이 곧 벌어지리라는 걸 그는 예감하고 있었다. 또한 그가 너무나 가볍게 대했던 공산주의에 대한 형의 이야기가 지금 그를 깊은 생각에 잠기게 했다. 그는 경제적인 조건의 개혁은 무의미하다고 여기면서도 한편으로는 늘 민중의 궁핍에 비하면 자신의 부(富)가 부당하다고 생각해 왔다. 그래서 이제 그는 스스로가 완전히 정당하다고 느낄 수 있도록, 앞으로 더 많이 일하고 더욱더 사치를 금하기로 속으로 다짐하였다. 비록 예전에도 일은 많이 하고 검소하게 생활했지만 말이다. 이 모든 게 아주 쉬운 일로 여겨졌기에, 오는 내내 기분 좋은 상상에 잠길 수 있었다. 그렇게 새롭고 더 나은 생활에 대한 희망에 부푼 채 그는 저녁 8시경 집에 당도했다.

집안 살림을 도맡아 온 늙은 유모 아가피야 미하일로브나의 방 창문에서 새어 나온 불빛이 집 앞 층계참에 쌓인 눈 위로 드리워져 있었다. 그녀는 아직 잠들지 않은 모양이었다. 그녀가 깨우는 통에 일어난 쿠지마가 졸린 얼굴을 하고서 신발도 안 신고 현관으로 달려 나왔다. 사냥개 라스카도 쿠지마를 넘어뜨릴 기세로 뛰어나오더니 낑낑거리고 주인의 무릎에 몸을 비벼 대며 올라섰지만, 원하는 대로 감히 앞발을 그의 가슴에 얹지는 못했다.

「일찍 돌아오셨네요, 나리.」 아가피야 미하일로브나가 말했다.

「집이 그립지 뭔가, 아가피야 미하일로브나. 남의 집을 방문하는 것도 좋지만, 내 집에 있는 게 최고지.」 레빈이 대답하고는 서재로 갔다.

들고 온 촛불 빛으로 서재 안이 점차 밝아 오자 사슴뿔, 책장, 거울, 오래전에 수리했어야 하는 환기구 달린 난로, 돌아가신 부친이 쓰시던 소파, 커다란 책상, 그 위에 펼쳐져 있는 책, 이 빠진 재떨이, 그의 필적이 적힌 공책 따위의 익숙한 사물들이 눈에 들어왔다. 이 모든 것을 보니, 오는 길에 꿈꾸었던 새로운 생활이 정말 가능할 것인지 문득 의혹이 일었다. 이 모든 삶의 흔적들이 그를 붙잡은 채 이렇게 말하는 것만 같았다. 〈아니, 너는 우리 곁을 벗어날 수 없고 다른 사람이 될 수도 없어. 예전과 똑같아질 거야. 의혹과 스스로에 대한 항구적인 불만, 자신을 고쳐 보려는 헛된 시도와 타락, 주어진 적도 없고 가당치도 않은 행복에 대한 영원한 기대를 고스란히 품은 너 말이야.〉

그의 물건들은 이렇게 말했지만, 그의 영혼 속 또 다른 목소리는 과거에 묶여 있을 필요가 없으며, 모든 것을 뜻대로 해낼 수 있다고 말했다. 그 음성에 귀를 기울이면서 그는 두 개의 육중한 아령이 있는 구석으로 다가가, 그것을 들고 운동하듯이 위아래로 들었다 놓기를 반복하며 스스로의 기운을 북돋우려 애썼다. 문가에서 삐걱대는 발소리가 들리자 그는 들고 있던 아령을 내려놓았다.

영지 관리인이 들어와서 모든 일이 다행스럽게도 잘되어 가고 있으나, 새로운 건조기에서 말린 메밀이 살짝 탔다고 전했다. 이 소식이 레빈의 화를 돋우었다. 새 건조기는 레빈이 설치한 것으로 일부 그가 고안한 물건이기도 했다. 이 건조기의 설치를 줄곧 반대해 왔던 영지 관리인은 지금 내심 의기양양해져서는 메밀이 타버렸다고 공표한 것이다. 그게 타버렸다면 그 이유는 자신이 수백 번도 더 일렀던 방법대로 하지 않았기 때문이라고 레빈은 확신했다. 그는 울화가 치밀어 영지 관리인을 나무랐다. 하지만 한 가지 중요하고 기쁜 소식도 있었다. 암소 전시장에서 사 온 고가의 우량종 파바가 새끼를 낳은 것이었다.

「쿠지마, 털외투를 갖다 줘. 그리고 당신은 등불을 챙기라고 일러 주시오, 가서 좀 살펴봐야겠으니.」그가 영지 관리인에게 일렀다.

값비싼 암소들의 축사는 집 뒤꼍에 있었다. 그는 라일락 나무 옆에 쌓인 눈더미를 지나 마당을 가로질러서 축사로 다가갔다. 얼어붙은 축사 문을 열어젖히니 거름에서 피어오른 따스한 김 냄새가 풍겼다. 익숙지 않은 불빛에 놀란 암소들이 새로 깔린 짚 위에서 꿈틀대기 시작했다. 검은 얼룩이 있는 네덜란드산 얼룩소의 매끈하고 널찍한 등이 빛을 받아 아른거렸다. 입술에 고리를 꿴 채 제자리에 누워 있던 황소 베르쿠트는 레빈 일행이 곁을 지나가자 벌떡 일어서려다 제풀에 그만두고서는 그저 두어 차례 씩씩거릴 뿐이었다. 하마처럼 거대한 몸집에 털이 붉은 미녀 파바는 엉덩이를 뒤로 돌려 일행들로부터 새끼 송아지를 감싸고서 냄새를 맡고 있었다.

레빈은 우리 안으로 들어가 파바를 살펴보고는 붉은 얼룩의 새끼 송아지를 들어 올려 위태로워 보이는 기다란 다리를 세워 주었다. 흥분한 파바가 몇 차례 음매 하고 울더니, 레빈이 송아지를 자기 쪽으로 내주자 이내 안심하고는 무거운 숨을 몰아쉬며 깔깔한 혀로 새끼를 핥기 시작했다. 그러자 송아지는 제 어미를 찾아 옆구리에 코를 들이밀고는 꼬리를 빙글빙글 흔들어 댔다.

「자, 이쪽을 좀 비춰 봐요, 표도르. 등불을 이쪽으로.」레빈이 암송아지를 보며 말했다. 「어미를 닮았어! 털 색깔만 쓸데없이 아비를 닮았군. 아주 예쁘게 생겼는걸. 늘씬하고 체격이 조그맣군. 바실리 표도로비치, 정말 예쁘지 않소?」송아지 출산의 기쁨에 겨운 나머지 탄 메밀과 관련해서는 이미 완전히 기분이 풀린 레빈이 영지 관리인을 향해 말했다.

「누구를 닮든 나쁠 리가 있겠습니까? 그런데 청부업자 세 묜 말입니다, 나리가 떠난 다음 날 왔습죠. 그와 흥정을 해야 합니다, 콘스탄틴 드미트리치.」영지 관리인이 말했다. 「제가 전에 기계에 관해서 보고드렸잖습니까.」

이 한마디 말로 레빈은 거대하고 복잡한 농사일의 세목들 속으로 끌려 들어갔다. 암소 축사에서 나온 그는 곧장 영지 관리 사무소로 가서 관리인과 청부업자 세묜과 이야기를 나 눈 뒤, 집으로 돌아오자마자 2층의 응접실로 향했다.

27

집은 크고 고풍스러웠다. 레빈은 혼자 지내면서도 집 전체 에 불을 때고 모든 공간을 사용했다. 그게 어리석은 짓이라는 것도, 게다가 지금 막 세운 새로운 계획에도 반하는 좋지 않은 습관이라는 것도 레빈은 알고 있었다. 그러나 이 집은 그에게 하나의 완결적인 세계였다. 그의 아버지와 어머니가 살다가 돌아가신 세계이기도 했다. 레빈이 보기에 부모님은 모든 면 에서 완벽한 이상적인 삶을 사셨고, 그래서 그는 자신의 아내 와 함께 일가를 이루어 그것을 복원하고자 꿈꾸던 것이다.

레빈에게 어머니에 관한 기억은 거의 없었다. 어머니라는 개념은 그에게 성스러운 추억이었으며, 따라서 그의 상상 속 에서 미래의 아내는, 그의 어머니가 그랬듯이 매혹적이고 신 성한 여성적 이상을 재현해야만 했다.

그는 결혼을 배제하고서는 여성에 대한 사랑을 생각할 수 없었을 뿐 아니라, 먼저 가정을 떠올린 다음에야 자신에게 가정을 선사해 줄 여성을 상상할 수 있었다. 따라서 결혼에 관한 그의 관념은 그의 지인들 대다수가 품고 있는 것과는 달랐다. 그들에게 결혼이란 일상생활에 속하는 수많은 일들 중 하나였으나, 레빈에게 그것은 평생의 행복이 걸린 일생일대의 중요한 사건이었다. 그런데 이제는 그것을 포기해야 할 참이었다!

늘 차를 마시곤 하는 조그만 응접실로 가서 책을 들고 안락의자에 앉자, 아가피야 미하일로브나가 차를 내오면서 평소 습관대로 〈저도 앉겠습니다, 나리〉라고 말하고는 창가에 놓인 의자에 앉았다. 바로 그때, 그는 참으로 이상하게도 자신의 꿈을 단념할 수 없으며, 그것 없이는 살 수가 없다는 생각이 들었다. 그녀와 이루든 다른 여자와 이루든, 그 꿈은 이루어질 터였다. 그는 책을 읽어 나가며 그 내용에 대해 생각하기도 했고, 쉼 없이 중얼거리는 아가피야 미하일로브나의 얘기를 듣느라 간간이 독서를 멈추기도 했다. 그와 더불어 그의 머릿속에서는 영지 경영과 미래의 가정생활에 대한 여러 그림들이 두서없이 떠올랐다. 마음속 깊은 곳에서 무언가 자리를 잡아 가고, 가라앉아 정리되어 가는 것을 그는 느꼈다.

그는 아가피야 미하일로브나가 프로호르의 근황에 관해 늘어놓는 얘기를 듣고 있었다. 그가 하느님 무서운 줄 모르고, 레빈이 말을 사라고 준 돈으로 주야장천 술을 퍼마시더니 마누라를 거의 죽을 만큼 두들겨 팼다는 것이었다. 얘기를 듣다가도 그는 독서 중에 떠오른 생각의 실마리들을 상기하면서 다시 책을 읽어 나갔다. 그건 틴들[52]의 열(熱)에 관한 책이

52 John Tyndall(1820~1893). 영국의 물리학자로 하늘이 파란색을 띠는

었다. 레빈은 틴들이 자신의 빈틈없는 실험에 자만하고 있으며, 그에게 철학적 관점이 결여되어 있다고 비판했던 일을 상기했다. 그러자 갑자기 즐거운 생각이 떠올랐다. 〈2년 뒤면 가축들 가운데 네덜란드산 암소가 둘이나 될 테고, 파바 역시 여전히 건재하겠지. 베르쿠트의 새끼 암소들이 열두 마리인데, 거기에 이 셋을 더하면 금상첨화지!〉 그러고는 다시 책을 손에 쥐었다.

〈그래 좋아, 전기와 열이 결국 동일한 것이란 말이지. 하지만 방정식을 풀기 위해 하나의 값을 다른 하나로 대체하는 게 과연 가능할까? 아니야. 그럼 어쩐담? 자연에 존재하는 모든 힘들 간의 연관성은 본능에 의해 감지되는 법이지……. 특히나 기쁜 건, 파바의 새끼가 붉은 반점의 얼룩소가 될 거라는 사실이야. 그리고 그 셋을 무리 속에 섞어 놓으면…… 끝내주겠는걸! 아내와 손님들과 함께 가축들을 보러 나가는 거야. 아내는 이렇게 말하겠지.《코스탸와 저는 이 송아지를 아이처럼 돌보았답니다.》그러면 손님은《어떻게 이런 일에 그렇게 흥미를 두실 수 있죠?》라고 묻겠지. 그러면 아내는《그이가 관심을 쏟는 일이라면 저한테도 흥미로워요》라고 대답하는 거야. 한데 누가 그녀일까?〉 이윽고 그는 모스크바에서 겪은 일을 떠올렸다. 〈뭐, 어쩌겠어. 내 잘못이 아니야. 이제 모든 게 새로워질 거야. 삶이 허락하지 않는다는 건, 또 과거가 허락하지 않는다는 건, 말도 안 되는 핑계야. 노력해야 해, 더 제대로 살기 위해, 훨씬 더 제대로 살기 위해서…….〉 그는

이유를 밝혀냈다. 그의 논문 「운동 양식으로서의 열」이 1864년 러시아에서 번역 출간되었으며, 1872년에 톨스토이는 이 책을 읽고 그에 관한 소감을 일기에 피력한 바 있다.

고개를 들고 생각에 잠겼다. 주인이 돌아온 기쁨을 가누지 못해 마당에서 뛰고 짖어 대던 늙은 개 라스카가 바깥 공기의 냄새를 이끌고 집 안으로 들어와서는, 꼬리를 흔들며 주인에게 다가가 주둥이를 그의 손에 슬그머니 밀어 넣으면서 쓰다듬어 달라고 떼를 쓰듯 낑낑댔다.

「말을 못 할 뿐이죠.」 아가피야 미하일로브나가 말했다. 「저 개는…… 주인이 집에 돌아왔고, 적적해한다는 걸 다 알고 있어요.」

「왜 적적해한다고 생각하지?」

「저라고 뭐 보는 눈이 없는 줄 아세요, 나리? 이제 속을 알 때도 됐죠. 어릴 적부터 나리님들 사이에서 자란걸요. 괜찮아요, 나리. 건강하고 양심에 거리낄 게 없으면 뭐가 문제겠어요.」

그녀가 자신의 생각을 파악하고 있는 것에 놀라서 레빈은 그녀를 유심히 쳐다보았다.

「어쩔까요, 차를 더 내올까요?」 그녀가 묻고는 찻잔을 들고서 밖으로 나갔다.

라스카는 여전히 주둥이로 레빈의 손을 밀고 있었다. 주인이 쓰다듬어 주자 라스카는 그의 발치에 동그랗게 몸을 말고서 쑥 내민 뒷발 위에 머리를 얹었다. 그러고는 이제 모든 게 다 흡족하다는 듯 주둥이를 살짝 벌리고 입맛을 다시더니 늙은 이빨 주변에 축축한 입술을 잘 포갠 채 조용히 행복한 평온에 잠기는 것이었다. 레빈은 개의 그 마지막 행태를 주의 깊게 관찰했다.

〈바로 이게 내 모습이야!〉 그가 속으로 되뇌었다. 〈나도 꼭 저렇잖아! 걱정 마…… 다 괜찮아.〉

28

무도회에서 돌아온 이른 아침, 안나 아르카디예브나는 남편에게 그날로 모스크바에서 출발하겠노라고 전보를 쳤다.

「아니에요, 가야 해요. 가야겠어요.」마치 헤아릴 수 없이 많은 할 일이 생각났다는 투로, 그녀는 계획이 바뀐 것에 대해 올케에게 설명했다.「아니에요, 오늘 가는 게 나아요!」

스테판 아르카디치는 집에서 식사를 하지는 않았지만 누이동생을 배웅하러 7시에 집으로 오기로 약속했다.

키티 역시 두통을 앓고 있다는 내용의 쪽지만 전하고는 오지 않았다. 돌리와 안나는 아이들과 영국인 가정부를 데리고서 그들끼리만 식사를 했다. 아이들은 변덕스러운 건지, 아니면 매우 예민하여 안나가 이날은 자기들이 그토록 좋아했던 때의 고모가 아니며 지금은 자기들에게 전혀 신경을 쓰지 않는다는 걸 감지한 탓인지, 별안간 고모랑 하던 놀이와 애정 세례를 중단하고 고모가 떠난다는 사실에도 전혀 무관심하게 굴었다. 안나는 아침 내내 떠날 채비를 하느라 분주했다. 그녀는 모스크바의 지인들에게 쪽지를 남기고, 계산서의 지출 내역들을 기록하고, 짐을 챙겼다. 돌리가 보기에 안나는 평정을 잃은 상태였는데, 그녀 자신의 경험으로 미루어 잘 알다시피 그런 심란한 상태에는 이유가 있기 마련이며, 대부분의 경우 스스로에 대한 불만을 감추고 있는 것일 터였다. 점심 식사를 마치고 안나가 옷을 입으러 자기 방으로 가자 돌리는 그녀 뒤를 따라나섰다.

「아가씨 오늘 참 이상하네요!」돌리가 말했다.

「나 말이에요? 그렇게 보여요? 이상한 게 아니라 못된 거예요. 가끔 이래요. 정말이지 울고 싶어요. 너무 바보 같지만 곧 괜찮아지겠죠.」 안나가 재빠르게 뇌까리고는 나이트캡과 목면 수건들을 넣어 둔 조그마한 주머니 쪽으로 새빨개진 얼굴을 숙였다. 유난히 빛나는 그녀의 두 눈에서 하염없이 눈물이 글썽였다. 「페테르부르크에 있을 때는 그토록 오고 싶지 않더니만 이제는 여기를 떠나기가 싫네요.」

「여기 와서 좋은 일을 해주셨잖아요.」 돌리가 그녀를 유심히 살피면서 말했다.

안나가 눈물에 젖은 눈으로 그녀를 돌아보았다.

「그런 말 말아요, 돌리. 나는 아무것도 하지 않았고, 할 수도 없었어요. 사람들은 왜 합심해서 나를 몹쓸 사람으로 만들려는 건지, 가끔씩 정말 알 수가 없어요. 내가 대체 뭘 했고, 뭘 할 수 있었다고요! 새언니의 마음속에 용서할 수 있을 만큼의 사랑이 있었던 거예요…….」

「아가씨가 없었으면 어떻게 되었을지, 정말이지 모를 일이에요! 아가씨는 참으로 복 받은 여자예요, 안나!」 돌리가 말했다. 「아가씨의 마음속은 모든 게 투명하고 선량하잖아요.」

「모든 사람은 각자의 마음속에 자신만의 skeletons(비밀)[53]를 갖고 있대요, 영국 사람들이 하는 말로는요.」

「아가씨한테 무슨 skeletons(비밀)가 있겠어요? 모든 게 그토록 투명한데.」

「있어요!」 안나가 느닷없이 이렇게 내뱉었다. 그러더니 눈물을 보인 뒤라고는 생각할 수 없을 정도로 교활하고 조소 어린 미소가 그녀의 주름진 입가에 어리는 것이었다.

53 skeleton은 본래 〈해골〉이나 〈뼈대〉를 뜻하는 영어 단어이지만, 여기서는 〈비밀〉이라는 전이된 의미로 쓰이고 있다.

「그래요, 아가씨의 skeletons(비밀)는 그렇게 즐거운 거겠죠, 음울한 게 아니고요.」돌리가 웃으면서 말했다.

「아녜요, 음울한 거예요. 내가 왜 내일이 아니라 오늘 떠나려는지 알아요? 이건 말이죠, 나를 짓누르던 걸 고백하는 건데요, 언니에게는 털어놓고 싶어요.」안나가 뭔가를 결심한 듯 안락의자에 기대어 앉더니 돌리를 똑바로 쳐다보았다.

안나의 안색이 귓불까지, 고리 모양의 검은 곱슬머리가 드리운 목덜미까지 붉어져 있는 것을 보고 돌리는 깜짝 놀랐다.

「그러니까…….」안나가 말을 이었다. 「키티가 왜 식사하러 오지 않았는지 아세요? 그녀는 나를 질투하고 있어요. 내가 다 망쳐 버렸어요……. 바로 나 때문에 이번 무도회가 그녀에게 기쁨이 아니라 고통이 되어 버렸죠. 하지만 정말이지, 정말이지 내 잘못이 아니에요. 혹은 아주 조금만 내 탓이거나요.」그녀는 가느다란 목소리로 〈조금〉이라는 단어를 길게 끌며 발음했다.

「어머, 말하는 게 어쩜 그렇게 스티바와 똑 닮았는지요!」돌리가 웃으면서 말했다.

안나는 모욕감을 느꼈다.

「오, 아니요, 아니에요, 나는 스티바와 다르다고요.」안나가 인상을 찌푸리며 말을 이었다. 「내가 얘기를 하는 이유는, 단 한 순간이라도 스스로를 의심하는 걸 용납할 수 없기 때문이에요.」

그러나 이 말을 입 밖에 낸 순간, 안나는 자신의 말이 옳지 않다는 걸 느꼈다. 그녀는 스스로를 의심하고 있었을 뿐만 아니라 브론스키를 생각할 때마다 미묘한 흥분을 느꼈으며, 그래서 오로지 더 이상 그와 마주치지 않기 위해 예정보다 빨리 떠나려는 것이었다.

「그래요, 스티바가 그러더군요, 아가씨가 브론스키와 마주르카를 추었는데, 그분이······.」

「그게 얼마나 우습게 되어 버렸는지, 언니는 모를 거예요. 나는 중매를 서려고 했을 뿐인데, 일이 틀어져 버렸어요. 아마도 내 의지와 반하는······.」

그녀가 얼굴을 붉히며 하던 말을 멈췄다.

「어머, 그러면 그 두 사람도 다 느끼고 있지 않을까요?」 돌리가 말했다.

「하지만 그분 쪽에서 뭔가 진지한 게 있었던 거라면, 나는 절망에 빠질 수밖에 없겠죠.」 안나가 말을 가로막았다. 「확신컨대 이 모든 건 다 잊힐 테고, 키티도 나를 미워하지 않게 될 거예요.」

「하지만 안나, 솔직히 말해서 나는 키티가 그분과 결혼하는 걸 그리 바라지 않아요. 그리고 만일 그 사람, 브론스키가 단 하루 만에 아가씨한테 반할 수 있는 그런 사람이라면, 그 혼담은 차라리 깨지는 게 나아요.」

「아아, 하느님, 이건 정말이지 어처구니없는 일이에요!」 안나가 말했다. 자신이 품고 있던 생각을 올케의 입으로 듣게 되자 그녀의 얼굴에는 만족에 겨운 짙은 홍조가 번졌다. 「자, 결국 이렇게 내가 그토록 좋아하게 된 키티를 적으로 만들어 놓고 떠나게 되었네요. 아아, 그토록 사랑스러운 아가씨를 말이에요! 하지만 이 일을 바로잡아 주실 테죠, 돌리? 그렇죠?」

돌리는 간신히 웃음을 참았다. 안나를 좋아하는 그녀였지만, 시누이에게도 약점이 있음을 확인하자 썩 유쾌한 기분이

들었던 것이다.

「적이라뇨? 그건 말도 안 돼요.」

「얼마나 바랐는지 몰라요, 내가 두 분을 사랑하는 만큼 나를 좋아해 주기를 말이에요. 그런데 이제 내가 두 분을 더 많이 사랑하게 되었어요.」안나가 눈물을 글썽이며 말했다. 「아아, 오늘은 내가 정말 바보 같네요!」

그녀가 손수건으로 얼굴을 닦고 옷을 입기 시작했다.

떠나기 직전에 홍조 띤 밝은 얼굴의 스테판 아르카디치가 비누와 시가 향을 풍기며 뒤늦게 도착했다.

안나의 감상적인 기분이 돌리에게로 옮아온 터라, 그녀는 떠나는 시누이를 마지막으로 끌어안으며 이렇게 속삭였다.

「기억해 줘요, 안나. 아가씨가 내게 베풀어 준 것을 난 결코 잊지 않을 거예요. 그리고 내가 아가씨를 사랑하고 있고, 언제나 가장 좋은 친구로서 사랑할 거라는 것도 기억해 줘요!」

「내가 그럴 주제나 되는지 모르겠어요.」애써 눈물을 감추고 시누이에게 입을 맞추며 안나가 뇌까렸다.

「아가씨는 나를 이해해 줬고, 이해하고 있잖아요. 잘 가요, 내 사랑!」

29

〈이제 다 끝났어, 천만다행이야!〉세 번째 종소리가 울릴 때까지 객실에서 길을 가로막고 서 있던 오빠와 마지막으로 작별 인사를 나눈 다음, 안나의 머릿속에 처음으로 든 생각은 그러했다. 그녀는 하녀 안누시카와 나란히 좌석에 앉아 희미한 빛에 에워싸인 침대칸 내부를 둘러보았다. 〈다행히도 내일이면 세료자와 알렉세이 알렉산드로비치를 만나게 될 거고, 예전처럼 익숙하고 편안한 내 생활이 계속되겠지.〉

하루 종일 마음을 가득 채웠던 근심 걱정은 여전했지만, 안나는 결연하고 흡족한 마음으로 떠날 채비를 했다. 예의 작고 민첩한 손으로 붉은색 가방을 열었다 닫았고, 꺼낸 쿠션을 무릎 위에 놓고는 두 다리를 세심하게 감싼 뒤 편안한 자세를 취했다. 몸이 편찮은 한 귀부인은 이미 잠을 청하고 있었다. 또 다른 두 명의 귀부인은 안나에게 말을 걸었는데, 그중 뚱뚱한 노파는 두 다리를 감싸면서 열차의 난방에 대해 불평을 늘어놓았다. 안나는 부인들의 말에 몇 마디 응수해 주었지만, 그들과의 대화가 재미없을 거라 예감하고는 안누시카에게 초롱불을 가져오게 하여 좌석의 팔걸이에 걸어 놓고서 손가방에서 페이퍼 나이프와 영국 소설을 꺼냈다. 처음에는 글이 눈에 잘 들어오지 않았다. 객실의 소란과 우왕좌왕하는 발걸음이 훼방을 놓더니, 열차가 움직이기 시작하자 소음을 듣지 않을 수가 없었다. 그다음으로는 왼쪽 창으로 쏟아지듯 내려와 유리창에 달라붙는 눈, 외투를 뒤집어쓰고 눈에 뒤덮인 채 창문 곁을 지나쳐 가는 차장들, 눈보라가 참으로 무섭게 몰아친다는 얘기들이 그녀의 주의를 산란케 했다. 그러고서 똑같은 게 되풀이되었다. 금속이 부딪치는 소리와 함께 진동하는 차량, 창문을 두드리는 눈보라, 열기에서 냉기로, 또다시 열기로 이어지는 증기의 급격한 온도 변화, 어스름 속에서 아른거리는 똑같은 얼굴들과 똑같은 음성들. 이윽고 안나는 책을 읽으며 그 내용을 이해하기 시작했다. 안누시카는 한 짝에 구멍이 난 장갑을 낀 넓적한 손으로 무릎 위에 놓인 붉은 가방을 꼭 쥔 채 일찌감치 졸고 있었다. 안나 아르카디예브나는 책을 읽고 내용을 이해하였지만, 읽는다는 행위, 즉 타인의 삶의 반영을 추적하는 일이 유쾌하지는 않았다. 그녀 자신이 너무나도 그런 삶을 살고 싶었던 것이다. 소설의 여주인공이 병자를 간호하는 대목을 읽으면 조용한 발걸음으로 병실을 거닐고 싶었고, 의회에서 의원이 연설을 하는 장면을 읽으면 자신도 그런 연설을 하고 싶었다. 레이디 메리가 말에 올라타 사냥을 하면서 시누이를 약올리고 과감한 행동으로 일동을 놀라게 하는 부분을 읽으면서도 그녀 역시 그렇게 해보고 싶었다. 그러나 할 수 있는 게 아무 것도 없었기에, 그녀는 조그만 손으로 매끈한 페이퍼 나이프를 만지작거리면서 독서에 더욱 열중할 수밖에 없었다.

소설의 남자 주인공이 벌써 영국식 행복, 즉 남작의 지위와 영지를 획득하기 시작하자 안나는 그와 함께 그의 영지로 가고 싶다는 맘이 들었다. 그런데 갑자기, 그 주인공이 부끄러움을 느껴야 하며 자기 자신 또한 같은 것에 대해 부끄러운 마음을 가져야 한다는 생각이 들었다. 하지만 대체 그가 뭘 부끄러워해야 한단 말인가? 〈내가 왜 부끄러워해야 하는 거지?〉 그녀는 기묘한 모욕감을 느끼며 스스로에게 물었다. 그러고는 읽던 책을 내려놓고서 두 손으로 페이퍼 나이프를 꼭 쥔 채 좌석 등받이에 몸을 기댔다. 부끄러울 건 전혀 없다. 그녀는 모스크바에서 있었던 일들을 전부 돌이켜 보았다. 모든 게 다 멋지고 즐거웠다. 무도회를 떠올려 보았고, 브론스키의 모습과 사랑에 빠진 그의 순종적인 표정을, 그를 대했던 자신의 태도들을 떠올려 보았다. 부끄러울 건 하나도 없다. 하지만 동시에, 그 모든 기억들에 대한 수치심은 점점 더 커지는 것이었다. 브론스키를 떠올린 순간, 마치 그녀 내면의 어떤 음성이 이렇게 말하는 것 같았다. 〈따뜻해, 너무나 따뜻하고 뜨거워.〉〈그래서 뭐?〉 그녀가 자세를 고쳐 앉으며 단호하게 자문했다. 〈이게 대체 뭘 의미하는 걸까? 내가 정말 이 일을 똑바로 바라보기를 두려워하고 있는 걸까? 뭐가 어떤데? 정말로 나와 그 애송이 장교 사이에, 지인들 사이에 있을 수 있는 것이 아닌 다른 관계가 존재하거나 존재할 수 있단 말인가?〉 그녀는 경멸스럽다는 듯 웃음을 흘리고는 다시 책을 집어 들었다. 하지만 이제는 읽어도 그 내용이 머릿속에 전혀 들어오질 않았다. 그녀는 페이퍼 나이프로 유리창을 문지르고는 매끄럽고 차가운 차창 표면에 뺨에 갖다 대었다가, 느닷없이 기쁨에 사로잡혀 하마터면 소리 내어 웃을 뻔했다. 신경이 마치 현처럼 돌돌 감기며 조여들더니 점점 더 팽팽해지는 느낌이었다. 그녀의 동공이 점점 더 크게 열렸고, 손가락과 발가락이 발작적으로 움찔거렸으며, 가슴이 뭔가에 눌린 듯 숨이 막혔다. 마침내 이 흔들리는 어스름 속에서 모든 형상과 소리들이 너무나도 선명하고 요란하게 그녀에게 충격을 가하는 것만 같았다. 차량이 전진하고 있는 건지, 후진하고 있는 건지, 아니면 완전히 멈춰 서 있는 건지, 시시각각 끊임없이 의혹이 일었다. 옆에 앉아 있는 사람이 안누시카인가, 아니면 전혀 모르는 여자인가? 〈저기 저 팔걸이에 걸려 있는 건? 모피 외투일까, 아니면 털 달린 짐승일까? 그리고 여기 있는 나는 누구지? 나 자신일까, 아니면 다른 여자?〉 이처럼 혼미한 상태에 빠지는 게 그녀는 두려웠다. 하지만 무언가 그녀를 자꾸만 끌어당겼고, 그녀는 마음먹은 대로 그 속에 빠져들었다가 다시 자제하기를 자유롭게 할 수 있었다. 정신을 차리기 위해 그녀는 자리에서 일어나 담요를 옆으로 치우고는 방한용 부인복 망토를 벗었다. 한순간 정신이 들면서 방금 객실로 들어온, 군데군데 단추가 떨어진 긴 무명 외투 차림의 깡마른 사내가 보일러공이며 그가 온도계를 살피고 있다는 사실, 그의 등 뒤 출입구로 바람과 눈발이 새어 들어온다는 사실을 인식했다. 그러나 곧이어 또다시 모든 게 혼미해졌다……. 허리가 긴 이 사내가 벽에 있는 무언가를 물어뜯기 시작하고, 곁의 노파는 객실의 이 끝에서 저 끝까지 다리를 내뻗기 시작하더니 마침내 객실 안을 검은 구름으로 가득 채우는 것이었다. 그러더니 누군가의 몸이 찢겨 나가기라도 하듯, 삐걱거리고 쿵쾅거리는 끔찍한 소음이 들려오기 시작하더니, 이어 눈이 멀 정도로 새빨간 불꽃이 아른거리다가 모든 게 벽으로 막혀 버렸다. 그녀는 무너져 버린 듯한 느낌이었다. 하지만 그 모든 게 무섭기는커녕 흥겹게만 여겨졌다. 옷을 잔뜩 껴입고 눈을 뒤집어쓴 어떤 사람의 음성이 그녀의 귓전에서 무언가 고함을 질러 댔다. 그녀는 자리에서 일어나 정신을 차렸다. 열차가 역에 들어서고 있으며, 방금 소리친 사람은 차장이라는 걸 알 수 있었다. 그녀는 안누시카에게 벗어 놓은 망토와 스카프를 건네 달라고 하고는 그것들을 걸치고서 문가로 향했다.

「밖으로 나가시려고요?」 안누시카가 물었다.

「응, 바깥 공기를 좀 쐬고 싶어. 여긴 너무 후덥지근하네.」

그녀는 출입문을 열어젖혔다. 그러자 눈보라와 바람이 맞은편에서 곧장 불어닥치더니 문을 두고서 그녀와 힘겨루기를 시작했다. 그것마저도 흥겨워 보였다. 바람은 기다렸다는 듯 쾌활한 휘파람 소리를 내면서 그녀를 낚아채 저 멀리 끌고 가려 했다. 하지만 그녀는 힘센 손으로 열차의 차가운 기둥을 부여잡고 치맛자락을 여민 채 승강장으로 내려와 차량의 뒤쪽으로 갔다. 승강구에서 세차게 몰아치던 바람이 차량 뒤편의 승강장에서는 고요했다. 그녀는 쾌감에 젖어 눈보라가 몰아치는 혹한의 공기를 가슴 한가득 들이쉬고는 차량 옆에 선 채 승강장과 불빛이 환하게 비치는 역사를 둘러보았다.

30

거센 눈보라가 역의 구석에서 몰려와 기둥을 휩쓸고 열차 바퀴 사이로 쌩쌩 휘몰아쳤다. 차량들, 기둥들, 사람들, 눈에 보이는 모든 것이 몰아치는 눈보라에 한쪽 면부터 뒤덮이더니 차츰차츰 눈 속으로 잠겨 들었다. 일순간 눈보라가 잦아들었다가 도저히 저항할 수 없을 정도로 또다시 격렬하게 몰아쳤다. 그 와중에도 몇몇 사람들은 쾌활하게 얘기를 주고받으며 승강장 널판이 삐걱대도록 이리저리 요란하게 뛰어다니거나 커다란 출입문을 끊임없이 열고 닫았다. 구부정한 사람의 그림자가 그녀의 발치를 미끄러져 지나갔고, 곧 망치로 쇠를 두드리는 소리가 들려왔다. 「전보를 이리 줘!」 눈보라가 몰아치는 맞은편 어둠으로부터 신경질적인 목소리가 울려 퍼졌다. 또한 서로 다른 음성들이 〈이쪽으로 오세요! 28호차입니다!〉라고 외쳐 댔고, 온몸을 감싼 사람들이 온통 눈에 뒤덮인 채 달음박질하며 지나갔다. 두 명의 신사가 불붙은 궐련을 입에 문 채 그녀의 곁을 지나쳤다. 그녀는 한 번 더 공기를 들이쉬고자 심호흡을 한 다음 기둥을 잡고 열차에 올라타려고 머프에서 손을 빼냈다. 그때 군용 외투 차림의 남자가 그녀 바로 옆에 불쑥 나타나 흔들거리던 초롱불 빛을 가려 버렸다. 옆을 돌아본 그녀는 곧바로 브론스키의 얼굴을 알아보았다. 그는 모자의 차양에 한 손을 얹고서 그녀에게 고개 숙여 인사하더니 필요한 건 없는지, 자기가 도울 일은 없는지 물었다. 그녀는 꽤 한참 동안 아무 대답 없이 그를 유심히 쳐다보았는데, 그늘 속에 서 있었음에도 불구하고 그의 얼굴과 두 눈의 표정이 훤히 보였다. 아니, 어쩌면 그렇게 여겨졌던 것인지도 모른다. 그것은 어제 그토록 그녀를 자극했던, 경외심 어린 황홀한 표정이었다. 요 며칠 동안 그녀는, 브론스키는 어딜 가든 마주치게 되는 수많은 고만고만한 젊은이들 중 하나일 뿐이며 자신이 그를 생각하는 일은 결코 없을 거라고 속으로 되뇌어 왔다. 그러나 지금 그와 마주치자마자 희열에 찬 자긍심이 그녀를 사로잡았다. 그에게 왜 여기 있는 거냐고 물어볼 필요도 없었다. 당신이 있는 곳에 있고자 하여 여기 있다는 대답을 들은 것이나 진배없이, 그녀는 그 이유를 분명하게 알고 있었다.

「당신도 기차를 타신 줄은 몰랐네요. 무슨 일로 가시는 건가요?」 열차의 기둥을 잡으려던 손을 도로 내려놓고서 그녀가 물었다. 그녀의 얼굴은 억제할 수 없는 환희와 생기로 환하게 빛났다.

「무슨 일로 가는 중이냐고요?」 그녀의 눈을 똑바로 쳐다보면서 그가 되물었다. 「알고 계시지 않습니까, 당신이 계신 곳에 있으려고 열차를 탔다는 걸 말입니다. 달리 어쩔 도리가 없었습니다.」

바로 그때 바람이 장애물을 뛰어넘듯이 차량의 지붕에서 눈을 흩뿌리고는 뜯겨 나간 철판을 흔들어 대기 시작했다. 앞에서는 기관차의 낮고 굵은 경적이 서글프고 음울하게 울부짖고 있었다. 이제 그녀에게는 무섭게 몰아치는 눈보라 전체가 한결 더 아름답게 느껴졌다. 마음으로 바라면서도 이성으로 두려워하던 바로 그것을 그가 털어놓은 것이다. 그녀는 아무 대답도 하지 않았지만, 그는 그녀의 얼굴에서 갈등이 일고 있음을 알아챘다.

「제 말이 불쾌했다면 용서하십시오.」 그가 공손히 말했다.

겸손하고 예의 바르면서도 분명하고 단호한 말에, 그녀는 한참 동안 아무런 대꾸도 할 수가 없었다.

「방금 하신 말씀은 옳지 못해요.」 그녀가 마침내 입을 열었다. 「부탁인데, 당신이 좋은 분이라면 조금 전에 하신 말씀은 잊어 주세요. 나 역시 잊을 테니까요.」

「당신의 말 한 마디도, 당신의 몸짓 하나도 저는 결코 잊지 않을 겁니다. 잊을 수가 없습니다…….」

「그만, 그만하세요!」 그녀가 엄한 표정을 지으려고 헛되이 애를 쓰며 소리쳤고, 그런 그녀의 얼굴을 그는 마치 탐하듯이 뚫어지게 바라보고 있었다. 그녀는 차가운 기둥을 붙잡고 계단 위로 올라서서 객차 입구로 재빨리 들어섰다. 그러나 곧 그 좁은 입구에 멈춰 선 채 방금 있었던 일을 곰곰이 생각해 보았다. 자신이 했던 말도, 그가 했던 말도 전혀 기억나지 않았지만, 그 짧은 대화가 두 사람을 너무나도 가깝게 만들었음을 그녀는 직감했다. 그 사실에 그녀는 놀라면서도 행복을 느꼈다. 그렇게 몇 초 동안 서 있다가 그녀는 객실 안으로 들어가 자리에 앉았다. 처음에 그녀를 괴롭혔던 그 신비로운 긴장

상태가 다시 되살아났을 뿐만 아니라, 점점 더 심해져 마침내 너무나 팽팽해진 그 무엇이 내면에서 당장이라도 터져 버리지나 않을까 두려운 지경에 이르렀다. 그녀는 밤새도록 잠들 수 없었다. 그러나 머릿속을 가득 채운 그 긴장과 몽상 속에 불쾌하거나 음울한 것은 전혀 없었다. 반대로 그 속에 내재되어 있는 건 기쁘고 강렬하며 자극적인 무언가였다. 아침 무렵이 되어서야 안나는 앉은 채 잠시 졸기 시작했다. 깨어났을 때는 이미 날이 환하게 밝은 뒤였고 기차는 페테르부르크에 거의 도착하고 있었다. 그 즉시 집과 남편과 아들에 관한 생각이, 오늘 당장 그리고 다음 날 해야 할 일들이 그녀를 온통 에워쌌다.

페테르부르크에 당도하여 기차에서 내린 순간, 맨 처음 그녀의 주의를 끈 것은 남편의 얼굴이었다. 〈어머나, 하느님 맙소사! 저이의 귀는 왜 저렇게 생겨 먹었을까?〉 차갑고도 위풍당당한 남편의 모습, 특히 방금 자신에게 충격을 준, 둥근 모자의 테를 받치고 있는 귀의 연골을 바라보면서 그녀는 생각했다. 그녀를 발견한 남편이 습관처럼 비웃는 듯한 미소를 입가에 머금은 채 피로가 깃든 커다란 눈으로 아내를 똑바로 바라보며 다가왔다. 완고하고 피곤해 보이는 남편의 시선과 마주치자 마치 그와 다른 모습의 남편을 보게 되리라 기대라도 했던 양, 무언가 불쾌한 감정이 그녀의 가슴을 짓눌렀다. 특히나 놀랐던 건 남편과 조우한 순간 마음속에 일어난 스스로에 대한 불만의 감정이었다. 남편을 대할 때마다 일었던, 가식적인 느낌과 비슷한, 오래되고 익숙한 감정 말이다. 전에는 미처 알아채지 못했건만, 지금 그녀는 그 감정을 또렷하고도 뼈저리게 자각하고 있었다.

「자, 보다시피, 이 다정한 남편이 결혼한 지 1년밖에 안 된 사람처럼 당신이 보고 싶어 안달이 났소.」 느리고 가느다란 음성과, 아내를 대할 때면 늘 사용하는 말투로 그가 말했다. 누군가 실제로 그렇게 말한다면, 그를 향해 조롱이라도 건넬 법한 말투였다.

「세료자는 잘 있나요?」 그녀가 물었다.

「그게 내 열렬한 마음에 대한 포상의 전부요? 잘 있지 그럼, 잘 있고말고…….」

31

브론스키 역시 밤새도록 잠을 이루려 하지 않았다. 그는 좌석에 앉은 채 정면을 똑바로 응시하고는 들락거리는 승객들을 살폈다. 예전의 그가 특유의 침착함으로 낯선 이들을 놀라게 했다면, 지금의 그는 한층 더 자신만만하고 자부심이 강해 보였다. 그는 마치 사물을 보듯 사람들을 바라보고 있었다. 그의 맞은편에는 지방 법원에서 일하는 신경이 예민한 젊은이가 앉아 있었는데, 바로 브론스키의 그러한 모습 때문에 그는 브론스키를 몹시 증오했다. 이 청년은 브론스키에게 담뱃불도 빌리고 말도 걸고, 그를 밀치기까지 했다. 자신이 물건이 아니라 사람이라는 걸 느끼게 해주려는 심산이었다. 그런데도 브론스키가 초롱불을 볼 때와 다름없는 시선으로 자신을 쳐다보자 젊은이는 사람으로 인정받지 못한다는 사실에 짓눌려 자제력을 잃어 가는 걸 느끼며 인상을 찌푸렸고, 그 때문에 잠들 수가 없었다.

브론스키에게는 아무것도, 그 누구도 보이지 않았다. 마치 황제가 된 듯한 기분이었다. 자신이 안나에게 강한 인상을 주었다고 확신해서가 아니라 — 그 점은 아직 확신할 수 없었다 — 그녀가 그에게 불러일으킨 인상이 행복과 자신감을 안겨 주었기 때문이다.

이 모든 것이 어떻게 귀결될는지, 그는 알 수 없었고 아예 그런 생각조차 하지 않았다. 지금까지 방만하고 해이해져 있던 자신의 모든 힘이 한데 모여 엄청난 에너지를 충전한 채 단일한 지복(至福)의 목표를 향해 조준하고 있는 듯한 느낌이었다. 그로 인해 그는 행복했다. 그가 아는 것은 단지 그녀에게 진심을 말했다는 것, 그녀가 있는 곳으로 가는 중이라는 것, 오직 그녀를 보고 그녀의 목소리를 듣는 데서만 삶의 유일한 의미와 행복을 찾을 수 있다는 것이었다. 탄산수를 마시기 위해 볼로고예[54] 역에 내려서 안나와 마주쳤을 때, 그는 무심코 자기가 품고 있던 생각을 첫마디로 내뱉고 말았다. 그녀에게 그 말을 한 것이 그는 기뻤다. 이제 그녀는 그의 마음을 알고, 그에 대해 생각하고 있을 터이니 말이다. 그는 밤새 잠들지 않았다. 객실로 돌아온 이후, 그는 그녀를 보았을 때의 세세한 상황들과 그녀가 했던 말들을 하나씩 되짚어 보았다. 그러자 장차 일어날 법한 장면들이 그의 상상 속에서 심장이 멎을 만큼 짜릿하게 펼쳐지는 것이었다.

페테르부르크에 도착하여 열차에서 내렸을 때 그는 불면으로 밤을 지새웠음에도 불구하고 마치 막 냉수욕을 하고 나온 듯 활력 있고 생기 넘치는 기분이었다. 브론스키는 그녀가 내리기를 기다리며 자기가 탔던 차량 옆에 서 있었다. 〈한 번

54 모스크바발 페테르부르크행 철도 구간의 중간 지점.

199

더 봐야지.〉 그는 자기도 모르게 웃음을 지으며 속으로 중얼거렸다. 〈그녀의 걸음걸이와 그녀의 얼굴을 보는 거야. 뭐라고 말을 하겠지. 고개를 돌리고 쳐다볼 거야. 아마도 미소를 지을 테지.〉 그러나 그녀를 보기 전에 그는 역장의 안내를 받으며 군중들 사이를 지나오는 그녀의 남편을 발견하였다. 〈아, 그래! 남편이 있었지!〉 이제야 비로소 브론스키는 그녀가 남편과 얽혀 있는 존재임을 깨달았다. 그녀에게 남편이 있다는 것을 알긴 했지만 그의 존재를 믿지는 않았던 것이다. 그런데 이제 그의 머리와 어깨, 검은 바지를 걸친 두 다리를 보았을 때, 특히 이 남편이라는 작자가 자신의 소유물인 양 그녀의 손을 태연히 잡는 모습을 보았을 때, 그는 그의 존재를 완전히 믿지 않을 수 없었다.

페테르부르크 사람 특유의 생기 넘치는 얼굴, 근엄하고 자신만만한 풍채에 둥근 모자를 쓰고 등은 약간 구부정한 알렉세이 알렉산드로비치를 알아본 브론스키는 그의 존재를 믿게 됨과 더불어 불쾌한 감정을 느꼈다. 그것은 갈증에 시달리던 사람이 샘물에 다다랐는데 거기서 개, 양, 돼지 따위가 샘물을 이미 실컷 마시고 물을 더럽혀 놓은 것을 발견했을 때 느낄 법한 감정과 유사한 것이었다. 엉덩이 전체와 둔한 다리를 썰룩거리며 걸어가는 알렉세이 알렉산드로비치의 걸음걸이가 특히 브론스키의 비위를 상하게 했다. 그는 오직 자신한테만 그녀를 사랑할 권리가 있다고 여겼다. 그러나 그녀는 그대로였다. 그녀의 모습은 여전히 육체적인 활기를 북돋아 주었으며, 그의 영혼을 각성시키고 행복으로 가득 채우며 그에게 영향을 미치고 있었다. 그는 2등칸에서 내려 달려온 독일인 하인에게 짐을 가지고 가라고 이르고는, 그녀에게 다가갔다. 남편과 아내가 대면하는 모습을 지켜보던 그는 사랑에 빠진 자의 예리한 통찰력으로, 남편과 대화하는 그녀에게서 살짝 꺼려하는 기색을 눈치챘다. 〈그래, 그녀는 남편을 사랑하지 않아. 사랑할 수가 없는 거야.〉 그는 마음속으로 단정했다.

안나 아르카디예브나의 뒤편에서 그녀에게 다가가던 브론스키는, 기척을 느낀 안나가 주위를 돌아보다가 그를 발견하고는 다시 남편을 향해 고개를 돌리는 모습에 희열을 느꼈다.

「간밤에 편히 주무셨는지요?」 브론스키가 그녀와 그녀의 남편에게 동시에 목례를 하며 물었다. 마치 알렉세이 알렉산드로비치를 향해서, 이 인사를 자신에게 보내는 것으로 받아들이든 말든, 그를 알아보든 말든 좋을 대로 하라는 투였다.

「고마워요, 아주 잘 잤어요.」 그녀가 대답했다.

그녀의 얼굴은 피곤해 보였고, 미소나 눈빛으로 발산되던 예의 발랄한 생기도 찾아볼 수 없었다. 그러나 그를 바라볼 때의 시선에서 일순간 무언가 반짝였다. 그 불꽃은 곧바로 사그라졌지만 그 순간으로 인해 그는 행복했다. 그녀는 남편이 브론스키를 알고 있는지 확인하고자 그를 주시했다. 알렉세이 알렉산드로비치는 이 사람이 누구인지, 기억을 더듬으며 퉁명스럽게 브론스키를 쳐다보았다. 여기서 브론스키의 침착함과 자신만만함이, 낫이 돌에 부딪치듯 알렉세이 알렉산드로비치의 냉랭한 자신감과 맞부딪쳤다.

「브론스키 백작이에요.」 안나가 일러 주었다.

「아! 서로 구면인 것 같소만.」 알렉세이 알렉산드로비치가 악수를 청하면서 무심하게 말했다. 「갈 때는 어머님과 동승하더니, 올 때는 아드님과 같이 왔군.」 그가 한 마디 한 마디

선심을 베풀듯 또박또박 말했다. 「휴가를 다녀오시는 모양이군요?」 그는 이렇게 묻고서 대답도 채 듣기 전에 아내를 향해 농담조로 물었다. 「그래 어떻소? 모스크바에서 작별할 때 다들 눈물을 흠뻑 쏟았소?」

이런 질문을 던지며 그는 아내 곁에 자기 혼자만 있고 싶다는 뜻으로 그를 향해 고개를 돌리고는 모자에 손을 살짝 얹었다. 그러나 브론스키는 안나 아르카디예브나에게 말을 걸었다.

「댁을 방문하는 영광을 누리고 싶습니다.」

알렉세이 알렉산드로비치는 피곤한 눈으로 브론스키를 바라보았다.

「매우 기쁘군요.」 그가 차갑게 대답했다. 「우리 집은 월요일마다 손님을 맞이하지요.」 그러고서 그는 브론스키를 완전히 보낸 뒤 아내에게 말했다. 「시간이 딱 30분쯤 비어 당신을 마중 나올 수 있게 되었으니 얼마나 다행인지 모르오. 이렇게 내 다정함을 보여 줄 수가 있었으니 말이야.」 그가 조금 전과 같은 농담조로 말했다.

「다정함을 알아 달라고 너무 심하게 강조하시네요.」 똑같은 농담조로 대꾸하면서 그녀는 자기도 모르게 뒤에서 걸어가는 브론스키의 발소리에 귀를 기울였다. 〈나랑 무슨 상관이람?〉 그녀는 이렇게 생각하면서 자기가 없는 동안 세료자가 어떻게 지냈는지 남편에게 물었다.

「아주 잘 지냈소! 마리에트가 그러는데 애가 아주 예쁘게 굴었고……. 기분 나쁘게 들릴지 모르지만…… 그 녀석이 당신 남편만큼이나 당신을 보고 싶어 하지는 않았소. 그나저나, 여보, 하루 일찍 와줘서 다시 한번 merci(고맙소). 우리의 친애하는 사모바르[55]께서도 무척이나 기뻐할 테지(그는 저명한 백작 부인 리디야 이바노브나를 사모바르라고 불렀는데, 그녀가 매사에 흥분하고 열을 내기 때문이었다). 그녀가 종종 당신 안부를 묻더군. 그래서 말인데, 조언 한마디 하자면 오늘 그녀한테 들르는 게 좋을 것 같소. 매사에 그토록 마음을 쓰는 사람이니 말이오. 지금도 자신의 온갖 성가신 일들 말고도, 오블론스키 내외를 화해시키는 일에 온 관심이 쏠려 있거든.」

리디야 이바노브나 백작 부인은 남편의 친구이자 페테르부르크 사교계 그룹의 중심인물이었다. 안나는 남편의 친지들 가운데 그녀와 가장 친하게 지내고 있었다.

「이미 편지를 써 보냈어요.」

「그래도 상황이 어떤지 자세하게 알고 싶겠지. 피곤하지 않으면 들르도록 해요, 여보. 콘드라티가 마차를 내올 거요. 나는 위원회에 가야 해서. 이제 혼자 식사하는 일은 없겠군.」 그러고서 알렉세이 알렉산드로비치가 덧붙였는데, 더 이상 농담조는 아니었다. 「내가 당신한테 얼마나 길들여졌는지, 당신은 모를 거요…….」

그는 한참 동안 아내의 손을 잡은 뒤 각별한 미소를 지으며 그녀를 마차에 태웠다.

32

집에서 안나를 가장 먼저 맞이한 사람은 아들이었다. 가정교사의 호통에도 아랑곳없이 아이는 엄마를 향해 계단을 뛰

55 안에 숯불을 넣어 물을 끓이는 러시아식 주전자.

어 내려가면서 〈엄마, 엄마!〉 하고 맹렬하게 환호성을 질러 댔다. 엄마 앞에 당도하자 아이는 그녀의 목에 매달렸다.

「엄마라고 내가 말했잖아요!」 아이가 가정 교사에게 소리 쳤다. 「나는 알았다니까!」

아들 역시 남편과 마찬가지로 안나의 내면에 환멸 비슷한 감정을 불러일으켰다. 그녀는 아들을 실제보다 더 근사한 모습으로 그리고 있었던 것이다. 있는 그대로의 아들의 존재를 만끽하려면 현실로 내려와야만 했다. 그러나 곱슬곱슬한 금발에 하늘빛 눈동자, 긴 양말을 팽팽하게 당겨 신은 통통하고 늘씬한 다리를 지닌 아들은 있는 그대로도 귀여웠다. 그녀는 아들이 곁에 있음을 실감하며 거의 육체적인 쾌감을 맛보았고, 신뢰와 애정이 어린 천진난만한 눈빛을 마주하고 순진무구한 질문들을 대하면서 정서적인 안도감을 느꼈다. 안나는 돌리의 아이들이 보낸 선물을 꺼내 아들에게 보여 주고는, 모스크바에 타냐라는 아이가 있는데 글을 읽을 줄도 알고 다른 아이들한테 가르쳐 주기까지 한다는 얘기를 들려주었다.

「그래서요? 그럼 내가 개보다 못해요?」 세료자가 물었다.

「나한테는 네가 세상에서 최고지.」

「나도 알아요.」 세료자가 방긋 웃으며 말했다.

안나가 커피를 마실 새도 없이, 리디야 이바노브나 백작 부인이 왔다고 하인이 아뢰었다. 리디야 이바노브나 백작 부인은 병색이 깃든 누런 낯빛에 우수에 잠긴 아름다운 검은 눈을 지닌, 키가 크고 살찐 여자였다. 안나는 그녀를 좋아했지만, 오늘은 처음으로 그녀의 온갖 결함들이 눈에 들어왔다.

「아니 그래, 올리브 가지[56]는 가져오셨나요?」 방에 들어서

56 승리와 평화를 상징하는 올리브 가지에 빗대어 백작 부인은 오블론스

자마자 리디야 이바노브나 백작 부인이 물었다.

「네, 모든 게 매듭지어졌어요. 상황이 생각했던 것만큼 그렇게 심각한 건 아니더라고요.」 안나가 대답했다. 「우리 belle-sœur(올케)가 워낙 단호해서요.」

리디야 이바노브나 백작 부인은 자기와 무관한 온갖 일에 관심을 가지면서도, 정작 그에 관한 얘기를 하면 전혀 듣지 않는 버릇이 있었다. 그녀는 안나의 말을 가로챘다.

「그래요, 이 세상에는 수많은 고통과 악이 존재하죠. 그래서 오늘 내 마음이 너무나 괴롭답니다.」

「무슨 일이신데요?」 안나가 애써 웃음을 참으며 물었다.

「진실을 지키기 위해 헛되이 가짜를 깨부수는 일에 나도 이제 지쳤지 뭐예요. 이따금씩 완전히 녹초가 되어 버려요. 자매 사업단(이것은 종교적이며 애국적인 자선 단체의 이름이었다) 일은 아주 잘되었지만, 신사분들과는 도대체가 일을 하는 게 불가능해요.」 리디야 이바노브나 백작 부인은 운명을 조롱하면서도 순종한다는 투로 덧붙였다. 「그분들은 사상에만 매달리다가 다 망쳐 버리고는 이제 자잘하고 하찮은 문제들을 가지고 왈가왈부한다니까요. 이 사업의 의미를 제대로 이해하고 있는 사람은 부인의 남편을 포함해서 두세분밖에 없어요. 나머지 사람들은 그저 되는대로 지껄일 뿐이죠. 어제는 프라브딘이 편지를 보냈는데…….」

프라브딘은 해외에 거주하는 유명한 범슬라브주의자[57]로, 리디야 이바노브나 백작 부인은 그가 보내온 편지의 내용을

키 부부의 화해가 성사되었는지 묻고 있다.

57 러시아를 중심으로 슬라브 제 민족의 정치적·영적 연합체를 구축하고자 하는 사상 및 정치 운동의 지지자.

얘기해 주었다.

이어서 백작 부인은 교회 통합 사업을 저지하려는 온갖 불쾌한 행태와 간계에 대해 이야기를 늘어놓고는 서둘러 길을 나섰다. 오늘 열리는 어느 협회의 회의와 슬라브 위원회에 참석해야 했기 때문이었다.

〈모든 게 예전 그대로잖아. 그런데 전에는 내가 그걸 알아차리지 못했던 걸까?〉 안나는 속으로 자문했다. 〈아니면, 오늘 그녀가 유난히 짜증이 났던 걸까? 하지만 정말 우스워. 그녀의 목적은 자선이고, 그녀는 그리스도교인이잖아. 그런데도 늘 화를 내다니. 게다가 그녀에게는 주위의 모두가 그리스도교와 자선 활동을 방해하는 적들일 뿐이지.〉

리디야 이바노브나 백작 부인이 다녀간 뒤에는 친하게 지내는 국장 부인이 찾아와 세간의 소식들을 전해 주었다. 오후 3시가 되어서야 그녀는 만찬 때 다시 오기로 약속하고 돌아갔다. 알렉세이 알렉산드로비치는 관청에 있었다. 혼자 남은 안나는 아들이 밥 먹는 걸 곁에서 지켜보고(아들은 따로 밥을 먹었다), 물건들을 정리하고, 탁자 위에 쌓여 있던 메모와 편지들을 읽고 답장을 쓰면서 만찬 때까지 시간을 보냈다.

오는 길에 느꼈던 알 수 없는 수치심과 격정은 흔적도 없이 사라졌다. 익숙한 생활 환경 속에서 그녀는 다시 스스로를 의연하고 나무랄 데 없는 사람이라 여기고 있었다.

그녀는 어젯밤의 상황을 떠올리며 놀라움을 느꼈다. 〈대체 무슨 일이 있었던 건데? 아무 일도 아니었잖아. 브론스키가 어리석은 소릴 한 거고, 그런 건 쉽게 매듭지을 수 있어. 그리고 나는 적절하게 대꾸한 거야. 그 일에 관해서는 남편한테 얘기할 필요도 없고 해서도 안 돼. 그 일을 입에 올린다는 것 자체가, 있지도 않은 의미를 거기에 부여하는 셈이니까.〉그녀는 언젠가 페테르부르크에서 자신에게 사랑을 고백한 남편의 젊은 부하에 대해 남편한테 털어놓았던 일과 알렉세이 알렉산드로비치가 그때 했던 말을 떠올렸다. 그는 어느 여자든 사교계에 몸담다 보면 그런 일을 당할 수 있으며, 본인은 아내의 절도 있는 행실을 전적으로 신뢰하니, 질투 같은 것으로 자신과 아내를 비하하는 짓은 결코 하지 않을 거라고 말했었다. 〈그러니 말할 필요가 뭐가 있겠어? 게다가 다행히도, 얘기할 만한 게 전혀 없는걸.〉그녀가 속으로 되뇌었다.

33

알렉세이 알렉산드로비치는 4시에 관청에서 집으로 돌아왔지만 종종 그렇듯이 아내의 방에 들를 짬이 없었다. 그는 곧장 서재로 가서 기다리고 있던 의뢰인들과 면담을 하고, 사무실 주임이 가져온 몇몇 서류를 결재했다. 만찬 시간이 되자 손님들이 차례로 도착했다(카레닌가의 만찬 자리에는 늘 서너 명의 손님이 동석했다). 알렉세이 알렉산드로비치의 나이 지긋한 사촌 누이, 국장 내외, 그리고 알렉세이 알렉산드로비치에게 보직 추천이 들어온 어느 청년이었다. 안나는 손님들을 맞이하기 위해 응접실로 갔다. 알렉세이 알렉산드로비치가 만찬장으로 온 것은 표트르 1세 청동 시계가 정각 5시를 알리는 종을 막 울리기 시작할 때였다. 그는 별 모양 훈장 두 개가 달린 연미복 차림에 흰색 넥타이를 매고 있었다. 식사 후에 곧바로 외출을 해야 했기 때문이었다. 알렉세이 알렉산드로비치의 일과는 분 단위로 빈틈없이 짜여 있었고, 따라서 주어진 시간 안에 매일의 당면한 일을 해내고자 그는 정확하고 규칙적인 생활을 엄수했다. 〈서두르지도 않고, 빈둥거리지도 않는다〉라는 게 그의 좌우명이었다. 홀에 들어선 그는 이마를 한차례 문지르고는 일동과 인사를 나눈 뒤 아내에게 미소를 건네며 서둘러 자리에 앉았다.

「내 고독한 생활도 이제 끝났군. 혼자 식사하는 게 얼마나 어색한(이 **어색한**이라는 단어를 그는 특히 힘주어 말했다) 일인지 당신은 모를 거요.」

식사를 하며 그는 아내와 모스크바에서의 일에 관해 얘기를 나누고, 조소 어린 표정으로 스테판 아르카디치의 근황을 물었다. 그러나 대화의 대부분은 페테르부르크의 공무와 사회사업 같은 일반적인 주제들로 채워졌다. 식사를 마친 뒤 그는 손님들과 30분쯤 시간을 보내다가 또다시 미소 띤 얼굴로 아내의 손을 꼭 쥔 다음 밖으로 나가서는 마차에 올라 국무 회의장으로 떠났다. 그날 안나는 그녀의 귀가 소식을 듣고서 저녁에 집으로 오라고 초청한 벳시 트베르스카야 공작 부인한테도 가지 않았고, 특별석이 마련되어 있는 극장 공연에도 가지 않았다. 주문을 맡긴 드레스가 아직 완성되지 않았다는 것이 그녀가 외출을 하지 않은 주된 까닭이었다. 손님들이 돌아간 뒤 몸단장을 마친 안나는 무척이나 화가 나 있었다. 검소하게 옷을 입는 데 이력이 붙은 그녀는 모스크바로 떠나기 전에 세 벌의 정장을 수선해 달라고 재봉사에 맡겨둔 터였다. 옷은 티가 안 나게끔 수선이 잘되어 벌써 사흘 전에 완성되어 있어야 했다. 그런데 알고 보니 두 벌은 전혀 손도 대지 않은 데다, 나머지 한 벌도 안나가 원하던 대로 고쳐져 있질 않았던 것이다. 게다가 해명을 하러 안나를 찾아온 재봉사가 자기가 고친 모양이 더 낫다고 우기자, 안나는 훗날 떠올리기도 부끄러울 정도로 심하게 열을 내고 말았다. 그녀는 마음을 진정시키기 위해 아이의 방으로 가 저녁 내내 아들과 함께 시간을 보낸 뒤 손수 아이를 잠자리에 눕힌 다음 성호를 긋고 이불을 덮어 주었다. 아무 데도 나가지 않고 저녁 시간을 아주 잘 보냈다는 생각에 그녀는 기분이 좋아졌고, 마음이 가벼워지고 편안해지자 아주 확실하게 깨닫게 되었다. 열차에서 그토록 의미심장하게 여겨졌던 모든 일이 사실은 사교계에서 늘상 일어나는 하찮은 경우들 중 하나일 뿐이며, 따라서 스스로에게든 혹은 그 누구에게든 부끄러울 건 아무것도 없었다. 안나는 영국 소설을 들고서 난롯가에 앉아 남편의 귀가를 기다렸다. 정확히 9시 30분에 남편이 초인종을 울리는 소리가 들렸고, 곧이어 그가 방으로 들어왔다.

「이제야 오셨군요!」 남편에게 손을 내밀며 그녀가 말했다.

그는 안나의 손에 입을 맞추고는 그녀 곁에 다가앉았다.

「보아하니, 여행 갔던 일이 잘된 모양이오.」 그가 넌지시 말했다.

「네, 아주 잘된 것 같아요.」 그녀는 이렇게 대답하고서 브론스카야 부인과 동승한 이야기, 모스크바에 도착했을 때의 상황, 철로에서 벌어진 일 등등 여행의 처음부터 속속들이 얘기를 늘어놓았다. 오빠에 이어 돌리에게 느낀 연민에 관해서도 이야기했다.

「아무리 당신의 오빠라고 해도 나로서는 그런 사람은 용서할 수 없을 것 같구려.」 알렉세이 알렉산드로비치가 엄하게 잘라 말했다.

안나는 슬며시 웃음을 지었다. 가족에 대한 배려조차 자신의 진실한 의사를 밝히는 것을 막을 수는 없다는 사실을 보여 주고자 남편이 그런 말을 한다는 걸 그녀는 알고 있었다. 남편의 그러한 성격을 그녀는 익히 알고 있었고, 그러한 면을 좋아했다.

「모든 게 순조롭게 마무리되고 당신이 무사히 돌아와서 기쁘오.」그가 말을 계속했다. 「그런데 내가 국무 회의에서 입안한 새로운 법규에 대해 거기서는 뭐라고들 하던가?」

안나는 그 법규라는 것에 관해서는 아무런 얘기도 들은 바가 없었다. 남편이 그토록 중요시하는 일을 그렇게 쉽사리 잊을 수 있었다는 사실에 미안한 마음이 들었다.

「여기서는 일대 소란이 일어났지 뭐요.」그가 자부심 가득한 미소를 지었다.

그녀는 알렉세이 알렉산드로비치가 그 일과 관련하여 뭔가 좋은 소식을 알리고 싶어 한다는 걸 간파하고는, 이런저런 질문을 던져 남편이 이야기를 꺼내도록 유도했다. 그는 방금 전처럼 득의에 찬 미소를 지으며, 국무 회의에서 이 법규를 제안했을 때 자신에게 쏟아진 열렬한 박수갈채에 대해 얘기했다.

「나는 너무나도 기뻤소. 마침내 우리 나라에도 이 사안에 대해 합리적이고 확고한 관점이 정립되고 있다는 걸 증명하는 셈이니 말이지.」

크림과 빵을 곁들여 두 번째 찻잔을 비운 뒤, 알렉세이 알렉산드로비치는 자리에서 일어나 서재로 걸음을 옮겼다.

「당신은 오늘 아무 데도 안 나갔잖소. 무척 무료했겠군?」그가 물었다.

「전혀요!」 그녀도 뒤이어 자리에서 일어나서는 홀을 지나 서재까지 남편을 따라가며 말했다. 「요즘은 무슨 책을 읽으세요?」

「지금 읽는 건 리유 공작이 쓴 『*Poésie des enfers*(지옥의 시)』[58]라오. 정말 대단한 책이지.」 그가 대답했다.

안나의 얼굴에는 사랑하는 사람의 약점을 볼 때 자연스레 떠오르는 그러한 미소가 떠올랐다. 그녀는 남편의 팔짱을 끼고서 서재의 문 앞까지 그와 함께 갔다. 남편의 필수적인 일과로 굳어진, 저녁마다 책을 읽는 습관을 그녀는 익히 알고 있었다. 관청의 직무에 대부분의 시간을 빼앗기는 중에도 남편은 지성계에서 생산되는 모든 뛰어난 저작들을 모조리 섭렵하는 것을 스스로의 의무로 여기고 있었다. 그가 실제로 흥미를 느끼는 책들은 정치와 철학, 신학에 관한 것이며, 예술은 성정상 그와 전혀 맞지 않는다는 것도 그녀가 잘 아는 사실이었다. 그럼에도 불구하고, 혹은 더 정확히 말하자면 바로 그렇기 때문에, 알렉세이 알렉산드로비치는 예술의 영역에서 화제가 되는 것이라면 무엇 하나 놓치지 않았으며 모조리 읽는 것을 자신의 의무로 삼았다. 또한 알렉세이 알렉산드로비치가 정치나 철학, 신학의 분야에서는 종종 의문을 품고 스스로 답을 구하기도 하지만, 미술이나 시, 특히 이해력이 완전히 부족한 음악에 관한 문제에 있어서는 아주 분명하고도 확고한 입장을 견지한다는 사실도 안나는 알고 있었다. 그는 셰익스피어나 라파엘로, 베토벤 등등에 관해 얘기하는 것, 시와 음악의 새로운 유파들에 대해 논하는 것을 즐겼다. 그 모

58 가상의 저자와 책. 저자명은 프랑스 시인 르콩트 드 릴을 겨냥하고 있으며, 책 제목은 보들레르 시의 주요 모티프를 패러디한 것으로 보인다.

든 것이 그에게는 아주 분명하고 일관되게 분류되어 있었다.

「자, 그럼, 좋은 시간 보내요.」 그녀가 문 앞에서 인사했다. 서재에는 벌써 갓을 씌운 촛불과 물병이 안락의자 옆에 준비되어 있었다. 「저는 모스크바에 편지를 쓸 거예요.」

그가 아내의 손을 잡고서 다시 입을 맞추었다.

〈어쨌든 좋은 사람이야. 정직하고, 선량하고, 자기 분야에서 뛰어나잖아.〉 자기 방으로 가면서, 안나는 마치 남편을 비난하며 그를 사랑해서는 안 된다고 말하는 어떤 이 앞에서 남편을 옹호하기라도 하듯 속으로 되뇌었다. 〈하지만 그이의 저 귀는 정말이지 이상하게 튀어나왔어. 아니면 너무 짧게 이발을 한 건가?〉

정각 12시, 안나가 여태 책상에 앉아 돌리에게 보낼 편지를 거의 다 마무리해 갈 즈음, 실내화 신은 규칙적인 발소리가 들리더니 곧 말끔히 세수를 하고 머리를 빗은 모습으로 옆구리에 책을 끼고 있는 알렉세이 알렉산드로비치가 그녀에게로 다가왔다.

「자, 이제 잘 시간이오.」 환하게 미소 지으며 그가 말하고는 곧장 침실로 갔다.

〈그런데 그 사람은 무슨 권리가 있다고 저이를 그런 식으로 쳐다본 거지?〉 알렉세이 알렉산드로비치를 바라보던 브론스키의 눈빛을 상기하면서 안나는 속으로 생각했다.

그녀는 옷을 벗고 침실로 건너갔다. 모스크바에 머무는 동안 눈빛과 미소를 통해 분출되던 그녀의 생기는 얼굴에서 사라져 있었다. 그뿐 아니라 이제는 그 내면의 불꽃이 아예 꺼져 버렸거나, 아니면 아주 깊은 곳에 숨겨진 것만 같았다.

전에 페테르부르크를 떠나면서 브론스키는 모르스카야 거리에 있는 자신의 넓은 아파트를 친구이자 절친한 동료인 페트리츠키에게 맡겨 놓았었다.

젊은 육군 중위인 페트리츠키는 그리 귀한 집안 출신도 아닌 데다 부유하기는커녕 주변 사람들에게 잔뜩 빚을 지고 있는 형편이었다. 그는 밤마다 술에 취해 있었고, 우스꽝스럽고 추잡한 사건들로 종종 영창 신세를 지곤 했다. 그래도 동료들과 상관들은 그를 좋아했다. 기차역을 떠나 11시경 자신의 아파트에 당도한 브론스키는 현관 앞에서 눈에 익은 삯마차를 발견했다. 그가 초인종을 누르자 문 안쪽에서 사내들의 호탕한 웃음소리와 프랑스어로 종알대는 여자 목소리, 그리고 〈악당 같은 놈이면 들여보내지 마!〉라는 페트리츠키의 고함소리가 들렸다. 브론스키는 졸병에게 자기가 왔다는 말을 전하지 말라고 이르고는 첫 번째 방으로 조용히 걸어 들어갔다. 페트리츠키와 친한 사이인 실턴 남작 부인이 보라색 공단 드레스를 입고 금발에 홍조를 띤 자그마한 얼굴을 빛내면서 카나리아처럼 방 안을 온통 파리식 프랑스어로 가득 채우고 있었다. 그녀는 둥근 탁자에 앉아 커피를 끓이는 중이었다. 외투를 입은 페트리츠키와 퇴근길에 들른 게 분명한 제복 차림의 카메롭스키가 그녀 곁에 앉아 있었다.

「브라보! 브론스키가 왔구먼!」 페트리츠키가 쿵쾅거리며 의자를 박차고 일어나면서 소리쳤다. 「주인이 납셨군! 남작부인, 저 친구에게 새로 끓인 커피 한 잔 따라 주시죠. 전혀 예기치 못했는걸! 자네 서재의 새 장식품이 맘에 들길 바라네.」 그가 남작 부인을 가리키며 말했다. 「두 분은 아는 사이가 아니던가요?」

「알다뿐인가! 두말하면 잔소리지! 오랜 친구일세.」 브론스키가 남작 부인의 조그만 손을 잡고서 환하게 웃었다.

「여행에서 돌아오시는 길이군요.」 남작 부인이 말했다. 「그럼 저는 얼른 가봐야겠네요. 방해가 된다면 지금 바로 나가겠어요.」

「당신이 계신 곳이 바로 당신의 집입니다.」 브론스키가 말했다. 「잘 있었는가, 카메롭스키.」 카메롭스키와 냉담하게 악수를 하며 그가 덧붙였다.

「자, 봐요, 당신은 이처럼 근사한 말은 전혀 할 줄 모른다고요.」 남작 부인이 페트리츠키를 향해 말했다.

「아니, 그럴 리가요! 식사 후에 더 근사한 얘기를 속삭여 드리죠.」

「밥만 축내고 성과는 없겠죠! 자, 커피를 드릴 테니, 어서 가서 씻고 옷을 갈아입으세요.」 남작 부인이 다시 자리에 앉아 커피포트의 열 조절 스위치를 주의 깊게 돌리며 말했다. 「피에르, 커피 좀 줘요.」 그녀가 페트리츠키를 보며 말했다. 서로의 관계를 굳이 숨기려 들지 않는 남작 부인은 그를 페트리츠키라는 성(姓)에서 따온 피에르라는 애칭으로 불렀다. 「커피를 좀 더 넣어야겠어요.」

「커피 맛을 망쳐 버릴걸요.」

「망치는 일은 없을 거예요! 참, 당신 아내는요?」 그녀가 브론스키와 동료의 대화에 끼어들었다. 「아내는 안 데리고 오셨나요? 여기서 우리가 두 사람을 결혼시켰잖아요.」

「아닙니다, 남작 부인, 저는 롬인으로 태어났고, 롬인으로 죽을 겁니다.」

「그게 낫지, 그게 낫고말고. 자, 손을 이리 주세요.」

그러고서 남작 부인은 브론스키를 곁에 둔 채 최근에 구상한 자신의 인생 설계에 관해 농담을 섞어 가며 이야기하기 시작했고, 그에게 조언을 구하기도 했다.

「그이는 여전히 이혼을 해주려 들지 않아요! 그러니 어쩜 좋아요? (그이라 함은 그녀의 남편을 의미했다.) 이젠 정말 소송을 걸까 싶다니까요. 당신 생각은 어때요? 카메롭스키, 커피 좀 살펴봐 줘요, 흘러넘치잖아요. 보다시피 나는 지금 바쁘거든요! 소송을 제기하려는 건, 내 몫의 재산이 필요하기 때문이에요. 내가 마치 그이한테 부정이라도 저지른 것처럼 몰아가니, 얼마나 어리석은 일이냐고요.」 그녀가 경멸스럽다는 듯이 말했다. 「그걸 핑계로 내 재산을 차지하려 든다니까요.」

브론스키는 이 예쁘장한 여성이 신나게 재잘거리는 소리를 기분 좋게 들으면서, 그런 부류의 여자들을 대할 때면 으레 취하게 되는 익숙한 말투로 맞장구를 치거나 농담조로 조언을 건네곤 했다. 그가 몸담고 있는 페테르부르크의 세계에서는 모든 사람들이 상반된 두 부류로 나뉘어 있었다. 하나는 저급한 부류로서, 속물적이고 어리석으며 무엇보다도 우스꽝스러운 사람들이었다. 그들은 한 명의 남편이 자신과 혼인한 단 한 명의 아내하고만 같이 살아야 하며, 처녀는 순결해야 하고, 여성은 수줍어할 줄 알아야 하고, 남자는 용맹스럽고 자제력 있고 굳세어서 자식들을 키우고 밥벌이를 하고 빚을 갚아야 한다는 등등의 어리석은 생각들을 신봉하였다. 한마디로 우스꽝스러운 구식 인간들이었다. 그러나 또 다른, 진정한 인간들의 부류가 있으니, 여기 있는 그들 모두가 바로 이 부류에 속했다. 여기 속한 사람들은 무엇보다도 우아하고 아름답고 관대하고 대담하고 쾌활해야만 했고, 부끄러워하는 법 없이 온갖 열정에 탐닉하며 그 밖의 모든 것들을 비웃을 줄 알아야 했다.

브론스키는 모스크바로부터 품고 온, 완전히 다른 세계에 대한 인상에 젖어 있던 터라 처음에는 잠시 아연했다. 그러나 이제는 마치 오래된 슬리퍼에 발을 넣듯이, 예전에 자신이 몸 담았던 명랑하고 유쾌한 세계로 빠져들었다.

커피는 제대로 우러나질 않더니만, 갑자기 사방에 물을 튀기며 끓어 넘쳐 때맞춰 긴요한 상황을 연출하였다. 값비싼 양탄자와 남작 부인의 드레스에 쏟아지며 한바탕 웃음과 소동을 불러일으킨 것이다.

「자, 그럼 이제 작별할 시간이네요. 안 그랬다간 당신은 영 씻지도 못할 거예요. 내 양심상 점잖은 사람한테 불결함은 중죄에 해당해요. 그러니까, 당신 생각에는 내가 남편의 목에 칼을 겨누어야 한다는 말씀이시죠?」

「반드시 그렇게 해야 합니다. 손은 되도록 남편의 입술 가까이 두시고요. 그는 당신의 손에 입을 맞출 테고, 그러면 모든 게 순조롭게 마무리될 겁니다.」 브론스키가 대답했다.

「그럼 이따 프랑스 극장에서 만나요!」 남작 부인은 이렇게 말하고는 치맛자락을 사각거리며 총총히 사라졌다.

카메롭스키 역시 자리에서 일어났다. 그가 일어서기 바쁘게 브론스키는 그에게 악수를 청하고는 화장실로 향했다. 브론스키가 세수를 하는 동안 페트리츠키는 자신의 근황에 대해, 브론스키가 떠난 뒤 자신의 처지가 얼마나 변했는지에 대해 짤막하게 전했다. 돈이라곤 땡전 한 닢 없는데 부친은 한 푼도 안 줄 거고 빚도 안 갚아 주겠다고 단언했으며, 재봉사는 감옥에 처넣겠다고 했고, 다른 이 역시 반드시 그러겠노라 협박했다는 것이다. 연대 사령관은 추잡한 짓을 그만두지 않으면 연대에서 쫓아내겠다고 엄포를 놓았다고 했다. 그는 이제 남작 부인이라면 신물이 난다고, 특히나 노상 돈을 주려고 해서 귀찮아 죽겠다고 했다. 그리고 브론스키에게 소개해 줄 여자가 한 명 있는데, 믿을 수 없을 만치 매력적이며 동양적 느낌을 가미한 단아한 스타일의, 〈말하자면 몸종 리브가〉[59] 같은 타입〉이라는 것이었다. 또 어제는 베르코셰프와 한바탕했다고, 그래서 결투 입회인들을 보내려다가 결국에는 흐지부지되었다는 이야기도 전했다. 한마디로, 모든 게 더할 나위 없이 멋지고 유쾌하다는 얘기였다. 그러고서 페트리츠키는 친구가 자신의 근황에 대해 자세히 물어볼 틈도 주지 않고서, 온갖 재미난 소식들을 한껏 늘어놓기 시작했다. 3년 동안 지내던 아파트의 익숙한 세간들 속에서 귀에 익은 페트리츠키의 이야기를 들으며, 브론스키는 태평스럽고 친숙한 페테르부르크의 생활로 복귀했음을 기분 좋게 실감하고 있었다.

「그럴 리가?」 불그레한 혈색의 건강한 목에 물을 끼얹던 브론스키가 세면대의 페달을 놓았다. 「설마 그럴 리가!」 로라가 밀레예프와 눈이 맞아 페르틴고프를 차버렸다는 소식을 듣고서 그는 소리쳤다. 「그래도 그 친구는 여전히 멍청하고 자신만만하지? 참, 부줄루코프는 어떤가?」

---

59 성서에 나오는 메소포타미아 출신 미녀 리브가의 형상을 지칭한다. 「창세기」 24장에서 아브라함의 종은 주인의 명을 받고 그의 고향으로 가서 주인의 아들 이사악의 배필이 될 처녀 리브가를 데려온다.

「말도 마, 부줄루코프가 한 건 했네. 끝내주는 사건이었지!」페트리츠키는 거의 고함을 지르다시피 했다. 「무도회라면 환장하는 친구 아니겠나. 궁중에서 열리는 무도회는 단 한 번도 빼먹은 적이 없지. 어느 날 새 군모를 쓰고 성대한 무도회장엘 간 거야. 자네 새 군모 본 적 있는가? 아주 근사해, 훨씬 가볍고. 단지 비싼 게 흠이지만…… . 그러지 말고, 내 얘기 좀 들어 보라니까.」

「그래, 듣고 있어.」도톰한 타월로 얼굴을 닦으며 브론스키가 대답했다.

「대공비가 어느 대사와 함께 지나가는데, 재수 없게도 둘 사이에 새로운 군모가 화제에 오른 거야. 대공비가 새 군모를 보여 주고 싶어 하는 참에…… 마침 우리의 친구가 서 있는 걸 두 사람이 본 거지(페트리츠키는 군모를 쓴 채 서 있는 시늉을 했다). 그래서 대공비가 군모를 잠시 보여 달라고 청했는데 그 녀석이 내주지를 않는 거야. 사람들은 이게 뭔 일인가 싶어서 서로 눈짓, 고갯짓을 하며 인상을 찌푸렸지. 다시 달라는데도 안 내놓는 거야. 완전히 얼어붙어서 꼼짝도 않았지. 상상도 할 수 없는 일이지 뭔가! 그때 바로 그…… 이름이 뭐더라…… . 암튼 어떤 사람이 이 친구의 군모를 벗기려고 했는데…… 그래도 내놓지를 않았다고! 하지만 결국은 그 사람이 군모를 벗겨 내서는 대공비에게 건넸어. 〈바로 이게 새 군모로군.〉대공비가 말했지. 그러고는 군모를 옆으로 살짝 뒤집어 보는데, 상상이 가? 거기서 와르르! 배와 사탕이, 그것도 2푼트[60]씩이나 쏟아진 거야! 그 녀석이 거기다가 쑤셔 넣어 두었던 거라고!」

60 러시아의 옛 중량 단위. 1푼트는 약 407그램에 해당한다.

브론스키는 포복절도했다. 그러고서 한참 동안 다른 얘기를 하다가도, 군모 사건이 다시 떠오를 때마다 그는 다시금 단단하고 가지런한 하얀 이를 드러내며 특유의 건강한 웃음을 터뜨렸다.

　새로운 소식들을 죄다 들은 뒤, 브론스키는 시종의 도움을 받으며 제복을 차려입고 복귀 신고를 하러 연대로 갔다. 신고를 마친 뒤에는 형의 집으로 갔다가 벳시한테 들르고, 카레니나 부인을 만날 수 있는 사교계 모임에 출입하기 위한 준비로서 몇몇 사람들을 더 방문할 생각이었다. 페테르부르크에서는 늘 그렇듯이 그는 늦은 밤까지 귀가하지 않을 작정으로 집을 나섰다.

제2부

1

겨울이 끝날 무렵 셰르바츠키 집안에서는 키티의 건강이 어떠한 상태인지, 그녀의 쇠약해진 기력을 회복시키려면 어떤 조치를 취해야 하는지를 확정하기 위한 협진이 이루어졌다. 그녀는 병들었고, 봄이 다가올수록 상태는 점점 더 악화되어 갔다. 집안의 주치의가 처음에는 생선 기름을, 그다음에는 철분을, 그다음으로는 질산 은을 처방했지만, 세 가지 모두 효력이 없었다. 게다가 주치의가 봄이 되면 외국으로 요양까지 가라고 권유하는 바람에 이번에는 이름난 명의를 초청하게 되었다. 젊은 나이에 대단한 미남인 이 명의는 일단 환자를 살펴보고 싶어 했다. 부끄러움은 야만의 잔재이며, 아직 젊은 남자가 젊은 처자의 맨몸을 만지는 것보다 더 자연스러운 일은 없다는 입장을 아주 득의만만한 자세로 고수하는 것이었다. 그가 그러한 일을 당연시한 것은 자신이 매일같이 그 일을 하는 데다, 일을 하는 동안 자신에게 나쁜 감정이나 생각이 든 적은 전혀 없었다고 여겨졌기 때문이었다. 그래서 그는 처녀의 수치심이란 야만의 잔재일 뿐만 아니라 자신에 대한 모욕이라고 생각했다.

모두가 그에게 복종해야 했다. 의사들이란 죄다 똑같은 학교에서 똑같은 책으로 공부하며 한 가지 학문밖에 모르긴 하지만, 게다가 몇몇 사람들은 이 명의라는 작자가 사실은 돌팔이 의사라고 주장했지만, 그럼에도 불구하고 공작 부인의 집안과 그녀의 주변 사람들은 웬일인지 오직 이 명의만이 뭔가 특별한 것을 알고 있고, 오직 그 사람만이 키티를 구할 수 있다고 생각했기 때문이다. 명의는 수치심으로 당황하여 얼이 빠진 환자를 주의 깊게 살펴며 촉진해 보고는 꼼꼼히 손을 씻은 뒤, 응접실에서 공작과 선 채로 이야기를 나눴다. 공작은 의사의 말을 듣는 동안 이따금씩 마른기침을 하면서 인상을 찌푸렸다. 연륜 있고 바보도 아니며 몸도 성한 공작은 의술이라는 걸 도통 신뢰하지 않았을뿐더러, 의사가 벌이는 온갖 코미디를 지켜보며 속으로 울화통을 터뜨리던 참이었다. 더군다나 그 혼자만이 키티가 병에 걸린 이유를 확실하게 알고 있었던 것이다. 〈쉬지 않고 헛소리를 짖어 대는군.〉 딸의 증세에 관해 명의가 지껄이는 일장 연설을 들으며 공작은 무능한 사냥개를 욕하듯 속으로 중얼거렸다. 한편 의사 또한 나름대로 이 늙은 귀족에 대한 경멸을 내비치지 않으려 자제하면서 어렵사리 그의 저급한 이해력에 눈높이를 맞춰 주고 있었다. 이 노인네랑은 아무리 얘기해 봤자 건질 게 없으며, 이 집의 실세는 안주인이라는 사실을 그는 알아챘다. 안주인 앞에서는 알아듣기 어려운 말들을 마구 주워섬길 작정이었다. 바로 그때 공작 부인이 주치의를 동반하고 응접실에 들어섰다. 공작은 이 모든 코미디를 우스꽝스럽게 여기는 티를 내지 않으려 애쓰며 옆으로 물러났다. 공작 부인은 안절부절 어찌할 바를 모르고 있었다. 키티가 병이 난 게 자기 탓이라 생각했던 것이다.

「의사 선생님, 부디 우리의 운명을 결정지어 주세요.」공작 부인이 말했다. 「전부 다 말씀해 주세요.」〈희망은 있는 건가요?〉라고 그녀는 물어보고 싶었지만, 입술이 덜덜 떨려서 이 질문은 내뱉을 수가 없었다. 「좀 어떤가요, 의사 선생님?」

「공작 부인, 지금 동료분과 잠시 의논한 뒤에 제 소견을 말씀드리겠습니다.」

「그럼, 자리를 비켜 드릴까요?」

「편하실 대로 하시지요.」

공작 부인은 한숨을 내쉬고는 방을 나갔다.

의사들끼리만 남게 되자 주치의는 결핵의 초기 증세가 보이긴 하지만…… 여차저차하다며, 소심하게 자기 의견을 피력하였다. 그의 말을 듣던 명의는 이야기 도중에 커다란 금시계를 꺼내서 들여다보았다.

「그렇군요.」그가 말을 꺼냈다. 「한데…….」

한창 이야기를 하던 주치의는 공손하게 입을 다물었다.

「아시다시피, 결핵의 발병 초기라고 확신할 수는 없습니다. 폐에 공동이 나타날 때까지 분명한 건 아무것도 없지요. 하지만 의심을 해볼 수는 있겠죠. 징후가 보이기는 하니까요. 영양 상태가 좋지 않다는 점과 신경이 흥분 상태라는 점 등등 말입니다. 그러니까 문제는, 결핵이 의심되는 상황에서 섭생을 유지하기 위해 어떤 조치를 취해야 하느냐, 이겁니다.」

「한데, 잘 아시겠지만 이런 경우에는 늘 정서적이고 정신적인 원인이 숨겨져 있기 마련 아니겠습니까.」주치의가 의미심장한 미소를 지으며 감히 끼어들었다.

「그럼요, 두말할 나위가 있겠습니까.」또다시 시계를 들여다보더니 명의가 대답했다. 「실례지만, 야우스스키 다리가 준설되었나요? 아니면 아직 우회해서 가야 합니까?」그가 물었다. 「앗! 다리가 준설되었다고요. 그러면 20분이면 당도할 수 있겠군요. 자, 그러니까 얘기한 대로 문제는 이렇습니다. 영양 섭취를 충분히 하고 신경을 가라앉혀야 한다는 겁니다. 하나는 다른 하나와 연결되어 있으니 양쪽에서 작용을 가해 줘야 합니다.」

「외국으로 요양을 가는 건 어떨까요?」주치의가 물었다.

「저는 외국 요양은 반대하는 입장입니다. 생각해 보십시오. 확증할 수는 없지만 결핵의 초기 증세라면, 외국으로 가는 건 도움이 못 됩니다. 섭생을 해치지 않고 잘 유지하는 그런 조치가 필수적이죠.」

명의는 조덴[1] 탄산수를 써서 환자를 치료하려는 자신의 구상을 설명하였다. 보아하니, 그러한 처방의 주된 노림수는 이 탄산수가 해를 끼칠 리가 없다는 데 있었다.

주치의는 명의의 설명을 주의 깊게 경청했다.

「하지만 외국 요양을 떠나면 생활 습관을 바꾸고, 옛 추억을 불러일으키는 주변 여건으로부터 멀어질 수 있다는 장점이 있죠. 게다가 모친께서도 그걸 원하고요.」그가 말했다.

「아! 그러시다면 뭐, 가라고 하시지요. 다만 그놈의 독일 사기꾼들이 해를 끼치지나 않을지……. 일러 준 대로 잘 따라야 할 텐데……. 자, 그럼 요양을 가라고 하십시오.」

그러더니 다시 시계를 들여다보았다.

---

1 바트 조덴. 독일 헤센주의 도시로 중세부터 온천과 제염으로 유명했다.

「앗! 벌써 갈 시간이네요.」그가 문으로 향했다.

명의는 공작 부인에게 다시 한번 환자를 봐야겠노라고 말했다(그의 예절 감각이 그렇게 하기를 주장했다).

「뭐라고요? 다시 진찰을 하시겠다뇨!」모친은 겁을 먹고 소리를 질렀다.

「그게 아니라, 몇 가지 세부적인 것을 확인해야 해서요, 공작 부인.」

「그럼 그렇게 하세요.」

모친은 의사를 데리고서 키티를 보러 응접실로 갔다. 비쩍 마르고 얼굴에 홍조를 띤 키티는 조금 전 겪은 일의 수치스러움에 심상치 않은 눈빛을 보이며 방 한가운데 서 있었다. 의사가 방으로 들어서자 그녀는 발끈했고, 눈물마저 글썽였다. 병이니 치료니 하는 것들이 그녀에게는 너무나 어리석고 심지어 우스운 일로 여겨졌던 것이다! 자신을 치료한다는 것은 마치 깨진 화병의 조각들을 이어 맞추려는 것처럼 우스꽝스러운 일이었다. 그녀의 심장은 산산조각 나버렸다. 그런 그녀를 알약과 가루약으로 도대체 어떻게 치료하겠단 말인가? 하지만 엄마의 마음을 상하게 해서는 안 될 일이었다. 가뜩이나 엄마는 죄책감을 느끼고 있지 않은가.

「이리 좀 앉으시지요, 아가씨.」명의가 말했다.

그는 미소를 지은 채 그녀의 맞은편에 앉더니 맥을 짚고 나서 다시 지겨운 질문들을 던지기 시작했다. 그녀는 가만히 대답을 하다가 갑자기 화를 내며 자리를 박차고 일어섰다.

「죄송합니다만, 의사 선생님, 이러시는 건 아무런 소용도 없을뿐더러, 선생님께서는 저에게 벌써 세 번째 똑같은 걸 묻고 계십니다.」

명의는 태연했다.

「병 때문에 흥분하는 겁니다.」 키티가 방을 나가자 그가 공작 부인에게 말했다. 「어쨌거나, 제 일은 끝났군요…….」

그러고서 의사는 남달리 영리한 여성을 대하듯 공작 부인의 면전에서 영애의 상태를 학술적으로 규정하고는, 아무 쓸모도 없는 광천수의 복용법에 관한 훈시로 끝을 맺었다. 외국요양을 가야 하느냐는 질문에 대해서는 난해한 문제를 푸는 시늉을 하며 상념에 잠겼다. 마침내 결정이 내려졌다. 요양을 가되 사기꾼들은 믿어서는 안 되며, 뭐든지 자기와 상의하라는 것이었다.

의사가 떠나자 뭔가 즐거운 일이라도 벌어진 듯한 분위기였다. 딸 곁으로 돌아온 엄마는 쾌활했고, 키티 역시 쾌활한 척했다. 요즘 들어 그녀는 종종, 아니 거의 언제나 표정을 꾸며 내야만 했다.

「나는 정말 건강해요, maman(엄마). 하지만 가고 싶으시면 가요!」 그녀는 곧 떠나게 될 여행에 애써 흥미를 느끼는 듯 굴면서, 출발 전에 준비해야 할 것들에 대해 이야기하기 시작했다.

2

의사의 뒤를 이어 돌리가 찾아왔다. 오늘 협진이 있다는 걸 알고 있었기에, 그녀는 출산한 지 얼마 되지 않은 데다(겨울 끝자락에 딸을 낳은 터였다) 온갖 근심 걱정으로 제 코가 석 자임에도 불구하고, 젖먹이와 병이 난 딸아이를 둔 채 그날 결정이 내려졌을 키티의 운명을 알아보기 위해 들른 것이었다.

「그래, 어떻게 됐어요?」 그녀가 모자도 벗지 않은 채 응접실로 들어서면서 물었다. 「다들 표정이 밝네요. 분명 잘된 거겠죠?」

식구들은 그녀에게 의사가 한 말을 전하려 해봤지만, 의사가 대단히 유창하게 오랫동안 설명해 줬음에도 불구하고 도저히 그 내용을 전달할 수가 없었다. 모두의 관심은 그저 외국으로 요양을 가기로 결정했다는 점에만 집중되었다.

돌리는 자기도 모르게 한숨을 내쉬었다. 가장 좋은 친구인 동생이 멀리 떠날 참이었다. 더군다나 그녀의 삶은 즐겁지가 않은데 말이다. 화해한 이후로 스테판 아르카디치와의 관계는 굴욕적으로 변해 버렸다. 안나가 해놓은 땜질도 견고하지는 않아서, 가정의 평화는 또다시 같은 자리에서 금이 가고 말았다. 볼일이라곤 전혀 없으면서 스테판 아르카디치는 도무지 집에 붙어 있지를 않았고, 돈푼 역시 거의 거덜났다. 남편의 배신에 대한 의심이 끊임없이 돌리를 괴롭히는데도 그녀는 재차 질투의 고통을 겪을까 두려워 의심들을 자기 밖으로 몰아내고 있었다. 이미 한차례 지나간 질투의 첫 폭발이 되풀이될 리는 없으며, 심지어 설사 남편의 부정이 들통 나더라도 그녀에게 처음과 같은 타격을 주지는 못한 채 그저 가정의 일상만 망가질 터였다. 그녀는 남편을, 무엇보다 나약한 자기 자신을 경멸하면서 스스로를 속이곤 했다. 그뿐 아니라 대가족을 보살피는 일들도 끊임없이 그녀를 괴롭혔다. 젖이 안 나오는 통에 갓난아이를 굶기고 있지를 않나, 유모가 일을 그만두지를 않나, 혹은 오늘처럼 아이들 중 하나가 병들곤 했다.

「그래, 애들은 어떠니?」모친이 물었다.

「아이참, maman(엄마) 코가 석 자면서. 릴리가 병이 났지 뭐예요. 성홍열일까 봐 걱정이에요. 여기 일이 궁금해서 오늘은 이렇게 외출했지만 만일에, 하느님 제발 아니기를, 정말로 성홍열이라면 바깥 출입은 일체 금하고 집에 틀어박혀 있을 거예요.」

의사가 떠난 후 노공작 역시 서재에서 나와 돌리와 볼 인사를 나누고는 잠시 그녀와 얘기를 나눈 뒤 아내에게 물었다.

「어떻게 결정이 났소? 가기로 했나? 나는 어쨌으면 좋겠소?」

「내 생각에 당신은 그냥 있는 게 좋을 것 같아요, 알렉산드르 안드레이치.」아내가 말했다.

「원하는 대로 하지.」

「Maman(엄마), 아빠도 우리랑 같이 가면 안 돼요?」키티가 말했다.「같이 가시는 게 아빠한테나 우리한테나 더 즐거울 텐데요.」

노공작이 자리에서 일어나 키티의 머리를 쓰다듬었다. 그녀는 고개를 들어 아버지를 바라보며 억지로 미소를 지었다. 아버지와 얘기를 나누는 일은 별로 없었지만, 그녀는 언제나 가족 중에서 아버지가 자신을 가장 잘 이해하고 있다고 생각했다. 막내딸인 자신은 아버지의 사랑을 한 몸에 받는 자식이었고, 그러한 사랑 때문에 아버지의 통찰력이 예리해지는 것 같았다. 지금 주름진 얼굴에서 자신을 주시하는 아버지의 선량한 푸른 눈과 마주친 키티는 그가 자신을 훤히 꿰뚫어 보고 있으며, 자신의 내면에서 움트는 나쁜 생각을 죄다 파악하고 있음을 느꼈다. 그녀는 얼굴을 붉히며 고개를 내밀고 부친의 입맞춤을 기다렸지만, 노공작은 딸의 머리칼만 다정하게 쓰다듬고는 이렇게 내뱉었다.

「이놈의 바보 같은 가채 같으니! 진짜 딸내미 머리채는 만지지도 못하고 죽은 여편네들 머리칼만 쓰다듬네그려. 그건 그렇고, 돌린카…….」 그가 맏딸에게 말을 건넸다. 「너희 그 멋쟁이 양반은 요즘 어떻게 지내냐?」

「별일 없어요, 아빠.」 남편에 관한 질문임을 알아듣고 그녀가 대답했다. 「늘 밖으로 나돌아서 얼굴 보기도 힘들죠.」 그녀는 조롱조로 이렇게 덧붙이지 않을 수 없었다.

「아니, 그럼 아직도 숲을 매각하러 시골로 가지 않았다는 게냐?」

「네, 떠날 채비야 늘 하고 있지만요.」

「그것참!」 공작이 뇌까렸다. 「어쨌든 그럼 나도 떠날 채비를 해야 하는 건가? 분부대로 하지.」 그는 자리에 앉으며 아내를 향해 말하더니 막내딸에게도 한마디 덧붙였다. 「그리고 너 말이다, 카챠. 어느 화창한 날에 잠에서 깨거든 너 자신에게 이렇게 말해 보렴. 〈그래, 나는 이제 아주 건강하고 쾌활해. 그러니까 다시 아빠랑 같이 아침 일찍 추위를 헤치며 산책하러 나갈 거야.〉 내 말 알아듣겠니?」

아주 단순한 말 같았지만, 그 얘기를 듣는 순간 키티는 범행을 들킨 죄인처럼 당혹스럽고 난처한 기분에 휩싸였다. 〈그래, 아빠는 다 알고 계셔. 모든 걸 이해하고서, 수치스럽더라도 그 수치를 견뎌 내야 한다고 말씀하고 계시는 거야.〉 그녀는 마음이 잡히지 않아 어떤 대답도 할 수가 없었다. 입을 열자마자 울음을 터뜨리고는 방을 뛰쳐나갔다.

「당신의 그 실없는 소리라니!」공작 부인이 남편에게 달려들었다.「늘 이렇다니까……」그녀가 비난의 말을 퍼부어 대기 시작했다.

꽤나 한참 동안 부인의 질책을 말없이 듣고 있었지만, 공작의 얼굴은 점점 더 침울해져 갔다.

「저 가엾은 것이 안 그래도 안쓰러워 죽겠는데……. 애초의 원인을 암시하는 얘기만 들어도 애가 마음 아파하는 걸 어찌 그리 몰라요? 아아! 어쩜 사람을 그토록 몰라볼 수가 있담!」말투가 바뀐 것으로 미루어 돌리와 공작은 그녀가 브론스키를 언급하고 있음을 알아챘다.「그렇게 추잡하고 천박한 인간들을 혼내 주는 법은 왜 없는 건지 이해가 안 돼.」

「에잇, 더는 못 들어 주겠구먼!」공작은 음울하게 내뱉으며 방을 나가 버릴 태세로 안락의자에서 벌떡 일어섰지만 곧 문가에 멈춰 섰다.「그런 법은 있어요, 부인. 그리고 당신이 나를 먼저 있는 대로 자극했으니, 당신한테 내 입으로 말해 주리다. 이 모든 게 도대체 누구 탓인지 말이야. 바로 당신, 당신이오. 당신 한 사람 말이오. 그런 애송이들을 혼내 주는 법은 늘 있어 왔고, 지금도 있소! 결코 있어서는 안 될 일이 벌어지지만 않았어도 내가, 이 늙은이가 그 녀석, 그 시시껄렁한 녀석을 결투장으로 불러냈을 거요. 그래 놓고는 이제 와서 치료해 준답시고 저 돌팔이들을 집에 잔뜩 끌고 오질 않나.」

보아하니 공작은 더 할 말이 많은 것 같았지만 그의 말투를 듣는 순간 공작 부인은, 심각한 문제가 닥쳤을 때면 늘 그랬듯이 곧바로 기가 죽어 뉘우치는 기색을 보였다.

「알렉산드르, 알렉산드르.」그녀가 다가오면서 속삭이더니 이내 울음을 터뜨렸다.

그녀가 울기 시작하자 공작 또한 잠잠해졌다. 그는 아내에게 다가갔다.

「자, 이제 그만, 그만해요! 당신도 힘들다는 거 잘 알아요. 뭐, 어쩌겠소? 큰 불행은 아니잖소. 하느님은 자비로우시니까…… 감사드립시다…….」 스스로도 도무지 무슨 말을 해야 할지 모르는 채, 공작은 손등에 느껴지는 아내의 눈물 젖은 입맞춤에 화답하고자 이렇게 말하고서 방을 나갔다.

키티가 울면서 방을 뛰쳐나갔을 때, 이미 돌리는 타고난 엄마이자 주부의 습성에 따라 이 순간 여자가 해야 할 일이 있음을 즉시 깨닫고는 이를 이행할 참이었다. 그녀는 모자를 벗은 다음 마음속으로 소매를 걷어붙이고서 일에 착수할 채비를 차렸다. 모친이 부친에게 공격을 퍼붓는 동안 그녀는 딸로서 예의를 갖추는 범위 안에서 모친을 저지하려 애썼으나 공작이 분통을 터뜨릴 때는 가만히 침묵을 지켰다. 어머니에 대해서 부끄러움을 느낀 반면, 본연의 선량함을 내비친 아버지에게는 정감을 느꼈던 것이다. 그렇게 부친이 방을 나선 뒤, 그녀는 반드시 해야 할 중요한 일에 착수했다. 가서 키티를 달래는 일이었다.

「오래전부터 하고 싶었던 얘기가 있어요, maman(엄마). 혹시 지난번에 레빈이 여기 왔을 때, 키티한테 청혼하려고 했던 거 아세요? 스티바한테 언질을 주었대요.」

「그게 무슨 소리냐? 도통 무슨 얘긴지 모르겠다…….」

「그렇다면, 아마도 키티가 거절했겠죠……? 그 애가 엄마한테 얘기하지 않던가요?」

「아니, 그 사람 얘기든 다른 누구 얘기든, 그 애는 나한테는 일절 하지를 않아. 자존심이 워낙 세서 말이지. 하긴, 이 모든 게 다 그것 때문이긴 하지…….」

「생각 좀 해보세요. 만일 키티가 레빈의 청혼을 거절했다면요……. 그 인간만 없었더라면 정말이지 그 애는 레빈의 청혼을 거절하지 않았을 거예요. 그래 놓고 그 인간은 그토록 끔찍하게 키티를 배신한 거라고요.」

공작 부인은 자신이 딸에게 얼마나 큰 잘못을 저질렀는지 생각하기조차 두려워 그만 화를 내고 말았다.

「아아, 나는 도무지 뭐가 뭔지 하나도 모르겠다! 요즘 애들은 항상 제멋대로 살겠다고 들고 어미한테는 입도 뻥긋 안 하니 말이야. 그래 놓고 결국 이렇게…….」

「Maman(엄마), 난 키티한테 가볼게요.」

「가보려무나. 내가 언제 못 가게 하던?」 모친이 대꾸했다.

3

키티의 아담한 서재, vieux saxe(오래된 작센산) 도자기 인형들이 놓인 예쁘장한 그 방은 두 달 전의 키티처럼 젊고 쾌활하며 분홍빛을 띠고 있었다. 방으로 들어서면서 돌리는 동생과 함께 즐거운 마음으로 정성을 다해 이 방을 꾸몄던 작년 한때를 떠올렸다. 문에서 제일 가까이 있는 의자에 앉은 채 양탄자 한 귀퉁이를 골똘히 응시하는 키티의 모습을 본 그녀는 가슴이 오싹했다. 키티는 언니를 쳐다보았지만 냉랭하고 다소 침울한 표정은 바뀌지 않았다.

「이제 집으로 돌아가면 난 꼼짝없이 집에 틀어박혀 있을 테고, 너도 나를 보러 올 수 없을 거야.」 다리야 알렉산드로브나가 동생 곁에 다가앉으며 말했다. 「그래서 말인데, 얘기 좀 했으면 해.」

「무슨 얘기?」 키티가 놀라서 고개를 들며 재빨리 물었다.

「너의 그 괴로움 말이야. 그게 아니면 뭐겠어?」

「괴로움 같은 거 없어.」

「그 정도 했으면 됐어, 키티. 내가 정말 모를 거라고 생각해? 나도 다 알아. 그리고 내 말 믿어. 그 일은 정말 아무것도 아니야……. 우리 모두가 그런 일을 겪었어.」

키티는 아무런 대꾸도 없었고, 여전히 냉랭한 표정이었다.

「네가 그토록 괴로워할 가치도 없는 사람이야.」 다리야 알렉산드로브나가 곧바로 핵심을 건드리며 얘기를 이어 갔다.

「그래, 맞아. 그는 나를 멸시했으니까.」 떨리는 목소리로 키티가 대꾸했다. 「그 얘기는 하지 마! 제발, 하지 말라고!」

「아니, 대체 누가 그러던? 아무도 그런 말 한 적 없어. 분명히 그는 너한테 반했고, 여전히 너를 사랑해. 다만…….」

「아, 나한테 제일 끔찍한 게 그런 식의 동정이야!」 키티가 갑자기 화를 내며 버럭 소리를 질렀다. 그러고는 의자에 앉은 채 등을 돌리고서 얼굴을 붉히더니, 손가락을 움찔거리며 손에 쥐고 있던 허리띠의 버클을 양손으로 번갈아 틀어쥐었다. 흥분할 때면 으레 양손으로 물건을 번갈아 틀어쥐는 동생의 버릇을 돌리는 잘 알고 있었다. 또한 키티가 화가 날 때면 인사불성이 되어 온갖 무익하고 위악적인 말을 내뱉는다는 것도 잘 알았기에 돌리는 동생을 진정시키려 했다. 하지만 때는 이미 늦었다.

「도대체 나한테 뭘 알려 주려는 건데?」 키티가 빠른 말투로 물었다. 「나를 알고 싶어 하지도 않는 사람한테 푹 빠져서,

그 인간에 대한 사랑 때문에 내가 다 죽어 간다는 거? 그래, 바로 이 얘기를 언니라는 사람이 나한테 한단 말이지? 자신이 그…… 그…… 동정심을 품고 있다고 여기면서? 나는 그런 동정이나 위선 따위 바라지 않아!」

「키티, 넌 잘못 생각하고 있어.」

「도대체 왜 나를 괴롭히는 거야?」

「그런 게 아니야……. 네가 괴로워하는 걸 보니…….」

하지만 흥분한 키티에게는 언니의 말이 들리지 않았다.

「상심할 일도 위로받을 일도 없어. 나는 자존심이 아주 강해서 나를 사랑하지 않는 사람은 절대로 사랑하지 않아.」

「내 말은 그런 게 아니야……. 딱 한 가지만 정직하게 얘기해 보렴.」 다리야 알렉산드로브나가 동생의 손을 잡고서 말했다. 「말해 봐, 레빈이 너한테 청혼했니?」

레빈에 대한 이야기가 키티의 마지막 자제력마저 앗아 가 버리고 말았다. 그녀는 자리에서 벌떡 일어나더니 허리띠의 버클을 바닥에 내팽개치고는 재빠르게 손을 놀려 가며 말문을 열었다.

「대체 왜 지금 또 레빈 얘기를 들먹이는 거야? 대체 왜 나를 괴롭히는 건지, 정말이지 모르겠어. 이미 얘기했잖아. 다시 말해 줄까? 나는 자존심이 강한 여자야. 그러니까 내가 언니처럼 처신하는 일은 절대로, **결단코** 없을 거야. 언니를 배신하고 다른 여자를 사랑하게 된 사람한테 되돌아가는 그런 일 따위는 없을 거라고. 정말이지 그런 처신은 이해할 수가 없어, 이해할 수가 없다고! 언니는 할 수 있는지 모르겠지만, 나는 못 해!」

이 말을 내뱉고서 키티는 언니를 쳐다보았다. 서글프게 고개를 숙인 채 말없이 앉아 있는 돌리의 모습을 본 그녀는 밖으로 나가려다 말고 문가에 앉아 손수건으로 얼굴을 가리고는 고개를 떨구었다.

2분가량 침묵이 흘렀다. 돌리는 자기 처지에 대해 생각하고 있었다. 늘 느끼던 굴욕감이 동생의 지적으로 인해 가슴속에서 유달리 더 아프게 메아리쳤다. 동생이 그런 잔인한 말을 퍼부을 줄은 예상치 못했기에 그녀는 화가 났다. 그런데 문득 옷자락이 바스락대는 소리와 함께 참았던 울음이 터지는 소리가 들리더니, 누군가의 두 팔이 아래로부터 그녀의 목을 끌어안았다. 키티가 그녀 앞에 무릎을 꿇고 있었다.

「돌린카, 나는 너무너무 불행해!」 죄책감 어린 말투로 키티가 속삭였다.

눈물범벅이 된 그녀의 사랑스러운 얼굴이 다리야 알렉산드로브나의 치마폭에 묻혔다.

눈물은 마치 두 자매 사이에 연결된 소통의 기계가 제대로 작동하기 위해 없어서는 안 될 윤활유 같았다. 한바탕 눈물을 쏟고 난 뒤, 자매는 더 이상 각자의 문제는 입 밖에 내지 않았다. 그러나 다른 이야기를 나누면서 둘은 서로를 이해하게 되었다. 키티는 알았다. 남편의 배신과 폐부를 찌르는 굴욕감을 들먹여서 가엾은 언니에게 큰 타격을 주었는데도 언니가 그런 자신을 용서해 주었음을. 돌리 또한 궁금했던 모든 것을 알게 되었다. 그녀는 자신의 추측이 옳았음을 확인했다. 치유할 길 없어 보이는 키티의 괴로움은 레빈이 키티에게 청혼했고, 키티가 그것을 거절한 뒤 브론스키가 그녀를 기만했다는 점, 그리고 이제는 레빈을 사랑하고 브론스키를 증오할 마음의 준비가 되어 있다는 사실로 인한 것이었다. 그러나 키티는 그 점에 관해서는 일언반구도 없이, 다만 자신의 심적 상태에 대해서만 이야기할 뿐이었다.

「슬픔 같은 건 전혀 없어.」 마음의 안정을 되찾은 그녀가 말했다. 「그게 아니라, 언니가 이해할지 모르겠지만, 모든 게 추악하고 역겹고 야비하게 느껴지는 거야. 무엇보다도 나 자신이 그래. 내가 온갖 것들에 대해 얼마나 추잡한 생각들을 품고 있는지, 언니는 상상도 못 할 거야.」

「그래, 대체 얼마나 추잡한 생각을 품고 있는데?」 돌리가 웃으면서 물었다.

「너무도, 너무도 추악하고 잔혹한 생각이라 차마 말로는 못 하겠어. 그건 우수도, 권태도 아니야. 그보다 훨씬 나쁜 거지. 내 안에 있었던 좋은 것이 모두 사라지고, 가장 추악한 것 하나만 남은 것 같아. 어떻게 설명하면 좋을까?」 의혹에 잠긴 언니의 두 눈을 바라보며 그녀가 이야기를 계속했다. 「아빠가 나한테 얘기를 꺼내기 시작하잖아? 그러면 아빠는 오로지 날 시집보낼 생각만 한다는 기분이 드는 거야. 엄마가 나를 무도회에 데리고 가잖아? 그러면 엄마는 오로지 나를 얼른 시집보내고 내게서 해방되기 위해 거기에 나를 데려간다는 생각이 드는 거야. 그런 생각들이 진실이 아니라는 건 알아. 하지만 도무지 떨쳐 버릴 수가 없어. 신랑감이라는 인간들은 눈 뜨고 볼 수가 없어. 꼭 나를 자로 재는 것만 같거든. 예전에는 무도회 드레스를 입고 어디론가 가는 게 그저 좋기만 했고, 나 자신에게 도취되곤 했어. 그런데 지금은 수치스럽고 거북해. 그러니 어쩌겠어! 의사는…… 또…….」

키티가 말끝을 흐렸다. 그녀는 내처 말하고 싶었다. 자기한테 그런 변화가 일어난 뒤로 형부가 참을 수 없이 불쾌하

게 느껴졌으며, 그를 볼 때마다 지극히 상스럽고 추악한 생각
들이 떠오른다고.

「그래, 모든 게 가장 천박하고 추잡한 모습으로 머릿속에
떠오르는 거야.」그녀가 하던 말을 계속했다.「이게 내 병이
야. 아마도, 괜찮아지겠지…….」

「그렇게 생각하지 마…….」

「안 할 수가 없는걸. 아이들이랑 있을 때만, 언니 집에 있
을 때만 괜찮아.」

「우리 집에 올 수가 없으니 어쩌면 좋니.」

「아니, 갈 거야. 성홍열은 어릴 적에 앓았는걸. Maman(엄
마)한테 졸라 볼게.」

키티는 고집을 부려 결국 언니 집에서 지내게 되었다. 아
이들은 정말로 성홍열에 걸린 것으로 밝혀졌고, 키티는 내내
조카들을 돌보았다. 두 자매 덕분에 여섯 아이들이 모조리 완
쾌되었지만 키티의 건강은 회복되지 않았다. 그리하여 대재
(大齋) 기간[2]에 셰르바츠키 일가는 외국으로 떠났다.

4

페테르부르크의 상류 사회는 본래 한 덩어리나 마찬가지
였다. 모두가 서로를 알았고, 서로의 집을 드나들기도 했다.
그러나 이 거대한 사회 속에는 하위 집단들이 존재했다. 안나
아르카디예브나 카레니나는 그중에서도 세 개의 서로 다른
무리에 친구들과 인맥을 두고 있었다. 그중 하나는 남편이 속

2 사순절과 수난 주간을 포함한, 부활절 전 7주간의 재계 기간.

해 있는 관료적이고 공식적인 성격의 집단으로서 그의 직장 동료들과 부하들로 구성되어 있었는데, 그들은 사회적인 조건과 관련하여 아주 다양하고 희한한 방식으로 서로 얽히거나 소원해지곤 했다. 처음에 안나는 그들에게 거의 경건하다 싶을 정도의 존경심을 품기도 했지만, 지금은 그때의 감정을 떠올리기조차 힘들었다. 지방 도시의 주민들이 서로를 훤히 아는 것처럼, 그녀는 이제 이 무리에 몸담은 모든 이들을 죄다 알고 있었다. 누구에게 어떤 버릇과 약점이 있는지, 누구의 어느 쪽 장화가 발을 조이는지조차 꿰고 있었으며, 그들끼리의 관계는 물론 그들과 중앙 권력과의 관계 또한 훤히 파악하고 있었다. 누가 누구를 어떤 식으로 지지하는지, 누가 누구와 어떤 사안에서 일치하고 반목하는지도 꿰뚫었다. 그러나 리디야 이바노브나 백작 부인의 권고에도 불구하고, 남성 위주의 관료적 관심사가 지배적인 이 무리에 안나는 전혀 흥미를 느낄 수가 없었으며, 그래서 모임을 기피하곤 했다.

안나와 친분을 맺고 있는 또 다른 무리는 다름 아닌 알렉세이 알렉산드로비치의 출세를 뒷받침해 준 모임이었다. 이 집단의 중심은 리디야 이바노브나 백작 부인이었다. 나이 지긋하고 못생겼지만 덕망 있고 신앙심 깊은 부인들과 학식 있고 총명하며 공명심이 강한 남자들이 이 집단의 구성원이었다. 박식한 회원 중 한 사람이 〈페테르부르크의 양심〉이라 부르곤 하는 이 모임을 알렉세이 알렉산드로비치는 매우 중시했으며, 안나 역시 모든 사람들과 잘 어울리는 천성 덕분에 페테르부르크에서의 생활 초기에 거기서 친구들을 사귈 수 있었다. 그러나 지금, 모스크바에서 돌아온 뒤로 이 모임은 그녀에게 견딜 수 없는 것이 되어 버렸다. 자기 자신과 그곳의 사람들 모두 위선을 떨고 있는 것만 같았다. 모임에 참석하는 게 너무나 지루하고 거북해졌기에, 그녀는 리디야 이바노브나에게는 되도록 가지 않으려 했다.

그녀와 친분이 있는 세 번째 집단은 그야말로 사교계였다. 무도회와 만찬, 휘황찬란한 의상들로 이루어진 이들 무리는 화류계로 전락하지 않기 위해 한 손으로는 궁정을 붙들고 있었다. 구성원들 자신은 화류계를 경멸한다고 여겼지만, 사실 이 모임의 취향은 화류계와 비슷한 정도를 넘어 완전히 똑같다고 할 수 있었다. 안나와 이 모임과의 연계는 벳시 트베르스카야 공작 부인에 의해서 유지되고 있었다. 안나의 사촌 올케이자 연 소득이 12만 루블이나 되는 벳시는 안나가 사교계에 모습을 드러낸 순간부터 그녀를 유난히 좋아했으며, 그녀의 비위를 맞추고 리디야 이바노브나 백작 부인의 모임을 비웃으며 자기 무리로 끌어들였다.

「늙고 흉해지면 나 역시 그렇게 되겠죠.」 벳시가 말했다. 「하지만 당신처럼 젊고 아름다운 여자가 그런 양로원에 출입하기엔 아직 일러요.」

처음에 안나는 할 수 있는 한 트베르스카야 공작 부인의 사교계를 피했다. 왜냐하면 거기에 출입하려면 능력 이상의 지출을 감수해야만 했고, 내심 첫 번째 무리를 더 선호했기 때문이었다. 그런데 모스크바에 다녀온 뒤로 상황이 뒤바뀌고 말았다. 인품이 고매한 벗들은 피하는 대신 성대한 사교계에 출입하기 시작한 것이다. 거기서 그녀는 브론스키와 만나곤 했고, 그때마다 격정적인 환희를 맛보았다. 특히 벳시의 집에서 브론스키와 자주 만났는데, 벳시는 브론스키 가문 출신으로 그와 사촌 간이었다. 브론스키는 안나와 만날 수 있는 곳이라면 어디든 모습을 드러냈고, 기회가 생길 때마다 그녀에게 사랑을 고백했다. 그녀는 브론스키에게 그 어떤 여지도 주지 않았지만, 그와 마주칠 때마다 그날, 열차 안에서 그를 처음 만났을 때 태동했던 생동감이 다시금 마음속에서 타오르기 시작하는 것은 부정할 수 없었다. 그를 볼 때면 자신의 두 눈이 기쁨으로 빛나고 입가에는 미소 어린 잔주름이 퍼진다는 걸 그녀 스스로도 느꼈고, 그러한 기쁨의 표정을 억제하지 못했다.

처음에 안나는 자신이 브론스키가 쫓아다니는 걸 싫어한다고 진심으로 믿었다. 그러나 모스크바에서 돌아온 직후 그를 만나리라 예상했던 연회에서 그의 모습이 보이지 않았을 때, 그때서야 그녀는 비애감을 곱씹으며 분명히 깨달았다. 자신이 스스로를 기만해 왔으며, 그의 구애가 싫기는커녕 그것이야말로 자기 일생의 관심사라는 사실을 말이다.

유명한 여성 가수가 두 번째 공연을 하는 중이었고, 극장에는 사교계 인사들이 모두 와 있었다. 자기 좌석에 앉아 있다가 첫 열에 있는 사촌 누이를 발견한 브론스키는 막간 휴식 시간을 기다리지 못하고 그녀의 특별석으로 다가갔다.

「만찬 때는 왜 안 왔어요?」 벳시가 브론스키에게 물었다. 「사랑에 빠진 남녀의 예지력이란 정말 경이롭다니까요.」 그녀가 웃으면서 브론스키한테만 들리게끔 속삭이듯 덧붙였다. 「**그분도 안 오셨어요.** 하지만 오페라가 끝나거든 우리 집으로 와요.」

브론스키는 묻는 듯한 눈빛으로 그녀를 쳐다보았다. 그녀가 고개를 끄덕이자, 그는 미소로써 감사를 표하고는 그녀 곁에 앉았다.

「오라버니의 비웃음을 내가 얼마나 또렷이 기억하는데요!」열정의 승리를 지켜보며 짜릿한 기쁨을 맛보던 공작 부인 벳시가 계속해서 말했다.「그 모든 게 다 어디로 사라졌을까! 친애하는 오라버니, 당신은 꼼짝없이 사로잡힌 거예요.」

「꼼짝없이 사로잡히는 게 내가 오로지 바라는 바죠.」특유의 침착하고 선량한 미소를 지으며 브론스키가 대답했다.「다만 내 불만은, 어정쩡하게 사로잡혀 있다는 점이지. 사실대로 말하자면, 희망을 버리기 시작했어요.」

「대체 어떤 희망을 품을 수 있는데요?」친구의 편에 서서 모욕을 느낀 벳시가 물었다.「Entendons nous(어디 한번 헤아려 보자고요).」하지만 그 순간 그녀의 두 눈에서 반짝이는 불꽃은 그가 어떤 희망을 품을 수 있는지, 그와 매한가지로 아주 잘 알고 있다고 말하고 있었다.

「아무 희망도 없지요.」브론스키가 가지런한 이를 드러내며 웃었다.「잠깐 실례.」그는 이렇게 덧붙이더니 그녀의 손에 들려 있던 오페라글라스를 제 눈으로 가져가 그녀의 벗은 어깨 너머로 맞은편 특별석을 훑어보기 시작했다.「내 꼴이 우스워지지 않을까 두렵군요.」

자신이 벳시나 다른 모든 사교계 인사들 앞에서 우스운 존재가 되지는 않으리라는 걸 그는 분명히 알고 있었다. 상대가 처녀이거나 홀몸인 여자라면 불행한 정인(情人)의 역할은 그 사람들에게 우습게 보일 수 있었다. 그러나 유부녀에게 매달려 어떤 명분으로든 그녀를 간통에 끌어들이는 데 자기 인생을 거는 남자의 역할, 바로 그러한 역할은 아름답고 위대한 무언가를 내포하고 있으며 결코 우스꽝스러울 수 없는 법이었다. 따라서 그는 콧수염 아래 자신만만하고 쾌활한, 장난기 어린 미소를 띤 채 오페라글라스를 내려놓고는 사촌 누이를 바라보는 것이었다.

「만찬 자리에는 왜 안 왔는데요?」 홀린 듯 사촌을 쳐다보며 그녀가 물었다.

「참, 그 얘기를 안 했군. 실은 좀 바빴어요. 뭣 때문에 바빴느냐? 죽어도 못 알아맞힐걸요. 어느 남편과 그의 아내를 욕보인 자를 화해시키느라 바빴죠. 정말입니다!」

「그래서, 화해시켰나요?」

「거의 그런 셈이죠.」

「그 얘기를 좀 들어야겠네요.」 그녀가 이렇게 말하고는 자리에서 일어났다. 「다음 휴식 시간에 다시 와요.」

「안 돼요, 프랑스 극장에 가기로 했거든요.」

「닐손[3] 양의 노래를 안 듣고요?」 닐손과 다른 합창단원을 분간할 줄도 모르면서 벳시는 놀란 표정으로 물었다.

「어쩌겠습니까? 거기서 약속이 있는걸요. 이게 다 바로 그 중재하는 일 때문이라니까요.」

「평화를 위하여 일하는 사람은 행복하다. 그들은 구원을 받을 것이다.[4] 어디선가 이 비슷한 말을 들었던 기억을 떠올리며 그녀가 중얼거렸다. 「자, 그럼 어찌 된 일인지, 이리 앉아서 얘기 좀 해봐요.」

그러고서 그녀는 다시 자리에 앉았다.

3 Christine Nilsson(1843~1921). 스웨덴 출신의 가수로 프랑스에서 데뷔했다. 1872년부터 1875년까지 모스크바와 페테르부르크에서 순회공연을 벌였다.

4 「마태오의 복음서」 5장 9절 〈평화를 위하여 일하는 사람은 행복하다. 그들은 하느님의 아들이 될 것이다〉를 잘못 인용하고 있다.

5

「좀 점잖지 못한 일이지만, 너무나 흥미진진해서 입이 다 근질거릴 지경입니다.」브론스키가 웃음기 가득한 눈으로 그녀를 바라보며 말했다. 「이름은 밝히지 않도록 하죠.」

「내가 맞혀 볼게요, 그게 더 좋아요.」

「자, 얘길 들어 봐요. 쾌활한 청년 둘이서 마차를 타고 가는데 ─」

「물론, 오라버니 연대의 장교들이겠죠?」

「장교라고 한 적 없어요. 그저 아침 식사를 막 마친 청년들인데 ─」

「말하자면, 술을 마셨다는 거죠.」

「아마도 그렇겠지. 둘은 동료의 집에서 열리는 만찬에 가던 중이었고, 기분이 아주 좋았어요. 그런데 어느 아리따운 여인이 삯마차를 타고 그들을 앞질러 가면서 돌아보는 겁니다. 적어도 그들이 보기에는 웃으면서 목례를 했던 거죠. 말할 필요도 없이 그들은 그녀의 뒤를 쫓아갔습니다. 전력 질주를 해요. 그런데 놀랍게도 그 미인이 두 친구가 가려던 집의 대문 앞에서 멈춰 선 거예요. 미인은 위층으로 뛰어 올라갔습니다. 그들이 본 거라고는 짧은 베일 아래 드러난 붉은 입술과 조그맣고 아름다운 발뿐이었죠.」

「그렇게 실감 나게 얘기하는 걸 보니, 아무래도 오라버니가 그 두 사람 중 하나인 것 같은데요.」

「지금 무슨 소릴 하는 겁니까? 아무튼, 청년들은 친구 집으로 들어갔어요. 송별 만찬이 벌어지고 있었죠. 거기서는 분명히 술을 마셨고, 송별회면 으레 그렇듯이 아마도 과음을 했을 거예요. 식사 도중에 그들은 위층에 누가 사느냐고 물었죠. 아무도 아는 사람이 없는데, 집주인의 시종만이 〈위층에《마드무아젤》이 사는가?〉라는 그들의 질문에 아주 많이 산다고 대답했어요. 식사를 마친 뒤 젊은 친구들은 집주인의 서재로 가서 미지의 여인에게 편지를 썼습니다. 열정적인 사랑 고백을 적고 나서, 그 두 사람은 편지를 직접 들고 위층으로 올라 갔죠. 편지 내용 중에 이해하기 어려운 부분이 있다면, 설명해 줄 요량으로요.」

「대체 왜 나한테 그런 추잡스러운 얘기를 하는 거죠? 그래서요?」

「두 사람은 초인종을 울립니다. 그러고는 하녀가 나오자 편지를 건네며 둘 다 사랑에 빠져 버려서 지금 당장 이 문 앞에서 죽을지도 모른다고 우겨 댄 거예요. 그런데 영문을 모르는 하녀와 이야기를 나누던 중 갑자기 얼굴색이 가재처럼 불그죽죽하고 소시지 같은 구레나룻을 기른 신사가 나타나서는, 이 집에는 자기 아내 말고는 아무도 없다면서 그들을 쫓아낸 겁니다.」

「그 신사한테 구레나룻이, 오라버니의 표현대로 소시지 같은 구레나룻이 있는 줄은 어떻게 아는 거죠?」

「얘길 들어 보라니까. 내가 오늘 그들을 중재하러 갔다 왔다고 했잖습니까.」

「그래서, 어떻게 됐는데요?」

「여기가 가장 흥미로운 대목이에요. 알고 보니 그 행복한 한 쌍은 9등 문관 부부였던 겁니다. 9등 문관인 그 남편이 민원을 신청해서 내가 중재인이 되었죠. 아주 끝내주는 중재인이지! 단언컨대, 탈레랑[5]도 나한테 비하면 별거 아니라니까요.」

「대체 무슨 공을 세웠는데요?」

「잘 들어 봐요……. 당연히 우리는 사죄를 했죠. 〈저희는 절망에 빠졌습니다. 불행한 오해에 대해서 용서를 구하는 바입니다〉라고 말입니다. 그러자 소시지를 기른 9등 문관은 슬슬 녹기 시작했는데, 그럼에도 자기 감정을 토로하고 싶었는지 입을 열자마자 열을 내면서 폭언을 퍼붓기 시작하는 거예요. 그래서 내가 다시 온갖 외교적 수완들을 발휘해야만 했죠. 〈그들의 행동이 불미스러웠음을 인정합니다. 하지만 오해가 있었고 젊은 나이임을 감안해 주시지요. 게다가 청년들은 막 아침 식사를 마친 후였습니다. 이해하시지 않습니까. 그들은 지금 뉘우치며 자신들의 잘못에 대해 용서를 빌고 있어요.〉 뭐 이렇게 말입니다. 그러자 9등 문관은 다시 누그러지더군요. 〈당신 말에 동감합니다, 백작. 그들을 용서하려고 해요. 하지만 내 아내, 순결한 여자인 내 아내가 저 빌어먹을 애송이들한테 뒤를 밟히고 무례하고 불손한 언행의 대상이 되었단 말입니다. 추잡하기 짝이 없는 저놈들한테…….〉 그런데 말입니다, 그 애송이들이 바로 내 옆에 있고 나는 그들을 화해시켜야 하지 않겠습니까. 그래서 난 또다시 외교적 수완을 발휘하고, 그렇게 모든 일이 매듭지어지려는 순간마다 우리의 9등 문관은 재차 열에 받쳐 붉으락푸르락하면서 소시지를 치켜드는 겁니다. 그러면 나는 또 예리한 외교적 감각으로 이야기를 지껄이고요.」

「아아, 부인도 이 얘기를 들으셔야 하는데!」 특별석으로

---

5 Périgord Charles Maurice de Talleyrand(1754~1838). 당시 이름을 날리던 프랑스의 외교관.

들어서는 귀부인을 향해 웃으며 벳시가 말했다. 「이분이 너무 웃긴 얘기를 해주셨거든요.」

「자, 그럼 bonne chance(행운을 빌어요).」 부채가 들리지 않은 손가락을 브론스키에게 내밀며 그녀는 이렇게 덧붙였다. 그러고는 어깨를 움직여 위로 올라온 드레스의 앞섶을 밑으로 내렸다. 그렇게 하면 당연히, 무대의 각광을 향해 몸을 앞으로 내밀 때 다른 사람들의 시선과 가스등 불빛에 맨몸이 완전히 드러나 보일 터였다.

브론스키는 프랑스 극장으로 향했다. 실제로 그는 거기서 프랑스 극장의 공연이라면 하나도 놓치지 않는 연대 사령관을 만나야만 했다. 벌써 사흘째 골몰하며 재미를 보고 있는 중재 건에 관해 상의할 요량이었다. 그 건에는 브론스키가 아끼는 페트리츠키와 얼마 전에 입대한 훌륭하고 특출한 청년, 젊은 공작 케드로프가 연루되어 있었다. 그리고 무엇보다 중요한 건, 그 일에 부대의 이해가 걸려 있다는 점이었다.

두 사람 모두 브론스키의 기병 중대에 소속되어 있었다. 어느 날 연대 사령관한테 한 관리가 찾아왔으니, 다름 아닌 아내를 모욕한 장교들을 고발하러 온 9등 문관 벤젠이었다. 벤젠의 설명에 따르면(그는 결혼한 지 반년이 되었다) 당시 그의 아내는 모친과 함께 교회에 있었는데, 누구나 알 만한 사정으로 갑자기 몸이 안 좋아져서 더 이상 서 있을 수가 없게 되었기에 제일 먼저 잡힌 삯마차를 타고서 집으로 돌아오는 길이었다. 바로 그때 예의 그 장교들이 추격해 오자 그녀는 경악했고, 병세가 더 심해지는 바람에 계단을 뛰어올라 집으로 들어갔다. 퇴근해서 집에 있던 벤젠이 초인종 소리와 사람들의 말소리를 듣고 나와 보니 술에 취한 장교 둘이 편지를 들고 있길래 그들을 떠밀어 쫓아냈다는 얘기였다. 그는 엄중한 처벌을 요구했다.

「그래, 차라리 잘됐네.」연대 사령관이 브론스키를 불러서 말했다.「페트리츠키는 구제 불능이야. 단 한 주도 조용히 지나가는 법이 없지. 그 관리는 그만두지 않을 걸세, 더 밀어붙일 테지.」

브론스키는 이 사건의 고약한 면들이 훤히 보이는 것 같았다. 결투를 벌일 수도 없으니, 무슨 수를 써서라도 9등 문관을 잘 달래 무마시키는 수밖에 없었다. 연대 사령관이 브론스키를 부른 것도, 그가 인품이 훌륭하고 영리하며 무엇보다도 연대의 명예를 중시하는 인물이라 생각했기 때문이었다. 두 사람은 논의 끝에 페트리츠키와 케드로프를 브론스키와 함께 9등 문관에게 보내 사죄하도록 하기로 결론지었다. 연대 사령관도 브론스키도, 브론스키 가문의 명성과 시종 무관이라는 번듯한 계급장이 9등 문관을 달래는 데 효과가 있으리라 생각했다. 과연 그 두 가지 수단은 어느 정도 효력을 발휘했다. 그러나 브론스키가 얘기한 대로, 중재의 결과는 아직 애매하게 남아 있었다.

프랑스 극장에 도착해 연대 사령관을 만난 브론스키는 사람들을 피해 로비로 가서는 자신의 공과(功過)를 보고했다. 곰곰이 생각한 끝에 연대 사령관은 후속 조치 없이 이 건에서 손을 털기로 결정했다. 그런 다음 재미 삼아 브론스키에게 9등 문관과 만난 얘기를 자세히 캐묻기 시작했다. 9등 문관이 가라앉는가 싶다가도 별안간 다시 열을 내더라는 브론스키의 이야기를 들은 연대 사령관은, 요리조리 말을 돌려 마침내 최종적으로 화해를 선포한 순간 브론스키가 페트리츠키를 앞으로 떠밀고서 퇴각하는 장면을 떠올리며 웃음을 참지 못했다.

「추잡스럽지만 포복절도할 일일세. 케드로프조차 그 사내와는 싸울 엄두를 못 냈다니! 그렇게 무지막지하게 열을 내던가?」 그가 껄껄 웃더니 다시 물었다. 「오늘 클레르는 어떻던가? 정말 경이로운 여자야!」 프랑스 출신 신인 배우 얘기였다. 「아무리 봐도 날마다 새롭다니까. 프랑스인들만 그럴 수 있지.」

6

공작 부인 벳시는 공연의 막이 내려가기도 전에 부랴부랴 극장을 나섰다. 집에 도착해 드레스 룸으로 들어가서는 갸름하고 창백한 얼굴에 분칠을 했다가 지워 버리고 머리 모양을 매만졌다. 그리고 응접실에 차를 내오라고 이르자마자, 볼샤야 모르스카야 거리에 있는 그녀의 대저택 앞에 사륜마차들이 하나둘씩 줄지어 당도했다. 손님들이 널찍한 현관 앞에 내려서면, 몸집이 비대한 수위가 커다란 현관문을 소리 없이 열고는 내방한 손님들을 안으로 들여보냈다. 이 수위는 매일 아침 행인들에게 교훈을 주기 위해 유리문 너머로 신문을 읽어 대곤 했다.

손님들은 거의 같은 시각에 들어섰다. 머리 모양과 화장을 고친 안주인이 한쪽 문에서, 방문객들은 다른 쪽 문을 통해서 어두운 내벽과 보드라운 양탄자, 불빛에 빛나는 탁자와 촛불 아래 반짝이는 흰 테이블보, 은제 사모바르와 정결한 다기 세트가 갖춰진 대형 응접실로 들어섰다.

안주인이 사모바르 앞에 앉아서 장갑을 벗었다. 사람들은 눈에 잘 띄지 않는 하인들의 도움을 받아 의자들을 옮기며 두 편으로 나뉘어 자리를 잡았다. 한편은 안주인이 있는 사모바르 곁이었고, 다른 한편은 응접실 맞은편 끝, 검은 벨벳 드레스와 검고 또렷한 눈썹이 돋보이는 미모의 공사(公使) 부인 곁이었다. 처음에는 언제나 그렇듯이, 안부와 환영의 인사를 나누거나 차를 권하느라 양쪽의 대화는 끊기기도 하고 갈피를 못 잡은 채 우왕좌왕했다.

「배우로서는 범상치 않은 미인이더군요. 분명 카울바흐[6]를 연구했을 겁니다.」 공사 부인 쪽 그룹에 속한 외교관이 말했다. 「눈치채셨나요? 그녀가 쓰러질 때…….」

「아이, 제발 닐손 양에 대한 얘기는 그만하세요! 그녀에 관해서라면 새롭게 할 얘기가 전혀 없다고요.」 뚱뚱하고 붉은 혈색에 눈썹도 없고 가발도 안 쓴, 연한 금발의 귀부인이 말했다. 낡은 비단 드레스 차림의 그녀는 먀흐카야 공작 부인으로, 거침없고 무례한 언사와 enfant terrible(악동)이라는 별명으로 명성이 자자했다. 먀흐카야 공작 부인은 두 그룹의 중간쯤에 앉아 사람들이 하는 말에 유심히 귀 기울이며 이편저편의 대화에 번갈아 끼어들었다. 「글쎄, 오늘 벌써 세 사람이나 나한테 카울바흐에 대한 바로 그 어구를 읊어 대지 뭐에요. 약속이나 한 듯이 말이죠. 왠지 모르겠지만, 엄청들 마음

6 Wilhelm Kaulbach(1805~1874). 독일 출신의 화가로 뮌헨 미술 아카데미 원장을 역임했다. 대형 역사화를 주로 그렸으며, 웅장하고 화려한 화면 구성이 특징이다. 당대 오페라 가수들은 동작 연기를 연마하기 위해 그의 그림을 연구했으며, 극장의 무대와 그림을 대조하는 게 당시 극장 비평의 주된 경향이었다고 한다.

에 들었나 봐요.」

공작 부인의 말로 인해 대화는 중단되었고, 사람들은 다시 새로운 화젯거리를 생각해 내야만 했다.

「뭔가 재미있으면서도, 악의는 없는 얘기 좀 해주세요.」영어로는 〈스몰토크small-talk〉라고들 하는 이른바, 세련된 대화의 명수인 공사 부인이 외교관을 향해 말했다. 그러나 그 역시 무슨 얘기를 시작하면 좋을지 몰랐다.

「아시다시피, 그건 아주 어려운 주문입니다. 아무래도 악담이 재미있겠죠.」그가 슬쩍 웃으며 말했다.「그럼 제가 시작해 볼까요. 주제를 제시해 주시죠. 모든 건 주제에 달려 있으니까요. 주제만 주어진다면야 그에 따라 이야기를 엮어 가는 건 쉬운 일이죠. 자주 드는 생각인데, 지난 세기의 탁월한 재담꾼들이라 해도 요새 같아선 재치 있게 얘기하기가 무척 난감할 겁니다. 재치 있는 말들도 이젠 너무 지겨워졌으니까요…….」

「그것도 이미 오래전에 얘기된 거죠.」공사 부인이 웃으면서 그의 말을 가로챘다.

대화는 무척 정겹게 시작되었지만, 너무나 정겨웠던 탓에 다시 중단되고 말았다. 결코 배신하는 법이 없는 방도를 취해야만 했다. 다름 아닌 험담 말이다.

「투시케비치에게는 루이 15세 같은 면이 있지 않나요?」외교관이 탁자 옆에 서 있는 잘생긴 금발 청년을 눈짓으로 가리키며 말했다.

「오, 맞아요! 완전히 이 응접실 취향이죠. 그래서 여기에 그렇게 자주 오는 거라니까요.」

이 화제와 관련해서는 대화가 끊기지 않고 이어졌으니, 바로 이 응접실에서 언급해서는 안 되는 미묘한 사항, 즉 투시케비치와 안주인의 관계를 암시하는 뉘앙스를 풍겼기 때문이다.

그사이 사모바르와 안주인 근처에서도 마찬가지로 대화는 피할 수 없는 세 가지 주제 — 최근의 사회 뉴스, 극장가의 화제, 지인들에 대한 비방 사이에서 갈팡질팡하다가 역시나 마지막 주제, 즉 험담으로 넘어가 안착되었다.

「그 얘기 들으셨어요? 말티셰바 말예요, 따님 말고 모친 말입니다. 그분이 〈diable rose(야한 장밋빛)〉 옷을 주문했다지 뭐예요.」

「말도 안 돼요! 세상에, 그거 멋지겠네!」

「그런 생각을 하다니, 어이가 없네요. 아니, 어리석은 분이 아닌데, 얼마나 우스꽝스러울지도 모르나.」

모두가 불운한 말티셰바 부인을 비난하고 조롱하느라 한마디씩 거들었고 이야기꽃은 활활 타오르는 모닥불처럼 흥겹게 피어올랐다.

벳시 공작 부인의 남편은 마음씨 착한 뚱보에 열정적인 판화 수집가로, 아내의 손님들이 왔다는 걸 알고서 클럽에 가기 전 잠시 응접실에 들렀다. 그는 보드라운 양탄자를 살금살금 걸어 먀흐카야 공작 부인에게로 다가왔다.

「닐손 양의 공연은 맘에 드셨는지요, 공작 부인?」 그가 말을 건넸다.

「아이고, 엄마야! 그렇게 몰래 다가오는 법이 어디 있대요? 놀라 자빠질 뻔했어요.」 그녀가 대답했다. 「제발, 내 앞에서 오페라 얘기는 꺼내지 말아 줘요. 음악에 대해 아무것도 모르시잖아요. 차라리 내가 당신에게 맞춰서 그 좋아하는 마

253

욜리카[7]나 판화 얘기를 하는 게 낫죠. 그래, 얼마 전에 벼룩시장에서 무슨 근사한 보물을 구입하셨다고요?」

「보여 드릴까요? 하긴 보셔도 뭐가 뭔지 모르시겠지만.」

「볼래요. 나도 그분들에게서 배웠어요. 그, 이름이 뭐더라……. 그 은행가 부부 있잖아요……. 그 댁에도 판화가 있거든요. 우리한테 보여 줬답니다.」

「뭐라고요? 슈츠부르크 씨 댁에 갔었다고요?」 사모바르 곁에 앉은 안주인이 물었다.

「네, 갔었어요, ma chère.[8] 저랑 남편을 만찬에 초대했거든요. 만찬에 나온 소스가 1천 루블짜리라더군요.」 모두가 자기 얘기에 귀 기울이고 있음을 감지하자 먀흐카야 공작 부인은 목소리를 높였다. 「그런데 무슨 초록빛을 띤 아주 형편없는 소스였어요. 우리 역시 그들 부부를 초대해야만 했죠. 난 85코페이카를 들여서 소스를 만들었어요. 그랬더니 모두들 무척이나 흡족해하더군요. 1천 루블짜리 소스는 만들 줄 모르니까요.」

「저런 분은 둘도 없을 거예요!」 공사 부인이 말했다.

「탁월하십니다!」 누군가 이어서 거들었다.

먀흐카야 공작 부인의 이야기는 언제나 한결같은 효력을 발휘했다. 그 효력의 비결은, 늘 시의적절한 건 아니지만 어쨌든 지금처럼 뭔가 의미를 지니는 단순한 일화에 있었다. 그녀가 몸담고 있는 사교계에서 그러한 일화는 촌철살인의 익살로서 영향력을 발휘했다. 먀흐카야 공작 부인도 그게 왜 그렇게 위력적인지 이해할 수 없었지만, 효과가 있다는 건 알고

---

7 이탈리아에서 15세기경 발달한 도자기.
8 여성에게 다정하게 말할 때 쓰는 삽입어.

있었기에 그것을 이용하곤 했다.

먀흐카야 공작 부인이 이야기를 하는 동안 모두가 그녀에게 귀를 기울이고 있었기 때문에 공사 부인 주변에서 오가던 대화는 중단되고 말았다. 안주인은 모임의 성원들을 한데 엮을 요량으로 공사 부인에게 말을 걸었다.

「차를 정말 안 드시겠어요? 우리 쪽으로 오시지그래요.」

「아니에요, 우린 여기가 편해요.」 공사 부인이 미소 띤 얼굴로 대답하고는 방금 시작된 대화를 이어 갔다.

대화는 아주 유쾌했다. 카레닌 부부에 대한 뒷말이 오가는 중이었다.

「안나는 모스크바 여행 이후로 완전히 딴사람이 되었어요. 뭔가 이상해요.」 안나의 친구가 말했다.

「가장 중대한 변화는 알렉세이 브론스키라는 그림자를 달고 돌아왔다는 거죠.」 공사 부인이 말했다.

「그게 뭐 어때서요? 그림 형제의 동화 중에 그런 우화가 있잖아요. 그림자가 없는 사람, 그림자를 빼앗긴 사람 말이에요.[9] 그건 그 사람이 저지른 잘못에 대한 벌이었죠. 그게 어째서 벌인지 나는 도무지 이해할 수 없지만요. 어쨌든 여자로서 그림자가 없으면 그리 유쾌하지 않죠.」

「그래요, 하지만 그림자가 있는 여자는 보통 결말이 좋지 않더군요.」 안나의 친구가 말했다.

「말씀 삼가시죠.」 먀흐카야 공작 부인이 갑자기 입을 열었다. 「카레니나는 훌륭한 여자예요. 나는 그녀의 남편은 싫어

9 그림자를 잃어버린 사람에 관한 동화는 독일 작가 아델베르트 폰 샤미소의 『페터 슐레밀의 기이한 이야기』이다. 그림 형제의 동화 중에는 그림자가 없는 사람에 관한 이야기가 없다.

하지만, 그녀는 아주 좋아해요.」

「왜 남편분을 싫어하세요? 그렇게 훌륭한 분을.」 공사 부인이 말했다. 「저희 남편이 그러는데, 그분처럼 정치력이 있는 사람은 유럽에서도 드물대요.」

「우리 남편도 같은 말을 합디다만, 나는 안 믿어요.」 먀흐카야 공작 부인이 대답했다. 「남편들이 그런 말을 안 한다면 우리도 있는 그대로를 볼 수 있겠죠. 내 생각에 알렉세이 알렉산드로비치는 그저 아둔한 사람일 뿐이에요. 이건 우리끼리 얘긴데…… 모든 게 분명해지고 있지 않나요? 그가 똑똑하다고 사람들이 하도 그러길래 정말 그런 면이 있는지 계속해서 살펴봤죠. 그분의 영리함을 못 알아보니 나 자신이 아둔하다는 생각도 했고요. 그런데 내가, 비록 우리끼리 얘기긴 하지만 **그는 아둔하다**라고 입 밖에 내자마자, 모든 게 너무나 분명해지는 거예요, 그렇지 않나요?」

「오늘 독설이 지나치시군요!」

「전혀요. 나한테 달리 표현할 길은 없어요. 우리 둘 중 누군가는 아둔하겠죠. 그런데 아시다시피, 자기 자신에 대해서는 절대로 그렇게 말할 수 없는 법이잖아요.」

「자기 재산에는 아무도 만족하지 않지만, 자기 지혜에는 모두가 만족한다는 말이 있잖습니까.」 외교관이 프랑스 시구를 읊조렸다.[10]

「맞아요, 내 말이 바로 그 말이에요.」 먀흐카야 공작 부인이 황급히 대답했다. 「하지만 중요한 건 이거예요. 난 안나를

---

10 프랑스의 철학자 프랑수아 드 라로슈푸코의 잠언을 부정확하게 인용한 것. 본래의 문장은 다음과 같다. 〈모두가 자신의 기억력에는 만족하지 않으면서 자신의 이성에는 불만이 없다.〉

여러분들에게 내주지 않을 거예요. 그녀는 너무나 멋지고 사랑스러우니까요. 모두가 그녀에게 반해서 그림자처럼 뒤를 쫓아다닌다고 한들, 그녀로서 어쩔 도리가 있나요?」

「저도 그녀를 비난할 생각은 없어요.」 안나의 친구가 변명했다.

「우리를 그림자처럼 쫓아다니는 사람이 없다고 해서, 우리에게 비난할 권리가 생기는 건 아니죠.」

안나의 친구에게 멋지게 한 방 날린 먀흐카야 공작 부인은 자리에서 일어나 공사 부인과 함께 탁자 근처로 합류했다. 거기서는 프로이센 왕에 대한 이야기가 오가고 있었다.

「무슨 험담들을 그렇게 하셨어요?」 벳시가 물었다.

「카레닌 부부 얘기였어요. 공작 부인께서 알렉세이 알렉산드로비치의 성품에 관해 한 말씀 하셨죠.」 공사 부인이 웃음기 머금은 얼굴로 탁자 앞에 앉으며 대답했다.

「못 들은 게 안타깝네요.」 이렇게 말하며 안주인은 출입문 쪽을 흘끗 바라보았다. 「어머나, 드디어 오셨군요!」 그녀가 안으로 들어서는 브론스키를 향해 웃으며 인사를 건넸다.

브론스키는 그 자리의 모든 사람들과 안면이 있을 뿐 아니라 이곳에서 통성명한 이들과 매일같이 보는 사이였기에, 마치 방금 나갔다 들어온 사람처럼 유유히 들어섰다.

「어디서 오는 길이냐고요?」 그가 공사 부인의 질문에 대답했다. 「어쩌겠습니까, 털어놓아야죠. 부프 극장에서 오는 길입니다.[11] 한 1백 번쯤 관람한 것 같은데, 볼 때마다 새로운 즐거움을 맛보게 되죠. 정말 근사하더군요! 부끄러운 일이라는

11 페테르부르크에 1870년 〈오페라 부프〉라는 이름의 프랑스 극장이 설립되었다. 〈부프〉는 프랑스어로 〈희극〉을 뜻한다.

건 잘 알고 있습니다만, 사실 오페라만 보면 저는 잠이 옵니다. 그런데 희가극은 마지막 순간까지 앉아 있거든요, 그것도 흥이 나서 말이죠. 오늘은⋯⋯.」

그가 프랑스 여배우의 이름을 들먹이며 뭔가를 얘기하려 했으나, 공사 부인이 놀란 표정을 지으며 장난스럽게 그의 말을 가로막았다.

「제발 부탁인데, 그 무서운 얘길랑은 말아 주세요.」

「그럼 뭐, 그만두죠. 안 그래도 모두들 그 무서운 얘기를 알고 계실 테니.」

「희가극이 오페라만큼 널리 인정받는다면, 모두들 그걸 보러 갈 텐데 말예요.」 먀흐카야 공작 부인이 대화를 이어 갔다.

7

출입문에서 발소리가 들리자, 공작 부인 벳시는 카레니나가 온 걸 알아채고 브론스키를 힐끗 쳐다보았다. 문 쪽을 바라보는 그의 얼굴에 기묘하고도 새로운 표정이 번졌다. 그는 안으로 들어서는 그녀를 반가워하면서도 소심한 눈길로 뚫어져라 쳐다보고는 천천히 몸을 일으켰다. 안나가 응접실로 들어왔다. 언제나처럼 지나칠 정도로 꼿꼿이 몸을 편 그녀는 다른 사교계 여인들의 걸음걸이와는 다른, 특유의 단호하고 경쾌하며 잽싼 발걸음으로 시선을 고정한 채 몇 발자국 걸어와서 안주인과 악수를 나누며 웃음을 지어 보인 뒤, 그 미소를 그대로 얼굴에 담고서 브론스키를 돌아보았다. 브론스키는 몸을 깊이 숙여 인사하고는 그녀에게 의자를 밀어 주었다.

그녀는 목례로만 답하고서 얼굴을 붉히며 인상을 찌푸렸다. 그러나 곧바로 재빠르게 지인들에게 고개 숙여 인사하고는 안주인이 내민 손을 잡으며 그녀에게 말을 건넸다.

「리디야 백작 부인 댁에 있다 오는 길이에요. 좀 더 일찍 오려고 했는데 지체하고 말았네요. 그 댁에 존 경(卿)이 와 계시더라고요. 아주 흥미로운 분이던데요.」

「아, 그 선교사 말이죠?」

「네, 그분이 인디언들의 생활에 관해 정말 흥미진진한 얘기를 해주셨어요.」

손님이 오는 바람에 중단되었던 대화는 바람 맞은 등불처럼 다시 일기 시작했다.

「존 경이라고요? 아, 존 경. 그분을 뵌 적이 있어요. 말씀을 아주 잘하시던데요. 블라시예바는 그분한테 홀딱 반했지 뭐예요.」

「그런데 블라시예바의 동생이 토포프와 결혼한다는 게 사실인가요?」

「네, 그렇게 결정이 났대요.」

「그 부모가 놀랍지 뭐예요. 연애결혼이라면서요.」

「연애결혼이요? 아니 무슨 그런 구시대적인 사고를 다 하세요! 요즘 누가 연애결혼을 입에 올립니까?」 공사 부인이 말했다.

「어쩌겠습니까? 그런 어리석은 구닥다리 풍습이 아직도 근절되지 않았는걸요.」 브론스키가 말했다.

「유행만 쫓아가는 사람들은 그만큼 더 안 좋은 결과를 보게 될 거예요. 제가 생각하기에, 행복한 결혼은 오직 이성에 의거할 때만 가능하니까요.」

「하지만 그 대신 이성에 의한 결혼의 행복이 먼지처럼 날아가 버리는 경우가 얼마나 많습니까. 그것도 다름 아닌, 인정하려 들지 않았던 열정이라는 게 나타난 결과로 말이죠.」

「어차피 이성에 의한 결혼이라는 건 양쪽 모두 열정을 불태운 다음에 얘기할 수 있는 거니까요. 그건 마치 성홍열 같은 거라서 결국은 치를 수밖에 없어요.」

「그렇다면 천연두처럼 사랑도 인위적으로 예방하는 법을 배워야겠군요.」

「젊었을 때 나는 교회의 부제(副祭)를 사랑했던 적이 있어요.」 먀흐카야 공작 부인이 말했다. 「그런데 그 일이 도대체 나한테 도움이 되었는지는 모르겠네요.」

「진지하게 얘기하는 건데요, 제 생각엔 사랑을 알기 위해서는 먼저 시행착오를 겪고 그다음에 잘못을 개선해야 해요.」 공작 부인 벳시가 말했다.

「결혼한 이후라도요?」 공사 부인이 농담조로 물었다.

「뉘우침에 늦은 때란 없나니.」 외교관이 영국 속담을 읊조렸다.

「바로 그 말씀이에요.」 벳시가 곧바로 응수했다. 「잘못을 저지르고, 그다음에 고쳐야 한다고요. 어떻게 생각해요?」 그녀가 안나를 향해 물었다. 안나는 눈에 띌 듯 말 듯 단호한 미소를 입가에 머금은 채 말없이 대화를 듣고 있었다.

「제 생각에는……」 안나가 벗어 놓은 장갑을 만지작거리며 입을 열었다. 「제가 생각하기에는…… 사람들의 머릿수만큼 생각도 제각각인 것처럼, 가슴의 수만큼 사랑의 종류도 다양할 것 같은데요.」

안나가 이 말을 내뱉자, 그녀가 뭐라고 대답할지 가슴을 졸이며 바라보고 있던 브론스키는 마치 위기라도 넘긴 양 크게 한숨을 내쉬었다.

그 순간 안나가 불쑥 그에게 말을 걸었다.

「모스크바에서 편지가 왔어요. 키티 셰르바츠카야가 많이 아프다네요.」

「그런가요?」 브론스키가 이맛살을 찌푸렸다.

안나는 엄한 눈빛으로 그를 바라보았다.

「이 소식에 별 관심이 없으신가 봐요?」

「그 반대죠. 굉장히 궁금합니다. 정확히 뭐라고 쓰여 있었는지 여쭤봐도 될까요?」 그가 물었다.

안나는 자리에서 일어나 벳시에게 다가갔다.

「차 한 잔만 주세요.」 안주인의 의자 뒤에 멈춰 서서 그녀가 말했다.

벳시가 차를 따라 주는 사이 브론스키는 안나 곁으로 다가왔다.

「뭐라고 쓰여 있던가요?」 그가 같은 질문을 되풀이했다.

「종종 그런 생각이 드는데, 남자들은 고상한 게 뭐고 천박한 게 뭔지 알지도 못하면서 항상 그에 대해 떠들어 대곤 하죠.」 안나가 그의 질문에는 대답하지 않고 말했다. 「오래전부터 당신한테 얘기하고 싶었어요.」 이렇게 덧붙인 다음, 그녀는 몇 걸음을 옮겨 앨범이 놓인 구석의 탁자 곁에 앉았다.

「무슨 말씀인지 이해가 잘 안 되는데요.」 브론스키가 그녀에게 찻잔을 건네며 말했다.

그녀가 자기 옆에 놓인 안락의자에 눈길을 던지자, 그는 얼른 그 자리에 앉았다.

「그래요, 당신한테 얘기하고 싶었어요.」 그를 쳐다보지 않은 채 안나는 말을 이었다. 「당신은 처신을 잘못하셨어요. 나쁘게, 아주 나쁘게 처신하셨다고요.」

「내 처신이 나빴다는 걸 내가 모를 거라 생각하십니까? 누구 때문에 그렇게 했는데요?」

「왜 나한테 그런 말을 하는 거죠?」 그녀가 엄한 눈초리로 그를 쳐다보았다.

「왜 그러는지, 알고 계시잖습니까.」 그는 시선을 피하지 않고 그녀의 눈길을 마주한 채 대담하게, 그리고 기쁨에 차서 대답했다.

당혹스러운 건 오히려 그녀였다.

「그건 단지 당신한테 감정이라는 게 없다는 점을 입증할 뿐이에요.」 그녀가 말했다. 그러나 그에게 감정이 있다는 건 그녀도 잘 알고 있으며, 바로 그렇기 때문에 그를 두려워하는 거라고 그녀의 눈빛은 말하고 있었다.

「당신이 말씀하신 그 일은 사랑이 아니라 실수였습니다.」

「내가 그 단어를, 그 추잡한 단어를 입에 올리지 말라고 금했던 걸 기억하실 텐데요.」 안나가 몸을 떨며 말했다. 그러나 그 순간 그녀는 **금했다**는 이 한마디 말로써 오히려 자신이 그에 대한 일종의 권한을 가지고 있음을 그에게 보여 준 셈이며, 그로 인해 도리어 그가 사랑이라는 말을 입에 올리게 만들었다는 걸 깨달았다. 「예전부터 이 말을 하고 싶었어요.」 그녀가 온통 타는 듯이 붉은 홍조를 띤 얼굴로 단호하게 그의 눈을 노려보며 말을 이었다. 「오늘 당신과 마주치게 될 줄 알면서도 일부러 왔어요. 이 일을 끝장내야 한다는 말을 하려고 온 거예요. 나는 지금까지 그 누구 앞에서도 얼굴을 붉힌 적이 없어요. 그런데 당신은 나로 하여금 어떤 죄책감을 느끼게 만들어요.」

안나를 바라보던 브론스키는 그녀의 얼굴에 새롭게 드러난 정신적인 아름다움에 감동을 느꼈다.

「나한테 바라시는 게 뭡니까?」 그가 소박하면서도 진지하게 물었다.

「당신이 모스크바로 가서 키티에게 용서를 빌면 좋겠어요.」 그녀가 말했다. 두 눈에서 불꽃이 반짝였다.

「당신은 그러길 바라지 않습니다.」 그가 말했다.

그녀의 말은 스스로를 향한 강요일 뿐, 진정 원하는 것이 아님을 그는 알고 있었다.

「당신 말대로 나를 사랑한다면, 제발 나를 좀 평온하게 내버려 두세요.」 그녀가 속삭이듯 말했다.

그의 얼굴이 환하게 빛났다.

「당신이 내 인생의 전부라는 걸 정말 모르신단 말입니까? 나는 평온이 뭔지 모르고, 당신한테 그걸 줄 수도 없습니다. 나의 전부, 사랑……. 그래요. 당신과 나를 떼어 놓고 생각할 수가 없어요. 나에게 당신과 나는 하나예요. 그리고 당신도 나도 앞으로 평온을 누릴 가망은 없을 것 같습니다. 보이는 건 절망과 불행의 가능성…… 혹은 행복의 가능성, 찬란한 행복의 가능성입니다! 정말이지, 그건 불가능할까요?」 그가 입술만 달싹여 이 말을 덧붙였지만 그녀는 알아들었다.

그녀는 모든 정신력을 기울여 자신이 해야 할 말을 할 생각이었다. 하지만 그러는 대신, 사랑이 가득한 시선을 그에게 고정한 채 아무 대답도 하지 않았다.

〈바로 이거야!〉 그가 기쁨에 겨워 생각했다. 〈절망에 겨워 끝장나지 않을까 싶던 차에 이런 모습을 보이다니! 그녀는

나를 사랑하고 있어. 바로 그걸 실토하고 있는 거라고.〉

「그러니까 나를 위해 그렇게 해주세요. 그런 말은 결단코 하지 마시고요. 그리고 우리 좋은 친구가 되기로 해요.」말은 이렇게 했지만, 그녀의 눈빛은 전혀 다른 얘기를 하고 있었다.

「우리는 친구가 될 수 없습니다. 그건 당신도 이미 잘 알고 계시잖습니까. 우리가 세상에서 가장 행복한 사람이 될지, 아니면 가장 불행한 사람이 될지, 그건 당신에게 달려 있어요.」

그녀는 무언가 대꾸하려 했으나 그가 가로챘다.

「정말이지 내가 바라는 건 딱 하나뿐입니다. 지금처럼 희망을 품고 애태울 수 있게 해주세요. 만일 그럴 수 없다면 내게 꺼져 버리라고 하세요. 그러면 당장 사라질 테니까요. 내 존재가 부담스럽다면, 당신이 나를 보게 될 일은 더 이상 없을 겁니다.」

「그 어디로도 당신을 쫓아 버릴 마음은 없어요.」

「그 무엇도 바꾸지만 말아 주십시오. 모든 걸 지금 있는 그대로 놔둬 주세요.」그가 떨리는 목소리로 덧붙였다. 「저기 남편분이 오셨군요.」

정말로 바로 그때 알렉세이 알렉산드로비치가 특유의 침착하고 굼뜬 걸음걸이로 응접실에 들어서고 있었다.

그는 아내와 브론스키를 유심히 살펴보고는 안주인에게 다가가 찻잔 앞에 앉아서 예의 차분하고 또렷한 음성으로, 여느 때와 같이 누군가를 조롱하는 농담조의 말로 이야기를 시작했다.

「당신의 랑부예[12]가 만원이군요.」그가 응접실에 있는 사람

12 프랑스의 17세기 사교계를 주도했던 랑부예 후작 부인의 살롱을 의미

들을 둘러보며 말했다. 「카리테스[13]와 뮤즈들까지 모두 모였네요.」

그러나 공작 부인 벳시는, 그녀의 표현을 따르자면 그의 이 sneering(비웃는) 말투를 견딜 수가 없었다. 그녀가 영리한 안주인답게 전 국민의 병역 의무에 관한 진지한 대화로 그를 이끌자 알렉세이 알렉산드로비치는 즉시 이야기에 몰입하더니, 마구 비난을 퍼붓는 벳시 앞에서 어느새 진지한 어조로 새 칙령을 옹호하기 시작했다.

브론스키와 안나는 여전히 작은 탁자 옆에 앉아 있었다.

「그것참, 점잖지 못하게 돼가네요.」 어느 귀부인이 카레니나와 브론스키, 그리고 그녀의 남편을 가리키며 소곤거렸다.

「제가 뭐랬어요?」 안나의 친구가 응수했다.

이 두 부인뿐 아니라 응접실에 있는 거의 모든 사람들이, 심지어 먀흐카야 공작 부인과 벳시마저도, 마치 방해라도 된다는 듯 무리에서 떨어져 있는 두 사람을 몇 차례나 흘끗거리며 쳐다보았다. 단 한 사람, 오직 알렉세이 알렉산드로비치만이 그쪽은 일체 쳐다보지 않은 채, 시작된 대화로부터 주의를 돌리지 않았다.

모두의 불쾌감을 눈치챈 공작 부인 벳시는 알렉세이 알렉산드로비치의 말 상대로 다른 사람을 슬쩍 끌어다 놓고서 안나에게 다가갔다.

「정말이지, 남편분의 명료하고 정확한 언변에 언제나 놀란

한다. 그녀의 살롱에 출입했던 인사들은 이른바 〈취향의 입법자〉라고 불렸다. 프랑스 극작가 몰리에르가 희곡에서 랑부예의 살롱을 풍자적으로 묘사한 바 있다.
13 고대 신화에 나오는 아름다움, 우아함, 환희의 세 여신.

다니까요.」 그녀가 말했다. 「너무나 초월적인 개념들도 그분이 말씀하시면 이해가 돼요.」

「어머나, 그렇군요!」 안나는 벳시의 말을 한마디도 알아듣지 못하면서 행복한 미소를 환하게 빛내며 대답했다. 그러고는 큰 테이블로 자리를 옮겨 모두의 대화에 합류했다.

알렉세이 알렉산드로비치는 반 시간쯤 자리에 앉아 있다가 아내 곁으로 가서 함께 집으로 가자고 했다. 그러나 그녀는 남편에게 눈길도 주지 않은 채 만찬 자리에 남아 있겠다고 대답했다. 알렉세이 알렉산드로비치는 사람들에게 인사를 하고서 길을 나섰다.

카레니나의 마부인 늙고 뚱뚱한 타타르인이 윤기 흐르는 가죽 외투 차림으로, 추위에 꽁꽁 언 채 현관 앞에서 펄쩍펄쩍 뛰고 있는 왼편의 회색 말을 간신히 달래고 있었다. 하인이 문을 연 채 서 있었고 수위 역시 바깥문을 붙들고 있었다. 안나 아르카디예브나는 예의 조그맣고 잽싼 손으로 모피 코트 고리에 걸린 소매의 레이스를 떼어 낸 다음 고개를 살짝 숙인 채, 배웅 나온 브론스키의 말을 황홀하게 듣고 있었다.

「당신은 아무 말씀도 안 하셨고, 저는 아무것도 요구하지 않은 걸로 하죠.」 그가 말했다. 「하지만 아시다시피, 저에게 우정은 필요치 않습니다. 제 삶에서 있을 수 있는 건 오로지 행복뿐입니다. 당신이 그토록 싫어하시는 그 말…… 사랑 말입니다.」

〈사랑…….〉 그녀가 마음속으로 천천히 되뇌었다. 그러다가 레이스를 다 떼어 낸 순간, 불쑥 이렇게 말했다. 「내가 그말을 싫어하는 이유는, 그게 나한테는 너무나 많은 것을 의미하기 때문이에요. 당신이 이해하는 것보다 훨씬 많은 것을 요.」그녀는 그의 얼굴을 쳐다보았다. 「안녕히 계세요!」

그녀는 브론스키에게 손을 건넨 뒤 재빠르고 유연한 발걸음으로 수위 곁을 지나쳐 마차 안으로 몸을 숨겼다.

그녀의 눈빛과 손의 감촉이 그를 뜨겁게 달구었다. 그는 자신의 손바닥에, 그녀의 손이 닿았던 바로 그 부분에 입을 맞추었다. 그러고는 최근 두 달 내내 이루었던 것보다 이날 저녁 훨씬 더 목표에 가까이 접근했다는 생각으로 신이 나서 집으로 향했다.

8

알렉세이 알렉산드로비치는 아내와 브론스키가 따로 떨어진 탁자 앞에 앉아 뭔가 활기 있게 대화를 나누는 모습에서 그 어떤 특별한 점이나 점잖지 못한 면도 발견하지 못했다. 하지만 응접실에 있던 다른 이들에게는 그 모습이 어딘지 이상하고 무례한 행실로 여겨졌음을 눈치챘으며, 그래서 그에게도 그것이 무례한 것처럼 느껴졌다. 그는 이 일에 대해 아내와 얘기를 해봐야겠다고 마음먹었다.

집으로 돌아온 알렉세이 알렉산드로비치는 서재로 가서 평소에 하던 대로 안락의자에 앉아 페이퍼 나이프를 끼워 놓은 교황 정치에 관한 책을 펼치고는 언제나처럼 새벽 1시까지 책을 읽었다. 다만 이따금 높다란 이마를 문지르고 무언가를 떨쳐 내듯이 머리를 흔들 뿐이었다. 그런 뒤에는 늘 일어나던 시간에 자리에서 일어나 취침 전 몸단장을 했다. 안나 아르카디예브나는 아직 귀가 전이었다. 그는 겨드랑이에 책을 끼고서 위층으로 올라갔다. 그런데 이날 밤에는 항상 떠오르던 공무에 대한 상념 대신 아내와 아내에게 일어난 무언가 불쾌한 일이 그의 머릿속을 가득 채웠다. 그는 평소와 달리 잠자리에 눕지 않고 뒷짐을 진 채 방 안을 서성대기 시작했다. 새롭게 벌어진 사태에 관해 곰곰이 생각해 봐야 한다는 느낌에 잠자리에 들 수가 없었던 것이다.

알렉세이 알렉산드로비치가 아내와 얘기를 해봐야겠다고 마음먹었을 때만 해도 일은 아주 쉽고 간단해 보였다. 하지만 최근에 벌어진 이 사태를 곰곰이 따져 보니 이제는 아주 복잡하고 곤란한 일로 여겨지는 것이었다.

알렉세이 알렉산드로비치는 질투심이 강한 사람이 아니었다. 그의 신념에 따르면 질투란 아내를 모독하는 짓이며, 모름지기 아내를 신뢰해야만 했다. 왜 신뢰해야만 하는지, 즉 젊은 아내가 항상 자신을 사랑할 거라고 왜 확신해야 하는지, 그는 자문해 본 적이 없었다. 하지만 그는 아내를 불신한 일이 없으며, 그렇기 때문에 신뢰했고, 신뢰해야 한다고 스스로에게 되뇌곤 했다. 그런데 지금은, 질투란 부끄러운 감정이며 아내를 신뢰해야 한다는 신념이 무너진 건 아니지만, 그럼에도 불구하고 무언가 불합리하고 부조리한 것과 마주하고 있는 것만 같아 어찌해야 좋을지 알 수가 없었다. 알렉세이 알렉산드로비치는 삶과 마주하고 있었다. 즉 그의 아내가 자기아닌 다른 누군가를 사랑할 수 있다는 사실을 대면하게 된것인데, 그것이 그에게는 너무나 얼토당토않고 이상하게 느껴졌다. 왜냐하면 그것은 바로 삶 자체였기 때문이다. 알렉세이 알렉산드로비치는 평생을 삶의 그림자를 다루는 공무의 영역에서만 살면서 봉직해 왔다. 삶 자체와 맞닥뜨릴 때마다 그는 번번이 그로부터 물러서곤 했다. 그런데 이제는 마치 낭떠러지 위의 다리를 태평스럽게 건너던 사람이 갑자기 다리가 끊겨 있고 거기에 심연이 드리워 있음을 목도했을 때와 비슷한 심정이었다. 그 심연은 그의 삶 자체였으며, 다리는 알렉세이 알렉산드로비치가 살아온 인위적인 삶이었다. 처음으로 아내가 다른 누군가를 사랑할 수도 있다는 의혹이 그에게 일었다. 그 사태 앞에서 그는 공포에 사로잡혔다.

그는 실내용 가운을 벗지 않은 채 등불 하나만 켜져 있는 식당의 삐걱거리는 쪽마루와 어두운 응접실의 양탄자 위를 특유의 고른 발걸음으로 서성였다. 응접실에는 소파 위에 걸린, 최근 제작된 그의 커다란 초상화에만 불빛이 비치고 있었다. 그런 다음엔 아내의 서재로 갔는데, 거기에선 촛불 두 개가 아내의 가족 및 친구 들의 초상화와 오래되어 그에게 아주 친숙한, 책상 위의 예쁘장한 장식품들을 비추고 있었다. 그녀의 방을 지나 침실 문 앞까지 당도하면 그는 다시 걸음을 돌렸다.

매번 그렇게 왕복할 때마다 그는 주로 불빛 환한 식당의 쪽마루에서 걸음을 멈추고는 속으로 말했다. 〈그래, 작심해서 그만두게 하고, 이 문제에 대한 내 견해와 결심을 말해야 한다.〉 그러고서 그는 걸음을 돌렸다. 〈하지만 대체 무슨 말을 한담? 무슨 결심을 했는데?〉 응접실에서 그는 속으로 이렇게 되뇌었으나, 답을 찾지는 못했다. 〈그래서……〉 서재로 다시 걸음을 돌리던 그가 스스로에게 물었다. 〈대체 무슨 일이 일어났는데? 아무 일도 아니잖은가. 아내가 그 사람과 한참 동안 얘기를 나누긴 했다. 그런데 그게 뭐가 어떻단 말인가? 사교계에서 여자가 누군가와 얘기하는 게 어디 드문 일인가? 게다가 질투는 나 자신과 아내를 비하하는 짓이다.〉서재로 들어서면서 그는 혼자 뇌까렸다. 그러자 조금 전까지 그토록 위중했던 생각이 이내 무게감도 없어지고 시시해졌다. 침실 문 앞에서 그는 다시 응접실 쪽으로 걸음을 돌렸다. 그런데 어두운 응접실로 다시 들어서자마자 어떤 목소리가 그렇지 않다고, 남들이 눈치챘다는 건 뭔가 있다는 걸 의미한다고 속삭이는 것이었다. 그리하여 그는 또다시 식당에서 생각했다. 〈그래, 작심해서 그만두게 하고, 내 의사를 밝혀야만 해…….〉이어 다시금 응접실에서 걸음을 돌리려는 순간에는 여지없이 떠오르는 생각. 〈뭘 작심한다?〉그는 대체 무슨 일이 있었느냐고 자문하고는 아무 일도 아니라고 대답하며, 질투란 아내를 비하하는 감정임을 상기했다. 그러다가 또다시 응접실에 와서는 무슨 일인가 일어났다고 확신하는 것이었다. 그의 생각은 육신과 마찬가지로 쳇바퀴를 돌 뿐 그 어떤 새로운 결론에도 도달하지 못했다. 생각이 여기에 이르자 그는 이마를 문지르며 아내의 서재에 자리를 잡고 앉았다.

거기서 공작석(孔雀石) 빛깔의 압지첩과 쓰다 만 메모가 놓인 아내의 책상을 바라보자 문득 그의 생각에 전환이 일었다. 그는 아내에 대해, 그녀가 생각도 하고 감정도 느낀다는 사실에 대해 생각하기 시작했다. 처음으로 아내의 사생활을, 그녀의 생각과 욕망을 머릿속에 생생하게 그려 보았다. 그러자 그녀에게도 자기만의 개인적인 삶이 있을 수 있으며 그럴 수밖에 없다는 사실이 너무나 무섭게 다가와 얼른 그 생각을 떨쳐 버렸다. 그것이야말로 엿보기조차 두려운 바로 그 심연이었다. 타인의 생각과 감정에 자신을 이입한다는 건 알렉세이 알렉산드로비치와는 거리가 먼 활동이었다. 그러한 정신 활동을 그는 위험하고 해로운 망상으로 여겨 온 터였다.

〈무엇보다도 끔찍한 건⋯⋯.〉 그는 생각했다. 〈내 일이 거의 마무리되어 가는 지금(그는 자신이 추진 중인 사업에 대해 생각하고 있었다), 최대한의 안정과 정신력이 요구되는 이 시점에, 이 무의미한 불안이 나를 덮쳐 왔다는 것이다. 어찌하면 좋단 말인가? 나는 걱정과 불안에 시달리며 그것들을 직시할 능력도 없는 그런 인간이 아니란 말이다.〉

「심사숙고해서 결정을 내리고, 깨끗이 해치워 버려야만 해.」 그가 소리 내어 중얼거렸다.

〈그녀의 감정에 관한 문제, 그녀의 마음속에서 무슨 일이 일어났고, 일어날 수 있는지는 내 소관이 아니야. 그건 그녀 양심의 문제이자 종교적인 문제라고.〉 그는 작금의 사태에 적용되는 법 조항이라도 찾아낸 양 마음이 한층 가벼워짐을 느꼈다.

〈그러니까⋯⋯.〉 알렉세이 알렉산드로비치는 생각을 이어 갔다. 〈그녀의 감정이나 여타의 문제는 그녀 자신의 양심의 문제니까 내가 관여할 바가 아니야. 나의 본분은 명확하게 정해져 있어. 가장으로서 나는 그녀를 지도해야 하는 사람이야. 따라서 부분적으로 책임을 져야 하는 거지. 내가 감지한 위험을 지적하거나 미리 경고해야 하고, 심지어 권력을 행사할 줄도 알아야 해. 그러니까 집사람에게 분명히 말해야 한다고.〉

그러자 알렉세이 알렉산드로비치의 머릿속에서 아내에게 공표해야 할 말이 일목요연하게 떠올랐다. 자신이 할 말을 숙고하면서, 그는 가정사를 위해 자신의 시간과 지력을 이처럼 아무 생색도 안 나게 허비해야 한다는 점을 유감스럽게 생각했다. 그럼에도 불구하고, 머릿속에서는 곧 있을 일장 연설의 형식과 목차가 보고서처럼 명확하게 작성되어 갔다. 〈다음과 같이 내 의사를 표명해야 한다. 첫째, 여론과 예의범절의 의의에 대한 설명. 둘째, 결혼의 의미에 대한 종교적 설명. 셋째, 필요하다면, 아들에게 초래될 수 있는 불행에 대한 지적. 넷째, 그녀 자신의 개인적 불행에 대한 지적.〉 이윽고 알렉세이 알렉산드로비치는 손바닥을 아래로 둔 채 양손을 깍지 껴 앞으로 뻗었다. 그러자 손가락 관절이 꺾이는 소리가 났다.

바로 이 동작, 양손을 깍지 낀 채 손가락 마디를 꺾는 이 나쁜 습관은 늘 그를 진정시켜 주었고, 지금으로서는 특히나 절실한 질서를 회복시켜 주곤 했다. 현관에서 마차가 당도하는 소리가 들렸다. 알렉세이 알렉산드로비치는 응접실 한가운데 멈춰 섰다.

계단을 올라오는 여자의 발걸음 소리에 귀 기울이며, 훈계를 할 태세를 갖춘 알렉세이 알렉산드로비치는 깍지 낀 손가락을 누르면서 어딘가에서 더 소리가 나지 않을까 고대했다. 관절 하나가 딱 꺾이는 소리가 났다.

계단을 오르는 가벼운 발걸음 소리로 그는 그녀가 다가오고 있음을 느꼈다. 준비해 둔 말이 만족스러웠음에도 불구하고, 그는 코앞에 닥쳐온 아내와의 담판이 두려워졌다.

9

안나는 고개를 숙인 채 후드에 달린 장식 술을 만지작거리면서 걸어왔다. 얼굴에는 환한 광채가 어려 있었다. 그러나 그 광채는 즐거운 빛이 아니었다. 그것은 칠흑 같은 밤에 일렁이는 무시무시한 화재의 불꽃을 상기시켰다. 남편을 발견한 안나는 고개를 들고서 잠에서 깬 양 미소를 지었다.

「아직 잠자리에 안 드셨어요? 놀라운 일이군요!」 그녀는 이렇게 내뱉더니 후드를 벗고서, 걸음을 멈추지 않은 채 곧장 드레스 룸으로 갔다. 「주무실 시간이에요, 알렉세이 알렉산드로비치.」 그녀가 문 뒤에서 말했다.

「안나, 당신과 얘기 좀 해야겠소.」

「저랑요?」 그녀가 놀란 기색으로 묻고는 문밖으로 나와 그를 쳐다봤다.

「그렇소.」

「무슨 얘긴데요? 뭐에 대한 건데요?」 그녀가 자리에 앉으며 물었다. 「뭐, 그래야 한다면, 어디 한번 얘기해 보죠. 잠을 잤으면 싶긴 하지만요.」

안나는 입에서 나오는 대로 지껄였고, 자기가 하는 말을 들으면서 스스로의 거짓말 솜씨에 깜짝 놀랐다. 얼마나 소박하고 자연스러우며, 얼마나 그럴듯하게 그저 자고 싶다는 얘기로 들리는가! 어느 것도 뚫고 들어올 수 없는 거짓의 갑옷을 입은 듯 느껴졌고, 어떤 보이지 않는 힘이 자신을 도와주고 지지해 주는 것만 같았다.

「안나, 당신에게 경고해야 할 게 있소.」 그가 말했다.

「경고라고요?」 그녀가 되물었다. 「뭘 말이죠?」

그녀의 눈길은 너무나 소탈하고 쾌활하여, 남편처럼 그녀를 잘 알지 못하는 사람이라면 그 어투와 말뜻에서 어떤 부자연스러운 점도 알아챌 수 없을 것 같았다. 그러나 아내를 잘 알고 있는 그로서는, 자신이 평소보다 5분만 늦게 잠자리에 들어도 아내는 그걸 알아차리고서 그 까닭을 물으며, 그 모든 기쁨과 즐거움과 슬픔을 느끼는 즉시 자신에게 털어놓는다는 사실을 알고 있는 그로서는, 지금 남편의 상태에 대해 알고자 하지 않으며 자기 자신에 대해서도 일체 얘기하려 들지 않는 그녀의 모습을 보는 것 자체가 의미심장했다. 언제나 자신에게 열려 있던 아내의 영혼 깊은 곳이 지금은 닫혀 있음을 그는 느꼈다. 게다가 말투로 보건대, 아내는 그로 인해 당황하기는커녕, 〈그래요, 내 마음의 문은 닫혔어요. 그럴 수밖에 없고 앞으로도 그럴 거예요〉라고 직설적으로 말하는 듯했다. 그는 지금, 집으로 돌아오니 문이 닫혀 있을 때와 비슷한 심정이었다. 〈그래도 설마하니, 어디엔가 열쇠가 있겠지.〉 알렉세이 알렉산드로비치는 생각했다.

「내가 경고하려는 건 말이오……」 그가 조용한 목소리로 얘기를 꺼냈다. 「부주의하고 경솔한 탓에 당신에 관해 입방아를 찧을 구실을 사교계에 제공할 수도 있다는 거요. 오늘 당신과 브론스키(그는 이 이름을 길게 늘여서 또박또박 발음했다) 백작 사이에 오간 지나치게 열띤 대화가 사람들의 이목을 끌었단 말이오.」

이야기를 하면서 그는, 웃음 짓고 있지만 그 속을 꿰뚫어 볼 수 없어 이 순간 무섭게 여겨지는 그녀의 눈동자를 바라보았다. 말을 하면서도 자기가 하는 말이 아무 소용도 없는 헛수고임을 직감했다.

「당신은 항상 그런 식이에요.」 남편의 말뜻을 전혀 이해하지 못하겠다는 듯, 그가 한 말 중에서 마지막 한마디만 알아들은 척하며 그녀가 대답했다. 「내가 지루해해도 기분이 언짢고, 내가 즐거워도 못마땅하잖아요. 오늘 나는 지루하지 않았어요. 그래서 기분이 나쁜가요?」

알렉세이 알렉산드로비치는 부르르 몸을 떨더니 손가락 마디를 꺾으려고 손을 굽혔다.

「아이, 제발 손가락 좀 꺾지 마세요, 정말이지 너무 싫어요.」 그녀가 말했다.

「안나, 이게 정말 당신 맞소?」 알렉세이 알렉산드로비치가 자제력을 발휘하여 손놀림을 참으면서 말했다.

「대체 무슨 소릴 하는 거예요?」 그녀는 놀랐다는 듯 너무나 천진난만하고 우스꽝스러운 표정으로 물었다. 「나한테 원하는 게 뭔데요?」

알렉세이 알렉산드로비치는 잠시 침묵하더니, 한 손으로 이마와 두 눈을 비볐다. 그는 자신이 의도했던 대로 세인들의 눈앞에서 실수를 저지르지 말라고 아내에게 경고하는 대신, 자신도 모르게 그녀의 양심과 관련한 문제 때문에 마음을 졸인 채 어떤 상상 속의 장벽과 싸우고 있음을 깨달았다.

「내가 하려던 말은 이런 거요.」 그가 냉정하고 침착하게 말을 이었다. 「내 말을 좀 끝까지 들어 주었으면 하오. 당신도 알다시피, 나는 질투란 감정은 무례하고 굴욕적인 것이라 여기고 있고, 나 자신이 그런 감정에 휘둘리는 걸 결코 용납하지 않을 거요. 하지만 세상에는 벌을 면한 채 위배할 수는 없는, 모두가 다 아는 예의와 법도라는 게 있소. 오늘 내가 눈치챈 건 아니지만 모임에서 풍긴 분위기로 보건대, 당신이 전혀 바람직하지 않게 처신했다는 걸 다들 알아챘단 말이오.」

「정말이지 전혀 이해할 수가 없네요.」 안나가 어깨를 으쓱이며 생각했다. 〈저이로서는 아무래도 상관없으면서, 사람들이 알아채니까 그게 마음에 걸리는 거야.〉 「당신 몸이 편찮으신가 봐요, 알렉세이 알렉산드로비치.」 그녀가 덧붙이고는 자리에서 일어나 문밖으로 나가려 했다. 그러나 그가 그녀를 멈추려는 듯 앞으로 성큼 나섰다.

그의 얼굴은 음울하고 흉측했는데, 그런 모습을 안나는 한 번도 본 적이 없었다. 그녀는 멈춰 서서 고개를 뒤로 비스듬히 젖히고는 특유의 재빠른 손놀림으로 머리핀을 뽑기 시작했다.

「어디 그럼, 무슨 얘긴지 들어 보죠.」 그녀는 태연하게 조롱조로 내뱉었다. 「흥미진진하게 들을게요, 대체 뭐가 문제인지 알아야겠으니.」

이렇게 말하면서 안나는 그 태연하고 자연스러우며 당당한 어투와 자신이 선택한 어휘에 스스로도 놀랐다.

「당신의 세세한 감정에 개입할 권리는 나에게 없거니와, 그런 짓은 백해무익하다고 여기고 있소.」 알렉세이 알렉산드로비치가 얘기를 시작했다. 「자신의 마음속을 깊이 파헤치다 보면, 종종 못 본 채 두는 게 나은 것도 캐내게 되는 법이지. 당신의 감정은 당신 양심의 문제요. 하지만 나에게는 당신과 나 자신, 그리고 신 앞에서 당신의 본분을 상기시킬 의무가 있소. 우리의 삶은 서로 연결되어 있소. 사람들이 아니라 신에 의해서 연결되어 있단 말이오. 이 연결을 끊어 버릴 수 있는 건 오로지 죄밖에 없으며, 그러한 죄는 엄중한 징벌을 수반할 거요.」

「무슨 말인지 하나도 모르겠어요. 세상에, 맙소사, 졸려 죽겠다고요!」 그녀가 재빠른 손놀림으로 머리칼을 뒤적여 남아 있는 머리핀을 골라내며 말했다.

「안나, 제발이지, 그런 식으로 말하지 마오.」 그가 유순하

276

게 말했다. 「어쩌면 내가 잘못 생각하는 건지도 모르오. 하지만 정말, 내가 얘기하는 건 당신과 나, 우리 모두를 위해서요. 나는 당신의 남편이고 당신을 사랑하오.」

일순간 그녀가 고개를 떨구었고, 두 눈에서 빛나던 조소의 불꽃도 꺼져 버렸다. 하지만 〈사랑하오〉라는 말이 또다시 그녀를 격분시켰다. 〈사랑한다고? 과연 저이가 사랑을 할 줄 알까? 사랑이라는 게 있다는 얘기를 남들한테서 듣지 못했더라면 그 말을 결코 입 밖에 내지 않았을 거면서. 저이는 사랑이 뭔지 모른다고.〉

「알렉세이 알렉산드로비치, 정말이지, 모르겠어요.」 그녀가 말했다. 「분명하게 말해 주세요, 당신이 무슨 생각을 하는 건지…….」

「잠깐만, 내가 끝까지 말할 수 있게 해줬으면 하오. 나는 당신을 사랑하오. 그렇지만 내 얘기를 하려는 게 아니오. 여기서 중요한 사람은 우리 아들과 당신 자신이오. 다시 말하건대, 십중팔구 당신한테는 내가 하는 말이 전적으로 무익하고 온당치 못하게 들릴 거요. 어쩌면 내 오해에서 비롯한 건지도 모르고. 만일 그렇다면 용서해 주길 바라오. 하지만 아주 미미할지언정 근거가 있다고 당신 자신이 느낀다면, 부탁인데, 생각 좀 해보면 좋겠소. 그래서 가슴속에서 우러나오는 바가 있다면 나한테 털어놓길…….」

알렉세이 알렉산드로비치는 자기도 모르게 준비한 것과는 전혀 다른 이야기를 하고 있었다.

「할 말이 아무것도 없는걸요. 그리고…….」 그녀가 간신히 웃음을 참으며, 재빨리 이렇게 말했다. 「이제 정말, 자야 할 시간이에요.」

알렉세이 알렉산드로비치는 한숨을 내쉬었다. 그러고는 더 이상 아무 말도 없이 침실로 향했다.

그녀가 침실로 갔을 때 그는 이미 잠자리에 누워 있었다. 근엄하게 입을 꾹 다문 채, 그녀를 쳐다보지도 않았다. 안나는 침대에 누워서 남편이 다시 이야기를 꺼내길 매 순간 기다렸다. 남편이 말을 걸까 봐 두렵기도 했고, 말을 걸어 주길 바라기도 했다. 하지만 그는 말이 없었다. 그녀는 꼼짝 않고서 한참을 기다리다가 이내 남편 생각일랑 잊어버렸다. 그녀는 다른 사람 생각을 하고 있었다. 눈앞에 그의 모습이 아른거렸고, 그를 생각하는 동안 흥분과 죄스러운 기쁨으로 가슴이 벅차오르는 것을 느꼈다. 갑자기 평온하고 고른 콧바람 소리가 들렸다. 처음에 알렉세이 알렉산드로비치는 자신의 콧바람에 놀랐는지 곧바로 잠잠해졌다. 그러나 두 차례 숨을 몰아쉰 다음 다시금 콧바람 소리가 고르고 평온하게 울렸다.

「늦었어, 늦었어, 너무 늦었어.」 그녀가 미소를 지으며 속삭였다. 그녀는 뜬눈으로 한참 동안 꼼짝 않고 누워 있었다. 어둠 속에서 두 눈의 광채가 그녀 자신에게 보이는 것만 같았다.

10

그날 저녁 이후로 알렉세이 알렉산드로비치와 그의 아내에게는 새로운 생활이 시작되었다. 특별한 것은 전혀 없었다. 안나는 언제나처럼 사교계에 출입했고, 특히 공작 부인 벳시의 집에 자주 드나들었으며, 어딜 가든 브론스키와 만났다.

알렉세이 알렉산드로비치는 그걸 번연히 보면서도 아무것도 할 수가 없었다. 아내와 담판을 지어 보려는 그의 모든 시도에 그녀는 명랑하면서도 의아스럽다는 태도로 침범할 수 없는 장벽을 들이대며 저항하곤 했다. 겉보기엔 그대로였지만, 그들의 내적인 관계는 완전히 달라졌다. 국정에 있어서는 그토록 강인한 알렉세이 알렉산드로비치도 이 문제에 있어서는 스스로의 무력함을 절감했다. 그는 황소처럼 공손히 고개를 떨군 채, 그 위로 치켜 올라가 있는 것만 같은 도끼날이 자신을 내려치기를 기다리고 있었다. 이 문제를 생각할 때마다 다시 한번 시도해 봐야 할 것 같았고, 친절하고 상냥하게, 확신을 갖고 아내를 구해 내어 각성시킬 희망이 아직 남아 있는 것만 같았다. 그래서 매일 그는 아내와 대화를 시도 했다. 하지만 막상 이야기를 꺼내면 그녀를 휘어잡고 있는 사악한 기만의 영(靈)이 자신 또한 사로잡아 버리는 것 같았으며, 그리하여 매번 의도한 바와는 다른 말투로 엉뚱한 얘기만 하곤 했다. 그는 무심결에 자신의 습관대로 조롱조의 말을 내뱉었는데, 마치 그런 식으로 말하는 자기 자신을 조롱하는 투였다. 그런 말투로는 아내에게 해야 할 말을 도저히 할 수가 없었다.

11

거의 1년 동안 브론스키의 모든 욕망들을 대체해 버리고 그의 삶에 유일한 단 하나의 욕망을 이루었던 것, 안나에게는 실현 불가능하고도 지독한, 더더구나 매혹적인 행복의 꿈이었던 것, 바로 그 욕망이 충족되었다. 가엾은 브론스키는 아래턱을 덜덜 떨면서 대체 뭐가 문제인지 영문을 모른 채 그녀 앞에 서서 제발 진정하라고 애원하고 있었다.

「안나! 안나!」 그가 떨리는 목소리로 말했다. 「안나, 제발……!」

그러나 그의 목소리가 커질수록 그녀는 한때는 그토록 오만하고 쾌활했던, 그러나 지금은 수치스러운 자신의 머리를 자꾸만 더 낮게 떨구었으며, 마침내 온몸을 수그린 채 앉아 있던 소파에서 바닥으로, 그의 발 언저리로 주저앉고 말았다. 그가 붙들지 않았더라면 양탄자 위에 그대로 쓰러졌을지도 모른다.

「하느님! 저를 용서하세요!」 그의 두 손을 자신의 가슴에 갖다 대면서 그녀는 흐느껴 울었다.

남은 건 오로지 비굴하게 용서를 비는 일밖에 없다고 여겨질 정도로 그녀는 뼈저리게 죄책감을 느꼈다. 이제 삶에서 그를 제외하고는 아무도 없었기에, 그녀는 다름 아닌 그에게 용서를 구했다. 그를 바라보며 자기 육신의 비굴함을 절감한 그녀로서는 더 이상 아무 말도 할 수가 없었다. 반면 그는 흡사 자신에 의해 생명을 잃은 육신을 바라보는 살인자의 심경이었다. 그에 의해 생명을 빼앗긴 이 육신은 그들의 사랑이었고, 그들 사랑의 첫 시절이었다. 무엇을 위하여 이토록 무시무시한 수치심이라는 대가를 치렀던가 떠올릴 때마다 그녀는 무언가 끔찍하고 혐오스러운 기분을 느꼈다. 벌거벗은 영혼이 마주한 수치심이 그녀를 짓눌렀고, 곧 그에게도 옮아왔다. 그러나 피살자의 육신 앞에서 느끼는 그 모든 공포에도 불구하고, 살인자는 그 육신을 갈기갈기 찢어서 감춰야만 하고, 살해를 통해 얻은 것을 이용해야만 하는 법이다.

이윽고 살인자는 악의를 마치 열정인 양 가슴에 품고서, 그 육신을 덮쳐 질질 끌고 다니는가 하면 조각조각 난도질한다. 그와 같이, 브론스키는 그녀의 얼굴과 어깨에 입맞춤의 세례를 퍼부었다. 그녀는 그의 손을 잡은 채 꼼짝도 하지 않았다. 그렇다, 바로 이 입맞춤이 그 수치심의 대가다. 그리고 영원히 나의 것이 될 바로 이 손이 내 공모자의 손이다. 그녀는 그 손을 들고서 입을 맞추었다. 그는 한쪽 무릎을 꿇고 그녀의 얼굴을 보려 했다. 하지만 그녀는 얼굴을 감춘 채 아무 말도 하지 않았다. 마침내 스스로를 다잡은 듯, 그녀가 몸을 일으키고는 그를 밀어냈다. 그녀의 얼굴은 여전히 아름다웠지만, 그래서 더더욱 애처로워 보였다.

「모든 게 끝났어요.」 그녀가 말했다. 「이제 나한테는 당신 말고 아무것도 없어요. 이 점을 기억해 줘요.」

「내 삶 자체인 것을 어떻게 기억하지 않을 수 있겠어요. 이 행복한 순간에…….」

「행복이라니!」 그녀가 혐오스럽고 끔찍하다는 투로 말했다. 그러자 공포가 저도 모르게 그에게도 옮아갔다. 「제발 더 이상 아무 말도, 아무 말도 하지 말아 줘요.」

그녀가 벌떡 일어서서는 그에게서 물러났다.

「더 이상 아무 말도 하지 말라고요.」 그녀는 같은 말을 되풀이한 뒤 브론스키로서는 낯선, 냉랭한 절망의 표정을 얼굴에 드리운 채 그와 헤어졌다. 그 순간 그녀로서는 새로운 삶으로의 진입을 앞두고 밀려드는 수치심과 기쁨과 두려움의 감정을 말로 표현할 수 없었고, 그에 관해 말하거나 부정확한 어휘들로 그 감정을 속화(俗化)시키고 싶지도 않았던 것이다. 그러나 그 후에도, 이튿날과 그 이튿날에도 그녀는 복잡하게 얽힌 그 모든 감정을 표현할 말을 발견하지 못했을 뿐만 아니라, 마음속에 담긴 모든 것을 곱씹어 보게끔 해주는 생각의 실마리조차 찾지 못했다.

그녀는 생각했다. 〈아니야, 지금은 그 일에 대해 생각을 못 하겠어. 다음에, 좀 더 안정되거든 생각하자.〉 그러나 생각이 가능할 만큼의 안정을 도무지 찾을 수가 없었다. 대체 무슨 짓을 저질렀고, 앞으로 어찌 될 것이며, 무엇을 해야 하는가 하는 생각이 들 때마다 공포가 엄습해 왔고, 그러면 머릿속에서 그런 생각들을 떨쳐 버리곤 했다.

〈나중에, 나중에 하자.〉 그녀는 되뇌었다. 〈좀 더 안정되거든 그때 생각하자.〉

하지만 사고에 대한 통제력을 잃게 되는 꿈속에서는 그녀의 처지가 그 추한 나신을 모조리 드러내었다. 똑같은 꿈이 거의 매일 밤 그녀를 찾아왔다. 두 남자가 모두 그녀의 남편이고, 둘 다 그녀에게 애무를 퍼붓는 꿈이었다. 알렉산드르 알렉산드로비치는 그녀의 손에 입을 맞추고 흐느끼면서 〈이제 너무 좋구려!〉라고 말했다. 알렉세이 브론스키 역시 바로 그곳에 있었고, 그 역시 그녀의 남편이었다. 그녀는 그때까지 왜 이런 상황이 불가능해 보였는지 의아해하면서, 이게 훨씬 간단하고 두 사람 모두 이제 흡족하며 행복하다는 사실을 웃으면서 그들에게 설명해 주곤 했다. 그러나 그 꿈은 악몽처럼 그녀를 짓눌렀고, 그녀는 언제나 공포에 사로잡힌 채 잠에서 깨어났다.

12

모스크바에서 돌아온 직후, 레빈은 청혼을 거절당한 치욕을 떠올릴 때마다 매번 몸서리를 치고 얼굴을 붉히며 속으로 이렇게 중얼거렸다. 〈물리에서 낙제점을 받고 2학년에 유급되었을 때도 모든 게 끝장났다는 생각에 똑같이 얼굴을 붉히고 몸서리를 쳤지. 누나한테 위임받은 일을 망쳐 버렸을 때도 똑같이 망해 버렸다는 생각이 들었고. 근데, 그래서 어떻게 됐는데? 세월이 흐른 지금 그때를 떠올려 보면 어떻게 그따위 일들로 괴로워했는지 어이가 없을 뿐이잖아. 지금 이 괴로움도 똑같이 그렇게 될 거야. 시간이 흐르면 무덤덤해질 거야.〉

그러나 석 달이 지났는데도 도무지 무덤덤해지지가 않았고, 그 일을 떠올리면 그때와 똑같이 괴로웠다. 그는 아무래도 평정을 찾을 수가 없었다. 그토록 오랫동안 가정생활을 꿈꾸어 왔으며 그걸 이룰 만큼 성숙했다고 느꼈던 자신이 아직 미혼 상태일 뿐만 아니라, 그 어느 때보다도 결혼으로부터 멀어져 버렸기 때문이었다. 주변 사람들 모두가 자기 또래의 사내가 독신인 건 좋지 않다고들 했고, 그 자신 또한 초조해하고 있었다. 그는 모스크바로 떠나기 직전 자기가 좋아하는 말벗, 순진한 농부이자 가축지기인 니콜라이에게 무심코 던졌던 이야기를 떠올렸다. 「이봐, 니콜라이! 나 결혼이 하고 싶다네.」 그러자 니콜라이는 추호도 의심할 여지가 없다는 듯 서둘러 대답하는 것이었다. 「진작에 하셨어야죠, 콘스탄틴 드미트리치.」 그러나 지금 그에게 결혼은 그 어느 때보다 요원해졌다. 자리는 이미 점유되어 있었기에, 이제 그가 아는 처녀들 중에서 누군가를 상상 속의 그 자리에 세워 본들, 그런 일은 전혀 불가능해 보였다. 뿐만 아니라 청혼을 거절당한 일과 당시 자신이 연기했던 역할에 대한 기억이 수치심으로 그를 괴롭혔다. 자신이 잘못한 건 아무것도 없다고 아무리 되뇌어도 그 기억은 여타의 똑같이 부끄러운 기억들과 더불어 그로 하여금 몸서리치며 얼굴을 붉게 만들었다. 모든 이들이 그렇듯이, 그 역시 양심의 가책을 느낄 수밖에 없는 나쁜 짓들을 과거에 저지른 적이 있었다. 그러나 그 나쁜 짓들에 대한 기억은 결코 이 사소하면서도 수치스러운 기억처럼 이토록 그를 괴롭히지 않았다. 이 상처는 결코 아무는 법이 없었다. 게다가 이젠 그 기억들과 나란히, 거절당한 청혼과 그날 저녁 남들에게 번연히 드러날 수밖에 없었던 자신의 그 비참한 처지가 자리하고 있었다. 그럼에도 시간과 노동은 제 할 일을 했다. 고통스러운 기억은, 눈에 띄지는 않지만 시골 생활의 중요한 사건들에 의해 점차 가려졌다. 한 주가 지날 때마다 그가 키티를 떠올리는 일은 차츰차츰 뜸해졌다. 그는 그녀가 벌써 시집을 갔다는, 혹은 조만간 출가할 거라는 소식을 손꼽아 기다렸다. 마치 이를 뽑는 것처럼 그 소식이 자신을 단번에 치유해 주기를 바라면서.

그러는 사이 기다리지 않아도 어김없이 아름답고 정겨운 봄이 찾아왔다. 식물과 동물, 사람 들이 다 함께 기뻐하는 아주 드문 봄 중 하나였다. 이 아름다운 봄은 레빈을 더욱더 각성시켰으며, 모든 과거지사와 결별하고 독신 생활을 굳건하게 독립적으로 정비하려는 그의 의지를 확고하게 다져 주었다. 비록 도시에서 시골로 돌아올 때 마음속에 품었던 계획들 중 많은 것들이 실현되지 못했지만, 가장 중요한 것, 청렴결백한 생활을 그는 지켜 나가고 있었다. 도덕적 타락을 저지른 이후로 늘 자신을 괴롭히던 수치심도 이제는 느껴지지 않았고, 그러하기에 사람들의 눈을 당당하게 쳐다볼 수가 있었다. 그러다 2월에 마리야 니콜라예브나로부터 니콜라이 형의 건강이 악화되었으나 형은 치료를 받으려 하지 않는다는 편지가 도착했다. 편지를 받은 레빈은 모스크바에 있는 형에게 가서, 의사한테 진료를 받고 해외 온천으로 요양을 가도록 설득했다. 그는 썩 훌륭하게 설득해 냈으며, 형의 화를 돋우는 일 없이 여행 경비까지 빌려주었다. 그런 점에서 그는 스스로에게 만족감을 느꼈다. 봄에 특히 각별한 주의를 요하는 농사와 독서 외에도, 올겨울 레빈은 농업에 대한 글을 쓰기 시작했다. 그 글의 골자는 다음과 같았다. 농업에서 노동자의 특성은 기후나 토양처럼 절대적인 소여(所與)로 간주되며, 따라서 농업에 대한 모든 학술적 명제는 단지 토양과 기후만이 아니라, 토양과 기후 그리고 노동자의 불변의 특성이라는 소여로부터 도출되어야 한다는 것이었다. 그리하여 고독함에도 불구하고, 혹은 고독한 탓에, 그의 삶은 너무나 충만했다. 다만 가끔씩 자신의 머릿속을 맴도는 상념들을 아가피야 미하일로브나가 아닌 누군가에게 전하고 싶다는 충족될 길 없는 욕망이 일곤 했다. 그래도 그녀와 함께 물리와 농업 이론, 특히 철학에 관해서 논하는 경우가 종종 있었으니, 철학은 특히 아가피야 미하일로브나가 좋아하는 분야였다.

　봄은 오랫동안 개화하지 않았다. 사순절 재계의 마지막 주간에는 청명한 영하의 날씨가 계속되었다. 낮에는 햇빛에 얼음이 녹았지만, 밤이 되면 기온이 영하 7도까지 내려갔다. 얼음층이 아주 단단해서 길이 아닌 곳에도 짐수레가 다니곤 했다. 부활절에는 눈이 잔뜩 내렸다. 그런 다음 갑자기 부활절 주간 둘째 날, 따스한 바람이 불고 먹구름이 몰려오더니 사흘 낮과 밤에 걸쳐 따뜻한 비가 내렸다. 목요일이 되자 바람이 잦아들고, 마치 자연 속에서 일어난 변화의 비밀을 감추듯이 짙은 잿빛 안개가 자욱하게 밀려왔다. 안개 속에서 물이 흐르기 시작하면서 얼음이 소리를 내며 갈라져 떠내려가고 거품이 이는 탁한 물결이 급속히 쏟아지기 시작했다. 〈크라스나야 고르카〉[14]의 저녁 무렵부터는 안개가 사라지고 먹구름이 양떼구름으로 흩어지며 하늘이 맑게 개더니, 이윽고 진짜 봄이 펼쳐졌다. 아침에 눈부시게 떠오른 해가 수면 위를 얇게 덮고 있던 얼음을 순식간에 녹여 없앴고, 겨울을 버틴 땅에서 올라오는 증기로 가득 찬 따뜻한 대기가 온통 아지랑이처럼 아른거렸다. 늙은 풀과 뾰족하게 솟아난 어린 풀들이 파릇파릇해졌고, 까마귀밥나무와 구스베리, 찐득한 수액이 흐르는 자작나무에서는 싹눈이 부풀어 올랐으며, 금빛 물감이 흩뿌려진 버드나무에서는 불쑥 나타난 꿀벌이 윙윙거리며 날아다녔다. 융단 같은 풀밭과 가을걷이 이후 얼음이 덮인 밭 위에서 눈에 띄지 않는 종달새들이 우짖었다. 갈색 흙탕물이 흘러드는 강 하류와 늪지에서는 댕기물떼새들이 울고, 학과 거위들은 봄을 알리듯 깍깍 외쳐 대며 하늘 높이 날아다녔다. 목장의 풀밭에서는 군데군데 아직 털갈이가 덜 끝난 가축들이 울부짖기 시작했고, 다리가 구부정한 새끼 양들이 양털을 잃고 울고 있는 어미 양들 주변에서 장난을 치는가 하면, 걸

14 〈붉은 언덕〉이라는 뜻으로 부활절 주간 바로 다음에 오는 일요일을 말한다. 고대로부터 내려오는 동슬라브인들의 축일로, 이날 진정한 봄이 시작된다고 여겨 마을마다 야외에서 사람들이 모여 흥겨운 봄맞이 행사를 벌였다.

음이 잽싼 새끼들은 맨발 자국이 난 마른 오솔길을 따라 달음질쳤다. 연못가에서는 아마포를 빨러 나온 아낙네들이 흥겨운 목소리로 재잘거리기 시작했고, 마당마다 농부들이 쟁기와 써레를 수선하느라 도끼를 내리찍는 소리가 울렸다. 진짜 봄이 온 것이다.

13

레빈은 기다란 장화에 올 들어 처음으로 털외투가 아닌 나사 외투 차림으로, 햇빛을 받아 빛줄기가 눈부시게 아른거리는 개울을 건너고 얼음이나 진창을 디디며 농사일을 살피러 다녔다.

봄은 계획과 구상의 계절이다. 봄철 나무의 여문 새순 속 어린 싹과 가지가 어디로 어떻게 자랄지 알지 못하듯, 마당으로 나온 레빈 또한 자신이 좋아하는 농사일 가운데 지금 어떤 사업을 착수하면 좋을지 알지 못했다. 그러나 자신의 머릿속에 아주 근사한 계획과 구상들이 가득 차 있음을 느낄 수 있었다. 무엇보다 먼저 그는 축사로 갔다. 울 안에 내몰려 있던 암소들이 털갈이를 마친 윤기 나는 털을 빛내며 햇볕을 쬐다가, 들판으로 내보내 달라며 음매 하고 울어 댔다. 암소들의 세세한 부분까지 다 파악하고 있는 레빈은 잠시 넋을 놓은 채 녀석들을 쳐다보고는, 암소들은 들판으로 내보내고 송아지들은 우리 안에 풀어 놓으라고 일렀다. 목동이 들판으로 갈 채비를 하러 신나게 달려갔다. 가축지기 아낙들은 치맛자락을 걷어 올리고는 나무 장대를 손에 든 채 아직 햇볕에 그을리지 않아 새하얀 맨발로 진창을 철퍽대면서, 봄을 맞이한 기쁨에 얼이 빠져 음매음매 울어 대는 송아지들을 마당 안으로 몰아넣었다.

레빈은 올해 태어난, 유난히 실한 새끼들을 ― 먼저 태어난 송아지들은 덩치가 농부가 키우는 암소만 했고, 파바의 암송아지는 태어난 지 석 달밖에 안 되었건만 돌 지난 송아지만큼이나 조숙했다 ― 넋이 나간 듯 바라본 뒤, 새끼들의 여물통을 바깥에 놓아 주고 격자 울 너머로 건초를 주라고 일렀다. 그러나 알고 보니 가을 무렵 설치해 둔 격자 울이 겨우내 사용하지 않은 탓에 망가져 있었다. 레빈은 목수를 불러오라고 사람을 보냈다. 그런데 바로 근처에서 그의 지시에 따라 탈곡기를 손보고 있어야 할 목수가 마슬레니차[15] 무렵 이미 다 수리가 끝났어야 했을 써레를 지금에서야 고치고 있다는 것이었다. 레빈은 부아가 치밀었다. 수년 동안 이런 식의 무질서한 영지 운영에 맞서 혼신을 다해 싸워 왔는데도 그게 끝도 없이 반복되니 너무나 화가 났다. 알아보니, 겨울에는 쓸모가 없는 격자 울이 농사용 말을 두는 마구간으로 옮겨졌는데 워낙에 송아지용으로 헐겁게 만들어진 터라 거기서 그만 망가지고 만 터였다. 그뿐만 아니라 연이어 밝혀진바, 써레를 비롯한 모든 농기구의 점검과 수리가 겨우내 다 마무리돼야 해서 이를 위해서 목수를 세 명이나 고용했음에도 불구하고 하나도 수리가 안 되어 있었다. 써레질을 할 때가 닥치자 부득이하게 써레만 수리를 하고 있었

15 러시아의 가장 큰 민속 명절 중 하나인 봄맞이 축제. 부활절 전 7주간 지속되는 정교회의 대제(大齊) 직전 일주일간 마슬레니차 명절을 지낸다. 마슬레니차라는 명칭은 〈기름〉을 뜻하는 〈마슬로〉에서 비롯했다.

던 것이다. 레빈은 영지 관리인을 불러오라 했다가 즉시 직접 그를 찾으러 나섰다. 영지 관리인은 그날의 세상 만물과 마찬가지로 훤히 빛나는 얼굴을 하고 어린 양의 가죽을 둘러 꿰맨 가죽 외투를 걸친 채 두 손으로 짚을 부수며 탈곡장에서 나왔다.

「어째서 목수가 탈곡기를 만들지 않는 거요?」

「예, 안 그래도 어제 말씀드리려 했습죠. 써레를 고쳐야 해서요. 이제 곧 밭을 갈아야 하니까요.」

「겨울에는 대체 뭘 했는데?」

「그런데 목수는 무슨 일로 찾으십니까?」

「송아지 우리에 있던 격자 울이 대체 어디 갔지?」

「제자리에 갖다 놓으라고 일렀는데요. 저런 무지렁이들한테 대체 뭘 시키겠습니까?」 영지 관리인이 손을 내저으며 말했다.

「무지렁이들이 아니라 영지 관리인인 당신의 문제지!」 레빈이 버럭 성을 냈다. 「도대체 뭣 때문에 내가 당신 같은 위인을 데리고 있는지, 원!」 그는 소리를 내지르다가 그런 언사가 아무런 도움도 안 된다는 걸 깨닫고는 중간에 말을 뚝 끊고서 땅이 꺼져라 한숨만 내쉬었다. 「그래, 어디, 파종은 할 수 있겠소?」 짧은 침묵을 깨고 그가 물었다.

「투르키노 너머는 내일이나 모레면 가능할 것 같습니다.」

「토끼풀은?」

「바실리와 미시카를 보냈습죠. 씨를 뿌리고 있을 겁니다. 근데 다 해낼 수 있을지 모르겠습니다. 땅이 엄청 질척거리거든요.」

「몇 데샤티나나 하라고 일렀소?」

「6데샤티나요.」

「어째서 다 하라고 이르지 않은 거요?」 레빈이 버럭 소리를 질렀다.

토끼풀을 12데샤티나가 아니라 겨우 6데샤티나에만 파종한 것, 그건 더더욱 화가 날 수밖에 없는 일이었다. 이론상으로든 개인적인 경험으로든, 토끼풀의 파종은 가능한 한 이른 시점에, 심지어 눈이 녹기 전에 해두는 게 좋기 때문이었다. 그러나 레빈은 그걸 제때 해내 본 적이 한 번도 없었다.

「일할 사람들이 없습니다. 이런 무지렁이들한테 무슨 일을 시키겠습니까? 셋은 오지도 않았습니다. 세묜도 그렇구요.」

「그럼 당신은 그 탈곡장 일을 잠시 제쳐 뒀어야지.」

「예, 그야 뭐 이미 중단하고 왔지요.」

「일꾼들은 대체 어디 있는 거요?」

「다섯은 곤죽(퇴비를 말하는 것이었다)을 빚고 있습니다. 다른 네 명은 귀리를 옮기고 있고요. 썩지 않게 하려고요, 콘스탄틴 드미트리치.」

〈썩지 않게 하려고〉라는 말이 무엇을 뜻하는지 레빈은 익히 알고 있었다. 영국산 파종용 귀리가 이미 상했다는 의미였다. 결국 또 그가 시킨 대로 이행하지 않은 것이다.

「내가 대제 기간에 벌써 말하지 않았소. 통풍구를 내라고 말이오!」 그가 다시금 소리를 질렀다.

「염려 놓으십시오. 제때 다 이루어질 겁니다.」

레빈은 신경질적으로 손을 내저으며 곡식 창고로 가서 귀리를 들여다보고는 다시 마구간으로 돌아왔다. 귀리는 아직 썩지 않았다. 하지만 귀리를 곧바로 창고 하단으로 내려놓으면 되는 것을, 일꾼들은 그걸 삽으로 퍼서 옮기고 있었다. 그 일을 처리하고 두 명의 인부를 데리고 나와 토끼풀 파종에 보낸 뒤에야 레빈은 영지 관리인을 향한 분노를 가라앉혔다. 정말이지 이토록 화창한 날에 화를 내서는 안 되는 것이었다.

「이그나트!」 그가 우물가에서 소매를 걷어붙인 채 마차를 물로 씻고 있는 마부에게 소리쳤다. 「말안장 좀 얹어 주게나⋯⋯.」

「어느 말로 준비할까요?」

「콜피크 정도면 되겠어.」

「예, 알겠습니다.」

말에 안장을 얹는 동안 레빈은 영지 관리인과 화해를 해야겠기에 눈앞에서 알짱거리는 그를 다시 불러다가 당면한 봄철 농사일과 영지 경영 계획에 대해서 이야기를 꺼냈다.

거름 운반은 일찌감치 시작해서 첫 풀베기 전에 다 마쳐야 한다. 또한 먼 데 있는 밭을 한전(閑田)으로 비축해 두기 위해서는 거기까지 구분 없이 죄다 쟁기질을 해둬야 한다. 베어 낸 풀은 얼마든 남겨 두지 말고 인부들을 동원하여 한꺼번에 다 치우도록 해야 한다.

영지 관리인은 레빈이 하는 말을 주의 깊게 듣고 있었다. 보아하니 주인의 제안에 순순히 동의하려고 애를 쓰는 것 같았다. 그럼에도 불구하고, 그는 레빈이 너무나 잘 알고 있으며 늘 그의 부아를 돋우는 예의 절망적이고 침울한 표정이었다. 마치 이렇게 말하는 것 같았다. 〈그야 뭐, 다 좋습니다만, 결국은 하느님한테 달려 있습죠.〉

그런 태도만큼이나 레빈의 속을 태우는 것도 없었다. 그러나 이는 레빈의 영지에 있었던 관리인들 열이면 열 모두에게 공통적인 현상이었다. 모두가 그의 계획에 똑같은 태도를 보였기에 이제는 더 이상 화도 나지 않았다. 그저 비애감과 함께 〈하느님한테 달려 있다〉가 아니면 달리 표현할 길도 없으며 끊임없이 자신에게 대항하는 이 통제 불능의 자연력과 싸우기 위해서 더욱더 고무된 자신을 느끼는 것이었다.

「어떻게든 해내겠죠, 콘스탄틴 드미트리치.」 영지 관리인이 말했다.

「해내지 못할 이유가 뭐가 있소?」

「일꾼들 열댓은 더 고용해야 합니다. 그런데, 보십시오, 사람들이 일하러 오질 않습니다. 오늘 몇몇이 왔었는데, 여름 한철에는 70루블씩 달라고 하더군요.」

레빈은 말이 없었다. 또다시 그 통제 불능의 자연력이 대항하는 것이었다. 아무리 애를 써도 마흔 명 이상의 인부는 고용할 수 없으며, 현재의 품삯으로는 서른일곱이나 서른여덟이 최대 인원임을 그는 잘 알고 있었다. 마흔 명을 고용한 적이 있긴 하지만, 그 이상은 안 되었다. 그럼에도 불구하고 그는 이 상황과 싸우지 않을 수가 없었다.

「일꾼들이 안 오거든 수리나 체피롭카에 사람을 보내지. 거기서 사람을 더 물색해 봐야겠소.」

「보내기야 하겠습니다만…….」 바실리 표도로비치가 침울하게 말했다. 「그런데, 말들이 또 허약해졌으니 말입니다요.」

「몇 마리 구입합시다.」 그가 웃으면서 덧붙였다. 「내 익히 알고 있지 않겠소, 당신은 뭐든 더 적게 하려 들고, 그래서 일을 더 망치지. 하지만 올해는 당신 마음대로 하게 두지 않겠소. 내가 다 직접 챙길 생각이니까.」

「그러려면 아마도 잠이 부족하실 텐데요, 저희야 주인님이 늘 곁에 계시면 더 좋겠지만요…….」

「그러니까, 자작나무 골짜기 너머에서 토끼풀을 파종하고 있다는 거지? 가서 한번 봐야겠군.」마부가 끌고 온, 몸집 작은 암갈색 말 콜피크에 올라타며 그가 말했다.

「개울을 건너서는 못 가십니다, 콘스탄틴 드미트리치.」마부가 소리쳤다.

「그럼 숲으로 해서 가겠네.」

레빈은 순한 말의 씩씩한 발걸음에 의지하여 마당의 진창을 지나 문밖 들판으로 향했다. 한참을 마구간에 서 있던 말은 웅덩이만 나타나면 콧김을 힝힝 뿜으며 고삐를 재촉하였다.

가축우리와 곡물 창고에서도 즐거운 기분이 들었지만 들녘으로 나가자 한층 더 흥겨워졌다. 순한 말의 발걸음을 따라 고르게 흔들리면서, 청량한 눈의 향기와 따스한 대기를 들이마시면서, 군데군데 찍힌 발자국들이 희미해져 가고 유해처럼 파리해져 가는 잔설을 밟으면서 숲을 지나는 동안, 껍질 위에 이끼가 소생하고 싹눈이 부풀어 가는 나무들 한 그루 한 그루를 볼 때마다 그는 기쁨이 솟아오르는 것을 느꼈다. 숲을 벗어나자 그의 눈앞에는 광활한 평원 속에 벨벳 융단같이 보드랍고 평평한 풀밭이 널리 펼쳐졌다. 공지나 습지라곤 단 한 군데도 없었고, 협곡에만 눈 녹은 자국이 점점이 얼룩져 있을 뿐이었다. 농부의 말들이 풀을 밟아도(그는 마주친 농부에게 말들을 풀밭에서 내보내라고 일렀다), 농부 이그나트의 조소 어린 어리석은 대답에도 그는 신경이 거슬리지 않았다. 〈어떤가, 이그나트, 곧 파종을 해야겠지?〉라는 레빈의 질문에 〈먼저 땅을 일궈야죠, 콘스탄틴 드미트리치〉라고 이그나트는 대답했던 것이다. 가면 갈수록 그는 더욱더 흥이 났고, 농사일에 관한 점점 더 좋은 구상들이 연이어 머릿속에 떠올랐다. 모든 밭에 남쪽 경계와 나란하게 울타리를 치자. 그러면 그 아래 쌓인 눈이 오래가지 않을 것이다. 퇴비를 뿌린 밭과 목초를 덮은 여분의 밭을 6 대 3으로 나누자. 밭의 끝자락에 가축우리를 만들고 연못을 파자. 그리고 비료를 만들기 좋도록 가축용 이동식 울타리를 세우는 거다. 그렇게 하면, 3백 데샤티나의 밀밭과 1백 데샤티나의 감자밭, 그리고 150데샤티나의 토끼풀밭이 조성되고, 쓸모없이 놀리는 땅은 단 1데샤티나도 없을 것이다.

이러한 공상을 하며, 레빈은 풀을 밟지 않도록 밭두렁을 따라 조심스레 말을 몰면서 토끼풀 종자를 뿌리고 있는 일꾼들에게로 다가갔다. 종자를 실은 수레는 밭의 가장자리가 아닌 한복판에 서 있었고, 겨울 밀 싹들이 수레바퀴와 말발굽에 이리저리 파헤쳐져 있었다. 두 일꾼은 밭두렁에 앉아 있었다. 보아하니 파이프 담배 한 대를 사이좋게 나눠 피운 모양이었다. 종자들과 뒤섞여 수레에 실려 있는 흙은 풀리지 않아 덩어리째 굳거나 얼어 있었다. 주인을 발견하자 일꾼 바실리는 수레로 다가가고, 미시카는 씨를 뿌리기 시작했다. 괘씸한 행동이었지만 레빈은 웬만하면 일꾼들에게 화를 내지 않았다. 바실리가 다가오자 레빈은 말을 밭 가장자리로 끌어내라고 일렀다.

「괜찮습니다요, 나리. 싹은 잘 자랄 겁니다.」

「제발 이러쿵저러쿵 따지지 말고, 그냥 시키는 대로 하게나.」레빈이 말했다.

「알겠습니다요.」바실리가 대답하고는 말고삐를 쥐었다. 「종자가 말씀입죠, 콘스탄틴 드미트리치, 최고급 품종입니다.」그가 아첨하듯 말했다. 「다만 걷는 게 고역입죠! 한 발짝

뗄 때마다 1푸드씩 들러붙는 것 같습니다.」

「그런데 왜 저 흙은 체에 거르지 않은 채 저 모양인가?」레 빈이 물었다.

「저희가 이렇게 문질러 주면 됩니다.」바실리가 종자 섞인 흙을 한 움큼 쥐고는 손바닥에 으깼다.

체에 거르지 않은 흙을 퍼준 게 바실리 잘못은 아니었지만, 그래도 어쨌든 화가 나는 일이었다.

레빈에게는 화를 달래고 나쁘게 보이는 건 뭐든지 좋게 만드는 자신만의 방법이 있었는데, 이미 여러 번 효과를 본 적이 있는 그 방법을 이번에도 시도하기로 했다. 미시카가 매걸음마다 발에 엉겨 붙는 커다란 흙덩어리들을 뒤집으며 걷는 것을 보자, 그는 말에서 내려 바실리의 종자 바구니를 건네받고는 파종을 하러 나섰다.

「아까 어디까지 했나?」

바실리가 발로 표시를 하자, 레빈은 있는 힘껏 종자가 섞인 흙을 뿌리기 시작했다. 마치 늪에 빠진 듯 양발을 옮기기가 힘들어 한 두둑을 겨우 뿌리고 나니 땀이 나기 시작했다. 그는 멈춰 서서 종자 바구니를 다시 건넸다.

「저, 나리, 여름에 이 두둑을 두고 저를 질책하시면 절대로 안 됩니다.」바실리가 말했다.

「그게 무슨 소린가?」레빈은 자신이 시도한 방법이 이번에도 효력을 발휘하는 걸 벌써 느끼며 이렇게 대답했다.

「여름이 되면 보십시오. 차이가 날 겁니다요. 제가 지난봄에 뿌린 곳을 좀 보세요. 얼마나 가지런히 심었습니까! 정말이지, 콘스탄틴 드미트리치, 마치 제 친아비의 일처럼 열심히 하지 않습니까. 일을 엉망으로 하는 건 저부터가 아주 싫습니다. 다른 사람들한테 시키지도 않지요. 주인이 좋아야 저희도 좋은 거죠. 자, 저길 좀 보십시오. 마음이 그저 흐뭇합니다.」 바실리가 밭을 가리키며 말했다.

「좋은 봄이구먼, 바실리.」

「예, 노인네들도 본 적이 없다는 그런 멋진 봄입니다. 얼마 전 집에 다녀왔는데요, 우리 집 노친네도 4분의 3데샤티나가량 밀을 파종했습니다. 호밀이랑 별 차이가 없을 거라 그러시더군요.」

「밀을 심기 시작한 지 오래되었나?」

「주인 나리께서 재작년에 가르쳐 주셨잖습니까. 저에게 밀 2푸드나 하사하셨습죠. 그때 4분의 1은 내다 팔고 나머지는 파종을 했습니다.」

「자, 그럼 유념하게나, 흙덩이들을 잘 으깨도록.」 레빈이 말에게 다가가며 말했다. 「그리고 미시카를 잘 감독하게. 싹이 잘 트면 자네에게 1데샤티나당 50코페이카를 더 붙여 주지.」

「머리 숙여 감사드립니다. 저희는 정말이지 나리께 아주 만족하고 있습니다.」

레빈은 말에 올라타고서 작년에 심은 토끼풀이 있는 들판과 쟁기로 봄갈이를 한 밀밭을 향해 나아갔다.

곡식을 거둔 밭에서 토끼풀 싹이 올라오는 광경은 정말이지 경이로웠다. 해묵은 밀의 잘려 나간 줄기 밑에서 겨울을 이겨 낸 토끼풀들이 굳건하고 파릇파릇한 싹을 피워 올리고 있었다. 말이 반쯤 녹아 발목까지 잠기는 땅을 철퍽철퍽 뒤엎으며 걷기 시작했다. 갈아 놓은 땅은 아예 지나갈 수가 없었다. 아직 얼음이 있는 데만 디딜 만했고 질척하게 녹은 밭고

랑을 지날 때는 발목까지 쑥쑥 빠져들었다. 밭갈이는 아주 잘
되어 있었다. 이틀 뒤면 써레질을 하고 씨를 뿌릴 수 있을 것
같았다. 모든 게 훌륭했고, 모든 게 흥겨웠다. 돌아가는 길에
레빈은 물이 줄었기를 바라며 개울을 건너가기로 했다. 그는
정말로 개울을 건넜고, 그 바람에 오리 두 마리를 깜짝 놀라
게 했다. 〈분명 멧도요도 있을 거야.〉 그가 속으로 생각하며
집 쪽으로 꺾어지려는데 마침 삼림 파수꾼과 마주쳤다. 멧도
요에 대한 그의 짐작을 파수꾼이 확인해 주었다.

레빈은 점심 식사 전에 당도하기 위해, 그리고 저녁 무렵
에는 총을 준비할 생각으로 속력을 내어 집으로 달렸다.

14

레빈이 더할 나위 없이 유쾌한 기분으로 집에 거의 다 와
가는데, 중앙 현관 쪽에서 방울 소리가 들려왔다.

〈이건 기차역에서 오는 마차 소린데…….〉 그가 생각했다.
〈모스크바발 기차가 도착했을 시간이군……. 대체 누가 온 걸
까? 설마, 니콜라이 형인가? 형이 그랬었잖아, 온천 여행을
떠나거나 아니면 나한테 오겠다고.〉 처음 한순간은 니콜라이
형의 방문으로 이 행복한 봄날의 기분이 엉망이 될까 봐 우
려되고 싫었다. 그러나 이내 그런 마음을 품은 게 부끄러워진
그는 마음의 문을 활짝 열어젖힌 양 온화하고 기쁜 마음으로
기차로 도착한 사람이 형이기를 고대하고 또 바랐다. 말에 박
차를 가해 아카시아 숲을 지나자 기차역 쪽에서 다가오는 임
대 썰매와 거기 타고 있는 모피 코트 차림의 신사가 보였다.

형이 아니었다. 〈아아, 누군가 반가운 사람이라면, 같이 얘기라도 나누면 좋으련만.〉 그가 속으로 생각했다.

「앗!」 레빈은 두 손을 번쩍 들고는 기쁨의 탄성을 질렀다. 「이거 정말 반가운 손님이구먼! 와줘서 정말 반갑네!」 그 신사가 바로 스테판 아르카디치임을 알아본 것이다.

〈결혼을 했는지, 아니면 언제 할 건지 틀림없이 알 수 있겠군.〉 그가 생각했다.

이 아름다운 봄날에는 그녀에 대한 기억조차 그리 애달프지 않음을 그는 느꼈다.

「어때, 뜻밖이지?」 스테판 아르카디치가 썰매에서 내리면서 말했다. 양미간과 뺨, 눈썹에 진흙이 튀어 묻어 있었지만 얼굴은 쾌활하고 건강한 기색이었다. 「자네를 보러 왔다네, 이게 첫 번째 목적이지.」 레빈을 끌어안고 입을 맞추며 그가 말했다. 「철새 사냥이 두 번째야. 그리고 예르구쇼보의 숲을 매각하려는 게 세 번째 목적일세.」

「아주 잘 왔네! 그래 봄을 맞은 감회가 어떤가? 썰매로 별 탈 없이 잘 온 건가?」

「마차가 더 고역입니다, 콘스탄틴 드미트리치.」 레빈과 안면이 있는 마부가 말했다.

「그렇지, 정말이지 너무 반갑네.」 어린애 같은 순진무구한 미소를 지으며 레빈이 말했다.

레빈은 그를 손님들을 위한 방으로 안내했고, 여행 가방과 케이스에 든 총, 시가 주머니 등 스테판 아르카디치의 짐들도 그리로 옮겨졌다. 레빈은 그에게 씻고 옷을 갈아입으라 하고는 그사이 사무소로 가서 밭갈이와 토끼풀에 관한 지시를 내렸다. 늘 집안의 체면에 무척이나 신경을 쓰는 아가피야 미하일로브나가 현관에서 그를 맞이하며 점심 식사를 어떻게 준비하면 좋을지 물었다.

「알아서 해주게. 서둘러만 줘.」 이렇게 말한 그는 영지 관리인을 보러 갔다.

그가 돌아왔을 때 깨끗이 씻고 빗질까지 한 스테판 아르카디치가 환한 미소를 지으면서 방문을 열고 나왔다. 두 친구는 함께 위층으로 올라갔다.

「자네 집에 이렇게 오게 되다니, 기쁘기 짝이 없네! 자네가 여기 만든 비밀이 대체 무언지 이제야 알 것도 같아. 아니, 실은, 정말이지 자네가 부럽네. 집도 훌륭하고, 모든 게 다 근사해! 밝고 활기가 넘치는걸!」 스테판 아르카디치가 말했다. 항상 오늘처럼 화창한 봄날만 있는 게 아니라는 걸 잠시 잊은 모양이었다. 「자네 가정부도 아주 사람 좋더군! 행주치마를 걸친 예쁜 하녀가 있다면 더 좋았겠지만 말이야. 하긴, 수도사같이 엄격한 자네 스타일에는 이 정도가 딱이지.」

스테판 아르카디치는 여러 가지 흥미로운 소식을 전했다. 특히 레빈의 관심을 끈 것은 그의 형 세르게이 이바노비치가 올여름 그를 보러 시골에 오려 한다는 소식이었다.

스테판 아르카디치는 키티나 셰르바츠키 일가에 관해서는 일체 얘기를 꺼내지 않았으며, 아내의 안부 인사만 전할 뿐이었다. 레빈은 그의 그런 세심한 배려에 고마움을 느꼈고, 자신을 찾아와 준 것이 무척이나 기뻤다. 언제나처럼 독신으로 지내는 동안 주위 사람들에게 전할 수 없는 생각과 감정을 속에 잔뜩 쌓아 놓고 있던 그는 이제 봄날의 시심(詩心) 어린 기쁨과 농사일의 시행착오 및 앞으로의 계획, 그동안 읽은 책에 대한 생각과 의견들, 특히 저술에 대한 구상을 스테판 아르카디치에게 차례로 쏟아 놓았다. 본인도 자각하지 못하고 있었지만, 그의 저술은 농지 경영에 대한 기존의 낡은 저작들에 대한 비판을 근간으로 한 것이었다. 언제나 정감 있고 조그마한 뉘앙스로도 모든 걸 훤히 이해하는 스테판 아르카디치였지만, 이번 방문에서는 특히나 더 살갑게 굴었다. 게다가 레빈은 그에게서 온유함과도 비슷한, 상대의 마음을 어루만지는 존중의 태도를 새롭게 발견하였다.

특별한 식탁을 차리고자 공을 들인 아가피야 미하일로브나와 요리사의 노력은, 잔뜩 허기진 두 친구가 전채(前菜)가 놓인 식탁에 앉아 버터 바른 빵이며 말린 생선이며 소금에 절인 버섯으로 배를 채우는 바람에 소기의 성과를 이루지 못하고 말았다. 게다가 레빈은 요리사가 손님을 감동시키고자 심혈을 기울여 준비한 피로조크[16]는 그냥 두고 수프만 내오라 했던 것이다. 그래도 스테판 아르카디치는, 비록 여러 성찬에 익숙해 있었음에도 이곳의 모든 음식이 대단히 훌륭하다고 느꼈다. 약초를 넣어 담근 포도주나 빵과 버터는 물론이요, 특히 말린 생선과 버섯, 쐐기풀을 넣은 양배춧국, 화이트소스를 겸한 닭 요리와 크림산 백포도주는 그 맛과 풍미가 너무나 뛰어났다.

「훌륭하군, 정말 훌륭해.」메인 메뉴인 닭 요리를 먹은 뒤 굵은 궐련에 불을 붙이며 스테판이 말했다. 「자네 집에 오니 떠들썩하게 요동치는 배를 타고 가다가 고요한 기슭에 내린 기분일세. 자네의 말인즉슨, 농경 기법을 선택함에 있어서 노동자라는 요소를 연구하고 지도해야 한다는 말이지. 나야 이

---

16 밀가루 반죽 속에 고기나 양배추, 버섯, 삶은 계란 등의 소를 넣어 오븐에 구워 내는 러시아의 전통 음식.

분야에는 완전히 문외한이지만, 생각하기에는 그 이론과 응용이 노동자에게 영향을 미칠 것 같네.」

「그런데 잠깐만, 내가 말하는 건 정치 경제학에 관한 게 아니야. 나는 농학을 얘기하는 거라고. 자연 과학과 매한가지로 주어진 현상과 노동자를 경제적이고 민속학적인 면에서 관찰해야만 한다는 거지……」

그때 아가피야 미하일로브나가 잼을 가지고 들어왔다.

「아가피야 미하일로브나!」 스테판 아르카디치가 자신의 포동포동한 손가락 끝에 대고 입맞춤을 날리며 말했다. 「당신의 그 말린 생선과 약초 술은 정말 끝내줍디다……! 자, 그럼, 나갈 시간이 되지 않았나, 코스탸?」 그가 덧붙였다.

레빈은 창밖으로 헐벗은 숲의 꼭대기를 넘어 내려가는 해를 바라보았다.

「갈 시간이 됐군.」 그가 말했다. 「쿠지마, 마차에 말을 매!」 그러고는 아래층으로 뛰어 내려갔다.

스테판 아르카디치도 아래층으로 내려가 래커 칠을 한 상자에서 조심스레 범포 덮개를 벗기고는 뚜껑을 열어 값비싼 최신형 총을 조립하기 시작했다. 쿠지마는 벌써 술값을 두둑이 얻게 되리라는 걸 감지하고는 스테판 아르카디치 곁에 붙어 있다가 그에게 양말과 장화를 신겨 주었다. 스테판 아르카디치는 그런 그에게 기꺼이 몸을 맡겼다.

「코스탸, 혹시 상인 랴비닌이 오거든 집 안에 들여 기다리게 하라고 당부해 주게. 내가 오늘 오라고 일렀거든……」

「아니, 자네 랴비닌에게 숲을 팔 작정인가?」

「그래. 자네가 그 사람을 안단 말이야?」

「물론 알다마다. 그 사람과는 〈긍정적이고도 결정적으로〉

관계를 맺은 사이지.」

스테판 아르카디치가 웃음을 터뜨렸다. 〈결정적이고 긍정적으로〉는 랴비닌이 즐겨 쓰는 말이었다.

「그래, 그 친구 말하는 게 엄청나게 웃겨. 이 녀석, 주인이 어딜 가려는지 아는 게지!」 레빈이 낑낑대며 그의 근처를 맴돌면서 손이나 장화 혹은 총을 번갈아 핥고 있는 라스카의 털을 마구 쓰다듬었다.

밖으로 나가 보니 마차가 벌써 현관 계단 앞에 대령하고 있었다.

「멀리 안 가더라도 일단 준비해 놓으라고 했네. 아니면 걸어서 갈까?」

「아닐세, 마차로 가는 게 낫지.」 스테판 아르카디치가 마차로 다가가며 말했다. 그러고는 마차에 올라타더니 호피 무늬 천으로 다리를 덮고서 시가를 피워 물었다. 「이렇게 좋은 담배를 어찌 안 피운단 말인가! 시가라는 건 말이야, 그냥 단순한 위안거리가 아닐세. 쾌락의 정점이자 징표라고나 할까. 이게 바로 사는 맛이지! 이 얼마나 좋은가! 바로 내가 원했던 삶이야!」

「아니, 누가 자네를 방해라도 한단 말인가?」 레빈이 빙그레 웃으며 물었다.

「그건 아니지만, 자네야말로 행복한 사람이라니까. 자네가 좋아하는 모든 건 자네한테 있잖은가. 좋아하는 말도 있고, 애견도 있고, 사냥도 하고, 농사도 짓고.」

「그건 아마도 내가 주어진 것에 기뻐하고 없는 것에 한탄하지 않기 때문이겠지.」 레빈은 대답하며 순간 키티를 떠올렸다.

스테판 아르카디치도 그걸 알아차렸지만, 그저 힐끗 쳐다볼 뿐 아무 대꾸도 없었다.

레빈은 오블론스키가 셰르바츠키 일가에 대한 얘기를 꺼리는 자신의 마음을 그 변함없는 기민함으로 알아차리고 그 집안 사람들에 관해 일체 언급하지 않는 것이 고마웠다. 그렇지만 지금은 이미 자신을 그토록 괴롭혀 온 그 일이 어떻게 되었는지 알고 싶었고, 그럼에도 차마 얘기를 꺼내지 못했다.

「그래, 요즘은 어떻게 지내는가?」 자신에 대한 생각만 하는 게 자기로서는 좋지 않다고 여겨져 레빈은 이렇게 물었다.

스테판 아르카디치의 두 눈이 활기를 띠며 반짝거렸다.

「자네는 인정하지 않잖나. 이미 일용할 양식이 있는데 흰 빵을 또 원한다는 것 말일세. 자네 생각에 그건 죄악이지. 반면에 나는 사랑 없는 삶은 인정하지 않는다네.」 그가 레빈의 질문을 제 식으로 이해하고는 대답했다. 「어쩌겠는가, 난 이렇게 생겨 먹었는걸. 정말이지, 남한테는 해를 별로 안 끼치면서도 자기 자신한테는 얼마나 큰 희열을 주는지…….」

「그게 무슨 소린가, 혹시 또 새로운 뭔가 있는 겐가?」 레빈이 물었다.

「당연하지, 이 친구야! 그게 말이야, 자네 오시안 스타일의 여자들[17]이 어떤지 아나? 꿈속에서나 볼 법한 그런 타입이지……. 그런 여자들이 현실에 존재한다네. 그런 여자들은 정말 무섭다니까. 여자란 말이지, 아무리 연구해도 늘 전적으로

---

17 스코틀랜드 시인 제임스 맥퍼슨의 「오시안의 노래」에 나오는 여성 주인공들. 아일랜드의 전설적인 음유 시인 오시안의 시를 토대로 한 것으로 알려져 있다.

새로운 그런 대상이란 말이야.」

「그러면 아예 연구를 하지 않는 게 낫겠네.」

「아니야. 어떤 수학자가 말하길, 쾌락은 진리의 발견에 있
는 게 아니라 그것의 탐색에 있다고 했거든.」

레빈은 말없이 듣고만 있었다. 아무리 노력해도 그는 도무
지 친구의 심정에 자신을 대입할 수가 없었으며, 그러한 여성
들을 연구하려 드는 그의 마음과 거기서 느끼는 매력을 도통
이해할 수가 없었다.

15

사냥터는 그리 멀지 않은 키 작은 포플러 숲의 시냇가에
자리 잡고 있었다. 숲 근처에 당도하자 레빈은 마차에서 내려
눈은 이미 다 녹아 없어진, 이끼 끼고 질척한 초지의 한구석
으로 오블론스키를 이끌었다. 그러고서 자신은 쌍둥이 자작
나무 쪽 다른 편 구석으로 돌아가, 두 갈래로 뻗어 난 바짝 마
른 나뭇가지 사이에 총을 기댄 채 카프탄을 벗고 허리띠를
다시 맨 뒤 두 팔의 움직임이 수월한지 한번 휘둘러 보았다.

두 사람의 발자국을 뒤쫓아 온 늙고 흰 털이 성성한 라스
카는 레빈의 맞은편에 조심스럽게 앉아 두 귀를 쫑긋 세웠다.
태양이 거대한 숲 뒤로 저물고 있었다. 포플러 숲에 산개한
자작나무들이 곧 터질 듯한 싹눈 가득한 가지들을 허공에 매
단 채 노을빛 속에서 그 뚜렷한 자태를 드러내고 있었다.

아직 잔설이 남아 있는 빽빽한 숲에서 좁다랗고 구불구불
한 시냇물이 들릴 듯 말 듯 졸졸 소리를 내며 흐르고 있었다.

자그마한 새들이 지저귀면서 가끔씩 이 나무에서 저 나무로 날아다니곤 했다.

잠시 완전한 정적이 깃들고, 사이사이 대지가 녹고 풀이 솟느라 해묵은 잎사귀들이 흔들려 사각대는 소리가 들렸다.

〈놀라워라! 풀이 자라는 것이 들리고 보이는구나!〉 뾰족하게 솟은 어린 풀 옆에서 촉촉한 잿빛 포플러 잎의 움직임을 감지하고는 레빈이 생각했다. 그는 자리에 선 채 이끼 긴 축축한 땅을, 귀를 곤두세운 라스카를, 눈앞에 바다처럼 펼쳐진 산아래 헐벗은 숲의 정수리를, 하얀 구름 띠로 덮여 어둑어둑해져 가는 하늘을 바라보며 귀를 기울였다. 매 한 마리가 느긋하게 날개를 펄럭이며 저 멀리 숲 위로 높이 날아갔다. 또 한 마리가 똑같은 자세로 같은 쪽을 향해 날아 사라졌다. 작은 새들은 우거진 숲속에서 점점 더 크고 분주하게 지저귀고 있었다. 근처에서 부엉이 우는 소리가 부엉부엉 들려오자 라스카는 부르르 떨더니 조심스레 몇 발짝 옮기고는 고개를 비스듬히 기울인 채 귀를 쫑긋 세우기 시작했다. 시냇가에서 뻐꾸기 울음소리가 들려왔다. 뻐꾸기는 두 차례 평범하게 울고는 갑자기 목쉰 소리로 황급히 울다가 목이 잠긴 듯 제풀에 잦아들었다.

「이럴 수가! 벌써 뻐꾸기라니!」 스테판 아르카디치가 덤불 숲에서 나오며 말했다.

「그래, 들리는구먼.」 레빈이 스스로에게도 불쾌하게 들리는 자신의 목소리로 숲의 정적을 깨는 것이 불만스럽다는 듯 대답했다. 「이제 곧 개시해야 해.」

스테판 아르카디치의 모습이 다시 풀숲 뒤로 사라졌다. 성냥불과 뒤를 이어 석탄처럼 붉게 타는 담뱃불, 그리고 파란 연기가 레빈의 눈에 보였다.

철컥! 철컥! 스테판 아르카디치가 공이치기를 젖히는 소리가 울렸다.

「그런데 저건 무슨 소리지?」마치 망아지가 장난치며 가냘프게 우는 듯 길게 늘어지는 소리를 듣고 오블론스키가 레빈에게 물었다.

「모르겠나? 저건 수토끼야. 자, 얘긴 나중에 하세! 들어 보게, 날고 있어!」레빈이 공이치기를 젖히며 거의 외치다시피 말했다.

가냘프게 짹짹거리는 새소리가 사냥꾼에게 아주 익숙한 박자로 고르게 울리더니, 몇 초 후에 두 번째, 세 번째 울음소리가 들리고, 세 번째 울음 뒤에는 특유의 호르르하는 소리가 들렸다.

레빈은 곁눈질로 좌우를 살폈다. 그때 바로 앞 어슴푸레한 하늘 아래 포플러 꼭대기의 보드랍게 포개진 어린 가지들 위로 유연하게 날아가는 새 한 마리가 보였다. 새는 곧장 그를 향해 날아왔다. 팽팽한 천을 가지런히 찢는 듯한 새들의 울음소리가 가까이서, 바로 귓전에서 울려 퍼졌다. 이내 새의 기다란 주둥이와 목이 보였다. 레빈이 조준하는 순간, 오블론스키가 서 있던 덤불숲에서 붉은 섬광이 번쩍였다. 새가 화살처럼 아래로 낙하하다가 다시 솟구쳐 날아올랐다. 또다시 섬광이 번쩍이고 총소리가 들렸다. 그러자 새는 날개를 떨고 공중에서 버티려는 듯 애를 쓰면서 한순간 멈춰 있다가, 툭 하는 둔중한 소리를 내며 질퍽거리는 땅으로 떨어지고 말았다.

「설마 빗나간 건가?」연기 때문에 앞이 안 보이는 스테판 아르카디치가 소리를 질렀다.

「자, 저기 있네!」레빈이 라스카를 가리켰다. 한쪽 귀를 쫑긋 세운 라스카가 털이 북슬북슬한 꼬랑지를 높이 흔들면서, 마치 그 쾌감을 더 음미하려는 양 미소 띤 듯한 표정으로 조용조용 다가와 죽은 새를 주인 앞에 가져다 놓았다. 「성공이야. 잘됐구먼.」레빈은 이렇게 말하면서 동시에 자신이 이 멧도요를 쏘지 못한 것에 질투심을 느꼈다.

「오른쪽 총신에서 재수 없게 헛방이 나갔어.」스테판 아르카디치가 총알을 장전하며 말했다. 「쉿…… 날아온다.」

정말로, 서로 재빠르게 쩍쩍거리며 주고받는 날카로운 새 울음소리가 들려왔다. 멧도요 두 마리가 장난치듯 서로를 쫓으며, 호르르호르르하지는 않고 쩍쩍대기만 하면서 사냥꾼들 머리 위로 바로 날아들었다. 네 발의 총성이 울렸다. 그러자 멧도요들은 제비처럼 급히 각도를 틀면서 시야에서 사라졌다.

사냥은 훌륭했다. 스테판 아르카디치는 두 마리를 더 잡았고, 레빈도 두 마리를 명중시켰지만 그중 하나는 찾지 못했다. 날이 어두워지기 시작했다. 서쪽 하늘 나지막이 또렷한 은빛 금성이 어린 자작나무들 사이로 특유의 부드러운 광채를 띠며 빛났고, 동쪽 저 높은 하늘엔 음울한 아르크투루스[18]가 붉은 불꽃을 뿜고 있었다. 레빈은 머리 위에서 큰곰자리의 별들을 찾았다가 다시 놓치곤 했다. 멧도요는 이미 날갯짓을 멈추었다. 그러나 레빈은 자작나무 가지 아래 반짝이는 금성이 그 가지보다 높이 떠오르고 큰곰자리 별들이 온 하늘에 빛날 때까지 더 기다리기로 했다. 그러나 금성이 이미 가지 위로 떠

18 목동자리의 으뜸 별.

오르고 큰곰자리의 마차가 끌채와 더불어 검푸른 하늘에 그 모습을 온전히 드러냈는데도, 그는 여전히 기다리고 있었다.

「집에 갈 때가 된 거 아냐?」 스테판 아르카디치가 물었다.

숲속은 이미 움찔거리는 새 한 마리 없이 고요했다.

「조금만 더 있어 보세.」 레빈이 대답했다.

「좋을 대로 하게.」

두 사람은 열다섯 보쯤 사이를 두고 떨어져 있었다.

「스티바!」 갑자기 레빈이 예기치 않게 입을 열었다. 「자네 왜 나한테 자네 처제가 출가를 했는지, 아니면 언제 할 건지 말해 주지 않는 건가?」

레빈은 지금 자신이 아주 의연하고 침착하며, 따라서 어떤 대답을 듣건 동요하지 않으리라 생각했다. 그런데 스테판 아르카디치로부터 전혀 의외의 대답이 나왔다.

「결혼은 생각도 없었고, 지금도 마찬가지야. 처제는 많이 아프다네. 의사가 외국으로 요양을 보냈어. 심지어 무슨 일이 나는 건 아닌지 걱정이라니까.」

「뭐라고!」 레빈이 소리를 질렀다. 「많이 아픈가? 무슨 병인데? 어쩌다…….」

두 사람이 이런 얘기를 나누는 사이, 라스카는 귀를 쫑긋 세우고는 하늘을 올려다보다가 책망하는 눈길로 그들을 돌아보곤 했다.

〈이 틈에 얘기를 나누다니.〉 라스카는 생각했다. 〈저기 새가 날고 있는데……. 저기 아직 한 마리가 있는데. 둘 다 하품만 하고 놓치겠네…….〉

그런데 바로 그 순간 귀청을 때리는 듯한 날카로운 울음소리가 들렸다. 두 사람이 서둘러 총을 겨누자, 두 개의 섬광이

번쩍이더니 두 발의 총성이 동시에 울렸다. 드높이 날던 멧도요가 순간 날개를 접고는 가느다란 어린 나뭇가지를 부러뜨리며 우거진 숲으로 떨어졌다.

「이거 정말 굉장한걸! 둘이 동시에 맞히다니!」 레빈이 탄성을 지르고는 라스카와 함께 멧도요를 찾으러 달려갔다. 〈아 참, 뭣 때문에 기분이 언짢았더라?〉 그가 생각을 더듬었다. 〈그래, 맞아, 키티가 아프다지…… 뭐 어쩌겠어, 정말이지 안됐군.〉

「앗, 찾았구나! 잘했어.」 그는 이렇게 말하며, 아직 온기가 남아 있는 새를 라스카의 주둥이에서 꺼내어 거의 가득 찬 사냥감 주머니에 넣고 외쳤다. 「찾았네, 스티바!」

16

집으로 돌아오는 길에 레빈은 키티의 발병과 셰르바츠키 일가의 계획에 관해서 온갖 것을 꼬치꼬치 캐물었다. 솔직히 인정하기 부끄러웠지만, 그럼에도 근황을 알게 되어 기분이 좋았다. 아직 희망이 있기에 기분이 좋았고, 자신을 그렇게 아프게 했던 그녀가 지금 아프기 때문에 더 기분이 좋았다. 하지만 스테판 아르카디치가 키티의 발병 원인에 대해 이야기를 꺼내면서 브론스키라는 이름을 들먹거리자 레빈은 그의 말을 가로막았다.

「내가 남의 가정사를 시시콜콜 알 권리는 없네. 솔직히 말해서, 전혀 흥미 없어.」

스테판 아르카디치는 방금 전까지 아주 명랑했다가 갑자

기 그만큼이나 시무룩해지는, 그 익숙한 표정 변화의 순간을 포착하고서 슬그머니 미소를 지었다.

「산림 매각 건은 랴비닌과 완전히 얘기를 끝낸 건가?」레빈이 물었다.

「응, 끝냈어. 가격이 아주 괜찮아. 3만 8천일세. 8천은 미리 받고, 나머지는 6년 안에 받기로 했네. 이 일에 오래 매달렸어. 더 쳐준다는 사람은 없더군.」

「자넨 숲을 헐값에 파는 셈이야.」레빈이 음울하게 말했다.

「그게 왜 헐값이라는 거지?」스테판 아르카디치가 호인의 미소를 지으면서 말했다. 이제 모든 일이 레빈한테는 언짢으리라는 걸 그는 알고 있었다.

「그 숲은 최소한 1데샤티나당 5백 루블은 나가기 때문이지.」레빈이 대답했다.

「어이구, 이런 시골 양반을 봤나!」스테판 아르카디치가 농담조로 말했다. 「우리 도시 사람들을 멸시하는 그 말투하고는……! 하지만 거래만큼은 우리가 항상 더 낫지. 내가 모든 걸 다 계산했으니 믿어 주게. 숲은 아주 유리한 조건에 팔렸어. 이제 와서 거절당하지나 않을까 걱정될 지경이라니까. 그건 정말이지 경제림이 아니라네.」바로 이 **경제림**이라는 표현이 레빈의 의혹을 확실히 잠재우기를 바라며 스테판 아르카디치가 말했다. 「대부분이 장작용이잖나. 1데샤티나당 목재는 30사젠도 안 나올걸. 그런데도 그 친구는 1데샤티나당 2백 루블이나 쳐주었다고.」

레빈은 경멸스럽다는 듯 쓴웃음을 지었다. 〈내 잘 알지. 저친구만이 아니라 도시 사람들 모두가 써먹는 수법이거든. 10년에 두어 번쯤 시골에 오는 주제에 농촌에서 쓰는 말들을 주위듣고서 되지도 않게 들먹이는 거지, 자기들이 모든 걸 다 알고 있다고 굳게 믿고서 말이야. **경제림**이라는 둥, **30사젠쯤 된다**는 둥, 입으로만 떠들지 자기가 하는 말이 무슨 뜻인지도 모르면서.〉

「자네가 관청에서 서류를 붙들고 하는 일들을 가지고 내가 훈수를 둘 생각은 없네.」 레빈이 말했다. 「오히려 내게 필요한 일이라면 자네에게 좀 물어보겠지. 그런데, 자네는 숲에 대한 그 모든 기초 지식들을 다 이해한다고 확신하나 보군. 그거 어려운 건데 말이야. 자네 혹시 나무들을 세어 봤나?」

「나무들을 어떻게 셀 수가 있나?」 친구의 언짢은 기분을 풀어 주고 싶은 여전한 바람으로 스테판 아르카디치가 활짝 웃으며 말했다. 「모래알이나 별빛을 셀 수 있을 만큼 고도의 지능이라면 모르지만…….」

「글쎄, 랴비닌 정도 되는 고도의 지능이라면 가능할 수도 있지. 자네처럼 공짜로 주면 모를까, 그 어떤 상인도 나무를 세어 보지 않고서는 사지 않는다네. 자네의 그 숲은 내가 잘 알아. 매년 사냥을 하러 다니니까. 그 숲은 현금으로 1데샤티나당 5백 루블은 받아야 해. 근데 그 사람은 2백 루블씩 할부로 준다는 거잖아. 결과적으로 자네는 3만 루블쯤 거저 주는 셈이라고.」

「이제 그만 좀 하게.」 스테판 아르카디치가 애원하는 투로 말했다. 「그렇다면 왜 아무도 더 쳐주겠다고 나서는 사람이 없는 거지?」

「그 작자가 다른 상인들이랑 비밀리에 일을 꾸민 거라고. 그가 권리금을 냈을 거야. 나는 웬만한 상인들이랑 다 거래를 해봤기 때문에 잘 알아. 그들은 상인이 아니라 투기꾼이라니까. 10퍼센트나 15퍼센트 정도의 이윤이면 아예 거래에 나서지도 않아. 1루블짜리를 20코페이카에 살 수 있을 때까지 기다리는 거지.」

「그만하게나! 자넨 지금 기분이 영 아니야.」

「천만에.」 집에 거의 다 이르렀을 때쯤 레빈이 침울하게 대답했다.

현관 앞에는 이미 팽팽한 함석과 가죽을 댄 마차가 넓은 가죽끈으로 살찐 말을 매달고 서 있었다. 마차에는 혈색 좋고 허리띠를 단단히 졸라맨, 랴비닌의 마부 노릇을 하는 마름이 앉아 있었다. 랴비닌은 벌써부터 집에 들어가 있다가 막 현관으로 나와 두 사람을 맞이했다. 그는 키가 크고 호리호리한 중년의 사내로, 수염을 말끔히 깎은 주걱턱에 콧수염을 길렀고, 흐릿한 두 눈은 불거져 나와 있었다. 허리춤 아래 단추가 달린 기다란 푸른색 프록코트 차림에, 복사뼈 부분은 주름지고 종아리 부분은 매끈한 장화 위로 또 커다란 덧신까지 신고 있었다. 그는 손수건으로 얼굴을 한 바퀴 문지르더니 굳이 그러지 않아도 멀쩡해 보이는 프록코트의 옷깃을 짐짓 새로 여미고서, 마치 무언가를 붙잡고 싶다는 듯 스테판 아르카디치를 향해 손을 내밀며 집으로 들어오는 두 사람을 반겨 맞이했다.

「이렇게 여기까지 오셨군요.」 스테판 아르카디치가 악수를 청하며 말했다. 「잘 왔소이다.」

「아무리 길이 험해도 그렇지, 감히 나리의 명을 어찌 거역하겠습니까. 그야말로 내내 걸어서 오다시피 했습니다만, 그래도 시간 안에 당도했습죠. 콘스탄틴 드미트리치, 그간 안녕하셨는지요.」 그가 굳이 악수를 하겠다는 시늉을 하며 레빈을 향해 말했다. 그러나 레빈은 얼굴을 찌푸린 채 내민 손을 못 본 척하며 주머니에서 멧도요를 꺼냈다. 「사냥을 즐기고 계셨군요? 그런데 이건 무슨 새인가요?」랴비닌이 멧도요를 의심스러운 눈초리로 쳐다보며 말을 이었다. 「하긴 뭐, 맛은 있겠죠.」그러더니 통 실익이 없어 보인다는 투로 고개를 절레절레 흔드는 것이었다.

「서재로 갈 텐가?」레빈이 음울하게 인상을 찌푸린 채 스테판 아르카디치에게 프랑스어로 물었다. 「서재로 가게, 거기서 얘기를 나누게나.」

「아주 좋습니다. 좋으실 대로 하시지요.」랴비닌이 깔보듯이 자신만만하게 말했다. 다른 사람 같으면 누굴 어떻게 대해야 할지 몰라 쩔쩔맬지 몰라도, 자신은 그 어떤 것도 전혀 문제 될 게 없다는 투였다.

서재로 들어서자 랴비닌은 습관대로 성화를 찾는 양 눈으로 방 안을 더듬었다. 그러나 정작 그것을 발견하고서는 성호도 긋지 않았다. 그러더니 멧도요를 볼 때와 똑같은 의심의 눈초리로 장식장과 책장을 유심히 둘러보고는 이 또한 실속이 있을 턱이 없다는 듯 마뜩잖은 표정으로 절레절레 고개를 내저었다.

「그래, 돈은 가져왔습니까?」오블론스키가 물었다. 「자리에 앉으시죠.」

「저희는 돈 가지고 미적거리는 법이 없습니다. 만나 뵙고 의논을 드리려 왔습죠.」

「의논할 게 뭐가 있습니까? 일단 앉으시죠.」

「네, 그러죠 뭐.」랴비닌은 이렇게 말하고는 그에게 가장 불편한, 안락의자 등받이에 팔꿈치를 괸 자세로 앉았다. 「공작님께서 양보를 좀 하셔야겠습니다. 안 그러면 낭패를 볼 것 같습니다. 돈은 최종적으로 잔돈푼까지 준비가 되어 있습니다. 계산만큼은 지체하지 않으니까요.」

그사이 레빈은 장식장에 총을 넣어 두고는 문밖으로 나설 참이었지만, 상인이 하는 말을 듣고는 그 자리에 멈춰 섰다.

「헐값에 숲을 사들였더군요.」 레빈이 말했다. 「이 친구가 늦게 왔지 뭐요, 안 그랬으면 내가 값을 매겼을 텐데.」

랴비닌이 자리에서 일어나 말없이 미소를 지으며 레빈을 아래위로 훑어보았다.

「대단히 인색하시군요, 콘스탄틴 드미트리치.」 그가 스테판 아르카디치를 향해 슬며시 웃으며 말했다. 「결정적으로 아무것도 살 엄두를 못 내겠어요. 밀을 파실 때는 값을 꽤 쳐 드리곤 했는데요.」

「내가 왜 당신한테 내 것을 헐값에 넘겨야 한단 말이오? 땅에서 거저 주운 것도 아니고, 남의 것을 훔친 것도 아닌데.」

「무슨 그런 말씀을, 요즘 시대에 도둑질은 그야말로 불가능합니다. 요새는 모든 게 결정적으로 소송 절차를 밟게 되어 있고, 모든 게 투명하게 처리되잖습니까. 도둑질이라니 당치도 않지요. 저희는 정직하게 말씀드렸습니다. 숲을 비싸게 내놓으시면, 저희로선 남는 게 없단 말씀입니다. 그러니 조금이나마 양보를 좀 해주십사 하는 것이죠.」

「거래가 끝난 거요, 아니오? 끝난 거라면 더 이상 얘기할 건 없을 테고, 아직 안 끝났다면 내가 그 숲을 사리다.」 레빈이 말했다.

랴비닌의 얼굴에서 순식간에 미소가 가시더니 맹금류처럼 탐욕스럽고 잔혹한 표정이 감돌았다. 곧이어 그는 뼈마디가 앙상한 손으로 민첩하게 프록코트의 앞섶을 열어 허리춤 아래로 늘어뜨린 셔츠와 조끼의 청동 단추와 시곗줄을 드러내 놓고는 잽싸게 두툼하고 낡은 지갑을 꺼냈다.

「자, 여기 있습니다. 숲은 이제 내 거요.」이렇게 내뱉은 뒤, 그는 재빨리 성호를 긋고 손을 내밀었다. 「돈을 받으시지요, 이제 내 숲입니다. 이게 바로 랴비닌의 흥정이외다. 잔돈푼 따위로는 아등바등 안 하지요.」그가 인상을 찌푸리고는 지갑을 흔들며 말했다.

「내가 자네 입장이라면 서두르지 않겠네.」레빈이 말했다.

「무슨 소릴.」오블론스키가 정색을 하며 말했다. 「이미 약속을 했다니까.」

레빈은 문을 쾅 닫고는 밖으로 나가 버렸다. 그러자 랴비닌이 문 쪽을 바라보며 씩 웃으면서 고개를 내저었다.

「본디 젊다는 건, 결정적으로 철이 없다는 뜻이죠. 제가 사는 거니까 제 양심을 믿으십시오. 그러니까, 오직 명예를 위해서, 그 누구도 아닌 이 랴비닌이 오블론스키의 숲을 샀다, 이 말씀입니다. 이득이야 하느님께 달려 있습죠. 하느님을 믿는 수밖에요. 자, 그럼 계약서를 쓰시지요…….」

한 시간 뒤 상인은 덧옷의 앞섶을 꼼꼼하게 여민 뒤 프록코트의 호크를 채우고서 호주머니에 계약서를 넣고는, 금속 테를 단단히 두른 마차를 타고 자기 집으로 떠났다.

「아으, 저놈의 귀족 나리들!」그가 마름에게 말했다. 「하나같이 똑같은 물건들이라니까.」

「본래 그렇잖습니까.」마름이 그에게 고삐를 넘기고는 가죽 덮개를 채우며 말했다. 「거래는 어찌 되셨습니까, 미하일 이그나티치?」

「그야, 뭐…….」

17

석 달 치를 앞당겨 상인이 지불해 준 액면가 50루블짜리 불환 지폐 한 다발로 주머니가 불룩해진 스테판 아르카디치는 2층으로 올라갔다. 숲의 매각도 완료되었고, 돈은 주머니에 두둑하며, 사냥도 훌륭했다. 요컨대 스테판 아르카디치의 기분은 최상의 상태였다. 따라서 그는 무엇보다 레빈의 불편한 심기를 풀어 주고 싶었다. 유쾌하게 시작된 하루 일과를 저녁 식사를 하며 마저 즐겁게 마무리하기를 바랐던 것이다.

레빈은 실로 기분이 언짢았다. 자신을 찾아온 친애하는 벗을 아무리 다정하고 친절하게 대하려 해도 스스로를 제어할 수가 없었다. 키티가 출가하지 않았다는 소식이 슬슬 효력을 발휘하여 조금씩 그를 사로잡기 시작한 터였다.

키티는 아직 출가를 안 했고, 병이 났다. 자신을 무시한 남자를 사랑해서 생긴 병이었다. 레빈으로서는 그 모욕을 고스란히 자신이 당하는 것만 같았다. 〈브론스키가 그녀를 업신여겼고, 그녀는 나, 레빈을 업신여겼다. 따라서 브론스키는 나 레빈을 멸시할 권리가 있고, 따라서 그는 나의 적이다.〉 그러나 레빈이 이 모든 것을 이성적으로 생각한 것은 아니었다. 이 일에 무언가 굴욕적인 면이 있다는 사실을 막연히 느끼면서, 자신을 실망시킨 것들에 대해 화를 내기보다는 머릿속에 떠오르는 온갖 것에 덮어 놓고 시비를 거는 중이었다. 어리석은 숲의 매각, 오블론스키가 걸려든 속임수, 게다가 그 일이 자기 집에서 벌어졌다는 사실 때문에 짜증이 치밀어 올랐다.

「다 끝냈는가?」 2층으로 올라온 스테판 아르카디치를 맞이하며 그가 말했다. 「저녁 들겠나?」

「그래, 사양 않겠네. 시골에 있으니 입맛이 어찌나 당기는지 모르겠군. 환상적이야! 그런데 왜 랴비닌에게는 식사를 권하지 않았나?」

「그 인간이야 내가 알게 뭐람!」

「그래도 사람을 그렇게 대하면 쓰나!」 오블론스키가 말했다. 「손도 내밀지 않았잖아. 악수조차 안 할 까닭이 대체 뭐가 있겠나?」

「나는 머슴하고는 악수를 안 한다네. 아니, 차라리 머슴이 백배 낫지.」

「자네, 이제 보니 지독한 복고주의자로군! 계층 간 융합은 어쩌고?」 오블론스키가 말했다.

「융합이야 좋을 대로 하라지, 얼마든지. 나는 반대일세.」

「정말이지 자네 영락없는 복고주의자일세.」

「내가 누군지 나는 한 번도 생각해 본 적이 없네. 나는 콘스탄틴 레빈일 뿐, 그 이상은 아니야.」

「그래, 기분이 아주 엉망인 콘스탄틴 레빈이지.」 스테판 아르카디치가 씩 웃으며 말했다.

「그래, 나는 지금 기분이 나쁘네. 근데 왜 그런지 아는가? 미안하지만, 자네의 그 어리석은 매매 때문이야…….」

스테판 아르카디치는 마치 무고하게 비난과 공격을 당하는 사람이라도 된 양 너그러운 표정으로 눈살을 찌푸렸다.

「자, 이제 그만하게!」 그가 말했다. 「누가 뭔가를 팔아 치

울 때, 이미 거래가 다 끝난 뒤에 〈그거 훨씬 비싸게 쳐줄걸?〉
따위의 말은 해서 뭐하겠는가. 팔려고 내놓았는데 아무도 안
사 가는 걸 어쩌겠어……. 보아하니, 자네 분명 그 운 없는 랴
비닌한테 뭔가 **맺힌 게** 있는 모양이군.」

「어쩌면 그럴지도 모르지. 그 이유가 뭔지 아나? 자네는 또
나보고 복고주의자라는 둥, 아니면 그보다 더 험악한 말을 할
지도 모르지. 하지만, 어쨌든 나는 사방에서 귀족층이 점점
영락하는 게 몹시도 화가 나네. 계층 간 융화라는 명분이 있
긴 하지만, 그래도 내가 속해 있고 거기 속해 있다는 게 자랑
스러운 귀족 계급인데 말이야. 영락의 원인은 사치스러운 생
활이 아니라네. 그랬더라면 차라리 문제도 아니지. 귀족답게
사는 게 귀족의 본분이니까. 그건 오직 귀족들만 할 수 있다
고. 요즘은 농부들이 우리 주변에서 땅을 사들이고 있어. 사
실 그것만으로는 기분 나쁠 거 없네. 지주 나리는 빈둥거리고
농부들은 일을 하니 게으른 사람이 밀려나는 거지. 당연한 거
야. 나는 오히려 농부들이 잘되는 게 기쁘네. 하지만, 그 뭐라
표현해야 할지 잘 모르겠지만, 아무튼 그놈의 순진함 때문에
영락하는 걸 두고 보자니 정말 화가 치민다니까. 폴란드 출신
임차인이 니스에 사는 여성 지주의 엄청나게 비옥한 땅을 반
값에 사질 않나, 1데샤티나당 10루블은 나가는 땅을 상인한
테 겨우 1루블에 임대하질 않나. 아님, 자네처럼 아무런 이유
없이 저런 사기꾼한테 3만 루블을 거저 주질 않나.」

「그럼 어쩌란 말인가? 나무들을 일일이 세고 앉아 있으란
말인가?」

「암, 반드시 그래야지. 자네는 세질 않았지만, 랴비닌은 세
어 봤다네. 이제 랴비닌의 자식들한테는 생활비와 교육비가

보장되겠지만, 자네 자식들한테는 아마 그렇지 못할 거야!」

「그렇다면 정말이지 유감이네만, 그래도 그렇게까지 계산하는 건 뭔지 모르게 비참한 느낌이 들어. 우리에겐 우리의 할 일이 있고, 그들에겐 그들 나름의 일이 있네. 그러니까, 그들한테는 이득이 필요한 거지. 어쨌든 거래는 종결됐네. 이제 다 끝났어. 자, 이거 달걀 프라이로군. 내가 제일 좋아하는 달걀 요리인데 말이야. 아가피야 미하일로브나가 그 끝내주는 약초 술도 내오겠지…….」

스테판 아르카디치는 식탁에 앉아 이렇게 맛있는 점심과 저녁을 먹는 건 정말이지 오랜만이라고 너스레를 떨면서 아가피야 미하일로브나와 농담을 주고받기 시작했다.

「나리께서는 이렇게 칭찬이라도 해주시지만, 콘스탄틴 드미트리치 나리는 뭐를 내와도, 심지어 기껏 빵 껍질만 내오더라도 그냥 드시고는 휙 가버리시면 그만이죠.」

자제하려고 애를 썼음에도 불구하고 레빈은 어쩔 수 없이 침울해져 말이 없었다. 그는 스테판 아르카디치에게 한 가지 꼭 물어봐야 할 게 있었다. 하지만 언제 어떻게 질문을 던져야 할지, 적절한 시점과 형식을 찾을 수가 없었다. 스테판 아르카디치는 벌써 아래층의 자기 방으로 가서 옷을 벗고 세수를 한 뒤 주름 잡힌 잠옷을 걸치고 잠자리에 누웠다. 이에 레빈은 줄곧 방 안에서 미적거리며, 궁금한 걸 물어볼 엄두를 못 내고 이런저런 쓸데없는 얘기들만 주워섬기는 것이었다.

「어떻게 이런 비누를 만드는지, 정말 놀랍지 않나.」아가피야 미하일로브나가 손님을 위해 가져다 놓았지만 오블론스키가 사용하지 않은, 향기로운 비누 조각을 이리저리 돌리면서 레빈이 말했다.「이것 좀 보게, 정말이지 예술 작품 아닌가.」

「그래, 요즘은 모든 게 완벽에 가까워지고 있지.」스테판 아르카디치가 구김살 없고 감칠맛 나게 하품을 하며 말했다. 「극장들만 해도 그렇고, 그 유흥업소들은 또…… 하아암!」그는 연신 하품을 했다. 「도처에 전깃불[19]도 휘황찬란하고…… 하아암!」

「그래, 맞아, 전깃불.」레빈이 말했다. 「그런데 말이지, 브론스키는 지금 어디 있나?」그가 비누를 내려놓고는 느닷없이 물었다.

「브론스키?」스테판 아르카디치는 순간 하품을 멈추고서 되물었다. 「그 친구는 페테르부르크에 있네. 자네가 떠난 뒤 곧바로 떠났지. 그 뒤로는 한 번도 모스크바에 온 적이 없어. 이보게 코스탸, 내 솔직히 말하겠는데……」그가 탁자에 팔꿈치를 괴고는 홍조 띤 그 잘생긴 얼굴을 두 손으로 받쳤다. 촉촉하고 선량한 두 눈이 별처럼 빛났다. 「다 자네 탓이네. 자네는 경쟁자에게 겁을 먹은 거야. 내가 전에 그랬잖나, 누구한테 기회가 더 주어질지 모른다고 말이야. 왜 정면 돌파를 하지 않았나? 그때 내가 말했잖아……」그가 입을 다문 채 턱을 움찔거리며 하품을 했다.

〈저 친구 내가 청혼한 걸 아는 건가, 모르는 건가?〉레빈은 그를 보면서 생각했다. 〈그래, 이 친구한테는 뭔가 교활하고 음흉한 구석이 있지.〉그러고는 얼굴이 달아오르는 느낌이 들어 말없이 스테판 아르카디치를 똑바로 쳐다보기만 했다.

「만일 그녀 쪽에서 뭔가 생각이 있었다면, 그건 외모에 끌린 것뿐이라고.」오블론스키가 이야기를 이어 갔다. 「있잖은

19 소설의 시대적 배경인 1870년대 초 러시아에서 전깃불은 아직 매우 드문 현상이었으며, 극장과 유흥업소에서만 예외적으로 볼 수 있었다.

가, 그 완벽한 귀족주의나 장래 사교계에서의 입지 같은 건 그녀가 아니라 그녀의 모친한테 작용한 거라네.」

레빈의 얼굴이 험상궂게 일그러졌다. 이미 다 지나간 줄 알았던 모욕감이 마치 지금 막 입은 상처처럼 그의 가슴을 생생하게 후벼 팠다. 그러나 그는 다행히 집에 있었고, 집의 사방 벽이 그를 보호해 주었다.

「잠시, 잠시만.」 그가 오블론스키의 말을 가로막았다. 「귀족주의라고 했는가? 하나 묻겠네. 브론스키건 누구건 간에 대체 어떤 면에서 귀족주의라는 건가? 나를 멸시해도 되는 그런 귀족주의란 게 대체 뭔데? 자네는 브론스키를 귀족이라고 여기나 본데, 나는 아니네. 부친은 아무 미덕도 없이 교활함 하나만으로 출세했고, 모친은 온갖 남자들과 정사를 벌인 그런……. 아니, 정말 미안하지만, 나는 나 자신, 그리고 나와 비슷한 사람들을 귀족이라고 여기네. 지난날 3대 혹은 4대에 걸쳐 가문을 이어 온 성실하고 정직한 조상들이 있고, 고등 교육을 받았으며(재능이나 지능은 별개의 문제네), 그 누구에게도 비굴하게 군 적 없고, 누구에게도 아쉬워한 적 없는 사람들, 우리 아버지와 할아버지처럼 살아온 사람들 말이야. 나는 그런 사람들을 많이 알고 있네. 자네한테는 숲에서 나무를 세는 내가 비참해 보일지 모르지만, 그러는 자네는 3만 루블을 랴비닌에게 공짜로 내주었어. 물론 자네는 임차료를 받을 테고 그 밖에도 뭔가 더 받겠지만, 나는 받는 게 없네. 따라서 나는 세습 영지와 노동으로 얻은 재산을 소중히 여기지……. 우리야말로 귀족일세, 권력층에게서 받은 동냥만으로 생존할 수 있는 위인들이나 푼돈으로도 매수할 수 있는 어중이떠중이가 아니라.」

「누굴 염두에 두고 하는 말인가? 나도 자네 생각에 동의한 다네.」 푼돈으로 매수할 수 있다는 레빈의 말이 바로 그 자신을 겨냥한 것임을 알고 있음에도 불구하고, 스테판 아르카디치는 진심으로 쾌활하게 대꾸했다. 레빈이 활기를 되찾은 모습이 참으로 좋았던 것이다. 「누굴 염두에 둔 거냐 말일세. 브론스키에 대해서 자네가 한 말 중 많은 것은 진실이 아니네만, 지금 그 얘기를 하자는 건 아니야. 단도직입적으로 말하지. 내가 자네라면 나와 함께 모스크바로 가서…….」

「아니, 자네가 아는지 모르는지 나로서는 잘 모르겠군. 어차피 상관없는 일이지만. 실은 말일세, 키티에게 청혼을 했다가 거절당했네. 그러니 카테리나 알렉산드로브나는 이제 나에게 단지 괴롭고 수치스러운 기억일 뿐이지.」

「어째서 그렇단 말인가? 별소릴 다 하는구먼!」

「이만 얘기하세. 내가 무례하게 굴었다면 부디 용서하게나.」 레빈이 말했다. 모든 것을 털어놓은 지금 그는 다시 아침 나절의 모습으로 돌아갔다. 「자네 나한테 화난 건 아니지, 스티바? 이보게, 부디 화내지 말게.」 그는 이렇게 말하고는 미소를 지으며 친구의 손을 잡았다.

「무슨 소릴. 천만에, 그럴 게 뭐가 있다고. 서로 오해가 풀려서 기쁘구먼. 있잖나, 아침 사냥도 꽤 괜찮네. 가지 않겠나? 나는 그냥 이대로 잠을 안 잘까 해, 사냥터에서 곧장 역으로 가겠네.」

「좋고말고.」

18

브론스키의 내면적인 삶은 온통 정념으로 가득 차 있었음에도 불구하고 그의 외적인 생활은 예전과 마찬가지로 사교계와 군 연대의 인맥, 그리고 이해관계라는 익숙한 궤도를 따라 변함없이 굴러가고 있었다. 연대의 이해관계는 브론스키의 삶에서 중요한 지위를 점했다. 자신이 연대를 좋아하기도 했지만, 그보다 더 큰 이유는 연대에서 그를 좋아하기 때문이었다. 연대에서는 브론스키를 좋아할 뿐만 아니라 존경하고 자랑스럽게 여겼다. 엄청난 부자에 훌륭한 교육을 받고 실력도 갖췄으며, 공명심도 허영심도 채워 줄 온갖 출세가 보장된 전도 유망한 사내이면서도 그 모든 것을 하찮게 여기며, 모든 생활의 이해 가운데 연대와 동료들의 이해에 가장 가슴 깊이 공감하는 인물이라 여겼기 때문이다. 브론스키 또한 자신에 대한 동료들의 그와 같은 시선을 의식했을 뿐만 아니라 그런 생활을 좋아했으며, 이미 확고하게 뿌리내린 자신에 대한 평판을 그대로 유지해야만 한다는 의무감을 느끼고 있었다.

물론 말할 것도 없이, 그는 연애에 관해서는 동료들 중 그 누구와도 얘기하지 않았다. 코가 비뚤어져라 진탕 마시는 술자리에서도 무심코라도 한마디 흘린 적이 없었으며(그는 결코 정신을 잃을 정도로 취하는 법이 없었다), 툭하면 그의 연애사를 슬쩍 들춰내려 드는 경박한 동료들 앞에서는 특히 굳게 함구하였다. 그럼에도 불구하고 그의 연애는 도시 전체에 알려지게 되었고 모두가 그와 카레니나의 내연 관계에 대해서 어느 정도 짐작하게 되었는데, 젊은이들 대부분은 다름 아닌 그 연애의 가장 괴로운 부분, 즉 카레닌의 높은 지위와 그로 인해 그들의 관계가 사교계에서 뚜렷이 부각된다는 점을 선망했다.

안나에게 질투를 느끼고 그녀를 **올곧은 여인**이라고 부르는 데 이미 오래전부터 진력이 난 여인들 대부분은 자신들의 추측이 기정사실이 된 것에 기뻐하며, 내심 묵혀 둔 묵직한 경멸을 그녀에게 퍼부어도 무방할 만한 여론의 확실한 변화가 일어나기를 고대하고 있었다. 때가 오면 그녀에게 내던질 진흙 덩어리를 그들은 벌써 준비하는 중이었다. 한편 연배가 지긋하거나 직책이 높은 사람들은 알게 모르게 조성되어 가는 사교계의 스캔들에 내심 불만을 품고 있었다.

브론스키의 모친은 아들의 연애 소식을 알게 되자, 처음에는 흡족해했다. 그녀의 관념상 전도유망한 청년에게 있어 사교계에서의 연애만큼 그의 빛나는 이미지를 근사하게 완성시켜 주는 건 없기 때문이요, 너무나 호감이 갔던 그녀, 아들 얘기에 여념이 없던 카레니나 역시 브론스키 백작 부인의 눈에는 결국 다른 모든 아름답고 정숙한 여인들과 매한가지인 셈이었기 때문이다. 그러나 최근 아들이 출세에 매우 중요한 직책을 제안받고도 오로지 카레니나를 만날 수 있는 연대에 남기 위해 이를 거절하였으며, 그 일로 고위층 인물들이 그를 마뜩지 않아 한다는 걸 알게 된 뒤로는 그녀 역시 생각을 바꾸었다. 게다가 알아본 모든 정황에 따르면 이건 그녀가 지지할 만한 예의 화사하고 우아한 사교계식 연애가 아니라 어딘지 모르게 베르테르[20]적이고 절망적이며, 사람들의 얘기로는 그를 아주 무모한 어리석음에 빠뜨릴 수도 있는 그런 정열이

20 괴테의 소설 『젊은 베르테르의 슬픔』의 주인공. 이루어지지 못한 사랑으로 인해 권총 자살로 생을 마감한다.

었던 것이다. 브론스키가 모스크바를 갑작스레 떠난 이후 여태까지 아들을 보지 못한 모친은 장남을 통해 자기한테 들르라는 전갈을 보냈다.

장남 역시 동생의 일이 못마땅했다. 그는 그게 도대체 어떠한 사랑인지, 대단한 건지 시시한 건지, 뜨거운 건지 아닌지, 부도덕한 건지 아닌지 따지려 들지 않았다(그 자신 또한 자식을 둔 유부남이지만 무희를 애인으로 두고 있었고, 따라서 그런 일에 관대한 터였다). 그러나 이 연애가 정작 잘 보여야 할 사람들한테 탐탁지 않게 여겨지고 있다는 것을 알았기에, 그로서는 동생의 행실에 찬동할 수가 없었다.

브론스키에게는 군 복무와 사교계 활동 외에도 또 다른 소일거리가 있었으니, 그것은 말[馬]이었다. 요컨대 그는 열렬한 승마 애호가였다.

올해는 특히 장교들의 장애물 경주가 예정되어 있었다. 브론스키는 경주에 참가 신청을 하고서 영국산 순종 암말을 구입했다. 연애가 한창 진행 중임에도 불구하고 그는 열정적으로, 그러면서도 조심스럽게 임박한 경주에 몰입해 있었다.

브론스키의 두 열정은 서로를 방해하지 않았다. 오히려 연애와는 별개로, 그를 지나치게 흥분시키는 인상들로부터 벗어나 기분 전환을 꾀할 수 있는 몰입의 대상이 그에게는 필요했다.

19

크라스노예 셀로에서 경주가 개최되는 날,[21] 브론스키는 비프스테이크를 먹기 위해 평소보다 일찍 연대 조합의 대형 홀에 도착했다. 마침 그의 체중은 정해진 체급인 4.5푸드[22]에 정확히 들어맞았기에 그리 엄격하게 식욕을 억제할 필요가 없었다. 그러나 더 살이 쪄서는 곤란하므로 밀가루 음식과 단것은 피하고 있었다. 그는 흰 조끼 위에 프록코트를 걸친 채 팔꿈치를 괴고 식탁에 앉아서 주문한 비프스테이크가 나오길 기다리며 접시 위에 놓인 프랑스 소설을 보고 있었다. 이는 순전히 홀을 들락거리는 장교들과 말을 섞지 않기 위해서였을 뿐, 책을 살피며 그는 이러저런 생각에 빠졌다.

오늘 경주가 끝나면 그를 만나겠다고 한 안나의 약속이 떠올랐다. 그러나 벌써 사흘째 그녀를 보지 못했고, 남편이 해외에서 귀국한 탓에 오늘도 만남이 성사될 수 있을지 모르는 일인 데다, 그로서는 어떻게 알아봐야 할지도 암담했다. 그녀를 마지막으로 본 것은 사촌 누이 벳시의 별장에서였다. 평소 카레닌가의 별장에는 되도록 가지 않으려 했지만 지금 그는 그리로 가고 싶은 마음에 어떤 수를 써야 할지 궁리 중이었다.

〈그거야, 그녀가 경주에 오는지 알아보라고 벳시가 나를 보냈다고 하면 되지. 그래, 가는 거야.〉 그는 혼자서 결정을 내린 뒤 책에서 고개를 들었다. 그러고는 그녀와의 행복한

---

21 실제로 러시아의 〈크라스노예 셀로〉라는 마을에서 1873년 7월에 장교들의 승마 경주가 개최되었다.

22 약 74킬로그램에 해당한다.

만남을 머릿속에 생생하게 그리며 환한 미소를 지었다.

「집에 사람을 보내 서둘러 삼두마차를 준비하라고 전하게.」 그는 뜨거운 은제 접시에 담긴 비프스테이크를 내온 사환에게 이렇게 이르고는 접시를 끌어와 먹기 시작했다.

바로 옆 당구장에서 공을 치는 소리와 웃고 떠드는 소리가 들려왔다. 그때 입구에 두 명의 장교가 나타났다. 한 사람은 얼마 전 중앙 육군 유년 학교를 졸업하고 연대에 입대한 섬약하고 갸름한 얼굴의 새파란 청년이었고, 다른 하나는 뚱뚱하고 나이 든 장교로 볼살에 옴폭 묻힌 작은 눈에 손목에는 팔찌를 끼고 있고 있었다.

그들을 본 브론스키는 인상을 찌푸리고는 못 본 척 책 쪽으로 고개를 비스듬히 기울인 채 음식을 먹으며 책을 읽기 시작했다.

「웬일인가? 일 나가기 전에 원기라도 보충하는 중인가?」 뚱뚱하고 나이 든 장교가 그의 옆에 앉으며 말했다.

「보다시피.」 브론스키는 얼굴을 찌푸린 채 그의 얼굴은 보지도 않고 입을 닦았다.

「살이 찔까 걱정도 안 되나?」 그가 젊은 장교더러 앉으라는 듯 의자를 돌려놓으며 말했다.

「뭐?」 브론스키가 혐오의 빛을 띠고 예의 가지런한 이를 드러내며 노기 어린 음성으로 말했다.

「살이 찔까 봐 걱정되지 않느냐 말일세.」

「이보게, 여기 셰리주!」 브론스키는 장교에겐 대꾸도 않은 채 술을 주문하고는 책장을 넘기며 읽기를 계속했다.

뚱뚱한 장교가 주류 메뉴판을 들고서 젊은 장교를 돌아보았다.

「뭘 마실지 자네가 골라 보게.」그가 후배에게 메뉴판을 건넸다.

「라인산 포도주로 하겠습니다.」젊은 장교는 소심한 눈초리로 브론스키를 곁눈질하면서 손가락으로 엉성한 콧수염을 잡으려 애를 썼다. 브론스키가 고개조차 돌리지 않자 젊은 장교는 자리에서 일어났다.

「당구장으로 가시죠.」그가 말했다.

뚱뚱한 장교는 순순히 자리에서 일어났고, 두 사람은 문으로 향했다.

바로 그때, 키 크고 늘씬한 기병대 대위 야시빈이 홀 안으로 들어와서, 두 장교를 향해 멸시하는 투로 고개를 아래서 위로 끄덕이고는 브론스키에게로 다가왔다.

「어이! 여기 있었구먼!」그가 우람한 손으로 브론스키의 견장을 세게 치면서 외쳤다. 순간 성난 표정으로 돌아본 브론스키의 얼굴은 곧바로 특유의 침착하면서도 당당하고 호의 어린 미소로 환하게 빛났다.

「잘하고 있군, 알료샤.」대위가 우렁찬 바리톤으로 말했다. 「얼른 먹고 한잔하자고.」

「생각 없네.」

「정말이지 못 말리는 한 쌍이야.」야시빈이 마침 식당을 나서는 아까의 두 장교를 조소 어린 눈초리로 쳐다보며 내뱉듯이 말했다. 그러고는 의자 높이에 비해 너무 긴, 승마용 바지 속 넓적다리와 무릎을 각이 지게 잔뜩 구부리고는 브론스키의 옆자리에 앉았다. 「어제저녁 왜 크라스넨스키 극장에 들르지 않았나? 누메로바가 꽤 괜찮았는데 말이야. 대체 어디 있었나?」

「트베르스카야 집에 줄곧 죽치고 있었지.」 브론스키가 대답했다.

「아!」 야시빈이 응수했다.

야시빈, 다름 아닌 도박꾼이자 도락가이며 모든 규범에 아랑곳하지 않을 뿐 아니라 부도덕을 원칙으로 여기는 사람, 이 야시빈이 연대에서 브론스키와 가장 절친한 친구였다. 브론스키가 그를 좋아하는 이유는 두주불사로 술을 마시거나 한숨도 안 자고도 끄떡없는 그의 체력, 그리고 상사와 동료들과의 관계에서 경외심을 불러일으킬 만큼 확실하게 드러나는 정신력 때문이었다. 그의 정신력은 또한 도박판에서 입증되었는데, 거의 언제나 술을 진탕 마신 채로도 수만 루블이 걸린 내기에서 예리하고 확고부동하게 판세를 주도하였기에 〈영국 클럽〉에서 으뜸가는 타짜로 인정받을 정도였다. 무엇보다 브론스키가 야시빈을 특히 존경하고 좋아하는 까닭은, 가문이나 재력을 봐서가 아니라 그저 브론스키라는 사람 자체를 그가 좋아한다고 느끼기 때문이었다. 그래서 브론스키는 모든 사람 가운데 오직 그 친구에게만 자신의 사랑에 관해 털어놓고 싶었다. 브론스키가 보기에 지금 그의 삶을 온통 채우고 있는 이토록 강한 열정을 이해해 줄 사람은 오직 야시빈 하나뿐이었다. 비록 그는 일체의 감정을 경멸하는 듯 보였지만 말이다. 뿐만 아니라 야시빈은 분명 소문과 스캔들 따위에는 이미 흥미를 잃었을 테고, 그러니 이 감정을 정당하게 이해할 것이라고, 즉 이 사랑이 장난이나 오락거리가 아니라 대단히 심각하고 중요한 무엇임을 알아주고 믿어 주리라 그는 확신했다.

그와 함께 자신의 사랑에 관한 얘기를 나눈 적은 없지만,

브론스키는 그가 모든 것을 알며 정당하게 이해하고 있음을 느꼈고, 친구의 눈빛으로 이를 확인할 때마다 기분이 좋았다.

「과연, 그랬군!」 트베르스카야의 집에 있었다는 브론스키의 말에 이렇게 대꾸한 뒤, 그는 검은 눈동자를 빛내며 특유의 몹쓸 버릇대로 왼쪽 콧수염을 쥐고서 입속에 밀어 넣기 시작했다.

「그래, 자넨 어제 어땠나? 좀 땄나?」 브론스키가 물었다.

「8천 루블. 그중 3천은 좀 불안해, 아마 안 내놓을 거야.」

「그럼 자네가 나한테 건 돈은 잃어도 그만이겠군.」 브론스키가 웃으며 말했다(야시빈은 이번 경주에서 브론스키에게 큰돈을 걸었다.)

「절대로 지는 일은 없을 걸세.」

「그래도 마호틴만큼은 위험하지.」

둘의 대화는 오늘 있을 경주에 대한 관망으로 옮겨 갔다. 지금 브론스키가 생각할 수 있는 건 오직 그것뿐이었다.

「가세, 나는 다 먹었어.」 브론스키가 이렇게 말하고는 자리에서 일어나 문으로 향했다. 야시빈 역시 길고 건장한 다리와 허리를 펴고 자리에서 일어났다.

「식사하기엔 아직 이르네만, 술은 한잔 마셔야겠어. 마시고 곧 가겠네. 어이 여기, 포도주 좀 내와!」 지휘와 호령으로 이름난 그 목청을 틔워 그는 유리창이 떨릴 만큼 쩌렁쩌렁하게 외쳤다. 「아니, 됐어!」 그가 곧 다시 소리쳤다. 「자네, 집으로 갈 테지? 나도 같이 가겠네.」

그와 브론스키는 함께 길을 나섰다.

20

브론스키는 두 구역으로 나뉜 널찍하고 깨끗한 핀란드식 오두막에 머물고 있었다. 페트리츠키는 숙영지에서도 그와 함께 지냈다. 브론스키와 야시빈이 오두막 안으로 들어섰을 때 페트리츠키는 자고 있었다.

「일어나, 잘 만큼 잤네.」 칸막이 뒤로 들어온 야시빈이 베개에 코를 파묻은 채 머리가 엉망으로 헝클어진 페트리츠키의 어깨를 떼밀며 말했다.

페트리츠키가 후다닥 무릎을 짚고 몸을 일으키더니 뒤를 돌아보았다.

「자네 형이 왔어.」 그가 브론스키에게 말했다. 「잠자는 사람을 깨워서는, 젠장, 다시 오겠다고 하더군.」 그러고는 다시 이불을 끌어당기며 베개 위로 쓰러졌다. 「제발 나 좀 내버려 둬, 야시빈.」 그가 이불을 벗겨 내려는 야시빈에게 성질을 부렸다. 「내버려 두라니까!」 그러고서 돌아눕고는 눈을 떴다. 「그보다 뭘 마시는 게 좋을지 얘기 좀 해주지그래, 입안이 텁텁해 죽겠군…….」

「보드카가 제일 낫지.」 야시빈이 특유의 저음으로 권했다. 「테레센코! 나리께 보드카와 절인 오이를 가져다주게.」 자기 목소리에 도취된 양 그가 소리쳤다.

「보드카, 그게 괜찮을까?」 페트리츠키는 얼굴을 찌푸린 채 눈을 비비며 물었다. 「자네도 마실 텐가? 그래, 함께 마시자고! 브론스키, 자네도 한잔할 텐가?」 그가 몸을 일으키고는 팔 아랫부분을 호피 무늬 이불로 감싸고서 물었다.

페트리츠키는 칸막이 문으로 나와 두 팔을 치켜들고 프랑스어로 노래를 불렀다. 「투-울-레에 왕이 살았네.[23] 브론스키, 한잔할래?」

「자네가 마시게.」하인이 건네준 프록코트를 입으며 브론스키가 말했다.

「어딜 갈 참인가?」야시빈이 물었다. 「저기 삼두마차가 오는군.」그가 마차가 다가오는 걸 보고 덧붙였다.

「마구간으로 가려네. 말 때문에 브랸스키에게도 가봐야 하고.」브론스키가 말했다.

실제로 브론스키는 페테르고프[24]에서 10베르스타[25]쯤 떨어진 곳에 있는 브랸스키에게 가기로 약속을 했었다. 말 대금을 지불하기로 했던 것이다. 그래서 서둘러 짬을 내어 그곳에 들를 생각이었다. 하지만 동료들은 그가 마구간에만 가려는 게 아니라는 걸 곧바로 알아챘다.

페트리츠키는 계속해서 노래를 부르며, 〈그 브랸스키가 과연 누군지, 우리는 알지〉라는 투로 윙크를 하고는 입을 삐죽 내밀었다.

「늦지 않게 주의하게!」야시빈이 화제를 돌리려고 애길 꺼냈다. 「그런데 내 적갈색 말은 일 잘하고 있나?」자신이 팔아넘긴 옛 토종말에 대해 물으며 그가 창문 너머를 바라보았다.

「잠깐만!」페트리츠키가 이미 밖으로 나선 브론스키를 향

23 괴테의『파우스트』중 한 구절. 툴레는 독일의 민간 전설에 나오는 섬이다.
24 페테르고프는 〈표트르의 궁전〉이라는 뜻의 〈페트로드보레츠〉의 독일식 표현으로, 18세기 초 표트르 대제에 의해 페테르부르크 근교에 건립된 여름 궁전의 이름이자 그 궁전이 있는 도시의 명칭이다.
25 미터법이 시행되기 전까지 러시아에서 사용된 거리 단위. 1베르스타는 1,067킬로미터이다.

해 외쳤다. 「자네 형이 편지와 메모를 남겼어. 잠깐, 그게 어 딨더라?」

브론스키가 가던 걸음을 멈췄다.

「그래, 어디 있나?」

「어디 있느뇨? 그것이 문제로다!」 페트리츠키가 집게손가락을 코 앞에서 위로 치켜들며 장엄한 어조로 말했다.

「멍청한 짓 말고 얼른 말해!」 브론스키가 웃으며 재촉했다.

「벽난로를 피운 것도 아니니, 여기 어딘가 있겠지.」

「거짓 수작 그만 부리게! 편지 어딨어?」

「아냐, 정말로 잊어버렸어! 아니면 꿈속에서 본 건가? 잠깐, 잠깐만! 뭘 그리 화를 내고 그래! 어제의 나처럼 술을 네 병이나 마셨더라면, 자네는 어디에서 쓰러져 잠들었는지조차 기억하지 못할 걸세. 잠시만, 지금 바로 생각해 내겠어!」

페트리츠키가 칸막이 뒤로 가서 자신의 침대 위에 누웠다.

「기다려 봐! 내가 이렇게 누워 있었고, 자네 형님은 저기 서 있었지. 그래, 맞아, 맞아……. 여기 있다!」 페트리츠키가 숨겨 둔 편지를 매트리스 밑에서 꺼냈다.

브론스키는 편지와 형이 남긴 메모를 받았다. 바로 그가 예상하던 바였다. 편지는 그가 한 번도 오지 않는다고 나무라는 내용으로 모친이 보낸 것이었고, 형이 남긴 메모는 그와 얘기 좀 해야겠다는 내용이었다. 브론스키는 둘 다 똑같은 건에 관한 것임을 알고 있었다. 〈대체 무슨 상관들이라고!〉 브론스키가 속으로 중얼거리고는 편지를 접어서 프록코트의 단추 사이에 끼워 두었다. 가는 길에 자세히 읽어 보려는 심산이었다. 오두막 앞 차양에서 그는 두 장교와 마주쳤다. 한 명은 같은 연대 동료였고, 나머지 한 명은 다른 연대 소속이었다.

브론스키의 숙영지는 늘 온갖 장교들의 소굴이었다.

「어딜 가나?」

「페테르고프에 갈 일이 있어서.」

「차르스코예에서 말은 왔는가?」

「왔네만 아직 보지는 못했네.」

「마호틴의 글래디에이터[26]가 다리를 전다고들 하더군.」

「무슨 허튼소리를! 그런데 이 진창을 어떻게 말을 타고 달리려고 그러나?」 또 다른 장교가 말했다.

「나의 구세주들이 왔구먼!」 오두막 안으로 들어서는 이들을 보며 페트리츠키가 말했다. 그들 앞에는 졸병이 보드카와 절인 오이가 놓인 쟁반을 든 채 서 있었다. 「자, 야시빈이 원기 회복을 위해 마시라고 윽박이지 뭔가.」

「어제도 그렇게 먹이고선.」 방금 들어온 장교 중 하나가 말했다. 「밤새 한잠도 못 자게 했잖나.」

「아니, 우리가 어떻게 끝을 맺었는데!」 페트리츠키가 이야기를 늘어놓았다. 「볼코프가 지붕 위로 기어 올라가더니 우울하다 그러더군. 그래서 내가 말했지. 〈음악을 연주하게, 장송 행진곡을!〉 그렇게 그는 지붕 위에서 장송 행진곡에 맞춰 잠이 들었지.」

「그런데, 뭘 마시는 거지?」 그가 인상을 찌푸리며 잔을 들었다.

「마시게, 마셔, 보드카를 마셔야 해. 그런 다음 탄산수랑 레몬을 잔뜩 먹으라고.」 야시빈이 마치 아이에게 약 먹으라고 잔소리를 하는 엄마처럼 페트리츠키를 내려다보며 말했다.

26 〈검투사〉라는 뜻의 〈글래디에이터〉는 브론스키의 경쟁자인 마호틴의 경주마 이름이다.

「그다음에는 샴페인을 조금만, 그러니까, 한 병쯤 마시게.」

「아주 좋은 생각이야. 이봐, 브론스키, 한잔만 하자고.」

「아니, 잘 있게, 친구들, 오늘은 마시지 않겠네.」

「왜 그러나, 살찔까 봐 그래? 그럼, 우리끼리 마시지 뭐. 탄산수와 레몬을 갖다 줘.」

「브론스키!」 그가 차양을 이미 벗어났을 때 누군가 그를 소리쳐 불렀다.

「왜?」

「자네 이발하는 게 좋겠어. 안 그러면 머리카락이 무거울 거야. 특히 머리가 벗어진 부분 말이야.」

정말로 브론스키는 때 이르게 머리가 점점 벗어지는 참이었다. 그가 고른 이를 드러내며 쾌활하게 활짝 웃어 보인 뒤 벗어진 부분에 군모를 눌러쓰고 마차에 올라탔다.

「마구간으로 가세!」 마부에게 이르고서 그는 편지를 꺼냈으나, 곧 생각을 바꾸어 말을 보기 전까지 다른 일에는 신경쓰지 않기로 했다. 〈나중에 읽어야지……!〉

21

판자로 만든 임시 마구간 막사는 경마장 바로 옆에 세워져 있었다. 어제 그리로 브론스키의 말이 오기로 되어 있었다. 그는 아직 말을 보지 못했다. 최근 며칠 말을 길들이러 직접 다니지 않고 조련사에게 맡겨 둔 터라 지금 자신의 말이 어떤 상태로 도착해 있는지조차 모르고 있었다. 그가 마차에서 내리자마자 흔히 〈말 시중꾼〉이라고들 부르는 그의 마구간지기 소년이 멀리서 마차를 알아보고는 조련사를 불렀다. 목이 긴 부츠와 짧은 재킷 차림에 머리털은 구레나룻에만 한 움큼 남은 비쩍 마른 영국인 조련사가 어정쩡하게 편 팔꿈치를 심하게 흔들면서 기수들 특유의 걸음걸이로 그를 맞이하러 다가왔다.

「그래, 프루프루[27]는 어떤가?」 브론스키가 영어로 물었다.

「All right, sir(아주 좋습니다, 나리).」 어쩐지 목구멍 안쪽에서 울리는 듯한 음성으로 영국인이 말했다. 「들어가시지 않는 게 좋을 텐데요.」 그가 모자를 들어 올리며 덧붙였다. 「재갈을 씌운 터라 말이 좀 흥분해서요. 안 들어가시는 게 좋을 듯합니다. 말이 불안해할 겁니다.」

「아니야, 들어가 보겠네. 한번 보고 싶어.」

「그럼 가시지요.」 영국인이 찌푸린 얼굴에 여전히 입은 벌리지 않은 채로 대꾸하고는 팔꿈치를 흔들면서 예의 어기적거리는 걸음으로 앞장을 섰다.

그들은 막사 앞의 작은 마당으로 들어섰다. 당직을 서고 있던, 깔끔한 재킷을 멀끔하게 차려입은 늠름한 청년이 한 손에 빗자루를 든 채 두 사람을 맞이하고는 그들을 따라나섰다. 막사에는 칸막이가 쳐진 우리에 다섯 마리 말이 각각 서 있었다. 브론스키가 알기에 그의 가장 막강한 경쟁자, 몸 길이가 5베르쇼크[28]나 되는 마호틴의 암갈색 말 글래디에이터 역

27 페테르부르크에서 1872년 상연된 희극의 제목이자 여주인공의 별명으로, 변덕스럽고, 잘 웃고, 노래하고 춤추기를 좋아하는 캐릭터를 잘 드러내는 말이다. 극장 문화를 즐기던 당시 귀족 사회의 유행을 고려하여 브론스키는 자신의 말에게 〈프루프루〉라는 이름을 붙였다.

28 러시아의 옛 길이 단위로, 1베르쇼크는 약 4.445센티미터다. 러시아에서 사람과 짐승의 키에 베르쇼크를 사용하는 경우에는 2아르신(약 142센티

시 오늘 이곳에 운반되어 있을 터였다. 사실 브론스키는 자신의 말보다도 아직 본 적이 없는 글래디에이터가 더 보고 싶었다. 경주의 관례상 경쟁자의 말을 보는 것뿐 아니라 그에 대해 물어보는 것도 예의가 아니라는 것을 알고 있었지만 말이다. 그런데 마침 통로를 지날 때 소년이 왼편에 있는 두 번째 우리의 문을 여는 바람에 그는 커다란 몸집에 다리가 흰 밤색 말을 보고 말았다. 바로 그 녀석이 글래디에이터임을 직감한 브론스키는 펼쳐져 있는 남의 편지를 외면하는 사람의 심정으로 프루프루의 우리 쪽으로 고개를 돌렸다.

「여기 있는 말이 마아-크…… 마크……. 그 이름은 도대체가 발음을 못 하겠습니다.」 커다란 손톱에 때가 낀 손가락으로 어깨 너머 글래디에이터의 우리를 가리키면서 영국인이 말했다.

「마호틴 말인가? 그래, 바로 나의 유일하고도 강력한 경쟁자네.」 브론스키가 말했다.

「만일 나리께서 그 말을 타신다면, 저는 나리께 돈을 걸 텐데요.」 영국인이 말했다.

「프루프루는 섬세하고 그 녀석은 힘이 세지.」 자신의 승마 실력을 칭찬하는 소리에 브론스키가 빙긋 웃으며 말했다.

「장애물 경주에서는 모든 게 기마술과 플러크pluck에 달려 있지요.」 영국인이 말했다.

플러크, 그것은 정력과 담력을 뜻했다. 브론스키는 그것이 자신에게 충분하다고 여겼을 뿐 아니라, 나아가 자신보다 더 플러크가 넘치는 사람은 세상에 없으리라 확신하고 있었다.

미터)을 초과하는 부분만 계산하므로, 글래디에이터의 몸 길이는 약 165센티미터인 셈이다.

「더 **조련시킬** 필요는 없는 건가? 틀림없이?」

「그렇습니다.」영국인이 대답했다. 「제발, 큰 소리로 말씀하지 마십시오. 말이 흥분합니다.」고갯짓으로 바로 앞의 닫힌 우리를 가리키며 그가 덧붙였다. 우리 안에서 건초 위를 저벅거리는 말발굽 소리가 들려왔다.

영국인이 문을 열자, 브론스키는 하나밖에 없는 작은 통풍구를 통해 희미하게 빛이 새어 들어오는 우리 안으로 들어섰다. 우리 안에는 흑갈색 말이 재갈을 물고 서서 새로 간 건초를 두 발로 번갈아 밟고 있었다. 브론스키는 어슴푸레한 빛에 싸인 우리를 둘러본 뒤, 자신도 모르게 다시금 애마의 몸매를 마치 얼싸안는 듯한 눈길로 훑어보았다. 프루프루는 중키의 말로, 체형상 흠이 없는 건 아니었다. 무엇보다 전반적으로 골격이 가늘었다. 가슴뼈가 전면(前面)으로 발달해 있었지만 가슴 자체는 좁다랬다. 둔부는 약간 아래로 처졌고, 앞다리와 특히 뒷다리는 심한 안짱다리였다. 다리의 근육도 그리 튼튼하지 못했다. 하지만 복부만큼은 대단히 넓었고, 조련된 그 홀쭉한 배는 특히 놀라울 정도였다. 무릎 아래의 다리뼈도 앞에서 보면 손가락 두께 정도밖에 안 되었지만 옆에서 보면 엄청나게 넓었다. 늑골만 제외하면 온몸이 양 옆구리에서 눌린 듯이 아래로 좁게 늘어진 형국이었다. 하지만 이 말은 그 모든 결점을 잊게 만드는 아주 고급한 자질을 갖고 있었으니, 그것은 바로 영국식 표현에 따르면 **스스로 자신을 알리는 혈통**이었다. 공단처럼 얇고 탄력적이면서도 매끈한 가죽에 넓게 퍼진 혈관 밑으로 예리하게 불거진 근육들은 뼈만큼이나 단단해 보였다. 돌출된 두 눈이 생기 있게 반짝이는 갸름한 두부(頭部)는 콧마루에서부터 붉은 혈색의 점막이 드러난 유달리 벌어진 콧구멍까지 널찍하게 뻗어 있었다. 말의 전반적인 생김새에서, 특히 두상에서 어떤 혈기왕성한 부드러움이 우러나왔다. 프루프루는, 구강 구조만 아니라면 말을 할 수 없는 이유라고는 없어 보이는 그런 짐승들 중 하나였다.

적어도 브론스키가 보기에는, 자신이 지금 프루프루를 보면서 무엇을 느끼는지 말이 전부 다 알고 있는 것만 같았다.

브론스키가 우리 안으로 들어서자마자, 말은 흰자위에 핏발이 설 정도로 방금 들어온 침입자들을 맞은편에서 흘겨보며 숨을 깊이 들이마시더니 재갈을 흔들면서 경쾌하게 양발을 굴렀다.

「자, 보십시오, 아주 흥분한다니까요.」 영국인이 말했다.

「워워, 착하지! 워!」 브론스키가 살살 달래면서 말에게 다가갔다.

하지만 가까이 갈수록 말은 더 동요했다. 그런데 그가 머리 부근에 다가가자 갑자기 잠잠해지더니, 보드랍고 가느다란 털 아래 근육이 떨리기 시작했다. 브론스키는 말의 다부진 목을 쓰다듬다가 날렵한 목덜미의 한쪽으로 젖혀진 갈기를 바로잡아 주었다. 그러고는 박쥐 날개처럼 얇게 펴진 말의 콧구멍 쪽으로 얼굴을 가져갔다. 긴장된 콧구멍으로 씩씩거리며 숨을 들이쉬고 내뿜으며 부르르 몸을 떨던 말은 뾰족한 귀를 오므리고는 브론스키의 소매를 물려는 양 검고 단단한 입술을 그를 향해 내밀었다. 하지만 곧 재갈이 물려 있음을 기억했는지, 그걸 털어 내듯 머리를 흔들더니 다시 조각 같은 다리를 번갈아 굴렀다.

「진정해라, 착하지, 진정해!」 그가 한 손으로 계속 프루프루의 엉덩이를 쓰다듬으며 말했다. 그런 뒤 말의 상태가 최상이라는 생각에 기분 좋게 우리를 나왔다.

　말의 흥분이 브론스키에게로 옮아온 듯 그는 피가 심장으로 몰려드는 느낌이었고, 말처럼 몸을 움직이고 뭔가 깨물고 싶었다. 묘하고도 유쾌한 기분이었다.

　「그럼, 자네만 믿네.」 그가 영국인에게 말했다. 「6시 30분에 거기서 보세.」

　「아무 문제 없습니다.」 영국인이 말했다. 「그런데 어딜 가시는 길입니까, my lord(주인님)?」 그가 뜻밖에도 my lord(주인님)이라는 호칭을 쓰며 물었다.

　브론스키는 놀란 표정으로 고개를 쳐들고는 될 수 있는 한 그의 눈이 아니라 이마를 보려고 애썼다. 그 질문의 대담함에 깜짝 놀란 것이다. 그러나 영국인이 자신을 주인 나리가 아닌 기수로 대하면서 그런 질문을 던졌다는 것을 깨닫고는 이렇게 대답했다.

　「브랸스키에게 다녀올 일이 있네. 한 시간 후면 집에 돌아와 있을 걸세.」

　〈도대체가 몇 번이나 이 질문을 듣는 건지!〉 좀처럼 얼굴을 붉히는 법이 없는 그가 불그레해진 얼굴로 생각했다. 영국인은 그를 예의 주시하더니, 마치 브론스키가 어디로 가는지 안다는 투로 한마디 덧붙였다.

　「제일 중요한 건 경주를 앞두고 마음의 안정을 취하는 겁니다.」 그가 말했다. 「기분이 상하는 일이 없도록 하십시오, 어떤 일에도 언짢아지시면 안 됩니다.」

　「All right(알았네).」 브론스키가 웃으며 대답하고는 마차에 올라타 페테르고프로 가자고 일렀다.

　마차가 출발한 지 얼마 되지 않아, 아침부터 비를 뿌릴 듯

했던 먹구름이 몰려오더니 폭우가 마구 쏟아지기 시작했다.

〈젠장!〉브론스키는 마차의 덮개를 올리며 생각했다. 〈아까는 진창이더니, 이제는 완전히 늪이겠군.〉덮개가 쳐진 마차에 고즈넉이 앉은 그는 어머니의 편지와 형의 메모를 꺼내 읽었다.

모두가 그렇고 그런 얘기였다. 어머니도 형님도 여지없이 그의 애정사에 간섭해야겠다는 것이었다. 그러한 간섭이 그로서는 여태 거의 느껴 본 적 없는 악감정을 마음속에 불러일으켰다. 〈대체 무슨 상관인데? 왜 모두들 내 걱정을 못 해서 안달이냐고! 왜 나를 이렇게 귀찮게 구는 거야? 하긴, 자기네들이 이해할 수 없는 것이라서 그렇겠지. 그저 범속한 사교계의 정사였다면 나를 가만히 내버려 뒀을 거야. 그런데 이건 뭔가 다르고 장난이 아니라는 걸, 이 여자는 나한테 목숨보다 귀하다는 걸 알아차린 거야. 바로 그 모든 것들을 이해할 수가 없으니 화가 나는 거지. 무슨 일이 있든, 우리의 운명이 어찌 되든 간에 우리는 이미 그것을 결정지었고, 불평 같은 건 하지 않아.〉그는 자신과 안나를 **우리**라는 단어로 결속시키고 있었다. 〈그래, 다들 우리에게 사는 법을 가르치려 드는 거야. 행복이란 게 뭔지도 전혀 모르면서, 이 사랑이 없다면 우리에게는 행복도 불행도 없으며 삶 자체가 존재하지 않는다는 사실도 모르면서 말이지.〉

사실 그가 모두에게 화를 내는 진짜 이유는, 내심 그들 모두가 옳다고 느끼기 때문이었다. 그는 안나와 자신을 묶어 주는 이 사랑이, 사교계의 여느 정사처럼 유쾌하거나 불쾌한 기억들 말고는 삶 속에 다른 어떤 흔적도 남기지 않은 채 지나가 버리는 순간적인 유혹이 아님을 느끼고 있었다. 그는 자신과 그녀가 처한 상황의 온갖 괴로움을, 그들이 속한 사교계에서 뻔히 드러나는데도 사랑을 숨겨야 하며 거짓말을 하고 속여야 하는 그 고역을 절감하고 있었다. 자신들의 사랑이 아닌 다른 모든 것을 망각할 만큼 그들을 묶고 있는 열정이 뜨거울 때조차도 거짓말하고, 속이고, 계략을 꾸미고, 끊임없이 남들 눈치를 봐야 하는 것이었다.

불가피하게 거짓말을 하거나 둘러대곤 했던, 숱하게 되풀이되어 온 순간들이 생생하게 떠올랐다. 그건 자신의 본성에 걸맞지 않은 짓이었다. 특히나 어쩔 수 없는 거짓말과 기만 때문에 그녀가 수치스러워하는 모습을 여러 차례 목격하지 않았는가. 게다가 그 역시 안나와의 관계가 시작된 이래 가끔씩 솟구치는 이상한 감정을 경험했다. 그것은 무언가에 대한 지독한 혐오감이었다. 그게 알렉세이 알렉산드로비치를 향한 것인지, 혹은 자기 자신을 향한 것인지, 아니면 사교계 전체에 대한 감정인지, 잘 알 수가 없었다. 어쨌든 브론스키는 항상 그 이상한 감정을 스스로에게서 떨쳐 버리곤 했으며, 지금도 역시 고개를 한차례 털어 버리고는 생각의 실마리를 이어 나갔다.

〈그래, 예전에 그녀는 불행하긴 했어도 도도하고 침착했지. 그런데 지금은, 비록 겉으로 드러내지는 않지만 평정과 품위를 잃었어. 그래, 이제 이런 상황을 끝내야 해.〉 그는 홀로 단정 지었다.

이 지긋지긋한 허위를 반드시 끝장내야 하며, 그 일은 빠르면 빠를수록 좋다는 뚜렷한 생각이 그의 머릿속에 처음으로 떠올랐다. 〈모든 걸 버리고, 오로지 우리의 사랑만을 간직한 채 어디론가 숨어 버려야 해.〉 그가 속으로 되뇌었다.

22

폭우는 오래 지속되지 않았다. 이미 고삐를 당기지 않아도 진흙탕을 질주하는 양옆의 말들을 좌우로 길게 거느린 채 선두의 토종말을 전속력으로 달려 브론스키의 마차가 거의 당도했을 즈음, 태양은 다시 구름 사이로 얼굴을 내밀고 별장의 지붕들과 정원의 해묵은 보리수들은 큰길 양쪽에서 촉촉한 잎사귀를 반짝이고 있었다. 나뭇가지에서 경쾌하게 방울져 떨어진 빗물이 지붕에서 물줄기가 되어 졸졸 흘러내렸다. 폭우 때문에 경마장이 훼손될지도 모른다는 생각은 이미 그의 머릿속에서 지워지고, 지금은 이 비 덕분에 분명 별장에 홀로 있을 그녀와 마주하리라는 기대로 즐거울 따름이었다. 그가 알기로 얼마 전 온천에서 돌아온 알렉세이 알렉산드로비치는 페테르부르크에서 아직 이곳으로 오지 않은 터였다.[29]

혼자 있는 그녀와 단둘이 만나기를 바라며 브론스키는 언제나처럼 사람들의 눈에 띄지 않기 위해, 마차를 탄 채 다리를 건너지 않고 내려서 별장까지 걸어갔다. 그는 출입문으로 이어진 길 대신 마당 안으로 들어섰다.

「주인 나리는 오셨는가?」 그가 정원사에게 물었다.

「오실 턱이 없습죠. 주인마님은 안에 계십니다요. 저, 현관으로 해서 가시지요. 거기 사람들이 있으니 문을 열어 드릴 겁니다.」 정원사가 대답했다.

「아니, 정원을 지나서 가겠네.」

---

29 당시 귀족들과 부유층들은 자신의 영지나 도시 근교에 소유한 별장에서 7~8월을 보냈다. 여름을 나기 위해 별장으로 떠나는 과정은 거의 이사를 방불케 했다.

그녀가 혼자 있다는 걸 확인하자 그는 불시에 그녀 앞에 나타나고 싶었다. 오늘 오겠다는 약속을 한 적이 없었기에, 그녀는 경주를 앞둔 그가 찾아올 줄은 생각조차 못 하고 있을 것이 틀림없었다. 그는 허리에 찬 군도를 움켜쥔 채, 가장자리에 꽃이 심긴 좁다란 모랫길을 조심스레 밟으며 정원 쪽으로 난 테라스를 향해 다가갔다. 브론스키는 오는 길에 떠올렸던, 자신이 처한 그 모든 고통과 난관을 까맣게 잊고 있었다. 오직 하나의 생각, 이제 상상 속에서만이 아니라 현실 그대로의 그녀를 실물로 보게 되리라는 생각뿐이었다. 그는 소리를 내지 않기 위해 살금살금 숨죽인 발걸음으로 테라스의 완만한 계단을 올랐다. 그런데 그 순간 문득, 그가 늘 잊어버리곤 했던, 그녀와의 관계에서 가장 괴로운 점이 생각났다. 그것은 다름 아니라, 늘 의혹에 가득 찬, 그가 보기에는 적대적인 눈초리를 보내는 그녀의 아들이었다.

이 소년은 그들의 관계에 있어서 누구보다도 자주 훼방꾼 노릇을 했다. 아이가 있을 때면 브론스키도 안나도 함부로 말을 꺼내지 못했다. 단지 남들 앞에서 꺼내지 못할 그런 내용뿐 아니라, 아이가 이해하지 못할 만한 얘기라면 에둘러서 말하는 것조차 자제했다. 그렇게 하기로 두 사람이 합의를 한 것도 아닌데 저절로 그렇게 굳어 버린 것이다. 이 아이를 속이는 게 그들 스스로에 대한 모욕이라고까지 여겨지는 듯했다. 아이가 있을 때면 두 사람은 그저 아는 사이인 것처럼 이야기를 나눴다. 하지만 그토록 조심을 해도, 자신을 주의 깊게 바라보는 의혹에 찬 시선과 자신을 향한 이상한 의구심, 때론 상냥하고 때론 냉담하면서도 수줍어하는 아이의 변덕스러운 태도가 자주 브론스키의 눈에 띄었다. 아이는 마치 이 사람과 엄마 사이가 자신으로선 이해할 수 없는 어떤 중요한 관계로 이어져 있음을 감지하고 있는 것만 같았다.

실제로 소년은, 자신이 이 관계를 이해할 수 없으며 아무리 애를 써도 이 사람에 대해 어떤 감정을 품어야 하는지 스스로 알 수가 없다고 느끼고 있었다. 그뿐만 아니라 아빠, 가정 교사, 유모 등 식구들 모두가 아무 말도 입 밖에 내지 않아도, 실은 브론스키를 좋아하지 않을 뿐만 아니라 혐오와 두려움이 섞인 눈초리로 그를 쳐다본다는 사실도 어린애다운 예민한 감수성으로 잘 파악하고 있었다. 그래도 엄마는 그를 제일 좋은 친구처럼 바라보는 것이었다.

〈이게 무슨 뜻일까? 저 아저씨는 대체 누구지? 어떻게 저 아저씨를 좋아할 수 있을까? 내가 잘 모르는 건 내 잘못이야. 아니면 내가 멍청하든가 나쁜 아이인 거야.〉 소년은 생각했다. 브론스키를 그토록 압박하는, 미심쩍어하고 때론 적의가 서린 예민하기 짝이 없는 소년의 표정, 그리고 그 두려움과 변덕스러움은 바로 이러한 감정에서 비롯되었다. 아이의 존재는 언제나 브론스키에게 최근 그가 느끼는 예의 그 까닭 모를 기묘한 혐오감을 가져다주었다. 또한 아이의 존재는 브론스키와 안나에게 모종의 항해자가 된 것 같은 심정을 불러일으켰다. 빠른 속력으로 나아가는 이 방향이 정작 가야 할 방향과는 한참 거리가 멀다는 것을 나침반으로 확인하면서도 항해를 중단할 힘이 없기에 매 순간 가야 할 방향으로부터 점점 더 멀어지고, 그리하여 마침내는 자신이 항로를 이탈했음을, 별 도리 없이 이제 파멸하고 말았음을 스스로 인정하는 항해자 말이다.

삶에 대해 그토록 순진무구한 시선을 지닌 이 아이는 그들이 알고 있으면서도 알고 싶어 하지 않는 사실을, 그들이 얼마나 궤도에서 이탈했는지를 알려 주는 나침반이었다.

그런 세료자가 오늘은 집에 없었다. 그녀는 산책을 나갔다가 도중에 비를 만났을 아들이 돌아오기를 기다리며 홀로 테라스에 앉아 있었다. 아들을 찾아오라고 사람을 보내 놓고 앉아서 기다리고 있던 참이었다. 커다랗게 수를 놓은 흰 드레스 차림으로 테라스 한구석 화초들 뒤편에 앉아 있던 터라 그녀는 그가 오는 소리를 듣지 못했다. 곱슬거리는 검은 머리를 수그려 난간에 놓인 차가운 물뿌리개에 이마를 댄 채, 브론스키에게 너무나 친숙한 반지들을 낀 아름다운 두 손으로 물뿌리개를 잡고 있었다. 그녀의 자태, 머리와 목, 두 팔의 아름다움에 브론스키는 늘 예기치 않은 놀라움에 휩싸이곤 했다. 그는 멈춰 서서 황홀한 눈초리로 그녀를 바라보았다. 그녀에게 다가가려고 걸음을 내디디려는 순간, 안나는 그가 온 것을 직감하고서 물뿌리개를 밀어 놓고는 열기로 달아오른 얼굴을 돌렸다.

「무슨 일이에요? 몸이 안 좋은 건가요?」 브론스키가 그녀에게 다가가며 프랑스어로 물었다. 당장 달려가고 싶었지만 보는 눈이 있을지 모른다는 생각에 그는 발코니의 출입문 쪽을 돌아보고는 얼굴을 붉혔다. 남들 눈을 두려워하고 주변을 살펴야 한다고 느낄 때마다 그의 얼굴은 매번 붉어지곤 했다.

「아니에요, 난 건강해요.」 그녀가 자리에서 일어나 그가 내민 손을 꼭 잡으면서 말했다. 「오실 줄…… 몰랐는데요.」

「맙소사! 손이 이렇게 차갑다니!」 그가 말했다.

「나를 깜짝 놀라게 하는군요.」 그녀가 말했다. 「혼자 있어요. 세료자를 기다리던 중이에요. 산책을 나갔거든요. 요 근방에서 오고 있을 거예요.」

그녀는 태연한 척하려 애썼지만, 입술이 떨리고 있었다.

「이렇게 와서 미안합니다. 하지만 당신을 보지 않고선 하루를 보낼 수가 없었어요.」계속해서 그는 평소처럼 프랑스어로 말을 이었다. 둘 사이에 냉정하고 가당치 않은 러시아어 특유의 **당신**vy이라는 호칭과 감히 입에 올리기에는 위험한 **그대**ty라는 호칭을 피하기 위함이었다.[30]

「뭐가 미안하다는 거예요? 저는 그저 반갑기만 한걸요!」

「하지만 몸이 불편하거나 아니면 뭔가 괴로운 일이 있는 거잖아요.」잡은 손을 놓지 않은 채 그녀에게 몸을 숙이며 그가 말했다.「무슨 생각을 하고 있었나요?」

「늘 한 가지 생각뿐이죠.」그녀가 미소를 지었다.

그녀의 말은 진심이었다. 무슨 생각을 하던 중이냐고 언제, 어느 순간에 묻더라도, 그녀는 어김없이 〈오직 한 가지 생각〉 뿐이라고 대답할 것이다. 그것은 바로 자신의 행복과 불행에 대한 생각이었다. 그가 찾아온 지금, 그녀는 그런 생각에 빠져 있었다. 다른 사람들, 가령 벳시에게는 그 모든 게 그토록 수월하건만(그녀는 사교계에서는 비밀에 부쳐진 벳시와 투시케비치 간의 내연 관계를 알고 있었다), 어째서 자신에게는 이토록 힘겨울까? 다름 아닌 이런 생각이 몇 가지 상념과 더불어 오늘 그녀를 괴롭혔던 것이다. 그녀는 브론스키에게 경주에 대해 물었다. 질문에 대답을 하고 나서, 그녀가 불안

---

30 러시아어의 〈vy〉는 상대방에게 거리를 두고 정중하게 부르는 호칭, 〈ty〉는 상대방을 친밀하고 편하게 부르는 호칭이다. 안나와 브론스키는 친밀한 사이지만 그걸 대놓고 표시할 수는 없는 비밀 연인이기에 상대방을 〈vy〉라고도, 〈ty〉라고도 부를 수 없는 것이다.

에 떨고 있음을 알아챈 그는 시름을 달래 주고자 아주 평범한 말투로 경주를 앞두고 어떤 준비를 하고 있는지 자세히 이야기하기 시작했다.

〈말을 할까, 말까?〉 브론스키의 침착하고 다정한 눈빛을 바라보며 그녀가 생각했다. 〈이토록 행복한 데다 경주에 온통 정신이 팔려 있으니, 이 문제를 제대로 이해하지 못할 거야. 이 사태가 우리에게 뭘 뜻하는지 이해하지 못할 거라고.〉

「그런데 내가 왔을 때 무슨 생각을 하고 있었는지 아직 말해 주지 않았는데요.」 문득 브론스키가 얘기를 중단하더니 이렇게 말했다. 「어서 말해 봐요!」

그녀는 아무 대답 없이 고개를 약간 숙이고는 긴 속눈썹 아래서 반짝이는 두 눈으로 미심쩍은 듯 그를 올려다보았다. 화초에서 뜯어 낸 이파리를 만지작거리던 그녀의 손이 떨렸다. 그 모습을 본 그의 얼굴에서는 그녀의 마음을 그토록 사로잡았던 지극한 순종과 충정의 표정이 우러나왔다.

「무슨 일이 생긴 게 분명해요. 당신한테 나는 모르는 걱정거리가 있다는 걸 아는데, 단 한 순간이라도 내 마음이 어찌 편할 수가 있겠습니까? 제발, 말 좀 해봐요!」 그가 애원조로 되풀이했다.

〈그래, 이 일의 의미를 제대로 이해하지 못한다면 나는 이이를 용서하지 못할 거야. 얘기하지 않는 게 낫지, 공연히 시험해 볼 필요가 뭐가 있겠어?〉 여전히 그를 응시한 채로 그녀는 생각했다. 이파리를 쥔 손이 점점 더 떨려 왔다.

「제발 부탁이에요!」 그가 그녀의 손을 잡고서 다시금 채근했다.

「얘기하란 말인가요?」

「그래요, 자, 어서…….」

「나 임신했어요…….」그녀가 나직한 목소리로 천천히 말했다.

그녀의 손에서 이파리가 더욱 심하게 떨렸다. 하지만 그녀는 그에게서 눈을 떼지 않은 채 그가 어떻게 이 일을 받아들이는지 지켜보았다. 순간 얼굴빛이 새하얘진 그는 뭔가를 말하려다가 그만두고는 잡은 손을 놓고서 고개를 떨구었다. 〈그래, 이이는 이 사태의 의미를 모두 파악한 거야.〉그녀는 이렇게 생각하고는 고마운 마음에 그의 손을 잡았다.

그러나 그가 이 사태의 의미를 여자인 자신과 똑같이 이해하였다는 그녀의 생각은 틀린 것이었다. 소식을 접한 그는 대상을 알 수 없는 예의 기이한 혐오감이 몇 배나 더 강하게 발작적으로 솟구쳐 오르는 것을 느꼈다. 그러나 동시에 내심 고대하던 바로 그 위기가 지금 닥쳐왔으며, 따라서 더 이상은 그녀의 남편에게 감추는 일 없이 어떻게든 이 부자연스러운 상황을 청산하는 것이 불가피함을 깨달았다. 뿐만 아니라, 그녀의 흥분이 그에게도 물리적으로 옮아오는 것이었다. 그는 온화하고 유순한 눈길로 그녀를 바라보고는 그녀의 손에 입을 맞춘 뒤 말없이 테라스를 거닐었다.

「그래요.」그가 그녀에게 다가서며 단호하게 말했다. 「나도 당신도 우리의 관계를 장난으로 여긴 적은 없었죠. 그리고 지금 우리의 운명은 결정된 겁니다. 끝을 내야만 해요.」그가 주위를 둘러보며 말했다. 「우리가 파묻혀 살아온 이 거짓을 끝내야만 합니다.」

「끝낸다고요? 어떻게 끝낼 수 있나요, 알렉세이?」그녀가 조용히 물었다. 그녀는 진정된 상태였으며, 부드러운 미소로 얼굴이 환하게 빛나고 있었다.

「남편을 버리고 우리의 삶을 합치는 겁니다.」

「우리의 삶은 이미 이렇게 결합되어 있는걸요.」그녀가 들릴락 말락하게 대답했다.

「그렇긴 하죠. 하지만, 내 말은 완전히, 완전히 합치자는 거예요.」

「하지만, 어떻게요? 알렉세이, 어떻게 그럴 수 있는지 좀 가르쳐 주세요.」그녀는 우울한 표정으로 자신의 출구 없는 처지를 비웃었다. 「이 상황에서 벗어날 길이 과연 있을까요? 내가 그이의 아내가 아닐 수 있느냐고요.」

「모든 상황은 벗어날 길이 있는 법입니다. 결단을 내려야만 해요.」그가 말했다. 「뭐든 우리가 처한 상황보다는 나을 겁니다. 당신이 그 모든 일들로 괴로워한다는 것, 정말이지 나는 잘 알고 있어요. 사교계도, 아들도, 남편 때문에도 말입니다.」

「아아, 남편만은 예외예요.」순박하게 웃으며 그녀가 말했다. 「나는 그이를 모를뿐더러, 생각조차 안 해요. 그이는 아예 존재하지를 않아요.」

「당신 말은 진심이 아니에요. 나는 당신을 알아요. 당신은 남편 때문에 괴로워한다고요.」

「그런데도 그이는 그걸 모르고 있지요.」그녀는 이렇게 말했다. 갑자기 그녀의 얼굴이 홍당무처럼 빨개졌다. 두 뺨과 이마와 목덜미까지 온통 새빨개지고, 수치심에 눈물마저 글썽이는 것이었다. 「제발 그이 얘기는 하지 말아요.」

23

비록 지금처럼 단호하게 나오지는 않았지만, 브론스키는 벌써 여러 차례 그녀로 하여금 자신의 처지를 심각하게 고민해 보도록 화제를 그쪽으로 돌리곤 했다. 그러나 그때마다 지금 그의 권고에 반응하듯 바로 이와 같은 피상적이고 분별없는 태도에 부딪칠 뿐이었다. 마치 이 일에는 그녀 스스로 납득할 수도 없고 하고 싶지도 않은 어떤 것이 도사리고 있어서, 이 문제를 꺼내기만 하면 그녀 즉, 진짜 안나는 어디론가 그녀의 내면으로 사라져 버리고 전혀 다른, 그가 좋아하지도 않을뿐더러 오히려 두려워하며 그에게 강하게 저항하는 낯설고 이상한 여자가 나타나는 것만 같았다. 하지만 오늘만큼은 브론스키도 모든 걸 다 말하기로 작정하였다.

「남편분이 알건 모르건……」 브론스키가 평소처럼 당당하고 침착한 어조로 말을 이었다. 「그가 알건 모르건, 우리와는 상관없어요. 우리는…… 당신은 계속 이 상태로 있을 수 없어요. 더군다나 지금 같은 상황에서는요.」

「대체 당신 생각에는 어떻게 했으면 좋겠는데요?」 그녀가 예의 경박한 조롱조로 말했다. 자신의 임신 사실을 브론스키가 가볍게 여길까 봐 그토록 염려하더니, 이제는 또 그 때문에 뭔가에 착수해야만 한다고 우기는 게 싫었던 것이다.

「남편에게 모든 걸 밝히고 그를 버려야죠.」

「그것참 좋은 생각이네요. 내가 그렇게 한다고 쳐요.」 그녀가 말했다. 「그러면 어떤 일이 벌어지는지 알아요? 내가 죄다 얘기해 주죠.」 이야기를 막 시작하려는 순간 그녀의 온화한 두 눈에서 적의의 불빛이 타올랐다. 「그러니까, 당신은 다른 사람을 사랑하고 있으며 그와 함께 불륜을 저질렀다는 말이오? (그녀는 남편을 떠올리면서 꼭 알렉세이 알렉산드로비치가 하듯이 **불륜**이라는 단어를 힘주어 발음했다.) 당신한테 이미 종교적이고 사회적인 면에서, 그리고 가정적인 면에서 벌어질 결과들에 대해 경고한 바 있소. 그럼에도 당신은 내 말을 듣지 않았지. 이제는 더 이상 내 이름에 먹칠을 하도록 내버려 둘 수가 없소…….」 이 대목에서 그녀는 〈그리고 내 아들 역시…….〉라고 덧붙이고 싶었지만, 아들을 가지고 농담을 할 수는 없었다. 「그러고서 그 비슷한 뭔가를 더 늘어놓을 테죠.」 그녀가 덧붙였다. 「남편은 나를 놓아줄 수 없다고, 특유의 관료적인 말투로 정확하고 분명하게 얘기할 거예요. 그러면서도 스캔들이 일어나는 걸 막기 위해 할 수 있는 온갖 조치를 취하겠죠. 자신이 말한 바를 침착하고 빈틈없이 실행에 옮길 거예요. 이게 바로 장차 벌어질 일이에요. 그는 사람이 아니라 기계라고요. 더욱이 화가 났을 땐 사악한 기계죠.」그녀는 이렇게 덧붙이면서 알렉세이 알렉산드로비치의 생김새와 말버릇, 성격의 세세한 점들을 모조리 떠올렸다. 안나는 그에게서 온갖 나쁜 점들을 있는 대로 찾아내어 그를 탓했으며, 자기 자신이 저지른 그 무서운 죄에도 불구하고 남편의 무엇 하나 용서하려 들지 않았다.

「하지만 안나, 그럼에도 그분에게 털어놓아야만 해요. 그런 다음에 그가 취하는 조치들에 따라 행동하는 겁니다.」 브론스키는 확신에 찬 부드러운 음성으로 그녀를 진정시키려 애썼다.

「뭐 어쩌자고요, 도망이라도 가자고요?」

「도망을 못 갈 건 또 뭡니까? 이 상태를 지속하는 건 불가능합니다. 나를 위해서가 아니에요. 당신이 고통을 당하고 있잖아요.」

「그럼, 도망을 가면, 나는 당신의 정부가 되는 건가요?」그녀가 표독스럽게 물었다.

「안나!」그는 책망하듯이 다정하게 내뱉었다.

「그래요.」그녀가 말을 이었다.「당신의 정부가 돼서 다 망쳐 버리는 거죠.」

그녀는 다시 〈아들을〉이라고 덧붙이고 싶었지만, 도저히 그 단어를 입 밖에 낼 수가 없었다.

브론스키는 그토록 강하고 정직한 성품을 지닌 안나가 어떻게 이런 허위의 상태를 견뎌 내며 그로부터 벗어나려 하지 않는 건지 이해할 수가 없었다. 그 주된 이유가 그녀가 차마 입 밖에 내지 못하는 바로 그 말, **아들** 때문임을 그는 짐작하지 못했다. 아들 생각만 하면, 아들이 자신의 아버지를 버린 어머니를 장차 어떻게 대할지를 생각하면 그녀로서는 자신이 저지른 일이 너무나도 무서워졌다. 그래서 제대로 사리 판단을 하지 못한 채, 그저 여자로서, 모든 것이 예전처럼 유지되길 바라는 마음에, 아들은 과연 어떻게 될 것인가 하는 무서운 질문을 잊기 위해 거짓된 생각과 말로써 스스로를 안심시키려고만 했던 것이다.

「부탁이에요, 간곡히 빌어요.」그녀가 갑자기 그의 손을 잡고는 이때까지와는 전혀 다른 진심 어린 상냥한 말투로 입을 열었다.「그 얘기는 절대로 꺼내지 말아 줘요.」

「하지만 안나…….」

「절대로 하지 말아요. 나한테 맡겨 줘요. 내 처지가 얼마나 비굴하고 끔찍한지는 잘 알아요. 하지만 당신 생각처럼 그렇게 쉽게 해결할 수 있는 문제가 아니에요. 그러니까 나한테 맡겨 줘요. 그리고 내 뜻대로 따라 줘요. 그 얘기는 다시는 꺼내지 말아요. 약속하는 거죠? 안 돼요, 안 돼, 약속해 줘요!」

「다 약속할게요. 하지만 나는 안심할 수가 없어요. 특히나 그 소식을 들었으니 말이에요. 당신 마음이 편치 않으면 나도 안심할 수가 없다고요.」

「나 말이에요?」 그녀가 되물었다. 「그래요, 가끔씩 나는 괴로워요. 하지만 다 지나갈 거예요. 당신이 그 얘기만 꺼내지 않는다면요. 당신이 그 얘기를 꺼내기만 하면 나는 괴로워진단 말이에요.」

「이해할 수가 없군요.」 그가 말했다.

「잘 알고 있어요.」 그녀가 말을 가로막았다. 「당신처럼 정직한 성품에 거짓말하는 게 얼마나 괴롭겠어요. 당신이 정말 안쓰러워요. 어쩌다가 당신이 나를 위해서 인생을 이렇게 망가뜨리게 되었을까, 자주 그런 생각을 해요.」

「나 역시 요즘 똑같은 생각을 합니다.」 그가 말했다. 「당신이야말로 어쩌다가 나로 인하여 그렇게 모든 걸 희생하게 되었을까요? 당신이 불행하다는 사실에 나는 나 자신을 용서할 수가 없습니다.」

「내가 불행하다고요?」 그녀가 되묻고는 다가서서 기쁨에 겨운 사랑의 미소를 지으며 그를 바라보았다. 「나는 마치 먹을 것을 적선받는 굶주린 사람이나 마찬가지예요. 아마도 춥고, 헐벗고, 부끄럽기도 하겠죠. 하지만 불행하지는 않아요. 내가 불행하다고요? 아니요, 여기 이렇게 내 행복이 있는걸요……」

순간 집으로 돌아오는 아들의 목소리가 들려오자, 그녀는 신속하게 눈을 돌려 테라스를 둘러보고는 황급히 자리에서 일어났다. 그녀의 눈길에서 브론스키에게 익숙한 불꽃이 타올랐다. 그녀는 반지로 뒤덮인 아름다운 두 손을 번쩍 들어 민첩한 동작으로 그의 얼굴을 부여잡고서는 한참을 지그시 바라보더니, 입술을 살짝 벌린 채 미소를 머금은 얼굴을 그에게 갖다 대고는 입과 두 눈에 재빨리 키스한 뒤 놓아주었다. 나가려는 그녀를 브론스키가 붙잡았다.

「언제 봐요?」 그는 환희에 찬 눈길로 그녀를 바라보며 속삭이듯 물었다.

「오늘 밤 1시.」 그녀가 속삭이고는 무겁게 한숨을 내쉰 다음 특유의 경쾌한 속보로 아들을 맞으러 나섰다.

세료자는 넓은 뜰에서 비를 만나는 바람에 유모와 함께 정자에 앉아 비를 피하고 있었다.

「잘 가요.」 그녀가 브론스키에게 말했다. 「경마장으로 서둘러 가셔야 해요. 벳시가 나를 데리러 온댔어요.」

브론스키는 시계를 들여다보고는 황망히 길을 나섰다.

24

카레닌가의 별장 발코니에서 시계를 보았을 때, 브론스키는 몹시 불안한 상태였고 자기만의 생각에 빠져 있던 터라 숫자판의 시곗바늘을 보고도 몇 시인지 알 수가 없었다. 그는 대로변으로 나가 진창을 조심스레 걸어 마차로 향했다. 온통 안나에 대한 감정으로 가득 차서 도무지 지금이 몇 시인지, 브랸스키에게 들를 시간은 있는 건지, 아무 생각도 들지 않았

355

다. 종종 있는 일이지만, 그에게는 지금 일의 앞뒤 순서만을 인지할 정도의 피상적인 기억력만이 남아 있었다. 그는 무성한 보리수의 기울어진 그림자 아래 마부석에 앉은 채 졸고 있는 마부에게 다가가서, 땀에 젖은 말들 위로 쏟아질 듯 회오리치는 날벌레의 기둥을 넋을 잃고 바라보다가 마부를 깨우고 마차 위로 뛰어올라 브랸스키에게 가자고 일렀다. 7베르스타쯤 갔을 때에야 비로소 어느 정도 정신을 차린 그는 시계를 들여다보곤 벌써 시간이 5시 30분이며 경기에 늦었다는 사실을 깨달았다.

이날 여러 종류의 경주가 열리기로 되어 있었다. 호위대 경주에 이어 장교들의 2베르스타 경주, 그리고 브론스키가 참가하는 4베르스타 경주가 차례로 이어질 예정이었다. 자신의 경주에는 시간 안에 당도할 수 있었다. 하지만 브랸스키에게 들르면 아슬아슬하게 도착하게 될 것이며, 그러면 경마장에는 이미 궁정 인사들이 거의 다 모여 있을 터였다. 그건 좀 곤란했다. 하지만 브랸스키에게 이미 약속을 했기 때문에 그는 가던 길을 마저 가기로 했고, 마부에게 전속력으로 달리라고 명했다.

브랸스키에게 당도한 그는 5분간 머물렀다가 오던 길을 되돌아 다시 내달렸다. 이 빠른 질주가 그를 진정시켜 주었다. 안나와의 관계에서 생겨난 온갖 괴로운 일들, 두 사람의 대화가 남긴 애매모호함, 그 모든 것이 그의 머릿속에서 떨어져 나갔다. 그는 이제 흥분과 쾌감을 느끼며, 경주에는 어쨌든 제시간에 당도할 것이라고 생각했다. 오늘 밤 그녀와 만나리라는 행복한 기대감도 가끔씩 상상 속에서 휘황한 빛을 발하곤 했다.

근교의 별장이나 수도 페테르부르크에서 출발하여 경마장으로 달려가는 마차들을 추월하면서 경마의 분위기 속으로 더욱더 몰입되어 갈수록, 임박한 경주에 대한 설렘이 점점 더 그를 사로잡았다.

그의 숙소에는 이미 아무도 없었다. 모두 다 경마장으로 떠났고, 하인만이 문 앞에서 그를 기다리고 있었다. 옷을 갈아입는 동안 하인은 이미 두 번째 경주가 시작되었고, 주인 나리의 행방을 물어보러 여러 신사분들이 다녀갔으며, 마구간에서 보낸 소년도 두 번이나 찾아왔다고 전했다.

서두르지 않고 옷을 갈아입은 다음(그는 결코 서두르거나 침착함을 잃는 법이 없었다) 브론스키는 막사 쪽으로 가자고 일렀다. 경마장을 홍수처럼 에워싼 마차와 행인과 병사 들의 물결, 그리고 관람석에서 들끓는 군중이 막사에서도 벌써 보였다. 막사 안으로 들어설 때 울린 신호음으로 보아 두 번째 경주가 열리고 있는 게 분명했다. 그는 마구간으로 다가가던 중 하얀 다리에 밤색 털을 지닌 마호틴의 경주마 글래디에이터와 마주쳤다. 푸른 무늬가 있는 오렌지색 말 옷을 걸치고 가장자리에 두른 푸른 천 덕분에 귀가 엄청나게 커 보이는 글래디에이터는 경기장으로 끌려가고 있었다.

「코드는 어디 있나?」 그가 마구간지기에게 물었다.

「마구간에 있습니다. 안장을 얹고 있습죠.」

활짝 열려 있는 우리에서 프루프루는 벌써 안장을 착용하고 이제 곧 막사 밖으로 끌려 나오려는 참이었다.

「늦지 않았는가?」

「All right! All right(괜찮아요! 괜찮아요)! 아무 문제 없습니다. 다 좋습니다.」 영국인이 말했다. 「부디 흥분하지만 마십시오.」

브론스키는 온몸을 떨고 있는, 매력적이고 사랑스러운 말의 모습을 다시 한번 훑어본 뒤 이 근사한 광경을 애써 뒤로한 채 막사 밖으로 나왔다. 그러고는 사람들의 눈에 전혀 띄지 않을 만한 아주 적절한 순간 관람석으로 다가갔다. 2베르스타 경주가 거의 끝나 갈 무렵이라 사람들의 이목은 온통 전력을 다해 결승점으로 말을 몰아 대는 선두의 근위 기병과 그 뒤의 근위 경기병에게 집중되어 있었다. 트랙 한가운데서부터 바깥쪽까지, 관객 모두가 결승점으로 몰려들었고, 근위 기병대 장병들은 환호성을 지르면서 자기편 장교와 동료의 예고된 승리에 기뻐서 어쩔 줄을 몰랐다. 경기의 종료를 알리는 종소리와 거의 동시에 브론스키는 눈에 띄지 않게 군중 한가운데로 들어왔다. 온몸에 진흙을 묻힌 채 선두로 들어온 키 큰 근위 기병이 말안장에 내려앉고는 털이 검게 보일 정도로 땀에 젖어 거칠게 숨을 몰아쉬는 잿빛 수말의 고삐를 늦추었다.

수말은 네 다리를 서로서로 힘껏 부딪쳐 가며 커다란 몸집에 붙은 빠른 속력을 가까스로 늦추었다. 근위 기병 장교는 마치 악몽에서 깨어난 사람처럼 주위를 둘러보며 애써 미소를 지었다. 동료들 무리와 낯선 군중이 그를 에워싸고 있었다.

브론스키는 정자 앞을 자유로이 돌아다니며 서로 점잖게 대화를 나누는 사교계 상류층 인사들을 의도적으로 피했다. 거기에 카레니나도 벳시도 형수도 있다는 걸 알고 있었기에, 다른 일에 신경을 쓰지 않기 위해 일부러 그들 쪽으로 가지 않았던 것이다. 그러나 끊임없이 마주치게 되는 지인들이 그를 불러 세우고는 앞선 경주의 세세한 사항들을 늘어놓거나 왜 경기장에 늦게 왔냐고 묻곤 하였다.

경주를 마친 참가자들이 상품 수여를 위해 정자로 부름을 받아 모두가 그쪽에 주의를 기울이고 있는 사이, 브론스키의 형 알렉산드르가 동생에게로 다가갔다. 그는 술 달린 어깨 장식을 단 육군 대령으로, 동생 알렉세이와 마찬가지로 중키에 체격이 다부지고 더 잘생긴 얼굴에 혈색도 붉은 편이었는데, 술에 취해 빨간 코를 하고는 허물없는 표정을 짓고 있었다.

「내 메모 받았니?」 그가 말했다. 「도대체가 얼굴 보기가 힘들구나.」

세상에 널리 알려진 바와 같이 알렉산드르 브론스키는 방탕하고 술에 찌든 생활을 하고 있었지만, 그럼에도 불구하고 어디까지나 명실상부한 궁정 사람이었다.

지금 동생에게 대단히 불쾌한 이야기를 꺼냄으로써 많은 사람들의 이목이 자기네 쪽으로 쏠릴 수 있다는 사실을 잘 알고 있었기에, 그는 일부러 웃는 표정으로 마치 동생과 시시껄렁한 농담이라도 나누는 양 행세했다.

「받았어, 그런데 사실 **형이** 뭘 걱정한다는 건지 이해가 안 가던걸.」 알렉세이가 대답했다.

「내가 뭘 걱정하는 거냐면, 방금 전 내가 알아챈 바로는 네가 여기 없었다는 것, 그리고 월요일에 사람들이 너를 페테르고프에서 봤다는 사실이야.」

「세상에는 직접적인 이해 당사자만이 판단할 수 있는 일이란 게 있는 법이야. 형이 그렇게 걱정한다는 그 일이 바로 그런 거고…….」

「하지만 그러면, 도움이 안 돼, 그런…….」

「부탁이야, 간섭하지 말아 줘. 그뿐이야.」

알렉세이 브론스키의 찌푸린 얼굴이 갑자기 창백해졌고, 그의 불거진 아래턱이 부르르 떨렸다. 흔치 않은 일이었다. 마음씨가 아주 선량한 알렉세이는 화를 내는 일이 드물었다. 그런 그가 화를 내며 아래턱을 떤다니, 알렉산드르 브론스키가 아는 한 이는 위험한 징조였다. 순간적으로 알렉산드르 브론스키는 밝은 미소를 지었다.

「난 그저 어머니의 편지를 전하려던 것뿐이야. 어머니께 답장을 보내 드리렴. 그리고 경주를 앞두고 공연히 기분 망치지 말고. Bonne chance(행운을 빈다).」 그는 웃으며 덧붙이고는 곁을 떠났다.

그러나 형의 뒤를 이어서 또다시 우정 어린 안부 인사가 브론스키를 불러 세웠다.

「친구를 모른 척하긴가! 잘 있었나, mon cher!」[31] 스테판 아르카디치가 모스크바에서 못지않게, 여기 페테르부르크의 화려함 속에서도 예의 홍안과 윤기 흐르는 가지런한 턱수염을 빛내며 말을 걸어 왔다. 「난 어제 도착했네. 자네가 승리하는 걸 보게 되어 아주 기쁘구먼. 언제 만날까?」

「내일 조합에 들러 주시죠!」 브론스키는 악수를 나눈 뒤 그의 외투 소맷자락을 붙잡으며 양해를 구하고는 경기장 한가운데로 나아갔다. 장애물 경주에 출전할 말들이 벌써 입장하고 있었다.

경주를 마친 말들은 땀에 젖고 지친 모습으로 마부들에게 이끌려 축사로 이송되었고, 경주를 앞둔 생기 넘치는 새로운 말들이 하나둘씩 등장하였다. 대부분이 영국산 말들이었는

31 남성을 다정하게 부르는 프랑스어 호칭.

데, 턱에 끈을 매단 모자를 쓰고 배가 홀쭉한 그 모습들이 마치 기묘하게 생긴 거대한 새 같았다. 오른쪽에서 늘씬한 미녀가 프루프루를 데려가고 있었다. 프루프루는 마치 용수철 위를 걷듯이 기다랗고 탄력 있는 발굽을 내디디며 걸음을 옮겼다. 그로부터 멀지 않은 곳에서는 사람들이 귀가 늘어진 글래디에이터의 말 옷을 벗기고 있었는데, 경이로운 둔부와 발굽 바로 위로 유달리 짧은 발목뼈를 지닌 이 수말의 건장하고 매력적이며 완벽한 형체를 브론스키는 무심결에 자꾸만 주시하지 않을 수 없었다. 자기 말에게 다가가려던 그를 또다시 지인이 붙잡았다.

「엇, 저기 카레닌이군요!」그와 인사를 나누던 지인이 말했다.「아내를 찾고 있나 봅니다. 정자 중간쯤 있는데, 못 보셨습니까?」

「예, 못 봤습니다.」그는 이렇게 대꾸하고는, 카레니나가 있다며 가리키는 정자 쪽은 아예 돌아보지도 않은 채 말에게로 다가갔다.

말안장에 관해 지시를 내리던 브론스키가 미처 그것을 살펴보기도 전에, 번호표를 뽑고 출발 지점을 정하기 위해 참가자들이 정자로 호출되었다. 열일곱 명의 장교들이 진지하고 엄숙하며 창백한 얼굴을 하고서 정자 근처에 모여 번호표를 뽑았다. 브론스키는 7번이었다. 곧이어 〈승마!〉라는 구령이 울려 퍼졌다.

브론스키는 자신이 다른 기수들과 함께 모두의 이목이 집중되는 중앙 자리를 차지하고 있음을 의식하고는 긴장하여 말을 향해 다가갔다. 보통 그는 긴장할 경우 행동이 더 차분해지고 침착해지곤 했다. 코드는 경주를 기념하고자 의장용 정장을 차려입었다. 앞을 여민 검은 프록코트, 두 뺨을 떠받쳐 주는 뻣뻣한 깃, 원통형의 검은 모자, 목이 긴 장화 차림의 그는 언제나처럼 침착하고 위풍당당한 모습으로 말 앞에 선 채 직접 양쪽 고삐를 잡고 있었다. 프루프루는 열병에라도 걸린 양 계속해서 몸을 떨었다. 불꽃이 이는 듯한 말의 두 눈이 다가오는 브론스키를 힐끗거렸다. 브론스키가 복대 밑으로 손가락을 넣어 보니 말은 더욱더 눈을 흘기더니 이를 드러내며 귀를 움츠렸다. 안장을 점검하자 영국인은 입 주변에 잔뜩 주름을 만들며 미소를 지어 보이려 했다.

「어서 올라타십시오. 그러면 좀 덜 흥분되실 겁니다.」

브론스키는 마지막으로 경쟁자들을 둘러보았다. 경마 중에는 그들이 눈에 들어오지 않으리라는 걸 그는 알고 있었다. 두 명은 이미 말을 타고서 출발 지점으로 가고 있었다. 브론스키의 친구이자 강력한 경쟁자 중 하나인 갈친은 도무지 올라타는 걸 허락해 주지 않는 밤색 수말 주변을 빙빙 맴돌았다. 통이 좁은 승마용 바지를 입은 작달막한 근위 경기병이 영국인 흉내를 내려고 말 엉덩이 부분에 올라타고서 고양이처럼 허리를 굽힌 채 구보로 달리고 있었다. 쿠조블레프 공작은 창백한 얼굴로 그라봅스키 양마장에서 데려온 순종 암말 위에 올라타 있었고, 영국인이 말의 굴레를 쥔 채 끌고 갔다. 브론스키와 그의 동료들 모두가 쿠조블레프를, 특히 그의 〈섬약한〉 신경과 엄청난 자존심에 관해서는 알고도 남았다. 쿠조블레프는 온갖 것을 두려워하며, 전투용 군마를 타는 것조차 무서워하는 사람이었다. 그러나 두렵다는 바로 그 이유 때문에 그는 지금 경주에 나서기로 결심한 터였다. 자칫하면 사람들의 목이 부러져 나가고, 각각의 장애물마다 의사가 서 있으며, 십자가가 수놓인 진료용 짐수레와 자원 간호사가 있다는 이유로 말이다. 그와 시선이 마주치자 브론스키는 격려를 보내듯이 다정하게 윙크를 했다. 단 한 사람만 보이질 않았는데, 그는 바로 그의 호적수, 글래디에이터를 탄 마호틴이었다.

「서두르지 마십시오.」코드가 브론스키에게 말했다. 「한 가지만 명심하세요. 장애물 앞에서는 고삐를 죄거나 늦추지 말고 말이 원하는 대로 하도록 내버려 두셔야 합니다.」

「그래그래, 알겠네.」브론스키가 고삐를 잡고서 말했다.

「가능한 한 선두를 지키세요. 하지만 뒤처졌다고 해도 마지막 순간까지 낙담하지 마십시오.」

말이 꼼짝할 새도 없이 브론스키는 유연하고 강인한 동작으로 톱니 모양의 강철 등자에 발을 올리고서 삐걱대는 가죽 안장 위에 자신의 다부진 몸을 가벼우면서도 굳건하게 실었다. 그러고는 오른발로 등자를 고정시킨 채, 익숙하게 손을 놀려 두 줄의 고삐를 손가락 사이에 적당한 길이로 끼웠다. 그러자 코드가 말고삐에서 손을 놓았다. 프루프루는 대체 어느 발부터 내디뎌야 할지 모르겠다는 듯 기다란 목으로 고삐를 잡아끌면서 탄력 있는 등 위의 기수를 용수철 튕기듯 흔들며 움직이기 시작했다. 코드가 걸음을 재촉하여 그 뒤를 따랐다. 흥분한 말은 이쪽저쪽으로 고삐를 잡아끌어 기수에게 어깃장을 놓았고, 브론스키가 어르고 쓰다듬으며 말을 진정시키고자 애를 썼지만 소용이 없었다.

출발 지점으로 향하던 그들은 벌써 제방이 쌓인 개울가에 다다르고 있었다. 브론스키의 앞뒤로 참가자들 여럿이 나아갔다. 그때 갑자기 그의 뒤에서 진흙 길을 따라 달려오는 말발굽 소리가 들렸다. 그러더니 흰 다리에 귀가 늘어진 글래디에이터를 탄 마호틴이 그를 추월하는 것이었다. 순간 마호틴은 기다란 이를 드러내며 미소를 지어 보인 반면, 브론스키는 성난 표정으로 그를 쳐다보았다. 그는 본래 마호틴을 좋아하지 않을뿐더러, 하물며 지금은 그를 가장 위협적인 경쟁자로 여기고 있던 참이었다. 그런데 그가 자신의 말을 자극하면서 바로 옆으로 달려갔으니 화가 치밀어 오를 수밖에 없었다. 프루프루는 왼발을 구르며 두 번 연속으로 점프를 하더니 당겨진 고삐에 짜증을 내면서 기수가 들썩일 정도의 불안한 속보로 달리기 시작했다. 코드 역시 얼굴을 찌푸린 채 브론스키의 뒤를 쫓아 허겁지겁 달려갔다.

25

경주에 참가한 장교는 모두 열일곱 명이었다. 경주는 관람석 앞에 조성된 4베르스타 거리의 커다란 타원형 트랙에서 펼쳐질 예정이었다. 이 트랙에는 아홉 개의 장애물이 설치되어 있었다. 관람석 바로 앞에 개울이 있었고, 2아르신[32]가량의 커다란 장벽이 세워져 있었으며, 도랑과 마른 구덩이, 비스듬한 둔덕, 나뭇가지를 채운 제방으로 된 아일랜드식 뜀틀(이는 가장 고난도의 장애물 중 하나였다), 그리고 뜀틀을 넘기 전까지는 말에게 보이지 않는 또 하나의 도랑이 연달아 놓여 있었다. 그러니까 말은 이 두 장애물을 모두 뛰어넘든가 아니면 크게 다치는 수밖에 없었다. 그다음에는 다시 두 개의 도

32 러시아의 옛 길이 단위. 1아르신은 약 71센티미터에 해당한다.

랑과 하나의 마른 구덩이가 조성되었고, 그렇게 해서 결승점은 관람석 맞은편에 위치하게끔 만들어져 있었다. 경주가 시작되는 곳은 트랙이 아니라 트랙에서 1백 사젠 떨어진 곳이었는데, 그 중간에 첫 번째 장애물이 놓여 있었다. 제방에 가로막힌 폭 3아르신가량의 개울로, 단숨에 뛰어넘든 속보로 건너든, 그건 기수들의 선택이었다.

기수들은 세 차례나 정렬을 했지만 매번 누군가의 말이 먼저 튀어나오는 바람에 처음부터 다시 시작해야만 했다. 출발 구령이라면 이력이 난 세스트린 대령마저 이미 화가 난 상태에서 마침내 네 번째 구령을 외쳤다. 「출발!」 이윽고 기수들이 달리기 시작했다.

기수들이 일렬로 정렬해 있을 때 모두의 시선과 쌍안경은 일단의 다채로운 기수들에게로 일제히 향해 있었다.

「출발했다! 전력 질주!」 조바심치던 정적의 순간이 지나자 사방에서 고함 소리가 들려왔다.

무리 지은 관중도, 홀로 있던 구경꾼들도 경주 광경을 더 잘 보려고 이리저리 뛰면서 자리를 옮겨 다녔다. 처음 한순간은 한데 모여 있던 기수들이 널리 흩어지더니, 곧이어 두셋씩 짝을 짓거나 하나씩 차례대로 개울에 접근했다. 관람객들이 보기에는 모두가 한꺼번에 개울을 뛰어넘는 것만 같았지만, 기수들에게는 실로 큰 의미를 지니는 몇 초의 차이들이 서로 간에 존재했다.

흥분하여 신경이 과민해진 프루프루는 처음 한순간을 놓쳐 버렸고, 그 탓에 몇 마리 말들이 프루프루보다 앞선 자리를 차지해 버렸다. 그러나 개울 근처에 당도했을 즈음 브론스키는 고삐를 마구 끌어당기는 말을 전력을 다해 제어함으로

써 세 마리의 경주마를 가볍게 따라잡았다. 이제 앞에 남아 있는 건 바로 코앞에서 둔부를 들썩이며 경쾌하고도 고르게 박자를 맞춰 달리는 마호틴의 밤색 말 글래디에이터와, 그 모두의 선두에서 죽었는지 살았는지 알 길 없는 쿠조블레프를 싣고 가는 매혹적인 말 다이애나뿐이었다.

처음 몇 분 동안 브론스키는 스스로도, 그리고 말도 완전히 제어하지 못했다. 첫 번째 장애물인 개울에 다다르기까지는 말의 움직임을 통제할 수가 없었다.

거의 동시에 개울에 당도한 글래디에이터와 다이애나는 나란히 개울 위로 뛰어올라서는 날듯이 맞은편으로 건너갔다. 프루프루가 그들 뒤를 따라 눈에 띄지 않게 날아올랐는데, 자신이 공중에 떠 있음을 느끼는 순간 브론스키의 눈에 불현듯 말의 발밑으로 개울 저편에서 다이애나와 버둥거리는 쿠조블레프의 모습이 보였다(쿠조블레프가 도약을 한 뒤 고삐를 늦추는 바람에 말이 그를 태운 채로 그만 곤두박질을 한 것이었다). 이 사태의 자세한 내막을 알게 된 것은 나중 일이었고, 지금 브론스키에게 분명한 것은 오직 다이애나의 다리 혹은 머리가 프루프루의 발에 걸릴지도 모른다는 사실뿐이었다. 그러나 프루프루는 마치 공중에서 떨어지는 고양이처럼 다리와 등에 힘을 실어 도약하고는 쓰러진 말을 지나쳐 더 멀리 나아갔다.

〈오, 이런 예쁜 녀석!〉 브론스키가 속으로 중얼거렸다.

개울을 건너고부터 브론스키는 말을 완전히 자유자재로 다룰 수 있게 되었다. 그는 일단 마호틴보다 뒷전에서 대형 장벽을 넘은 뒤 이어지는 2백 사젠가량의 장애물 없는 트랙에서 그를 따라잡으려는 심산으로 고삐를 당기기 시작했다.

대형 장벽은 황제의 관람석 바로 앞에 설치되어 있었다. 이른바 〈악마〉(빈틈없이 닫힌 장벽을 그렇게 불렀다)에 거의 다다랐을 때 황제와 온갖 궁정 인사들 및 다른 관중들은 브론스키와 그보다 말 한 필 정도의 거리를 앞서가는 마호틴을 일제히 주시하고 있었다. 브론스키는 자신을 향한 사방의 모든 시선을 느꼈지만, 그의 눈에는 바로 앞에 닥쳐오는 땅을 내달리는 프루프루의 귀와 목, 그리고 선두에서 빠른 속도로 박자를 맞추며 일정한 간격을 유지하는 글래디에이터의 흰 다리와 엉덩이 말고는 아무것도 보이지 않았다. 글래디에이터는 훌쩍 뛰어오르더니 아무것도 건드리지 않고 짧은 꼬리를 흔들면서 브론스키의 시야에서 사라졌다.

「브라보!」 누군가 외치는 소리가 들렸다.

바로 그때 브론스키의 눈앞에 장벽의 널판이 어른거렸다. 말은 일말의 동요도 없이 장벽 위로 날아올랐다. 널판은 시야에서 사라졌고, 단지 뒤에서 무언가 부딪치는 소리만이 뒤를 따랐다. 선두에서 달리는 글래디에이터 때문에 열이 잔뜩 오른 프루프루가 장벽 앞에서 성급하게 도약을 하는 바람에 뒷다리의 발굽이 널판에 부딪친 것이다. 그러나 말의 속력은 변함이 없었다. 얼굴에 진흙 덩어리가 튀자 브론스키는 글래디에이터와 여전히 그 거리만큼 떨어져 있음을 깨달았다. 눈앞에 또다시 글래디에이터의 엉덩이와 짧은 꼬리, 여전히 사라질 줄 모르고 질주하는 하얀 다리가 보였다.

바로 그 순간, 이제 마호틴을 추월해야겠다는 생각이 들었다. 프루프루도 이미 그의 생각을 알아차리고서 주인의 신호도 없이 속도에 박차를 가하여 가장 유리한 쪽, 즉 트랙 안쪽에 둘러쳐진 밧줄 쪽으로 따라붙기 시작했다. 그러나 마호틴은 밧줄 쪽의 틈을 내주지 않았다. 브론스키가 바깥쪽에서도 추월할 수 있을 거라고 생각하자마자, 프루프루는 발의 방향을 바꾸어 바로 그렇게, 바깥으로부터 추월하기 시작했다. 땀에 젖어 털빛이 검게 변한 프루프루의 어깨가 글래디에이터의 둔부와 나란히 놓이게 되었다. 얼마간 그들은 나란히 달렸다. 그러나 점점 다가오는 장애물을 앞두고서 브론스키는 우회하지 않고 곧장 넘으려고 고삐를 당기기 시작했고, 바로 그 비탈진 둔덕에서 마호틴을 추월하였다. 그는 진흙이 튄 마호틴의 얼굴을 얼핏 보았는데, 그 얼굴이 미소를 짓고 있는 것만 같았다. 마호틴을 추월하고도 브론스키는 여전히 자기 뒷전에 있는 그를 느꼈으며, 등 뒤에서는 글래디에이터의 고른 말발굽 소리와 여전히 활기 넘치는 숨소리가 끊이지 않고 들려왔다.

이어지는 두 개의 장애물인 도랑과 장벽은 쉽사리 통과했지만, 글래디에이터의 발굽 소리와 숨소리는 더 가까워졌다. 자신의 재촉과 함께 말이 가뿐하게 속력을 올리는 게 기분 좋게 느껴졌다. 그러나 또다시 글래디에이터의 발굽 소리가 조금 전과 똑같은 거리에서 들려왔다.

브론스키는 선두를 달렸다. 그 자신이 원하고 코드 역시 권하던 바였다. 그는 승리를 확신하고 있었다. 그의 격정, 그리고 프루프루를 향한 기쁨과 애정이 점점 더 강렬해져 갔다. 뒤를 돌아보고 싶었지만 감히 그럴 엄두가 안 났기에, 가까스로 스스로를 진정시키고 말을 몰아붙이지 않으려 신경을 기울였다. 글래디에이터에게 남아 있으리라 여겨지는 만큼의 여력을 프루프루에게도 아껴 두려는 심산이었다. 이제 가장 힘겨운 장애물이 하나 남아 있었다. 만약 브론스키가 다른 이들보다 앞서서 그것을 통과한다면, 그는 1위로 결승점에 도달할 터였다. 그는 아일랜드식 뜀틀을 향해 달려갔다. 프루프루와 함께 그는 이미 멀리서 이 뜀틀을 보고 있었는데, 양자 모두에게, 즉 그와 말에게 동시에 순간적으로 의혹이 일었다. 그는 말의 귀에서 주저하는 기색을 감지하고는 채찍을 들어 올렸다. 그러나 그 즉시 자신의 의혹이 괜한 노파심이라는 걸 깨달았다. 뭐가 필요한지 말은 알고 있었다. 속력을 더해 가며 침착하게, 브론스키가 예상한 그대로 녀석은 땅을 박차고서 뛰어올라 관성에 몸을 내맡겼다. 말의 몸은 도랑 너머 저편으로 날아갔고, 곧바로 프루프루는 똑같은 리듬으로 별 힘도 들이지 않고 질주하기 시작했다.

「브라보, 브론스키!」일군의 환호성이 들려왔다. 연대 동료들과 친구들이었다. 그들은 방금 넘은 장애물 곁에 서 있었다. 야시빈의 음성이 들렸지만 그의 모습은 보이지 않았다.

〈오, 귀여운 것!〉그는 프루프루를 생각하면서 동시에 뒤쪽에서 들리는 소리에 귀를 기울였다. 〈뛰어넘었구나!〉글래디에이터가 도약하여 넘어오는 소리가 뒤에서 들렸다. 마지막으로 폭 2아르신의 도랑이 남아 있었다. 브론스키는 도랑은 아예 보지도 않은 채, 압도적인 1위로 결승선에 진입하고싶은 바람으로 고삐를 둥글게 조절하며 도약의 박자에 맞춰 말의 고개를 당겼다가 내렸다. 이제 말이 마지막 힘을 다해 달리고 있음을 그는 느꼈다. 목과 어깨만 축축한 게 아니라 갈기와 머리, 뾰족한 두 귀에도 땀이 방울져 떨어졌고, 호흡은 짧고 날카로웠다. 그러나 그만한 여력이면 남은 2백 사젠을 달리기에는 충분할 듯했다. 몸이 땅에 가까이 붙은 듯 느껴지고 움직임이 유달리 부드러운 것으로 미루어, 브론스키는 자신의 말이 얼마나 속력을 내는지 짐작할 수 있었다. 말은 도랑을 의식하지도 않는 양, 마치 한 마리 새처럼 뛰어넘었다. 그러나 바로 그때, 너무나 유감스럽게도 브론스키는 말의 움직임을 따라잡지 못한 채 말안장에 내려앉으며 스스로도 어처구니가 없고 용서할 수 없을 정도로 끔찍한 행동을 저지르고 말았다. 갑작스러운 자세의 변화를 느낀 그는 뭔가 무서운 일이 벌어졌음을 직감했다. 바로 옆에서 밤색 수말의 흰 다리가 어른거리고 마호틴이 빠른 속도로 지나갈 때까지도 도대체 무슨 일이 일어난 건지 영문을 알 수가 없었다. 브론스키의 한쪽 발이 땅에 닿는 바람에 그의 말이 그 발 쪽으로 넘어지고 만 것이었다. 말이 옆으로 쓰러지는 찰나, 그는 간신히 발을 빼내었다. 프루프루는 고통스러운 신음과 함께 땀에 젖은 가녀린 목을 헛되이 가누면서 일어나려 애를 썼다. 그러더니 마치 총에 맞은 새처럼 땅에 쓰러진 채 그의 발 언저리에서 발버둥을 쳐댔다. 브론스키의 서툰 행동이 말의 허리를 부러뜨리고 만 것이다. 그러나 그러한 사실도 그는 한참 뒤에야 깨달았다. 지금 그에게 보이는 것은, 마호틴이 급속도로 멀어지고 있는데 자신은 비틀거리며 꼼짝도 않는 진창 위에 서 있고 눈앞에는 프루프루가 드러누운 채 힘겹게 숨을 쉬며 이쪽으로 고개를 꺾고는 그 매혹적인 눈으로 자신을 바라보는 광경뿐이었다. 눈앞에 벌어진 일을 여전히 이해하지 못한 채 브론스키는 말고삐를 당겼다. 말은 다시 물고기처럼 온몸을 버둥거리고는 안장의 날개에서 요란한 소리를 내며 앞다리를 내밀었다. 그러나 둔부를 들어 올릴 힘이 없어 비틀대더니 다시 옆으로 쓰러졌다. 좌절된 욕망으로 창백하게 일그러진 얼굴을 하고서, 브론스키는 아래턱을 부르르 떨며 장화의 뒤축으로 말의 배를 후려차고는 다시 고삐를 당겼다. 그러나 말은 꿈쩍도 없이 콧마루를 땅에 파묻은 채 예의 말하는 듯한 시선으로 주인을 쳐다볼 뿐이었다.

「아아아!」 브론스키는 두 손으로 머리를 움켜쥐었다. 「아! 도대체 내가 무슨 짓을 저지른 건가!」 그가 소리쳤다. 「경주에서 지다니! 게다가 내 잘못으로! 수치스럽기 짝이 없는, 도저히 용서받을 수 없는 실수였어! 이 불쌍한 말! 그토록 사랑스러운 녀석이 이렇게 만신창이가 되어 버리다니! 아아! 도대체 내가 무슨 짓을 저지른 거냐!」

군중들과 의사와 간호장, 브론스키 연대의 장교들이 그에게로 달려왔다. 그 자신으로서는 불행하게도, 브론스키는 아무 데도 상한 곳 없이 멀쩡했다. 허리가 부러진 말은 사살하기로 결정되었다. 브론스키는 질문에 답을 할 수도, 그 누구와 말을 할 수도 없었다. 그는 돌아서서 벗겨져 나간 군모 따윈 집어 들 생각도 않고서 어디로 가는지 자신도 모르는 채 경기장 밖으로 걸어 나갔다. 그는 스스로가 불행하다고 느꼈다. 생전 처음으로 견디기 힘든 불행을 겪은 것이다. 그 불행은 돌이킬 수 없었고, 책임은 자기 자신에게 있었다.

야시빈이 군모를 들고 쫓아와서는 집까지 그를 바래다주었다. 반 시간쯤 흐르자 브론스키는 제정신으로 돌아왔다. 그러나 그날 경주에 대한 기억은 인생에서 가장 고통스럽고 불쾌한 기억으로 오래도록 그의 마음속에 남아 있었다.

26

 겉보기에 알렉세이 알렉산드로비치와 아내의 관계는 전과 다를 바가 없었다. 유일하게 달라진 점이 있다면 남편이 전보다 더 바빠진 것이었다. 예전에도 해마다 그랬듯이 그는 봄이 시작되자마자 강도 높은 동계 업무로 인해 부실해진 건강을 회복하기 위해서 외국의 온천으로 요양을 떠났다. 그런 뒤에는 관례대로 7월에 귀국하여 충전된 왕성한 활력으로 통상적인 업무에 임했다. 또한 여느 때와 같이 아내는 별장으로 거처를 옮긴 반면, 그는 아직 페테르부르크에 남아 있었다.

 트베르스카야 공작 부인 집에서 연회가 있던 날 아내와 대화를 나눈 뒤로 그는 자신의 의심과 질투에 관해 안나에게 전혀 얘기하지 않았다. 누군가를 흉내 내며 조롱하는 듯한 그의 습관적인 말투가 지금 아내와의 관계에 있어서는 더할 나위 없이 편리했다. 그저 아내에게 좀 더 냉담하게 대하는 듯 보일 뿐이었다. 한밤중의 그 첫 대화를 외면한 아내의 태도가 약간 불만스럽다는 것처럼. 아내를 대하는 모습에서 유감스럽다는 인상이 풍기긴 했지만, 그 이상은 아니었다. 〈당신은 나와 허심탄회하게 얘기하려 들지 않았지.〉 마치 심중으로 이렇게 말하는 것만 같았다. 〈그럴수록 당신만 더 안 좋을걸. 이제는 당신이 간청해도 내가 얘기하지 않을 테니. 그러면 당신만 더 괴로울 거야.〉 흡사 불을 끄려다가 헛수고만 한 자기 자신에게 화를 내면서 〈아니, 이런 젠장! 아예 홀랑 다 타버려라!〉라고 중얼대는 사람의 모습이었다.

 직무 수행에 있어서는 그토록 똑똑하고 세심한 자신이 아내와의 관계에 있어서는 얼마나 무분별한지를 그는 깨닫지 못했다. 현재 자신이 처한 상황을 인식하는 게 너무나 두려웠고, 따라서 마음속에서 가족에 대한, 즉 아내와 아들에 대한 감정이 담겨 있는 상자를 꽁꽁 닫고는 밀봉해 버린 탓이었다. 사려 깊은 아빠였던 그가 지난겨울이 끝날 무렵부터는 아들을 유달리 차갑게 대하며 아내에게와 똑같이 조롱하는 듯한 태도를 보이고 있었다. 〈어이! 젊은 친구!〉 그는 자신의 아들을 이렇게 불렀다.

알렉세이 알렉산드로비치는 어느 해도 올해처럼 일이 많았던 적은 없었다고 생각했고, 또 그렇게 말하곤 했다. 실은 자신이 나서서 올해 그렇게 많은 일을 벌였으며, 그것은 아내와 아들에 대한 감정과 상념이 담긴 상자를 열지 않기 위한 방편 중 하나였음을 그는 자각하지 못했다. 하지만 그러한 감정과 상념은 오래 내버려 둘수록 더 두려워지는 법이다. 누군가 알렉세이 알렉산드로비치에게 당신 아내의 행실에 대해 어떻게 생각하느냐고 감히 묻는다면, 온순하고 얌전한 알렉세이 알렉산드로비치는 아무 대꾸도 하지 않겠지만 속으로는 자신에게 그러한 질문을 던진 상대에게 엄청난 증오심을 품을 것이 분명했다. 바로 그러한 연유로, 누군가 알렉세이 알렉산드로비치에게 아내의 건강과 안부를 물을 때면 그의 얼굴에는 무언가 거만하고 근엄한 기색이 감돌곤 했다. 알렉세이 알렉산드로비치는 아내의 행실과 감정에 대해 아무 생각도 하고 싶지 않았고, 실제로 그 점에 대해서는 아예 생각하지 않았다.

알렉세이 알렉산드로비치의 별장은 페테르고프에 있었다. 리디야 이바노브나 백작 부인 역시 보통 여름을 그곳에서 보내며, 그때마다 바로 이웃해 있는 별장에서 안나와 지속적으로 왕래하며 지내곤 했다. 올해 들어 리디야 이바노브나 백작부인은 페테르고프에서 지낼 생각을 그만두고는 안나 아르카디예브나를 단 한 번도 방문하지 않았다. 그녀는 안나가 벳시나 브론스키와 가깝게 지내는 게 보기에 거슬린다는 의중을 알렉세이 알렉산드로비치에게 은연중에 드러냈는데, 그러자 알렉세이 알렉산드로비치는 단호하게 그녀의 말을 가로막고는 자신의 아내는 의심 같은 건 할 수 없는 고결한 여성이라는 식의 의견을 피력하더니 그 후로 리디야 이바노브나를 피하기 시작했다. 그는 사교계에서 이미 많은 사람들이 자신의 아내를 힐끔거린다는 사실에 대해 알고자 하지 않았고, 실제로 알지 못했다. 왜 아내가 벳시가 살고 있고 브론스키의 연대 숙영지와도 멀지 않은 차르스코예로 이사를 가자고 고집하는지에 대해서도 그는 이해하고 싶어 하지 않았으며, 이해하지도 못했다. 그는 그런 생각 자체를 하려 들지 않았으며 실제로 생각하지 않았다. 하지만 동시에 마음속 깊은 곳에서는, 단 한 번도 스스로에게 발설한 일이 없으며 증거는커녕 의혹조차 가진 바가 없음에도, 자신이 배신당한 남편이라는 사실을 분명하게 알았고, 그로 인해 심히 불행했다.

〈어떻게 저런 일을 그냥 둘 수가 있지? 저렇게 꼴사나운 상황을 어떻게 매듭짓지 않을 수 있을까?〉 지난 8년간의 행복한 결혼 생활 동안 주변의 부정한 아내들과 배신당한 남편들을 보면서 알렉세이 알렉산드로비치는 몇 번이나 그렇게 속으로 중얼거렸는지 모른다. 하지만 불행이 자신을 덮친 지금은 이 상황을 어떻게 해결해야 할지에 대해 생각하지 않았을 뿐 아니라 그에 대해 전연 알려고 들지도 않는 것이었다. 이는 다름 아니라, 그 상황이 그에게 너무나 끔찍하며 너무나 말도 안 되는 일이기 때문이었다.

외국 온천에서 돌아온 이후로 알렉세이 알렉산드로비치는 별장에 두 차례 다녀왔다. 한 번은 식사를 했고, 다른 한 번은 손님들과 저녁 시간을 보냈다. 그러나 예전에 으레 그랬던 것과는 달리, 이번에는 한 번도 자고 온 적이 없었다.

경주가 있었던 날은 알렉세이 알렉산드로비치에게 특히나 분주한 하루였다. 그러나 아침 일찍 일정을 확인한 그는 이른 점심을 먹고 곧장 아내를 보러 별장으로 갔다가 그 길로 경마장에 가기로 마음먹었다. 궁정 인사들이 모두 경마장에 올 테니 자신도 가야 한다는 생각이었다. 아내에게 가는 것은, 예의상 일주일에 한 번은 가 있기로 스스로 정했기 때문이었다. 게다가 관례대로 15일에 맞춰 아내에게 생활비를 전해 줘야 했다.

그는 습관이 되어 버린 자기 사고에 통제력을 발휘하여 아내와 관련된 모든 것을 두루 고려한 뒤, 그녀에 대한 더 이상의 생각을 접어 버렸다.

그날 아침 알렉세이 알렉산드로비치는 일이 엄청나게 많았다. 전날 밤 리디야 이바노브나 백작 부인이 페테르부르크에 체류 중인 저명한 중국 여행가가 쓴 소책자[33]를 그에게 보내오며, 여러모로 매우 흥미롭고 요긴한 인물인 이 여행가를 접견해 달라는 요청이 담긴 편지를 동봉했던 것이다. 전날 밤 소책자를 못다 읽은 알렉세이 알렉산드로비치는 아침에 그

---

33 파벨 퍄세츠키의 『중국 여행기』를 말하는 것으로 보인다. 1874년 러시아에서 중국 탐험대를 파견하였는데, 이때 퍄세츠키가 의사 겸 화가로서 탐험대에 합류하였으며 그가 쓴 책이 이듬해인 1875년에 출간되었다.

것을 마저 읽었다. 그리고 나니 민원인들이 찾아왔고, 업무 보고와 접견, 임명과 파면, 포상금과 연금과 급료 책정, 서신 읽고 쓰기 등등 그가 일상 업무라고 부르는, 시간을 많이 잡아먹는 일들이 차례로 시작되었다. 다음으로는 개인적인 일로서 의사와 재무 관리사와의 면담이 있었다. 재무 관리사와는 오래 걸리지 않았다. 알렉세이 알렉산드로비치에게 필요한 돈을 전달하고 재무 상황에 관해 간략히 보고한 게 전부였다. 올해는 작년보다 출타가 잦았던 결과 적자가 나는 바람에 재무 상황이 그리 좋지 않다는 내용이었다. 하지만 페테르부르크에서 이름난 명의이자 알렉세이 알렉산드로비치와 친구처럼 지내는 사이인 의사가 오랜 시간 그를 붙잡아 두었다. 알렉세이 알렉산드로비치는 오늘 그가 올 줄 몰랐던 터라 그의 방문에 내심 놀랐다. 게다가 의사는 알렉세이 알렉산드로비치의 상태를 상세히 묻고는 가슴을 청진하고 간을 타진하더니 촉진까지 했다. 알렉세이 알렉산드로비치는 자신의 친구 리디야 이바노브나가 올해 그의 건강이 좋지 않다는 걸 눈치채고는 의사더러 와서 환자를 봐달라고 요청한 사실을 모르고 있었다. 〈저를 위해서 그렇게 해주세요〉라고 리디야 이바노브나는 의사에게 말했었다.

「러시아를 위해서 그렇게 하겠습니다, 백작 부인.」의사의 대답이었다.

「비할 데 없이 귀중한 분이죠!」리디야 이바노브나 백작 부인이 말했다.

의사는 알렉세이 알렉산드로비치로 인해 몹시 심난해졌다. 간장이 심하게 부어 있고 영양 상태도 부실한 데다 온천마저 아무 효력을 발휘하지 못한 터였다. 그는 가능한 한 몸을 많이 움직이고 정신적인 긴장을 줄이라는 처방을 내렸다. 무엇보다 중요한 건 속을 끓이는 일이 절대로 없어야 한다는 것이었는데, 그것은 알렉세이 알렉산드로비치로서는 숨을 쉬지 말라는 소리와 똑같이 불가능한 일이었다. 그렇게 무언가 상태가 좋지 않은데 그것을 개선할 방도는 없다는 불쾌한 인상을 남긴 채 의사는 가버렸다.

알렉세이 알렉산드로비치의 집을 나서던 의사는 현관 계단에서 평소 잘 알고 지내던 알렉세이 알렉산드로비치의 사무실 주임인 슬류딘과 마주쳤다. 그들은 대학 동창으로 비록 가끔씩만 만나긴 하지만 서로 존경하는 좋은 친구 사이였다. 그래서 의사는 아무에게도 얘기하지 않았을 환자에 대한 소견을 슬류딘에게 솔직하게 털어놓았다.

「자네가 들러 주어 얼마나 기쁜지 모르네.」슬류딘이 말했다.「지금 그분 상태가 좋지가 않아. 그런데 내 생각으론……. 그래, 좀 어떤가?」

「그게 말이야…….」의사가 슬류딘의 고개 너머로 마부를 향해 마차를 대령하라는 손짓을 했다.「그게 말이지…….」그는 자신의 희디흰 손으로 염소 가죽 장갑의 손가락 하나를 잡아당기면서 말을 이었다.「줄을 팽팽하게 잡아당기지 않고서 끊기는 어려운 일이지. 하지만 끝까지 잡아당긴 다음에는 손가락 하나로 건드리기만 해도 끊어지는 법이거든. 그분은 지금 자신의 직무에 대한 인내심과 성실성 때문에 극도로 긴장한 상태네. 게다가 별도의 정신적 압박까지 받고 있지, 그것도 아주 심하게 말이야.」의사가 의미심장하게 눈썹을 치올리며 말을 맺고는, 대령해 놓은 마차를 향해 계단을 내려가면서 덧붙였다.「경마장에는 올 건가?」그리고 슬류딘이

뭐라고 꺼낸 말에, 의사는 제대로 알아듣지 못하고서 어영부
영 이렇게 대꾸했다. 「그럼, 그럼, 물론이지. 시간이 꽤 걸릴
걸세.」

시간을 많이 빼앗은 의사의 뒤를 이어 그 유명하다는 여행
가가 등장했다. 알렉세이 알렉산드로비치는 방금 전에 읽은
소책자와 예전에 얻은 지식을 써먹었을 뿐인데도 그 분야에
대한 심오한 학식과 해박한 계몽적 견해로 여행가를 깜짝 놀
라게 했다.

여행가와 더불어 페테르부르크를 방문한 현(縣)의 귀족단
장이 당도했다는 보고가 들어와서 그와도 얘기를 나누어야
했다. 귀족단장이 가고 나서는 주임과 함께 일상 업무를 마무
리 지어야 했고, 한 가지 심각하고 중대한 사안과 관련하여
주요 인사를 만나러 다녀오지 않으면 안 되었다. 알렉세이 알
렉산드로비치는 식사 시간인 5시경에야 돌아와서는 주임과
함께 식사를 한 뒤, 함께 별장에 들렀다가 경마장으로 가자고
그에게 제안했다.

자신도 이유를 모르고 있었지만, 알렉세이 알렉산드로비
치는 요즘 들어 아내와 만나는 자리에 제3의 인물을 대동할
기회를 찾곤 했다.

27

안나가 위층에서 안누시카의 시중을 받으며 거울 앞에 선
채 마지막 남은 나비 모양 리본을 드레스에 꽂고 있는데, 현
관에서 마차 바퀴가 바닥 돌에 부딪치는 소리가 들려왔다.

〈벳시가 오기에는 아직 이른데.〉 이런 생각을 하며 창밖을 내다보니 마차와 마차 밖으로 쑥 나온 검은 모자, 그리고 너무나도 익숙한 알렉세이 알렉산드로비치의 두 귀가 눈에 들어왔다. 〈하필 오늘 올 게 뭐람. 설마 자고 가려는 건가?〉 이런 생각이 떠오르면서, 이로부터 벌어질지 모를 모든 것이 끔찍하고 두려워져 그녀는 단 한 순간의 망설임도 없이 밝고 명랑한 얼굴로 그를 맞으러 나갔다. 그러고는 이미 익숙해진 위선과 가식의 기운이 자기 안에 들어찬 것을 느끼며 곧바로 그 기운에 자신을 내맡기고는 스스로 무슨 말을 하는지도 모르는 채 떠들어 대기 시작했다.

「어머나, 세상에, 잘 오셨어요!」 그녀가 남편에게 손을 내밀며 집안 식구나 다름없는 슬류딘에게 미소로 인사를 건넸다. 「주무시고 가실 거죠?」 이것이 바로 위선의 기운이 그녀에게 제일 먼저 속삭여 준 말이었다. 「곧 같이 나가시면 되겠네요. 그런데 참, 어쩌죠, 벳시랑 약속을 해놔서요. 나를 데리러 오기로 했거든요.」

벳시라는 이름을 듣자마자 알렉세이 알렉산드로비치는 인상을 찌푸렸다.

「둘도 없는 천생연분을 떨어뜨려 놓을 생각은 없소.」 그가 평소처럼 농담조로 얘기했다. 「나는 미하일 바실리예비치[34]와 함께 갈 거요. 의사가 나보고 좀 걸으라고 하더군. 산책을 하면서 온천에 있다고 상상해 보려 하오.」

「서두를 필요 없잖아요.」 안나가 말했다. 「차 드시겠어요?」 그녀는 벨을 울려 사람을 불렀다.

「차를 좀 내오고, 세료자에게 알렉세이 알렉산드로비치가

34 슬류딘의 정식 이름과 부칭.

왔다고 전해 줘. 그래, 당신 건강은 어떻대요? 미하일 바실리 예비치, 여기 오신 적이 없으시죠. 우리 발코니가 얼마나 근사한지 한번 보세요.」그녀가 두 사람을 번갈아 쳐다보며 말했다.

아주 평범하고 자연스럽게 얘기했지만, 너무나 말이 많았고 또 그 속도가 너무 빨랐다. 가뜩이나 스스로도 그걸 의식하던 참에, 그녀를 바라보는 미하일 바실리예비치의 호기심 어린 시선에서는 관찰하는 듯한 기색마저 느껴졌다.

미하일 바실리예비치는 곧장 테라스로 나갔다.

그녀는 남편 옆에 앉았다.

「당신 안색이 안 좋아 보여요.」그녀가 말했다.

「그러게.」그가 대답했다. 「오늘 의사가 와서는 한 시간이나 붙잡고 있더군. 내 직감으로는 친구들 중 누군가가 그를 보낸 것 같소. 내 건강이 그토록 중요한 건지…….」

「아니, 그래, 의사가 뭐라던가요?」

그녀는 남편의 건강과 일에 대해 이런저런 것을 묻더니 휴가를 내고 별장으로 거처를 옮기라고 설득했다.

이 모든 이야기를 그녀는 명랑하고 빠른 말투로 두 눈에 특별한 빛을 띤 채 쏟아 놓았다. 하지만 알렉세이 알렉산드로 비치는 이제 그녀의 그러한 말투에 어떤 의미도 부여하지 않았다. 그저 그녀의 말을 들으며 그 말이 지닌 직접적인 의미만을 받아들일 뿐이었다. 그렇게 그는 그녀에게 농담조를 띠면서도 담담하게 대꾸했다. 대화 속에는 아무런 특별한 점도 없었지만, 나중에 안나는 뼈아픈 수치심을 절감하지 않고는 그 짧은 장면을 결코 떠올릴 수 없었다.

가정 교사를 앞세우고 세료자가 들어왔다. 알렉세이 알렉산드로비치가 아들을 면밀히 관찰하려 들었다면, 아버지와 어머니를 차례로 쳐다보는 세료자의 눈길에서 당황스럽고 겁먹은 기색을 눈치챘을 것이다. 그러나 그는 아무것도 보지 못했고, 보려 들지도 않았다.

「어이, 젊은 친구! 많이 컸구먼. 이제 정말 완전히 사나이가 됐어. 잘 있었나, 젊은 친구!」

그는 겁먹은 세료자에게 악수를 청했다.

전에도 아버지 앞에서 수줍어하던 세료자였지만, 이제 알렉세이 알렉산드로비치가 자신을 〈젊은 친구〉라 부르고 브론스키는 과연 친구일까 적일까 하는 수수께끼에 사로잡힌 이후로는 아버지를 더욱 서먹하게 대했다. 그는 보호해 달라는 듯 어머니를 돌아보았다. 아이는 어머니와 둘이서만 있는 게 좋았다. 그러는 사이 알렉세이 알렉산드로비치는 가정 교사와 잠시 이야기를 나눈 뒤 아들의 어깨를 잡았다. 그게 세료자는 몹시 거북했고, 안나는 곧 울 것 같은 아들의 표정을 알아챘다.

아들이 들어오는 순간 얼굴을 붉혔던 안나는 세료자가 거북해하는 걸 눈치채고 재빨리 자리를 박차고 일어나 아이의 어깨에서 알렉세이 알렉산드로비치의 손을 치우고는, 아들에게 입을 맞춘 뒤 테라스로 데리고 나갔다가 곧바로 돌아왔다.

「벌써 나갈 시간이네요.」 그녀가 자신의 시계를 들여다보며 말했다. 「그런데 벳시는 왜 여태 안 오는 거지……!」

「그렇군.」 알렉세이 알렉산드로비치가 자리에 일어나 양손을 쥐고서 손가락 마디를 꺾었다. 「실은 당신에게 돈을 갖다주러 온 것이기도 하오. 종달새도 옛날이야기만 먹고 살 순

없는 법이니.」그가 말했다.「당신한테 필요할 것 같아서.」

「아니, 필요 없는데……. 아, 그래요, 필요해요.」남편을 외면한 채, 온통 새빨개진 얼굴로 그녀가 말했다.「그럼, 당신이따 경마장에 갔다가 여기 들르는 거죠?」

「암, 그렇게 하지!」알렉세이 알렉산드로비치가 대답했다.「저기 페테르고프의 미인 트베르스카야 공작 부인이 오셨구먼.」조그만 차체를 아주 높이 올린 영국식 마차가 다가오는 것을 창문 너머로 보고는 그가 말했다.「세련되기 짝이 없군! 아주 멋져! 자, 그럼 우리도 출발하지.」

트베르스카야 공작 부인은 마차에서 내리지 않았고, 각반과 짧은 망토 차림에 검은 모자를 쓴 하인만 현관으로 뛰어내렸다.

「엄마도 이만 가볼게, 안녕!」안나가 인사를 하며 아들에게 입을 맞추고 알렉세이 알렉산드로비치에게 다가가 손을 내밀었다.「당신이 이렇게 와주다니, 정말 고마워요.」

알렉세이 알렉산드로비치가 그녀의 손에 입을 맞추었다.

「그럼 안녕. 이따 차 마시러 오면 정말 좋겠어요!」그녀는 이렇게 말한 뒤 밝고 명랑한 얼굴로 밖으로 나섰다. 그러나 남편이 시야에서 사라지자마자, 자기 손에 그의 입술이 닿았던 촉감을 떠올리며 혐오감으로 치를 떨었다.

28

알렉세이 알렉산드로비치가 경마장에 나타났을 때 안나는 이미 벳시와 나란히 정자에 앉아 있었다. 사교계 인사들이 죄

다 모여 앉은 곳이었다. 멀리서도 이미 남편은 그녀의 눈에
띠었다. 남편과 정부, 이 두 사람이 그녀 삶의 두 중심이었고,
굳이 물리적인 감각을 빌리지 않아도 그녀는 두 존재가 가까
이 있는 것을 느끼곤 했다. 멀찍감치 떨어져서도 남편이 다가
오는 것을 직감한 그녀는 인파를 헤치며 나아가는 그의 모습
을 무심결에 주시했다. 남편은 관람석으로 다가오면서 아첨
하는 듯한 목례에는 관대한 척 응수하고, 동등한 지위의 사람
들과는 느긋하고 친근하게 인사를 나누는가 하면, 세력가들
의 시선이 자신을 봐주길 열심히 기다렸다가는 예의 두 귀를
누르는 커다란 둥근 모자를 벗어 보이곤 했다. 사람들을 대하
는 남편의 이 같은 거동을 죄다 알고 있는 그녀로서는 모든
게 혐오스럽기 짝이 없었다. 〈공명심과 출세욕, 오로지 그것
만이 그의 마음속에 들어 있는 전부야. 고결한 사리 판단, 계
몽에 대한 열정, 종교, 그 모든 건 단지 출세를 위한 수단일
뿐이지.〉그녀가 생각했다.

귀부인석을 살피는 그의 눈길을 보고서(그는 안나가 있는
쪽을 똑바로 바라보면서도 모슬린, 망사, 리본, 머리채, 양산
의 홍수 속에서 아내를 알아보지 못했다) 그녀는 남편이 자
신을 찾고 있다는 걸 알아챘지만 일부러 그를 못 본 체했다.

「알렉세이 알렉산드로비치!」공작 부인 벳시가 그에게 소
리쳤다. 「부인을 못 찾고 계시는군요. 여기 있어요!」

그의 얼굴에 특유의 차가운 미소가 번졌다.

「이곳은 눈이 부실 만큼 화려하군요.」그가 말하고는 정자
로 들어왔다. 그는 방금 전에 만났던 아내와 마주치자 남편으
로서 의당 지어야 하는 미소를 지어 보이고는, 공작 부인이며
다른 지인들과도 각기 마땅한 예의를 표하며 인사를 나누었

다. 즉 부인들과는 농담을 주고받았고, 남자들과는 환영과 반가움의 인사말을 나누었다. 아래쪽 정자 옆에 알렉세이 알렉산드로비치가 존경해 마지않으며 뛰어난 지성과 교양으로 이름난 시종무관장이 서 있었다. 알렉세이 알렉산드로비치는 그와 이야기를 나누기 시작했다.

경주 사이사이 휴식 시간이 있었기에 대화를 방해하는 건 아무것도 없었다. 시종무관장은 경기를 비난했고, 알렉세이 알렉산드로비치는 그에게 반박하면서 경기를 옹호했다. 안나는 남편의 가늘고 단조로운 음성에 귀를 기울이며 단 한마디도 놓치지 않았다. 그의 말 한마디 한마디가 허위로 여겨졌고 그녀의 귀를 아프게 긁는 것만 같았다.

4베르스타 장애물 경주가 시작되자 안나는 몸을 앞으로 숙이고 시선을 고정한 채 다가오는 말과 그 위에 탄 브론스키를 바라보았다. 그 순간에도 남편의 혐오스러운 목소리는 그칠 줄을 몰랐다. 브론스키에 대한 걱정으로 괴로웠지만, 그녀에게 더 고역인 것은 도무지 끝날 것 같지 않은 그 익숙한 억양의 가느다란 목소리였다.

〈나는 나쁜 여자야. 타락한 여자라고.〉 그녀는 생각했다. 〈하지만 거짓말하는 건 싫어. 거짓은 참을 수가 없어. 반면에 그이(남편)를 먹여 살리는 건 바로 거짓이지. 그는 모든 걸 알고 있고, 모든 걸 보고 있어. 그런데도 저렇게 태연하게 말을 할 수 있다니, 도대체 뭘 느끼는 거지? 나를 죽이고 브론스키를 죽여 버리라지. 그러면 차라리 그이를 존경할 텐데. 하지만 아니야, 그에게 필요한 건 오로지 거짓과 허례허식뿐이라고.〉 자신이 남편에게서 바라는 게 정확히 무엇인지, 그의 어떤 모습을 원하는 건지 스스로 분별하지도 못한 채 안나는 속으로 중얼거렸다. 오늘 그녀를 그토록 짜증스럽게 하는 알렉세이 알렉산드로비치의 이 유별난 장광설은 단지 그의 내면적인 불안과 초조함의 표현이라는 것을 그녀는 모르고 있었다. 심하게 다친 어린아이가 고통을 잊기 위해 펄쩍펄쩍 뛰면서 근육을 움직이듯, 알렉세이 알렉산드로비치 역시 아내에 대한 생각을 잠재우기 위해 정신적인 운동이 불가피했다. 아내가 있고, 브론스키도 있으며, 그의 이름이 계속해서 거론되는 자리에 있자니 자꾸만 아내에 대한 생각으로 주의를 돌리게 되는 것이었다. 아이에게 뛰는 게 자연스럽듯이, 그에게는 말을 조리 있게 잘하는 게 자연스러운 일이었다. 그는 이렇게 말했다.

「경마에서 군인들이나 기병들이 겪는 위험은 경기 자체의 필수적인 조건이죠. 영국이 그토록 찬란한 기병대의 무공을 전쟁사에 남길 수 있었던 것도 바로 이 말이라는 짐승과 기수라는 인간의 힘을 역사적으로 발전시킨 덕분입니다. 제 소견으론 스포츠란 대단한 의의를 지닌 것입니다. 그런데 언제나 그렇듯이 우리는 극히 피상적인 것만 볼 뿐이죠.」

「피상적인 게 아니라니까요.」 트베르스카야 공작 부인이 끼어들었다. 「듣자 하니 어느 장교는 갈비뼈가 두 개나 부러졌다더군요.」

알렉세이 알렉산드로비치는 이를 드러내 보일 뿐 그 이상의 어떤 것도 표현하지 않는 특유의 미소를 지었다.

「그래요, 공작 부인, 피상적인 게 아니라 심오한 것이라 칩시다.」 그가 말했다. 「하지만 문제는 그게 아니에요.」 그가 다시 진지하게 대화를 나누던 시종무관장을 향해 말했다. 「오늘 경기에 참가하는 자들이 바로 이 일을 선택한 군인들임을 잊지 마십시오. 그리고 모든 직분에는 저마다 나름의 이면이 있다는 점에 동의하시겠지요. 이것은 곧 군인의 의무에 속하는 겁니다. 권투나 스페인의 투우 같은 추악한 스포츠는 야만의 징표지만, 전문화된 스포츠는 발달된 문명의 징표죠.」

「아니에요, 난 다음번에는 보러 오지 않을 거예요. 너무나 가슴이 떨리거든요.」 공작 부인 벳시가 말했다. 「안 그래요, 안나?」

「떨리긴 하죠, 하지만 도저히 눈을 뗄 수가 없어요.」 다른 부인이 말했다. 「내가 만일 로마 여자였다면, 단 한 편의 검투도 놓치지 않았을 거예요.」

안나는 아무 말도 없이 쌍안경을 든 채 한곳만 지켜보고 있었다.

그때 한 고위급 장성이 정자를 가로질러 지나갔다. 알렉세이 알렉산드로비치는 하던 얘기를 중단하고는 서둘러서, 그러나 품위 있게 일어나 지나가는 군인에게 머리 숙여 인사를 했다.

「경마에 출전 안 하십니까?」 군인이 그에게 농담을 던졌다.

「제 경주는 더 고난도급이지요.」 알렉세이 알렉산드로비치가 정중하게 대꾸했다.

그 대답에 별다른 의미가 있는 것도 아니었는데, 군인은 영리한 사람에게서 영리한 대답을 얻었으며 la pointe de la sauce(소스 맛의 정수)[35]를 완전히 간파했다는 듯한 표정을 지었다.

---

35 직역하면 〈소스 맛의 정수〉라는 의미의 프랑스어이지만, 〈숨겨진 예리한 의미〉를 표현하는 관용구로 쓰인다.

「두 가지 측면이 있습니다.」알렉세이 알렉산드로비치가 자리에 앉으면서 이야기를 이어 갔다. 「하나는 출전한 선수의 측면이고, 다른 건 관람객의 측면이지요. 이런 볼거리에 대한 애착이 관람객의 측면에서는 문명의 저급한 수준을 입증하는 확실한 징표라는 점에는 저도 동의합니다만…….」

「공작 부인, 내기합시다!」아래편에서 벳시를 향해 소리치는 스테판 아르카디치의 음성이 들려왔다. 「누구한테 거시겠습니까?」

「저와 안나는 쿠조블레프 공작에게 걸겠어요.」벳시가 대답했다.

「저는 브론스키에게 걸겠습니다. 장갑 한 켤레 내기예요.」

「좋아요!」

「정말 멋지지 않습니까?」

주변에서 대화가 오가는 동안 알렉세이 알렉산드로비치는 침묵을 지키다가 다시금 이야기를 이었다.

「거기엔 저도 동의합니다만, 용감한 경기들은…….」그는 계속하려 했다.

하지만 이번에는 기수들이 출발하여 일체의 대화가 중단되었다. 알렉세이 알렉산드로비치도 입을 다물었고, 모두가 일제히 몸을 일으켜 개울 쪽으로 고개를 돌렸다. 알렉세이 알렉산드로비치는 경마에는 관심이 없었기에 기수들 쪽으로는 눈길도 보내지 않았다. 대신 그는 피로한 눈초리로 관객들을 살피기 시작했다. 그의 시선이 안나에게서 멈추었다.

그녀의 얼굴은 창백하게 굳어 있었다. 단 한 사람 외에는 그 무엇도, 그 누구도 안중에 없음이 분명했다. 손으로 초조하게 부채를 꼭 쥔 채 숨조차 내쉬지 않았다. 안나를 바라보던 그는 서둘러 다른 사람들에게로 고개를 돌렸다.

〈저기 저 부인도 그렇고, 다른 부인들 역시 무척이나 초조해하는구먼. 그래, 이건 아주 자연스러운 현상이야.〉알렉세이 알렉산드로비치는 생각했다. 아내를 보고 싶지 않았지만, 자기도 모르게 시선이 자꾸 그녀에게로 쏠렸다. 그는 아내의 얼굴을 다시 바라보면서 거기 너무나 또렷하게 씌어 있는 것을 읽지 않으려고 애를 썼지만, 결국은 자신의 의지에 반하여, 알고 싶지 않은 바를 끔찍한 심정으로 읽어 내고 말았다.

개울가에서 처음 일어난 쿠조블레프의 낙마가 모두를 흥분시켰다. 그러나 창백하면서도 의기양양한 안나의 얼굴에서, 알렉세이 알렉산드로비치는 그녀가 바라보고 있는 그 사람은 말에서 떨어지지 않았음을 분명하게 확인할 수 있었다. 마호틴과 브론스키가 대형 장벽을 뛰어넘은 직후, 뒤를 따르던 장교가 바로 그 장애물에서 곤두박질쳐서 치명적인 부상을 입자 관중석 전체에 경악의 탄식이 퍼졌다. 하지만 알렉세이 알렉산드로비치의 눈에 비친 안나는 그 사건이 일어난 것도 모른 채 주변에서 뭐라고 말하는지조차 간신히 알아듣고 있었다. 그는 점점 더 빈번히, 더욱더 집요하게 그녀를 주시했다. 브론스키의 경주 광경에 완전히 몰입해 있던 그녀도 마침내 곁에서 자신을 뚫어져라 응시하는 남편의 차가운 시선을 느꼈다.

그녀는 순간적으로 고개를 돌려 남편을 의아한 눈초리로 쳐다보고는 얼굴을 살짝 찌푸린 뒤 다시 고개를 돌렸다.

〈아아, 무슨 상관이람.〉마치 그에게 이렇게 말하는 것만 같았다. 그 후로 그녀는 단 한 번도 그를 돌아보지 않았다.

불운한 경마였다. 열일곱 명의 참가자 가운데 반 이상이 낙마하여 부상을 입었다. 대회가 끝날 즈음에는 모두가 소요에 휩싸였고, 경마에 대한 황제의 언짢은 심사로 인하여 그러한 분위기는 더욱더 심화되었다.

29

　모두가 큰 소리로 저마다의 불만을 표했다. 누군가가 내뱉은 구절을 다들 한마디씩 되풀이했다. 「사자들이 나오는 검투장이나 진배없군.」 모두가 경악에 사로잡혀 있었기에 브론스키가 추락하고 안나가 큰 소리로 비명을 질렀을 때조차 별다를 게 없어 보였다. 그러나 그 뒤로 안나는 얼굴 표정이 돌변하더니 너무나도 분별없는 행동거지를 보이기 시작했다. 완전히 제정신을 잃고 마치 붙잡힌 새처럼 버둥거리는 것이었다. 그녀는 자리에서 일어나 어디론가 가려 하다가, 다시 벳시를 향해 말을 걸었다.

　「갑시다, 가자니까요.」

　그러나 벳시는 허리를 아래로 굽힌 채 자신에게 말을 걸어온 장군과 얘기를 나누느라 그녀의 말을 듣지 못했다.

　알렉세이 알렉산드로비치가 안나에게 다가가서 정중하게 손을 내밀었다.

　「괜찮으면 같이 갑시다.」 그가 프랑스어로 말했다. 하지만 안나 또한 장군이 하는 말에 귀를 기울이던 참이라 남편의 말을 알아듣지 못했다.

　「역시 다리가 부러졌답니다.」 장군이 말했다. 「이런 경우는 또 난생처음이군요.」

안나는 남편에게 아무 대꾸도 않은 채 쌍안경을 들고서 브론스키가 낙마한 장소를 바라보았다. 그러나 거리가 너무 먼데다 사람들이 몰려 있는 바람에 아무것도 분간할 수가 없었다. 그녀가 쌍안경을 내려놓고 나가려는 참에 장교 하나가 말을 몰고 와서는 황제에게 무언가를 보고했다. 안나는 앞으로 한껏 몸을 내민 채 귀를 기울였다.

「스티바! 스티바!」 그녀가 오빠에게 소리쳤다.

하지만 오빠에게는 그녀의 목소리가 들리지 않았다. 그녀는 다시 정자에서 나가려 했다.

「다시 한번 손을 내밀겠소, 당신이 가길 원한다면 말이오.」 알렉세이 알렉산드로비치가 그녀의 손을 살짝 건드리며 말했다.

그녀는 진저리를 치듯 얼른 물러나서는 그를 외면한 채 대답했다.

「아뇨, 싫어요. 날 내버려 두세요. 나는 남아 있을래요.」

그녀는 이제 브론스키가 낙마한 자리에서 트랙을 가로질러 정자로 달려오는 한 장교를 보고 있었다. 벳시가 그에게 손수건을 흔들었다.

기수는 다치지 않았지만, 말은 허리가 부러졌다는 소식을 장교가 전했다.

이 말을 들은 안나는 자리에 주저앉더니 부채로 얼굴을 가렸다. 알렉세이 알렉산드로비치는 그녀가 울고 있으며, 흐르는 눈물만이 아니라 가슴을 들썩이며 밀려드는 통곡을 억제하지 못하고 있음을 알았다. 그는 아내를 자신의 몸으로 가리고서 정신을 좀 차릴 시간을 주었다.

「세 번째로 손을 내미는 바요.」 몇 분이 지난 뒤 그가 안나에게 고개를 돌려 다시 입을 열었다. 그녀는 그를 바라보았지만 무슨 말을 해야 할지 몰랐다. 공작 부인 벳시가 그녀를 도우러 왔다.

「아니에요, 알렉세이 알렉산드로비치, 내가 안나를 데려왔고, 다시 데려다주기로 약속했답니다.」 벳시가 끼어들었다.

「죄송합니다만, 공작 부인…….」 그는 정중한 미소를 띤 채 그녀의 두 눈을 완고하게 바라보았다. 「제가 보기엔 안나의 몸이 좀 안 좋은 것 같군요. 집사람이 저와 함께 갔으면 합니다.」

그러자 안나가 겁에 질린 눈초리로 주위를 둘러보더니 얌전히 자리에서 일어나 자신의 손을 남편의 손 위에 얹었다.

「그에게 사람을 보내 알아본 다음 소식을 전해 줄게요.」 벳시가 그녀에게 속삭였다.

정자를 나오면서 알렉세이 알렉산드로비치는 언제나처럼 마주치는 사람들과 얘기를 나누었고, 안나 역시 항상 그러하듯이 사람들에게 대꾸하고 말을 해야만 했다. 그러나 그녀는 제정신이 아니었으며 마치 꿈결인 양 몽롱하게 남편의 팔짱을 낀 채 걷고 있었다.

〈다쳤을까, 안 다쳤을까? 그게 정말일까? 나한테 올까, 안 올까? 오늘 그이를 보게 될까?〉 이런 생각이 그녀를 온통 사로잡고 있었다.

그녀는 말없이 알렉세이 알렉산드로비치의 마차에 앉아 무리를 이룬 마차들 사이를 빠져나왔다. 두 눈으로 목격한 그 모든 광경에도 불구하고 알렉세이 알렉산드로비치는 아내의 현재 상태에 대해 생각하려 들지 않았다. 그에게 보이는 것은 단지 외적인 징후뿐이었다. 그는 정숙하지 못한 아내의 행실을 보았고, 그것을 그녀에게 지적해 주는 게 자신의 의무라 여겼다. 그렇지만 오직 그 얘기만 꺼내고 더 이상을 언급하지 않기란 아주 힘든 일이었다. 그는 아내가 얼마나 분별없는 행동을 했는지 지적하고자 입을 열었다. 그런데 뜻하지 않게 엉뚱한 말이 나오고 말았다.

「그런데 어떻게 우리 모두가 그토록 잔혹한 광경에 경도된 건지.」그가 말했다.「내가 보기에는 ─」

「뭐라고요? 무슨 말인지 못 알아듣겠어요.」안나가 경멸스럽다는 투로 말을 잘랐다.

모욕감을 느낀 그는 이내 본래 하려던 말을 꺼냈다.

「당신에게 해야 할 말이 있소.」그가 중얼거렸다.

〈드디어 올 것이 왔군. 그래, 담판을 짓자는 거야.〉이런 생각이 들자 그녀는 두려워졌다.

「오늘 당신이 부적절한 행동을 보였다는 점을 지적해야겠소.」그가 프랑스어로 말했다.

「내가 뭘 부적절하게 행동했나요?」그녀가 고개를 휙 돌리고는 그의 두 눈을 똑바로 쳐다보며 큰 소리로 되물었다. 그녀의 얼굴에서 무언가를 숨기고 있던 가식적인 명랑함은 이미 사라지고 단호한 표정만이 드러났다. 그러나 그 표정 뒤에 그녀는 두려움을 간신히 감추고 있었다.

「조심하시오.」그가 마부석 뒤편의 열려 있는 창문을 가리키며 말했다.

그러고는 몸을 약간 일으켜서 유리창을 올렸다.

「뭐가 부적절해 보였나요?」그녀가 되풀이했다.

「기수 중 한 명이 추락할 때 당신이 숨기지 못한 그 절망감 말이오.」

그는 안나가 반박하기를 기다렸다. 그러나 그녀는 정면을 응시한 채 침묵할 뿐이었다.

「사교계에서 당신에 대한 악담이 오가지 않도록 알아서 자제하라고 이미 당부하지 않았소. 내면적인 태도에 대해 거론하던 때도 있었지. 하지만 지금은 그런 말을 하려는 게 아니오. 지금 내가 말하는 건 외적인 모습이오. 당신은 부적절하게 처신했고, 이런 일이 더 이상 반복되지 않길 바라오.」

그녀는 그의 말의 절반가량은 흘려들었다. 남편에게 두려움을 느끼면서도 브론스키가 다치지 않은 게 정말일까 하는 생각에 빠져 있었던 것이다. 기수는 멀쩡한데 말은 허리가 부러졌다는 소리가 그에 관한 얘기일까? 남편의 말을 듣지 않았기에, 그가 말을 마쳤을 때 그녀는 단지 위선과 조롱이 섞인 미소를 지어 보일 뿐 아무 대꾸도 하지 않았다. 알렉세이 알렉산드로비치는 대담하게 이야기를 시작했건만, 막상 자신이 무슨 말을 하고 있는지 분명히 깨닫자 아내가 느끼는 두려움이 그에게도 옮아오고 말았다. 그녀의 미소를 본 순간 그의 내면에서는 이상한 망상이 일었다.

〈그녀는 내 의심을 비웃고 있는 거야. 그래, 지난번에 했던 말을 지금 또 하려는 거라고. 내 의심은 근거 없는 우스운 생각이라고 말이야.〉

모든 것이 공개되려는 이 순간, 그가 바라는 건 그녀가 예전처럼 그의 의심은 근거 없는 우스운 생각이라고 조롱하듯 대답해 주는 것 외에 아무것도 없었다. 자신이 알게 된 사실이 너무나도 두려워서 이제 뭐든지 믿어 버릴 태세였다. 하지만 겁에 질리고 음울한 그녀의 낯빛은 더 이상 가식과 위선조차 약속해 주지 않았다.

「어쩌면 내가 잘못 생각한 건지도 모르지.」 그가 말했다.

「그랬다면 나를 용서해 주길 바라오.」

「아니요, 당신은 잘못 생각하지 않았어요.」남편의 냉담한 얼굴을 천천히, 절망적으로 주시하던 그녀가 입을 열었다. 「나는 절망했고, 그러지 않을 수가 없었어요. 나는 당신이 하는 말을 들으면서도 그이 생각을 해요. 그이를 사랑해요. 나는 그이의 정부예요. 더는 견딜 수가 없어요. 두려워요. 나는 당신을 증오한다고요……. 당신 마음대로 해요.」

마차 구석에 몸을 던진 그녀는 두 손으로 얼굴을 가린 채 흐느껴 울었다. 알렉세이 알렉산드로비치는 꼼짝도 하지 않았고, 정면을 향한 시선은 변함이 없었다. 그러나 문득 죽은 사람처럼 장엄하고 굳은 낯빛을 띤 그의 얼굴은 별장까지 가는 내내 변함이 없었다. 집에 거의 당도하자, 그가 여전한 표정으로 그녀를 향해 고개를 돌렸다.

「알겠소! 하지만 외적으로는 예의범절의 요건들을 준수해 줄 것을 요청하오.」그의 목소리는 떨리고 있었다. 「내가 나의 명예를 보장받을 수 있는 조치를 취한 뒤 당신에게 통보할 때까지는 말이오.」

그는 앞장서서 마차에서 내린 뒤 그녀가 내리는 것을 부축해 주었다. 그러고는 하인이 보는 앞에서 말없이 아내의 손을 한 번 잡고는 다시 마차에 올라 페테르부르크로 떠났다.

그가 떠난 뒤 공작 부인 벳시가 보낸 시종이 와서 안나에게 메모를 전했다.

〈알렉세이의 건강 상태를 알아보러 사람을 보냈더니, 오라버니가 자신은 건강하고 멀쩡하며 다만 낙심하고 있다고 적어 보냈어요.〉

〈그렇다면 **그**이가 오겠구나!〉안나는 생각했다. 〈남편에게

모두 털어놓기를 정말 잘 했어!〉

그녀는 시계를 보았다. 아직 세 시간이나 남아 있었고, 마지막으로 만났을 때의 세세한 기억이 그녀의 피를 뜨겁게 달구기 시작했다.

〈오, 하느님, 이 얼마나 황홀한가! 두렵긴 하지만 그래도 그이의 얼굴을 보는 것, 그 환상적인 빛을 보는 게 나는 너무 좋아…… 남편! 아아, 그래……. 그래도 천만다행으로 그이와는 모든 게 끝났어.〉

30

사람들이 모여 있는 곳이면 어디든 그렇듯이 셰르바츠키 일가가 찾아간 독일의 작은 온천에서도 사회의 결정화(結晶化)라 할 만한 현상이 벌어졌다. 그리하여 거기 속하는 각각의 구성원들에게 일정하고 변함없는 자리가 주어졌다. 물의 입자가 차가운 온도에서는 변함없이 일정하게 눈의 결정 형태를 취하는 것처럼, 온천에 오는 새로운 인물들도 그와 같이 곧바로 자신에게 고유한 위치에 정착하는 현상이었다.

〈퓌어스트 셰르바츠키 잠트 게말린 운트 토흐터〉[36] 역시 그들이 묵는 숙소나 가문의 명성, 그들을 알아보는 지인들에 의해서 역시나 곧장 그들에게 예정된 특정한 자리에 결정화되었다.

올해 이곳 온천에는 진짜 독일 퓌어스틴[37]이 머물고 있었던

36 독일어로 〈아내와 딸을 동반한 셰르바츠키 공작〉이라는 뜻이다.
37 독일어로 〈공주〉를 뜻한다.

까닭에 사회의 결정화는 더욱더 활기 있게 진행되었다. 자기 딸로 하여금 반드시 공주님을 알현케 하려 했던 공작 부인은 도착한 지 둘째 날에 그 의식을 치러 내고야 말았다. 키티는 파리에서 주문해 온 **아주 단순한**, 즉 아주 화려한 여름 드레스를 입고서 우아하게 무릎을 굽혀 인사했다. 공주가 말했다. 「그 예쁜 얼굴에 장밋빛이 어서 다시 돌아오기를 바랍니다.」 그로써 셰르바츠키 일가는 즉시 절대로 벗어날 수 없는 생활의 길로 확고하게 들어섰다. 그들은 영국 레이디의 가족, 독일 백작 부인과 최근 전쟁에서 부상당한 그녀의 아들, 스웨덴인 학자, 므시외 카뉘와 그의 누이와 사귀게 되었다. 그러나 뜻하지 않게도 셰르바츠키 일가의 중요한 사교 그룹은 모스크바에서 온 귀부인 마리야 예브게니예브나 르티셰바와 그녀의 딸, 그리고 모스크바의 육군 대령으로 구성되었다. 르티셰바의 딸은 키티에게 별로 달갑지 않은 존재였으니, 왜냐하면 그녀 역시 자기처럼 사랑 때문에 병이 났기 때문이었다. 모스크바의 육군 대령은 키티가 어릴 적부터 제복과 견장 차림의 모습으로 줄곧 보고 또 알아 온 사람으로, 여기서 본 그는 특유의 작은 눈에다가 벗은 목에 원색 넥타이를 두른, 기막히게 우스꽝스러운 모습이었다. 게다가 한시도 곁을 떠나지 못하게 해서 지긋지긋할 지경이었다. 이 모든 것이 확고하게 자리 잡히자 키티는 몹시 무료해졌다. 더욱이 공작이 카를스바트로 떠나는 바람에 그녀는 엄마와 단둘이 남게 된 터였다. 이미 알고 지내는 지인들에게서는 더 이상 새로운 걸 발견할 수 없다고 느꼈기에 별 관심이 생기지 않았고, 온천에서 그녀의 진정한 관심은 모르는 사람들을 관찰하고 그들에 대해 짐작해 보는 일로 쏠렸다. 타고난 성격상 키티는 늘 사람들에게서 가장 훌륭한 점을 추측해 내곤 했는데, 특히 모르는 사람일 경우에는 더욱 그랬다. 지금도 역시 키티는 〈저들은 어떤 관계일까?〉, 〈저들은 어떤 사람들일까?〉 등등 사람들에 관해 나름의 추측을 하면서 더할 나위 없이 멋지고 훌륭한 인품을 상상하고 자신의 관찰에 대한 확증을 찾는 것이었다.

그러한 인물 가운데 특별히 그녀의 관심을 끈 사람은 어느 러시아 아가씨로, 그녀는 사람들이 마담 슈탈이라 부르는 병든 러시아 귀부인과 함께 온천에 왔다. 마담 슈탈은 상류 사회에 속한 사람이었지만 몸이 많이 아파 나다닐 수가 없었고, 단지 드물게 화창한 날에만 휠체어를 탄 채 온천장에 나타나곤 했다. 그러나 공작 부인의 설명에 의하면 마담 슈탈은 병 때문이라기보다는 오만함 때문에 러시아인들과는 단 한 사람도 알고 지내지 않았다. 러시아 아가씨는 마담 슈탈을 간병하며 보살필 뿐만 아니라, 키티가 알아챈 바로는 온천장에 모인 수없이 많은 중환자들 모두와 어울려 지내면서 아주 자연스러운 방식으로 그들을 돌봐 주었다. 관찰에 따르면 러시아 아가씨는 마담 슈탈의 친척도, 고용된 조수도 아니었다. 마담 슈탈은 그녀를 바렌카라고 불렀고, 다른 이들은 마드무아젤 바렌카라고 불렀다. 이 아가씨와 마담 슈탈 그리고 다른 모르는 사람들과의 관계를 관찰하는 것이 키티의 관심사가 되었음은 말할 것도 없었다. 키티는 대체로 그러하듯이 이 마드무아젤 바렌카에게 묘한 호감을 느꼈으며, 마주치는 눈길에서 그녀 역시 자신을 마음에 들어 한다는 것을 느꼈다.

마드무아젤 바렌카는 젊지 않은 것은 아니었지만, 어쩐지 젊음이 거세되어 버린 존재 같았다. 그녀는 열아홉 살로 보이기도 하고 서른 살로 보이기도 했다. 외모를 따져 보자면, 병자 같은 안색에도 불구하고 흉하다기보다는 오히려 예쁜 편이었다. 지나치게 야윈 몸과 중키에 비해 꽤 큰 머리만 아니었으면 괜찮은 몸매라고 할 만했다. 그럼에도 남자들이 보기에 매력적인 여자는 결코 아니었지만 말이다. 꽃잎을 한가득 품어 아름답긴 했지만 이미 다 피어 버려 향기 없는 꽃송이와 비슷했다. 그 밖에도 남자들에게 매력이 없는 또 다른 요인이 있었으니, 키티에게는 너무 많은 것이 그녀에게는 결여되어 있는 터였다. 다름 아닌 삶에 대한 절제된 열정과 스스로의 매력에 대한 자의식이었다.

그녀는 자기 일에 대해서는 일말의 회의도 있을 수 없으며 따라서 다른 것들에는 전혀 관심을 가질 수 없는 듯 늘 일 때문에 분주해 보였다. 자신과는 완전히 반대되는 그러한 점이 특히 키티의 마음을 끌었다. 키티는 자신이 지금 고군분투하며 찾고 있는 것의 본보기를 그녀와 그녀의 생활 양식에서 발견할 수 있으리라 생각했다. 키티가 찾는 것은 바로 삶의 의미와 가치였으며, 그것은 사교계의 처녀들과 남자들 간에 맺어지는 혐오스러운 관계와는 전혀 상관이 없었다. 그러한 관계는 이제 그녀에게 구매자를 기다리는 상품의 치욕스러운 진열장으로 여겨질 뿐이었다. 미지의 친구를 관찰하면 할수록 키티는 이 아가씨가 자신이 상상했던 모습 그대로의 완벽한 존재임을 더욱더 확신하게 되었고, 그녀와 사귈 수 있기를 더욱더 바라게 되었다.

두 아가씨는 매일같이 몇 차례씩 마주쳤다. 매번 마주칠 때마다 키티의 눈길은 이렇게 말했다. 〈당신은 누구세요? 당신은 뭐하는 분이죠? 정말이지 당신은 내가 상상하는 바로 그런 매혹적인 존재인 거죠? 하지만 부디 내가 모르는 분과 억지로 사귀려 든다고 생각하지는 말아 주세요. 나는 그저 넋을 잃은 채 당신을 보고 있으며, 당신을 좋아할 뿐이에요.〉 그러면 미지의 아가씨의 눈길은 이렇게 답하곤 했다. 〈나 또한 당신을 좋아하고 있어요. 당신은 정말 너무나 사랑스러워요. 나에게 시간이 있다면 당신을 더 좋아하게 될 텐데요.〉 실제로 키티가 보기에도 그녀는 항상 바빴다. 러시아 가족의 아이들을 온천에서 꺼내 데리고 가든가, 담요를 가져다가 환자의 몸을 감싸 주든가, 짜증이 난 환자의 기분을 달래 주려고 애를 쓰든가, 아니면 누군가를 위해 커피에 곁들일 과자를 골라서 사 가는 것이었다.

셰르바츠키 일가가 도착한 지 얼마 후 아침나절 온천장에 두 명의 새로운 인물이 나타났는데, 그 둘은 모든 이들의 적대적인 눈총을 받았다. 한 명은 키가 아주 크고 등이 굽은 남자로 손은 솥뚜껑같이 크고 키에 비해 짧고 낡은 외투 차림에 순진하면서도 무섭게 생긴 커다란 검은 눈동자를 하고 있었고, 나머지 한 명은 얼굴은 얽었지만 귀엽게 생긴 여자로 옷을 입은 차림새가 아주 흉하고 꼴사나웠다. 이 두 인물이 러시아인임을 알아챈 키티는 상상의 나래를 펼치면서 그들의 아름답고 감동적인 로맨스를 지어내기 시작했다. 하지만 투숙객 명부를 통해 이들이 니콜라이 레빈과 마리야 니콜라예브나라는 것을 알아낸 공작 부인은 이 레빈이라는 사람이 얼마나 추악한 위인인지를 키티에게 설명해 주었고, 그러자 두 사람에 대한 모든 환상은 날아가 버리고 말았다. 엄마로부터 들은 이야기보다도 그 사람이 콘스탄틴 레빈의 형이라는 사실 때문에 갑자기 키티는 그 두 남녀가 너무나 싫어졌다. 게다가 레빈의 형은 고개를 떠는 특유의 버릇으로 그녀에게 참을 수 없이 역겨운 감정을 불러일으켰다.

자신을 집요하게 주시하는 그의 커다랗고 무시무시한 두
눈에 증오와 조소가 어려 있는 것 같았기에, 그녀는 그와 마
주치는 것을 되도록 피하려고 했다.

31

궂은 날이었고, 오전 내내 비가 내렸다. 환자들은 우산을
든 채 회랑에 잔뜩 운집해 있었다.

키티는 엄마와 모스크바 육군 대령과 함께 걷고 있었다.
새로 구입한 프랑크푸르트산(産) 프록코트를 입은 육군 대령
은 유럽식으로 한껏 멋을 내고 신이 났는지 들뜬 모습이었다.
그들은 회랑의 한켠으로만 걸으며 반대편으로 걷고 있는 니
콜라이 레빈을 피하려 애썼다. 바렌카는 어두운색 드레스 차
림에 챙이 넓은 검은색 모자를 쓰고서 눈이 먼 프랑스 여인
과 함께 회랑 이쪽 끝에서 저쪽 끝까지 오가며 키티와 마주
칠 때마다 다정한 눈길을 주고받았다.

「엄마, 저분과 얘기를 좀 해봐도 될까요?」 키티가 말했다.
미지의 친구를 주시하던 중 그녀가 샘터 쪽으로 가는 것을
보고는 샘터에서 만나면 되겠다고 생각한 참이었다.

「그래, 정 원한다면 내가 먼저 저 여자에 대해 알아본 다음
얘길 걸어 보마.」 엄마가 대답했다. 「대체 저 여자한테 뭐 그
리 특별한 게 있다는 거냐? 틀림없이 그저 하녀에 지나지 않
을 텐데. 그렇게 소원이라니 마담 슈탈과 얘기를 해보마. 그
분의 bell-sœur(시누이)가 나랑 아는 사이니까.」 공작 부인

이 거만하게 고개를 치켜세우며 덧붙였다.

마담 슈탈이 자신과 알고 지내기를 피하려 드는 눈치에 공작 부인의 자존심이 상했다는 사실을 알고 있었기에 키티는 엄마에게 굳이 고집을 피우지 않았다.

「놀라워라, 어쩜 저렇게 사랑스러울까!」 그녀가 바렌카를 바라보며 말했다. 바렌카는 프랑스 여인에게 컵을 건네고 있었다. 「저것 좀 보세요. 모든 게 얼마나 소박하고 상냥한지 몰라요.」

「너의 engouement(열광)에 내가 아주 못살겠다.」 공작 부인이 대꾸했다. 「아니다, 도로 되돌아가는 게 낫겠어.」 니콜라이 레빈과 그의 여자, 그리고 독일 의사가 맞은편에서 다가오는 것을 보고는 공작 부인이 덧붙였다. 니콜라이와 의사는 서로에게 언성을 높이며 무언가를 얘기하고 있었다.

그들이 온 길로 되돌아가려고 몸을 돌렸을 때, 별안간 큰소리를 넘어 아예 고함을 치는 소리가 들려왔다. 니콜라이 레빈이 멈춰 선 채 마구 호통을 치고 있었고 의사 역시 격분하여 열을 올리고 있었다. 그들 주변으로 사람들이 몰려들었다. 공작 부인과 키티는 서둘러 자리를 피했지만, 육군 대령은 무슨 일인지 알아보려고 사람들 속으로 끼어들었다.

몇 분 뒤 육군 대령이 모녀를 뒤따라왔다.

「무슨 일이래요?」 공작 부인이 물었다.

「그야말로 수치스럽기 짝이 없군요.」 육군 대령이 대답했다. 「꼭 한 가지 피하고 싶은 일이 있다면, 바로 해외에서 저런 러시아인들과 마주치는 겁니다. 저 키 큰 사람이 의사더러 자신을 제대로 치료하지 않는다며 온갖 상스러운 욕을 퍼붓고 지팡이를 휘두르기까지 했다지 뭡니까. 치욕스러울 따름이죠!」

「에구머니, 별 흉한 꼴을 다 보겠네!」 공작 부인이 말했다. 「그래서, 어떻게 끝이 났나요?」

「고맙게도 그…… 저기, 그 버섯 모양 모자를 쓴 아가씨가 중재를 하더군요. 아마도 러시아 여자인가 봅니다.」 육군 대령이 말했다.

「마드무아젤 바렌카요?」 키티가 반색하여 물었다.

「네, 네. 그녀가 제일 먼저 나서서 저 신사의 팔짱을 끼고 데리고 가더라고요.」

「그것 보세요, 엄마.」 키티가 어머니를 향해 말했다. 「그런데도 내가 그녀를 보며 감탄한다고 이상하게 여기시니 말이에요.」

다음 날 키티는 온천장에서 미지의 친구를 관찰하다가, 그녀가 니콜라이 레빈과 그의 여자를 자신의 다른 protégés(피보호자들)와 똑같이 대하고 있음을 알아챘다. 그녀는 두 사람에게 다가가 대화를 나누었고, 외국어라고는 하나도 구사할 줄 모르는 그 여자를 위해서 통역사 노릇까지 해주었다.

키티는 이제 엄마에게 바렌카와 사귀는 걸 허락해 달라고 더욱더 졸라 대기 시작했다. 공작 부인은 왠지 잘난 척을 하려 드는 마담 슈탈과 사귀고 싶어 먼저 나서는 것처럼 보일까 봐 내심 불쾌해하면서도, 바렌카에 관해 뒷조사를 해보았다. 그녀에 대해 상세히 알아낸 뒤 그녀는 좋을 건 별로 없지만 나쁠 것도 전혀 없다는 결론을 내리고는 그녀는 바렌카와 인사를 나누기 위해 직접 접근하기로 했다.

딸아이가 샘터로 가고 바렌카는 빵집 건너편에 있는 틈을 타 공작 부인은 그녀에게 다가갔다.

「우리 서로 알고 지내요.」그녀가 특유의 품위 있는 미소를 지으며 말했다.「내 딸아이가 아가씨한테 흠뻑 빠졌지 뭐예요.」그러면서 이렇게 덧붙였다.「내가 누군지 모를 테죠. 나는…….」

「저 역시 그렇다뿐이겠습니까, 공작 부인.」바렌카가 황급히 대답했다.

「어제 우리의 불쌍한 동향인에게 너무나도 선량한 일을 베풀었더군요!」공작 부인이 말했다.

바렌카의 얼굴이 빨개졌다.

「무슨 말씀이신지, 저는 아무것도 한 게 없는걸요.」

「무슨 소리예요, 당신이 그 레빈이라는 사람을 곤경에서 구해 줬잖아요.」

「네, sa compagne(동행인)가 저를 부르시길래 그분을 진정시키려고 애써 보았어요. 그분은 병환이 심하신 데다 의사에게 불만이 많으셨죠. 저는 바로 그런 환자분들을 돌보는 데 익숙하거든요.」

「그렇군요. 듣기로는 숙모님과 망통에서 살고 있다면서요. 마담 슈탈이라는 분이죠, 아마? 나는 그분의 belle-sœur(시누이)와 잘 아는 사이랍니다.」

「아뇨, 그분은 저의 숙모님이 아니세요. 그분을 maman(엄마)이라고 부르기는 하지만 저는 그분의 혈육이 아니랍니다.」바렌카가 또다시 얼굴을 붉히며 대답했다.

하는 말이 참 소박하고 진솔한 얼굴 표정도 사랑스러운 게, 공작 부인은 키티가 왜 바렌카에게 반했는지 알 것 같았다.

「그래, 그 니콜라이 레빈이란 사람은 좀 어떤가요?」공작 부인이 물었다.

「그분은 곧 떠나실 거예요.」바렌카가 대답했다.

바로 그때 키티가 샘터에서 돌아오고 있었다. 엄마가 자신의 미지의 친구와 인사를 나누는 모습을 보자 그녀의 얼굴은 기쁨으로 환하게 빛났다.

「자, 키티, 네가 그토록 열렬히 사귀고 싶어 했던 그 마드무아젤…….」

「바렌카입니다.」바렌카가 미소 지으며 대신해서 말을 맺었다.「모두들 저를 그렇게 부르죠.」

기쁨으로 얼굴이 발그레해진 키티는 한참 동안 아무 말 없이 새 친구의 손을 꼭 잡고 있었다. 친구도 아무런 대꾸도 않은 채 그저 가만히 그녀의 손에 자기 손을 맡겼다. 키티의 악수에 호응은 하지 않았지만, 커다랗고 아름다운 이를 드러낸 마드무아젤 바렌카의 얼굴은 약간 슬픈 듯하면서도 조용하고 기쁨 어린 미소로 빛나고 있었다.

「저야말로 이렇게 되기를 오래전부터 원했답니다.」그녀가 말했다.

「하지만 너무나 바쁘셔서…….」

「아이, 아니에요, 바쁠 건 전혀 없는걸요.」이렇게 대답했지만, 바로 그 순간 그녀는 새로운 친구들을 남겨 두고 가봐야만 했다. 어느 환자의 두 딸인 러시아 꼬마 소녀들이 그녀에게 달려오고 있었던 것이다.

「바렌카, 엄마가 불러요!」아이들이 소리쳤다.

그러자 바렌카는 그들을 따라나섰다.

32

공작 부인이 바렌카의 과거사와 더불어 그녀와 마담 슈탈의 관계에 대해 소상히 알아낸 사항들은 다음과 같았다.

어떤 이들은 마담 슈탈이 남편을 괴롭혔다고 하고 또 다른 이들은 오히려 남편이 방탕한 행실로 그녀를 괴롭혔다고들 했는데, 어쨌거나 그녀는 늘 병약하면서도 열정과 감성이 넘치는 여자였다. 그녀는 이미 남편과 이혼 수속 중일 때 첫아이를 출산했고, 아이는 태어나자마자 곧바로 죽고 말았다. 그런데 그녀의 예민한 성격을 익히 알고 있던 친척들은 아이가 죽었다는 소식에 그녀마저 어떻게 될까 두려워 같은 날 밤 페테르부르크의 같은 건물에서 태어난 궁정 요리사의 딸아이를 데려다가 그녀의 죽은 아이와 몰래 바꿔치기했으니, 그 아이가 바로 바렌카였다. 마담 슈탈은 나중에 바렌카가 자기 딸이 아니라는 사실을 알게 되었지만 계속해서 그녀를 양육하였으며, 공교롭게도 그 일이 있고 얼마 지나지 않아서 바렌카의 주변에 가족이나 친척들이라고는 단 한 명도 남아 있지 않게 된 터였다.

마담 슈탈은 10년이 넘도록 바깥출입은 일체 삼가고 잠자리에서 꼼짝도 않은 채 외국의 남쪽 지방에서 살아왔다. 누군가는 마담 슈탈이 덕망 있고 신앙심 깊은 여성이라는 사회적 입지를 스스로 개척했다고 말하곤 했고, 한편 다른 이들은 그녀가 천성적으로 지극히 윤리적인 존재라서 오로지 주변 사람들의 행복을 위해서만 살아간다고 말했다. 그러나 과연 그녀가 어떤 종교를 믿는지, 가톨릭인지 개신교인지 혹은 정교인지는 아는 사람은 아무도 없었다. 한 가지 분명한 사실은 그녀가 온갖 교회와 종파의 최고위층 인사들과 돈독한 관계를 맺고 있다는 점이었다.

바렌카는 그녀와 늘 외국에서 살았으며, 마담 슈탈을 아는 모든 이들은 이른바 〈마드무아젤 바렌카〉를 알고 좋아했다.

이 모든 세세한 사항들을 알게 된 공작 부인은 자기 딸과 바렌카가 가깝게 지낸다고 해서 비난받을 일은 전혀 없으리라고 판단했다. 더구나 바렌카는 아주 훌륭한 행동거지와 교양을 갖추고 있었으며, 특히 프랑스어와 영어의 구사 능력이 아주 탁월했다. 그러나 무엇보다 중요한 것은, 오래된 병으로 인하여 공작 부인과 인사를 나눌 영광을 누릴 수 없어 유감이라는 마담 슈탈의 전언을 그녀가 전했다는 사실이었다.

바렌카와 사귀게 된 키티는 점점 더 친구에게 마음이 끌렸고, 매일같이 그녀에게서 새로운 미덕을 발견하곤 했다.

공작 부인은 바렌카가 노래를 잘 부른다는 얘기를 듣고서 그녀에게 저녁때 집으로 와서 노래를 불러 달라고 청했다.

「키티는 피아노를 칠 줄 알아요. 우리 집에 피아노가 있거든요. 사실 그리 좋은 건 아니지만, 그래도 우리를 한층 더 기쁘게 해주시길 바랍니다.」 공작 부인이 특유의 가식적인 미소를 지으며 말했다. 바렌카가 노래하기를 원치 않는다는 걸 알아챈 키티로서는 특히나 엄마의 그 미소가 아주 싫었다. 그러나 저녁에 바렌카는 뜻밖에도 악보까지 챙겨서 키티네 집으로 왔다. 공작 부인은 마리야 예브게니예브나 모녀와 육군 대령을 초대한 참이었다.

바렌카는 낯선 이들이 있어도 개의치 않는다는 듯 곧장 피아노 곁으로 다가갔다. 직접 반주를 할 줄은 몰랐지만, 악보를 읽으며 노래하는 그녀의 솜씨는 아주 뛰어났다. 피아노를 잘 치는 키티가 그녀의 노래에 맞춰 반주를 했다.

「뛰어난 재능을 타고났군요.」바렌카가 첫 곡을 멋지게 부르자 공작 부인이 그녀에게 말했다.

마리야 예브게니예브나 모녀도 그녀의 노래 솜씨를 칭찬하며 감사를 표했다.

「저것 좀 보세요.」육군 대령이 창밖을 내다보며 말했다. 「당신의 노래를 들으려고 저렇게 청중들이 모였어요.」정말로 창문가에는 꽤 많은 사람들이 몰려와 있었다.

「제 노래가 여러분께 위안이 되었다니 정말 기쁩니다.」바렌카가 겸손하게 말했다.

키티는 자신의 친구를 자랑스럽게 바라보았다. 그녀는 바렌카의 노래와 그 목소리와 그 얼굴에 흠뻑 취해 있었다. 그러나 무엇보다도 감탄을 자아낸 것은 그녀의 행동거지였다. 바렌카는 자신의 노래에 대해 전혀 의식하지 않는 게 분명했고, 사람들의 칭찬에도 완전히 무심했다. 그저 이렇게 묻는 것만 같았다. 〈노래를 더 부를까요, 아니면 충분한가요?〉

〈나 같았으면 얼마나 뽐냈을까!〉키티는 생각했다. 〈창가의 저 청중들을 보면서 내 마음이 얼마나 기뻤겠어! 그런데 그녀는 완전히 초연하잖아. 그녀를 충동질하는 것은 오직 maman(엄마)의 청을 거절하지 말고 기쁘게 해드려야겠다는 바람뿐이야. 그녀 안에 있는 것은 대체 뭘까? 무엇이 그녀에게 모든 것에 초연하고 홀로 평온할 수 있는 저런 힘을 주는 걸까? 나도 그녀에게서 그럴 수 있는 법을 알아내고 배울 수 있으면 얼마나 좋을까!〉키티가 친구의 차분한 얼굴을 쳐다보며 생각했다. 공작 부인이 바렌카에게 한 곡 더 불러 달라고 청하자 바렌카는 피아노 바로 옆에 선 채 박자에 맞추어 가무잡잡하고 여윈 손으로 피아노를 두드리며 새로운 곡을 불렀다. 노랫소리는 여전히 고르고 정확하고 훌륭했다.

악보에 있는 다음 곡은 이탈리아 노래였다. 키티가 마음에 꼭 드는 전주를 친 다음 바렌카를 돌아보았다.

「이 노래는 그냥 넘어갈게요.」 바렌카가 얼굴을 붉히며 말했다.

키티는 깜짝 놀라 의아한 눈길로 바렌카를 응시했다.

「그래요, 그럼 다른 곡으로 하죠.」 키티가 황급히 말하면서 악보를 넘겼다. 순간 그녀는 이 곡에 뭔가 사연이 있음을 깨달았다.

「아니…….」 바렌카가 대답하고는 악보에 손을 얹고 미소를 지었다. 「아니에요, 그냥 이 곡을 부를게요.」 그러고서 그녀는 그 노래 역시 이전처럼 침착하고 차분하게 잘 불렀다.

노래가 끝나자 모두가 또다시 그녀에게 감사를 표하고는 차를 마시러 갔다. 키티와 바렌카는 집 곁에 있는 작은 뜰로 나갔다.

「틀림없이 그 노래에 어떤 추억이 얽혀 있는 거죠?」 키티가 묻고는 재빨리 덧붙였다. 「말해 주시지 않아도 돼요. 그럼, 이것만 말해 주세요. 제 말이 맞나요?」

「아니에요, 말 못 할 게 뭐 있겠어요. 얘기할게요.」 바렌카가 간명하게 응수하고는 대답도 듣기 전에 이야기를 시작했다. 「그래요, 그 언젠가 있었던 고통스러운 추억이지요. 어떤 사람을 사랑했답니다. 그 곡은 바로 그 사람에게 불러 주었던 노래예요.」

키티가 두 눈을 크게 뜨고서 감동에 젖어 말없이 바렌카를 바라보았다.

「나는 그를 사랑했고, 그도 나를 사랑했죠. 하지만 그분의 모친께서 반대하셨어요. 그래서 그는 다른 여자와 결혼했죠. 지금은 우리 집에서 멀지 않은 곳에 살아요. 가끔 그를 보곤 하죠. 나한테도 로맨스가 있으리라고는 생각 못 하셨죠?」 그녀가 말했다. 그녀의 붉게 상기된 얼굴에서 불꽃이 희미하게 아른거렸다. 언젠가 그러한 불꽃이 내면을 온통 밝혀 주던 시절 키티 자신도 느끼던 바로 그것이었다.

「어떻게 그런 생각을 안 할 수가 있겠어요? 내가 만일 남자라면 당신을 알게 된 뒤로는 그 누구도 사랑할 수 없을 거예요. 단지 내가 이해할 수 없는 건, 자기 어머니만 좋자고 어떻게 당신을 잊고 불행하게 만들 수가 있냐는 거예요. 그는 감정도 없는 사람인가 봐요.」

「어머, 그렇지 않아요. 그는 아주 좋은 사람이에요. 그리고 나는 불행하지 않아요. 오히려 아주 행복한걸요. 자, 그러면, 오늘은 노래를 더 부르지 않는 거죠?」 그녀가 집으로 향하며 말했다.

「당신은 정말이지 좋은 사람이에요, 너무나도 좋은 사람이라고요!」 키티는 탄성을 지르고는 멈춰 서서 그녀에게 입을 맞추었다. 「조금이라도 당신을 닮을 수만 있다면 얼마나 좋을까요!」

「당신이 왜 누군가를 닮아야 하나요? 있는 그대로의 당신 모습이 얼마나 좋은데요.」 특유의 온순하면서 피로가 묻어나는 미소를 지으며 바렌카가 말했다.

「아니에요, 나는 전혀 좋은 사람이 아니에요. 저, 그런데 말이죠, 말씀 좀 해보세요……. 잠시만요, 잠시만 앉아 있기로 해요.」 키티가 이렇게 말하고는 그녀를 벤치에 자기와 나란히 앉혔다. 「말씀해 주세요. 정말로 모욕적이지 않나요? 남자가 당신의 사랑을 무시하고, 그가 그것을 원치 않았다고 생각하면…….」

「아니요, 그는 무시하지 않았어요. 나는 그가 나를 사랑했다는 걸 믿어요. 하지만 그는 순종적인 아들이었던 거예요.」

「그런데, 만일 그게 어머니의 뜻대로 한 게 아니라, 그 사람 자신이 내린 결정이라면요?」 키티는 이렇게 말하면서 자신의 비밀을 털어놓고 말았음을, 수치심으로 붉게 상기된 자신의 얼굴이 그 사실을 죄다 폭로하고 있음을 느꼈다.

「그랬더라면 그는 잘못 처신한 거겠죠. 그리고 나는 그를 애달파하지도 않았을 거고요.」 바렌카가 대답했다. 그녀는 지금 자기 자신이 아니라 키티에 관한 얘기가 오가고 있음을 분명히 알아챘다.

「하지만 모욕감은요?」 키티가 말했다. 「모욕감은 잊을 수가 없잖아요. 잊히지 않는 법이죠.」 마지막 무도회에서 음악이 멈추었을 때 그를 향한 자신의 시선이 어떠했는지를 떠올리며 키티가 말했다.

「어떤 점에서 모욕이라는 거죠? 당신이 흉하게 처신하지는 않았잖아요?」

「흉하게 처신한 것보다 더 나빠요. 수치스럽다고요.」

바렌카는 고개를 절레절레 흔들고는 자신의 손을 키티의 손 위에 얹었다.

「아니, 뭐가 그리 수치스럽단 말인가요?」 그녀가 말했다. 「당신에게 무관심한 그 사람한테 사랑한다는 말도 하지 못했을 거잖아요.」

「물론 안 했어요. 단 한 마디도 한 적이 없죠. 하지만 그는 알고 있었어요. 아니, 아니에요, 난 눈길과 행동거지로 말했어요. 1백 년을 살아도 잊지 못할 거예요.」

「그래서 어쩔 건데요? 이해할 수가 없군요. 문제는 지금 당신이 그를 사랑하느냐 아니냐예요.」 바렌카가 모든 걸 솔직하게 열어 놓고 말했다.

「그이를 증오해요. 그리고 나 자신을 용서할 수가 없어요.」

「대체 뭐가 문제죠?」

「치욕이고, 모욕이죠.」

「에구, 모든 사람들이 다 당신처럼 예민하다면, 그런 걸 느끼지 않을 여자는 아무도 없을걸요. 그런 건 다 그리 중요한 게 아니에요.」

「그러면 대체 뭐가 중요한가요?」 키티가 호기심과 놀라움이 섞인 눈초리로 그녀의 얼굴을 바라보며 물었다.

「아, 중요한 거야 많죠.」 바렌카가 미소 띤 얼굴로 대답했다.

「그러니까 그게 뭔데요?」

「아이 참, 중요한 건 많다니까요.」 바렌카가 되풀이했다. 무슨 말을 해야 할지 몰랐던 것이다. 그때 마침 창문에서 공작 부인의 목소리가 들려왔다.

「키티, 날이 춥다! 숄을 가져가려무나, 아니면 방으로 들어오든가.」

「정말이지 갈 시간이 되었네요!」 바렌카가 일어서며 말했다. 「마담 베르트에게 마저 들러야 해서요. 그분이 들러 달라고 부탁하셨거든요.」

키티는 그녀의 손을 잡고서 열렬한 호기심을 담아 애원하는 눈길로 그녀에게 물었다. 〈도대체 가장 중요하다는 그게 뭔데요? 뭐냐고요? 무엇이 그런 평온함을 가져다주나요? 당

신은 알고 있잖아요. 내게 얘기 좀 해주세요!〉 그러나 바렌카
는 키티의 시선이 무엇을 묻고 있는지조차 이해하지 못했다.
오로지 마담 베르트에게 들러야 하며 12시경 maman(엄마)
이 차를 마시는 시간에 맞춰서 서둘러 집으로 가야 한다는
생각뿐이었다. 그녀는 방으로 들어가서 악보를 모아 챙긴 다
음 모두와 작별 인사를 나누고 길을 나서려 했다.

「괜찮으시다면 제가 모셔다 드리겠습니다.」 육군 대령이
말했다.

「그래요, 이 밤중에 어떻게 혼자 가겠어요?」 공작 부인이
못을 박았다. 「파라샤라도 딸려 보낼게요.」

키티는 자신을 바래다줘야 한다는 말에 가까스로 웃음을
참고 있는 바렌카의 모습을 지켜보았다.

「아니에요, 저는 늘 혼자 다닙니다. 저에게 무슨 일이 생길
리는 전혀 없어요.」 그녀가 모자를 집어 들며 말했다. 그러고
서 키티에게 다시 한번 입을 맞추고는, 끝내 중요한 게 무엇
인지 말해 주지 않은 채 겨드랑이에 악보를 끼고서 씩씩한
걸음으로 여름밤 어스름 속으로 사라졌다. 중요한 건 무엇이
며, 무엇이 저 부러운 초연함과 덕성을 그녀에게 허락하는가.
그 비밀을 간직하고서 그녀는 그렇게 가버렸다.

33

키티는 마담 슈탈과 사귀게 되었다. 이 친교는 바렌카와의
우정과 더불어 그녀에게 큰 영향을 끼쳤을 뿐만 아니라 그녀
의 슬픔을 위로해 주기까지 했다. 과거와는 전혀 다른, 완전

히 새로운 세계, 그 정상에서 자신의 지난날을 초연하게 바라볼 수 있는 고양되고 아름다운 세계가 펼쳐졌고, 바로 그러한 점에서 키티는 위안을 찾을 수 있었다. 지금까지 몰두해 온 본능적인 삶 외에 영적인 삶이 존재한다는 사실이 그녀 앞에 드러난 것이다. 이 삶은 종교에 의해서 개시되었으나 키티가 어릴 적부터 알아 온, 지인들과 만날 수 있는 아침 예배나 〈미망인의 집〉[38]에서의 저녁 기도, 신부님과 함께 슬라브어 기도서를 암기하는 것 같은, 그런 유의 종교와는 아무런 닮은 점이 없었다. 그것은 일련의 훌륭한 사상 및 감정과 연관된, 숭고하고 신비로운 종교였다. 믿으라고 하여 믿게 되는 그런 종교에 그치지 않고 사랑할 수도 있는 종교였다.

키티는 이 모든 것을 말로써 알게 된 것이 아니었다. 마담 슈탈은 키티와 얘기할 때면 사랑스러운 어린아이를 대하듯 했고, 자신의 젊은 날의 추억을 바라보듯이 도취된 채 그녀를 바라보곤 했다. 단 한 차례, 모든 인간사의 불행에서 위안이 되는 것은 오로지 사랑과 신앙뿐이며 우리에 대한 그리스도의 연민 앞에 하찮은 불행 같은 것은 없다고 충고한 뒤, 곧바로 화제를 돌렸을 뿐이었다. 그러나 키티는 그녀의 행동 하나하나, 말 한 마디 한 마디, 키티 자신이 이름 붙인 〈신성한〉 눈길 하나하나에서, 그리고 특히 바렌카를 통해 알게 된 그녀의 인생사를 비롯한 모든 것에서 이른바 〈중요한 것〉을 감지했다. 그것은 그녀가 지금까지 모르고 있던 것들이었다.

그러나 마담 슈탈의 성품이 그처럼 고결하고, 그녀의 모든

38 제정 러시아 시대에 모스크바와 페테르부르크에 설립되어 운영되던 자선 기관. 10년 이상 근속하거나 전쟁에서 사망한 정부 관료, 군 장교의 미망인들 가운데 생활 능력이 없고 병들거나 나이 든 이들을 수용하던 시설이다.

인생사가 그토록 감동적이며, 그녀가 하는 말이 그렇게 고상하고 상냥했음에도 불구하고, 뜻하지 않게 키티는 그녀에게서 자신을 당혹스럽게 만드는 점들을 알아채고 말았다. 키티의 친척들에 관해 이것저것 캐물으면서 마담 슈탈은 그리스도교적인 선(善)에 어긋나는 경멸 어린 미소를 짓는 것이었다. 또 하나 눈치챈 것은 그녀가 가톨릭 성직자를 만났을 때 애써 얼굴을 램프 갓 그림자에 숨기고는 기이하게 웃는다는 사실이었다. 아무리 사소한 것이라 해도 이 두 가지 발견은 키티를 혼란스럽게 했고, 이윽고 그녀는 마담 슈탈을 의심하게 되었다. 하지만 친척도 친구도 없으며, 서글픈 환멸을 가슴에 품은 채 아무것도 바라지 않고 아무것도 아쉬워하지 않는 고독한 바렌카는 여전히 키티로서는 그저 꿈이나 꿔볼 수 있는 완벽 그 자체였다. 바렌카를 보면서 그녀는 자기 자신을 잊고 타인들을 사랑하기만 하면 된다는 것을, 그러면 평온해지고 행복해지고 아름다워지리라는 것을 깨달았다. 그런 사람이 바로 키티가 되고자 하는 사람이었다. **가장 중요한 것**이 무엇인지 분명하게 깨달은 지금 키티는 그 깨달음으로 그저 황홀해하는 데 만족하지 않았다. 그녀는 자신에게 계시된 새로운 삶에 혼신을 다했다. 바렌카가 들려주는 마담 슈탈, 그리고 또 다른 사람들의 행적에 관한 이야기에 따라 키티는 이미 마음속으로 미래의 삶에 대한 행복한 계획을 세우기 시작했다. 그녀는 바렌카로부터 많은 얘기를 들었던 마담 슈탈의 조카딸 알린이 그랬던 것처럼, 어디서 살든 불행한 사람들을 찾아내서는 할 수 있는 한 그들을 도와주고 복음서를 나눠 줄 것이며, 병자들과 죄인들, 죽어 가는 이들에게 복음서를 읽어 줄 작정이었다. 알린이 그랬듯이 죄인들에게 복음서를 읽어 주겠다는 생각에 키티는 특히 매혹되었다. 그러나 이 모든 것은 엄마에게도 바렌카에게도 발설하지 않은 비밀스러운 꿈이었다.

자신의 계획을 대대적으로 실행할 때를 고대하는 한편, 작금의 키티는 병자들과 불행한 사람들이 수두룩한 이 온천에서 바렌카를 흉내 내며 새로운 규율을 적용해 볼 기회를 쉽게 찾아내었다.

처음에 공작 부인은 키티가 마담 슈탈과 바렌카에 대하여, 그녀의 표현에 따르자면 engouement(열광)에 사로잡혀 있는 줄로만 알았다. 그녀가 보기에 키티는 단지 바렌카가 하는 일을 따라 하는 것만이 아니라 무심결에 그녀의 걸음걸이와 말투, 눈을 깜박이는 모습까지 흉내 내는 것이었다. 그러나 곧 공작 부인은 그러한 매혹과는 별개로 딸아이에게 무언가 심각한 정신적 변화가 일어나고 있음을 눈치챘다.

키티가 저녁마다 마담 슈탈이 선물한 프랑스어판 복음서를 읽는 것이 공작 부인의 눈에 띄었는데, 이는 예전에는 없던 일이었다. 게다가 그녀는 상류층 인사들을 피하고 바렌카의 보살핌을 받고 있는 병자들과 어울렸으며, 특히 페트로프라는 병든 화가의 가난한 가정과 가깝게 지냈다. 이 가정에서 간호사의 소임을 다하는 일에 자부심을 느끼는 게 분명했다. 모든 게 좋은 일이었고, 공작 부인 역시 전혀 반대하지 않았다. 뿐만 아니라 페트로프의 아내는 아주 정숙한 여자인 데다가, 키티의 행실을 알아챈 독일 공주는 또 그녀를 〈위로의 천사〉라고 부르면서 칭찬을 해댔다. 지나치지만 않으면 모든 게 다 좋았을 것이다. 하지만 딸아이가 극단으로 치닫는 것을 느낀 공작 부인은 딸에게 한마디 하였다.

「Il ne faut jamais rien outrer(어떤 경우에도 극단으로 치달아서는 안 된다).」

하지만 딸은 아무 대답도 하지 않았다. 그녀는 속으로 그리스도교의 실천에서 지나침이란 있을 수 없다는 생각만 할 뿐이었다. 한쪽 뺨을 때리면 다른 쪽 뺨을 내밀고, 겉옷을 벗겨 가면 속옷도 벗어 주라는 가르침을 따르는 데 무슨 지나침이 있을 수 있단 말인가? 그러나 공작 부인은 그 모든 과도함이 마음에 들지 않았으며, 더더욱 못마땅한 것은 키티가 자신에게 속마음을 열어 보이지 않는다는 점이었다. 실제로 키티는 자신의 새로운 관점과 감정을 어머니에게 숨기고 있었다. 어머니를 존경하지 않거나 사랑하지 않기 때문이 아니라, 단지 그녀가 자신의 어머니이기 때문이었다. 어머니에게 털어놓느니 차라리 누구든 다른 이들에게 속을 털어놓는 편이 나았다.

「안나 파블로브나가 우리 집에 안 온 지 꽤 오래된 것 같더구나.」 한번은 공작 부인이 페트로프의 부인에 관해 말했다. 「그래서 내가 오라고 불렀단다. 그런데 뭔가 불만스러운 눈치였어.」

「글쎄요, 나는 모르겠는데요, maman(엄마).」 키티가 갑자기 얼굴을 붉히며 대꾸했다.

「네가 그 집에 안 간 지도 오래됐지?」

「내일 같이 산에 오를 참이에요.」 키티가 대답했다.

「그렇구나, 다녀오렴.」 공작 부인이 대답했다. 당혹스러워하는 딸아이의 얼굴을 주시하면서, 그녀는 대체 왜 그러는지 그 이유를 짐작해 보려 애썼다.

그날 바렌카가 점심 식사를 하러 와서는 안나 파블로브나가 내일 산에 안 가기로 했다고 전했다. 공작 부인은 키티가 다시금 얼굴을 붉히는 것을 눈치챘다.

「애야, 페트로프 씨네 식구들과 무슨 언짢은 일이라도 있었던 거 아니니?」딸과 단둘이 남았을 때 공작 부인이 이야기를 꺼냈다.

키티는 그들과 아무 일도 없었으며, 안나 파블로브나가 왜 자기한테 불만이 있는 것처럼 구는지 이해할 수가 없다고 대답했다. 키티가 한 말은 전적으로 진실이었다. 그녀는 자신에 대한 안나 파블로브나의 태도가 왜 변했는지 그 이유를 알지 못했지만, 짐작은 하고 있었다. 그녀가 짐작하는 바는 엄마에게뿐만 아니라 자기 자신에도 발설할 수 없는 성질의 사안이었다. 알고 있어도 스스로에게조차 말할 수 없으며, 자칫 잘못 짚었다가는 무섭고 창피한 일을 당할지도 모르는 그런 사안 말이다.

그녀는 페트로프 일가와 같이 지냈던 모든 기억들을 몇 번이고 낱낱이 반추해 보았다. 안나 파블로브나와 만날 때마다 그녀의 둥그스름하고 선량한 얼굴에 번지던 순진무구한 기쁨의 표정, 몰래 그녀와 둘이서 환자인 페트로프에 관해 나눈 얘기들, 가령 의사가 금지한 일들로부터 그의 주의를 딴 데로 돌리고 그를 데리고 나가 산책을 시키자는 은밀한 약속, 그녀를 〈나의 키티〉라고 부르며 그녀 없이는 잠자리에 들려 하지 않던 꼬마 소년의 애착. 그 모든 것이 얼마나 좋았던가! 그다음으로는 목이 기다랗고 몹시 여윈 몸에 갈색 프록코트를 입은 페트로프의 모습이 떠올랐다. 그의 듬성듬성한 곱슬머리, 처음에는 무섭게 보였던, 의혹 어린 커다란 하늘색 눈동자, 그녀가 있는 자리에서는 활기차고 생기 있게 보이려고 힘겹게 노력하던 모습. 또한 처음 그들을 만났을 때, 결핵 환자들을 대하면 으레 그렇듯이 그에게서 느껴지는 역겨움을 극복하고자 노력했던 일, 그에게 할 말을 열심히 궁리했던 기억들이 떠올랐다. 자신을 바라보던 페트로프의 그 수줍고도 감동어린 눈길, 연민과 어색함이 뒤섞인 기묘한 감정, 그 모든 것과 더불어 느꼈던 스스로의 선행에 대한 자부심. 이 모든 것이 얼마나 좋았던가! 그러나 그건 단지 처음 잠깐뿐이었다. 최근, 그러니까 며칠 전에 모든 게 망가지고 말았다. 안나 파블로브나가 반가운 척 꾸며 낸 얼굴로 키티를 맞이하더니, 그녀와 자기 남편을 끊임없이 관찰하는 것이었다.

진정, 키티가 곁에 있을 때 그가 내비쳤던 그 감동 어린 기쁨 때문에 안나 파블로브나가 냉담하게 변해 버렸단 말인가?

〈그래…….〉키티가 생각했다. 〈셋째 날로 접어들었을 때 그녀가 화를 내면서 말했잖아.《이것 좀 보세요, 이이는 내내 당신이 오기를 기다렸다고요. 당신이 없으면 커피조차 안 마시려 들어요, 몸은 끔찍할 정도로 쇠약해진 주제에.》그때 안나 파블로브나에게는 뭔가 부자연스러운 구석이 있었어. 원래의 선량한 모습과는 전혀 다른 그 무엇이 말이야.〉

〈그래, 어쩌면 내가 그분에게 담요를 건네준 게 불쾌했을지도 몰라. 그건 너무나 간단한 일인데도 그분은 내가 거북할 만치 어색해하면서 고맙다는 인사를 한참이나 했잖아. 그리고 또 그분이 그토록 예쁘게 그려 준 내 초상화도 그래. 하지만 무엇보다 중요한 건 바로 그 허둥지둥 어쩔 줄 몰라 하는 상냥한 눈길이야! 그래, 맞아, 바로 그거야!〉키티는 두려운 심정으로 되풀이했다. 〈아니야, 그럴 수는 없어, 그럴 리가! 그분이 너무 불쌍해!〉

이 의혹이 그녀의 새로운 삶의 매력을 다 망쳐 버리고 말았다.

34

온천 요양 기간도 거의 끝나 갈 무렵 카를스바트로 떠났던 셰르바츠키 공작이, 그의 말에 의하면 〈러시아의 정기〉를 충전하기 위해 바덴과 키싱겐에 있는 러시아 출신 지인들을 두루 만나고서 가족들 곁으로 돌아왔다.

외국 생활에 대한 공작과 공작 부인의 견해는 완전히 반대였다. 공작 부인은 외국 것이라면 모두 멋지다고 여겼고, 러시아 사회에서 자신에게 주어진 확고한 지위에도 불구하고 외국에만 나가면 유럽 귀부인을 닮아 가려고 안간힘을 썼다. 러시아 마나님인 그녀는 유럽 귀부인이 아님에도 말이다. 그렇기에 다소 멋쩍은 척하기도 했다. 반면에 외국에 있는 모든 걸 추악하게만 바라보는 공작은 유럽식 생활에 중압감을 느끼고 러시아식 습성을 고수했으며, 외국에 가면 일부러 실제의 자신보다 덜 유럽적인 사람처럼 보이려고 노력했다.

공작은 살이 조금 빠지고 두 뺨이 축 늘어진 채 돌아왔지만 기분만은 최고로 쾌활한 상태였다. 완전히 회복된 키티를 보자 그는 한층 더 명랑해졌다. 키티가 마담 슈탈과 바렌카와 사귀었다는 소식, 그리고 키티에게서 일어난 모종의 변화에 관한 공작 부인의 목격담이 공작을 당혹스럽게 했고, 자신과는 무관하게 자기 딸의 마음을 훔쳐 가는 모든 것에 대한 습관적인 질투심과 딸아이가 자신의 영향력을 벗어나 자신이 닿을 수 없는 어떤 영역으로 떠나가 버릴 것만 같은 두려움을 불러일으켰던 것은 사실이다. 그러나 공작의 내면에 늘 존재해 왔으며 카를스바트 온천수 덕분에 특히 너 고양된, 예의 선량함과 명랑함의 바다 밑바닥에 그런 불쾌한 소식들은 가라앉아 버렸다.

돌아온 다음 날 공작은 늘 입는 기장이 긴 외투 차림에, 풀먹인 옷깃으로 받쳐진 부푼 두 뺨과 러시아인 특유의 주름진 얼굴을 하고는 더할 나위 없이 유쾌한 기분으로 딸과 함께 온천으로 나섰다.

아주 아름다운 아침이었다. 작은 정원이 딸린 산뜻한 집들, 맥주를 실컷 마셔 얼굴과 손이 불콰해진 모습으로 즐겁게 일하는 독일 하녀들과 밝은 태양이 흥겨운 기분을 불어넣었다. 그러나 온천에 가까이 가면 갈수록 병자들과 더 자주 마주치게 되었고, 그들의 모습은 잘 정돈된 독일의 일상생활을 배경으로 더욱더 비참해 보이는 것이었다. 키티는 이미 그러한 대조에 놀라지 않았다. 밝은 태양과 초목의 명랑한 광채와 음악 소리는 그녀에게 모든 지인들의 얼굴과 그녀가 주시하는 병증의 악화 혹은 개선을 에워싼 자연스러운 배경이었다. 그러나 공작에게 6월 아침의 빛과 광휘, 최신 유행의 흥겨운 왈츠를 연주하는 오케스트라의 음악 소리, 그리고 특히나 건장한 하녀들의 모습은, 유럽 각지에서 몰려든 산송장들이 음울하게 걸어다니는 모습 속에서 어딘지 모르게 천박하고 흉측하게 여겨졌다.

사랑하는 딸과 팔짱을 끼고 갈 때면 마치 회춘한 것처럼 자부심이 느껴지곤 했지만, 지금은 자신의 활기찬 걸음걸이와 튼튼하고 기름진 사지가 어쩐지 거북하고 부끄럽기만 했다.

흡사 세상 사람들 앞에서 발가벗고 있는 사람의 심정이었다.

「그래, 소개해 다오, 너의 새 친구들을 소개해 주렴.」그가 팔꿈치로 딸아이의 팔을 누르며 말했다. 「너를 그렇게 낫게 했다니 이 끔찍했던 조덴이란 곳이 좋아졌지 뭐냐. 그렇지만 이곳 사람들은 죄다 표정이 우울하구나, 우울해……. 저 사람은 누구냐?」

키티는 가다가 마주치는, 안면이 있기도 하고 아직 낯설기도 한 사람들의 이름을 일일이 아버지에게 알려 주었다. 정원으로 가는 출입구 바로 앞에서 그들은 안내인을 동반한 맹인 마담 베르트와 마주쳤다. 키티의 음성을 들은 나이 지긋한 프랑스 여인이 상냥한 표정을 짓자 공작은 내심 기뻤다. 그녀는 지체 없이 프랑스인다운 과도한 친절과 매너로 공작과 이야기를 나누면서, 이토록 훌륭한 딸을 둔 것에 대하여 그를 상찬하고는 키티를 보물이니, 진주니, 위로의 천사니 하면서 극찬하는 것이었다.

「그러니까 이 아이가 두 번째 천사라는 말씀이시군요.」공작이 미소를 띠었다. 「딸아이가 마드무아젤 바렌카를 천사 제1호라고 부르던데요.」

「오! 마드무아젤 바렌카, 그녀는 진짜 천사예요, allez(그렇고말고요).」마담 베르트가 응수했다.

회랑에서 그들은 아니나 다를까 바렌카와 마주쳤다. 그녀는 우아한 빨간색 손가방을 들고서 황급히 다가왔다.

「여기 아빠가 오셨어요!」키티가 말했다.

바렌카는 뭘 하든 그렇듯이 소박하고 자연스러운 동작으로 목례와 절의 중간쯤 되는 인사를 하고는 곧이어 다른 누구와 이야기할 때나 마찬가지로 찬찬히, 꾸밈없이 공작과 이야기를 나누기 시작했다.

「물론 아가씨를 잘 알고 있어요, 아주 잘 알지.」 공작이 미소 띤 얼굴로 말했다. 그 미소를 본 키티는 친구가 아버지의 마음에 들었음을 알아채고 마음이 뿌듯했다. 「그런데 어딜 그렇게 서둘러 가나요?」

「maman(엄마)이 여기 계세요.」 그녀가 키티를 향해 말했다. 「밤새 한숨도 못 주무셨거든요. 의사가 외출을 좀 하라고 권하더라고요. 지금 일거리를 가져다 드리는 중이에요.」

「그래, 저 아가씨가 천사 제1호라 이거지!」 바렌카가 떠나자 공작이 말했다.

아버지가 바렌카에 대해 짓궂은 농담을 하고 싶어 하다가 그녀가 마음에 들어 그럴 수 없게 되었다는 사실을 키티는 눈치채고 있었다.

「자, 그래, 네 친구들을 이제 죄다 보겠구나.」 아버지가 덧붙였다. 「마담 슈탈도 그렇고. 그녀가 나를 알아봐 준다면 말이지만.」

「그분을 아세요, 아빠?」 키티는 마담 슈탈을 추억하는 공작의 눈에서 조소의 불꽃이 타오르는 것을 알아채고 걱정스러운 듯 물었다.

「부인의 남편을 알았단다. 부인도 조금은 알았지. 그녀가 경건주의[39]에 가담하기 전이었다.」

---

39 교회의 외형적 의식보다는 개인의 신앙과 내면적 경건을 중시하는 개신교의 한 경향. 신비주의적 성향을 띠기도 했다. 17세기 초 루터교에 의해서 발기되었으며, 이후 18세기 중엽에 절정을 이루다가 19~20세기 유럽에서 신앙 부흥 운동이 일어날 때마다 일정한 영향을 미쳤다. 러시아에서는 알렉산드르 1세 시대부터 궁정 사회에 널리 확산되었고, 종교적 판타지와 정치적 폭정이 뒤섞인 궁정의 기이한 분위기를 낳는 데 일조하였다. 톨스토이가 글을 쓰

「경건주의라뇨?」키티가 물었다. 자신이 그토록 높이 평가했던 마담 슈탈의 면모가 일정한 명칭으로 표현된다는 사실에 그녀는 사뭇 놀랐다.

「나도 잘은 모른단다. 내가 아는 건, 그녀가 모든 것에 대해 하느님께 감사드린다는 거야. 모든 불행도, 남편이 죽은 것마저 하느님께 감사드리는 거지. 글쎄, 그런데 우습지 뭐냐, 두 사람 사이가 아주 안 좋았거든……. 저 사람은 누구냐? 얼굴이 너무나 안쓰럽구나!」

그가 갈색 외투와 흰 바지 차림으로 벤치에 앉아 있는 중키의 병자를 보고 물었다. 살이 없어 뼈만 앙상한 다리를 감싸고 있는 바지에 기묘하게 주름이 잡혀 있었다.

그 신사는 듬성듬성한 곱슬머리 위에 얹힌 밀짚모자를 살짝 들어 올리며, 모자에 눌려 병적인 홍조를 띤 벗어진 이마를 드러냈다.

「페트로프예요. 화가랍니다.」키티가 얼굴을 붉혔다. 「저 분은 부인이고요.」키티는 안나 파블로브나를 가리키며 덧붙였다. 마치 일부러 그러는 듯, 그녀는 키티 부녀가 다가오는 순간 길을 따라 달아나는 어린아이의 뒤를 쫓아 나섰다.

「얼굴 생김새가 참으로 가련하고도 정감 있구나!」공작이 말했다. 「그런데 왜 가까이 가지 않니? 저 사람이 너에게 무언가를 말하려는 눈친데?」

「그럼 가보죠, 뭐.」키티는 단호하게 몸을 돌렸다. 「오늘 몸은 좀 어떠세요?」그녀가 페트로프에게 물었다.

페트로프는 지팡이에 기대어 몸을 일으키고는 수줍은 눈

던 당시 세간에서 경건주의는 〈성인군자인 척하는 행동〉을 우회적으로 비꼬기 위한 표현으로 주로 쓰였다.

길로 공작을 바라보았다.

「애가 내 딸아이입니다.」 공작이 말했다. 「서로 인사라도 나누죠.」

그러자 화가는 고개 숙여 인사를 하고는 기이하게 빛나는 하얀 이를 드러내며 미소를 지었다.

「어제 오시기를 기다렸습니다, 아가씨.」 그가 키티에게 말했다.

이 말을 하면서 그는 잠시 비틀거렸는데, 그다음부터는 마치 일부러 그랬던 것처럼 보이려는 듯 계속 그 동작을 반복했다.

「저도 가려고 했어요. 그런데 바렌카에게 듣기로는, 안나 파블로브나가 페트로프 씨네는 안 갈 거라는 전갈을 보냈다고 하던데요.」

「안 가다니요?」 페트로프가 안색이 벌겋게 변해서 곧바로 기침을 터뜨리고는 이렇게 말했다. 그가 눈으로 아내를 찾았다. 「아네타, 아네타!」 소리를 크게 내지르자 그의 가늘고 창백한 목에서 밧줄처럼 굵은 핏줄이 불끈 솟아올랐다.

안나 파블로브나가 다가왔다.

「아니, 어떻게 아가씨한테 우리는 안 갈 거라고 전할 수가 있어!」 목소리가 아예 잠긴 그가 잔뜩 노기를 띤 얼굴로 간신히 참는 듯 그녀에게 속삭였다.

「안녕하세요, 아가씨!」 안나 파블로브나는 예전에 키티를 대할 때와는 전혀 다른, 억지 미소를 지으며 인사하고는 공작을 향해 말했다. 「뵙게 되어 무척 반갑습니다. 오래전부터 오시기를 기다렸답니다, 공작님.」

「대관절 왜 아가씨한테 우리가 안 갈 거라고 전했냐니까!」

화가는 한층 노기를 띠며 목 쉰 소리로 속삭였다. 목소리가 변해서 마음대로 의사 표현을 할 수 없는 탓에 더더욱 화가 난 게 분명했다.

「어머나, 맙소사! 나는 우리가 안 가는 줄로만 알았는데요.」화가의 아내가 안타깝다는 투로 대꾸했다.

「무슨 소리야, 언제…….」그가 다시 기침을 하며 손을 내저었다.

공작은 모자를 들어 올려 인사를 하고는 딸과 함께 그들 곁을 물러났다.

「어휴!」그가 무겁게 한숨을 내쉬었다. 「아, 참으로 불운한 사람들이로구나!」

「네, 아빠.」키티가 대답했다. 「저분들에게는 아이가 셋이나 되지만, 식모도 한 명 없고 가진 재산도 거의 없어요. 미술 아카데미에서 얼마간 원조를 받는대요.」키티는 자신에 대한 안나 파블로브나의 이상한 태도 때문에 마음이 마구 흥분되는 것을 가라앉히려고 짐짓 활기차게 얘기했다.

「저기 마담 슈탈이 계시네요.」쿠션이 깔려 있는 휠체어를 가리키며 키티가 말했다. 휠체어에는 하늘색과 회색 옷을 걸친 누군가가 양산을 쓴 채 누워 있었다.

마담 슈탈이었다. 뒤에는 휠체어를 미는 건장한 독일 일꾼이 무뚝뚝한 표정으로 서 있었고, 그 옆에는 키티도 이름을 알고 있는 금발의 스웨덴 백작이 있었다. 몇몇 병자들이 휠체어 주변에서 미적거리며 기이한 물건이라도 보듯이 부인을 쳐다보았다.

공작이 그녀 곁으로 다가갔다. 키티는 이내 아버지의 눈동자에서 자신을 당혹스럽게 하는 조소의 불길이 이는 것을 눈치쳤다. 마담 슈탈에게 다가간 그는 이제는 이미 몇 안 되는 사람들만 구사하는 아주 유창한 프랑스어로 지나칠 정도로 공손하고 상냥하게 말을 걸었다.

「기억하실는지 모르겠습니다만, 제 딸에게 베풀어 주신 호의에 감사드리기 위해 제가 누구인지 상기시켜 드리고자 합니다.」 모자를 벗어서 그대로 든 채 그가 말했다.

「알렉산드르 셰르바츠키 공작이시군요.」 마담 슈탈이 그를 향해 예의 신성한 눈동자를 치켜떴다. 키티는 그 눈빛에서 언짢은 기색을 감지했다. 「만나서 정말 반가워요. 내가 따님한테 아주 반했습니다.」

「건강은 여전히 안 좋으신가 보군요?」

「이미 익숙해졌죠.」 마담 슈탈이 대답하고는 스웨덴 백작을 공작에게 소개했다.

「거의 안 변하셨네요.」 공작이 그녀에게 말했다. 「10년인가 11년 동안 뵐 기회가 없었습니다.」

「네, 하느님께서는 십자가도 주시지만, 그것을 지고 갈 힘 또한 주시지요. 이 삶이 과연 어디까지 계속될는지, 때때로 놀라움을 금할 길이 없습니다……. 아니, 저쪽으로 덮어야지!」 그녀가 무릎 담요를 제대로 덮지 못한다고 바렌카를 향해 화를 냈다.

「필시, 선행을 하라는 뜻이겠죠…….」 공작이 눈웃음을 지으며 말했다.

「그건 우리가 판단할 일이 아니랍니다.」 마담 슈탈이 공작의 얼굴에 드리운 미묘한 표정을 알아채고는 대꾸했다. 「친절하신 백작님, 그래, 저에게 그 책을 보내 주시겠다고요? 정말 고마운 일이네요.」 그녀가 젊은 스웨덴 사람에게로 고개를 돌렸다.

「엇!」 근처에 서 있는 모스크바 육군 대령을 본 공작이 탄성을 지르더니 마담 슈탈에게 목례를 하고서 딸과 함께, 그리고 합류한 육군 대령과 더불어 그녀 곁을 떠났다.

「저런 게 바로 우리의 귀족 계급 아니겠습니까, 공작님!」 자신과 인사조차 나눈 적이 없는 마담 슈탈에게 불만을 품고 있던 모스크바 육군 대령이 노골적으로 냉소의 빛을 내비치며 말했다.

「늘 한결같이 저 모양이지.」 공작이 대답했다.

「그러면 공작님, 부인이 병이 나기 전에도 그분을 알고 계셨나요? 그러니까, 자리보전을 하기 전에도 말입니다.」

「그럼, 나랑 이미 알고 지낼 때 자리에 눕게 된 거라고.」 공작이 말했다.

「10년 동안이나 일어난 적이 없다면서요.」

「안 일어났소. 왜냐하면 다리가 짧거든. 몸이 아주 흉하게 생겨서는…….」

「아빠, 그럴 리 없어요!」 키티가 소리를 질렀다.

「이 친구야, 세간에는 그런 악담들이 횡행한단다. 너의 바렌카도 별수 없이 고생을 하나 보더라.」 그가 덧붙였다. 「에구구, 병든 마나님들이란!」

「오, 아니에요, 아빠!」 키티가 열을 내며 반박했다. 「바렌카는 부인을 열렬히 숭배해요. 게다가 그분이 얼마나 많은 선을 행하셨는데요! 아무나 붙잡고 물어보세요! 부인과 그분의 조카 알린 슈탈이라면 모르는 사람이 없다니까요.」

「그럴 수도 있겠지.」 그가 팔꿈치로 딸의 팔을 꼭 누르며 말했다. 「하지만 그런 일을 할 때는 아무도 모르게 하는 게 더 낫지 않겠니?」

키티는 말이 없었다. 할 말이 없어서는 아니었다. 그녀는
아버지에게조차 자신의 은밀한 생각을 열어 보이고 싶지 않
았다. 하지만 이상하게도, 아버지의 견해에 예속되지 않을 것
이며 자신의 성소에 아버지의 접근을 허락하지 않겠노라고
마음을 다잡으면서도, 한 달 내내 가슴속에 품고 다녔던 마담
슈탈의 성스러운 형상이 흔적도 없이 사라지는 것을 느꼈다.
바닥에 내던져진 옷의 모양새를 사람의 형상인 양 착각하다
가, 거기 놓인 게 옷이라는 걸 깨닫게 되자 그 형상이 그만 사
라져 버리는 것과 마찬가지였다. 남은 것은 단지 몸매가 흉한
탓에 누워만 지내면서, 무릎 담요를 덮는 게 서투르다며 온순
한 바렌카를 구박하는 다리 짧은 여자일 뿐이었다. 아무리 안
간힘을 써서 상상해 보아도, 전과 같은 마담 슈탈의 모습으로
는 이미 되돌릴 수 없었다.

35

공작은 자신의 밝고 쾌활한 기분을 식구들뿐만 아니라 지
인들에게도, 심지어 셰르바츠키 일가가 세 든 집의 독일인 주
인에게도 전염시켰다. 키티와 함께 온천에서 돌아온 공작은
자기 집에 커피를 마시러 오라며 대령과 마리야 예브게니예
브나와 바렌카를 초대했고, 탁자와 안락의자를 정원의 밤나
무 아래로 내오라고 이르고는 거기에 아침상을 차리도록 했
다. 집주인도 하녀도 그의 명랑함에 영향을 받아 활기를 띠었
다. 그들은 공작의 넉넉한 인품을 알고 있었다. 반 시간쯤 지

나자 위층에서 요양 중인 함부르크 출신의 병든 의사가 밤나무 아래 둘러앉은 이 즐겁고 건강한 러시아인들을 창밖으로 부러운 듯 바라보았다. 살랑대는 나뭇잎의 둥그런 그림자 아래 하얀 식탁보가 깔린 식탁 위에는 커피포트, 빵, 버터, 치즈, 식힌 들새 고기가 차려졌고, 그 앞에 보라색 리본이 달린 머리 장식을 한 공작 부인이 앉아 찻잔과 샌드위치를 나눠 주었다. 맞은편 끝에는 공작이 앉아 배불리 먹으며 신나게 이야기 보따리를 풀고 있었다. 공작은 자기 옆에다 사 온 물건들을 늘어놓았다. 온갖 종류의 세공된 상자, 비륩키,[40] 여러 온천에서 왕창 사들인 페이퍼 나이프 등등으로, 그는 하녀 리스헨과 집주인을 포함한 모두에게 그것들을 나누어 주었다. 집주인에게는 키티를 치료한 것이 온천수가 아니라 그의 훌륭한 요리, 특히 자두를 넣은 수프라고 우기면서 특유의 우스꽝스럽고 어눌한 독일어로 농담을 건네기도 했다. 공작 부인 또한 남편의 러시아식 습성을 비웃긴 했지만 온천에 와서 생활한 이후로 그토록 활기차고 명랑했던 적은 없었다. 대령은 언제나처럼 공작의 농담에 미소를 지어 보였지만 스스로 면밀하게 탐구한 유럽에 대해서만은 공작 부인의 편을 들었다. 인품 좋은 마리야 예브게니예브나는 공작이 하는 우스갯소리마다 배꼽을 잡고서 웃어 댔다. 공작의 농담은 바렌카에게마저 키티가 한 번도 본 적 없는 웃음을 불러일으켰다. 미약하기는 해도 주위에 전염되는 그 웃음으로 인해 그녀는 기분이 나른해졌다.

이 모든 것이 흥을 돋우어 주었지만 키티는 걱정을 떨칠

---

40 러시아의 민속 장난감. 나뭇조각으로 조립한 집, 그릇, 상자 등의 모형으로, 그것을 탁자 위에 올려놓고 돌아가면서 조각을 하나씩 빼내는 놀이를 지칭하기도 한다.

수가 없었다. 그녀의 친구들, 그리고 그녀가 그토록 동경하게 된 삶에 대한 아버지의 그 명랑한 눈길이 무심결에 그녀에게 숙제를 내주었고, 그녀는 그것을 풀지 못하고 있었다. 또한 그 숙제에는 오늘 명백하고도 불쾌하게 입 밖으로 드러난, 페트로프 가족에 대한 자신의 태도 변화마저 더해졌다. 모두가 쾌활했지만 키티만은 명랑할 수가 없었으며, 그 때문에 그녀는 더욱더 괴로웠다. 마치 어린 시절에 벌을 받느라 방에 갇혀 있는데 바깥에서 언니들의 즐거운 웃음소리가 들려올 때와 비슷한 기분이었다.

「그런데, 뭐하러 이렇게 물건들을 잔뜩 샀어요?」 공작 부인이 남편에게 커피 잔을 건네며 미소 띤 얼굴로 물었다.

「산책하러 나가서 가게 쪽으로 걸어가기만 하면 〈에얼라우흐트〉니, 〈엑스첼렌츠〉니, 〈두르힐라우흐트〉니[41] 하고 막 소리치며 호객을 하지 않겠소. 나 원, 〈두르힐라우흐트〉라고 하는데 어쩔 도리가 있어야지. 그러면 10탈러가 눈 깜짝할 사이에 날아간다니까.」

「그러니까, 단지 무료해서 그랬단 말이군요.」 공작 부인이 말했다.

「물론이지, 무료해서 그랬지. 그런 무료함은 여보, 정말이지 어쩔 수가 없소.」

「아니, 어떻게 무료해하실 수가 있나요, 공작님? 지금 독일에 흥미로운 게 얼마나 많은데요.」 마리야 예브게니예브나가 말했다.

「네, 흥미로운 건 이 몸이 죄다 알고 있지요. 자두가 든 수프도, 완두콩이 든 순대도, 모조리 다 알고 있습니다.」

41 각각 〈귀하〉, 〈각하〉, 〈전하〉를 뜻하는 독일어.

「그건 아니죠. 뭐니 뭐니 해도 독일의 제도야말로 흥미롭지요.」

「글쎄요, 대체 뭐가 흥미롭다는 겁니까? 모두가 서푼짜리 동전들처럼 자족하고 있는데요. 모두를 다 이겼으니 말입니다.[42] 그렇다면 나는 도대체 무엇에 만족해야 할까요? 나는 그 누구도 이겨 본 적이 없고, 그저 내 손으로 장화를 벗어다가 문 뒤에 얌전히 갖다 놓을 뿐인데 말이죠. 아침에 일어나면 바로 옷을 입거나, 아니면 응접실에 가서 영 형편없는 차를 마시고요. 물론 고국에서라면 얘기가 다르지만요! 느긋하게 잠에서 깨서는 뭔가에 대해 성질을 내거나 투덜거립니다. 그러다가도 멀쩡히 정신을 차리고는 모든 일을 여유 있게 곰곰이 생각하는 거죠. 서두르지 않으면서 말입니다.」

「하지만 시간은 돈이에요. 그걸 잊고 계시는군요.」 대령이 말했다.

「대체 무슨 시간을 말하는 거요! 꼬박 한 달을 내다 바치고 50코페이카를 받는 그런 시간이 있는가 하면, 아무리 많은 돈을 줘도 반 시간도 얻지 못하는 경우도 있소. 그렇지 않니, 카텐카? 아니, 너 왜 그러느냐? 아주 무료해 보이는구나.」

「아무 일도 아니에요.」

「아, 어딜 가려고? 더 앉았다 가지그래요.」 그가 이번엔 바렌카를 향해 말했다.

「집에 가봐야 해서요.」 바렌카가 이렇게 말하고는 자리에서 일어나다가 다시 배꼽을 잡고 웃어 댔다.

---

42 비스마르크 총리 치하의 프로이센이 독일 제국의 통일을 꿈꾸며 오스트리아와 프랑스에 연달아 전쟁을 선포하여 모두 승리한 사실을 염두에 둔 것으로 보인다.

다시금 침착한 본연의 모습을 되찾은 그녀는 작별을 고하고 모자를 가지러 집 안으로 들어갔다. 키티가 그 뒤를 따랐다. 심지어 바렌카마저 지금 그녀에게는 전과 달리 보였다. 더 나쁘게 보이는 건 아니었지만 늘 속으로 상상하던 그런 바렌카의 모습과는 달랐다.

「아아, 이렇게 웃어 본 것도 참 오랜만이에요!」 바렌카가 양산과 손가방을 챙기며 말했다. 「아버님이 어쩜 그리 다정하세요!」

키티는 아무 말이 없었다.

「그럼 우리 언제 또 만나죠?」 바렌카가 물었다.

「Maman(엄마)이 페트로프 씨네를 방문하고 싶어 하세요. 거기에 안 가실 건가요?」 키티가 바렌카를 떠보듯이 물었다.

「갈 거예요.」 바렌카가 대답했다. 「그분들이 곧 떠나신다고 해서, 짐 싸는 걸 돕기로 했거든요.」

「그럼 나도 가겠어요.」

「아니, 뭐하러요?」

「왜요, 왜, 왜 안 되는데요?」 키티가 두 눈을 부릅뜬 채 말을 마구 쏟아 내더니 양산을 부여잡고선 떠나려는 바렌카를 막았다. 「잠시만 기다려 봐요. 왜 내가 가면 안 되는 거죠?」

「그러니까 말이죠, 당신의 아버님이 오시고부터 그분들이 당신을 만나는 걸 꺼려하는 것 같아서요.」

「아뇨, 어서 얘기해 주세요, 당신은 왜 내가 페트로프 씨 댁에 자주 찾아가는 걸 못마땅해하는 거죠? 실제로 못마땅해하고 있잖아요? 이유가 뭐죠?」

「그런 말 한 적 없어요.」 바렌카가 차분하게 말했다.

「아니에요, 제발 얘기 좀 해줘요!」

「전부 다 말하라고요?」 바렌카가 물었다.

「다 말해 줘요, 전부 다!」 키티가 그녀의 말을 받았다.

「정말이지 특별한 건 아무것도 없어요. 단지 예전에는 미하일 알렉세예비치(이것이 화가의 이름이었다)가 빨리 이곳을 떠나고 싶어 했는데, 이제는 도통 갈 생각을 안 한다는 거죠.」 바렌카가 살며시 웃으며 말했다.

「그렇군요! 그런데요?」 키티는 침울한 눈길로 바렌카를 바라보며 이야기를 재촉했다.

「그런데 어쩐 일인지 안나 파블로브나가 말하기를, 당신이 여기 있기 때문에 그분이 떠나지 않으려 한다는 거예요. 물론 당치 않은 소리죠. 하지만 어쨌든 그 때문에, 당신 때문에 부부 싸움이 일어난 거예요. 당신도 아시겠지만 병자들은 워낙 신경이 예민하잖아요.」

키티는 점점 더 얼굴을 찌푸렸다. 바렌카 혼자서 눈물인지 탄식인지 알 수 없는 무언가가 터져 나올 듯한 키티의 표정을 살피며 그녀를 진정시키려고 애쓰고 있었다.

「그러니까 가지 않는 편이 나아요…… 잘 아시잖아요. 기분 나쁘게 생각할 거 없어요.」

「자업자득이죠, 자업자득이라고요!」 키티가 바렌카의 손에서 양산을 낚아채고는 친구의 눈길을 외면한 채 운을 뗐다.

바렌카는 어린애같이 화를 내는 친구를 바라보며 씩 웃고 싶었지만 그녀의 자존심이 상할까 봐 자제하였다.

「뭐가 자업자득이라는 거죠? 무슨 얘긴지 모르겠군요.」 그녀가 물었다.

「모든 게 가식이었기에 그에 마땅한 꼴을 당하는 거예요. 그 모든 게 꾸며 낸 것이지 내 진심에서 우러난 게 아니니까요.

낯선 사람 일에 내가 상관할 바가 뭐 있겠어요? 결과적으로 나는 불화의 원인이 되었고, 아무도 청하지 않은 일을 한 셈이에요. 모든 게 가식이기 때문에! 위선이에요! 허위라고요!」

「대관절 무엇을 위해서 그렇게 꾸며 낸 거죠?」바렌카가 조용히 물었다.

「아아, 너무나 어리석고 추악해요! 나한테는 아무 상관도 없었다고요…… 모조리 위선일 뿐이에요!」그녀가 양산을 접었다 폈다 하면서 되풀이했다.

「그러니까 무엇을 위해서 그랬느냐고요.」

「사람들과 나 자신에게, 그리고 하느님에게 더 잘 보이기 위해서요. 모두를 속이기 위해서요. 아니, 이제는 정말이지 그런 것에 굴복하지 않을 거예요! 나쁜 사람이 될지언정 적어도 거짓말은 하지 않을 거예요. 위선자는 되지 않을 거라고요!」

「아니, 대체 누가 위선자라는 거예요?」바렌카가 책망하듯이 말했다.「당신 얘기는 마치…….」

하지만 내면에서 솟구친 격정에 사로잡힌 키티는 그녀에게 말할 틈을 주지 않았다.

「당신을 염두에 두고 하는 말은 전혀 아니에요. 당신은 완벽하니까. 그래요, 알고 있어요, 당신은 전적으로 완벽해요. 하지만 나는 나쁜 인간인 걸 어떡하겠어요? 내가 그렇게 형편없지만 않았어도 이런 일은 일어나지 않았을 텐데. 안나 파블로브나가 나에게 무슨 상관이람! 두 사람 좋을 대로 살라고 해요. 나는 나대로 살 테니까요. 나는 딴사람이 될 수 없어요…… 이건 정말이지 잘못됐어요, 잘못됐다고요……!」

「뭐가 잘못됐다는 거죠?」바렌카가 당혹스러워하며 되물었다.

「모든 게 잘못됐어요. 나는 마음 가는 대로 살 뿐이지, 다른 식으로는 살 수 없어요. 반면에 당신은 원칙대로 살죠. 나는 당신을 그저 이유 없이 좋아하지만, 당신은 분명 나를 구원하고 가르치기 위해서 그러는 거라고요!」

「그건 잘못된 생각이에요.」 바렌카가 말했다.

「남들에 대해 얘기하는 게 아니에요. 내 얘기를 하는 거죠.」

「키티!」 그녀를 부르는 엄마의 목소리가 들렸다. 「이리 와서 아빠에게 산호 목걸이를 보여 드리렴.」

키티는 친구와 화해도 하지 않은 채, 거만한 태도로 산호 목걸이가 든 상자를 탁자에서 집어 들고서 엄마에게로 갔다.

「무슨 일이냐? 왜 그렇게 얼굴이 빨개졌어?」 어머니와 아버지가 그녀에게 한목소리로 물었다.

「아무 일도 아니에요. 곧 올게요.」 그녀는 이렇게 대답하고 다시 뒤돌아서 달려갔다.

〈아직 저기 있구나!〉 그녀가 생각했다. 〈맙소사, 뭐라고 한담! 내가 대체 무슨 짓을 저지른 거야, 무슨 말을 지껄인 거냐고! 도대체 왜 바렌카한테 그렇게 심한 말을 했을까? 어쩌면 좋지? 뭐라고 말하지?〉 이렇게 생각하면서 키티는 문 앞에 멈춰 섰다.

바렌카는 모자를 쓰고 양산을 손에 든 채 탁자 앞에 앉아 키티가 망가뜨린 양산의 용수철을 바라보고 있었다. 그녀가 고개를 들었다.

「바렌카, 부디 나를 용서해요!」 키티가 속삭이듯 말하며 그녀에게 다가갔다. 「내가 무슨 말을 했는지 생각도 안 나요. 나는…….」

「정말이지, 당신을 괴롭힐 마음은 없었어요.」 바렌카가 미소 띤 얼굴로 대답했다.

그렇게 둘은 화해했다. 그러나 아버지가 돌아온 뒤로, 키티에게는 여태까지 살아온 세상이 완전히 변해 버렸다. 새롭게 알게 된 모든 것을 부정하지는 않았지만, 그녀는 자신이 원하는 대로 될 수 있다는 생각으로 스스로를 기만해 왔다는 사실을 깨달았다. 마치 이제야 제정신으로 돌아온 것만 같았다. 스스로 올라서고자 했던 저 높은 경지에 위선이나 거만을 떠는 일 없이 서 있는 것이 얼마나 힘든 일인지를 깨달은 것이다. 그뿐 아니라 자신이 살고 있는, 불행과 질병과 필멸의 이승이 얼마나 고통스러운 세계인지도 그녀는 감지하였다. 이 세계를 사랑하려고 스스로에게 들인 노력들이 참으로 괴롭게만 여겨졌다. 그리하여 어서 빨리 신선한 공기를 쐬러 러시아로, 예르구쇼보로 가고 싶었다. 편지에 따르면 돌리 언니는 이미 아이들을 데리고 그곳으로 거처를 옮긴 터였다.

그러나 바렌카에 대한 사랑은 엷어지지 않았다. 작별 인사를 나누며 키티는 그녀에게 러시아로 와달라고 간청하였다.

「당신이 결혼하면, 그때 갈게요.」바렌카가 말했다.

「나는 절대로 결혼하지 않을 거예요.」

「글쎄요, 그러면 나도 절대로 안 가죠.」

「그러면 당신이 온다는 이유만으로 결혼해야겠군요. 자, 약속 잊으면 안 돼요!」키티가 말했다.

의사의 예언은 적중했다. 키티는 완전히 회복되어 고국 러시아로 돌아왔다. 예전처럼 그렇게 천진하고 쾌활하지는 않았지만, 그녀는 평온하고 침착했다. 모스크바에서의 불행은 이제 추억거리가 되었다.

제3부

1

세르게이 이바노비치 코즈니셰프는 정신노동을 좀 쉬고 휴식을 취하고자, 통상 그랬듯이 해외로 나가서 원기를 회복하는 대신 5월 말에 시골의 동생 집으로 왔다. 그의 신념에 따르면 최고의 생활은 시골에서의 일상이었다. 바로 이 생활을 만끽하기 위해 그는 지금 동생 집으로 온 것이다. 콘스탄틴 레빈은 무척이나 기뻤다. 더군다나 이번 여름에 니콜라이 형이 올 거라는 기대는 이미 접은 터였다. 하지만 세르게이 이바노비치에 대한 사랑과 존경심에도 불구하고, 콘스탄틴 레빈은 시골에서 형과 함께 지내는 게 불편했다. 시골을 대하는 형의 태도가 그에게는 거북하게 여겨졌으며, 심지어 불쾌하기까지 했다. 콘스탄틴 레빈에게 시골은 생활의 터전, 즉 기쁨과 고통과 노동의 터전이었다. 반면 세르게이 이바노비치에게 시골은 노동으로부터의 휴식이었고, 다른 한편으로는 그 효용을 자각하며 기꺼이 복용하는 퇴폐로부터의 해독제였다. 콘스탄틴 레빈에게 시골은 의심할 바 없이 유용한 노

동의 무대라는 점에서 좋은 것이었던 반면, 세르게이 이바노
비치에게 시골은 거기서 아무것도 하지 않아도 된다는 점에
서 무엇보다도 좋았다. 게다가, 민중을 대하는 세르게이 이바
노비치의 태도가 콘스탄틴으로서는 다소 불쾌했다. 세르게
이 이바노비치는 자신이 민중을 좋아하며 잘 안다고 말하곤
했다. 그는 농부들과 자주 대화를 나누면서도 위선을 떨거나
거드름을 피우는 일 없이 이야기를 잘 풀어 가는 편이었는데,
매번 그러한 대화에서 민중에게 유리한 보편적인 결론들을
이끌어 냄으로써 자신이 민중을 잘 안다는 점을 입증하는 것
이었다. 민중에 대한 그러한 태도가 콘스탄틴 레빈에게는 마
뜩잖았다. 콘스탄틴 레빈에게 민중은 그저 공동 노동의 주된
참여자일 뿐이었다. 농부들에 대한 존경과, 그 스스로 말하듯
촌부였던 유모의 젖에서 빨아들인 게 분명한 농부들을 향한
피붙이와도 같은 애정에도 불구하고, 또 공동의 일에 함께 참
여하는 사람으로서 때로는 그들의 힘과 온순함과 정의감에
매혹되다가도, 공동의 일에 있어 다른 자질들이 요구될 경우
에는 그들의 무사태평과 방종, 음주벽과 거짓말에 아주 빈번
하게 분노가 치밀기도 했다. 만일 그에게 민중을 사랑하느냐
고 묻는다면, 콘스탄틴 레빈은 어떻게 대답해야 할지 정말이
지 알 수가 없었을 것이다. 다른 사람들 일반에 대해 그러하
듯이, 그는 민중을 좋아하기도 하고 싫어하기도 했다. 물론
선량한 사람으로서 다른 사람들을 싫어하기보다는 좋아했
고, 따라서 민중에게 역시 그러했다. 그러나 민중을 특별한
그 무엇으로서 사랑하거나 사랑하지 않을 수는 없었다. 왜냐
하면 그는 민중과 함께 살아왔고 그의 모든 이해관계가 민중
과 얽혀 있었으며, 스스로 민중의 일부라고 여기는 사람으로

서 자신과 민중에게서 그 어떠한 특별한 자질이나 결함을 발견하지 못했을 뿐 아니라, 자신을 민중과 대립시키는 것 자체가 불가하기 때문이었다. 또한 주인이자 중재인, 그리고 중요하게는 조언자로서(농부들은 그를 신뢰했고, 그의 조언을 구하러 40베르스타가량 되는 거리를 걸어서 오곤 했다) 오래도록 농부들과 친밀한 관계를 이루며 살아왔음에도 불구하고 그는 민중들에 대해 그 어떤 명확한 견해도 갖고 있지 않았기에, 혹시 민중을 아느냐고 묻는다면 그는 민중을 사랑하느냐는 질문에서와 마찬가지로 대답하기가 난처했을 것이다. 그에게 있어 민중을 안다는 것은 사람을 안다고 하는 것과 똑같았다. 선량하고 흥미롭다고 여겨지는 농민들을 포함하여 온갖 부류의 사람들을 그는 늘 관찰하고 알려고 들었으며, 그들에게서 끊임없이 새로운 특징들을 발견하고 그들에 대한 기존의 생각을 바꾸어 새로운 견해를 정립하곤 했다. 세르게이 이바노비치는 그와 정반대였다. 시골 생활을 자신이 좋아하지 않는 생활에 대한 대립물로서 좋아하고 예찬하듯이 그는 자신이 좋아하지 않는 계급에 대한 대립물로서 민중들을 좋아했으며, 역시 매한가지로 민중을 사람들 일반에 대립되는 특정한 존재로 간주했다. 그의 체계적인 이성 속에는 민중적 삶의 일정한 형식이 구축되어 있었는데, 그것은 부분적으로 민중의 삶 자체에서 도출된 것이기도 했지만 대부분이 대립적 사고에서 이끌려 나온 것이었다. 그는 민중에 대한 자신의 견해와 그들에 대한 동정 어린 태도를 결코 바꾸려 들지 않았다.

민중에 대한 판단에 있어서 이견이 발생할 경우에는 늘 세르게이 이바노비치가 동생을 이겼으니, 그가 민중과 그들의 특징, 본성과 취향에 대한 일정한 개념을 보유하고 있다는 점에서 그러했다. 콘스탄틴 레빈에게는 그 어떤 명료하고 항구적인 개념도 없었으므로 그러한 논쟁에서 언제나 자기모순을 드러내곤 했다.

세르게이 이바노비치에게 막내동생은 (그의 프랑스어 표현에 따르면) **심성이 잘 닦인 훌륭한 청년**이었으나, 지성에 대해 말하자면 두뇌 회전이 빠르긴 하되 순간적인 인상에 사로잡히는 탓에 모순으로 가득 차 있는 청년이었다. 때때로 형으로서의 아량을 베풀어 동생에게 사물의 의미를 설명해 주곤했지만, 논쟁에서는 그를 격파하는 게 너무 쉬워 별다른 만족을 얻을 수 없었다.

콘스탄틴 레빈은 형을 위대한 지성과 교양을 지닌 인간이자, 가장 고차원적인 의미에서 고상하며 공공선을 위해 일할 재능을 타고난 사람으로 여겼다. 그러나 나이를 먹으며 형을 더 가까이서 알아 갈수록 그의 마음 깊은 곳에서는, 자신에겐 아예 존재하질 않는 그 공공선을 위한 활동 능력이 어쩌면 타고난 자질이 아니라 반대로 무언가의 결핍이라는 생각이 점점 더 자주 드는 것이었다. 선량하고 정직하며 고상한 열망과 취향의 결핍이 아닌 생명력의 결핍, 사람들이 〈가슴〉이라고 부르는 바로 그것, 인간으로 하여금 상상할 수 있는 그 모든 무한한 삶의 길 가운데 하나를 선택하고 그것을 소망할 수 있게 만드는 어떤 갈망의 결핍이었다. 형을 알면 알수록 더 확실하게 드는 생각이 있었으니, 세르게이 이바노비치를 비롯하여 공공선을 위해 일하는 다른 수많은 활동가들은 가슴에서 우러나와 공공선에 애정을 쏟는 게 아니라, 그것이 좋은 일이라는 이성적인 판단이 들었기에 그 일에 종사한다는 것이었다. 세르게이 형이 공공선이라든가 영혼 불멸의 문제에 대해 체스 게임이나 신형 기계의 정교한 구조에 대한 관심만큼도 진심 어린 관심을 표하지 않는다는 점이 레빈으로 하여금 그러한 추정에 확신을 갖게 만들었다.

그것 말고도 콘스탄틴 레빈이 형과 함께 시골에 있는 게 불편한 까닭은 또 있었다. 농촌에서, 특히 여름이면 레빈은 하루 종일 농사일로 바쁜 데다가 할 일을 다 해내려면 기나긴 여름날이 부족할 지경인데, 세르게이 이바노비치는 그저 쉬기만 하기 때문이었다. 그러나 저술 작업에서 손을 놓고 휴식을 취하고 있을지언정, 지적인 활동에 너무나 길들여져 있는 그는 머릿속에 떠오르는 생각들을 미려하고 간결한 형식으로 진술하기를 좋아했으며 누군가가 자신의 말을 들어 주기를 원했다. 그의 가장 일상적이고 자연스러운 청자는 동생이었기에, 형제간의 다정하고 소탈한 관계에도 불구하고 콘스탄틴은 형을 혼자 두는 게 마음에 걸렸다. 세르게이 이바노비치는 햇볕 내리쬐는 풀밭에 드러누운 채 일광욕을 하면서 한가롭게 수다 떨기를 좋아했다.

「넌 믿지 못할 게다.」그가 동생에게 말했다.「이 소러시아적인 게으름이 나에게 얼마나 큰 즐거움인지 말이야. 마치 머릿속이 텅 빈 듯, 생각이라곤 한 톨도 없어진단다.」

그러나 콘스탄틴 레빈은 형이 하는 얘기를 들으며 앉아 있기가 무료했다. 특히나 그가 없으면 농부들이 갈지도 않은 밭에 거름을 나를 테고, 곁에서 지켜보지 않으면 과연 그걸 또 어떻게 뿌려 버릴지 모를 일이었다. 혹은 쟁기의 앞날을 나사로 조이지도 않고 그대로 치워 버리고는, 쟁기란 건 도무지 실속 없는 물건이며 구식 쟁기가 낫다는 둥 하고 떠들어 댈

게 뻔했다.

「무더위에 돌아다니는 건 이제 그만하지그러냐.」

「아니, 잠시 사무소에 들러야 해서요.」이렇게 대꾸하고서 레빈은 도망치듯 들판으로 달려갔다.

2

6월 초에 레빈의 유모이자 가정부인 아가피야 미하일로브나가 소금에 갓 절인 버섯 단지를 지하 저장고로 가져가다가 미끄러져 넘어지는 바람에 손목을 접질리는 사고가 났다. 학부 과정을 갓 졸업한 젊고 수다스러운 지방 의사가 와서는 손을 진찰하더니 탈골은 아니라면서 습포를 대주었다. 점심 식사를 하고 가기로 한 그는 보아하니 저명한 세르게이 이바노비치 코즈니셰프와의 대화를 즐기는 눈치였으니, 사물에 대한 자신의 교양 있는 시각을 피력하고자 지방 행정의 조악한 현황에 관해 불만을 토로하면서 군(郡)의 온갖 풍문들을 늘어놓는 것이었다. 세르게이 이바노비치는 그의 얘기를 주의 깊게 듣더니 이것저것 캐묻기 시작했다. 새로운 청자에 의해 고무된 그는 열을 내며 신나게 이야기를 늘어놓은 뒤 몇 가지 예리하고 묵직한 논평을 덧붙여 젊은 의사로부터 정중하게 그 진가를 인정받고는 동생 레빈이 익히 알고 있는, 활기를 띤 멋진 대화를 마친 뒤면 으레 솟아나는 예의 쾌활한 기분에 젖어 들었다. 의사가 떠나자 세르게이 이바노비치는 낚시 도구를 챙겨서 강으로 가고자 했다. 그는 낚시를 좋아했으며, 자신이 그렇게 바보 같은 소일거리를 좋아할 수 있다는 사실에 자부심마저 느끼는 듯했다.

마침 경작지와 목초지에 나가 봐야 했던 터라, 콘스탄틴 레빈은 형을 1인용 마차에 태워 데려다주겠다고 흔쾌히 나섰다.

계절은 여름의 중턱으로 접어들고 있었다. 올해의 수확이 이미 결정된 시기이며 내년 파종에 대해 생각하기 시작하는 시기. 풀베기 철을 앞둔 시기. 이삭을 피운 호밀이 회녹색을 띤 채 불어오는 바람에 아직 덜 여물어 가벼운 이삭을 흔들며 너울거리고, 연둣빛 귀리가 사방에 널린 노란 풀포기와 더불어 뒤늦게 파종한 길을 따라 삐죽삐죽 솟아 나오는 시기. 때 이른 메밀이 벌써 무성하게 싹을 틔워 땅을 뒤덮는 시기. 가축들의 발굽에 돌처럼 굳어 버린 휴경지를, 쟁기 날도 안 들어가 내버려둔 길만 빼고는 절반쯤 갈아엎은 시기. 들판에 실어 놓은 구덕구덕 마른 거름 더미가 저녁놀 물들 때마다 향기로운 풀과 함께 냄새를 풍기는 시기. 저지대에서는 소중히 보존해 둔 초원이 풀베기를 기다리며, 뿌리째 뽑혀 거무튀튀해진 싱아 줄기들과 뒤섞인 채 넓디넓은 바다처럼 펼쳐져 있는 시기였다.

해마다 반복되며 농민들의 온 힘을 불러 모으는 추수를 앞두고서 농사일에 짧은 휴식기가 시작되려는 참이었다. 곡물들은 풍작이었고, 이슬이 내리는 짧은 밤을 동반한 무덥고 쨍쨍한 여름날들이 이어졌다.

초원으로 가기 위해 두 형제는 숲을 지나가야만 했다. 세르게이 이바노비치는 가는 내내 나뭇잎이 무성한 숲의 아름다움에 탄성을 내지르며, 노란 턱잎들로 알록달록해진 채 꽃을 막 피우려는 보리수 고목의 그늘진 형상을 가리키거나 올해 돋아나 에메랄드처럼 빛나는 어린 나무의 떡잎들을 손짓

하곤 했다. 콘스탄틴 레빈은 자연의 아름다움에 대해 얘기하거나 듣는 걸 좋아하지 않았다. 말은 오히려 눈에 보이는 것으로부터 아름다움을 앗아 갔다. 그는 형의 말에 〈네, 네〉 하며 맞장구를 치고는 자기도 모르게 딴생각에 잠겼다. 숲을 다 지나왔을 때 레빈의 관심은 온통 언덕배기의 묵정밭의 풍경에 쏠려 있었다. 거기에선 풀들이 누르스름해져 가고 있었고, 거친 땅이 격자 모양으로 구획되어 있었으며, 거름 더미가 비스듬히 쌓여 있는 곳도 있었고, 갈아엎어진 데도 있었다. 들녘으로 수레가 줄지어 가고 있었다. 레빈은 수레를 세어 보고는 필요한 만큼 내왔다는 생각에 만족스러워졌다. 곧 초원이 눈앞에 펼쳐지자 그의 생각은 풀베기로 옮겨 갔다. 건초를 수확할 때마다 그는 특별히 자신의 아픈 곳을 찌르는 듯한 느낌을 받았다. 초원에 다다르자 레빈은 말을 멈춰 세웠다.

빽빽한 나무숲의 풀 밑에 아침 이슬이 아직 남아 있었다. 세르게이 이바노비치는 발을 적시고 싶지 않아, 마차로 초원을 가로질러 종종 농어가 낚이는 버드나무 숲까지 데려가 달라고 했다. 풀이 짓밟히는 게 안타깝기 짝이 없었지만 콘스탄틴 레빈은 풀밭 속으로 마차를 끌고 갔다. 키 큰 풀들이 마차 바퀴와 말의 다리에 부드럽게 휘감겨서는 축축한 바큇살과 바퀴통에 풀씨를 묻혀 놓았다.

형은 버드나무 숲 아래 앉아 낚시 도구를 풀었고, 레빈은 말을 끌어다가 묶은 뒤 바람에도 꿈쩍 않는 광대한 회녹색 초원의 바다로 걸어 들어갔다. 물에 잠긴 풀밭에 들어서니 다 익어 벌어진 씨앗들을 매단 비단결 같은 풀들이 허리춤까지 올라왔다.

초원을 가로질러 길가로 나온 콘스탄틴 레빈은 퉁퉁 부어

오른 눈으로 분봉용 벌통을 나르는 노인과 마주쳤다.

「어찌 됐나? 잡았는가, 포미치?」 그가 물었다.

「말도 마십시오, 콘스탄틴 드미트리치! 자기 것은 잘 간수해야 하는데 말입니다. 이번에 도망친 게 벌써 두 번째랍니다……. 고맙게도 사람들이 쫓아가 줬지요. 나리의 밭을 갈다가요. 말을 풀어서 쫓아갔습죠…….」

「그래, 자네 생각은 어떤가, 포미치. 풀베기를 해야 할까, 아님 좀 더 기다릴까?」

「무슨 그런 말씀을! 성 베드로 축일[1]까지는 기다려야 한다는 게 저희 생각입니다. 나리께서는 늘 좀 일찍 풀베기를 하시는 편이죠. 참말이지, 하느님께서 좋은 풀들을 주실 겁니다. 가축들은 너른 풀밭을 누빌 테고요.」

「날씨는 어떨 것 같나?」

「그거야 하느님이 알아서 하시겠지만, 날씨도 아마 괜찮을 겁니다.」

레빈은 형에게 다가갔다. 아무것도 잡히지 않았지만, 세르게이 이바노비치는 무료해하기는커녕 오히려 최상의 기분인 것 같았다. 레빈의 눈에는 의사와의 대화에 자극을 받아 이야기를 하고 싶어 안달하는 형의 속내가 빤히 보였다. 하지만 그는 어서 집으로 가 내일 풀을 벨 일꾼들을 고용하는 일을 처리하여 자신의 신경을 온통 사로잡고 있는 풀베기에 관한 망설임을 해결하고 싶을 뿐이었다.

「어때요, 그만 갈까요?」 그가 물었다.

---

1 매년 6월 29일에 기념하는 민속 축일. 이날 이후 봄은 완전히 지나갔다고 간주되어, 농촌에서는 잡초 뽑기를 시작하고 풀베기 준비를 한다. 이하 모든 주는 옮긴이의 주이다.

「어딜 그리 서둘러? 좀 더 앉아 있어 보자고. 그런데 너 아주 흠뻑 젖었구나! 고기는 못 잡았지만, 그래도 참 좋구나. 어떤 취미든 자연과 함께라면 좋은 거지. 이 강철 빛깔의 물은 또 얼마나 멋지냐!」형이 말했다.「이 초원의 기슭은 언제나 나에게 수수께끼 하나를 상기시켜 준단다. 혹시 알고 있니? 풀들이 물에게 이렇게 말하지. 〈우리는 흔들릴 거예요, 흔들릴 거예요.〉」

「그런 수수께끼는 모르겠는데요.」레빈이 시무룩하게 대꾸했다.

3

「저기 말이다, 실은 네 생각을 하고 있었단다.」세르게이 이바노비치가 말했다.「그 의사가 내게 말했다시피, 이 군에서 벌어지는 일들은 정말 기가 막힐 노릇이더구나. 그 친구 꽤나 똑똑한 젊은이더군. 너한테 이미 얘기한 바 있고 지금 다시 말하는데, 네가 젬스트보에 나가지 않고 지방 행정에도 관여하지 않는 건 바람직하지 못해. 생각이 제대로 잡힌 사람들이 다 나가 버리면, 모든 일이 어찌 되어 갈지 알 게 뭐냐. 우리가 내는 세금은 봉급으로 다 나가는데 학교도, 간호장도, 산파도, 약국도 없으니 도대체가 아무것도 없잖느냐.」

「저도 시도해 보긴 했잖습니까.」레빈이 마지못해 조용히 대꾸했다.「할 수가 없는걸요! 뭐, 어쩌겠어요!」

「아니, 왜 할 수가 없다는 거냐? 솔직히 이해할 수가 없구나. 무관심과 무능력일 리는 없고, 정말이지 단순히 게으름 때문인 거냐?」

「그도 저도 다 아닙니다. 애를 써봤지만 아무것도 할 수 없다는 걸 깨달은 것뿐이에요.」

레빈은 형의 말에 그다지 주의를 기울이지 않고 있었다. 강 건너 전답을 바라보던 중 무언가 거무스름한 게 그의 눈에 띄었는데, 그것이 말인지 말에 탄 영지 관리인인지 정확히 분간이 되지 않았다.

「도대체 왜 아무것도 할 수가 없단 말이냐? 시도를 해봤지만 네 식대로는 해낼 수가 없었으니 그냥 굴복해 버리겠다는 거겠지. 너는 자존심도 없는 거냐?」

「자존심이라니요.」 형의 말에 비위가 상한 레빈이 대꾸했다. 「이해가 안 가는군요. 대학에서 다른 학생들은 다 미적분을 이해하는데 나만 모른다고 한다면, 그런 건 자존심의 문제라고 할 수 있겠죠. 하지만 이 경우는 달라요. 그 사업을 위해 특정한 능력을 갖출 필요가 있는지, 무엇보다도 그 모든 사업들이 아주 중요한 것인지 먼저 확신을 가져야 한다는 겁니다.」

「무슨 소릴! 그럼 그 일이 중요하지 않다는 거냐?」 세르게이 이바노비치가 말했다. 그는 자신이 종사하는 일을 동생은 중요하지 않다고 여기는 것에, 특히 동생이 자신이 하는 말을 죄다 흘려듣는 것에 발끈했다.

「중요하게 여겨지질 않아요, 끌리지가 않는다고요. 대체 저보고 어쩌라고요……?」 레빈이 대답했다. 그는 저쪽에 보이는 게 영지 관리인임을 알아보았다. 밭갈이를 중단시키고 일꾼들을 보내려는 게 분명했다. 일꾼들이 쟁기를 엎어 놓고 있었던 것이다. 〈정말로 벌써 다 갈았단 말이야?〉 그가 생각했다.

「자, 내 말 좀 들어 봐라.」잘생기고 지적인 얼굴을 찌푸리면서 형이 말했다. 「모든 일에는 한계가 있는 법이다. 괴짜처럼 순수한 사람이 되거나 허위를 싫어하는 건 좋단 말이지. 그런 건 나도 다 이해하니까. 하지만 네가 하는 말은, 의미가 없거나 아니면 아주 나쁜 의미를 내포하고 있어. 네가 단언하다시피, 네가 사랑하는 민중이…….」

〈나는 단언한 적 없어.〉콘스탄틴 레빈은 생각했다.

「……아무 도움도 못 받고 죽어 가는데, 어떻게 중요하지 않다고 생각할 수가 있지? 무식한 아낙들이 아이들을 혹사시키고 민중들은 무지몽매에 허덕이며 관리들의 횡포에 놀아나는데, 네 손에는 그들을 도울 수단이 주어져 있단 말이다. 그런데도 너는 그들을 도울 생각이 없다는 거 아니냐. 왜냐하면 그건 중요하지 않으니까.」

그리하여 세르게이 이바노비치는 동생을 딜레마에 빠뜨렸다. 〈네가 할 수 있는 그 모든 일을 인지하지 못할 만큼 네가 미성숙한 건지, 아니면 그 일을 하느라고 너 자신의 안온함이나 허영심을 포기하고 싶지 않은 건지 모르겠구나.〉결국 형의 얘기는 이러했으니 말이다.

콘스탄틴 레빈은 그냥 굴복하거나 자신에게 공적인 일에 대한 애정이 결여되어 있음을 인정하는 수밖에 없다고 생각했다. 바로 그 점이 그 자신의 화를 돋우고 모욕감을 불러일으켰다.

「둘 다겠죠.」그가 단호하게 말했다. 「저에게는 그런 일이 가능한 것으로 여겨지질 않아요…….」

「아니, 왜? 예산을 잘 분배해서 의료 지원을 해주는 게 불가능하단 말이냐?」

「제가 보기엔 불가능해요⋯⋯. 4천 평방베르스타나 되는 우리 군에서, 그것도 쌓인 얼음에, 눈보라에, 농번기까지 고려하면, 전 지역에 걸쳐 의료 지원을 시행하는 건 저로서는 불가능하다고 봅니다. 게다가 저는 본래 의술이라는 걸 신뢰하지 않아요.」

「잠깐만, 그건 틀린 생각이다⋯⋯. 수천 가지 예를 들 수 있어⋯⋯. 그럼 학교는 어떠냐?」

「학교가 왜 필요합니까?」

「무슨 소릴 하는 거냐? 아니, 교육의 유용성을 의심한다는 거냐? 교육이 너에게 좋은 것이라면 다른 누구에게도 좋은 것 아니겠어?」

윤리적으로 궁지에 몰린 듯한 마음에, 콘스탄틴 레빈은 발끈하여 자신도 모르게 공공의 일에 무관심해진 주된 이유를 말해 버리고 말았다.

「어쩌면 그 모든 게 좋은 건지도 모르죠. 하지만 내가 전혀 이용하지 않을 진료소의 설립을 내가 왜 신경 써야 합니까? 학교도 마찬가지예요. 내 아이들을 보내지도 않을 테고, 농노들도 자신의 아이들을 보내기 싫어하는데 말입니다. 나는 아직도 아이들을 학교에 보내야 하는지 확신이 안 섭니다.」

상황을 바라보는 이 예기치 못한 관점에 세르게이 이바노비치는 일순 어안이 벙벙했다. 하지만 그는 곧바로 새로운 공격 작전을 수립했다.

그는 말없이 낚싯대 하나를 꺼내 다시 물속에 던진 다음 미소를 지으며 동생을 쳐다보았다.

「자, 한번 보자꾸나⋯⋯. 첫째, 진료소는 필요해. 오늘만 해도 아가피야 미하일로브나를 위해서 지방 의사를 불러오지 않았냐.」

「유모의 손은 결국 비뚤어지고 말 거예요.」

「그건 아직 모를 일이고……. 그다음으로 교육받은 농부나 일꾼은 너에게 더더욱 필요하고 소중할 거다.」

「아니요, 길 가는 아무한테나 물어보라죠.」콘스탄틴 레빈이 단호하게 대답했다.「교육받은 일꾼이 훨씬 형편없어요. 길을 고치지도 못하질 않나, 다리를 세울라치면 도둑질이나 일삼죠.」

「하지만…….」세르게이 이바노비치가 인상을 찌푸렸다. 그는 반론을 좋아하지 않았다. 게다가 끊임없이 이 얘기에서 저 얘기로 건너뛰고, 아무런 연관도 없이 새로운 논거를 자꾸 들이대서 도무지 무엇에 대꾸를 해야 할지 알 수가 없는 경우에는 특히 그랬다.「하지만, 문제는 그게 아니야. 자, 그럼 너는 교육이 민중에게 유익하다는 건 인정하느냐?」

「인정합니다.」레빈이 무심결에 대답했다. 그러고는 곧바로 자신의 생각과 다르게 대답했음을 깨달았다. 교육의 유익함을 인정한다면 자신이 한 말이 아무런 의미도 없는 헛소리였음을 스스로 입증하는 셈이었다. 어떻게 해서 입증이 되는 건지는 몰랐지만, 분명히 논리적으로 입증이 되리라는 건 알 수 있었다. 그래서 그는 그 논증을 기다리고 있었다.

논거는 콘스탄틴 레빈이 기대한 것보다 훨씬 간단하게 도출되었다.

「교육이 유익하다는 걸 인정한다면…….」세르게이 이바노비치가 말했다.「너는 정직한 사람으로서 그러한 사업에 애정과 공감을 갖지 않을 수 없을 테고, 따라서 그 사업을 위해서 일하지 않을 수 없을 거다.」

「하지만 저는 그 사업이 좋은 일이라는 걸 인정하지 않아요.」콘스탄틴 레빈이 얼굴을 붉히며 말했다.

「그게 무슨 소리냐? 방금 네가 말하기를…….」

「요컨대, 그 일이 좋지도 않을뿐더러 가능하지도 않다는 생각이에요.」

「그건 노력해 보지 않고는 알 수 없는 거다.」

「글쎄요, 그렇다고 치죠.」레빈은 이렇게 대답했지만, 속마음은 전혀 그렇지 않았다. 「그렇다고 치자고요. 그럼에도 불구하고, 제가 무엇 때문에 그 일에 신경을 써야 하는지 저는 모르겠습니다.」

「아니, 어떻게 그럴 수가 있지?」

「그보다…… 속 얘기들은 웬만큼 털어놓은 것 같으니, 이제 저에게 철학적인 관점에서 설명을 좀 해주세요.」레빈이 말했다.

「여기서 왜 철학이 거론되는 건지 이해할 수가 없구나.」레빈이 듣기에 세르게이 이바노비치의 이 말은 마치 동생이 철학을 논할 권리를 인정할 수 없다는 투로 들렸다. 레빈은 화가 치밀었다.

「왜 그런지 말씀드리죠!」그가 핏대를 올리며 열변을 토하기 시작했다. 「제 생각에 우리 활동의 원동력은 어디까지나 개인적인 행복입니다. 그런데 작금의 지방 자치 제도에서 귀족으로서 저는 스스로의 행복에 득이 될 만한 것을 전혀 찾아볼 수가 없습니다. 도로는 더 나아지지 않았고, 더 나아질 수도 없어요. 말들은 저를 태우고 끔찍한 길로 다닙니다. 의사와 진료소도 저에게는 필요 없습니다. 치안 판사도 필요 없고요. 저는 단 한 번도 치안 판사를 찾아간 적이 없으며, 앞으로도 그럴 겁니다. 학교도 저에게는 필요 없을 뿐만 아니라, 이미 형님께 말씀드린 것처럼 해롭기까지 하지요. 저에게 있어 지방 자치 제도는 1데샤티나당 18코페이카씩 납부하게 하고, 읍내에 출장을 다니며 빈대가 들끓는 곳에서 잠을 자게 하고, 온갖 빌어먹을 헛소리들을 듣게 하는 부역과 납세의 의무일 뿐이라고요. 개인적인 관심이라곤 전혀 생기지가 않는단 말입니다.」

「잠깐만…….」세르게이 이바노비치가 웃으면서 동생의 말을 끊었다. 「개인적인 관심이 우리로 하여금 농노 해방을 위해 일하도록 부추기지는 않았지만, 우리는 그 일을 해내지 않았느냐.」

「아니요!」한층 더 열을 올리며 콘스탄틴이 말을 가로챘다. 「농노 해방은 다른 문젭니다. 거기에는 개인적인 이해관계가 개입되어 있었어요. 우리들을, 모든 선량한 사람들을 짓누르던 그 멍에를 벗어던지고 싶었던 겁니다. 하지만 지방 의회 의원 노릇을 한다는 건, 내가 살지도 않는 도시에 변소 청소부가 몇 명이나 필요한지, 어떻게 파이프를 설치할지 따위를 논의하는 거란 말입니다. 배심원이 되어서 햄을 훔친 농부를 재판하고, 변호사와 검사가 떠들어 대는 온갖 쓸데없는 소리를 여섯 시간 동안이나 내리 듣고, 판사가 내 식솔인 바보 알료시카 노인에게 〈피고는 햄을 훔친 사실을 인정하십니까?〉라고 물어보면 바보 알료시카가 〈예?〉 하고 되묻는 소리나 듣는 거라고요.」

콘스탄틴 레빈은 이미 요지에서 벗어나 바보 알료시카와 판사를 묘사하기 시작했다. 그에게는 그 모든 게 이야기의 주제와 관련된다고 여겨져서였다.

하지만 세르게이 이바노비치는 어깨를 으쓱했다.

「그러니까 네가 하고 싶은 얘기가 뭐냐?」

「제가 말하고 싶은 건 단지, 나와…… 내 이익과 관련된 권리라면 언제든지 전력을 다해서 지켜 낼 거라는 겁니다. 언젠가 헌병들이 우리 대학생들을 수색하고 우리의 편지를 검열했을 때, 나는 그 권리들을, 내 자유와 교육받을 권리를 전력을 다해 지킬 각오가 되어 있었죠. 병역의 의무라면, 내 아이들과 형제들, 나 자신의 운명과 관련된 것이 납득할 수 있습니다. 나와 관련된 문제는 협의할 의사가 있다고요. 하지만 4만 루블이나 되는 지방 예산을 어떻게 분배할지 판단하거나, 바보 알료시카를 재판하는 일 따위는 이해할 수도 없고, 이해하고 싶지도 않단 말입니다.」

마치 봇물이 터지듯 콘스탄틴 레빈은 이야기를 쏟아 냈다. 세르게이 이바노비치는 빙그레 웃었다.

「내일 네가 재판을 받는다고 치자. 그럼 뭐냐, 구식 형사 재판소[2]에서 재판을 받는 게 더 낫다는 거냐?」

「제가 재판을 받는 일은 없을 겁니다. 나는 아무도 칼로 찌르지 않았고, 그럴 필요도 없으니까요!」 그는 또다시 주제와 하등 관련이 없는 얘기로 건너뛰었다. 「우리 나라의 제도와 그 온갖 것들은 성령 강림 축일에 장식하는 자작나무[3] 같은

---

2 알렉산드르 2세 치하에서 1864년에 시행된 사법 제도 개혁으로 러시아에 최초로 배심원과 변호인 제도가 도입되고 공개 재판이 이루어졌다. 그러나 개혁 이후에도 관습법을 따르는 구식 재판 제도는 여전히 잔존하였다.

3 예수 그리스도의 부활 후 50일째 되는 날 사도들에게 성령이 강림한 사건을 기념하는 축일. 러시아에서는 전통적으로 성령 강림 축일에 갓 베어 낸 신선한 풀들을 바닥에 깔고 자작나무나 단풍나무로 성상화를 장식하거나 화환을 만든다.

거라고요. 유럽에서 저절로 조성된 숲을 흉내 내려는 짓이죠. 저는 그 자작나무에 정성껏 물을 줄 수도, 그 효력을 믿을 수도 없습니다!」

세르게이 이바노비치는 어깨를 으쓱이며, 이 논쟁에서 엉뚱하게 자작나무 얘기가 튀어나온 게 어이가 없다는 뜻을 내비쳤다. 하지만 사실 그는 동생이 자작나무를 가지고 무슨 얘기를 하려고 했는지 곧바로 알아차린 터였다.

「자, 이런 식으로는 얘기가 안 되지 않겠니.」

하지만 콘스탄틴 레빈은 스스로 잘 알고 있는 자신의 결함, 즉 공공선에 대한 무관심을 변호하고 싶었기에 이야기를 계속했다.

「제 생각은……」 콘스탄틴이 말했다. 「그 어떤 활동도 개인적인 이해관계에 근거하지 않을 경우 내실이 있을 수 없다는 겁니다. 이건 보편적 진리라고요, 철학적인 진리 말입니다.」 마치 모든 이들과 마찬가지로 자기에게도 철학을 논할 권리가 있음을 보여 주려는 듯 그는 **철학적**이라는 단어를 힘주어 되풀이했다.

세르게이 이바노비치는 다시 한번 빙그레 웃었다. 〈이 아이에게도 자신의 기호를 뒷받침하는 나름의 철학이 있군.〉

「철학에 관한 이야기는 좀 제쳐 놓자꾸나.」 그가 말했다. 「시대를 막론하고 철학의 주요 과제는 바로 개인의 이익과 공공의 이익 간의 필연적인 연관성을 찾는 것이지. 하지만 문제는 이게 아니고, 중요한 건 너의 비유를 바로잡아야겠다는 거야. 장식하는 자작나무가 아니라, 심고 파종하는 자작나무가 문제인 게지. 그러니까 그것들은 신중하게 다뤄야 하는 법이다. 자신들의 제도에서 중요하고 의미 있는 것을 감지할 수 있는 감각이 있으며, 그것들을 소중히 여기는 민족만이 역사적인 민족으로 평가받을 수 있고, 오직 그런 민족에게만 미래가 열리는 법이야.」

이렇게 세르게이 이바노비치는 콘스탄틴 레빈에게는 낯선 역사 철학적 영역으로 논점을 돌림으로써 동생의 관점이 부당하다는 사실을 여실히 증명했다.

「그 일이 못마땅하다는 말에 대해 한마디 하자면, 미안하지만 그게 바로 우리 러시아인들의 게으름이자 오만함이야. 나는 네가 일시적으로 잘못 판단했으며 곧 괜찮아질 거라고 확신한다.」

콘스탄틴은 말이 없었다. 만신창이가 된 기분이었다. 그러나 한편으로는 자신이 말하고자 했던 바를 형이 이해하지 못했음을 감지했다. 왜 이해하지 못하는 건지, 당최 알 수가 없었다. 자신이 하고 싶은 말을 명료하게 할 줄 몰라서일까, 아니면 형이 이해하려 들지 않거나 이해할 수 없기 때문일까. 하지만 그는 그 문제에 대해 더 깊이 생각하고 싶지 않았다. 그는 형에게 반박하는 대신 전혀 다른 문제, 즉 자신의 개인적인 일에 몰입했다.

「자, 그럼 이만 가죠.」

세르게이 이바노비치는 마지막 낚싯줄을 감고, 콘스탄틴은 말고삐를 풀었다. 둘은 마차를 타고 출발했다.

4

형과 대화를 나누는 내내 레빈의 머릿속을 떠나지 않았던 개인적인 일은 다음과 같은 것이었다. 작년 어느 날 풀베기하는 걸 보러 갔던 레빈은 영지 관리인에게 화를 낸 후에 스스로를 진정시키는 자신만의 방법을 시도했다. 즉, 농부의 낫을 가로채서 직접 풀베기에 나선 것이다.

그 일이 마음에 들었던 그는 그 뒤로도 몇 차례나 풀베기에 나섰다. 집 앞의 풀들을 전부 베어 냈고, 올해 들어서면서는 농부들과 함께 며칠 동안 온종일 풀베기를 하리라는 계획을 봄부터 세워 둔 터였다. 그런데 형이 온 뒤로 레빈은 풀베기를 할지 말지 망설이게 되었다. 며칠씩 온종일 형을 혼자 두기가 미안하기도 했고, 그 일을 한다고 형이 자신을 비웃지나 않을지 걱정되었기 때문이다. 그러다가 풀밭을 지나가면서 풀베기의 감회를 떠올리고는 다시 그 일을 하겠노라고 거의 마음을 굳힌 참이었다. 형과 핏대를 올리며 이야기를 나눈 뒤 그는 자신의 계획을 재차 상기했다.

〈육체노동이 필요해. 안 그랬다간 내 성격은 완전히 못 쓰게 되고 말 거야.〉 그는 이렇게 생각하고는 형과 농부들이 보는 앞이라 거북할지라도 풀베기를 하리라 결심했다.

저녁 무렵 콘스탄틴 레빈은 사무소로 가서 이런저런 일들을 처리한 뒤, 내일 풀베기를 할 일꾼들을 불러 모으도록 마을마다 사람을 보냈다. 제일 넓고 무성한 칼리노비 초원의 풀을 벨 작정이었다.

「내 낫은 티트에게 보내 주시게. 망치질을 해서 내일 가져오도록. 아마 나도 풀베기를 하게 될 거요.」 그가 얼굴을 붉히지 않으려 애쓰며 말했다.

영지 관리인이 웃으면서 대꾸했다.

「분부대로 합죠.」

저녁때 차를 마시는 자리에서 레빈은 형에게 말했다.

「이제 날씨가 완연해요. 내일 풀베기를 시작하려고요.」

「내가 그 일을 무척이나 좋아하지.」 세르게이 이바노비치가 말했다.

「저야말로 엄청나게 좋아해요. 간혹 가다 농부들이랑 같이 직접 풀을 베기도 했어요. 내일은 하루 종일 풀을 벨 생각이에요.」

세르게이 이바노비치가 고개를 들고는 흥미로운 눈초리로 동생을 바라보았다.

「그게 무슨 말이냐? 농부들과 나란히 하루 종일 풀베기를 하겠다는 거야?」

「네, 기분이 아주 좋더라고요.」

「신체 단련으로서는 훌륭하다만, 견뎌 내지 못할 것 같은데.」 세르게이 이바노비치의 말투에서 조롱기라고는 전혀 찾아볼 수 없었다.

「해본 적이 있다니까요. 처음에는 힘들지만 나중에는 완전히 몰입하게 되죠. 농부들한테 뒤지지 않을 겁니다…….」

「그것참, 대단하구나! 그런데 말이다, 농부들은 그걸 대체 어떻게 보겠냐? 십중팔구 귀족 나리가 이상하게 군다고 비웃을 텐데.」

「아니요, 저는 그렇게 생각하지 않아요. 그런 건 생각할 겨를도 없을 만큼 즐거우면서도 고된 노동이니까요.」

「그러면 농부들이랑 밥은 어떻게 먹을 작정이냐? 풀밭으로 라피트[4]를 나르기도 그렇고 구운 칠면조는 또 오죽 거북하겠어.」

4 남프랑스산 적포도주의 한 종류.

「그렇게는 아니고, 일꾼들이 쉬는 시간에 잠시 집으로 오려고요.」

다음 날 아침 콘스탄틴 레빈은 평소보다 일찍 일어났지만 영지 경영과 관련된 일들을 처리하느라 지체하게 되었다. 그가 풀베기 장소에 도착했을 때 일꾼들은 이미 두 번째 구역을 베고 있었다.

언덕 위에 서자 저 아래 이미 풀이 베어져 나간 초원의 그늘진 곳이 보였다. 잿빛으로 색이 바래 가는 구역들이, 맨 처음 풀베기가 시작된 곳에 일꾼들이 벗어 둔 검은색 웃옷 더미들과 함께 눈에 들어왔다.

점점 가까이 다가가니 줄지어서 나아가는 농부들의 기다란 행렬이 레빈의 눈앞에 펼쳐지기 시작했다. 누구는 웃옷을 걸치고 누구는 셔츠만 입은 채 각기 다르게 낫질을 하고 있었다. 그 수를 세어 보니 마흔두 명이었다.

그들은 오래된 저수지가 있는 울퉁불퉁한 초원의 저지대를 따라 천천히 나아가고 있었다. 레빈은 자기 집 일꾼 몇몇을 알아보았다. 옷자락이 아주 긴 셔츠를 입고서 꼬부랑 허리로 낫질을 하는 예르밀 영감도 있었고, 매 구역에서 맹렬한 기세로 낫질을 하는, 마부로 일했던 나이 어린 청년 바시카도 있었다. 작은 몸집에 빼빼 마른, 레빈의 풀베기 스승인 티트도 함께였다. 그는 허리를 숙이지 않은 채 선두에 서서, 마치 낫을 가지고 놀듯이 자신의 널따란 구역을 베어 나갔다.

말에서 내린 레빈은 길가에 고삐를 묶고 티트 곁으로 갔다. 그러자 그가 덤불숲에서 낫을 꺼내 그에게 건네주었다.

「준비해 두었습니다, 나리. 면도날처럼 저절로 베일 겁니다.」티트가 웃으면서 모자를 벗고는 그에게 낫을 건넸다.

레빈은 낫을 들고서 날을 시험해 보았다. 자기 구역의 풀베기를 마친 일꾼들이 땀에 젖은 채 쾌활한 표정으로 하나둘씩 길가로 나와서는 살짝 웃으며 나리와 인사를 나누었다. 그들은 그를 바라만 볼 뿐, 턱수염 없는 주름진 얼굴에 양가죽 외투를 입은 키 큰 노인이 앞으로 나와 레빈에게 말을 걸 때까지 그 누구도 입을 열지 않았다.

「정신 바짝 차리십시오, 나리. 일단 시작한 뒤에는 뒤처지시면 안 됩니다!」 그가 이렇게 말하자 일꾼들 사이에서 참았던 웃음이 터졌다.

「뒤처지지 않도록 노력하겠네.」 그가 대답을 하고는 티트의 뒤에 서서 일을 시작할 시점을 기다렸다.

「정신 바짝 차리십시오.」 노인이 되풀이해서 말했다.

티트가 자리를 비켜 주자 레빈이 그의 뒤를 따랐다. 길가에 자라는 짧은 풀들을 베어야 했는데, 오랫동안 풀을 베지 않은 데다 자신을 향한 일꾼들의 시선에 당혹스러워진 터라 처음에 레빈은 힘껏 낫질을 했지만 영 형편없었다. 그러자 등 뒤에서 이런 소리가 들렸다.

「낫을 제대로 쥐질 못했어. 자루가 너무 높잖아. 저런, 저 허리 굽힌 품새 좀 보게.」

「발뒤꿈치에 힘을 더 주십시오.」 다른 이가 말했다.

「괜찮아, 익숙해지실 걸세.」 노인이 말을 이었다. 「보게, 이제 제대로 나아가기 시작하셨잖은가…… 넓은 구역을 택하면 지치기 십상이지만…… 주인 나리시니 그럴 리 없지. 스스로를 위해 애쓰실 거야! 아니 저런, 저 모양하고는! 내 동생 같았으면 저렇게 했다가는 등짝을 후려쳤을걸.」

풀은 아주 부드럽게 잘려 나갔다. 레빈은 주변에서 들리는 얘기에 아무런 대꾸도 않고, 최대한 풀을 잘 베려고 애쓰며 티트의 뒤를 따랐다. 둘은 1백 보쯤 나아갔다. 티트는 지친 기색이라고는 전혀 없이 쉬지 않고 앞으로 향했다. 하지만 벌써 레빈은 더 이상 버티지 못할 것 같은 생각이 들었다. 너무나도 지쳐 버린 것이다.

마지막 힘으로 낫질을 하고 있다고 느낀 그는 티트에게 그만 멈추자고 할 작정이었다. 그러나 바로 그때 티트가 알아서 멈추더니 몸을 숙여 베인 풀을 몇 가닥 쥐고는 낫을 닦은 다음 날을 갈기 시작했다. 레빈은 기지개를 켠 뒤 크게 심호흡을 하고 주위를 둘러보았다. 그의 뒤를 따르던 농부 역시 지친 모양인지 레빈이 있는 곳까지 다다르기도 전에 이내 멈춰서서 낫을 갈기 시작했다. 티트가 자신의 낫과 레빈의 낫을 다 갈고 난 뒤, 두 사람은 다시 풀베기를 시작했다.

두 번째 경우에도 마찬가지였다. 티트는 꼬떡도 없이 쉬지도 않고 매번 낫을 휘두르며 앞으로 나아갔다. 레빈은 뒤처지지 않으려고 안간힘을 쓰면서 그의 뒤를 따랐지만, 점점 더 힘들고 괴로워지는 것이었다. 이어 온 힘이 완전히 바닥났다고 느껴지는 순간이 왔고, 바로 그때 티트가 멈춰 서서 낫을 갈았다.

그렇게 그들은 첫 번째 구역을 다 해치웠다. 그 긴 구역이 레빈에게는 특히 힘들었다. 한 구역을 마치자 티트는 낫을 어깨에 걸친 채 자신이 남긴 발자국을 따라 풀 벤 자리를 느린 걸음으로 되짚어 나섰고, 레빈도 똑같이 자신의 풀 벤 자리를 되짚어 걸었다. 그러고 있자니, 비록 땀이 비 오듯 흘러 콧잔등에서 방울져 떨어지고 등은 물에 흠뻑 젖은 듯 축축했지만 기분만은 더할 나위 없이 상쾌했다. 특히 기분이 좋은 건, 이제 끝까지 버텨 내리라는 자신감이 생겼기 때문이었다.

그의 기쁨에 흠집을 내는 단 한 가지 사실은 그의 구역이 제대로 베어지지 않았다는 점이었다. 〈팔은 좀 덜 휘두르고 몸 전체를 더 움직여야겠어.〉 재단한 듯 가지런히 잘려 나간 티트의 구역과 산만하고 들쭉날쭉한 자신의 구역을 비교하면서 그는 이렇게 생각했다.

레빈의 눈치로는 첫 번째 구역에서 티트가 특별히 속력을 냈는데, 이는 주인 나리를 시험해 볼 심산이었던 게 분명했다. 게다가 하필 맡은 구역이 긴 것도 사실이었다. 다음 구역들은 한결 수월했다. 어쨌거나 레빈으로서는 뒤처지지 않기 위해서 전력을 다해야 했지만 말이다.

농부들에게 뒤처지지 않고 일을 최대한 잘 해내겠다는 것 외에 레빈은 아무것도 생각하지 않았고, 아무것도 바라지 않았다. 들리는 건 단지 낫이 움직이는 소리요, 보이는 건 눈앞에서 멀어져 가는 꼿꼿한 티트의 모습과 활처럼 반원형으로 휜 풀 벤 자리, 천천히 물결치듯 기울어 가는 풀들, 낫 언저리의 꽃대들 그리고 휴식이 기다리고 있는 저 앞, 구역의 끝이었다.

어찌 된 영문인지 모르겠지만, 일하는 도중 그는 갑자기 땀에 젖어 후텁지근하던 어깨 부근이 상쾌하고 시원해지는 것을 느꼈다. 레빈은 낫을 가는 동안 하늘을 올려다보았다. 낮고 육중한 먹구름이 몰려오더니 굵은 빗줄기가 쏟아졌다. 한 무리의 일꾼들이 상의를 벗어 둔 곳으로 달려가서는 옷을 주워 입었다. 다른 이들은 레빈과 똑같이 빗줄기의 신선하고 상쾌함을 만끽하며 흥겹게 어깨를 움츠렸다.

한 구역, 또 한 구역씩 풀베기는 계속되었다. 풀이 잘 자랐거나 잘 못 자란 구역, 길거나 짧은 구역들을 차례차례 베어 나갔다. 레빈은 시간 감각을 완전히 상실하여 지금이 늦은 시각인지 이른 시각인지조차 전혀 감을 잡을 수 없었다. 그에게는 이제 엄청난 쾌감을 안겨다 줄 모종의 변화가 일어나기 시작했다. 일하는 도중 자신이 뭘 하고 있는 건지 망각하는 순간들이 찾아오곤 했고, 그러면 일이 수월해졌다. 바로 그러한 순간에는 그의 구역도 티트의 구역처럼 가지런하고 모양 좋게 되는 것이었다. 그러나 자신이 뭘 하고 있는지를 다시 상기하고서 더 잘해 보려고 애를 쓰기 시작하면, 바로 그때부터 일은 무지하게 힘들어지고 구역도 엉망이 되곤 했다.

한 구역을 더 마친 뒤, 그는 또다시 새 구역을 시작하려 했다. 그런데 티트가 일을 멈추더니 노인에게 다가가 무언가 조용히 얘길 건넸다. 그러더니 두 사람은 해를 바라보았다. 〈둘이서 무슨 얘길 하는 거지? 왜 새 구역을 시작하지 않는 거야?〉 레빈은 생각했다. 그는 농부들이 거의 네 시간 동안 쉬지 않고 풀베기를 했으며, 이제 아침 식사를 할 시간이 되었다는 사실조차 깨닫지 못하고 있었다.

「아침을 드실 시간입니다, 나리.」 노인이 말했다.

「시간이 벌써 그렇게 되었나? 그럼 아침을 먹도록 하지.」

레빈은 티트에게 낫을 건네고는, 웃옷을 벗어 놓은 쪽으로 빵을 꺼내러 가는 일꾼들과 함께 풀이 베여 나간 채 비에 살짝 젖어 있는 광활한 구역들을 가로질러 말을 매어 둔 곳으로 갔다. 그제야 그는 날씨를 예측하지 못한 바람에 건초를 빗물에 적셔 버렸다는 사실을 떠올렸다.

「건초가 상하겠구먼.」

「괜찮습니다, 나리. 본래 비 올 때 풀을 베고, 날 좋을 때 거두라지 않습니까!」노인이 말했다.

레빈은 묶어 둔 말을 풀어 올라타고서 커피를 마시러 집으로 향했다.

세르게이 이바노비치는 막 잠자리에서 일어난 참이었다. 커피를 양껏 마신 레빈은 세르게이 이바노비치가 옷을 입고 식당으로 나오기도 전에 다시 풀베기 장소로 나갔다.

5

아침 식사를 마친 다음부터 레빈은 아까 있었던 그 자리 대신, 자기 곁으로 오라고 그를 불러 준 익살꾼 영감과 이번 여름 처음으로 풀베기에 나선 젊은 농부 사이에 서게 되었다. 젊은이는 지난가을에 장가든 새파란 청년이었다.

영감은 상체를 꼿꼿하게 세우고 밭장다리로 널찍널찍하게 걸음을 옮기면서 정확하고 흔들림 없이 앞으로 나아갔는데, 겉보기에는 그저 걸으면서 두 팔을 흔드는 이상의 힘이 들어가지 않은 것 같았다. 그는 드높이 가지런하게 자란 풀밭 구역을 장난치듯 유유히 젖혀 나갔다. 마치 그가 아니라 예리한 낫이 저 혼자서 농익은 풀줄기를 쌩쌩 가르는 것 같았다.

레빈의 뒤에서는 젊은 미시카가 따라오고 있었다. 싱싱한 풀잎을 꼬아 머리를 묶은 잘생긴 그의 얼굴에는 열심을 다하는 표정이 역력했는데, 그러면서도 누군가 자기를 쳐다보면 미소를 지어 보이는 것이었다. 보아하니 죽으면 죽었지 힘들다는 소리는 절대로 안 하겠다는 기세였다.

레빈은 그들 사이에 섞여 앞으로 나아갔다. 풀베기가 절정에 다다랐을 때도 그는 그다지 힘든 줄 몰랐다. 비 오듯 흐르는 땀이 그의 몸을 서늘하게 식혀 주었고, 등과 머리와 걸어붙인 팔꿈치로 따갑게 내리쬐는 햇볕은 그의 노동을 한층 더 굳세고 완강하게 만들어 주었다. 뭘 하고 있는지 생각하지 않게 되는 무의식 상태가 점점 더 잦아졌다. 낫이 저 혼자 풀을 베었다. 참으로 행복한 순간이었다. 한결 더 유쾌한 순간이 있었으니, 풀베기 구역 끝자락이 잠겨 있는 강가에 다다랐을 때, 영감이 무성하게 자란 축축한 풀에 낫을 문지른 뒤 강물에 강철 날을 헹구고는 숫돌을 담는 양철통에 강물을 떠다가 레빈에게 마시라고 건네주었던 것이다.

「자, 내 크바스[5] 한번 맛보시지요! 맛이 썩 괜찮습니다!」그가 눈을 찡긋하며 권했다.

아닌 게 아니라 정말로 레빈은 양철통의 녹슨 향이 나고 풀잎이 둥둥 떠다니는 이 따뜻한 강물처럼 맛있는 음료를 마셔 본 적이 없었다. 이어서 행복하기 그지없는 느긋한 산책 시간이 시작되었다. 그동안에는 손에 낫을 든 채 흐르는 땀을 닦거나 가슴 한가득 심호흡을 하면서 풀베기꾼들의 기다란 행렬과 주변의 숲과 들판에서 벌어지는 일들을 두루 살펴볼 수 있었다.

자꾸자꾸 풀을 베어 갈수록 그는 더욱더 자주 무아지경의 순간을 맛보았다. 그 순간에는 두 팔이 낫을 휘두르는 게 아니라 낫 자체가 생명력 넘치는 그의 육신, 스스로를 자각하는 그 육신을 앞장서서 이끌었다. 그러면 마치 마법에라도 걸린

5 러시아인이 즐겨 마시는 전통 음료. 호밀로 만든 엿기름에 물을 섞어 발효하여 만든다.

듯이 아무런 생각 없이도 일이 저절로 정확하고 규칙적으로 되어 가는 것이었다. 최고로 행복한 순간이었다.

힘이 드는 것은 그러한 무의식적인 움직임을 멈추고서 불룩 솟은 둔덕의 풀을 언제 깎아 내야 할지, 뽑아내지 못한 싱아를 언제 베어야 할지 생각해야 하는 순간뿐이었다. 영감은 그런 일을 쉽사리 해냈다. 둔덕이 나오면 그는 동작을 바꾸고 발뒤꿈치나 낫 끄트머리로 양쪽을 두드려서 흙더미를 무너뜨렸다. 그러면서도 눈앞에 펼쳐진 광경들을 두루 살피고 관찰하는 것이었다. 때로는 나무줄기를 뜯어서 먹거나 레빈에게 권하기도 하고, 낫 끄트머리로 나뭇가지를 쳐내기도 하고, 메추리 둥지를 들여다본 뒤 낫으로 건드려 암컷을 날려 보내기도 하고, 길바닥에 나타난 뱀을 잡아다가 마치 포크로 찍어 올리듯 낫으로 들어 올려 레빈에게 보여 주고는 저 멀리 내던지기도 했다.

레빈과 그의 뒤에 선 새파란 청년은 그런 식으로 동작을 바꾸기가 어려웠다. 두 사람은 잔뜩 긴장한 채 한 가지 동작만 되풀이하면서 일에 열중할 뿐, 동작을 바꾸거나 동시에 눈앞의 사물을 관찰할 여력이 없었다.

레빈은 시간이 어떻게 가는지도 몰랐다. 그에게 몇 시간 동안 풀베기를 했느냐고 물으면 아마도 반 시간쯤 했다고 대답했을 것이다. 그러나 벌써 점심때가 다 되어 가고 있었다. 다시 새로운 구역에 들어섰을 때, 영감이 사방에서 농부들 쪽으로 다가오는 보일락 말락 한 여자아이들과 사내아이들을 향해 레빈의 주의를 돌렸다. 아이들은 키 큰 풀숲을 헤치고, 혹은 길을 따라서, 가녀린 두 팔을 길게 늘어뜨린 채 빵이 든 보따리와 천으로 마개를 틀어막은 크바스 단지를 날라 오고 있었다.

「저것 좀 보십시오, 딱정벌레들이 기어오고 있군요!」영감이 아이들을 가리키며 소리치더니 손을 이마에 대고 태양을 바라보았다.

두 구역을 더 베고 나서 영감은 일손을 멈췄다.

「자, 나리, 점심을 드셔야죠!」그가 딱 잘라 말했다. 강가에 다다른 일꾼들은 풀 벤 구역을 가로질러 웃옷을 벗어 둔 곳으로 갔다. 점심을 날라 온 아이들이 앉아서 그들을 기다리고 있었다. 농부들은 군데군데 모여 앉았다. 먼 쪽에 있는 이들은 수레 밑에, 가까운 쪽 사람들은 풀을 던져 놓은 버들 숲 아래 자리를 잡았다.

레빈도 농부들 곁에 가 앉았다. 그는 그곳을 떠나고 싶지 않았다.

지주 나리 앞이라 꺼리는 기색들은 이미 사라진 지 오래였다. 농부들은 점심 먹을 채비를 했다. 어떤 이들은 얼굴과 손을 씻었고, 젊은이들은 강에서 멱을 감았다. 쉴 자리를 마련하여 빵을 싼 보따리를 풀고 크바스 단지의 마개를 여는 이들도 있었다. 영감이 찻잔 속에 빵을 부수어 넣고 숟가락으로 짓이긴 다음 양철통에 담긴 물을 붓고서 빵을 더 치댔다. 그러고는 거기다 소금을 뿌린 후 동쪽을 향해 기도를 드렸다.

「나리, 제가 만든 빵죽 좀 드셔 보십시오.」그가 무릎으로 선 채 찻잔을 내밀었다.

빵죽이 어찌나 맛있는지 레빈은 점심을 먹으러 집에 갈 생각을 그만두었다. 그는 영감과 함께 점심을 먹고 나서 그의 집안일에 대해 이야기를 나누며 활기를 띤 채 영감의 일에 참견하는가 하면, 그가 관심을 가질 만한 자신의 일과 사정도 죄다 들려주었다. 그에게는 영감이 형보다도 더 가깝게 느껴졌다. 그에게서 느껴지는 다정함으로 인하여 레빈은 자기도 모르게 미소를 지었다. 영감이 다시 자리에서 일어나 기도를 한 다음 버들 숲 아래 풀을 베고 눕자, 레빈 역시 똑같이 따라 했다. 뙤약볕 속에서 파리와 딱정벌레가 끈덕지게 따라붙어 땀에 젖은 얼굴과 몸을 간질이는데도 불구하고 그는 금세 잠이 들었다. 잠에서 깼을 때는 해가 반대편으로 기울어 관목숲 자락에 닿아 있었다. 영감은 이미 한참 전부터 앉아서 젊은이들의 낫을 갈아 주고 있었다.

주변을 둘러본 레빈은 자기가 지금 어디에 있는 건지 금방 알아차리질 못했다. 그 정도로 사위가 변해 있었다. 광활한 초원이 말끔히 벌초되어 풀 향기를 머금은 채 기우는 저녁 빛을 받으며 새롭고 특별한 광채로 빛나고 있었다. 강변의 베어 낸 덤불들과 아까까지만 해도 눈에 띄지 않았으나 지금은 물굽이마다 강철처럼 반짝반짝 빛을 반사하는 강물, 움직이거나 몸을 일으키는 농부들, 아직 베지 않은 목초지에 서 있는 장대 같은 풀의 장벽. 이 모든 것이 완전히 새로웠다. 정신을 차린 레빈은 오늘 얼마나 풀을 베었고, 얼마나 더 할 수 있는지 헤아려 보기 시작했다.

마흔두 명의 일손치고는 굉장히 많은 일을 해치웠다. 부역 노동[6]을 하던 시절에는 서른 자루의 낫으로 이틀에 걸쳐 베어 냈을 드넓은 초원을 벌써 전부 끝낸 것이다. 남아 있는 곳은 구석의 짧은 구역들뿐이었다. 하지만 레빈은 그날 최대한으로 풀베기를 하고 싶었기에 그처럼 빨리 저물어 가는 해가 원망스러울 따름이었다. 피로감은 전혀 느껴지지 않았다. 그

6 농노제가 시행되던 당시 농민들이 지주를 위해 의무적으로 행하던 일.

저 좀 더 빨리, 최대한 많은 일을 해내고 싶을 뿐이었다.

「어떻게 생각하나? 마시킨 골짜기까지 베는 게 어때?」 그가 영감에게 말했다.

「안 될 거 있나요, 해가 기울긴 했습니다만. 젊은 친구들한테 술값이라도 쥐어 주실 테죠?」

간식 시간에 다시 자리를 잡고 앉아 몇몇이 담배를 피워 물었을 때, 영감은 〈마시킨 골짜기를 벌초하면 보드카를 마시게 될 거다〉 하고 젊은 일꾼들에게 공언을 했다.

「까짓것, 못 벨 건 또 뭐람! 앞장서게, 티트! 서둘러 해치우자고! 이따 밤에 배불리 먹으면 되지. 어서 가세!」 재촉하는 소리가 들려왔다. 일꾼들은 남은 빵을 마저 먹으면서 일을 개시하러 나섰다.

「자, 젊은이들, 정신 바짝 차리게!」 티트가 이렇게 외치고는 달음칠쳐 앞장을 섰다.

「어서 가세!」 영감이 티트의 뒤를 좇더니 금세 따라잡았다. 「내가 자넬 베어 버릴지도 몰라! 조심하라고!」

젊은이들도 노인네들도 앞을 다투다시피 풀을 베었다. 그러나 아무리 서둘러도 벤 풀의 모양새는 흉하지 않았고, 구역들은 여전히 말끔하며 시원하게 정리되어 갔다. 구석의 모퉁이는 5분 만에 해치웠다. 선두에 섰던 이들은 웃옷을 어깨에 걸치고는 길을 건너 마시킨 골짜기로 향했고, 마지막 남은 일꾼들은 마저 풀을 베었다.

그들이 양철통을 쩔렁대며 마시킨 골짜기의 숲이 우거진 계곡으로 들어섰을 때, 해는 이미 나무들 꼭대기로 넘어가고 있었다. 협곡 한가운데서는 풀이 허리춤까지 닿았고, 부드럽고 유연하며 널찍한 풀잎 사이로 숲속 곳곳에 제비꽃이 알록달록하게 피어 있었다.

세로로 벨 것인지 가로로 벨 것인지 잠시 의논한 뒤, 역시 이름난 풀베기꾼으로 몸집이 거대하고 혈색이 가무잡잡한 농부 프로호르 예르밀린이 앞장을 섰다. 그는 앞장서서 한 구역을 가로지르며 풀을 베어 내더니 뒤돌아서서 다시 풀을 쳐 나갔다. 그러자 모두가 그의 뒤편에 정렬하고는 골짜기를 따라 언덕 아래로, 혹은 언덕 위의 숲 가장자리로 풀을 베며 나아갔다. 숲 너머로 해가 넘어가고 벌써 이슬이 내려앉았다. 언덕 위에 있는 풀베기 일꾼들만이 아직 마지막 햇살을 받고 있을 뿐, 안개가 피어오르는 저지대와 그 건너편에서는 이슬에 젖은 신선한 그늘 속에서 풀을 베어 나갔다. 풀베기는 이제 한창이었다.

쓱삭쓱삭 소리를 내며 잘려 나가서는 곧바로 향을 풍기는 풀들이 열을 지어 드높이 쌓여 갔다. 짧은 구역 안에 빽빽이 들어선 일꾼들은 사방에서 숫돌이 든 양철통을 젱그렁거리거나 낫끼리 쨍쨍 부딪치는 소리, 혹은 숫돌로 쉭쉭 낫을 가는 소리를 내는가 하면, 서로를 재촉하면서 흥겹게 고래고래 소리를 지르기도 했다.

레빈은 아까와 마찬가지로 젊은이와 영감 사이에서 풀을 베었다. 양가죽으로 된 짧은 외투를 입은 영감은 여전히 쾌활하고 익살스러웠으며, 자유롭게 몸을 놀렸다. 숲속 물이 오른 풀들 사이에서 부풀어 오른 자작나무 버섯들이 끊임없이 눈에 띄었고, 그것들은 낫에 잘려 나가곤 했다. 그러나 영감은 버섯을 발견할 때마다 허리를 굽혀 주워서는 품속에 집어넣고 이렇게 중얼거렸다. 「할멈구한테 선물할 게 또 늘었구먼.」

축축하고 가녀린 풀을 베기가 아무리 수월하다 해도 골짜기의 험한 비탈을 오르락내리락하기란 힘든 일이었다. 그러나 그 일에 있어서도 영감은 움직임에 구애를 받지 않았다. 그는 한결같이 낫을 휘두르며 커다란 짚신을 신은 두 발을 짧은 보폭으로 견고하게 옮기면서 험준한 벼랑을 천천히 올라갔다. 온몸이 후들거리고 셔츠 아래 늘어진 바지 자락마저 덜덜 떨려도 자신이 가는 길의 풀 한 포기, 버섯 한 송이도 놓치는 법이 없었으며 여전히 농부들이나 레빈과 함께 농담을 주고받는 것이었다. 그의 뒤를 따르던 레빈은 그냥 기어오르기도 힘든 험한 언덕을 낫까지 들고 오르다가는 틀림없이 넘어지고 말 것이라는 생각에 사로잡히곤 했다. 그러나 그는 올라갔고, 할 일을 해냈다. 어떤 외부의 힘이 자신을 움직이고 있음을 그는 느꼈다.

6

마시킨 골짜기의 풀을 베고 마지막 구역까지 일을 다 마무리한 뒤, 일꾼들은 웃옷을 입고서 흥겹게 집으로 향했다. 말에 올라탄 레빈은 농부들과 아쉬운 작별을 나누고는 집으로 출발했다. 언덕 위에서 그는 뒤를 돌아보았다. 저지대에서 피어오르는 안개 때문에 그들의 모습은 보이지 않았다. 유쾌하고 걸쭉한 음성들과 호탕한 웃음소리, 낫이 부딪치는 소리만 들려올 뿐이었다.

레빈이 땀에 젖고 헝클어진 머리카락을 이마에 붙이고 검게 그을린 축축한 등과 가슴을 드러낸 채 신이 나서 떠들며 형의 방으로 들어왔을 때, 세르게이 이바노비치는 이미 한참 전에 식사를 마치고 자기 방에서 얼음이 든 레몬수를 마시며 방금 전 우편으로 온 신문과 잡지를 훑어보고 있었다.

「우리가 초원을 전부 베었어요! 아아, 기분이 너무 좋아요, 경이로울 지경이라고요! 형님은 어떻게 보내셨어요?」레빈은 어제의 불쾌했던 대화는 깡그리 잊은 채 형에게 말을 걸었다.

「맙소사! 네 몰골이 그게 뭐냐!」세르게이 이바노비치는 동생을 보자마자 언짢은 눈길을 던지며 말했다. 「그 문, 문 좀 닫아라! 한 열 마리쯤 들어왔을 거다.」그가 소리를 질렀다.

세르게이 이바노비치는 파리를 도무지 견딜 수가 없어서 밤에만 자기 방의 창문을 열었고, 문은 언제나 꼼꼼히 닫아 두었다.

「하느님께 맹세코 한 마리도 안 들어왔어요. 들어왔다면 제가 잡을게요. 형님은 모르실걸요, 얼마나 짜릿한 쾌감이 느껴지는지 말이에요! 형님은 어떻게 지내셨냐니까요?」

「잘 지냈다. 그런데 정말로 하루 종일 풀베기를 한 거냐? 틀림없이 늑대처럼 배가 고프겠구나. 쿠지마가 너 먹으라고 온갖 것을 해놓았단다.」

「아니요, 뭘 먹고 싶은 생각은 없어요. 거기서 먹었거든요. 가서 좀 씻을래요.」

「그래, 어서 가보렴, 나도 나가마.」세르게이 이바노비치는 동생을 바라보며 고개를 절레절레 흔들었다. 「나가라니까, 어서 가.」그가 빙그레 웃으며 덧붙이고는 책을 챙기면서 자신도 나갈 채비를 했다. 그 역시 느닷없이 기분이 유쾌해져 동생과 떨어져 있기가 싫었다. 「그런데 비가 올 때는 어디 있었니?」

「비는 무슨 비요? 몇 방울 떨어지다 말던걸요. 금방 올게요. 그러니까 형님도 잘 지내셨다는 거죠? 아주 잘됐네요.」그러고서 레빈은 옷을 갈아입으러 갔다.

5분 뒤에 형제는 식당에서 다시 만났다. 허기가 느껴지지 않았던 레빈은 단지 쿠지마의 성의를 무시하지 않기 위해 식탁에 앉았지만, 막상 먹기 시작하니 음식이 너무나도 맛있었다. 세르게이 이바노비치는 미소 띤 얼굴로 그를 바라보았다.

「아, 그래, 너에게 편지가 왔더구나.」그가 말했다.「쿠지마, 아래층에 가서 좀 가져다주게. 문은 꼭 닫고.」

편지는 오블론스키에게서 온 것이었다. 레빈은 소리 내어 편지를 읽었다. 오블론스키가 페테르부르크에서 보낸 편지였다. 〈돌리에게서 편지를 받았네. 아내는 예르구쇼보에 있는데, 왠지 일이 영 안 풀리는 것 같아. 부디 자네가 가서 조언 좀 해주게나. 자네는 뭐든 잘 알잖나. 자네를 보면 아내도 무척이나 반가워할 거야. 가련하게도 아내는 지금 완전히 혈혈단신이라네. 장모님은 다른 가족들과 함께 아직 외국에 계시거든.〉

「거참 잘됐네! 꼭 가야겠어요.」레빈이 말했다.「형님도 같이 가시죠. 참 좋은 분이거든요. 형님도 아시잖아요?」

「여기서 멀지 않은 곳이냐?」

「아마 30베르스타쯤 될걸요. 아니면 40베르스타 정도. 그래도 길이 아주 잘 닦였어요. 일사천리로 갈 수 있을 거예요.」

「잘됐구나.」여전히 미소 띤 얼굴로 세르게이 이바노비치가 말했다.

동생의 모습이 그에게 곧장 즐거움을 불러일으킨 것이다.

「네 식욕이 아주 엄청나구나!」접시 앞으로 고개를 수그린 레빈의 적갈색으로 그을린 얼굴과 목을 바라보면서 그가 말했다.

「정말 최고예요! 이런 생활 방식이 온갖 허튼 생각들을 떨쳐 버리는 데 얼마나 효과적인지 형님은 모를걸요. Arbeitskur (노동 치료)라는 신개념을 만들어서 의학을 보강하고 싶다니까요.」

「글쎄, 너한테는 별로 필요 없을 듯 싶은데.」

「각종 신경성 질환 환자들한테는 도움이 될 거예요.」

「그래, 한번 시험해 봐야겠구나. 나도 풀베기하는 곳에 너를 보러 가려 했어. 그런데 그놈의 더위를 견딜 수가 있어야 말이지. 숲까지 갔지만 더는 못 가겠더라. 조금 앉아 있다가 숲을 지나 마을에 들렀는데, 거기서 네 유모를 만났다. 그래서 농민들이 너를 어떻게 생각하는지 탐문해 보았지. 내가 이해한 바로는, 네가 그 일을 하는 걸 농민들은 그리 탐탁지 않아 하는 것 같아. 유모가 그러더구나, 지주 나리가 할 일이 아니라고. 내가 보기에, 농민들의 관념 속에는 그들 말마따나 〈지주 나리의〉일이 아주 확고하게 정해져 있는 거야. 그래서 지주 나리가 그들의 관념 속에 이미 정해진 틀을 벗어나는 걸 받아들이지 못하는 거지.」

「그럴지도 모르죠. 하지만 그 일은 제 평생 경험해 본 적 없는 엄청난 희열을 안겨 주었어요. 게다가 나쁜 점이라곤 하나도 없잖아요. 안 그래요?」레빈이 대꾸했다. 「농민들 마음에 안 들어도, 뭐 어쩌겠어요. 그렇다 해도 제 생각에는 별문제 없는 것 같은데요, 그렇지 않나요?」

「대체로는 그렇지.」세르게이 이바노비치가 말을 이었다.

「보아하니, 오늘 하루가 만족스러운 것 같구나.」

「아주 흡족해요. 초원을 몽땅 베었다니까요. 게다가 어떤 노인이랑 친해졌거든요! 얼마나 매력적인 영감인지 형은 상상도 못 할 거예요!」

「그래, 너는 너의 하루에 만족하는구나. 나 역시 마찬가지다. 첫째로, 체스의 수를 두 가지 풀었단다. 하나는 아주 흥미진진해. 졸을 가지고 풀었거든. 내가 보여 주마. 그리고 어제 우리가 나눈 대화에 대해서도 생각해 보았다.」

「어제 나눈 대화요?」 행복한 표정으로 실눈을 뜬 채 식후의 포만감에 숨을 헐떡이던 레빈이 어제 했던 얘기가 도대체 뭔지 전혀 기억이 안 난다는 투로 되물었다.

「어느 정도는 네가 옳다는 생각이 들었다. 우리의 이견은, 말하자면 이런 거지. 너는 사적인 관심이 활동의 원동력이라고 보는 반면, 나는 일정한 교육 수준에 달하는 사람이라면 누구든지 공공선에 대한 관심을 가져야 한다고 주장하는 거다. 어쩌면 네가 옳을지도 모르지. 물질적인 이익이 걸려 있는 활동이 더 바람직하다는 생각 말이다. 대체로 너의 성정은, 프랑스인들 말마따나 지나치게 primesautière(충동적이야). 네가 원하는 것은 열정적이고 정력적으로 활동하거나, 아니면 아무것도 하지 않는 것 아니냐.」

레빈은 형이 하는 말을 듣고는 있었지만 전혀 이해하지 못했고, 이해하고 싶지도 않았다. 단지 자신이 이야기를 전혀 듣지 않고 있다는 걸 들킬 만한 질문을 형이 하지나 않을까 염려될 뿐이었다.

「그런 얘기야, 이 친구야…….」세르게이 이바노비치가 동생의 어깨에 손을 얹으며 말했다.

「그럼요, 물론이죠, 여부가 있겠어요! 내 의견을 고집하지 않겠어요.」레빈은 아이처럼 미안해하는 듯한 웃음을 지으며 대꾸하고는 생각했다. 〈대체 뭘 가지고 입씨름을 했더라? 틀림없이 나도 옳고, 형도 옳고, 모든 게 다 잘된 거야. 근데 사무소에 가서 일 처리를 해야겠는걸.〉그가 미소 띤 얼굴로 기지개를 켜며 자리에서 일어섰다.

세르게이 이바노비치도 미소를 지어 보였다.

「좀 거닐고 싶으면, 같이 가자꾸나.」그가 말했다. 생기와 활기가 넘치는 동생이랑 떨어져 있기가 싫었던 것이다. 「가자, 필요하면 사무소에도 들르고.」

「아이고, 맙소사!」갑자기 레빈이 세르게이 이바노비치가 깜짝 놀랄 정도로 크게 소리를 내질렀다.

「왜? 무슨 일인데?」

「아가피야 미하일로브나의 손은 좀 어때요?」자기 머리를 툭툭 치면서 그가 말했다. 「유모 일을 까맣게 잊고 있었지 뭐예요.」

「훨씬 나아졌어.」

「그렇군요, 아무튼 유모에게 가봐야겠어요. 형이 모자도 쓰기 전에 돌아올게요.」

그러고서 레빈은 딸깍딸깍 발뒤축을 울리며 계단을 뛰어내려갔다.

7

스테판 아르카디치가 페테르부르크로 온 까닭은, 관직에

있지 않은 사람들은 납득이 안 가겠지만 관직에 있는 사람들에게는 아주 자명하고도 당연한 임무, 그 일 없이는 직무 수행이 불가할 정도로 매우 중요한 임무를 수행하기 위해서였다. 그것은 바로 소속된 행정 부처에 자신의 존재를 상기시키는 일이었다. 그가 이 임무를 수행한답시고 집에 있던 돈을 몽땅 들고 나와 경마장이라든가 별장에서 즐겁고 유쾌한 시간을 보내고 있을 때, 돌리는 가능한 한 지출을 줄이기 위해 아이들을 데리고 시골로 거처를 옮겼던 것이다. 그녀는 결혼 지참금으로 받은 예르구쇼보 시골 영지로 내려갔는데, 바로 올봄에 매각했던 숲이 있는 그 마을은 레빈의 포크롭스코예 영지에서 50베르스타 거리에 있었다.

예르구쇼보의 크고 낡은 저택은 이미 오래전에 허물어졌고, 공작이 수리하고 증축한 곁채만이 남아 있었다. 여느 곁채들처럼 한쪽 옆은 출입할 때 다니는 가로수 길을 향해, 다른 쪽은 남쪽을 향해 세워져 있었는데, 20년 전 돌리가 아직 어린아이였을 때는 꽤 넓고 편리한 곳이었다. 하지만 지금 그곳은 낡고 퇴락해 있었다. 스테판 아르카디치가 봄에 숲을 팔러 다녀갔을 때, 돌리는 그에게 집을 좀 둘러보고 필요한 곳은 수리를 하도록 일러 달라고 당부했었다. 모든 죄 많은 남편들이 그러하듯, 스테판 아르카디치는 아내의 편의에 몹시 신경을 쓰면서 집을 손수 둘러보고 그가 판단하기에 필요한 모든 조치를 취해 놓았다. 그의 판단으로는 가구의 커버를 모조리 새로 갈아 씌우고, 커튼을 달고, 정원을 정돈하고, 연못에 조그만 다리를 놓고 꽃도 심어야만 했다. 그러나 그 외에 꼭 필요한 다른 수많은 사항들은 까맣게 잊었고, 그렇게 놓친 결함들이 이제 와서 다리야 알렉산드로브나를 괴롭했다.

아무리 자상한 아버지이자 남편이 되고자 애를 써도 스테판 아르카디치는 아내와 아이들이 있다는 사실을 도무지 잊어버리지 않을 수가 없었다. 그에게는 독신자의 취향이 있었고, 오직 거기에만 적응이 되었다. 모스크바로 돌아온 그는 모든 게 준비되었으며 집은 장난감 집처럼 아기자기해질 테니 어서 그리 가길 권하노라고 아내에게 자랑스레 큰소리를 쳤다. 아내가 시골로 떠나는 건 스테판 아르카디치에게 모든 면에서 아주 반가운 일이었다. 아이들에게도 좋고, 지출도 줄어들고, 자신은 한결 자유로워지기 때문이었다. 다리야 알렉산드로브나는 여름 동안 시골로 가 있는 것이 아이들을 위해서라도 불가피한 일이라 여겼는데, 특히 성홍열을 앓고 난 뒤 좀처럼 회복되지 않는 딸아이를 생각해서였다. 그다음으로는 그녀를 괴롭혀 온, 장작 장수와 생선 장수와 제화공에게 진 자잘한 외상 빚과 그로 인한 자잘한 모욕감에서 벗어나기 위함이었다. 더군다나 시골로 떠나는 마음이 즐거웠던 건 한여름에 외국에서 돌아올 여동생 키티를 시골집으로 불러들이려는 바람 때문이었다. 마침 그녀에게 멱을 좀 감으라는 처방이 내려진 터라, 키티는 두 자매의 어릴 적 추억이 가득한 예르구쇼보에서 언니와 함께 여름을 지내는 것만큼 기쁜 일은 없을 거라고 온천장에서 편지를 써 보냈었다.

처음에 시골 생활은 돌리에게 무척이나 힘들었다. 어릴 적 시골에서 살았던 그녀는 시골 생활이란 도시에서 겪은 온갖 불쾌한 일들로부터의 탈출구이며, 비록 투박하긴 해도(이 점에 돌리는 쉽사리 적응했다) 경제적이며 편하다는 인상을 가지고 있었다. 무엇이나 다 있고, 모든 게 값싸고, 뭐든지 다

구할 수 있고, 아이들에게도 좋다는 생각이었다. 하지만 주부로서 시골로 내려온 지금 그녀는 그 모든 게 자신의 예상과는 전혀 다르다는 사실을 알게 되었다.

돌리와 아이들이 도착한 다음 날 소낙비가 쏟아졌는데, 밤이 되자 복도와 아이들 방에 빗물이 새는 바람에 아이들 침대를 응접실로 옮겨야 했다. 요리사도 없었다. 가축지기 아낙의 말에 따르면 암소 아홉 마리 중 어떤 놈은 새끼를 뱄고, 다른 놈은 처음으로 새끼를 낳았고, 또 다른 놈은 너무 늙었고, 나머지는 젖이 잘 안 나온다고 했다. 버터도, 심지어 아이들 먹일 우유마저 모자랐다. 달걀도 없었다. 암탉을 구할 수 없어서 다 늙어 보랏빛이 나는 질긴 수탉들을 굽거나 삶아 냈다. 바닥 청소를 할 아낙도 구하지 못했다. 다들 감자를 캐러 나갔다는 것이다. 마차를 타고 다닐 수도 없었으니, 하나밖에 없는 말이 어물쩡거리다가 수레의 끌채를 뜯고 뛰쳐나가 버린다고들 했다. 멱을 감을 만한 곳도 없었다. 강가는 가축들에게 짓밟혀 온통 더럽혀진 데다 길을 향해 훤히 트여 있었다. 가축들이 무너진 울타리를 넘나들며 정원으로 나다녔기 때문에 산책조차 다닐 수 없었다. 게다가 무시무시한 황소가 한 마리 있었는데, 요란하게 울부짖는 품새로 보아 까딱하다가는 그 뿔에 받힐 게 뻔했다. 옷을 넣을 만한 옷장도 없었다. 있는 것들은 문이 닫히지 않거나, 닫혀도 옆을 지나칠 때마다 저절로 열렸다. 무쇠 주전자나 항아리도 없었다. 빨래를 삶을 솥도, 하녀 방에 다리미판조차 없었다.

평온과 휴식은커녕 끔찍한 재앙을 맞닥뜨린 다리야 알렉산드로브나는 절망에 빠졌다. 전력을 다하여 분주하게 돌아다녔지만 돌파구가 없는 상황임을 절감했고, 매 순간 솟구치는 눈물을 참았다. 기병 조장 출신의 영지 관리인은 다리야 알렉산드로브나가 처한 재난에 전혀 관심을 보이지 않았다. 잘생기고 점잖은 외모 때문에 스테판 아르카디치의 마음에 들어 문지기들 중 간택되어 소임을 맡게 된 그는 이렇게 말할 뿐이었다. 「도저히 뭘 할 수가 없습니다. 추잡하기 짝이 없는 농민들이라서요.」 그러고는 전혀 도와주지 않았다.

모든 상황이 절망적인 것 같았다. 그러나 다른 모든 집안과 마찬가지로, 오블론스키 일가에도 눈에 잘 띄지 않지만 아주 중요하고 쓸모 있는 인물이 한 명 있었으니, 다름 아닌 마트료나 필리모노브나였다. 그녀는 주인마님을 달래면서 **수습이 될 거라고**(이건 마트료나의 입버릇이었고, 마트베이는 그걸 흉내 내곤 했다) 단언하였으며, 서두르거나 전전긍긍하지 않고 알아서 일을 해나갔다.

그녀는 즉시 집사의 아내와 친해져서는 첫날부터 아카시아 나무 밑에서 집사와 그의 아내와 함께 차를 마시며 모든 일을 의논하기 시작했다. 그 아카시아 나무 밑에서 당장에 마트료나 필리모노브나의 모임이 결성되었고, 집사의 아내와 촌장과 마을 서기로 구성된 그 모임을 통하여 생활의 어려움이 조금씩 해소되기 시작했다. 그리고 일주일 뒤에는 실제로 모든 게 **수습되었다**. 지붕은 수리하고, 촌장의 대모를 요리사로 들이고, 암탉을 사 오고, 우유를 짜기 시작했으며, 정원에는 장대로 울을 쳤다. 목수가 와서 빨래용 홍두깨를 만들었고, 옷장에도 문고리를 달아 더 이상 문이 저절로 열리지 않게 되었다. 군복용 나사를 씌운 다리미판이 안락의자의 팔걸이와 서랍장 사이에 놓였고, 하녀 방에서는 다리미질하는 냄새가 풍겼다.

「자, 이것 보세요! 늘 낙담만 하시더니만.」 마트료나 필리모노브나가 다리미판을 가리키며 말했다.

심지어 짚으로 만든 바람막이로 욕장까지 만들었다. 릴리가 멱을 감을 수 있게 되면서, 비록 평온하진 않지만 편안한 시골 생활에 대한 다리야 알렉산드로브나의 바람이 부분적으로나마 실현되었다. 여섯 아이들을 거느린 다리야 알렉산드로브나에게 평온해진다는 것은 있을 수 없는 일이었다. 한 아이가 병이 나면 다른 아이도 병이 나려 했고, 어느 아이에게는 뭔가가 부족했으며, 또 다른 아이는 성격이 비뚤어질 조짐을 보이는 등 온갖 일이 계속되었다. 가끔씩, 아주 가끔씩만 짧은 평정의 시간이 주어지곤 했다. 그러나 그와 같은 분주함과 걱정거리들은 사실 다리야 알렉산드로브나가 누릴 수 있는 유일한 행복이었다. 그게 없다면 홀로 자신을 사랑하지 않는 남편에 대한 생각에 빠져 있을 터였다. 아이가 병이 날지 몰라 걱정되거나 실제로 병치레를 하는 것, 아이들에게서 나쁜 성정의 조짐을 보는 슬픔이 어머니로서 아무리 괴로워도, 아이들 자체가 다시 자잘한 기쁨들로 그런 고통을 보상해 주곤 했다. 물론 그러한 기쁨들은 너무나도 자잘해서 모래 속의 사금처럼 눈에 잘 띄지도 않는 데다 힘들 때면 오직 고통만이, 모래알들만이 보일 뿐이었다. 하지만 오로지 기쁨만, 오로지 사금만 보이는 좋은 순간들도 있었다.

이제 그녀는 시골의 호젓한 생활 속에서 점점 더 자주 그러한 기쁨을 자각하게 되었다. 종종 아이들을 보면서 자신이 잘못 생각하고 있다고, 어머니로서 자식들을 지나치게 편애하고 있다고 스스로를 설득시키고자 온갖 애를 쓰곤 했다. 그럼에도 불구하고 아이들이 너무나 사랑스럽고, 여섯 아이들 모두가 제각각이며, 보기 드문 아이들이라는 사실을 인정하지 않을 수가 없었다. 아이들로 인해 그녀는 행복했고 뿌듯했다.

8

모든 것이 이미 어느 정도 자리 잡혀 있던 5월 말, 돌리는 어수선한 시골 생활을 불평했던 자신의 편지에 대한 남편의 답장을 받았다. 그는 자신의 생각이 짧았던 점을 미안해하면서, 기회가 닿자마자 시골로 올 것을 약속한다고 적어 보냈다. 그러나 그런 기회는 도통 주어지질 않았고, 그리하여 6월 초가 되어서까지도 다리야 알렉산드로브나는 시골에서 혼자 지내고 있었다.

성 베드로 축일 주간이 시작되는 일요일에 다리야 알렉산드로브나는 아이들을 모두 성찬식에 참례시키고자 아침 예배를 드리러 갔다. 여동생이나 어머니, 혹은 친구들과 마음속에 담아 둔 철학적인 얘기를 나눌 때마다 다리야 알렉산드로브나는 종교에 대한 자유로운 생각으로 상대를 종종 놀라게 하곤 했다. 그녀는 자신만의 기묘한 윤회의 믿음을 갖고 있었고, 교회의 교리에 관해서는 크게 신경 쓰지 않은 채 자신만의 믿음을 고수했다. 그러면서도 가정에서는 교회가 요구하는 모든 사항들을 엄격하게 실행에 옮겼다. 이는 단지 모범을 보이려는 겉치레가 아니라 그녀의 진심에서 우러난 행동이었다. 그러던 차에 1년가량 아이들이 성찬 예배를 드리지 않아 그녀는 몹시 불안해졌고, 마트료나 필리모노브나의 전폭적인 지지와 공감에 힘입어 이번 여름에는 그 일을 실행에 옮기기로 결심했던 것이다.

다리야 알렉산드로브나는 며칠 전에 미리 각각의 아이에게 무슨 옷을 입힐지 생각해 두었고, 그리하여 아이들 옷을 새로 짓거나 수선하고 세탁하였다. 솔기와 소매 주름은 넓히고, 단추를 달고, 리본을 준비해 놓았다. 그런데 타냐를 입히려고 가정 교사인 영국 여자에게 맡겼던 옷이 다리야 알렉산드로브나의 기분을 망쳐 놓았다. 영국 여자가 속주름을 엉뚱한 곳에 잡아 놓았을 뿐 아니라 소매를 너무 내어 다는 바람에 옷이 완전히 망가지고 말았던 것이다. 타냐에게 입혀 보니 어깨 부분이 보기가 민망할 지경이었다. 다행히 마트료나 필리모노브나가 삼각 천을 덧대어 케이프를 만드는 방안을 고안해 낸 덕에 문제는 개선되었지만 영국 여자와는 거의 말다툼을 벌일 뻔했다. 어쨌든 다음 날 아침에는 모든 게 무사히 준비되었고, 9시경(신부님께는 그때까지 예배를 드리지 말고 기다려 달라고 부탁해 두었다) 곱게 차려입은 아이들이 현관 앞에 대기한 사륜마차 앞에서 즐겁고 환한 표정으로 어머니가 나오기를 기다리고 있었다.

달릴 생각은 안 하고 어물쩡대기만 하는 보론 대신에, 마트료나 필리모노브나의 주선으로 집사의 말 부리를 마차에 맸다. 몸단장을 하느라 꾸물거리던 다리야 알렉산드로브나는 흰 모슬린 드레스 차림으로 마차를 타러 밖으로 나왔다.

다리야 알렉산드로브나는 설레는 마음으로 꼼꼼하게 머리를 손질하고 옷을 차려입었다. 전에는 스스로 마음에 들 만큼 예뻐지기 위해 몸치장을 했다. 그러다가 나이가 들면 들수록 옷을 차려입기가 점점 더 싫어졌다. 자신이 얼마나 보기 싫게 변했는지 의식하고 있었던 것이다. 그러나 지금, 그녀는 다시금 설레고 흡족한 마음으로 몸단장을 했다. 이제 그녀는 자기 자신이나 아름다움을 위해서가 아니라, 저 귀여운 아이들의 어머니로서 나쁜 인상을 주지 않기 위해 옷을 차려입었다. 마지막으로 거울을 보았을 때 다리야 알렉산드로브나는 만족스러웠다. 그녀는 아름다웠다. 흔히들 무도회에서 예쁘게 보이고 싶어 하는 그런 종류의 아름다움이 아닌, 지금 염두에 두고 있는 목적에 잘 들어맞는 아름다움이었다.

교회에는 농부들과 문지기들, 그리고 그들의 아낙들 말고는 아무도 없었다. 하지만 다리야 알렉산드로브나는 사람들이 아이들과 자신의 모습에 감탄하는 것을 보았다. 혹은 본 것만 같았다. 맵시 있는 옷차림을 한 아이들은 어여뻤을 뿐만 아니라, 너무나 의젓하게 굴어서 사랑스러웠다. 사실 알료샤가 의젓하게 서 있질 못하고 자기 외투의 뒤쪽을 보려고 연신 뒤를 돌아보긴 했지만, 그럼에도 불구하고 아이는 유난히 귀여웠다. 타냐는 얌전히 서서 어른스럽게 동생들을 살폈다. 막내 릴리는 모든 것에 천진난만하게 놀라는 모습이 사랑스러웠다. 릴리가 성찬 성사를 받으며 〈Please, some more(조금만 더 주세요)〉라고 말했을 땐 그 누구도 미소를 감출 수 없었다.

집으로 돌아오는 길에 아이들은 무언가 장엄한 일이 거행되었음을 느끼고는 무척이나 경건해졌다.

집안일은 다 잘 돌아갔다. 그러나 아침 식사 때 그리샤가 휘파람을 불기 시작했고, 더 나쁘게도 영국 여자의 말을 안 듣는 바람에 파이를 못 먹는 일이 생겼다. 날이 날이니만큼 다리야 알렉산드로브나가 그 자리에 있었더라면 벌을 내리지는 않았겠지만, 영국 여자의 처분을 지지해 주어야 했기에 〈그리샤에게 파이는 없다〉는 그녀의 결정을 인정할 수밖에 없었다. 이 일이 전반적인 기쁜 분위기에 살짝 흠집을 냈다.

그리샤는 니콜렌카도 휘파람을 불었는데 개한테는 왜 벌을 안 주느냐, 자기는 파이 때문에 우는 게 아니며 그런 건 하등 상관없다, 다만 공정하지 못한 처사가 억울하다며 울어 댔다. 그 모습이 얼마나 서글펐는지, 다리야 알렉산드로브나가 그리샤를 용서해 주자고 의논할 작정으로 영국 여자에게 가던 참이었다. 그런데 홀을 지나던 순간 눈물이 솟구칠 만큼 가슴 벅찬 기쁨을 불러일으키는 장면을 목격한 그녀는 당장에 이 어린 죄인을 용서해 주고 말았다.

벌을 받은 아이는 홀 구석의 창틀에 앉아 있었고, 그 옆에서 타냐가 접시를 든 채 서 있었다. 타냐가 인형에게 밥을 주려는 것처럼 자기 몫의 파이를 방으로 가지고 내려가게 허락해 달라고 영국 여자에게 부탁하고는, 핑계와는 달리 동생에게 가져다준 것이었다. 자기가 받은 벌이 불공평하다며 계속해서 우는 와중에도 동생은 누나가 가져온 파이를 먹으면서 흐느낌 사이로 이렇게 말하고 있었다. 「누나도 먹어, 같이 먹자…… 같이.」

처음에는 그리샤에 대한 연민이 작용했지만, 나중에는 자신이 선행을 베풀었다는 자각으로 인해 타냐의 두 눈에도 눈물이 고였다. 타냐는 사양하지 않고 자기 몫의 파이를 먹었다.

어머니를 본 남매는 놀라서 겁을 먹었다가 그 얼굴을 눈여겨보고는, 자신들이 착한 일을 했다는 걸 깨닫고 곧 웃음을 터뜨렸다. 입안에 잔뜩 파이를 문 채 웃음 띤 입술을 두 손으로 문지르는 바람에 환하게 웃는 온 얼굴이 눈물과 잼 범벅이 되었다.

「아이고! 새로 지은 흰옷을 어쩜 좋아! 타냐! 그리샤!」 어머니는 소리를 지르며 옷을 깨끗하게 닦으려고 애쓰면서도 두 눈에는 눈물을 글썽인 채 행복하고 감동 어린 미소를 짓고 있었다.

아이들의 새 옷을 벗기고 여자애들에게는 블라우스를, 사내애들에게는 낡은 재킷을 입히게 한 뒤 (집사는 다시금 심란해지겠지만) 부리를 마차에 매라고 일렀다. 버섯을 따고 멱을 감으러 갈 요량이었다. 신이 난 아이들의 째질 듯한 비명이 방 안 가득 울려 퍼지더니 욕장으로 떠나기 직전까지 잦아들 줄 몰랐다.

광주리 한가득 버섯을 땄다. 릴리까지도 자작나무 버섯을 찾아냈다. 예전에는 미스 헐이 버섯을 찾아 릴리에게 보여주곤 했는데, 이제는 저 혼자서 커다란 자작나무 버섯을 찾아낸 것이다. 모두가 기쁨의 환성을 질렀다. 「릴리가 버섯을 찾았어!」

그런 다음에는 강가로 가서 자작나무 아래 마차를 세워 놓고 욕장으로 향했다. 마부 테렌티는 파리를 쫓아내려고 꼬리를 흔드는 말을 나무에 묶고서 자작나무 그림자 아래 풀을 깔고 누운 채 잎담배를 피웠다. 잦아들 줄 모르는 아이들의 깔깔대는 소리가 욕장에서 그의 귓전까지 들려왔다.

아이들을 전부 살피고 장난치지 못하게 하는 일이 성가시긴 해도, 또 제각각 주인이 다른 그 모든 양말과 바지와 장화 켤레들을 혼동하지 않도록 잘 기억하는 일, 그리고 그 모든 끈과 단추를 풀었다가 다시 묶고 채우는 일이 힘들긴 해도 다리야 알렉산드로브나 또한 늘 물놀이를 좋아했으며, 아이들에게도 이롭다고 생각했다. 아이들을 전부 데리고서 함께 물놀이를 하는 것보다 더 즐거운 일은 그녀에게 없었다. 포동포동한 다리를 하나씩 쥐고서 양말을 당겨 신기고, 아이들의 손을 잡거나 자그마한 알몸뚱이들을 두 팔에 안은 채 물에 담그고, 때로는 신이 나서 때로는 겁에 질려 터져 나오는 비명 소리를 듣고, 커다란 눈망울에 기쁨과 두려움을 가득 담은 채 헐떡거리며 물장구를 치는 자신의 천사들을 바라보는 것은 정말이지 커다란 기쁨이었다.

아이들 절반쯤이 옷을 입었을 때, 곱게 차려입고 방풍나물과 등대풀을 캐러 가던 아낙들이 조심스레 걸음을 멈추었다. 마트료나 필리모노브나가 강물에 젖은 목욕 수건과 셔츠를 말려 달라고 부탁하기 위해 한 아낙을 소리쳐 불렀고, 그 바람에 다리야 알렉산드로브나는 그들과 이야기를 나누게 되었다. 아낙들은 처음에는 손으로 입을 가리고 웃을 뿐 질문을 못 알아듣더니만 금세 거리낌 없이 그녀와 이야기를 나누었고, 곧 아이들을 아끼고 예뻐하는 진심 어린 모습으로 다리야 알렉산드로브나의 환심을 샀다.

「어머, 정말 미인이에요. 살빛이 설탕처럼 새하얗네.」 한 아낙은 타냐를 보며 감탄을 금치 못했다. 「그런데 조금 말랐구나……..」

「그렇다네. 아팠거든.」

「요것 좀 보게, 얘도 몇을 감았나 봐요.」 다른 아낙이 젖먹이 아이를 보고 말했다.

「아니, 얘는 겨우 3개월 됐는걸.」 다리야 알렉산드로브나가 자랑스레 말했다.

「세상에나!」

「자네도 아이들이 있나?」

「넷을 낳았는데 둘만 남았답니다. 사내아이랑 여자아이예요. 여자아이는 지난 사육제 때 젖을 뗐지요.」

「몇 개월 됐는데?」

「두 살이나 됐어요.」

「왜 그렇게 오랫동안 젖을 먹였나?」

「저희들 관습이죠. 재계를 세 번 지낼 때까지요…….」[7]

뒤이어 다리야 알렉산드로브나로서는 가장 흥미로운 대화가 이어졌다. 출산할 때는 어땠느냐, 무슨 병을 앓았느냐, 남편은 어디서 일하느냐, 자주 오느냐 등등.

아낙들과 헤어지고 싶지 않을 정도로 이야기는 무척이나 재미있었고, 다리야 알렉산드로브나와 그들의 관심사는 완전히 일치했다. 무엇보다도 기분 좋았던 점은 자식들이 어쩌면 그리 많으며, 또 어쩌면 그리 다들 예쁘냐며 아낙들이 입을 모아 감탄하는 모습을 두 눈으로 똑똑히 본 것이었다. 아낙들은 또한 다리야 알렉산드로브나를 한바탕 웃기기도 했는데, 영국 여자는 자신이 이해할 수 없는 그 웃음의 이유가 바로 자신이라는 점에 기분이 상했다. 젊은 아낙들 중 한 명이 맨 꼴찌로 옷을 입는 영국 여자를 힐끔거리며 쳐다보다가 그녀가 치마를 세 벌째 둘러 입자 마침내 참았던 말을 내뱉었던 것이다. 「에구머니나, 두르고, 또 두르고, 한없이 두르는

---

7 재계는 정교의 중요한 축일을 앞두고 몸과 마음을 경건하게 하기 위해 일정 기간 금식을 행하는 것을 말한다. 2월에 있는 사육제 때 젖을 뗐다고 했으니, 사육제 전까지 세 번의 재계(각각 6월, 8월, 11월에 시작되는 성 베드로 금식절, 성모 승천 금식절, 성탄 금식절)를 지내는 기간 동안 아이에게 젖을 먹였다는 얘기다.

구먼!」 그러자 모두가 폭소를 터뜨렸다.

9

머리에 두건을 두른 다리야 알렉산드로브나가 물놀이를 마친 젖은 머리의 아이들에게 둘러싸인 채 집에 가기 위해 마차를 타려는데 마부가 말했다.

「어떤 나리께서 오시는데요. 아마도 포크롭스코예의 나리 같습니다.」

앞을 내다본 다리야 알렉산드로브나는, 회색 모자에 회색 외투를 입고서 그들을 마중 나온 레빈의 낯익은 모습을 발견 하고 기쁨을 감추지 못했다. 그를 볼 때마다 그녀는 반가웠지 만, 아낙들에게 온갖 찬사를 들은 지금은 특별히 더 그러했 다. 과연 어떤 점에서 그녀가 훌륭한지를 레빈만큼 잘 알아줄 만한 사람은 그 누구도 없을 터였다.

그녀를 본 레빈은 언젠가 자신 또한 누릴 법한 가정생활의 한 장면을 눈앞에 맞닥뜨리는 것만 같았다.

「둥지 속 어미 닭이 따로 없군요, 다리야 알렉산드로브나.」

「어머, 정말 반가워요!」 그녀가 레빈에게 손을 내밀며 말 했다.

「반갑다니요, 저한테는 연락도 하지 않으셨으면서. 우리 집에는 형님이 와 계십니다. 스티바의 편지를 받고 여기 계시 다는 걸 알았어요.」

「스티바한테서요?」 다리야 알렉산드로브나가 놀라서 되 물었다.

「네, 여기로 오셨다면서 제가 와서 뭔가 도울 수 있지 않겠느냐고 썼더군요.」얘기를 꺼내자마자 레빈은 갑자기 당혹스러운 기색으로 말을 멈추고는, 보리수의 새순을 뜯어 입에 넣고 씹으면서 말없이 마차 곁을 걸어갔다. 남편이 해야 마땅할 일에 남의 도움을 받는다는 사실이 다리야 알렉산드로브나로서는 불쾌하리라라 추측되어 당황한 것이었다. 실제로 다리야 알렉산드로브나는 자기 집안일에 남을 얽어 넣은 스테판 아르카디치의 행동거지가 못마땅했으며, 레빈도 그 점을 이해하고 있음을 곧장 알아차렸다. 그렇게 민감하고 세심한 이해심 때문에 다리야 알렉산드로브나는 레빈을 좋아했다.

「물론 잘 알고 있습니다.」레빈이 말했다. 「얘긴즉슨 부인께서 저를 보고 싶어 하신다는 거죠. 그래서 저는 아주 기쁩니다. 당연히 부인 같은 도시의 안주인께는 이곳은 아주 척박할 테죠. 그러니 필요하시다면 제가 힘닿는 대로 도와 드리겠습니다.」

「어머, 아니에요!」돌리가 말했다. 「처음에는 불편했지만, 지금은 제 늙은 유모 덕분에 모든 게 아주 잘 해결되었어요.」그녀가 마트료나 필리모노브나를 가리켰다. 자기 얘기를 하는 걸 눈치챈 마트료나는 레빈을 향해 다정하고 환하게 미소를 지어 보였다. 그녀 역시 레빈을 잘 알았고, 그가 막내 아가씨의 좋은 신랑감이라는 점도 아는 터라 혼사가 잘 성사되기를 바라고 있었다.

「어서 마차에 타시지요, 저희가 이쪽으로 좁혀 앉을게요.」그녀가 레빈에게 말했다.

「아닙니다, 걸어가겠습니다. 누구 나랑 같이 말이랑 달리기 시합 할 사람?」

아이들은 그를 잘 몰랐고 언제 보았는지도 기억하지 못했다. 그러나 그를 대하면서는 위선을 떠는 어른들을 대할 때 종종 보이곤 하는 이상한 수줍음과 혐오의 감정을 드러내지 않았다. 그런 태도 때문에 아이들은 호되게 벌을 받기 일쑤였다. 위선은 어떤 일에서든 간에 가장 영리하고 통찰력 있는 사람일지라도 속일 수 있는 법이다. 하지만 세상 물정을 전혀 모르는 아이라면, 아무리 교묘하게 눈속임을 할지언정 위선만큼은 알아보고 외면하기 마련이다. 다른 결점이라면 몰라도 레빈에게 위선은 눈곱만치도 없었으며, 따라서 아이들은 어머니의 표정에 나타난 것과 똑같은 다정함을 드러냈다. 그의 제안에 손위 아이들 둘이 응하여 얼른 뛰어내려서는 유모나 미스 헐, 혹은 어머니와 함께할 때처럼 거리낌 없이 달리기 시작했다. 릴리도 그에게 가겠다고 졸라서 어머니가 아이를 그에게 건네자, 레빈은 어깨 위에 릴리를 목마 태우고 아이와 함께 달려갔다.

「걱정 마세요, 걱정 마시라고요, 다리야 알렉산드로브나!」 그가 쾌활하게 웃으며 아이 어머니를 향해 말했다. 「애를 다치게 하거나 떨어뜨리는 일은 절대로 없을 겁니다.」

민첩하고 힘차면서도 조심스럽고 주의 깊으며 무척이나 긴장된 그의 동작에, 아이 어머니는 안심하고서 그에게 격려의 미소를 환하게 지어 보였다.

여기 시골에서, 아이들과, 그리고 그에게 호감을 주는 다리야 알렉산드로브나와 함께 있자니 레빈은 종종 그러듯이 어린애처럼 쾌활한 기분에 젖어 들었다. 다리야 알렉산드로브나는 그의 그런 면을 특히 좋아했다. 그는 아이들과 함께 달리면서 체조를 가르쳐 주고, 형편없는 영어를 구사하여 미스 헐을 웃기는가 하면, 자신이 시골에서 하는 일들에 대해 다리야 알렉산드로브나에게 이야기해 주기도 했다.

점심 식사를 마친 뒤 레빈과 단둘이 발코니에 앉아 있던 다리야 알렉산드로브나가 키티에 관한 이야기를 꺼냈다.

「그거 아세요? 키티가 이리로 와서 저와 함께 여름을 보낼 거예요.」

「그렇습니까?」 그가 얼굴을 붉히며 대꾸했다. 그러고는 즉시 딴 얘기를 꺼내 화제를 돌렸다. 「그러니까, 암소 두 마리를 보내 드려야겠죠? 값을 지불하고 싶으시면, 한 달에 5루블만 내십시오. 지불하는 게 마음이 편하시다면 말이죠.」

「고맙지만 괜찮아요. 이제 다 안정이 됐으니까요.」

「그러면 제가 암소들을 살펴보지요. 허락하신다면 암소들 먹이는 법도 일러 두겠습니다. 사실 모든 건 먹이에 달려 있거든요.」

그러고서 레빈은 젖소란 여물을 우유로 가공하기 위한 기계라느니 하는 낙농 이론을 그녀에게 늘어놓았다. 오로지 화제를 돌리기 위해서였다.

하지만 그런 얘기를 하면서도 그는 키티에 관해 자세한 소식을 듣기를 열망했으며, 동시에 그 소식을 듣게 될까 봐 두려워했다. 그토록 어렵게 찾은 평정심이 그 소식으로 인해 흐트러질 것 같아서였다.

「저, 그런데 말이에요, 누군가 그런 걸 죄다 지켜봐야 할 텐데요, 대체 누가 그 일을 하죠?」 다리야 알렉산드로브나가 내키지 않는 듯 물었다.

그녀는 이제 마트료나 필리모노브나를 통해 집안일을 관리했으며, 그 상태에서 무엇도 바꾸고 싶지 않았다. 게다가 그녀로서는 농사에 관한 레빈의 지식이 통 미덥지 않았다. 젖소가 우유를 만들기 위한 기계라는 견해도 의심스러웠다. 그런 생각은 농사일에 해만 끼칠 것 같았다. 그녀에겐 모든 일이 훨씬 단순했다. 마트료나 필리모노브나가 설명해 준 대로 암소 페스트루하와 벨로파하에게 꼴과 여물을 더 주고, 요리사가 부엌에서 나오는 음식 찌꺼기를 빼돌려 세탁부의 소한테 주지 못하게만 하면 되는 것이었다. 그건 분명했다. 그에 비해 곡분이나 건초 사료에 관한 레빈의 사변들은 미심쩍고 모호하게 들렸다. 무엇보다도 그녀는 키티 얘기를 하고 싶었다.

10

「키티가 고독과 평안보다 더 바라는 건 없다고 편지에 썼더라고요.」 잠시 찾아든 침묵을 깨고 돌리가 말을 꺼냈다.

「그래, 좀 어떤가요, 건강은 좀 나아졌나요?」 레빈은 설레는 마음으로 물었다.

「천만다행으로 완전히 회복되었어요. 걔한테 폐 질환이 생겼을지도 모른다더니만, 애초에 난 전혀 믿질 않았거든요.」

「아아, 정말 다행입니다!」 레빈이 이렇게 말하고서 말없이 돌리의 얼굴을 쳐다보았을 때, 그녀는 그의 표정에서 애잔하면서도 맥빠진 무언가를 느꼈다.

「저, 그런데 말이죠, 콘스탄틴 드미트리치…….」 다리야 알렉산드로브나가 특유의 선량하고도 약간 비웃는 듯한 미소를 지으며 말했다. 「무엇 때문에 키티한테 화가 나신 거죠?」

「제가요? 저는 화나지 않았는데요.」

「아니요, 화가 나셨잖아요. 그럼 왜 모스크바에 계실 때 우리 집에도, 친정에도 들르지 않으셨나요?」

「다리야 알렉산드로브나……」 그가 귓불까지 새빨개져서는 말했다. 「부인처럼 선량하신 분이 그 일에 공감을 못 하시다니 놀라울 따름입니다. 다 알고 계시면서, 저를 안쓰럽게 여기시지 않다니요…….」

「제가 뭘 알고 있는데요?」

「키티에게 청혼을 했다가 거절당한 것 말입니다.」 레빈이 내뱉듯 말했다. 그러자 방금 전까지 키티에게 품었던 그 모든 온화한 감정이 모욕에 대한 원한의 감정으로 변해 버렸다.

「어째서 제가 알고 있을 거라 생각하시죠?」

「모두가 알고 있으니까요.」

「그것 보세요, 벌써 그것부터 잘못 생각하고 계시잖아요. 저는 그 일을 몰랐어요. 짐작하긴 했지만요.」

「아! 어쨌든 지금은 아시잖습니까.」

「제가 아는 건 단지 무슨 일이 있었다는 것뿐이에요. 그게 실제로 무슨 일이었는지는 키티로부터 도무지 알아낼 수가 없더군요. 무슨 일이 있었고, 그게 그 아이를 엄청나게 괴롭혔다는 게 제가 아는 전부죠. 그리고 키티는 나에게 그 일에 대해서는 결코 이야기하지 말아 달라고 부탁했어요. 저한테 얘기하지 않았다면 그 누구한테도 안 한 거예요. 그런데 대체 두 사람 사이에 무슨 일이 있었던 거죠? 얘기 좀 해주세요.」

「무슨 일인지 말씀드렸잖습니까.」

「언제요?」

「제가 마지막으로 댁에 들렀을 때죠.」

「그렇다면 아시겠네요. 제 말은…….」 다리야 알렉산드로브나가 말했다.「그 아이가 너무나 불쌍하다는 거예요. 당신은 단지 자존심 때문에 힘들어하시지만…….」

「그럴지도 모르지요. 그래도…….」

다리야 알렉산드로브나가 레빈의 말을 가로챘다.「그래도 키티가, 그 가엾은 아이가 나는 너무너무 안됐어요. 이젠 모든 게 이해가 돼요.」

「저, 다리야 알렉산드로브나, 죄송합니다만…….」그가 자리에서 일어나며 말했다.「안녕히 계십시오! 다리야 알렉산드로브나, 전 이만 가보겠습니다.」

「안 돼요, 잠시만요.」그녀가 그의 소매를 부여잡았다.「잠시만 더 계셔 주세요.」

「제발 그 얘긴 하지 맙시다.」그가 자리에 앉으며 말했다. 이미 마음 깊숙이 묻혀 버린 줄만 알았던 희망이 다시 꿈틀거리며 솟아오르는 게 느껴졌다.

「제가 당신을 좋아하지 않았더라면…….」다리야 알렉산드로브나가 눈물을 글썽이며 말했다.「제가 지금처럼 당신을 알지 못했더라면…….」

죽은 줄로만 알았던 감정이 점점 더 되살아나 솟구쳐 오르며 레빈의 마음을 사로잡았다.

「그래요, 이제야 모든 걸 깨달았어요.」다리야 알렉산드로브나가 말을 이었다.「당신은 이해하지 못할 거예요. 당신들은, 자유로운 선택권이 주어진 남자들은 자신이 누구를 사랑하는지 언제나 분명하니까요. 하지만 여성만의, 처녀만의 부끄러움을 품고서 상대를 기다려야 하는 처지에 놓인 여자들은 먼발치에서만 당신네 남자들을 보고는 모든 걸 액면 그대로 받아들일 수밖에 없죠. 여자들에게는 종종 그런 느낌이 들곤 해요. 내가 누구를 사랑하는지 모르겠고, 무슨 말을 해야 할지 모르겠는 거죠.」

「그렇겠죠, 가슴에서 우러나오지 않으면…….」

「아니요, 가슴에서 우러나오긴 한답니다. 하지만 생각 좀 해보세요. 당신네 남자들은 어느 처자를 마음에 점찍으면 그녀의 집을 들락거리고, 친밀한 사이가 되고, 맘에 드는 점이 있는지 없는지 살피고 기다리다가, 마침내 사랑한다는 확신이 생기면 청혼을 하잖아요…….」

「글쎄요, 반드시 그런 것만은 아닙니다.」

「어쨌거나, 당신들은 청혼을 하잖아요. 사랑이 무르익거나, 아니면 점찍어 둔 두 처자 사이에서 저울질이 끝나면요. 그런데 정작 여자한테는 의사를 묻지 않아요. 다들 여자도 스스로 선택하길 바라지만, 여자는 선택할 수가 없어요. 그저 〈네〉 혹은 〈아니요〉라고 대답만 할 수 있을 뿐이죠.」

〈그래, 나와 브론스키 사이에서 선택한 거지.〉 레빈은 생각했다. 그의 마음속에서 되살아났던 망령이 도로 사그라들어 이제는 그의 심장을 고통스럽게 짓눌렀다.

「다리야 알렉산드로브나…….」 그가 입을 열었다. 「사람들이 그런 식으로 옷을 고르거나 뭔가를 사는지는 모르겠습니다만, 사랑은 그런 게 아닙니다. 선택은 이미 이루어졌고, 그래서 오히려 잘된 거죠……. 그걸 되풀이할 수는 없습니다.」

「어휴, 그저 자존심, 자존심뿐이군요!」 다리야 알렉산드로브나가 말했다. 여자들만 알고 있는 감정에 비하면 저급한 것이라며 경멸하는 투였다. 「당신이 청혼을 했을 때 마침 키티는 대답할 수 없는 처지였던 거예요. 그 애는 동요하고 있었어요. 당신과 브론스키 사이에서 흔들렸던 거죠. 당시 브론스키와는 매일 만났고, 당신은 오랫동안 보지 못했죠. 만약 좀 더 나이가 들었더라면, 그러니까 예를 들어 내가 그 애 입장이었더라면 흔들리는 일은 없었을 거예요. 나는 항상 그 사람이 싫었는데, 역시나 결국 그렇게 끝나고 말았죠.」

레빈은 키티의 대답을 떠올렸다. 그녀는 이렇게 말했었다. 〈**아뇨, 그럴 수는 없어요……**.〉

「다리야 알렉산드로브나…….」 그가 무뚝뚝하게 말했다. 「저에 대한 부인의 신뢰를 소중하게 여기고 있습니다만, 부인께서는 지금 잘못 판단하신 것 같습니다. 옳건 그르건 간에, 부인께서 그토록 경멸하시는 그 자존심이란 게 저로 하여금 카테리나 알렉산드로브나에 대한 온갖 상념을 결코 떠올릴 수 없게 만든단 말입니다. 아시겠습니까? 완전히 불가능하게 만든다고요.」

「하나만 말씀드릴게요. 잘 아시겠지만, 저는 지금 제가 자식처럼 사랑하는 동생에 대해 얘기하고 있어요. 제 말은 그 애가 당신을 사랑한다는 둥 그런 얘기가 아니라, 그때 그 애가 거절했다는 사실이 어떤 것도 입증하지 못한다는 거예요.」

「이해할 수가 없군요!」 레빈이 자리를 박차고 일어서며 말했다. 「지금 부인이 저를 얼마나 고통스럽게 하는지 모르시나요? 마치 부인의 아이가 죽었는데 사람들이 부인한테 대고 그 아이는 이러저러한 아이였다는 둥, 어쩌면 살 수도 있었으며 그랬다면 그 아이 때문에 기뻤을 거라는 둥, 그러는 것과 매한가지 아닙니까. 아이는 죽었어요, 죽었다고요. 죽었단 말입니다…….」

「당신 정말 우습군요.」 레빈의 흥분한 모습에도 불구하고 다리야 알렉산드로브나는 서글픈 조소를 띤 채 말을 이었다.

「그래, 이제 모든 게 이해가 되네요.」 그녀는 우울한 표정으로 물었다. 「그러면 키티가 와도 우리 집에는 안 오시겠네요?」

「네, 안 올 겁니다. 물론 카테리나 알렉산드로브나를 피하지는 않을 거예요. 하지만 할 수만 있다면 제 존재로 인해 그녀가 불쾌해지는 일은 없도록 노력할 겁니다.」

「당신 참, 너무나 우스워요.」 다리야 알렉산드로브나가 같은 말을 되풀이하고는 부드러운 눈길로 그의 얼굴을 응시했다. 「좋아요, 그 일에 관해서는 얘기하지 않은 걸로 치자고요. 무슨 일이니, 타냐?」 다리야 알렉산드로브나가 발코니로 들어선 딸에게 프랑스어로 물었다.

「내 삽 어디 있어요, 엄마?」

「엄마가 프랑스어로 말하잖니. 너도 그렇게 해보렴.」

아이는 말하고 싶었지만, 삽을 프랑스어로 뭐라고 하는지 잊어버렸다. 어머니가 아이에게 귀띔을 해주고서 삽이 어디 있는지도 프랑스어로 일러 주었다. 그런 모습이 레빈은 못마땅했다.

아까까지와는 달리, 레빈에게는 다리야 알렉산드로브나의 집과 아이들에게서 풍기는 그 모든 것이 전혀 사랑스럽게 여겨지지 않았다.

〈무엇 때문에 아이들과 프랑스어로 말하는 거지?〉 그가 생각했다. 〈이 얼마나 부자연스럽고 위선적이냔 말이야! 아이들도 그걸 느끼고 있잖아. 프랑스어를 가르친다는 건 진실함을 저버리도록 만드는 거야.〉 그는 속으로 자문자답했다. 다리야 알렉산드로브나가 이 문제를 수십 번이나 되풀이해서 생각했고, 여하튼 간에 진실함이 손상되는 한이 있더라도 그런 식으로 아이들을 가르칠 수밖에 없다고 결론 내렸음을 그로서는 알 리가 없었다.

「어디 가시려고요? 좀 더 계세요.」

레빈은 차를 다 마실 때까지 앉아 있었지만, 즐거운 기분은 완전히 사라진 뒤였다. 심지어 거북함까지 느껴졌다.

차를 마신 뒤 그는 현관으로 나가 말을 준비해 두라고 일렀다. 그런데 다시 자리로 돌아와 보니 다리야 알렉산드로브나가 낙담한 표정에 눈물을 글썽인 채 몹시 흥분한 모습이었다. 레빈이 밖으로 나간 사이에, 다리야 알렉산드로브나에게는 아이들로 인해 느꼈던 그날의 모든 행복과 자부심을 단번에 무너뜨리는 끔찍한 일이 벌어졌다. 그리샤와 타냐가 서로 공을 갖겠다고 몸싸움을 벌인 것이다. 아이들 방에서 나는 고함 소리를 듣고서 냅다 달려간 그녀는 아이들의 무지막지한 행태와 맞닥뜨리고 말았다. 타냐는 그리샤의 머리칼을 움켜쥐고 있었고, 그리샤는 흉악하게 일그러진 얼굴을 하고서 누나한테 마구잡이로 주먹질을 해대는 중이었다. 그 광경을 보았을 때 다리야 알렉산드로브나의 가슴에서는 무언가 내려앉았다. 마치 그녀의 삶에 암흑이 닥쳐온 것만 같았다. 그토록 자랑스럽게 여겼던 자신의 아이들이 지극히 평범할 뿐 아니라, 심지어 불량하고 교양 없으며 난폭하고 야만적인 성향의 심술궂은 아이들이라는 사실을 깨달았던 것이다.

이제 다른 것에 대해서는 이야기를 할 수도, 생각할 수도 없었다. 그녀는 레빈에게 자신의 불행을 토로하지 않을 수 없었다.

그녀의 낙담한 모습에 레빈은 이러한 싸움이 아무런 나쁜 점도 입증하지 않을뿐더러, 아이들이란 모두 다투기 마련이라며 그녀를 위로하려고 애썼다. 하지만 그렇게 말하면서도 그는 속으로 이런 생각을 하고 있었다. 〈그래, 나는 거드름을 피우며 내 아이들과 프랑스어로 얘기하지 않을 거야. 내 아이들은 저렇게 되지 않을 거야. 아이들을 망치거나 몹쓸 인간으로 만들지만 않으면 돼. 그러면 아주 멋지게 자라겠지. 그래, 내 아이들은 저렇게 되지 않을 거야.〉

그는 작별 인사를 건넨 뒤 떠났고, 그녀도 더 이상 그를 붙잡지 않았다.

11

7월 중순에 포크롭스코예에서 20베르스타가량 떨어져 있는, 레빈의 누이가 소유한 마을의 촌장이 그곳 농사일과 풀베기의 경과를 아뢰고자 레빈을 찾아왔다. 누이네 영지의 주요 소득은 봄철에 물에 잠기는 목초지에서 나왔다. 예전에는 매년 농부들이 1데샤티나당 20루블씩 내고 초원의 풀을 모두 베어 갔다. 이곳 농지 경영을 맡게 된 레빈은 풀베기를 할 목초지를 둘러본 뒤, 가치가 더 나간다는 걸 깨닫고서 1데샤티나 당 25루블로 가격을 매겼다. 농부들은 그 가격에 응하지 않았고, 레빈이 우려한 대로 다른 구매자들마저 쫓아 버렸다. 그는 직접 그리로 가서 일부는 일꾼을 고용하여, 일부는 거둔 풀을 나누어 갖는다는 조건으로 초원의 풀을 모조리 베어 내도록 지시했다. 영지에 소속된 농부들이 온갖 수단을 써서 이 새로운 제도의 시행을 방해했음에도 불구하고, 일은 그대로 진행되어 첫해에만 목초지 대금으로 거의 두 배 가까운 수입을 올렸다. 재작년과 작년에도 농부들의 똑같은 반발이 계속 되었지만, 건초 수확은 여전히 그 규칙대로 진행되었다. 올해 에는 농부들이 목초지의 3분의 1에 해당하는 수확을 배당받 는 조건으로 풀을 전부 베기로 했다. 그리하여 지금 촌장이 와서 풀베기가 다 끝났으며, 비가 올까 염려되어 서기를 불러 다가 그가 있는 자리에서 건초를 분배했다는 것, 또 주인 몫 으로 열한 더미를 쌓아 두었음을 아뢰는 것이었다. 주요 목초 지에서 거둔 건초가 얼마나 되냐는 질문에 대답하는 모양새 가 애매한 데다가, 허락도 없이 건초를 분배한 촌장의 성급함 과 전반적인 말투로 보아 이번 분배에 뭔가 석연찮은 점이 있음을 눈치챈 레빈은 직접 가서 확인해 보기로 마음먹었다.

그는 점심때쯤 마을에 도착하여 형의 옛 유모의 남편이자 자신과 친한 사이인 영감 집에 말을 맡겨 놓고서 양봉장으로 향했다. 벌치기 노인에게서 풀베기와 건초 수확에 관한 자세 한 정황을 알아볼 요량이었다. 수다스러우면서도 풍모가 단 정한 노인 파르메니치는 레빈을 반갑게 맞이하면서 일의 현 황을 낱낱이 보여 주고, 꿀벌들의 상태나 올해의 번성기에 관 하여 자세하게 늘어놓았다. 하지만 레빈이 던진 풀베기에 관 한 질문에는 우물쭈물하며 불분명하게 대답했기에 레빈의 짐작은 한층 확고해졌다. 그는 풀베기 장소로 가서 낟가리들 을 살펴보았다. 각 더미마다 쌓인 풀의 분량을 보니 수레 쉰 대분에 턱없이 모자랐다. 레빈은 농부들의 거짓 수작을 드러 내기 위해, 당장에 건초를 실어 나른 수레들을 끌어와 낟가리 하나를 실어서 헛간으로 옮겨 보라고 지시했다. 그 더미에서 는 겨우 서른두 대분의 건초가 나왔다. 처음엔 포동포동하던 풀이 낟가리 속에서 납작해졌다는 둥, 하느님께 맹세코 모든 건 공정했다는 둥 촌장이 이렇게저렇게 우겨 댔지만, 레빈은 건초가 자기 허락도 없이 분배되었으며 따라서 수확량이 낟가리당 수레 쉰 대분이라고 인정할 수 없다고 주장했다. 오랜 입씨름 끝에 농부들은 예의 낟가리 열한 개를 개당 쉰 대분이라고 쳐서 자신들의 배당으로 취하고, 지주 나리의 몫은 다시 할당하기로 하여 문제가 해결되었다. 이 협상과 낟가리의 분배는 한낮까지 계속되었다. 마지막 남은 건초가 분배되자 레빈은 남은 일은 서기더러 감독하라고 맡기고서 버드나무 막대로 표시해 둔 낟가리 위에 걸터앉아 농민들로 북적대는 초원을 멍하니 바라보았다.

앞에는 작은 늪지대 너머 강물이 굽이치는 곳에서 낭랑한 목소리로 즐겁게 재잘거리는 아낙들이 알록달록한 열을 이루며 나아갔고, 흩어진 건초들은 연둣빛 그루터기를 따라 구불구불한 잿빛 제방이 되어 순식간에 길게 뻗어 나갔다. 아낙네들 뒤편으로 갈퀴를 든 농부들이 걸어가고 있었다. 널따랗고 높직한 건초 더미는 점차 부풀어 오르며 제방 위로 솟았다. 왼편에서는 이미 풀베기가 끝난 초원을 따라 수레들이 삐걱대며 나아가고 있었다. 갈퀴로 한 무더기씩 쓸어 낼 때마다 풀 더미가 하나둘씩 사라지고, 향기로운 건초가 말 엉덩이를 묵직하게 누르며 달구지 가득 쌓여 갔다.

「수확하기에 참 좋은 날씨입니다요! 건초가 아주 풍성하겠는뎁쇼!」 레빈 옆에 걸터앉은 영감이 말했다. 「건초가 아니라 무슨 찻잎 같습니다! 새끼 오리가 뿌려진 알곡을 주워 먹듯이 잽싸게 거두고 있구먼요. 점심때 이후로 절반은 족히 날랐지 싶습니다요.」 그가 쌓여 올라가는 건초더미를 가리키며 덧붙였다.

「마지막 수레냐?」 수레의 앞자리에 서서 대마로 꼰 채찍 끝을 흔들며 곁을 지나는 젊은이를 보고 노인이 소리쳤다.

「마지막이에요, 아버지!」 젊은이가 말고삐를 당기며 외치더니 싱긋 웃으면서 수레에 앉아 역시 미소를 짓고 있는 홍안의 아낙을 돌아다보고는 이내 다시 말을 몰았다.

「저이는 누군가? 아들인가?」 레빈이 물었다.

「제 막내아들입죠.」 정감 어린 미소를 지으며 영감이 대답했다.

「아주 견실한 청년이군!」

「괜찮은 녀석입니다.」

「그래, 결혼은 했나?」

「네, 재작년 성 필립보 축일[8]에 장가갔습죠」

「그래, 그럼 아이도 있겠구먼?」

「아이는요 무슨! 꼬박 1년은 아무것도 모르던데요, 부끄러움을 탔던 거죠.」 영감이 말했다. 「저기, 저 건초 좀 보십쇼! 진짜 찻잎이 따로 없다니까요!」 그가 화제를 바꾸려고 했던 말을 되풀이했다.

레빈은 이반 파르메노프와 그의 아내를 유심히 지켜보았다. 그들은 레빈에게서 멀지 않은 곳에서 건초를 쌓아 올리고 있었다. 이반 파르메노프는 수레 위에 선 채 젊고 아름다운 아내가 처음에는 두 팔로 한 아름씩, 나중에는 갈퀴로 한 무더기씩 민첩하게 건네는 건초를 받아 고르게 펼치거나 두루밟아 다졌다. 젊은 아낙은 힘도 별로 안 들이고 즐겁고 요령 있게 일을 했다. 굳어서 덩어리진 건초는 갈퀴로 단번에 잡히지가 않았다. 그녀는 우선 그것들을 가지런히 펼쳐 놓고 갈퀴

8 동방 정교회에서 성 필립보 축일은 11월 14일이다.

를 꽂은 다음, 탄력 있고 재빠른 동작으로 체중을 모두 실어 빨간 가죽띠로 질끈 동여맨 허리를 굽혔다가 다시 몸을 곧게 폈다. 그러고는 앞치마 밑으로 불룩한 가슴을 쑥 내밀면서 두 손으로 능숙하게 갈퀴를 쥐고 건초 더미를 수레 위로 높이 던져 올리는 것이었다. 이반은 아내가 괜한 수고를 하지 않도 록 하려는 듯, 서둘러 두 팔을 활짝 벌려 건초 한 아름을 받아 서는 수레 위에 가지런히 펴놓았다. 마지막 남은 건초를 쇠스 랑으로 모아 건넨 아낙은 목덜미에 붙어 있던 건초 부스러기 를 흔들어 털어 내고 볕에 그을지 않은 흰 이마 위로 살짝 비 뚤어진 빨간 두건의 매무새를 바로잡은 뒤, 건초 더미를 묶기 위해 수레 밑으로 기어 들어갔다. 이반은 그녀에게 밧줄을 거 는 법을 가르쳐 주다가 그녀가 무언가 대꾸를 하자 큰 소리 로 껄껄 웃었다. 두 내외의 얼굴에는 얼마 전에 눈을 뜬, 젊고 힘찬 사랑의 표정이 역력했다.

12

건초 더미가 다 묶였다. 이반이 뛰어 내려와 순하고 살찐 말의 고삐를 쥐어 끌었다. 아낙은 건초 더미 위로 쇠스랑을 던져 올리고서 두 팔을 흔들며 활기찬 발걸음으로 한데 모여 원무를 추고 있는 아낙들 쪽으로 갔다. 이반은 길가로 나와서 다른 수레들과 함께 짐수레들의 대열에 끼어들었다. 어깨에 쇠스랑을 걸친 아낙들이 알록달록한 옷 색깔을 빛내며 쾌활 하게 재잘대면서 수레들의 뒤를 따랐다. 어느 아낙이 거칠고 걸쭉한 목청을 뽑으면서 노래를 부르기 시작했고, 그녀가 한 소절을 다 부르자 거칠거나 가느다란, 쉰 종류는 족히 될 만큼 다양한 음성들이 일거에 같은 노래를 처음부터 의좋게 이어 불렀다.

아낙들이 노래를 부르며 자기 쪽으로 다가오자, 레빈은 마치 먹구름이 흥겹게 천둥을 울리며 몰려오는 것만 같은 느낌이 들었다. 먹구름이 몰려와 레빈을 사로잡았고, 그가 기대고 있던 건초 더미와 다른 낟가리들과 수레들은 물론 저 멀리 들판으로 이어지는 초원 전체가, 그 모든 것이 환호성과 휘파람과 추임새가 뒤섞인 거칠고 명랑한 노래의 장단에 맞추어 들썩이고 흔들리기 시작했다. 레빈은 그토록 건강한 쾌활함이 부러웠다. 삶의 기쁨을 그렇게 표현하는 일에 자신도 한몫 끼고 싶었다. 그러나 그는 아무것도 할 수 없었기에 그저 낟가리에 기댄 채 바라보거나 듣고만 있어야 했다. 농민들이 노랫소리와 더불어 시야와 귓전에서 사라지자 레빈은 자신의 고독과 육신의 무위, 이 세상을 향한 적대감에 잠겨 깊은 우수에 빠져들었다.

건초 때문에 그와 누구보다도 격렬하게 입씨름을 했던 이들 중 몇몇이, 그가 모욕을 주었거나 혹은 그를 속이려 했던 바로 그 농부들이 그를 향해 쾌활하게 목례를 건넸다. 보아하니 그들은 레빈에게 그 어떤 악의도 품고 있지 않으며, 품을 수도 없고, 그를 속이려 했던 것을 후회하기는커녕 기억조차 못 하는 기색이었다. 그 모든 것이 즐거운 공동 노동의 바다에 잠겨 버린 터였다. 하느님이 하루를 주셨고, 하느님이 원기를 주셨다. 하루와 원기가 노동에 바쳐졌으니, 그 자체가 포상이었다. 누구를 위한 노동인가? 어떠한 결실이 주어질 것인가? 그러한 것들은 부차적이고 하찮은 상념에 불과했다.

레빈은 종종 이러한 삶에 탄복하였고, 이러한 삶을 사는 사람들을 부러워하곤 했다. 그런데 오늘은, 젊은 아내를 대하는 이반 파르메노프의 모습에 각별한 인상을 받은 그에게 처음으로, 이 괴롭고 무사안일하며 인위적인 개인적 삶을 청렴하고 멋진 공동 노동의 삶으로 바꾸는 것이 다름 아닌 자기 자신에게 달려 있다는 생각이 드는 것이었다.

그와 함께 앉아 있던 노인은 한참 전에 집으로 돌아갔다. 농민들도 전부 흩어지고 없었다. 가까운 곳에 사는 사람들은 집으로 갔고, 멀리서 온 사람들은 저녁을 먹으러 초원의 간이 숙소로 모여들었다. 사람들의 눈에 띄지 않은 레빈은 건초 더미에 드러누운 채 계속해서 주변을 보고 들으며 생각에 잠겼다. 초원에서 숙영을 하려고 남은 사람들은 짧은 여름밤을 거의 뜬눈으로 지새웠다. 처음에는 저녁을 먹으며 유쾌하게 떠드는 소리와 왁자지껄한 웃음소리가 들려오더니 나중에는 또다시 노랫소리와 웃음소리가 울려 퍼졌다.

긴 노동의 하루는 그들에게 즐거움 외엔 아무런 흔적도 남기지 않았다. 아침노을이 물들기 직전 사위가 고요해졌다. 들리는 건 오로지 늪에서 그칠 줄 모르는 개구리 울음소리와 초원에 피어오른 아침 안개 속에서 말들이 콧김을 내뿜는 소리뿐이었다. 정신을 차린 레빈은 건초 더미에서 몸을 일으켜 별들을 올려다보고서야 날이 샜다는 걸 알았다.

〈그래서 대체 뭘 할 건데? 어떻게 그걸 해낼 건데?〉 그 짧은 밤 동안 수없이 고쳐 생각하고 느낀 온갖 감회를 분명하게 표현해 보려 애쓰며 그는 속으로 되뇌었다. 거듭 생각하고 느낀 모든 것은 세 가지 상념들로 나뉘었다. 첫째는 자신의 낡은 삶, 자신의 무용한 지식, 아무짝에도 쓸모없는 자신의 교양을 부정하는 것이었다. 그러한 부정은 그에게 쉽고도 간단한 일이었고, 쾌감을 안겨 주는 일이었다. 다른 상념은 이제부터 그가 살아가고자 하는 삶과 관련한 것이었다. 그는 그 삶의 소박함과 정결함과 당위성을 분명하게 느꼈으며, 그토록 안절부절못하며 결핍을 절감했던 만족과 평온과 완덕(完德)을 그 속에서 찾게 되리라 확신했다. 그러나 낡은 삶에서 새로운 삶으로의 이행을 어떻게 실천할 것인가 하는 질문 위에서 세 번째 상념이 맴돌고 있었다. 그에 대해서는 확실하게 떠오르는 것이 전혀 없었다. 〈아내를 얻을까? 직업을 가질까? 포크롭스코예를 버릴까? 땅을 살까? 조합에 가입할까? 농민 처자와 결혼을 할까? 대체 그걸 어떻게 해낼 거냐고!〉 또다시 스스로에게 질문을 던졌지만 해답을 찾을 수는 없다. 〈하긴, 밤을 지새웠으니 명료하게 떠올릴 수가 없는 거야.〉 그는 생각했다. 〈나중에 해답을 찾아보자. 한 가지 분명한 건, 어젯밤에 내 운명이 결정되었다는 거다. 가정생활에 대한 예전의 꿈들은 모조리 헛된 망상일 뿐, 잘못된 거야. 이 모든 게 훨씬 더 단순하고 좋은걸……〉

〈이 얼마나 아름다운가!〉 솜털 구름 사이의 은빛 조가비 같은 기이한 반점을 바라보며 그는 생각했다. 그것은 그의 머리 바로 위 하늘 한복판에 머물러 있었다. 〈이 멋진 밤에 모든 것이 얼마나 매혹적인가! 어느새 이 조가비가 생겼을까? 조금 전에도 하늘을 보았는데, 그때는 그저 두 가닥의 흰 줄무늬 말고는 아무것도 없었잖아. 그래, 삶에 대한 나의 관점도 바로 이렇게 무심결에 변해 버린 거야!〉

그는 초원을 벗어나 큰길을 따라서 마을 쪽으로 걸었다. 바람이 일더니 날이 잿빛을 띠며 어두컴컴해졌다. 여느 때처럼 여명을 앞두고서 일순간 흐려진 것이다. 빛이 어둠을 완전히 제압하기 직전이었다.

레빈은 추위로 몸을 웅크린 채 땅을 내려다보며 걸음을 재촉했다. 〈누구지? 누군가 마차를 타고 오고 있는데.〉 방울 소리를 듣고서 그는 고개를 들었다. 그로부터 40보쯤 떨어진 곳, 그가 걷는 잔풀투성이 큰길의 맞은편에서 지붕에 송아지 가죽으로 만든 여행용 가방들을 얹은 사륜마차가 말 네 마리에 매여 달려오고 있었다. 둘씩 짝지은 말들은 궤도에서 벗어나 끌채 쪽으로 서로 바짝 달라붙어 있었지만, 숙련된 마부가 자리에 비스듬히 앉아 끌채를 궤도에 맞추어 지탱하는 덕분에 마차는 매끄럽게 나아갔다.

레빈은 단지 그 정도만 알아챘을 뿐 거기 누가 타고 있는지는 생각도 않은 채 무심히 마차 안을 바라보았다.

마차 안 한구석에서는 노파가 졸고 있었고, 창가 쪽에는 방금 잠에서 깬 듯한 젊은 아가씨가 앉아서 양손으로 흰 머리쓰개의 끈을 붙잡고 있었다. 레빈에게는 낯선, 우아하고 복잡한 내면의 삶으로 충만하여 해맑은 얼굴로 명상에 잠긴 그녀의 시선은 레빈 너머 일출의 여명을 향해 있었다.

그 모습이 사라지려는 바로 그 순간, 꾸밈없는 두 눈동자가 그에게로 향했다. 그를 알아본 그녀의 얼굴에 놀라움과 반가움이 번졌다.

그가 잘못 볼 수는 없었다. 이 세상에 그런 눈은 오직 하나뿐이었다. 그에게 있어 세상 전부와 삶의 의미를 하나로 집중시킬 수 있는 존재는 오직 하나뿐이었다. 그것은 바로 키티였다. 레빈은 그녀가 기차역에서 예르구쇼보로 가는 중이라는 것을 깨달았다. 잠 못 든 지난밤 레빈을 설레게 했던 그 모든 것들, 그가 다짐했던 그 모든 결심이 일시에 사라지고 말았다. 그는 농민 처자와 결혼하려 했던 자신의 망상을 혐오스러운 심정으로 떠올렸다. 오로지 거기에, 빠른 속도로 멀어지면서 길의 반대편으로 건너가는 마차 속에, 최근 그를 그토록 모질게 괴롭혀 온 인생의 수수께끼를 풀 수 있는 가능성이 타고 있었다.

그녀는 이제 밖을 내다보지 않았다. 마차 용수철의 삐걱임도 이제 들리지 않았고 방울 소리만 아득했다. 개 짖는 소리로 짐작건대 마차는 마을을 벗어난 듯했다. 남은 건 황량한 들판과 저 앞의 마을, 그리고 모든 것으로부터 소외된 채 인적 없는 대로를 홀로 걷고 있는 고독한 레빈 자신뿐이었다.

그는 하늘을 바라보았다. 그가 넋을 잃고 바라보았던, 지난밤의 상념과 감정의 모든 흐름을 구현하였던 은빛 조가비를 다시 찾을 수 있었으면 싶었다. 그러나 하늘에 더 이상 은빛 조가비처럼 보이는 것은 없었다. 거기, 닿을 수 없는 창공에서는 벌써 신비한 변화가 일어나고 있었다. 은빛 조가비는 흔적조차 없었지만, 점점 더 잘게 흩어져 가는 솜털구름의 양탄자가 광활하고 고르게 펼쳐져 하늘의 절반을 덮고 있었다. 하늘은 담청색을 띠었고, 여전히 부드럽게 빛났다. 그러나 의문으로 가득한 그의 시선에는 여전히 닿을 수 없는 높이로 응답할 뿐이었다.

〈그래.〉 레빈은 생각했다. 〈이 소박한 노동의 삶이 아무리 좋아도 그 생활로 돌아갈 수는 없어. 나는 **그녀**를 사랑하고 있어.〉

13

알렉세이 알렉산드로비치의 최측근들을 제외하고는, 외견상 그토록 냉정하고 이성적인 이 사람이 자신의 전반적인 기질과는 모순되는 한 가지 약점을 지니고 있다는 사실을 아무도 몰랐다. 알렉세이 알렉산드로비치는 어린아이나 여자가 눈물을 흘리는 모습을 도무지 무심하게 보거나 듣고 있을 수가 없었다. 눈물을 보면 그는 당혹스러워졌으며, 이내 완전히 분별력을 잃고 마는 것이었다. 그의 사무실 주임과 비서는 그 사실을 알고 있었기에, 여자 민원 의뢰인들에게는 일을 그르치고 싶지 않으면 절대로 울지 말라고 미리 경고해 두곤 했다. 「그러면 그분은 화를 내면서 더 이상 당신의 얘기를 듣지 않을 겁니다.」 그들은 그렇게 말했다. 실제로 그러한 경우, 눈물이 알렉세이 알렉산드로비치에게 불러일으킨 정신적 혼란은 갑작스러운 역정으로 나타나곤 했다. 「나는 아무것도 해줄 수도, 할 수도 없소! 어서 썩 물러가시오!」 보통 그는 이렇게 고함을 지르곤 했다.

경마장에서 돌아오는 길에 안나가 그에게 브론스키와의 관계를 공표하고 뒤이어 두 손으로 얼굴을 가린 채 울음을 터뜨리자, 알렉세이 알렉산드로비치는 아내에 대해 치미는 노여움에도 불구하고, 눈물이 항상 그에게 불러일으키는 예의 정신적 혼란이 물밀듯 밀려오는 것을 느꼈다. 그것을 감지하고, 그 순간 자신의 감정 표현이 상황에 걸맞지 않다는 사실을 인지한 그는 자기 안에서 생명의 온갖 현상이 발현되는 것을 억제하고자 안간힘을 썼으며, 따라서 꼼짝도 않은 채 그녀 쪽은 쳐다보지도 않았다. 그 때문에 그의 얼굴에는 마치 죽은 사람과 같은 기괴한 표정이 드리웠고, 그런 그의 모습에 안나는 큰 충격을 받았다.

집에 도착하여 아내를 마차에서 내려 준 그는 자제력을 발휘하여 점잖게 그녀와 작별 인사를 나눈 뒤 그 자신에게 아무런 강제력도 지니지 않을 말을 내뱉었다. 내일 그녀에게 자신이 내린 결정을 알려 주겠다고 한 것이었다.

그가 품고 있던 최악의 의혹이 사실임을 확인해 준 아내의 말은 알렉세이 알렉산드로비치의 가슴에 가혹한 고통을 떠안겼고, 그녀의 눈물이 초래한 기이한 육체적 연민의 감정으로 인하여 그 아픔은 가일층 심해졌다. 그러나 혼자 마차에 남게 되자, 알렉세이 알렉산드로비치는 그러한 연민이나 최근 자신을 괴롭혀 온 의혹과 질투의 고통으로부터 완전히 해방된 기분을 맛보며 스스로 놀라고 기뻐하기까지 했다.

그는 오래도록 앓던 이를 뽑은 듯한 심정이었다. 무서운 고통과 자신의 머리통보다도 큰 거대한 무언가가 턱으로부터 빠져나가는 느낌이 지나가면, 병자는 별안간 황홀감에 어안이 벙벙한 채 그토록 오랫동안 그의 삶에 해악을 끼치고 모든 주의력을 앗아 갔던 것이 더 이상은 존재하지 않음을, 그리하여 이제는 다시 살 수 있고 생각할 수 있으며 이것에만 신경을 쓰지 않아도 된다고 느끼는 법이다. 그러한 심정을 알렉세이 알렉산드로비치는 몸소 체험하고 있었다. 기괴하고 무서운 고통을 겪었지만, 이제 그것은 사라졌다. 그는 다시 살 수 있고, 아내 생각만 하지 않아도 된다는 걸 느꼈다.

〈명예심도, 감정도, 신앙심도 없는 타락한 여자 같으니! 비록 그녀를 불쌍히 여기며 스스로를 속이려 들었지만, 나는 줄곧 그 사실을 알고 있었으며 목도하고 있었어.〉 그는 이렇게 되뇌었다. 그러자 정말로 그 사실을 늘 보아 왔던 것만 같았다. 그는 지나온 삶의 세세한 대목들을 곰곰이 떠올려 보았다. 예전에는 나쁘게 여겨지지 않던 것들이었건만, 이제는 그 하나하나가 아내가 줄곧 타락한 여자였음을 뚜렷하게 입증하고 있었다. 〈내 삶을 그녀와 엮다니, 실수였어. 하지만 그 실수에 악의는 전혀 없었지. 따라서 내가 불행해질 수는 없어. 잘못한 건 내가 아니라 그녀니까.〉 그는 생각했다. 〈어쨌든 내가 상관할 바는 아니지. 나에게 그녀는 이제 존재하지 않으니까…….〉

아내에 대해서와 마찬가지로 아들에 대한 감정도 변해 버린 지금, 아내와 아들에게 닥쳐올 모든 일은 더 이상 그의 관심을 끌지 못했다. 그가 이 순간 신경을 기울이는 단 한 가지는 어떻게 하면 가장 근사하고 가장 고상하며 자신한테 가장 편리한, 따라서 가장 정당한 방식으로, 그녀의 타락한 생활이 그에게 묻혀 놓은 더러운 진창을 털어 내고 사회생활을 계속하면서 명예롭고 유익한 인생 행로를 나아갈 수 있는지의 문제였다.

〈천박한 여자가 저지른 죄악 때문에 내가 불행해질 수는 없는 법. 나는 다만 그녀가 몰아세운 이 곤란한 상황에서 벗어날 최상의 돌파구를 찾으면 되는 거야. 그리고 난 그것을 찾아낼 거다.〉 그의 인상이 점점 더 험악하게 찌푸려졌다. 〈이런 일을 겪는 게 내가 처음도 아니고 마지막도 아니야.〉 알렉세이 알렉산드로비치의 머릿속에는 「아름다운 헬레네」[9]로 인해 모든 이들의 기억 속에 자리하게 된 메넬라오스를 비롯한 역사적인 예들은 말할 것도 없고, 동시대 사교계에서 아내가 부정을 저지른 온갖 실례들이 떠올랐다. 〈다리얄로

9 독일 출신 음악가 자크 오펜바흐가 작곡한 오페레타. 메넬라오스는 아내 헬레네에게 기만당하는 희극적인 인물로 등장한다.

프, 폴탑스키, 카리바노프 공작, 파스쿠딘 백작, 드람…… 그래, 드람도 그랬지…… 그렇게 성실하고 유능한 사람이 말이야……. 세묘노프, 차긴, 시고닌……. 설령 이 사람들에게 그어떤 불합리한 ridicule(조롱)이 퍼부어지고 있다 해도 나는거기서 불행 말고는 어떤 것도 본 바가 없으며, 늘 그들을 동정해 왔어.〉 알렉세이 알렉산드로비치는 이렇게 속으로 되뇌었지만, 그건 사실이 아니었다. 그런 유의 불행을 그는 결코동정한 적이 없을 뿐 아니라, 남편을 배신한 아내의 사례들을접할수록 스스로를 더 높이 평가하곤 했던 것이다. 〈누구한테나 닥칠 수 있는 불행이야. 그리고 그 불행이 나를 덮친 거다. 내가 할 일은 최상의 방법으로 이 상황을 타개하는 것뿐이야.〉 그는 자신과 같은 처지에 놓였던 사람들의 대처 방법을 하나하나 자세히 되짚어 보기 시작했다.

〈다리얄로프는 결투를 했지…….〉

결투는 특히 젊은 시절에 알렉세이 알렉산드로비치를 매혹시키곤 했는데, 이는 그가 육체적으로 소심한 사람이었고그도 자신의 그러한 점을 잘 알고 있었기 때문이다. 알렉세이알렉산드로비치는 자신에게 겨누어진 권총을 떠올리기만 해도 공포를 느끼지 않을 수 없었고, 평생 그 어떤 무기도 사용해 본 적이 없었다. 바로 그러한 공포로 인해 젊어서부터 그는 종종 결투를 상상해 보곤 했으며, 목숨을 위태롭게 만들수밖에 없는 상황에 스스로를 대입해 보기도 했다. 성공을 거두고 인생에서 확고한 기반을 닦은 뒤로 그러한 감정은 잊은지 오래였지만, 그럼에도 감정의 습관이 다시 고개를 든 지금알렉세이 알렉산드로비치는 자신의 소심함에 대한 두려움에너무나 강하게 사로잡힌 나머지, 스스로도 결코 결투를 하지 않으리라는 걸 알면서도 결투에 관한 문제를 온갖 측면에서 두루 생각하고 가늠해 보는 것이었다.

〈확실히 우리 사회는 (영국과는 달리) 아직도 너무 미개해서, 아주 많은 이들 ─ 그중에는 알렉세이 알렉산드로비치가 각별히 존중하는 견해의 소유자들도 포함되어 있었다 ─ 이 결투를 긍정적으로 바라본단 말이지. 하지만 과연 어떤 결과가 나올까? 가령 내가 결투를 신청한다고 치자……〉 알렉세이 알렉산드로비치는 계속해서 혼자 중얼거리며 결투를 신청한 뒤 보내게 될 밤과 자신에게 겨눠진 총을 생생하게 떠올리고는 몸을 부르르 떨었고, 자신은 결코 그런 짓을 하지 않으리라는 걸 이내 깨달았다. 〈사람들이 내게 총 쏘는 법을 가르쳐 주고는 자리에 세우겠지. 그러면 나는 방아쇠를 당기고.〉 그는 눈을 감은 채 생각을 이어 갔다. 〈그리고 내가 그를 죽였다는 사실이 드러나는 거지.〉 그러고서 알렉세이 알렉산드로비치는 이 어리석은 상념들을 몰아내고자 머리를 흔들었다. 〈간통을 저지른 아내와 아들에 대한 태도를 결정하는 일에 사람을 죽이는 게 무슨 의미가 있겠는가? 그래 봐야 여전히 아내와의 관계를 어떻게 정리할지 결단을 내려야 하겠지. 게다가 더 있을 법하고 확실한 점은, 내가 죽거나 다치리라는 것이야. 내가, 이 무고한 사람이 희생양이 되어 죽거나 다치다니, 그건 더 무의미하지 않은가. 그뿐만이 아니지. 내 편에서 결투를 신청하는 건 정당한 행동이 아니다. 친구들이 나를 결투에 절대로 내보내지 않으리라는 건 뻔한 사실 아닌가. 러시아가 필요로 하는, 뛰어난 행정가의 목숨이 위태로워지도록 그냥 내버려 두지는 않을 테니까. 과연 어떤 일이 벌어지겠는가? 결국에는 사태가 결코 위험한 지경까지 가지 않으리라는 걸 뻔히 알면서도 그저 결투 신청을 통해 나 스스로를 거짓되게 포장하는 셈일 뿐이다. 정정당당하지 못하고 가식적인 행동인 데다 다른 이들이나 나 자신에 대한 기만이지. 결투는 있을 수 없는 일이며, 나에게서 그것을 기대하는 사람은 아무도 없다. 내 목표는 내 활동을 아무런 장애 없이 지속해 나가기 위해 필요한 나 자신의 평판을 보전하는 것이다.〉 예전에도 알렉세이 알렉산드로비치에게 커다란 의의를 지녀 온 공직 활동이 지금은 특히나 중요하게 여겨졌다.

결투라는 사안을 심의하고 기각시킨 알렉세이 알렉산드로비치는 이혼으로 생각을 돌렸다. 그것은 그가 떠올린 남자들 중 몇몇이 선택한 또 다른 출구였다. 온갖 유명한 이혼 사례들(그가 익히 알고 있는 고위층 사교계에서 그런 건수들은 아주 많았다)을 하나하나 떠올려 본 알렉세이 알렉산드로비치는, 그러나 자신이 염두에 두고 있는 목적에 해당하는 경우를 단 하나도 찾지 못했다. 그 모든 경우에서 남편은 부정한 아내를 상대에게 그대로 넘겨주거나 팔아넘겼고, 그러면 잘못을 저질렀기에 결혼할 권리가 없는 아내는 새로운 반려자와 허울만 합법적인 날조된 결혼을 결행하곤 하였다. 자신의 경우, 죄지은 아내만 배척당하고 끝나는 합법적 이혼을 성사시키기란 불가능하다는 걸 알렉세이 알렉산드로비치는 알고 있었다. 그가 처한 삶의 복잡한 조건들은 아내의 죄상을 적발하기 위해 법이 요구하는 흉측한 증거들을 드러내는 일을 용납할 수 없을 것이었다. 다 알다시피, 이 세계의 우아함이 혹시라도 존재할지 모르는 그런 증거들의 활용을 허용하지 않을 것이며, 설혹 활용한다 해도 결국 아내보다는 그 자신에 대한 여론을 망치게 될 것이었다.

이혼을 시도하다가는 그의 적들, 그리고 사교계에서 그의 높은 지위를 깎아내리고 비방하려는 자들에게 횡재를 안겨 줄 추악한 스캔들로 비화될 수 있었다. 이혼을 통해서는 주된 목표, 즉 혼란을 최소화하면서 자신의 입지를 확고히 다지는 것이 불가능했다. 뿐만 아니라 이혼 과정에서, 심지어 이혼을 하려고 들자마자 아내는 남편과 관계를 끊고 자신의 정부와 살림을 차릴 게 뻔했다. 아내에 대한 완전한 무관심에도 불구하고 알렉세이 알렉산드로비치의 마음속에는 그녀를 향한 한 가지 감정이 남아 있었다. 그것은 아내가 아무런 장애 없이 브론스키와 합쳐지는 게 영 싫은 마음이었다. 그렇게 되면 아내의 죄가 그녀에게 이롭게 작용하게 되는 셈이니 말이다. 이 생각이 알렉세이 알렉산드로비치의 화를 돋우었기에 그는 쓰라린 마음으로 신음을 내뱉었다. 그러고는 엉덩이를 들어 마차의 자리를 고쳐 앉은 뒤 추위에 민감한 빼빼 마른 두 다리를 부드러운 나사 천으로 감쌌다.

〈형식적인 이혼 말고, 카리바노프와 파스쿠딘, 그리고 그 마음씨 착한 드람처럼 대처할 수도 있다. 즉 아내와 별거를 하는 거지.〉 그는 마음을 가라앉히고서 생각을 이어 갔다. 그러나 이 조치 역시 치욕스럽기는 이혼과 마찬가지였다. 게다가 중요한 것은 역시 형식적 이혼과 똑같이 아내를 브론스키의 품 안에 던져 주는 꼴이 된다는 점이다. 〈아니야, 그건 있을 수 없어. 있을 수가 없는 일이야!〉 다리를 감싼 천을 다시 뒤집어 덮으며, 그는 생각했다. 〈내가 불행해지는 일은 없을 거야. 그리고 그녀도, 그 작자도 행복해져서는 안 돼.〉

아직 상황을 제대로 알지 못했을 때 그를 괴롭혔던 질투심은 아내의 실토로 인해 앓던 이가 빠질 때의 고통과 함께 사라져 버리고, 이제 다른 것이 그 감정을 대체했다. 그것은 아내가 승승장구하지 못하기를, 지은 죄에 마땅한 응징을 당하기를 바라는 마음이었다. 스스로 인정하지는 않았지만, 그의 마음속 깊은 곳에서는 자신의 안녕과 명예를 깨뜨린 대가로 그녀가 고통당하기를 원하고 있었다. 거듭하여 결투, 이혼, 별거의 조건들을 차례로 심의하고 다시 거듭하여 그것들을 기각한 뒤, 알렉세이 알렉산드로비치는 출구는 단 한 가지밖에 없음을 확신하게 되었다. 즉 벌어진 사태를 세상으로부터 은폐하고 그녀를 자기 곁에 붙잡아 둔 채, 할 수 있는 모든 수단을 동원하여 둘의 관계를 끊어 놓는 것이었다. 역시 스스로는 인정하지 않았으나, 중요한 것은 그 모든 것이 아내를 응징하기 위한 조치라는 사실이었다. 〈내가 내린 결정을 선포해야 해. 그녀가 가정에 초래한 이 난국에 대해 심사숙고한 결과, 양쪽 모두를 위해 그 어떤 해결책도 외견상 status quo(현재 상황)을 유지하는 것보다 나을 게 없으며, 나는 이에 동의하되 어디까지나 그녀 쪽에서 나의 뜻을 이행한다는 엄격한 조건하에서, 즉 정부와의 관계를 끊는다는 조건하에서만 그렇다고 말이다.〉최종적으로 이러한 결정이 승인되었을 때, 그것이 옳음을 확증해 주는 또 한 가지 중요한 생각이 알렉세이 알렉산드로비치의 머릿속에 떠올랐다. 〈오직 그러한 결정을 내릴 때에만 나는 종교에 합당하게 처신하게 된다.〉그는 생각했다. 〈그러한 결정을 내릴 때에만 나는 죄지은 아내를 내치는 대신 그녀에게 개선의 여지를 주며, 아무리 괴로운 일일지언정 그녀의 개선과 구원을 위해 내 힘의 일부를 바칠 수 있게 되는 거다.〉자신이 아내에게 도덕적으로 영향력을 행사할 수 없으며 그러한 모든 개선의 시도들이 결국 위선

외에는 아무런 성과도 내오지 못할 것임을 알고 있음에도 불구하고, 또 그토록 고통스러운 순간을 겪으면서도 종교에서 지침을 구할 생각은 결코 해본 적이 없음에도 불구하고, 자신의 결정이 종교가 요구하는 바에 부합하게 된 듯 보이는 지금에 와서는 이 결정에 대해 종교의 재가를 받았다는 사실이 그에게 뿌듯한 만족감과 약간의 평온함마저 안겨 주는 것이었다. 자신이 그토록 중대한 인생사와 관련해서 종교의 규범에 어긋나게 처신했다고 그 누구도 말할 수 없으리라 생각하니 내심 흐뭇하기까지 했다. 냉담함과 무관심으로 일관하는 와중에도 그는 언제나 종교의 기치를 드높이 치켜들고 있었던 것이다. 보다 세세한 사항들을 곰곰이 따져 보던 알렉세이 알렉산드로비치는 심지어 왜 아내와의 관계가 예전과 다름없이 유지될 수 없는지조차 이해할 수가 없었다. 물론 그가 아내에게 예전과 같은 존경을 표할 리는 결코 없었다. 그러나 그녀가 형편없고 부정한 아내라는 이유로 자신이 고통을 겪으며 생활을 엉망으로 만들 이유는 전혀 없으며, 그런 일은 있을 리 만무했다. 〈그래, 시간이 흐르면, 모든 것을 재정비하는 시간이 지나고 나면, 관계는 예전처럼 회복될 것이다.〉 알렉세이 알렉산드로비치는 되뇌었다. 〈살다 보면 어느새 이러한 혼돈을 느끼지 못하게 되겠지. 그녀는 불행해져야만 한다. 그러나 나는 잘못한 게 없으니 불행해질 리 없다.〉

14

페테르부르크에 거의 당도했을 즈음, 알렉세이 알렉산드

로비치는 그러한 결심을 굳혔을 뿐 아니라, 아내에게 보낼 편지까지 이미 머릿속에 써둔 참이었다. 수위실로 들어선 알렉세이 알렉산드로비치는 부처에서 가져온 서한과 서류들에 눈길을 돌리고는 자신의 서재로 가지고 오라고 일렀다.

「말은 풀어 놓고, 아무도 들이지 말게.」 수위의 질문에 그는 기분이 양호한 상태임을 나타내는 만족스러운 표정을 머금은 채 〈들이지 말게〉라는 말에 힘을 주어 대답했다.

알렉세이 알렉산드로비치는 서재 안을 두 차례 가로지르고는 널찍한 책상 앞에 멈춰 섰다. 책상에는 앞서 들어왔던 시종이 켜놓은 양초 여섯 자루가 타고 있었다. 그는 손가락 마디마디를 한차례 꺾은 뒤 자리에 앉아서 필기구를 하나씩 챙겼다. 책상에 팔꿈치를 괴고 고개를 비스듬히 기울인 채 잠시 생각에 잠겨 있던 그는 곧이어 일필휘지로 편지를 써나가기 시작했다. 호칭은 생략한 채 프랑스어로, 〈당신〉이라는 대명사를 사용하여 편지를 썼다. 러시아어라면 느껴졌을 냉담함이 프랑스어 대명사에는 드러나지 않았다.

우리가 나눈 마지막 대화에서 그 대화의 주제에 대한 나의 결정을 통보하겠다는 의사를 밝힌 바 있소. 모든 것을 면밀하게 숙고한 끝에 그 약속을 이행하고자 지금 이 편지를 쓰는 것이오. 내 결정은 다음과 같소. 당신의 행실이 어떠했든 간에, 하느님의 권한으로 맺어진 우리의 인연을 끊어 낼 권리가 나에게 있다고는 생각하지 않소. 부부 중 어느 한 사람의 변덕이나 독선, 혹은 범죄에 의해서조차 가정은 파괴되어서는 안 되며, 따라서 우리의 생활은 예전처럼 진행되어야 하오. 이는 나와 당신, 그리고 우리 아들을 위해서 필요 불가결한 사항이오. 나는 당신이 이 편지를 쓰게 된 동기를 제공한 것에 관하여 이미 후회했고 지금도 후회하고 있다고 믿으며, 우리 불화의 원인을 뿌리째 도려내고 과거는 잊고자 하는 나의 뜻에 호응해 주리라 확신하오. 그러지 않을 경우 당신과 당신의 아들에게 무슨 일이 닥칠지는 당신 자신이 예상할 수 있을 것이오. 이 모든 것에 관하여 개인적인 만남을 통해 보다 상세하게 이야기할 수 있기를 바라오. 별장 생활도 끝나 가니 가능한 한 빨리, 화요일 안에 페테르부르크로 돌아오길 바라오. 이사에 필요한 모든 조치는 이미 취해 놓았소. 이러한 나의 청을 당신이 이행하느냐의 여부에 내가 각별한 의미를 부여하고 있음을 명심하길 바라오.

A. 카레닌

추신: 각종 비용 처리에 드는 돈을 편지에 동봉하오.

편지를 쭉 훑어본 그는 그 내용이, 특히 돈을 동봉한 것을 상기시키는 대목이 만족스러웠다. 가혹한 표현도, 비난의 말도 없었으나 그렇다고 관대함이 담긴 것도 아니었다. 중요한 것은 그녀가 돌아오게끔 이끄는, 황금 다리와도 같은 명분이 제시된 것이었다. 그는 편지를 접어서 상아로 만든 크고 육중한 칼로 문지른 다음 돈과 함께 봉투에 넣은 뒤, 자신의 잘 정돈된 필기도구들을 대할 때면 늘 내면에서 솟아오르곤 하는 예의 뿌듯함을 느끼며 벨을 울렸다.

「파발꾼에게 전하게. 내일 별장에 있는 안나 아르카디예브나에게 전달하도록.」 지시를 내린 다음 그는 자리에서 일어섰다.

「알겠습니다, 각하. 서재로 차를 내올까요?」

알렉세이 알렉산드로비치는 그러라고 이르고는 육중한 페이퍼 나이프를 손으로 놀리며 안락의자로 향했다. 의자 곁에는 등불과 막 읽기 시작한, 이구비움 판[10]에 관한 프랑스 서적이 놓여 있었다. 안락의자 위쪽에는 저명한 화가가 그린 안나의 초상화가 타원형의 금빛 액자에 담긴 채 걸려 있었다. 알렉세이 알렉산드로비치는 그림을 힐끗 올려다보았다. 속을 꿰뚫어 볼 수 없는 눈동자가 두 사람이 담판을 지었던 저녁의 바로 그 마지막 순간처럼 그를 조롱하듯 뻔뻔하게 바라보고 있었다. 화가가 탁월하게 묘사한 머리 위의 검은 레이스와 검은 머리칼, 넷째 손가락에 보석 반지가 잔뜩 끼워진 희고 아름다운 손이 파렴치하고도 불손하게 알렉세이 알렉산드로비치를 자극했다. 한동안 초상화를 바라보던 그는 두 입술이 〈부르르〉 소리를 낼 정도로 치를 떨면서 고개를 돌렸다. 그러고는 서둘러 의자에 앉아서 책을 펼쳤다. 독서를 해보려 했지만, 아무리 해도 이전에 이구비움 판에 관해 느꼈던 왕성한 흥미를 돌이킬 수가 없었다. 그는 책을 보면서 딴생각을 했다. 아내에 관한 것이 아니라 얼마 전 그의 국정 활동 중 일어난 한 가지 복잡한 문제에 관한 생각으로, 요사이 그에게 업무상 중대한 이해가 걸린 사안이었다. 그는 지금 자신이 어느 때보다도 그 문제의 핵심을 간파하고 있으며, 모든 문제를 해

10 이탈리아 움브리아 지방의 이구비움(오늘날의 구비오)에서 발굴된 동판. 기원전 3세기에서 기원전 1세기경 제작된 것으로 추정되며 1444년에 발굴되었다. 고대 이탈리아의 전례 의식에 관한 규정들이 움브리아 방언으로 기록되어 있다.

결하고 자신의 입지를 더욱 드높일 수 있을 뿐만 아니라 적들의 지위를 실추시키고 국가에 어마어마한 이익을 가져다줄 중대한 아이디어가 머릿속에 잉태되었음을 느꼈다(이는 자아도취에서 나온 생각이 아니었다). 하인이 차를 날라다 내려놓고 방을 나가자마자, 알렉세이 알렉산드로비치는 자리에서 일어나 책상으로 다가갔다. 일상 업무 서류들이 담긴 가방을 책상 한가운데로 밀어 놓고는 득의 어린 미소를 살짝 머금은 채 그는 필통에서 연필을 꺼내 자신이 요청한 복잡한 문건을 숙독하였다. 그것은 목전에 놓인 문제에 관한 문건이었으니, 문제란 바로 이러한 것이었다. 정부 관료로서 알렉세이 알렉산드로비치가 지닌 특장점은 오직 그 자신에게 고유한 것이자 출세 가도를 달리는 모든 관료들이 지닌 독특한 성품으로서, 투철한 공명심과 자제력, 공정성, 자신감과 더불어 그의 입신양명을 가능케 한 것, 바로 관료주의적 허례허식에 대한 경멸과 문서 수신의 간소화, 가능한 한 실질적인 사안으로 곧장 접근하는 태도, 그리고 근검절약이었다. 그런데 그 유명한 6월 2일 위원회에서 자라이스크현 농경지의 관개 사업이 안건으로 상정되는 사태가 벌어졌다.[11] 알렉세이 알렉산드로비치 부처의 관할인 이 사안은 쓸데없는 예산 낭비와 관료주의적 업무 처리의 뚜렷한 사례였다. 이 사업의 당위성에 대해서는 알렉세이 알렉산드로비치도 잘 알고 있었다. 자라이스크현의 농경지 관개 사업은 알렉세이 알렉산드로비치의 선임자의 선임자에 의해 착수되었는데, 사실상 엄청난

---

11 러시아 각지에서는 1873년 대기근을 겪은 뒤 수많은 관개 사업안이 기획되었다. 이 기획들은 그것의 실질적인 의의와는 무관하게 정부로부터 보조금을 타낼 기회를 제공했고, 손쉽게 부를 축적할 수 있는 수단이 되었다.

돈이 전적으로 무익하게 소모되었으며, 지금도 여전히 소모되고 있었다. 그 모든 과정이 아무런 성과도 가져오지 못하리라는 것은 자명했다. 알렉세이 알렉산드로비치는 부임하자마자 곧바로 그러한 사태를 파악하고서 사업을 직권으로 처리하고자 했다. 그러나 자신의 입지가 아직 확고하지 않다고느끼던 처음에는 그러한 일 처리에 아주 많은 이해관계가 맞물려 있으며 따라서 자신의 개입이 무모할 것임을 깨달았고,이후로는 다른 일들에 골몰하느라 그 건에 관해서는 그저 잊고 있던 터였다. 모든 게 그렇듯이, 그 일 역시 타성에 의해저절로 굴러가고 있었다(많은 사람들이 이 사업으로 먹고살았으며, 특히 도덕적 품성이 뛰어나고 음악적 교양이 풍부한어느 가정이 그러했다. 그 집안의 모든 딸들이 현악기를 연주했다. 알렉세이 알렉산드로비치는 그 집안과 잘 알고 지내는사이였으며, 나이 든 딸들 중 하나가 결혼할 때에는 대부가되어 주기도 했다). 알렉세이 알렉산드로비치가 생각하기에,적대적인 부처에서 이 사안을 들고 나선 것은 부당한 처사였다. 모든 부처에는 일종의 업무적 관례상 아무도 들먹이지 않는 그런 사안이 있기 마련이니 말이다. 이제 그에게 도전장이던져진 이상, 그는 과감히 그것을 받아들여 자라이스크현 농경지 관개 담당 위원회의 업무 실적을 조사하고 검토하기 위한 특별 위원회의 선임을 요청해야만 했다. 하지만 그 대신그는 상대 쪽 인사들을 가만두지 않았다. 이민족의 정착에 관한 사안[12]을 위임할 특별 위원회도 선임할 것을 요청하였다.

12 이민족의 정착에 관한 사안은 1860년대부터 논의되었다. 당시 러시아 정부는 〈변방의 러시아화〉라는 목적으로, 러시아 중앙 지역에서 변방으로 이주하는 이주민들에게 이민족의 점유지를 임차하도록 장려하였는데, 이때 임

이 사안은 6월 2일 위원회에서 우연히 제기된 것인데, 알렉세이 알렉산드로비치가 이민족의 비참한 상황을 고려할 때 결코 미룰 수 없는 문제라며 적극적으로 지지한 것이다. 이는 위원회의 몇몇 부처 사이에서 논쟁의 빌미가 되었다. 알렉세이 알렉산드로비치에게 적대적인 부처는 이민족들의 상황이 매우 양호하며, 의도된 개혁은 오히려 그들의 번영에 해를 끼칠 수 있다고, 혹시라도 열악한 점들이 있다 해도 그것은 법에 의해 내려진 조치들을 알렉세이 알렉산드로비치의 부처에서 시행하지 않았기 때문이라고 주장했다. 그리하여 지금 알렉세이 알렉산드로비치는 다음과 같은 사항들을 요청할 작정이었다. 첫째, 현장에서 이민족 현황을 조사할 새로운 위원회를 선임할 것. 둘째, 이민족의 상황이 위원회의 공식 자료들에 언급된 그대로라면, 그러한 암울한 상황의 원인을 정치적, 행정적, 경제적, 민속학적, 물질적, 종교적 관점에서 조사할 또 다른 새로운 학술 위원회를 선임할 것. 셋째, 이민족이 처한 불리한 여건들을 예방하기 위해 최근 10년간 상대 부처에서 취한 조치들에 관한 보고를 요청할 것. 끝으로, 위원회에 입수된 1863년 12월 5일 자 및 1864년 6월 7일 자 보고서 제17015호와 제18308호에 근거하여, 해당 부처는 어떤 연유로 근본적이고 본질적인 법률 제○○권, 18조 및 36조의 부가 조항의 정신을 정면으로 위배하는 처신을 하였는지

차된 부지들이 임의로 구획되어 땅 투기에 악용되곤 했다. 오렌부르크현 바시키르인들의 토지가 그 대표적인 사례로, 1871년 토지를 유리한 조건에 판매할 수 있는 특별법이 시행되자 바시키르인들의 토지와 국유지의 남획이 횡행하게 되었으며, 땅 투기에 직접적으로 가담한 이들은 바로 오렌부르크현 지사 사무실의 관리들이었다. 이민족 정착에 관한 사안이 공론화되며 사임한 당시 국유 재산부 장관의 면면이 카레닌의 형상에 투영되어 있다.

에 대한 해명을 요구할 것. 이러한 생각의 요지를 신속하게 써 내려갈 때 알렉세이 알렉산드로비치의 얼굴에는 생기 어린 홍조가 감돌았다. 한 페이지를 가득 메운 뒤 그는 자리에서 일어나 벨을 울리고는 사무실 주임에게 보낼 메모를 건넸다. 필요한 참고 자료의 송부를 요청하는 메모였다. 그런 다음 방 안을 한 차례 가로지른 그는 또다시 초상화를 쳐다보고는 낯을 찌푸리더니 경멸 섞인 미소를 지었다. 알렉세이 알렉산드로비치는 다시 이구비움 판에 관한 책을 읽으며 그에 대한 흥미를 되찾았고, 정각 11시에 침실로 향했다. 잠자리에 누워 아내와의 일을 떠올렸을 때, 이미 아까의 암울한 느낌은 전혀 들지 않았다.

15

브론스키가 상황이 절망적이라며 남편에게 모든 것을 털어놓으라고 설득할 때마다 안나는 그에게 불같이 화를 내며 완강하게 반발했지만, 그럼에도 마음속 깊은 곳에서는 자신의 처지가 거짓되고 부정하다는 생각이 자리 잡고 있었으며, 또한 그러한 상황을 바꿀 수 있기를 간절하게 바라고 있었다. 남편과 함께 경마장에서 돌아오는 길에, 그녀는 흥분한 나머지 그에게 모든 것을 털어놓고 말았다. 그때 그녀는 극심한 고통을 느끼면서도 자신의 행동에 희열을 느꼈다. 남편이 자신을 남겨 두고 가버리자, 이제 모든 것이 분명해졌으며 적어도 거짓과 기만은 없을 테니 기쁘다고 스스로에게 말하기도 했다. 이제 상황이 의심할 바 없이 영원히 결정된 것만 같았다. 새로운 상황은 나쁠 수도 있겠지만 어쨌든 명확하게 결론지어질 테니, 이제 애매함이나 허위는 있을 수 없었다. 그 이야기를 입 밖에 냄으로써 자신과 남편에게 불러일으킨 고통은 모든 것이 매듭지어짐으로써 보상될 것이라고 그녀는 생각했다. 그날 저녁 그녀는 브론스키와 만났다. 상황을 정리하기 위해서라도 그에게 남편과의 사이에서 벌어진 일에 관해서 이야기를 해야 했지만, 그녀는 아무 말도 하지 않았다.

이튿날 아침 눈을 떴을 때, 그녀의 머릿속에 가장 먼저 떠오른 것은 자신이 남편에게 한 말이었다. 어쩌자고 그렇게 기괴하고 무례한 말을 내뱉을 생각을 했는지, 지금으로서는 도무지 이해할 수 없을 만큼, 또한 그로 인해 초래될 결과가 어떠할지 상상도 할 수 없을 만큼 끔찍하게만 여겨졌다. 그러나 이미 엎질러진 물이었고, 알렉세이 알렉산드로비치는 아무런 말도 없이 떠나 버렸다. 〈브론스키를 만났지만, 나는 그에게 말하지 않았어. 그가 떠나려는 순간 돌려세우고 얘기하고 싶었지만 단념했지. 왜 그를 보자마자 그 얘기를 하지 않았는지 이상하게 느껴졌기 때문이야. 무엇 때문에 나는 말하고 싶으면서도 말하지 않았을까?〉 이 질문에 대한 응답으로 그녀의 얼굴이 붉게 물들었다. 그녀는 무엇이 자신을 저지했는지를 깨달았다. 수치스러웠던 것이었다. 어제저녁까지만 해도 명확해졌다고 여겨지던 자신의 처지가 지금에 와서 보니 명확하지도 않을뿐더러 출구 없이 막막해만 보였다. 전에는 생각해 본 적도 없던 치욕이 문득 두려워졌다. 남편이 벌일 일들을 떠올리기만 해도 무시무시한 생각들이 엄습해 왔다. 지금 막 관리인이 와서 그녀를 별장에서 쫓아내고 만천하에 자신의 치욕이 공표되는 광경이 머릿속에 떠올랐다. 별장에서 쫓겨나면 어디로 가야 할지 스스로에게 물어도 답을 구할 수는 없었다.

브론스키를 떠올려 보았으나, 그가 더 이상 자신을 사랑하지 않으며 이미 부담스러워하기 시작했고, 자신 또한 그에게 스스로를 내줄 수 없을 것만 같다는 생각이 들어 그녀는 적대감에 사로잡혔다. 남편에게 했던 그 말, 늘 상상 속에서 되풀이했던 그 말을 마치 모든 사람들에게 털어놓은 것 같았고, 모든 이들이 그것을 들은 것만 같았다. 함께 살아온 식솔들의 눈을 마주 볼 엄두가 나지 않았다. 하녀를 부를 엄두도 안 났고, 아들과 가정 교사를 보러 아래층으로 내려가는 건 더더욱 못 할 짓이었다.

한참 전부터 그녀의 방문 앞에서 귀를 기울이고 있던 하녀가 마침내 자진해서 방 안으로 들어왔다. 안나는 묻는 듯한 눈초리로 그녀의 눈을 쳐다보고는 당혹감에 얼굴을 붉혔다. 하녀는 벨이 울린 줄 알았다면서 방에 들어온 것을 사죄하며 드레스와 쪽지를 건네주었다. 쪽지는 벳시가 보낸 것으로, 오늘 아침 리자 메르칼로바와 슈톨츠 남작 부인이 각자의 추종자들인 칼루시스키와 스트레모프 노인을 대동하고 크로케 게임을 하러 자기 집에 모이기로 한 일을 상기시키는 내용이었다. 〈풍속을 탐구하는 셈치고 보러 오세요. 기다릴게요〉라며 그녀는 쪽지를 끝맺었다.

쪽지를 읽은 안나는 무거운 한숨을 내쉬었다.

「아무것도 필요 없어.」 화장대에 놓인 목이 긴 병과 브러시를 제자리에 고쳐 놓고 있던 안누시카에게 그녀가 말했다. 「그만 가려무나. 곧 옷 입고 나갈 테니. 아무것도, 아무것도 필요 없어.」

안누시카가 나갔지만 안나는 옷을 입으려 하지 않았다. 그녀는 고개와 두 팔을 늘어뜨린 채 미동도 없이 앉아 있었다. 간혹 어떤 몸짓을 하거나 무언가를 말하려는 듯 온몸을 떨다가도 다시 꼼짝도 않고 가만히 있었다. 그러면서 그녀는 〈아, 하느님! 나의 하느님!〉을 끊임없이 되뇌었다. 그러나 〈나의〉도 〈하느님〉도 그녀에게는 아무런 의미가 없었다. 자라면서 체득한 종교를 결코 의심해 본 적이 없음에도 불구하고, 자신이 처한 상황을 타계하기 위해 종교에서 도움을 구하려는 발상은 마치 알렉세이 알렉산드로비치에게서 도움을 구하려는 것만큼이나 그녀에게는 터무니없는 일로 여겨졌다. 지금 자기 삶의 모든 의미를 이루는 바로 그것을 버릴 때만이 종교의 도움을 구할 수 있다는 사실을 그녀는 진작에 깨닫고 있었던 것이다. 한 번도 경험해 보지 못했던 새로운 정신적 징후 앞에서 그녀는 괴로움뿐 아니라 두려움마저 느꼈다. 간혹 눈이 피로할 때 사물이 두 개로 갈라져 보이듯이 영혼 속의 모든 것이 양분되는 것만 같았다. 가끔씩은 자신이 무엇을 두려워하는지, 무엇을 바라는지 알 수가 없었다. 두려워하는 건지 욕망하는 건지, 그 대상이 과거의 일인지 미래의 일인지, 자신이 정확히 무엇을 원하는 건지 알 수가 없었다.

〈아아, 지금 내가 뭐하는 거람!〉 그녀는 머리 양쪽에 통증을 느끼고는 이렇게 중얼거렸다. 정신을 차려 보니 양손으로 관자놀이 주변의 머리카락을 움켜쥔 채 짓누르고 있었던 것이다. 이제는 자리를 박차고 일어나 방 안을 거닐기 시작했다.

「커피가 준비되었고, 마드무아젤과 세료자 도련님이 기다리고 계십니다.」 되돌아온 안누시카가 아까와 똑같은 상태로 있는 안나를 맞닥뜨리고는 이렇게 아뢰었다.

「세료자? 세료자가 뭐 어떻다고?」 별안간 활기를 띠며 안나가 물었다. 아침나절이 되어서야 처음으로 아들의 존재를 기억해 낸 것이었다.

「아마도 잘못을 빌고 계신 것 같아요.」 안누시카가 미소를 지으며 대답했다.

「뭘 어쨌는데 잘못을 빌어?」

「구석방에 있던 복숭아 말씀인데요, 아마도 그것을 몰래 하나 드셨나 봐요.」

방금 떠오른 아들 생각이 여태까지 처해 있던 막막한 상황으로부터 순식간에 안나를 끌어내 주었다. 그녀는 최근 몇 년 동안 자처해 온 역할, 다분히 과장되었으나 그래도 부분적으로는 진실한, 아들을 위해 살아가는 어머니의 역할을 상기해 냈다. 이와 같은 상황 속에서도 남편이나 브론스키와 밀착된 입지로부터 독립된 왕국을 소유하고 있다는 사실을 그녀는 흐뭇한 마음으로 실감했다. 그 왕국은 바로 아들이었다. 어떠한 상황에 처하더라도 아들을 버릴 수는 없었다. 남편이 모욕을 주고 내쫓거나, 브론스키가 냉담해지고 자신의 독립적인 삶을 지속한다 해도(순간 그녀는 또다시 치미는 울화와 원망을 품고서 그를 떠올렸다) 아들을 버릴 수는 없었다. 그녀에게는 삶의 목표가 있었다. 아들과의 관계를 보장받고, 아들을 빼앗기지 않으려면 행동을 취해야 했다. 아들을 빼앗기기 전에 어서 빨리, 최대한 빨리 결행해야 했다. 아들을 데리고 떠나는 것. 이것이 바로 그녀가 단행해야 할 유일한 일이었다. 마음을 가라앉히고 이 고통스러운 처지에서 벗어나야만 했다. 아들과 관련하여 결행해야 할 일과 아들을 데리고 즉시 어디론가 떠나야겠다는 생각이 그녀의 마음을 진정시켰다.

그녀는 재빨리 옷을 입고서 아래층으로 내려가 단호한 걸음걸이로 응접실에 들어섰다. 평소처럼 커피와 함께 세료자와 가정 교사가 기다리고 있었다. 온통 흰옷 차림의 세료자가 탁자 곁의 거울 아래서 등과 고개를 수그린 채 서 있었다. 안나가 익히 알고 있는, 아버지를 닮은 예의 긴장되고 주의 깊은 표정을 짓고서 자신이 꺾어 온 꽃들을 만지작거리고 있었다.

가정 교사의 태도가 유달리 근엄했다. 세료자는 종종 그러듯이 〈앗, 엄마!〉 하고 째질 듯이 소리를 지르더니 머뭇거리며 동작을 멈추었다. 꽃은 내던져 버리고 어머니에게 다가가 인사를 할지, 아니면 화관을 마저 만들어 가지고 갈지 망설이는 것이었다.

가정 교사는 인사를 하더니, 세료자가 저지른 일에 관하여 또박또박 장황하게 늘어놓기 시작했다. 그러나 안나는 그녀의 말을 듣고 있지 않았다. 가정 교사를 데리고 가야 할지를 생각하고 있었던 것이다. 〈아니야, 데리고 가지 않겠어.〉 그녀는 결정을 내렸다. 〈아들이랑 단둘이서 떠나겠어.〉

「그래요, 참 못되게 굴었네요.」 안나가 아들의 어깨를 부여잡더니, 엄하기는커녕 오히려 소심한 눈길로 바라보면서 입을 맞추었다. 그러한 어머니의 눈길에 아이는 당혹스러우면서도 기뻤다. 「아들이랑 둘만 있게 해주세요.」 그녀가 가정 교사에게 말하고는 아들의 손을 놓지 않은 채 커피가 놓여 있는 탁자 앞에 앉았다.

「엄마! 나…… 나는…… 그게…….」 복숭아 때문에 어떤 벌을 받게 될지, 어머니의 표정에서 가늠해 보려 애쓰며 소년은 더듬거렸다.

「세료자…….」 가정 교사가 응접실을 나가자마자 그녀가

531

운을 뗐다. 「그건 나쁜 짓이야. 하지만 앞으로는 그러지 않을 거지……? 넌 엄마를 사랑하지?」

눈물이 솟구쳐 오르는 게 느껴졌다. 〈내가 과연 이 아이를 사랑하지 않을 수 있을까?〉 어리둥절해하면서도 환희에 찬 아들의 눈을 주시하며 그녀는 생각했다. 〈이 아이가 과연 아버지와 한편이 되어 나를 응징하려 들까? 정말이지 나를 가엾이 여기지 않으려나?〉 눈물은 이미 볼을 타고 흘러내렸다. 그것을 감추기 위해 그녀는 자리를 박차고 일어나 뛰쳐나가 다시피 테라스로 향했다.

요 며칠 동안 뇌우가 몰아치더니 차갑고 청명한 날이 시작되었다. 선명한 햇살이 깨끗이 씻긴 잎사귀들을 향해 내리쬐는데도 불구하고 대기는 냉랭했다.

싸늘한 냉기로 인하여, 그리고 깨끗한 공기 속에서 새로운 위력을 발휘하며 그녀를 사로잡은 내면의 두려움으로 인하여 그녀는 온몸을 부르르 떨었다.

「어서 가보렴, 마리에트에게 가봐.」 그녀는 뒤따라 나온 세료자에게 이르고는 테라스의 밀짚 깔개 위를 거닐기 시작했다. 〈정말이지 저들은 나를 용서하지 않을까? 이 모든 게 달리 어쩔 수 없었다는 것을 이해하지 못할까?〉 그녀가 스스로에게 물었다.

안나는 걸음을 멈추고서 바람결에 흔들리는 백양나무 꼭대기를 바라보았다. 깨끗이 씻긴 잎사귀들이 차가운 햇살을 받아 선명하게 반짝였다. 저들은 용서하지 않을 것이며, 이제는 모든 것들, 모든 이들이 저 하늘과 저 푸른 나무처럼 무자비해질 것임을 그녀는 깨달았다. 또다시 영혼 속에서 분열이 일어나고 있었다. 〈그럴 것 없어, 생각할 필요가 없다니까.〉

그녀는 생각했다. 〈채비를 차려야 해. 언제, 어디로 가야 할까? 누구를 데리고 가지? 그래, 모스크바로 가자, 야간열차를 타고. 안누시카랑 세료자랑, 꼭 필요한 물건들만 챙겨서. 하지만 그 전에 양쪽 모두에게 편지를 써야 해.〉그녀는 황급히 집 안으로 들어가 서재의 책상 앞에 앉아 남편에게 편지를 썼다.

그 일이 일어난 이상 더 이상 당신 집에 머무를 수가 없어요. 떠나겠어요. 아들을 데리고 가겠습니다. 나는 법에 관해서는 몰라요. 따라서 양친 중 누가 아들과 함께해야 하는 건지 모르겠습니다. 하지만 아들을 데려가렵니다. 왜냐하면 그 아이 없이는 살 수가 없으니까요. 넓은 아량을 베푸시어 아이를 나에게 주세요.

여기까지는 신속하게 술술 써 내려갔다. 그런데 남편한테서 전혀 찾아볼 수 없는 아량을 호소해야 하고, 편지의 말미를 무언가 감동적인 구절로 끝맺어야 한다는 부담이 글쓰기를 중단시켰다.

나의 잘못과 뉘우침에 대해선 언급할 수 없습니다. 왜냐하면……

생각의 갈피를 잡지 못한 그녀는 또다시 펜을 멈추었다. 〈그래, 아무것도 필요 없어.〉그녀는 이렇게 생각하고는 편지를 찢어 버린 뒤, 아량 운운하는 대목을 뺀 채 새로 써서 봉인했다.

또 다른 편지는 브론스키에게 써야 했다. 〈남편한테 모든 걸 얘기했어요.〉 이렇게 적고 나서 그녀는 기력이 빠져 한참을 가만히 앉아 있었다. 이건 너무나 거칠고 여성답지 못한 표현이었다. 〈그다음엔 대체 뭐라고 쓴담?〉 그녀의 얼굴이 또다시 수치심으로 붉게 달아올랐다. 브론스키의 침착함을 떠올린 그녀는 이내 그에 대한 원망으로 첫 구절이 적힌 편지지를 갈기갈기 찢어 버렸다. 〈아무것도 필요 없어.〉 그녀는 이렇게 되뇌고는 압지첩을 내려놓고 위층으로 올라갔다. 그러고서 가정 교사와 식솔들에게 오늘 모스크바로 갈 거라고 고한 다음, 곧바로 짐을 싸기 시작했다.

16

문지기와 정원사, 하인들이 별장의 방마다 돌아다니면서 짐을 날랐다. 장롱과 서랍장 들은 활짝 열려 있었다. 노끈을 사러 상점에 두 차례나 다녀왔고, 바닥에는 신문지들이 굴러다녔다. 트렁크 두 개와 자루들, 꽁꽁 싸맨 담요들이 현관으로 내려졌다. 현관 앞에서는 사륜마차 한 대와 두 대의 짐마차가 대기 중이었다. 짐을 꾸리는 동안 불안감도 잊은 채 자기 방 책상 앞에서 여행 가방을 챙기고 있던 안나에게 안누시카가 오더니 마차 소리가 난다고 일러 주었다. 창밖을 내다보니 출입문 앞에서 초인종을 울리고 있는 것은 바로 알렉세이 알렉산드로비치의 파발꾼이었다.

「가서 무슨 일인지 알아봐.」 이렇게 이른 다음, 그녀는 안락의자에 앉아 두 손을 무릎 위에 얹고서 만반의 태세를 갖추었다. 하인이 알렉세이 알렉산드로비치의 서명이 적힌 두툼한 봉투를 대령했다.

「파발꾼에게 답신을 받아 오라는 명을 내리셨다는데요.」 그가 말했다.

「알겠네.」 그녀는 대답하고 난 뒤 하인이 나가자마자 떨리는 손가락으로 봉투를 뜯었다. 그러자 종이띠로 묶인 빳빳한 지폐 다발이 떨어졌다. 그녀는 편지를 꺼내 맨 끝에서부터 읽어 나갔다. 〈이사에 필요한 모든 조치는 이미 취해 놓았소. 이러한 나의 청을 당신이 이행하느냐의 여부에 내가 각별한 의미를 부여하고 있음을 명심하길 바라오.〉 이 구절을 읽은 그녀는 황급히 그 앞의 내용을 밑에서부터 훑어본 다음, 모두 읽고 나서 다시 한번 처음부터 읽어 내려갔다. 편지를 다 읽자 온몸이 오싹했고, 예기치 않은 무시무시한 불행이 엄습해 오는 기분이었다.

아침나절에 그녀는 남편에게 죄다 털어놓은 것을 후회했고, 그 말을 하지 않았더라면 얼마나 좋았을까 하는 생각뿐이었다. 그런데 이 편지가 바로 그 말을 없었던 일로 치면서 그녀가 가정하고 희망했던 바를 선뜻 내주는 것이었다. 그럼에도 이 편지는 지금 그녀가 상상할 수 있는 그 무엇보다도 끔찍한 것으로 여겨졌다.

〈그가 옳아! 옳고말고!〉 그녀가 생각했다. 〈물론이지, 그는 항상 옳아. 기독교인이잖아. 관대한 사람이야! 그리고 저열하고 추악한 인간이지! 그 사실은 나 말고는 아무도 모르고, 앞으로도 모를 거야. 나도 설명을 못 하겠어. 사람들은 그러지, 경건하고 도덕적이고 정직하고 영리한 사람이라고. 하지만 그들은 내가 본 것을 보지 않잖아. 지난 8년 동안 그가 얼마나 내 삶을 질식시켜 왔는지, 내 안에서 살아 숨 쉬던 모든 것들을 얼마나 짓눌러 왔는지를 그들은 모르잖아. 내가 사랑을 필요로 하는, 살아 있는 여자라는 점을 단 한 번도 그는 생각해 본 적이 없다는 사실을 그들은 몰라. 그가 매사에 나를 모욕하고 자기만족을 맛보았다는 걸 아무도 모른다고. 나도 내 삶을 정당화할 길을 찾고자 온 힘을 다해서 애써 오지 않았겠어? 그를 사랑하려고, 이미 남편을 사랑할 수가 없게 되었을 때는 아들을 사랑하려고 노력하지 않았겠느냐고! 하지만 때가 되었고, 이제 깨달았어. 더 이상 스스로를 속일 수 없다는 걸, 나는 살아 있다는 걸, 내 탓이 아니라 하느님이 나를 이런 여자로, 사랑하면서 살아야 하는 여자로 만들었다는 걸. 그런데 대체 지금 이게 뭐냐고. 차라리 나를 죽이고 그이를 죽이라지. 그러면 모든 걸 견뎌 내고, 모든 것을 용서할 텐데. 하지만 이건 아냐. 그는……〉

〈그가 어떤 식으로 나올지, 어쩌자고 나는 짐작도 못 한 걸까? 그는 자신의 저열한 성정에 걸맞은 짓을 할 거야. 자신은 옳은 사람으로 남고, 이미 파멸해 버린 나를 더욱 흉악하고 비열하게 파멸시키겠지.〉〈당신과 당신의 아들에게 무슨 일이 닥칠지는 당신 자신이 예상할 수 있을 것이오.〉 그녀는 이 편지의 구절을 떠올렸다. 〈이건 아들을 빼앗아 가겠다는 협박이야. 그들의 바보 같은 법에 따르면 가능한 일이겠지. 하지만, 그가 왜 이런 말을 하는지 내가 모를 턱이 있나? 그는 아들에 대한 나의 사랑을 믿지 않거나, 아니면 나의 그런 감정을 경멸하고 있는 거야(늘 비웃었듯이 말이지). 그럼에도 그는 알고 있어. 내가 아들을 버리지 않으리라는 걸, 버릴 수 없다는 걸, 사랑하는 사람과 함께한다 해도 아들이 없다면 나에게 삶이라는 것이 존재할 수 없다는 걸, 만일 아들을 버리고 그로부터 도망친다면 나는 가장 치욕스럽고 더러운 여자가 되리라는 걸. 바로 이 사실을 그는 알고 있고, 나한테 그럴 만한 배짱이 없다는 것도 알고 있는 거야.〉

〈우리의 생활은 예전처럼 진행되어야 하오.〉 그녀는 편지의 또 다른 구절을 떠올렸다. 〈그 생활은 예전에도 이미 고역이었고, 최근 들어서는 끔찍했어. 그렇다면 이제는 어찌 될까? 그는 이 모든 것을 알고 있을 뿐만 아니라, 내가 숨 쉬고 사랑한 것을 후회할 리 없다는 점도 잘 알지. 허위와 기만 외에는 이 상황으로부터 귀결될 게 아무것도 없다는 걸 이미 알고 있는 거야. 그런데도 나를 계속해서 괴롭혀야만 하겠지. 나는 그를 알아! 마치 물속의 물고기처럼 그는 허위 속을 헤엄치며 쾌감을 느낀다고. 하지만 안 돼, 그에게 그런 쾌감을 안겨 주지 않겠어. 나를 휘감으려 드는 그 허위의 거미줄을 찢어 버리고 말겠어. 될 대로 되라지. 뭐든 허위와 기만보다는 나을 테니!〉

〈하지만 어떻게? 하느님, 나의 하느님! 나처럼 이렇게 불행한 여자가 언젠가 또 있었을까요……?〉

「아니야, 찢어 버릴 테야. 찢어 버리겠어!」 그녀는 벌떡 일어나 눈물을 참으며 소리쳤다. 그러고서 그에게 또 한 통의 편지를 쓰기 위해 책상으로 다가갔다. 하지만 마음속 깊은 곳에서는 느끼고 있었다. 이미 자신에겐 그 무엇도 찢어 버릴 힘이 없으며, 아무리 거짓되고 부정직해도 예전과 다름없는 이 상황에서 벗어날 길이 없다는 것을.

그녀는 책상에 앉았지만, 편지를 쓰는 대신 책상 위에 두 손을 포개 놓고 그 위에 머리를 얹은 채 어린아이가 울듯이 가슴을 들썩이며 흐느껴 울기 시작했다. 자신의 입장을 해명하고 확실하게 매듭짓겠다는 꿈이 영원히 깨어져 버렸다는 사실이 너무나 서글펐던 것이다. 모든 것이 예전 그대로 유지될 것이며, 심지어 예전보다 훨씬 더 나빠지리라는 것을 그녀는 예상할 수 있었다. 그녀는 자신이 누려 온 세상에서의 지위, 아침나절만 해도 비천하게 여겨졌던 자신의 입지가 실은 소중한 것임을, 또한 자신에겐 남편과 아들을 버리고 정부와 살림을 차린 여자의 치욕스러운 처지와 그것을 맞바꿀 만한 배짱이 없다는 사실을 절감했다. 아무리 애를 쓴다 한들 자신이 원래 생겨 먹은 것보다 더 강해질 수는 없는 법이다. 그녀는 결코 사랑할 자유를 맛보지 못할 것이었고, 삶을 함께 영위할 수 없는 저 자유분방한 외간 남자와의 추잡한 내연 관계를 위해 매 순간 탄로 날지 모른다는 위협을 감수하며 남편을 기만하는 죄 많은 아내로 영원히 남게 될 것이었다. 일이 그렇게 되리라는 것을 그녀는 알고 있었다. 게다가 과연 어떻게 끝이 날지 상상할 수조차 없을 정도로 그런 처지가 끔찍했다. 그래서 그녀는 벌받은 어린아이처럼 주체를 못 하고 엉엉 울었던 것이다.

하인의 발소리에 그녀는 정신을 차리고는 얼굴을 가린 채 편지를 쓰는 척했다.

「파발꾼이 답신을 주시길 청하는데요.」 그가 말했다.

「답신을? 알았네. 조금만 더 기다리라고 해줘.」 안나가 말했다. 「다 되면 벨을 울리지.」

〈내가 무슨 말을 쓸 수 있겠어?〉 그녀는 생각했다. 〈나 혼자서 뭘 결정할 수 있겠어? 내가 아는 게 뭔데? 내가 원하는 게 뭐지? 나는 어떻게 하고 싶은데?〉 또다시 영혼이 분열되는 기분이었다. 그녀는 그러한 느낌에 거듭 놀라며 스스로에 대한 상념에서 벗어나게 해줄 것만 같은, 막 머릿속에 떠오른 행동의 구실을 덥석 낚아챘다.

〈당장 알렉세이(그녀는 마음속으로 브론스키를 그렇게 불렀다)를 만나야 해. 오직 그이만이 내가 해야 할 바를 말해 줄 수 있어. 벳시 집으로 가겠어. 어쩌면 거기서 그이를 볼 수 있을지 몰라.〉 어제 벳시의 집에는 가지 않을 거라고 브론스키에게 말했을 때, 그렇다면 자신도 안 가겠노라고 그가 대꾸했던 것을 까맣게 잊은 채 안나는 속으로 뇌까렸다. 그러고는 책상 앞으로 다가가 남편에게 〈당신의 편지는 잘 받았습니다. A.〉라고 쓴 뒤 벨을 울려서 하인에게 건네주었다.

「우린 떠나지 않을 거야.」 방에 들어온 안누시카에게 그녀가 말했다.

「아예 안 가시는 건가요?」

「아니, 내일까지는 짐을 풀지 말고 마차도 그대로 둬. 곧 공작 부인 댁으로 갈 거야.」

「어떤 드레스를 준비할까요?」

17

트베르스카야 공작 부인이 초청한 크로케 시합에는 두 명의 귀부인과 그들의 추종자들이 참여하기로 되어 있었다. 두 귀부인은 새롭게 결성된 최정예 페테르부르크 사교계 그룹의 대표 주자들로, 무언가의 모방을 다시 모방하는 데 있어서 les sept merveilles du monde(세계 7대 불가사의)라 불릴 정도로 뛰어난 사람들이었다. 정말이지 사교계의 최상류 그룹에 속하는 부인들이었지만, 안나가 가담하던 모임에는 완전히 적대적이었다. 게다가 리자 메르칼로바의 숭배자인 스트레모프 노인은 페테르부르크에서 가장 영향력 있는 인사 중 한 사람이었는데 그는 직무상 알렉세이 알렉산드로비치의 적수이기도 한 터였다. 이러한 점들을 고려하여 안나는 모임에 가지 않으려 했고, 트베르스카야 공작 부인이 보낸 쪽지의 뉘앙스 역시 그러한 그녀의 거절을 염두에 둔 것이었다. 그런데 이제 그녀는 브론스키를 볼 수 있을 거라는 생각에 거기 갈 마음을 먹었다.

안나는 다른 손님들보다 먼저 트베르스카야 공작 부인의 집에 도착했다.

그녀가 집 안으로 들어섰을 때, 시종보 비슷한 옷차림에 볼수염을 잘 다듬은 브론스키의 하인 역시 안으로 들어서던 참이었다. 그는 문가에 멈춰 서서 챙 달린 모자를 벗고는 안나에게 길을 내주었다. 그를 보자마자 안나는 어제 브론스키가 오지 않겠다고 말했던 것을 기억해 냈다. 벳시에게 그러한 의사를 알리는 쪽지를 보내온 것이 틀림없었다.

문간방에서 웃옷을 벗는 동안 그녀는 ⟨r⟩을 발음하는 소리마저 시종보 같은 그 하인이 누군가에게 쪽지를 건네며 ⟨백작님께서 공작 부인께 드리는 전갈입니다⟩라고 말하는 것을 들었다.

주인 나리는 어디 있느냐고 그에게 묻고 싶었다. 도로 집으로 가서 그에게 편지를 보내 자기한테 와달라고 하든지, 아니면 직접 그에게 가고 싶었다. 그러나 이것도 저것도, 그 무엇도 단행할 수 없는 상황이었다. 이미 그녀의 도착을 고하는 벨 소리가 울렸고, 트베르스카야 공작 부인의 하인이 활짝 열린 문가에 비스듬히 선 채 그녀가 내실로 들어오기를 기다리고 있었던 것이다.

「공작 부인께서는 정원에 계십니다. 곧 아뢰겠습니다. 정원으로 가시겠습니까?」 옆방에 있던 다른 하인이 물었다.

불확실하고 애매한 입장은 집에서와 마찬가지였다. 아니, 손쓸 방도가 없고, 브론스키도 볼 수 없으며, 여기 자신의 성향과는 영 안 맞는 낯선 모임에 남아 있어야 했으니 상황은 더 좋지 않은 셈이었다. 그러나 그녀의 화장과 몸치장은 그녀에게 잘 어울렸고, 그녀 또한 그 사실을 잘 알고 있었다. 게다가 이제 그녀는 혼자가 아니었다. 아주 익숙한 무사태평의 분위기가 성대하게 조성되어 있었기에 마음은 집에서보다 한층 가벼웠다. 무엇을 해야 할지 궁리할 필요가 없었다. 모든 게 저절로 되어 갔으니까. 안으로 들어서자 벳시가 온통 흰색으로 치장한 모습에 놀랄 만큼 우아한 자태로 그녀를 맞이했다. 안나는 언제나처럼 미소를 지어 보였다. 트베르스카야 공작 부인은 투시케비치와 친척 아가씨를 대동하고 왔는데, 시골에 있는 그녀의 부모는 딸이 저명한 공작 부인의 집에서 여름을 보낸다는 사실을 몹시 흐뭇하게 여기고 있었다.

벳시가 곧바로 눈치챘바, 안나에게 뭔가 심상치 않은 일이 일어난 게 틀림없었다.

「잠을 잘 못 잤어요.」 맞은편에서 브론스키의 전갈을 가져온 것으로 짐작되는 하인이 걸어오는 모습을 힐끗 쳐다보며 안나가 말했다.

「와주셔서 얼마나 기쁜지 몰라요.」 벳시가 말했다. 「좀 피곤해서 손님들이 오시기 전에 차를 한잔 마시려던 참이었어요. 아, 저쪽으로 가보시죠.」 그러고는 투시케비치를 향해 말했다. 「저기 잔디를 깎아 놓은 곳에서 크로케 시합을 할 만한지 마샤와 함께 살펴봐 주시면 좋겠어요. 우리는 그사이 차를 마시면서 허물없는 얘기를 좀 나눌게요. We will have a cosy chat(편안하게 수다나 떨려고요), 그렇죠?」 벳시는 미소 띤 얼굴로 양산을 든 안나의 손을 꼭 잡았다.

「안 그래도 저는 여기 오래 머물 수가 없어요. 브레데 노부인을 찾아뵈어야 하거든요. 너무 오랫동안 약속해 온 거라서요.」 안나가 말했다. 거짓말은 그녀의 성정과 거리가 멀었지만, 이제 사교계에서는 거짓말이 편하고 자연스러워졌을 뿐만 아니라 쾌감까지 안겨 주곤 했다.

단 1초도 생각해 보지 않았던 그 말을 자신이 왜 했는지, 그녀는 도무지 납득할 수가 없었다. 브론스키가 오지 않을 테니 어떻게든 그를 만날 방도를 찾아보려면 일단 자유로워져야 한다는 궁리 끝에 나온 말이었다. 하지만 찾아가 봐야 할 다른 수많은 사람들도 있는데 왜 하필이면 그 늙은 여관(女官)을 언급했는지, 도무지 설명할 길이 없었다. 하지만 나중에 밝혀진바, 브론스키와 만날 수 있는 절묘한 방도로서 이보다 더 좋은 수를 생각해 낼 수는 없었을 것이다.

「안 돼요, 절대로 보내 주지 않겠어요.」 벳시가 안나의 얼굴을 유심히 바라보며 대꾸했다. 「정말이지 내가 당신을 좋아하지 않았더라면 기분이 상했을 거예요. 우리 집 모임이 당신의 명예를 훼손할까 봐 염려하고 있는 거잖아요. 작은 응접실로 우리가 마실 차를 내주게.」 하인을 대할 때면 늘 그러듯이 두 눈을 가늘게 뜬 채 그녀가 말했다. 그러고는 하인에게서 건네받은 쪽지를 읽었다. 「알렉세이가 우리한테 공수표를 날렸군요.」 그녀가 프랑스어로 말했다. 「못 온다고 하네요.」 브론스키가 안나에게 크로케 시합 파트너 이상의 어떤 다른 의미를 지닌다는 것은 추호도 생각해 본 적이 없으며, 생각할 수도 없다는 듯 자연스럽고 범상한 말투였다.

안나 역시 벳시가 모든 것을 알고 있다는 사실을 인지하면서도, 그녀가 자기 앞에서 브론스키에 관해 말하는 것을 들을 때면 순간적으로 그녀는 아무것도 모르고 있다고 확신하곤 했다.

「아, 그렇군요!」 안나는 그 일에 별 관심이 없다는 듯 무심하게 대꾸하고는 미소를 지으며 말을 이었다. 「어떻게 당신의 사교 모임이 누군가의 명예를 훼손할 수가 있겠어요?」 모든 여자들한테 그렇듯이 그런 유의 말장난, 그런 식의 비밀 감추기에 안나는 굉장한 매력을 느꼈다. 감춰야 할 불가피성도 감추려는 목적도 아닌, 은폐 과정 자체가 그녀를 매혹했다. 「나는 교황보다 더한 가톨릭 신자가 될 수 없어요.」 그녀가 말을 이었다. 「스트레모프나 리자 메르칼로바 말이에요, 그분들은 사교계의 최고 엘리트잖아요. 게다가 어디서나 환영받지요. 나도(그녀는 나라는 말에 특히 힘을 주었다) 엄격하고 편협하게 굴었던 적은 결코 없어요. 그저 시간이 없었을 뿐이죠.」

「아마도 스트레모프와 대면하고 싶지 않으신 거겠죠? 그분이 위원회에서 알렉세이 알렉산드로비치랑 설전을 벌이는 건 신경 쓰지 말아요. 우리와는 상관없잖아요. 그분은 사교계에서 가장 친절한 분이시고, 내가 아는 것은 오직 그런 모습뿐이에요. 그리고 열정적인 크로케 선수죠. 이제 곧 알게 될 거예요. 리자에게 흠뻑 빠진 늙은이라는 우스꽝스러운 처지

543

에도 불구하고, 그 우스운 궁지에서 그분이 어떻게 빠져나오는지 지켜봐야 한다니까요! 정말 사랑스러운 분이에요. 참, 사포 슈톨츠를 모르시나요? 완전히 새로운 분위기를 선보이는 분인데.」

이런 얘기들을 줄줄 늘어놓는 사이 벳시의 쾌활하고 총명한 눈빛을 본 안나는 그녀가 자신의 상황을 부분적으로 이해하고 있으며, 무언가 궁리하고 있음을 감지했다. 그들은 작은 응접실에 있었다.

「그러고 보니, 알렉세이에게 편지를 써야겠네요.」 그러고서 벳시는 책상에 앉아 편지를 몇 줄 적어 봉투에 넣었다. 「식사하러 오라고 적었어요. 귀부인 한 분이 식사 시간에 남자 파트너 없이 혼자 있게 되었다고요. 더 생각해 보세요, 꼭 가셔야겠는지. 미안하지만 잠시 다녀올게요. 편지를 봉해서 좀 보내 주세요.」 그녀가 문을 나서며 말했다. 「하인들에게 일러둘 게 있어서요.」

안나는 한순간의 망설임도 없이 벳시의 편지를 들고 책상으로 가서는 읽지도 않고 그 밑에 추가로 써 넣었다. 〈당신을 꼭 만나야 해요. 브레데 부인 댁 정원으로 와주세요. 6시에 그리로 가겠어요.〉 그러고서 편지를 봉하자, 벳시가 돌아와 안나가 보는 앞에서 편지를 급사에게 건넸다.

찻상에 받쳐 작고 서늘한 응접실로 날라 온 차를 마시는 동안 정말로 두 여인 사이에는 손님들이 오기 전까지 트베르스카야 공작 부인이 약속했던 cosy chat(편안한 수다)이 오갔다. 그들은 곧 도착할 손님들의 흉을 보았는데, 리자 메르칼로바에 관한 대목에서 이야기가 한참 이어졌다.

「그분은 참 사랑스럽고 늘 호감이 가요.」 안나가 말했다.

「틀림없이 그분을 좋아하게 될 거예요. 그분은 당신을 흠모하고 있거든요. 어제 경마가 끝난 뒤 우리 집에 와서는 당신을 못 만났다며 실의에 잠기더군요. 그녀가 그러는데, 당신 보고 진짜 소설 속의 여주인공이래요. 만일 자기가 남자였다면 당신 때문에 수천 번은 바보 같은 짓을 저질렀을 거라면서요. 스트레모프는 당신이 정말 남자들을 그렇게 만들고 있다고 거들더군요.」

「저, 그런데 말씀 좀 해주세요. 전 정말이지 전혀 이해할 수가 없어서요.」 잠시 침묵하던 안나는 지금 묻는 게 실없는 소리가 아닌, 다른 어떤 것보다 자신에게 중요하다는 점을 분명하게 드러내는 어조로 말했다. 「미시카라고 불리는 칼루시스키 공작과 그녀는 대체 어떤 관계인지, 좀 알려 주세요. 저는 그분들을 만난 적이 별로 없어서요. 도대체 어떤 관계죠?」

벳시가 눈웃음을 지으며 안나를 주의 깊게 응시했다.

「새로운 방식이죠.」 그녀가 말했다. 「그들은 그 방식을 택했어요. 머리쓰개를 방앗간 너머로 내던져 버렸다니까요.[13] 하지만 그것을 내던지는 데도 방식이라는 게 있는 법이죠.」

「그렇군요. 그런데, 그녀와 칼루시스키의 관계가 도대체 어떤 건데요?」

벳시가 느닷없이 깔깔대며 웃음을 터뜨렸다. 그녀가 그렇게 웃는 것은 드문 일이었다.

「먀흐카야 공작 부인의 전문 분야를 넘보시는군요. 무서운 아이들[14]이 던질 법한 질문이에요.」 그러더니 벳시는 참고 싶

13 프랑스 속담으로, 사회의 통념을 무시하는 여성의 행동을 뜻한다.
14 조숙하고 도발적인 젊은 세대를 뜻하는 프랑스어 〈앙팡 테리블enfant terrible〉을 직역한 표현이다.

지만 끝내 자제하지 못하겠다는 듯, 좀처럼 웃지 않는 사람들이 웃을 때처럼 전염성 강한 웃음을 다시금 터뜨렸다. 「당사자들에게 물어보세요.」 그녀가 웃음 때문에 고인 눈물을 글썽이며 덧붙였다.

「이런, 비웃으시는군요.」 안나 또한 무심결에 전염된 웃음을 띤 채 말했다. 「하지만 저는 전혀 이해할 수가 없더라고요. 거기서 남편의 역할이 이해가 안 돼요.」

「남편요? 리자 메르칼로바의 남편은 담요를 들고 그녀를 쫓아다니며 언제나 시중들 채비를 하고 있죠. 그들 사이에서 그 이상 무슨 일이 더 일어나는지는 아무도 알려고 들지 않아요. 보세요, 훌륭한 사교계에서는 몸치장의 자잘한 부분들에 대해 언급도 하지 않고 심지어 생각조차 하지 않잖아요. 이 경우 역시 마찬가지죠.」

「롤란다키 축연에는 가실 건가요?」 화제를 바꾸려고 안나가 물었다.

「안 갈 생각이에요.」 벳시가 벗에게는 눈길을 주지 않은 채, 자그맣고 투명한 찻잔에 조심스레 향기로운 차를 따르기 시작했다. 그러고서 찻잔을 안나에게 밀어 놓더니 옥수수 잎으로 말아 만든 궐련을 꺼내 은제 담뱃대에 꽂아 피우기 시작했다.

「자, 정말이지, 나는 참 행복한 입장에 놓여 있답니다.」 그녀가 찻잔을 손에 쥐고는 웃음기 가신 목소리로 이야기를 꺼냈다. 「나는 당신을 이해하고, 리자 역시 이해해요. 리자 — 그이는 뭐가 좋고 나쁜지 모르는 아이 같은 순진한 성정을 지녔죠. 적어도 그녀가 아주 젊었던 시절에는 정말 아무것도 몰랐어요. 그런데 지금은 그렇게 세상 물정 모르는 게 자신한테 어울린다는 걸 잘 알고 있어요. 아마 이제는 일부러 이해하려 들지 않을걸요.」 벳시는 엷은 미소를 지었다. 「뭐 어쨌거나, 그 편이 그녀한테 어울리는 건 사실이니까요. 생각해보세요. 똑같은 사물이라도 비극적으로 바라보며 그 때문에 괴로워할 수 있지만 단순하게, 심지어 유쾌하게 바라볼 수도 있는 거잖아요. 당신은 사물을 너무 비극적으로 바라보는 경향이 있는 것 같아요.」

「나 자신을 알듯이 남들을 알 수 있다면 얼마나 좋을까요.」 안나가 생각에 잠겨 진지하게 말했다. 「나는 남들보다 못할까요, 아니면 더 나을까요? 제 생각에는 못났지만요.」

「무서운 아이네, 무서운 아이!」 벳시가 거듭 말했다. 「저기 손님들이 오셨군요.」

18

발소리와 남자의 목소리가 들리더니, 여자의 음성과 웃음소리도 들려왔다. 그 뒤로 기다리던 손님들, 사포 슈톨츠와 건강한 기색이 넘치는 젊은 청년 바시카가 들어왔다. 피가 흥건한 소고기와 송로 과자, 그리고 부르고뉴산 포도주로 이루어진 식사가 큰 보탬이 되었을 것이다. 바시카는 귀부인들에게 목례를 하고 그들을 쳐다보았지만, 단지 한순간뿐이었다. 사포를 따라 응접실로 들어간 그는 마치 묶여 있기라도 한양 그녀의 뒤만 쫓으며 응접실을 돌아다녔다. 반짝이는 두 눈은 금방이라도 집어삼킬 듯 그녀에게서 떠날 줄 몰랐다. 사포 슈톨츠는 검은 눈동자를 지닌 금발의 여인이었다. 그녀는 굽이 엄청나게 높은 구두를 신고 잰걸음으로 들어와서는 남자들처럼 귀부인들의 손을 굳세게 잡으며 악수를 나눴다.

이 새로운 저명인사를 처음으로 만난 안나는 그녀의 미모와 과격한 몸치장, 행동거지의 대범함에 충격을 받았다. 자기 머리카락과 남의 머리카락이 섞인 은은한 금빛 머리채를 단처럼 높이 쌓아 올렸는데, 그 크기가 앞부분이 심하게 노출된 채 매끈하게 돌출된 아름다운 가슴과 맞먹었다. 앞으로 걸어 나가는 동작은 또 어찌나 저돌적인지 매 걸음마다 드레스 아래로 무릎과 허벅지의 윤곽이 드러날 정도였다. 그리하여 자연스레, 상반신은 심하게 노출되고 뒤와 아래쪽은 꽁꽁 감춰져 있는 그녀의 저 자그맣고 늘씬한 진짜 육체는 대체 저 흔들리는 머리채의 산 뒤쪽 그 어디에서 끝나는 걸까, 하는 의문이 떠오르는 것이었다.

벳시는 서둘러 그녀에게 안나를 소개했다.

「생각해 보세요. 세상에, 우리가 병사 두 명을 거의 치어 죽일 뻔했지 뭐예요.」 그녀가 눈을 찡긋하더니 미소를 머금고, 한쪽으로 심하게 쏠려 있던 치맛자락을 뒤로 휙 넘기며 이야기를 꺼냈다. 「바시카와 마차를 타고 가던 길에…… 아, 두 분은 초면이시죠.」 그녀는 성을 부르면서 청년을 소개하고는, 초면인 여성 앞에서 바시카라고 그의 이름을 부른 실수에 얼굴을 붉히며 소리 내어 웃었다.

바시카는 안나에게 거듭 목례를 했지만 아무 말도 하지 않고 곧장 사포에게로 고개를 돌렸다.

「내기에서 지셨습니다. 우리가 먼저 도착했잖아요. 계산을 하시죠.」 그가 미소 띤 얼굴로 말했다.

사포는 한층 쾌활하게 웃었다.

「지금은 말고요.」 그녀가 말했다.

「상관없습니다. 나중에 받죠.」

「좋아요, 좋아. 아, 참!」 그녀가 갑자기 안주인에게로 고개를 돌렸다. 「제가 칠칠치 못하게도…… 잊고 있었네요. 손님을 모시고 왔어요. 여기 계십니다.」

사포가 데려왔으면서도 잊고 있었다던 이 예기치 못한 손님은, 젊은 나이에도 불구하고 두 귀부인 모두 일어서서 맞이해야 할 만큼 중요한 인물이었다.

그는 사포의 새로운 추종자로, 최근 바시카처럼 그녀의 뒤꽁무니를 쫓아다니기 시작한 참이었다.

곧이어 칼루시스키 공작과 리자 메르칼로바가 스트레모프와 함께 도착했다. 리자 메르칼로바는 동양적인 둥그스름한 얼굴형에 사람들이 입을 모아 얘기하듯 매혹적이고 오묘한 눈을 지녔으며 몸집이 여윈 갈색 머리 여인이었다. 어두운 빛깔로 단장한 모습(안나는 곧바로 그것을 알아차리고 높이 평가했다)이 그녀의 미모에 너무나 잘 어울렸다. 사포가 박력 있으면서도 단정한 반면, 리자는 부드러우면서도 방종한 면이 있었다.

그러나 안나의 취향으로는 리자가 훨씬 더 매력적이었다. 벳시는 그녀가 세상 물정 모르는 어린아이 흉내를 낸다는 식으로 안나에게 말했지만, 직접 모습을 보자 안나는 그 말이 사실이 아님을 느꼈다. 말 그대로 철없고 방종했지만 사랑스럽고 온순한 여자였다. 사실 그녀의 품행은 사포의 그것과 똑같았다. 사포가 그러듯이 그녀에게도 역시 매달린 듯 뒤를 쫓아다니며 두 눈으로 집어삼킬 듯 바라보는 두 명의 추종자가 있었다. 그중 한 사람은 청년이었고 다른 한 사람은 노인이었다. 그러나 그녀에게는 그녀 자신을 둘러싼 것들보다 더 고결한 무언가가 있었다. 유리 사이에서 빛나는 진짜 금강석의 광휘가 느껴졌다. 그 광휘는 그녀의 매혹적이고 참으로 오묘한 눈에서 뿜어져 나오고 있었다. 나른하면서 동시에 열정적인, 검은 윤곽으로 에워싸인 두 눈의 시선은 완벽한 순수함으로 사람들을 놀라게 했다. 그 눈을 바라본 사람들마다 그녀의 모든 것을 알아 버린 듯 느꼈으며, 그러고 나면 그녀를 사랑하지 않을 수가 없었다. 안나를 보자마자 그녀의 얼굴은 온통 기쁨의 미소로 환하게 빛났다.

「아아, 뵙게 되서 정말 기뻐요!」 안나에게 다가서며 그녀가 말했다. 「어제 경마장에서 당신이 계신 곳으로 막 가려던 참이었는데, 그만 가버리셨더군요. 바로 어제 당신을 너무나 만나고 싶었거든요. 정말이지 그 일은 너무나 끔찍했어요, 그렇지 않나요?」 그녀가 자신의 모든 영혼을 열어 보이는 듯한 눈길로 안나를 바라보았다.

「네, 저도 그 일로 그토록 흥분하게 될 줄은 정말 몰랐어요.」 안나가 얼굴을 붉히며 대답했다.

바로 그때 사람들이 정원으로 가려고 자리에서 일어났다.

「저는 안 갈래요.」 리자가 미소를 띤 채 안나 곁에 다가앉으며 말했다. 「당신도 안 가실 거죠? 크로케 시합이 대체 무슨 대수람!」

「아니요, 전 좋아해요.」 안나가 대꾸했다.

「아니, 어떻게 하면 그게 지루해지지 않을 수가 있죠? 당신을 보니 기분이 즐거워지네요. 당신은 생기가 넘치는 반면, 나는 권태로울 따름이에요.」

「권태롭다니요? 페테르부르크에서 제일 흥겨운 모임에 속해 있으시면서요.」

「우리 모임 성원이 아닌 분들이라면 어쩌면 더욱 권태로울지 모르죠. 하지만 우리는, 아마도 나는 즐겁지 않아요. 너무너무 지루해요…….」

사포는 궐련에 불을 붙이더니 두 청년들과 함께 정원으로 나갔고, 벳시와 스트레모프는 그대로 남아 차를 마셨다.

「지루하다니요?」 벳시가 대꾸했다. 「사포가 그러는데, 어제 댁에서 아주 즐거웠다면서요.」

「어휴, 얼마나 심심했는지 몰라요!」 리자 메르칼로바가 말했다. 「경마가 끝난 뒤 모두들 우리 집으로 갔어요. 그 나물에 그 밥이었죠! 허구한 날, 그게 그거라고요! 저녁 내내 소파에 파묻혀 있었답니다. 즐거울 게 뭐가 있겠어요? 대체 어떻게 하면 지루하지 않을 수 있을까요?」 그녀가 또다시 안나에게로 몸을 돌렸다. 「당신은 참 눈여겨볼 만해요. 당신을 보고 있으면 느껴져요. 행복한 여자일 수도 있고 불행한 여자일 수도 있지만, 어쨌든 지루해하지는 않는구나……. 어떻게 그럴 수 있는지, 좀 가르쳐 주세요.」

「딱히 하는 건 전혀 없어요.」 집요한 질문에 안나가 얼굴을 붉히며 대답했다.

「그거야말로 가장 좋은 방법이로군요.」 스트레모프가 대화에 끼어들었다.

스트레모프는 반백의 사나이임에도 여전히 혈기왕성했고, 얼굴은 아주 못생겼지만 개성 있고 총기가 넘쳤다. 리자 메르칼로바는 그의 처조카였는데, 그는 여가 시간을 몽땅 그녀와 함께 보내고 있었다. 직무에 있어서는 알렉세이 알렉산드로비치의 적수였지만, 막상 안나 카레니나 부인을 대면하자 그는 적수의 아내인 그녀에게 현명한 사교계 인사로서 유달리 친절하게 대하려고 애를 썼다.

「전혀 하는 게 없다……」 그가 묘한 미소를 지으며 그녀의 말을 이어받았다. 「최상의 방도입니다. 나도 오래전부터 말하곤 했죠.」 그가 리자 메르칼로바를 향해서 말했다. 「지루하지 않으려면, 지루할 거라는 생각 자체를 하지 말라고 말입니다. 불면증이 두렵다면 잠이 안 올까 봐 걱정하지 말라는 것과 같은 이치랍니다. 안나 아르카디예브나는 바로 이점을 일러 주신 겁니다.」

「제가 그런 얘길 한 거라면 무척 기쁠 텐데요. 왜냐하면 그건 옳은 지적일 뿐 아니라 진실이니까요.」 안나가 미소를 지으며 말했다.

「그것보다, 어째서 잠이 안 오고 지루할 수밖에 없는 건지, 그 이유를 좀 얘기해 주세요.」

「잠을 자려면 일을 해야 하듯이, 즐거워지기 위해서도 역시 일을 해야만 합니다.」

「내 노동이 아무에게도 필요치 않은데 왜 일을 하겠어요? 짐짓 하는 척 흉내만 내는 건 할 줄도 모르고, 하고 싶지도 않아요.」

「구제불능이로군요.」 그녀를 보지도 않은 채 스트레모프가 대꾸하더니 다시 안나 쪽으로 고개를 돌렸다.

안나와 만나는 일이 드물었기에 그는 범속한 얘기 말고는 아무 말도 할 수가 없었다. 그러나 그녀가 언제쯤 페테르부르크로 옮겨 갈 건지, 리디야 이바노브나가 얼마나 그녀를 좋아하는지 따위의 그렇고 그런 얘기를 주워섬기는 그의 표정에서 그녀가 자신을 좋은 사람이라 여기기를, 또 그녀에 대한 존경심과 심지어는 그 이상을 전하고자 하는 진심이 훤히 드러났다.

투시케비치가 들어오더니 다들 크로케 경기에 참여할 사람들을 기다리고 있노라고 알렸다.

「안 돼요, 제발 가지 마세요.」 안나가 떠나려 하자 리자 메르칼로바는 애원하듯 매달렸다. 스트레모프도 거들었다.

「너무나 대조적인데요.」 그가 말했다. 「이 모임에 있다가 브레데 노부인한테 가시다니요. 게다가 결국 그분에게 당신은 남의 흥이나 볼 기회나 되어 줄 게 뻔합니다. 하지만 여기서는 그와는 다른, 험담과는 정반대인 아주 선량한 감정들만을 일깨우게 될 거예요.」

안나는 잠시 머뭇거렸다. 저 현명한 사내의 아첨 섞인 말과 리자 메르칼로바가 보여 준 아이처럼 순수한 호감, 그리고 이 익숙한 사교계의 분위기. 그 모든 것이 참으로 안락한 반면, 저쪽에서는 너무나 괴로운 일이 그녀를 기다리고 있었다. 그리하여 그녀는 여기 더 남아 있을까, 그 괴로운 담판의 순간을 늦춰 볼까 싶어 순간적으로 망설였다. 하지만 아무런 결정도 내리지 못할 경우 닥쳐올 집안의 사태와 생각만 해도 무서운 그 모습, 양손으로 머리칼을 움켜쥐었던 그 순간의 자신의 몸짓을 떠올린 그녀는 작별 인사를 하고 그곳을 떠났다.

19

겉보기에는 경박한 사교계의 삶을 영위하고 있었지만, 사실 브론스키는 무질서를 몹시 혐오하는 인간이었다. 아직 젊었던 육군 유년 학교 시절, 그는 절박한 상황에 몰려 돈을 빌리려다가 거절당하는 모욕을 경험한 일이 있었다. 그 이후로는 단 한 번도 스스로를 그러한 상황에 놓이게 한 적이 없었다.

때에 따라 차이는 있지만, 1년에 다섯 번쯤 그는 주변 상황을 고려하여 자신의 모든 일들이 질서 정연하게 돌아가도록 방구석에 처박힌 채 신변을 정리하곤 했다. 그 일을 그는 결산 혹은 faire le lessive(세탁)라고 불렀다.

경주를 마친 다음 날 늦잠을 자고 일어난 브론스키는 면도도 목욕도 하지 않고, 여름 제복 차림으로 책상에 돈과 청구서들과 편지들을 펼쳐 놓은 채 작업에 착수했다. 페트리츠키는 잠에서 깨어나 책상 앞에 앉아 있는 동료를 보자 방해하지 않으려고 조용히 옷을 입고서 밖으로 나갔다. 그런 경우 대체로 그가 예민해진다는 사실을 잘 알고 있었던 것이다.

자신을 둘러싼 복잡한 상황들을 세세한 부분까지 파악하다 보면 누구나 무심결에 그러한 사정들과 그것을 이해하는 어려움이 오로지 자신에게만 개인적으로 우연히 일어나는 특별한 일이라 전제하기 마련으로, 다른 이들 역시 마찬가지로 저마다의 복잡한 사정에 둘러싸여 있다는 생각을 전혀 하지 못하는 법이다. 브론스키 역시 그러했다. 그 역시 오만함과 나름의 근거를 바탕으로, 다른 사람들이 만일 자신과 같은 곤란한 상황에 처했다면 이미 오래전에 궁지에 몰려 비행을 저질렀으리라 여겼다. 한편 궁지에 몰리지 않기 위해서는 바로 지금 자신의 상황을 명확하게 정리해 두어야 한다는 점을 그는 늘 생각했다.

가장 손쉬운 까닭에 첫 번째로 착수한 일은 금전적인 문제였다. 갚아야 할 빚의 액수를 예의 자잘한 필체로 편지지에 적은 다음 합산해 보니, 1만 7천 루블하고도 계산을 명확하게 하기 위해 빼놓은 몇백 루블이 되었다. 가진 돈과 은행 잔고의 액수를 합산한 그는 수중에 남은 돈이 1천8백 루블에 불과하며, 새해까지 수입이 들어올 가망은 전혀 없다는 사실을 알게 되었다. 부채 목록을 다시 셈한 뒤 브론스키는 그것을 세 부류로 나누어 옮겨 적었다. 첫 번째 부류에 속하는 것들은 당장 갚아야 할 빚과 적어도 청구받는 즉시 지불할 수 있도록 돈을 마련해 놓아야 하는 항목들이었다. 그런 부채들은 4천 루블가량 되었다. 말값 1천5백 루블, 그리고 자신이 동석한 자리에서 사기 카드 도박꾼에게 돈을 잃은 젊은 친구 베넵스키에 대한 보증금 2천5백 루블이었다. 당시 브론스키는 곧바로 돈을 내주려고 했지만(그땐 그만한 돈이 있었다), 베넵스키와 야시빈은 게임을 하지도 않은 브론스키가 아니라 자기들이 지불해야 한다며 고집을 피웠다. 그 뜻이야 갸륵하지만, 단지 구두로 베넵스키의 보증을 서는 정도로만 가담했을지라도, 이 더러운 사기 행각과 관련해서는 사기꾼에게 돈을 던져 주고 그와 그 어떤 말도 섞지 않기 위해 예의 2천5백 루블을 수중에 갖고 있어야만 한다는 사실을 브론스키는 잘 알고 있었다. 그리하여 이 첫 번째 항목에 대해서는 4천 루블이 필요했다. 두 번째 항목에 속한 돈은 8천 루블이었고, 비교적 덜 중요한 건들이 거기 해당되었다. 대부분 경주와 관련된 빚으로 말 귀리와 건초 납품업자, 영국인 조련사, 마구 제조업자 등등에게 지불해야 할 돈이었다. 이 부채와 관련해서도 완전히 마음을 놓으려면 2천 루블가량은 지불해야만 했다. 마지막 항목은 상점과 호텔, 재봉사에게 갚아야 하는 빚들로서 전혀 신경 쓰지 않아도 되는 건들이었다. 따라서 최소한 6천 루블이 필요했는데, 당장 융통할 수 있는 돈이라곤 1천8백 루블밖에 없는 것이었다. 다들 브론스키의 재산이 연간 10만 루블은 될 것이라고 짐작했는데, 사실 그만한 수입이 있는 사람에게야 그 정도의 부채는 골칫거리가 될 수 없는 법이지만 문제는 그가 그 10만 루블이라는 돈을 쥐어 본 적조차 전혀 없다는 사실이었다. 연간 10만에서 20만 루블에 달하는 수입을 올리는 부친의 막대한 유산은 형제들에게 아직 분배되지 않은 터였다. 게다가 형이 엄청난 빚을 진 채 재산이라곤 한 푼도 없는 데카브리스트[15]의 딸인 바랴 치르코바 공작 영애와 결혼했을 때, 알렉세이는 자기 몫으로 연간 2만 5천 루블만 할당하고 아버지의 영지에서 나오는 나머지 수입을 모두 형에게 양보했다. 당시 그는 결혼하기 전까지는 그 돈으로 충분할 뿐만 아니라, 사실 자신이 결혼하는 일은 절대 없을 것이라고 형에게 장담했었다. 가장 돈이 많이 드는 연대를 지휘하던 중 갓 결혼을 하게 된 형은 그러한 선물을 받지 않을 수가 없었다. 자신의 재산을 따로 소유하던 모친이 이 2만 5천 루블과는 별도로 알렉세이에게 매년 2만 루블가량을 줬는데, 그는 그 돈을 생활비로 남김없이 써버리곤 했다. 그러던 중 그가 내연 관계를 맺고서 모스크바를 떠나 버린 일 때문에 아들과 언쟁을 벌인 모친이 최근 들어 송금을 중단해 버린 것이었다. 이미 4만 5천 루블로 생활하는

15 입헌 군주제와 농노제 폐지를 목표로 1825년 12월에 전제 정권에 대항하여 쿠데타를 일으킨 러시아 장교 집단의 명칭. 러시아어로 12월을 뜻하는 〈데카브르dekabr〉에서 연원하며 〈12월 당원〉으로 번역되기도 한다. 데카브리스트의 봉기는 정부에 의해 순식간에 진압되어 관련자 125명이 체포되고 그중 주동자 다섯 명은 처형되었다.

데 익숙해 있던 브론스키로서는 올해 2만 5천 루블만 받게 되자 곤란을 겪을 수밖에 없었다. 이 난국에서 벗어나겠다고 어머니에게 돈을 요구할 수는 없는 노릇이었다. 게다가 그 전날 받은 모친의 편지는 특히 그의 화를 돋우었으니, 자신은 아들을 도울 준비가 되어 있지만 그것은 훌륭한 사회 전체에 폐를 끼치는 삶을 위해서가 아니라, 어디까지나 사교계와 공직에서의 입신출세를 위한 것임을 암시하는 내용이었다. 아들을 매수하고자 하는 모친의 바람은 그에게 깊은 모욕감을 안겨 주었고, 모친에 대한 마음을 더욱 냉담하게 만들었다. 그렇다고 전에 형에게 내뱉은 그 관대한 말을 취소할 수도 없었다. 지금 카레니나 부인과의 관계에서 가능한 몇 가지 경우의 수를 어렴풋하게 예견해 볼 때 당시의 관대한 말은 경솔한 발언이었으며 독신인 자신에게도 10만 루블이 필요할 수 있다는 것을 절감하면서도, 그는 그 말을 물릴 수가 없었다. 저 상냥하고 멋진 형수 바랴가, 기회가 닿을 때마다 자신은 시동생의 관대한 처사를 기억하고 있으며 이를 높이 평가한다는 것을 상기시키곤 했던 사실만 떠올려 봐도 이미 저질러진 일을 되돌릴 수 없다는 점을 깨닫기엔 충분했다. 여성을 때리거나, 도둑질을 하거나, 거짓말을 할 수 없는 것과 마찬가지로 그 일을 되돌리는 것 역시 불가능했다. 그가 할 수 있으며, 반드시 해야 하는 일은 딱 한 가지뿐이었다. 브론스키는 한순간의 망설임도 없이 그 수를 택하기로 결정을 내렸다. 우선 고리대금업자에게 1만 루블을 빌리기로 했다. 그 일에 어려울 것은 전혀 없었다. 또 전반적으로 지출을 줄이며 경주마들을 처분해야 했다. 결정을 내린 즉시 그는 여러 차례 사람을 보내 말을 사겠다는 제안을 전했던 롤란다키에게 쪽지

를 썼다. 그런 다음 영국인 조련사와 고리대금업자를 불러오
도록 사람을 보내고, 수중에 있는 돈을 청구서의 액수에 맞춰
나누었다. 모든 일을 마치고서 그는 어머니에게 냉담하고 신
랄한 답장을 썼다. 그런 다음, 지갑에서 안나가 보낸 쪽지 세
장을 꺼내어 재차 읽고는 불에 태운 뒤, 그녀와 어제 나눴던
대화를 떠올리며 생각에 잠겼다.

20

해야 하는 일과 해서는 안 되는 그 모든 일들을 확실하게
규정하는 규범이 존재한다는 점에서 브론스키의 생활은 특
별히 행복했다. 규범집은 아주 좁은 분야의 조건들만 포괄하
였으되, 그 대신 확실했다. 브론스키는 한순간도 그 범위를
벗어나지 않았으며, 해야 할 일을 실행하는 데 있어서 망설인
적도 없었다. 규범은 다음과 같이 명확하게 규정하고 있었다.
가령 사기꾼에게는 돈을 갚아야 하지만 재봉사에게는 갚을
필요가 없다든지, 남자들에게 거짓말을 해서는 안 되지만 여
자들에게는 해도 된다든지, 그 누구도 속여서는 안 되지만 상
대가 남편이라면 가능하다든지, 모욕하는 이를 용서해서는
안 되지만 내가 모욕할 수는 있다든지 등등. 이 모든 규범들
은 불합리하고 온당치 못할 수는 있을지언정 확실한 것들이
었고, 그것들을 이행하면서 브론스키는 안정을 찾을 뿐 아니
라 고개를 높이 쳐들고 다닐 수 있었다. 다만 최근 들어 안나
와 관련해서는 자신의 규범이 모든 조건들을 완벽하게 규정
해 주지 못한다는 것을 느끼기 시작했다. 미래에 닥칠 온갖

곤경과 불확실한 상황들이 머릿속에 그려졌지만, 이미 그 속에서 자신을 이끌어 줄 실마리를 찾을 수는 없었다.

안나와 그녀의 남편을 대하는 지금의 태도는 그에게 있어 단순하고 명확했다. 그러한 태도는 그가 지침으로 삼는 규범 속에 분명하게 규정되어 있었다.

그녀는 정숙한 여자로서 그에게 사랑을 바쳤으며, 그는 그녀를 사랑했다. 그러니 그의 입장에서 그녀는 합법적인 아내와 똑같이, 어쩌면 그보다 더 존중받을 만한 자격이 있는 여자였다. 감히 말이나 암시로써 그녀를 모욕하거나 한 여성이 기대할 법한 존경을 표하지 않는다면, 차라리 그 전에 자신의 손모가지를 잘라 버려야 마땅했다.

사교계에 대한 태도 역시 분명했다. 모든 사람들이 그 일을 알아채거나 수상하게 여길 수도 있지만, 그 누구도 감히 발설해서는 안 된다. 그러지 않을 경우, 그는 발설한 자들에게 입단속을 단단히 시키고 사랑하는 여자의 (실은 존재하지도 않는) 명예를 존중하게끔 종용할 각오가 되어 있었다.

남편에 대한 태도는 그 무엇보다도 확실했다. 안나가 브론스키를 사랑한 순간부터 그는 그녀에 대한 자신의 권리를 절대적인 것이라 여겼다. 그녀의 남편은 그저 쓸모없고 거추장스러운 인물일 뿐이었다. 그가 불쌍한 처지에 놓였다는 점에는 의심의 여지가 없었으나, 그렇다고 해서 뭘 어쩌겠는가? 남편이 행사할 단 하나의 권리를 꼽자면 그것은 두 손에 무기를 쥐고서 결투를 신청하는 것이었으며, 브론스키는 처음부터 그에 응할 각오가 되어 있었다.

그러나 최근 그녀와의 사이에 새로운 내밀한 관계가 형성되었고, 그 관계의 애매함이 브론스키를 당혹케 했다. 어제서야 그녀는 임신 사실을 알려 왔다. 그는 그 소식과 그녀가 기대하는 바가 자신이 생활의 지침으로 삼아 온 규범집에 전혀 명시되어 있지 않다는 사실을 깨달았다. 그래서 그녀가 자신의 상태를 고백했던 순간, 그는 정말로 당황한 나머지 속마음이 시키는 대로 그녀에게 남편을 버리라고 말해 버렸던 것이다. 하지만 지금 곱씹어 보니 그러지 않는 편이 더 나았겠다는 생각이 들었다. 그러면서도 동시에 〈이건 졸렬한 짓이 아닐까?〉 하는 생각에 내심 두려움을 느꼈지만 말이다.

〈남편을 버리라고 했다면, 그건 나와 함께 살자는 뜻이다. 나는 그럴 준비가 되어 있는가? 수중에 돈이라곤 없는데 어떻게 당장 그녀를 데리고 떠난단 말인가? 설사 어찌어찌 여건을 마련한다 해도…… 군 복무 중인 내가 어떻게 떠나겠는가? 그런 말을 한 이상 그에 대한 준비가 되어 있어야만 한다. 요컨대, 돈을 구하고 전역해야 한다.〉

이윽고 그는 생각에 잠겼다. 전역과 관련된 문제는 오직 그만이 알고 있는 또 다른 은밀한 문제로 그를 이끌었다. 그것은 아주 중요하면서도 비밀스러운, 그의 삶 전체의 이해관계가 걸린 문제였다.

입신출세는 유년 시절과 청년 시절부터 품어 온 그의 오랜 야망이었다. 스스로는 인정하지 않으려 했지만, 사실 출세에 대한 그의 동경이 무척이나 강렬했기에 지금 그 욕망은 사랑의 감정과 싸움을 벌이고 있었다. 사교계와 공직에서의 첫 행보는 성공적이었다. 그러나 2년 전 그는 큰 실수를 저지르고 말았다. 독립성을 과시하고 승진하려는 욕심으로, 자신에게 들어온 어느 보직에 대한 제안을 거절한 것이다. 그럼으로써 자신의 값어치가 더 치솟길 바랐지만 이는 지나친 만용으로 판명되었고, 결국 그는 본래의 자리에 눌러앉게 되었다. 그렇게 그는 자의 반 타의 반으로 스스로에게 독립적인 인간이라는 지위를 부여하게 되었고, 매우 세련되고 영리하게 처신하면서 그러한 지위를 영위해 나갔다. 나는 아무에게도 유감이 없고, 누구에게 모욕당한 적도 없으며, 내 기분은 양호하니 조용히 혼자 내버려 두기를 바랄 뿐이라는 식이었다. 그러나 사실은 작년에 모스크바로 온 다음부터 그는 줄곧 기분이 좋지 않았다. 모든 것을 할 수 있지만 아무것도 원하지 않는 예의 독립적인 입지라는 것은 이미 밋밋해지기 시작했고, 많은 이들이 그에 대해서는 정직하고 선량한 사내가 되는 것 말고는 아무것도 할 수 없는 사람이라고 생각하는 것 같았다. 그토록 요란한 추문을 불러일으키며 모두의 이목을 끌었던 카레니나 부인과의 관계가 새로운 빛을 더해 주면서 그의 내면을 갉아먹던 출세욕이라는 벌레를 일시적으로 잠재웠지만, 일주일 전 그 벌레가 새롭게 활기를 띠면서 다시 깨어나고 말았다. 어린 시절부터의 친구인 세르푸홉스코이 때문이었다. 그는 브론스키와 출신 배경과 재력이 비슷했으며, 육군 유년 학교 동기이자 졸업 기수도 같았고, 학업이나 체력, 장난기는 물론 출세욕을 놓고도 그와 경쟁하곤 했다. 그런 세르푸홉스코이가, 그 연배의 젊은 장군으로서는 매우 드물게 두 계급 승진과 무공 훈장을 수여받고는 며칠 전 중앙아시아에서 돌아온 것이었다.

그가 페테르부르크에 도착하자마자 사람들은 마치 그가 새롭게 떠오르는 일등성이라도 되는 양 그에 대해 떠들어 댔다. 브론스키와 동갑이자 동기생인 그는 장군으로서 국정 운영에 영향을 미칠 만한 보직에 임명되기를 기대하고 있었다.

반면에 브론스키는, 비록 독립적이고 나름 화려하며 매력적인 여인의 사랑까지 받고 있다 해도, 그저 원하는 만큼 자의에 따라 행동할 권한을 부여받은 일개 기병 대위에 불과했다. 〈물론 나는 세르푸홉스코이를 질투하지 않으며, 질투할 수도 없어. 그러나 그의 진급은 내게 때를 기다려야 한다는 걸, 나 같은 사람의 출세는 순식간에 이루어질 수도 있다는 걸 보여 준다. 3년 전만 해도 그는 나와 똑같은 처지가 아니었던가. 전역을 한다는 건, 스스로 내 배를 완전히 불태워 버리는 셈이나 마찬가지야. 하지만 현직에 남아 있다면 그 무엇도 잃을 게 없지. 게다가 그녀도 자신의 처지를 바꾸고 싶지 않다고 말하지 않았는가. 무엇보다 나에게는 그녀의 사랑이 있으니 세르푸홉스코이를 부러워할 이유가 없어.〉 그는 느긋하게 책상에서 일어나 콧수염을 꼬면서 방 안을 거닐었다. 그의 두 눈이 유난히 반짝였다. 입장을 정리하고 나면 늘 찾아오곤 하는, 확고하고 안정적이며 쾌적한 기분이 느껴졌다. 방금 전 계산을 마쳤을 때처럼 모든 것이 깔끔하고 명백했다. 그는 면도를 하고 냉수욕을 한 뒤 옷을 입고서 집을 나섰다.

21

「자네를 데리러 왔네. 오늘은 그 세탁이라는 게 아주 오래 걸렸군.」 페트리츠키가 말했다. 「그래, 다 끝났는가?」

「끝났어.」 브론스키가 눈웃음을 짓고는 콧수염을 비비 꼬면서 조심스레 대답했다. 마치 일이 잘 정리된 직후에는 뭐든 지나치게 과감하고 성급한 행동이 자칫 질서를 무너뜨릴 수 있다는 듯한 태도였다.

「자네, 그 일을 마치고 나면 꼭 사우나에서 막 나온 것 같다니까.」페트리츠키가 말했다. 「그리츠카(모두가 연대장을 이렇게 불렀다)한테서 오는 길인데, 다들 자네를 기다리고 있어.」

브론스키는 딴생각을 하느라 잠시 아무런 대꾸도 없이 동료를 바라보았다.

「아, 그럼 이건 그 댁에서 울리는 음악인가?」귓전에 들려오는 익숙한 금관 악기의 폴카 연주와 왈츠 소리에 귀를 기울이며 그가 물었다. 「무슨 축하 연회라도 열리는 모양이군.」

「세르푸홉스코이가 왔어.」

「아하!」브론스키가 말했다. 「몰랐네.」

그의 눈에 어린 미소가 한층 더 환하게 빛났다.

사랑으로 인해 자신은 행복하다고 스스로 단정하고, 사랑을 위해 공명심을 희생하기로 한 이상(적어도 그런 배역을 떠맡기로 한 이상) 브론스키는 세르푸홉스코이에게 질투심을 느껴서는 안 되며, 연대를 방문한 그가 제일 먼저 자기를 보러 오지 않은 것에 대해 유감스러워해서도 안 되었다. 세르푸홉스코이는 좋은 친구였고, 그런 친구가 잘된 것이 그는 기뻤다.

「그것참 반가운 일이군.」

연대장 데민은 지주의 커다란 저택에서 살고 있었다. 아래층의 널찍한 발코니에 사람들이 모두 모여 있었다. 뜰에서 브론스키의 눈에 가장 먼저 띈 것은 보드카가 담긴 나무통 옆에 서 있는 여름 제복 차림의 가수들과 장교들에게 에워싸인 연대장의 건강하고 쾌활한 모습이었다. 그는 지금 연주되는 오펜바흐의 카드리유를 큰 소리로 따라 부르며 발코니의 첫 번째 계단에 올라서더니 옆에 서 있던 병사들에게 손을 흔들며 무언가 지시를 내렸다. 일군의 병사들과 기병조장, 그리고 하사관 몇몇이 브론스키와 함께 발코니로 다가갔다. 탁자로 되돌아간 연대장은 술잔을 들고서 다시 현관 계단으로 나와 건배사를 외쳤다. 「우리의 옛 동료이자 용맹스러운 장군인 세르푸홉스코이 공작의 건강을 위하여, 만세!」

연대장의 뒤편에서 한 손에 술잔을 든 세르푸홉스코이가 미소를 띤 채 등장했다.

「자네는 점점 더 젊어지는군, 본다렌코.」 그가 바로 앞에 서 있는 기병조장에게 말했다. 체격이 건장하고 뺨이 불그레한 그는 두 번째 임기를 보내고 있었다.

브론스키는 지난 3년간 세르푸홉스코이를 보지 못했다. 구레나룻을 기른 그는 한층 어른스러워졌지만 그래도 여전히 늘씬했으며, 잘생긴 외모보다는 얼굴 표정과 몸가짐의 온화함과 고상함이 인상적이었다. 브론스키가 눈치챈 한 가지 달라진 점은 성공한 사람, 그리고 모두에게서 그 성공을 인정받고 있다고 확신하는 사람들의 얼굴에 깃드는 고요하고 안정적인 광채였다. 그 자신이 그러한 광채를 잘 알고 있었기에 세르푸홉스코이의 얼굴에서도 그것을 곧바로 알아차렸던 것이다.

계단을 내려가던 세르푸홉스코이가 브론스키를 알아보았다. 반가움의 미소가 그의 얼굴에 환하게 번졌다. 그는 고개를 살짝 치올리고 잔을 들어 보이며 브론스키에게 환영을 표하고는, 벌써부터 두 팔을 뻗은 채 입을 맞추려 드는 기병조장에게 먼저 가봐야 한다는 시늉을 했다.

「그래, 자네 왔구먼!」 연대장이 브론스키에게 소리쳤다. 「야시빈이 그러던데, 자네 기분이 울적하다고.」

세르푸홉스코이는 젊은 기병조장의 축축하고 생기 있는 입술에 입을 맞춘 뒤, 손수건으로 입을 닦으며 브론스키에게로 다가갔다.

「정말 반갑네!」 그가 브론스키의 손을 잡고는 끌어다 옆에 세우며 말했다.

「저 친구를 잘 보필하게.」 연대장은 브론스키를 가리키며 야시빈에게 지시한 뒤 병사들이 있는 아래편으로 내려갔다.

「어제는 왜 경마장에 오질 않았나? 거기서 자넬 만나겠거니 생각했는데.」 브론스키가 세르푸홉스코이를 유심히 살펴보며 말했다.

「갔었는데 늦었지 뭔가. 내 불찰일세.」 그가 대답하고는 부관을 향해 말했다. 「내가 주는 거라 하고 이 돈을 병사들에 공평하게 나눠 주게.」

그러더니 서둘러 지갑에서 지폐로 3백 루블을 꺼내며 얼굴을 약간 붉혔다.

「브론스키, 뭘 좀 먹든가 마시지 않겠나?」 야시빈이 물었다. 「어이, 여기 백작님께 먹을 것 좀 가져다주지! 자, 이걸 마시게.」

연대장의 거처에서 벌어진 떠들썩한 주연은 오랫동안 이어졌다.

다들 폭음을 하고는 세르푸홉스코이를 들어 올려 헹가래를 쳤다. 그다음으로는 연대장을 헹가래 쳤고, 연대장은 자청하여 가수들 앞에서 페트리츠키와 함께 춤을 추기도 했다. 그러고서 기운이 빠진 그가 정원의 벤치에 앉아 야시빈에게 러시아가 프로이센보다 우월함을, 특히 기병대의 공격력에 있어서 우월하다는 점을 논증해 보이기 시작하는 바람에 주연은 잠잠해졌다. 집 안으로 들어간 세르푸홉스코이는 손을 씻으려고 세면실에 갔다가 거기서 물을 끼얹고 있는 브론스키를 발견했다. 브론스키는 제복을 벗은 채 털이 수북한 불그레한 목덜미를 세면대의 물줄기 아래 들이밀고 목과 머리를 문질러 씻었다. 다 씻고 나서, 그는 세르푸홉스코이 곁에 다가와 앉았다. 소파에 나란히 앉은 두 사람 사이에서는 둘에게 모두 흥미진진한 대화가 시작되었다.

「자네에 대해서는 아내를 통해서 전부 들었다네.」 세르푸홉스코이가 말했다. 「내 아내와 자주 본다니 잘됐지 뭔가.」

「내 형수인 바랴와 친한 사이잖나. 그 두 분은 내가 기분 좋게 만날 수 있는 페테르부르크의 유일한 여성들이지.」 브론스키가 웃으면서 대꾸했다. 그가 웃은 것은 다름이 아니라 이어질 대화의 주제를 예견하였기 때문으로, 그것은 그에게 기분 좋은 주제였다.

「유일하다고?」 세르푸홉스코이도 웃으면서 되물었다.

「그래, 부인한테서만 자네 소식을 들은 건 아니지만 말이야.」 브론스키가 근엄한 표정으로 친구의 암시를 제지하며 말했다. 「자네가 성공을 거두어 무척이나 기쁘지만, 조금도 놀랍지는 않네. 나는 그 이상의 것을 기대했었거든.」

세르푸홉스코이는 미소를 지었다. 자신에 대한 그러한 견해가 기분 좋게 들렸던 게 분명했다. 게다가 그로서도 굳이 그런 심정을 숨길 필요가 없었다.

「솔직히 말하자면, 자네와는 반대로 내가 스스로에게 기대한 건 그 이하였지. 하지만 나 역시 기쁘다네, 아주 기뻐. 나는 야심이 강한 사람이고, 그건 내 약점이지. 나도 인정해.」

　「성공하지 못했더라면 그걸 인정하지 않았을지도 모르겠군.」 브론스키가 말했다.

　「그건 아닐세.」 세르푸홉스코이는 거듭 미소를 지었다. 「성공하지 않는 삶은 아무런 가치도 없다고까지 말하지는 않겠네만, 아마도 지루할 테지. 물론 내 생각이 틀렸을 수도 있어. 어쨌든 내가 선택한 이 활동 영역에 걸맞은 약간의 능력이 나한테 있는 것 같고, 내 손에는 권력이 주어져 있네. 어떤 권력이든 간에 그게 내게 있다면, 내가 익히 아는 자들의 수중에 있는 것보다 나을 거라고 나는 생각해.」 그는 성공에 대한 자긍심을 숨기지 않고 드러냈다. 「그래서 그것에 가까워질수록 나는 더더욱 만족스럽다네.」

　「자네의 경우는 그렇겠지. 그러나 모두가 그런 건 아닐 거야. 나도 한때 똑같은 생각을 했지만, 지금 이렇게 지내고 있잖나. 오직 그것만을 위해서 살 필요는 없다는 생각이 든단 말이지.」 브론스키가 말했다.

　「그렇지! 바로 그거야!」 세르푸홉스코이가 웃으면서 말했다. 「자네에 관해서, 자네가 그 일을 거절했다는 소식을 들었다는 얘기를 하려던 참이었는데…… 물론 나도 자네 결정에 동의하네. 하지만 모든 일에는 요령이라는 게 있는 법이잖나. 자네의 행동 자체는 옳았을지 몰라도, 그 방식은 그리 옳지 않았어.」

　「이미 저질러진 일은 저질러진 것이고, 자네도 알겠지만 나는 내가 한 일에 대해 결코 왈가왈부하지 않아. 게다가 지금 아주 잘 지내고 있거든.」

　「잘 지내는 것도 그저 순간 아닌가. 자네는 그것으로 만족하지 못할 걸세. 자네 형님에게라면 이런 얘기는 꺼내지도 않아. 그분도 우리 연대장님처럼 사람 좋은 분이지. 아, 저기 계시는군!」 그가 〈만세〉 하고 외치는 소리에 귀를 기울이며 말을 이었다. 「저분이야 즐겁겠지만, 자네는 저런 것에 만족하지 못할걸.」

「만족한다는 얘기는 아니네.」

「그건 그렇고, 그 문제만은 아니야. 자네 같은 사람이 필요하단 말일세.」

「누구에게 말인가?」

「누구냐고? 바로 우리 사회지. 러시아에는 사람들이 필요하고, 당이 필요하네. 그게 없으면 배가 산으로 가게 될 거야.」

「그러니까 무슨 당 말인가? 러시아 공산주의자들에게 대항하는 베르테네프의 당 얘긴가?」

「아니.」 세르푸홉스코이는 얼굴을 찌푸렸다. 자신이 그런 어리석은 생각을 품고 있다는 오해를 받는 것에 기분이 상한 것이다. 「Tout ça est une blague(그런 건 죄다 헛소리야). 그런 얘긴 늘 있어 왔고, 앞으로도 있을 테지. 공산주의자들 따윈 존재하지도 않아. 하지만 간교한 자들은 늘 해롭고 위험한 당을 날조해 내야 하는 법이지. 오래된 수법일세. 내 말은 그런 게 아니라, 자네나 나처럼 독립적인 사람들의 권력을 지지하는 당이 필요하다는 얘길세.」

「하지만 어째서?」 브론스키는 몇몇 권력자를 거명했다. 「그들은 독립적인 사람들이 아니란 말인가?」

「그들에게는 타고난 재정적 독립성도 없고, 명성도 없으며, 우리처럼 태생적으로 태양과 가까운 사람들도 아니니까. 그들은 돈이나 감언이설로 매수할 수 있어. 자기 하나 살겠다고 어떤 노선을 고안해 내야 하는 사람들이지. 그들은 사태를 악화시키는 사상이나 노선을 표방하곤 하네. 자신들조차 믿지 않는 것을 말이야. 그 모든 게 관사와 봉급을 얻기 위한 수단일 뿐이라고. 그들이 쥔 패를 들여다보면, cela n'est pas plus fin que ça(딱히 간교한 것도 없다네). 그래, 어쩌면 내가 그들보다 더 어리석고 형편없을지도 모르지. 왜 내가 그들보다 모자랄 수밖에 없는지는 잘 모르겠지만 말이야. 하지만 단언컨대, 자네와 나한테는 한 가지 중요하고도 우월한 면모가 있네. 그것은 매수하기가 어렵다는 점이지. 그런 사람들이 지금 그 어느 때보다도 필요한 거야.」

브론스키는 주의 깊게 듣고 있었지만, 그의 주목을 끈 건 이야기의 내용보다도 사안에 대한 세르푸홉스코이의 태도였다. 그는 그 세계에서 이미 호불호의 확고한 입장을 가지고 권력과 맞붙어 싸울 궁리를 하는 반면, 브론스키에게 직무상 관심사는 그저 기병 연대의 일뿐이었다. 세르푸홉스코이가 유력자가 될 수 있었던 것은 사태와 관련된 면밀한 고민과 사물을 이해하는 뛰어난 능력, 그리고 자신이 속한 세계에서 보기 드문 탁월한 지력과 언변 덕분이라는 사실을 그는 깨달았다. 그리고 부끄럽지만, 그러한 친구가 부러웠다.

「여하튼 간에 그런 일을 하기에는 나에게 한 가지 중요한 것이 결여되어 있다네.」브론스키가 대답했다.「권력에 대한 욕망 말일세. 한때는 있었지만, 사라지고 말았지.」

「안됐지만, 그건 거짓말이야.」미소를 머금은 채 세르푸홉스코이가 대꾸했다.

「아니, 진실이라네, 정말이라니까……! 적어도 지금은 그렇다네.」솔직하게 말하고자 브론스키는 이렇게 덧붙였다.

「그래, **지금** 그렇다면, 문제는 달라지지. 그 **지금**이라는 게 영원한 것은 아니니까.」

「뭐, 그럴지도 모르지.」

「**그럴지도 모른다**…….」세르푸홉스코이는 자신이 그의 속 내를 알아맞혔다는 듯 말을 이었다. 「장담하건대, **틀림없이** 그럴 거야. 그렇기 때문에 자네를 꼭 만나고 싶었네. 자네는 응당 해야 할 바대로 처신했어. **하지만 같은 걸 계속 반복해서 는** 안 되는 법이지. 나는 단지 자네에게 carte blanche(백지 위임장)를 청하는 바이네. 자네를 비호하려는 건 아니지 만…… 그렇다고 내가 자네를 비호해선 안 될 이유는 또 뭐가 있겠나? 자네는 그토록 여러 번 나를 비호해 주었는데 말이 야! 나는 우리의 우정이 그 이상으로 고결한 것이기를 바라 네.」 그러고서 그는 여인처럼 상냥하게 미소를 띠며 덧붙였 다. 「자, 나에게 carte blanche(백지 위임장)를 주게나. 연대 에서 나오란 말일세. 그러면, 남몰래 자네를 끌어 주겠네.」

「하지만 이보게, 나는 아무것도 필요 없단 말일세.」브론스 키가 말했다. 「모든 것이 그저 본래대로라면, 그것으로 족하 다고.」

세르푸홉스코이가 자리에서 일어나 브론스키 앞에 마주 섰다.

「모든 것이 본래대로면 족하단 말이지, 그게 무슨 뜻인지 는 알겠네. 하지만 내 말 좀 들어 봐. 우리는 동갑내기야. 아마 도 숫자로만 따지자면 자네가 나보다 더 여자를 많이 알겠 지.」이제 자신이 브론스키의 약점을 조심스럽게 살살 건드릴 테니 너무 두려워할 필요는 없다고, 세르푸홉스코이의 미소 와 태도는 말하고 있었다. 「그렇지만 나는 기혼자이고, (누군가 말했듯이) 사랑하는 아내 하나만 알고 나면 1천 명의 여자들과 사귀는 것보다 뭇 여성들에 대해 더 잘 알게 된다네.」

「곧 가겠네!」 방 안을 들여다보며 두 사람에게 연대장의 부름을 전하는 어느 장교에게 브론스키가 소리쳐 대답했다.

브론스키는 이제 세르푸홉스코이가 하려는 말을 끝까지 다 들어 보고 싶어졌다.

「자, 내 생각을 말해 보겠네. 여자들이란 남자의 활동에 있어서 중요한 걸림돌이야. 여자를 사랑하면서 무슨 일을 하기란 어렵단 말이지. 이 문제를 해결하는 데는 아주 편리한 한 가지 방법이 존재하네. 바로 결혼이네. 이걸 어떻게 표현하면 좋을까…….」 비유를 즐기는 세르푸홉스코이가 말했다. 「가만, 가만있어 봐! 그래, fardeau(무거운 짐)를 나르면서 양손으로 무언가를 하려면, 그게 등에 단단히 매여 있어야 하지 않겠나. 그게 바로 결혼이지. 결혼한 뒤로 나는 그 점을 실감했네. 갑자기 내 양손이 홀가분해졌지 뭔가. 하지만 결혼하지 않는다면, 그 fardeau(무거운 짐)를 끌고 가야만 하네. 그러면 두 손이 부자유스러워 아무것도 할 수가 없거든. 마잔코프와 크루포프를 보게나. 그 친구들은 여자 때문에 자신의 출셋길을 망쳤어.」

「정말 멋진 여자들이었지!」 두 남자가 관계를 맺었던 프랑스 여인과 여배우를 떠올리며 브론스키가 말했다.

「사회적으로 여자의 입지가 공고할수록 상황은 더 안 좋아지는 법이야. 그것은 이미 fardeau(무거운 짐)를 두 손으로 끌고 가는 게 아니라, 남에게서 잡아채 오는 거나 마찬가지니까.」

「자네는 사랑을 해본 적이 전혀 없군.」 브론스키가 정면에 시선을 고정한 채 안나를 떠올리며 조용히 물었다.

「어쩌면 그럴지도 모르지. 하지만 내가 한 말을 기억하게나. 그리고 한 가지 더 지적하자면, 여자들은 언제나 남자들보다 물질적이라네. 우리는 사랑을 가지고 무언가 위대한 일을 해내지만, 그들은 언제나 terre-à-terre(세속적이야).」

「이제 곧 가네!」 방에 들어온 하인을 향해 그가 다시금 말했다. 그러나 그의 생각과 달리 하인은 두 사람을 재촉하러 온 것이 아니었다. 그는 브론스키에게 건넬 쪽지를 가지고 있었다.

「트베르스카야 공작 부인 댁에서 전갈을 보내셨습니다.」

편지의 봉인을 뜯어낸 브론스키가 갑자기 얼굴을 붉혔다.

「머리가 아파서 이만 집에 가봐야겠네.」

「그럼 잘 가게나. carte blanche(백지 위임장)는 주는 거지?」

「나중에 얘기하자고. 페테르부르크에 들러서 자네를 찾아가겠네.」

22

시간은 벌써 5시를 지나고 있었다. 브론스키는 서둘러서 제때 당도하도록, 그리고 누구나 다 알아볼 만한 자신의 말을 타지 않고자, 야시빈의 삯마차에 올라타서 최대한 빨리 가달라고 일렀다. 낡은 4인승 사륜마차의 실내는 널찍했다. 구석자리에 앉은 그는 앞좌석에 발을 뻗어 올린 채 생각에 잠겼다. 주변 정리를 할 때의 또렷했던 정신에 대한 어렴풋한 느낌,

자신을 요긴한 인물로 여기는 세르푸홉스코이의 우정과 입발림에 대한 흐릿한 기억, 무엇보다도 밀회에 대한 기대감 — 이 모든 것이 한데 어우러져 생의 희열이라는 전반적인 인상으로 모아졌다. 이는 무심코 웃음이 나올 정도로 강렬한 것이었다. 그는 두 발을 내려놓고는 한쪽 다리를 다른 쪽 무릎 위에 올린 뒤 한 손으로 잡고서, 어제 낙마할 때 타박상을 입었던 탄력 있는 장딴지를 매만졌다. 그러고는 몸을 뒤로 젖힌 채 몇 차례 가슴 한가득 심호흡을 하였다.

〈좋아, 아주 좋아!〉 전에도 종종 자신의 육체를 아주 기분 좋게 느껴 보곤 했지만, 그가 지금처럼 자기 자신과 자기 육신을 사랑했던 적은 없었다. 힘센 다리에서 가벼운 통증을 느끼는 게 썩 좋았고, 심호흡을 할 때 움직이는 가슴 근육의 느낌도 흐뭇했다. 안나에게는 그토록 절망적으로 다가왔던 화창하고 서늘한 8월의 날씨가 그에게는 생기를 불어넣어 주는 듯, 냉수를 끼얹어 달아오른 얼굴과 목을 상쾌하게 해주었다. 공기 중에 풍기는 콧수염의 포마드 향기가 유달리 기분 좋게 느껴졌다. 마차의 창밖으로 보이는 것들, 이 시원하고 깨끗한 공기 속에 부유하는 모든 것들이 저 창백한 석양 속에서 자신처럼 신선하고 쾌활하며 강인하게 여겨졌다. 저무는 태양 빛에 반짝이는 지붕들도, 건물 담장과 모퉁이의 또렷한 윤곽들도, 간간이 마주치는 행인과 마차의 형상들도, 나무와 풀과 고랑이 곧게 파인 감자밭의 고요한 녹음도, 집과 나무와 관목들, 그리고 감자밭 고랑에 드리운 비스듬한 그림자들도 그러했다. 그 모든 것이 방금 완성되어 래커 칠을 마친 한 폭의 근사한 풍경화처럼 아름다웠다.

「어서 가세, 어서!」 그가 창밖으로 고개를 내밀어 마부에게 이르고는 주머니에서 3루블짜리 지폐를 꺼내서 돌아보는 마부의 손에 쥐여 주었다. 마부의 손이 초롱불가에서 무언가를 매만지는가 싶더니 날카로운 채찍 소리가 들려왔고, 마차는 평평한 대로를 따라 빠른 속도로 달음질쳤다.

〈이 행복 말고는 아무것도, 아무것도 필요 없어.〉 창문 사이에 매달린 종의 상아 방울을 바라보며, 그는 마지막으로 보았던 모습 그대로의 안나를 마음속에 그렸다. 〈갈수록 더욱더 그녀를 사랑하게 되는걸. 아, 여기가 브레데 부인 댁 관용 별장의 정원이로군. 그녀는 대체 어디 있는 걸까? 어디에? 어쩌다가? 왜 밀회 장소를 여기로 정했으며, 어째서 벳시의 편지에다 적어 보냈을까?〉 그제야 그런 의문이 들었지만, 이미 생각할 겨를이 없었다. 그는 오솔길에 다다르기 전에 마부에게 마차를 세우도록 이르고는 달리는 마차에서 뛰어내려 별장으로 이어진 오솔길에 들어섰다. 길에는 아무도 없었다. 그때 오른쪽으로 돌아보자 그녀의 모습이 보였다. 얼굴이 베일로 가려져 있었지만, 그의 기쁨 어린 시선은 오직 그녀만의 특이한 걸음걸이와 어깨선과 고갯짓을 포착할 수 있었다. 즉시 그의 온몸에 전류가 흘렀다. 새롭게 활력을 얻은 그는 두 다리의 탄력적인 움직임에서부터 숨 쉬는 순간 폐의 움직임에 이르기까지 자기 자신을 실감했다. 무언가 그의 입술을 간질이는 것만 같았다.

브론스키와 마주 선 그녀는 그의 손을 꼭 잡았다.

「내가 불러내서 화난 건 아니죠? 당신을 꼭 만나야만 했어요.」 그녀가 말했다. 베일 안쪽으로 보이는 진지하고 근엄한 입술 모양이 곧바로 그의 기분을 바꿔 놓았다.

「화가 나다뇨? 그런데, 어쩌다가 이리로 오게 된 겁니까?」

「그런 건 아무래도 상관없어요.」그녀가 그의 손 위에 자신의 손을 얹으며 말했다. 「가요, 당신과 할 얘기가 있어요.」

그는 깨달았다. 무슨 일이 생겼으며, 이 밀회는 즐겁지 못할 것이었다. 그녀와 있을 때면 그의 의지는 사라지곤 했다. 그녀가 불안해하는 원인은 모르지만, 이미 똑같은 불안이 자신에게 전해지는 것을 그는 무심결에 느꼈다.

「대체 무슨 일인가요?」팔꿈치로 그녀의 손을 꼭 조인 채, 얼굴 표정에서 그녀의 생각을 읽으려 애쓰면서 그가 물었다.

그녀는 정신을 가다듬으며 말없이 몇 발짝을 옮기더니 갑자기 멈춰 섰다.

「어제는 말하지 않았는데⋯⋯.」무거운 숨을 빠르게 내쉬며 그녀가 운을 뗐다. 「알렉세이 알렉산드로비치와 함께 집으로 돌아가는 길에 그에게 모든 것을 고했어요⋯⋯. 더 이상 그의 아내가 될 수 없다고요⋯⋯. 모든 것을 털어놓았어요.」

안나의 말을 듣는 동안 브론스키는 그녀의 괴로움을 덜어 주고 싶다는 듯 자기도 모르게 그녀 쪽으로 온몸을 기울였다. 그러나 이야기를 마치자마자, 그는 갑자기 몸을 곧추세우고는 오만하고 딱딱한 표정을 짓는 것이었다.

「그래요, 그래. 그게 훨씬 나아요. 천배는 낫습니다! 얼마나 힘들었을지 잘 알아요.」그가 말했다.

하지만 그녀는 듣지 않은 채 브론스키의 얼굴을 바라보며 그의 생각을 읽고 있었다. 얼굴에 나타난 그 표정이 그에게 가장 먼저 떠오른 생각 때문이라는 것을 그녀는 알 턱이 없었다. 그것은 바로 이제 결투는 불가피하다는 생각이었다. 결투에 대해서 결코 생각해 본 적이 없는 안나로서는 순간적으로 떠오른 그 딱딱한 표정을 달리 해석하였다.

남편의 편지를 받은 뒤로 그녀는 이미 마음속 깊은 곳에서 모든 것이 예전대로 유지될 것이며, 자신의 처지를 돌아보지 않은 채 아들을 버리고 정부와 합칠 만한 배짱이 자신에게 없다는 것을 깨닫고 있었다. 트베르스카야 공작 부인의 집에서 보낸 아침이 그러한 점을 한층 더 확고하게 인지시켜 주었다. 그럼에도 불구하고 이 만남은 그녀에게 너무나도 중요했다. 이 만남이 자신의 처지를 변화시키고, 자신을 구원해 주기를 바라고 있었던 것이다. 만일 소식을 들은 그가 한순간의 망설임도 없이 단호하고도 열정적으로 〈모든 것을 버리고 나와 함께 도망치자〉고 말한다면, 그녀는 아들을 버리고 그와 함께 떠날 참이었다. 그러나 그녀가 기대했던 일은 일어나지 않았다. 오히려 그는 무언가로 인해 기분이 상한 것만 같았다.

「하나도 힘들지 않았어요. 일이 저절로 그렇게 되어 버린 거니까요.」그녀가 초조하게 말했다.「그리고 여기…….」그녀는 장갑 속에서 남편이 보낸 편지를 꺼냈다.

「그래, 알아요, 이해해요.」그는 편지를 손에 쥐었지만 읽지는 않고 그녀를 진정시키려 애썼다.「내가 바라는 건 단 하나, 당신에게 요구하는 건 단 하나뿐이에요. 바로 당신의 행복에 나의 인생을 바칠 수 있도록 이 상황에서 벗어나라는 겁니다.」

「대체 왜 그런 말을 하는 건가요?」그녀가 물었다.「내가 그걸 의심할 리가 있겠어요? 만일 그랬다면 —」

「저게 누구죠?」순간 맞은편에서 다가오는 두 명의 귀부인을 가리키며 브론스키가 말했다.「우리를 알지도 몰라요.」그는 그녀를 끌고서 황급히 옆길로 향했다.

「아아, 아무래도 상관없어요!」 그녀의 입술이 떨렸다. 베일 안에서 알 수 없는 악의에 찬 두 눈이 그를 노려보고 있는 것만 같았다. 「그러니까, 문제는 그게 아니라는 거예요. 내가 그걸 의심할 수는 없다고요. 하지만 자, 여기 그이가 나에게 보낸 편지예요. 읽어 봐요.」 그녀는 다시 걸음을 멈추었다.

편지를 읽으면서 브론스키는 그녀와 남편 사이에 벌어진 파탄의 소식을 처음 접한 순간처럼, 자신도 모르게 모욕당한 남편과 자신과의 관계가 불러일으키는 자연스러운 감정에 다시금 휩싸였다. 그의 편지를 손에 쥔 지금, 그는 분명 오늘 혹은 내일 집으로 날아들 결투장과 실제 결투의 모습을 은연중에 머릿속으로 그려 보고 있었다. 결투의 순간 그는 바로 지금처럼 극도로 냉혹하고 오만한 표정으로 허공을 향해 총을 쏜 뒤, 모욕당한 남편의 총알받이가 되어 서 있을 것이다. 그런데 문득 아까 세르푸홉스코이가 했던 말과 아침나절에 떠오른 생각, 즉 스스로를 얽매지 않는 게 좋겠다는 생각이 번개처럼 그의 머릿속을 스쳐 갔다.

편지를 다 읽은 뒤 그는 그녀에게로 눈길을 돌렸다. 시선에서 결연함이라곤 엿보이지 않았다. 순간 안나는 브론스키가 이미 이런 사태를 예상하고 있었다는 걸 눈치챘다. 무슨 말을 하건, 그는 자신의 생각을 다 털어놓지 않을 터였다. 그녀는 자신의 마지막 희망이 꺾여 버렸음을 깨달았다. 고대하던 바와는 전혀 다른 결과였다.

「그이가 어떤 사람인지 이제 똑똑히 알겠죠.」 떨리는 목소리로 그녀가 말했다. 「그이는—」

「안됐지만, 일이 이렇게 된 것이 나로서는 오히려 기쁘군요.」 그가 말을 가로챘다. 「자, 내 얘기를 끝까지 들어 줘요.」

자신의 이야기가 무슨 뜻인지 설명할 시간을 달라고 애원하는 듯한 눈초리로 그가 덧붙였다. 「내가 기뻐하는 까닭은, 결코 그분이 제안했듯이 상황을 지금 이대로 둘 수는 없기 때문이죠.」

「왜 그렇다는 거죠?」 안나가 솟구치는 눈물을 억누르며 말했다. 이제 그가 하는 말에 그 어떤 의미도 부여하지 않는 것이 틀림없었다. 그녀는 자신의 운명이 이미 결정되었다고 느끼고 있었다.

브론스키는 결코 피할 수 없을 것만 같은 이 결투 이후로는 지금과 같은 상황이 지속될 수 없으리라고 말하고 싶었지만, 정작 입에서 나온 것은 다른 얘기였다.

「이대로 지속될 수는 없어요. 나는 당신이 이제 그를 버렸으면 해요. 내가 바라는 건……」 그가 곤혹스러워하며 얼굴을 붉혔다. 「내가 우리의 삶을 심사숙고해서 꾸려 나가도록 허락해 달라는 겁니다. 내일 —」

그가 얘기를 본격적으로 꺼내려 했지만 안나는 그가 끝까지 말하도록 두지 않았다.

「그럼 아들은요?」 그녀가 소리를 질렀다. 「그이가 뭐라고 썼는지 봤잖아요! 아들을 버려야 한다잖아요. 하지만 나는 그럴 수 없고, 그러고 싶지도 않다고요.」

「제발 생각 좀 해봐요. 뭐가 더 나은가요? 아들을 버리는 건가요, 아니면 이런 굴욕적인 상태를 계속 끌고 가는 건가요?」

「누구한테 굴욕적인데요?」

「모두에게요, 그리고 그 누구보다도 당신한테요.」

「굴욕적이라……. 그런 말 마세요. 그런 말은 나에게 아무 의미도 없어요.」 그녀가 떨리는 목소리로 말했다. 지금 이 순간 그가 말하는 것이 거짓이 아니기를 바랐다. 그녀에게 남은 거라곤 그의 사랑뿐이었으며, 그녀 또한 그를 사랑하고 싶었다. 「당신을 사랑하게 된 그날부터 모든 게, 모든 게 변했다는 걸 알아줘요. 나에겐 단 하나, 당신의 사랑밖에 없어요. 당신의 사랑이 나의 것이기만 하다면, 나는 나 자신을 아주 고귀한 존재로 여기고 그 무엇도 나에게 굴욕감을 안겨 줄 수 없다고 확신하게 돼요. 심지어 내 처지에 자긍심마저 느끼게 되죠. 왜냐하면…… 그러니까…….」 무엇 때문에 자긍심을 느끼는지는 끝내 말하지 못했다. 수치심과 절망감에 솟구치는 눈물로 인해 목이 메었던 것이다. 그녀는 하던 말을 멈추고 흐느껴 울기 시작했다.

그 역시 무언가가 목구멍에서 북받쳐 오르고 콧속이 찌르르한 느낌이 들었다. 생전 처음으로 울음을 터뜨릴 것만 같은 기분이었다. 무엇이 그토록 심금을 울리는지, 명확하게 꼬집어 말할 수는 없었다. 그저 그녀가 불쌍했고, 자신은 그녀를 도울 수는 없다는 느낌이었다. 그와 더불어 그녀의 불행이 자기 탓이며, 무언가 나쁜 짓을 저질렀음을 인식했던 것이다.

「정말이지 이혼은 불가능한가요?」 그가 힘없이 묻자, 그녀는 대답 없이 고개만 끄덕였다. 「정말로 아들을 데리고서 그의 곁을 떠날 수는 없는 겁니까?」

「그래요, 모든 건 그이에게 달렸어요. 이제 난 그이한테 가봐야 해요.」 그녀가 건조한 음성으로 말했다. 모든 게 예전 그대로 남게 되리라는 예감은 틀리지 않았다.

「화요일에 페테르부르크로 갈 겁니다. 그때 전부 결정되겠죠.」

「그래요.」 그녀가 말했다. 「하지만 이 문제는 더 이상 거론하지 말기로 해요.」

아까 멀리 보내면서 브레데 부인 댁 정원의 철제 울타리 쪽으로 오라고 일러 두었던 사륜마차가 다가오고 있었다. 안나는 브론스키와 작별 인사를 나눈 뒤 집으로 향했다.

23

월요일에 6월 2일 위원회의 정례 회의가 열렸다. 회의장으로 들어선 알렉세이 알렉산드로비치는 여느 때처럼 위원들 및 위원장과 인사를 나눈 뒤 지정된 자리에 앉아 앞에 놓인 서류 위에 두 손을 얹었다. 서류들 중에는 그에게 필요한 참고 자료와 함께 그가 제출하려는 청원서의 초안도 끼워져 있었다. 사실 그러한 자료들은 그에게 필요 없었다. 그는 모든 것을 기억하고 있었으며, 자신이 발언할 내용을 다시 되짚어 볼 필요성조차 느끼지 않았다. 때가 되어 무심한 표정을 지으려 갖은 애를 쓰는 적수의 얼굴이 눈앞에 나타나면, 지금 준비할 수 있는 것보다 더 훌륭한 연설이 저절로 쏟아져 나올 터였다. 각각의 단어 하나하나가 의미를 지닐 만큼 자신의 발언 내용이 중대하다고 그는 생각하고 있었다. 그러나 여느 때와 다를 것 없는 보고를 들으면서 그는 겉보기엔 악의 없고 천진무구한 기색을 띠었다. 앞에 놓인 서류의 양쪽 끄트머리를 만지작거리는 길고 유연한 손가락과 핏줄이 도드라진 하얀 손등, 피곤한 표정으로 고개를 약간 기울인 그의 모습을 보면서, 무시무시한 소요를 불러일으키고 의원들로 하여금 서로의 말을 가로채며 고성을 지르게 하고, 위원장으로 하여금 장내 질서를 준수하라고 부르짖게 만들 엄청난 발언이 이 제 곧 저 입에서 쏟아져 나오리라고는 그 누구도 예상치 못 했다. 보고가 끝나자 알렉세이 알렉산드로비치는 예의 조용 하고 가느다란 목소리로 이주민 정착 사업에 관하여 몇 가지 의견을 피력하겠노라고 공표했다. 모두가 그를 주목했다. 알 렉세이 알렉산드로비치는 헛기침을 한 다음 자신의 적수 쪽 으로는 눈길도 주지 않고, 연설을 할 때면 언제나 그러듯이 자기 바로 앞에 앉아 있는 인물 ― 위원회에서 아무런 정견 도 가지지 않는 몸집이 작고 조용한 노인이었다 ― 에게 시 선을 고정한 채 의견을 개진하기 시작했다. 이야기가 근본적 이고 본질적인 법률의 문제에 다다르자 그의 적수는 자리를 박차고 일어나 반론을 펴기 시작했다. 마찬가지로 허를 찔린 스트레모프가 자신의 무고함을 강변하기 시작하여 장내 전 체는 아수라장이 되었다. 그러나 알렉세이 알렉산드로비치 는 결국 승리의 개가를 울렸다. 그의 제안이 채택되었으며, 세 개의 새로운 위원회가 구성된 것이다. 다음 날 페테르부르 크의 어느 유명한 회합에서는 온통 그날의 회의에 대한 얘기 들만 오갔다. 알렉세이 알렉산드로비치가 거둔 성공은 그가 기대했던 것보다도 컸다.

이튿날 아침, 즉 화요일에 잠에서 깨어난 알렉세이 알렉산 드로비치는 흡족한 마음으로 어제의 승리를 떠올렸다. 사무 실 주임이 아첨을 떨며 어제의 회의에 대한 입소문을 전해 주자, 그는 태연한 척하려 애썼지만 웃음을 참을 수 없었다.

사무실 주임과 업무를 보는 동안, 알렉세이 알렉산드로비 치는 바로 오늘이 자신이 지정해 놓은 안나 아르카디예브나 의 도착 날짜인 화요일이라는 사실도 까맣게 잊고 있었다. 따라서 하인이 들어와 그녀가 왔다고 고했을 때 그는 놀라움과 충격으로 불쾌해졌다.

안나는 이른 아침에 페테르부르크에 당도했다. 그녀가 전보로 그에게 요청한 대로 미리 사륜마차를 보냈었기에 알렉세이 알렉산드로비치도 그녀의 도착 시점을 짐작할 수 있었을 텐데, 집에 왔을 때도 그는 밖으로 나와 맞아 주지 않았다. 그가 아직 서재에 있으며 사무실 주임과 얘기 중이라고 하인이 그녀에게 아뢰었다. 그녀는 잘 도착했다고 알리라고 이르고는 방으로 가서 물건들을 정리하며 남편이 오기를 기다렸다. 그러나 한 시간이 흘러도 그는 오지 않았다. 그녀는 식당으로 가서 집안일을 지시하는 척 일부러 큰 소리로 떠들며 남편이 오기를 기다렸다. 하지만 주임을 배웅하러 문가로 나왔다 들어가는 소리가 난 뒤에도 그는 오지 않았다. 남편이 곧 여느 때와 같이 집무실로 출근하리라는 것을 알고 있었기에, 그녀는 그 전에 그를 만나 둘의 관계를 매듭짓고 싶었다.

거실을 한차례 거닌 뒤, 그녀는 단호하게 남편의 서재로 향했다. 방 안에 들어서니 그는 출근을 위한 제복 차림으로 작은 탁자 앞에 팔꿈치를 괴고 앉아 눈앞의 허공을 음울하게 응시하고 있었다. 남편이 자신을 보기 전에 먼저 그의 모습을 본 그녀는, 그가 자신에 대해 생각하고 있다는 사실을 알 수 있었다.

그는 아내를 보고 자리에서 일어나려다 그만두었다. 별안간 그의 얼굴이 벌겋게 달아올랐다. 안나로서는 처음 보는 남편의 모습이었다. 이윽고 그는 자리에서 벌떡 일어나 안나의 눈이 아니라 그보다 좀 더 높은 곳, 이마와 머리채를 바라보며 그녀에게 다가가서는 손을 잡으며 자리에 앉으라고 청했다.

「당신이 와서 매우 기쁘군.」 옆자리에 앉으며 그가 말했다. 뭔가 얘기하고 싶으면서도 갈피를 못 잡는 기색이 역력했다. 몇 차례 말을 꺼내려다가 결국 입을 다물곤 했다. 안나 또한 이 만남에 대비하여 남편을 경멸하고 비난하는 연습까지 해왔음에도 불구하고 그에게 무슨 말을 해야 할지 몰랐고, 심지어 안쓰러운 마음까지 들었다. 그렇게 꽤나 오랫동안 침묵이 지속되었다. 「세료자는 건강한가?」 그가 질문은 던지더니 대답을 기다리지도 않고 덧붙였다. 「오늘 저녁 식사 땐 집에 못 올 거요. 이제 나가 봐야겠소.」

「모스크바로 떠나려고 했어요.」 그녀가 말했다.

「됐소. 집으로 오기를 정말, 정말 잘한 거요.」 한마디 하고 나서 그는 다시 침묵했다.

먼저 이야기를 꺼내기에는 남편이 요령부득임을 알아채고, 그녀는 자기 쪽에서 먼저 시작했다.

「알렉세이 알렉산드로비치……」 자신의 머리채만 응시하는 남편의 시선에도 불구하고 안나는 눈을 내리깔기는커녕 그를 똑바로 마주 보며 말했다. 「나는 죄를 지은 여자예요. 못된 여자죠. 하지만 그때 당신에게 그런 말을 하던 나와 예전의 나, 그리고 지금의 나는 똑같아요. 그러니까 나는 하나도 달라질 수 없다는 말을 하러 온 거예요.」

「당신에게 그런 건 묻지 않았소.」 갑자기 증오가 서린 눈빛으로 결연하게 그녀를 응시하며 그가 내뱉었다. 「그리리라 예측은 했지.」 분노에 자극을 받아 타고난 능력을 다시 완전히 체득한 게 분명했다. 날카롭고 가느다란 목소리로 그는 말을 이어 가기 시작했다. 「하지만 그때 당신한테 말했고 편지에도 쓴 것처럼, 그리고 지금 다시 반복하건대, 그러한 사실을 알아야 할 이유가 내겐 없소. 그런 건 무시하겠단 말이오. 모든 아내들이 당신처럼 그렇게 **유쾌한** 소식을 서둘러 남편에게 전할 만큼 친절하진 않겠지.」그는 〈유쾌한〉이라는 단어에 특히 힘을 주었다. 「세상이 그 일을 알게 되기 전까지, 그래서 내 이름이 더럽혀지기 전까지는 그 일을 무시할 작정이오. 따라서 한 가지만 경고하는데, 우리의 관계는 늘 있던 그대로 현상 유지가 되어야 하오. 다만 당신이 당신 자신을 **위태롭게 할** 경우에는 나는 스스로의 명예를 지키고자 반드시 조치를 취할 것이오.」

「그렇지만 우리의 관계는 예전처럼 될 수 없는걸요.」안나가 놀란 눈으로 남편을 쳐다보며 겁먹은 듯 대꾸했다.

다시금 남편의 예의 그 침착한 거동을 보고 유치하되 자극적인 조롱조의 음성을 듣자 그녀의 마음속에 조금 전 자리잡았던 연민의 감정은 그에 대한 혐오감으로 말끔히 지워져 버렸고, 이제는 그저 두려울 따름이었다. 하지만 일이 어찌되든 그녀는 자신의 입장을 분명히 밝히고 싶었다.

「나는 당신의 아내가 될 수 없어요. 내가 이렇게 ─」그녀가 운을 떼려 했다.

그는 악의 어린 냉소를 지었다.

「응당 당신이 선택한 종류의 삶이 당신의 관념 속에도 반영되겠지. 그것을 나는 존경하는 만큼 경멸하기도 하오. 둘다……. 과거 당신의 관념을 존경하고, 지금 당신의 관념을 경멸하오……. 그러니까 당신이 내 말에 부여한 그러한 해석은 내 견해와는 아주 거리가 먼 것이오.」

안나는 한숨을 내쉬고는 고개를 떨구었다.

「하지만 나는 이해할 수가 없소.」그가 열을 올리며 말했다. 「당신처럼 독립적인 인간이 자신의 부정함을 남편에게 직접 공표하고, 그런 행실이 비난받아 마땅하다는 건 전혀 모르면서, 어찌 남편에 대한 아내의 의무를 이행하는 것을 비난받을 일로 여긴단 말이오?」

「알렉세이 알렉산드로비치! 나한테서 대체 뭘 원하세요?」

「내가 원하는 건 여기서 그 인간과 마주치지 않는 것, 당신이 **사교계**나 **하인들**로부터 비난받지 않도록 처신하는 것······ 그리고 당신이 그 작자와 만나지 않는 것이오. 이게 많은 요구는 아닐 테지. 그 대가로 당신은 아내의 의무를 이행하지 않으면서도 정숙한 아내에게 주어지는 모든 권리를 누리게 될 것이오. 내가 하려던 얘긴 이게 다요. 이제 나가 봐야겠소. 식사는 집에서 하지 않을 거요.」

그는 자리에서 일어나 문으로 향했다. 안나 또한 일어섰다. 그는 말없이 목례를 하고서 그녀를 내보냈다.

24

레빈이 건초 더미 위에서 지새운 밤은 헛되지 않았다. 그가 지금껏 일궈 온 농사일이 꺼림칙하게 여겨졌을 뿐 아니라 그에 대한 모든 흥미가 사라져 버렸다. 엄청난 풍작을 거두었음에도 불구하고 올해처럼 농민들과의 관계에 실패를 거듭하고 불화가 잦았던 적이 없었다고, 적어도 그는 그렇게 느끼고 있었다. 그리고 그러한 실패와 적대적 관계의 원인을 그는 확실하게 알 수 있었다. 노동을 하며 그 매력을 맛보면서 농부들과 친밀해지고, 그들과 그들의 생활을 부러워하며 그러한 생활 속으로 투신하고 싶어진 것, 그리고 그날 밤 한갓 공상이 아닌 버젓한 계획으로서 그러한 소망의 구체적인 실행 방법을 구상했던 것, 이 모든 것이 농사일에 대한 그의 시각을 완전히 바꾸어 놓았기에 그는 이제 농사일에 대해 예전과 같은 흥미를 느낄 수가 없었으며, 모든 문제의 밑바탕에 깔려 있던 일꾼들과의 불편한 관계 또한 직시하지 않을 수가 없었던 것이다. 파바 같은 우량종 암소들, 거름을 뿌리고 쟁기질한 땅, 버드나무 가지로 울타리를 친 아홉 구역의 평지, 90데샤티나에 걸쳐서 깊게 갈아엎은 거름, 이랑 파종기 등, 이 모든 것이 그 자신에 의해서, 혹은 그와 그에게 공감하는 동료들에 의해 이루어졌더라면 얼마나 멋졌겠는가. 그러나 이제 그는 분명하게 깨달았다(노동자를 농업의 주된 요소로 보는 그의 저술 작업이 이 점에 있어서 많은 도움이 되었다). 지금까지 그가 해온 농사일이라는 것은 단지 그와 일꾼들 사이의 잔혹하고 끈질긴 투쟁일 뿐이었으며 그 싸움의 한쪽 편, 즉 그의 편에는 모든 것을 이상적이라 여겨지는 기준에 맞추어 개조하고자 하는 열렬한 지향이, 다른 편에는 사물들의 자연스러운 질서가 버티고 있었던 것이다. 이 투쟁 속에서 그가 깨달은 바는, 한쪽 편에서 아무리 집요하게 힘을 쏟는다 해도 다른 편에서 무위와 무계획으로 일관하는 한, 농사일은 주인 없이 굴러가고 훌륭한 농기구와 가축과 토지는 무용지물이 될 뿐이라는 사실이었다. 중요한 것은 일에 쏟은 정력이 헛수고로 돌아갔을 뿐 아니라, 그가 해온 농사일의 의미가 스스로에게 분명해진 지금에 와서는 정력을 쏟아부었던 목표 자체가 완전히 무가치한 것이었음을 인정하지 않을 수 없다는 사실이었다. 본질적으로 그것은 무엇을 위한 투쟁이었던가? 그는 단 한 푼이라도 이익을 내려고 분투한 반면(안 그럴 수가 없는 것이, 노력을 덜 쏟으면 노동자들에게 지불할 돈이 모자랄 수도 있기 때문이었다) 농부들은 평온하고 쾌적하게, 즉 몸에 밴 대로 일하기를 고집했다. 그의 주된 관심사는 노동자들 각자가 최대한의 성과를 내고, 키와 써레와 탈곡기를 망가뜨리지 않고, 각자 자신이 하는 일을 꼼꼼히 살피도록 주의를 잃지 않는 것이었다. 반면에 노동자들은 최대한 쾌적하게, 쉬어 가면서, 그리고 무엇보다도 걱정 근심 없이, 마음 편하게, 아무 생각 없이 일하고자 했다. 올여름 레빈은 모든 과정에서 그 사실을 절감했다. 파종에 도움이 안 되는 잡초와 쑥이 무성한 질 나쁜 초지를 골라 건초용 토끼풀을 베어 오도록 사람들을 보낸 일이 있었다. 그러자 농부들은 양질의 종자용 초지를 줄줄이 베어 놓고는 감독관이 그렇게 시켰다고 변명을 하면서, 그래도 건초는 아주 잘될 거라며 그를 위로하는 것이었다. 그러나 일이 그렇게 된 건 그쪽이 풀을 베기에 더 수월하기 때문이라는 사실을 그는 잘 알고 있었다. 건초를 털어 말리도록 건조기를 보냈을 때는 일을 시작하자마자 이미 망가뜨리고 말았는데, 건조기가 휘두르는 날개 밑 운전석에 멀거니 앉아 있는 게 지루했기 때문이다. 그래 놓고는 말하기를, 〈걱정 마십쇼, 아낙네들이 끝내주게 털어 낼 것입니다〉라는 것이었다. 쟁기들도 쓸모라곤 없었으니, 치켜 올라간 쟁기 날을 도무지 낮출 생각을 못 하는 농부들이 무리하게 그것을 휘저어 말들을 괴롭히고 땅은 못쓰게 만들더니 레빈더러는 걱정할 것 없다고 했다. 말들은 밀밭에 방치되었는데, 어느 한 사람도 야간에 보초를 서려 하지 않았기 때문이다. 그러지 말라고 일렀음에도 일꾼들은 교대로 야간 보초를 서더니 하루 종일 일을 한 반카가 결국 잠들어 버렸고, 자신의 잘못을 뉘우친답시고 한다는 말이 〈뜻대로 처분하시라〉는 것이었다. 세 마리의 우량종 새끼 암소를 잘못 먹여서 병이 들게 만든 적도 있었는데, 물터도 마련해 주지 않고 새로 자란 토끼풀밭에 풀어놓은 탓이었다. 그러고는 토끼풀 때문에 송아지들이 부어올랐다는 건 절대로 인정하려 들지 않은 채, 그를 안심시킬 요량으로 이웃집에서는 112마리를 사흘씩이나 풀어놓았다는 얘기를 늘어놓았다. 이 모든 사건은 누군가 레빈과 그의 농사일에 악감정을 품은 탓에 일어난 것이 아니었다. 오히려 레빈도 잘 알고 있는바, 다들 그를 좋아했고 〈순박한 나리〉라고 여겼다(그것은 대단한 찬사였다). 일이 그렇게 된 건 그저 그들이 즐겁고 마음 편하게 일하고 싶었기 때문이며, 레빈의 관심사가 그들에게는 낯설고 납득할 수 없는 것일 뿐만 아니라 자신들의 정당한 이익에 어쩔 수 없이 반하는 것이기 때문이었다. 이미 오래전부터 레빈은 농사일에 대한 스스로의 태도에 불만을 느끼던 터였다. 그는 보트에 물이 차는 것을 알면서도 구멍을 찾으려 들지 않았고, 어쩌면 의도적으로 자기 자신을 기만하고 있는지도 몰랐다. 그러나 이제는 스스로를 속일 수 없었다. 지금껏 꾸려 온 농사일에 흥미를 잃었을 뿐만 아니라 혐오감마저 들었으며, 따라서 더 이상은 그 일을 해나갈 수가 없었다.

엎친 데 덮친 격으로 마주치고 싶지 않은 키티 셰르바츠카야가 30베르스타 떨어진 곳에 와 있었다. 다리야 알렉산드로브나 오블론스카야의 집을 방문했을 때 그녀는 레빈더러 자기네 집으로 와달라고 청했다. 여동생에게 다시 청혼하러 오라는 얘기였는데, 그러면서 넌지시 동생이 이제 그의 청혼을 받아들일 거라는 눈치를 주는 것이었다. 키티 셰르바츠카야와 우연히 마주쳤을 때 레빈 또한 그녀에 대한 자신의 사랑이 끝난 게 아니라는 사실을 깨달았지만, 그녀가 있다는 것을 알면서 오블론스카야의 집으로 찾아갈 수는 없는 노릇이었다. 그녀에게 청혼을 하고 그녀가 그를 거절한 사건이 두 사람 사이에 극복할 수 없는 장애물을 쌓아 놓았기 때문이다. 〈그녀가 스스로 원했던 사람의 아내가 될 수 없다는 이유만으로 내가 그녀더러 내 아내가 되어 달라고 할 수는 없어.〉 그는 생각했고, 그러한 생각이 그로 하여금 그녀를 냉담하고 적대적으로 대하도록 만들어 버렸다. 〈원망의 감정 없이는 도저히 이야기를 나눌 수 없을 거야. 악의 없이 그녀를 쳐다볼 수는 없단 말이다. 그렇다면 그녀 쪽에서도 당연히 나를 더욱 증오할 수밖에 없겠지. 게다가 다리야 알렉산드로브나한테서 그런 말을 들은 마당에 내가 어떻게 거길 찾아가겠어? 과연 내가 그녀에게서 들은 얘기를 모르는 체할 수 있겠어? 넓은 아량으로 찾아가서 그녀를 용서하고 자비를 베푼다고? 그녀 앞에서 용서를 베풀고 내 사랑을 받을 자격이 있다고 인정해 주는 배역을 연기한단 말이지! 다리야 알렉산드로브나는 도대체 왜 나한테 그 얘기를 한 걸까? 그녀를 우연히 만난다면야, 그땐 모든 게 저절로 굴러가겠지. 하지만 지금은 불가능해, 불가능하다고!〉

다리야 알렉산드로브나는 그에게 키티가 사용할 여성용 안장을 빌려 달라는 전갈을 보내기까지 했다. 〈댁에 여성용 안장을 갖고 계시다면서요? 바라건대, 직접 가져다주셨으면 합니다.〉

그런 식의 언행을 레빈은 더 이상 참을 수가 없었다. 어떻게 그토록 영리하고 섬세한 여자가 자기 동생을 그런 식으로 멸시할 수 있단 말인가? 그는 열 통이나 편지를 썼다가 모두 찢어 버렸다. 그러고는 아무런 답신도 없이 안장만 보냈다. 가겠노라고 쓰는 건 절대로 안 될 일이었는데, 왜냐하면 갈 수가 없기 때문이었다. 갈 수 없다고, 혹은 출타할 예정이라고 쓰는 건 더더욱 안 될 말이었다. 그는 무언가 부끄러운 짓을 저지르고 있다는 자괴감을 안고서 답신 없이 안장만 보낸 다음, 이튿날 싫증이 난 농사일을 모조리 영지 관리인에게 떠넘기고는 멀리 떨어진 군에 사는 친구 스비야시스키의 집으로 향했다. 그의 집 근처에는 도요새가 서식하는 근사한 늪지가 있었는데, 얼마 전 그가 자기 집에 와서 머물다 가겠다는 오랜 약속을 지키라고 편지를 보내왔던 것이다. 수롭스키군의 도요새 늪지는 오래전부터 레빈의 마음을 끌었지만, 그는 매번 농사일 때문에 여행을 미루곤 했다. 그러나 이제는 기쁜 마음으로 떠날 수 있었다. 이웃해 있는 셰르바츠키 일가의 여인들로부터, 무엇보다도 농사일로부터 벗어나 그 어떤 슬픔 속에서도 최고의 위안을 안겨 주는 것, 바로 사냥을 하러 그는 떠났다.

25

수롭스키군까지는 철로도, 역마차 길도 없었기에 레빈은 자신의 말들이 모는 유개 여행 마차를 타고 갔다.

절반쯤 이르렀을 때, 그는 말에게 꼴을 먹이고자 어느 부유한 농가에 잠시 머물렀다. 양쪽 뺨에 새치가 돋고 붉은 턱수염이 더부룩한 혈색 좋은 대머리 노인이 대문을 활짝 열고 는 문기둥을 꼭 잡은 채 삼두마차를 들여보내 주었다. 노인은 볕에 그을린 구식 쟁기들이 놓인 깨끗하게 정돈된 너른 마당 한 편의 처마 밑 자리를 마부에게 안내하고는 레빈에게 농가로 들기를 청했다. 정갈하게 차려입고 맨발에 덧신을 신은 젊은 아낙이 허리를 굽힌 채 처마 밑의 바닥을 닦고 있었다. 그녀는 레빈을 뒤따라 들어온 개를 보고서는 놀라 소리를 질렀지만, 곧바로 개가 물지 않을 것임을 알아채고는 놀란 게 부끄럽다는 듯 웃음을 터뜨렸다. 소매를 걷어 올린 손으로 레빈에게 농가의 출입문을 가리킨 그녀는 다시금 허리를 숙여 새빨개진 얼굴을 감춘 채 바닥 닦는 일을 계속했다.

「사모바르를 내올까요?」 그녀가 물었다.

「그래 주면 좋겠소.」

농가는 널찍했고, 네덜란드식 벽난로와 칸막이가 놓여 있었다. 성상 아래쪽으로 색색으로 당초무늬가 그려진 탁자와 긴 의자와 두 개의 등받이 의자가, 출입문 옆에는 그릇장이 보였다. 창의 덧문들은 닫힌 채였고 파리도 별로 없었다. 방이 어찌나 깨끗한지, 레빈은 길바닥에서 마구 달리고 물웅덩이에서 멱을 감았던 라스카가 흙발로 바닥을 더럽힐까 염려되어 녀석에게 문가의 구석진 자리를 지정해 주었다. 그는 농가를 둘러본 후 뒤꼍으로 나갔다. 덧신을 신은 단아한 외모의 젊은 아낙이 두레박에 매달린 빈 물통을 흔들며 그를 앞질러 우물가로 달려갔다.

「잘한다, 아가야!」 노인이 그녀를 향해 즐겁게 소리치고는 레빈에게 다가왔다. 「저, 그러니까 나리, 니콜라이 이바노비치 스비야시스키 댁으로 가시는 길이라고요? 그 댁 분들도 저희 집에 들르시곤 하지요.」 노인이 현관 난간에 팔꿈치를 괴고는 수다스럽게 말을 건넸다.

노인이 스비야시스키와의 친분에 대해 한창 이야기하는 중 또다시 대문이 삐걱거리는 소리가 들리더니 들에서 일하던 일꾼들이 구식 쟁기와 써레를 끌고서 마당으로 들어섰다. 쟁기와 써레는 살이 찌고 덩치가 커다란 말들에 매여 있었다. 틀림없이 집안 식솔들 같았다. 둘은 젊은 축이었는데, 사라사 셔츠에 챙이 좁은 모자를 썼고, 나머지 두 사람은 고용 인부들로 대마로 지은 옷을 입고 있었다. 인부 중 한 사람은 노인, 다른 한 사람은 젊은 청년이었다. 현관에 있던 노인이 내려가더니 말에게 다가가서 멍에를 풀기 시작했다.

「뭘 경작하였소?」 레빈이 그에게 물었다.

「감자밭을 갈았습죠. 저희도 땅뙈기를 갖고 있거든요. 애, 페도트, 거세한 말들은 밖에 내놓지 말고 구유로 데려가거라. 다른 말은 우리가 맬 테니.」

「저, 아버지, 파종기 보습을 갖다 달라고 했는데요, 가져왔나요?」 키가 크고 덩치 좋은 청년이 물었다. 노인의 아들일 성싶었다.

「그게…… 썰매 안에 있다.」 노인이 풀어 놓은 고삐를 둥글게 말아서 바닥에 내던지며 대답했다. 「점심 먹을 동안 정리해 놓으렴.」

예의 단아하게 생긴 젊은 아낙이 가득 찬 물통을 매고 오느라 어깨를 잔뜩 늘어뜨린 채 집 안으로 들어섰다. 어디선가 또 다른 아낙들이 나타났다. 젊고 예쁘장한 처자들과 못생긴 중년 여인네들, 늙은 아낙들이 아이들을 데리고, 혹은 아이 없이 나와 있었다.

사모바르의 연통에서 둔탁한 소리가 났다. 말들을 다 거둔 일꾼들과 식솔들은 점심을 먹으러 갔다. 레빈도 마차에서 음식을 가져와 노인더러 함께 차를 마시자고 청했다.

「별말씀을요, 저희는 벌써 마셨습니다만……」 말은 그렇게 하면서도 노인은 레빈의 제안을 흔쾌히 받아들이는 기색이었다. 「정 그러시다면 함께 들지요.」

차를 마시는 동안 레빈은 노인이 일구는 농사일에 대해 전부 알게 되었다. 그는 10년 전에 여지주로부터 120데샤티나의 땅을 임차했다가 작년에 그 땅을 매입하고 이웃의 지주에게 3백 데샤티나를 추가로 임차하였다. 토질이 제일 안 좋은 약간의 땅은 소작을 주고, 40데샤티나가량의 밭을 가족들과 두 명의 고용 인부들과 함께 경작하고 있었다. 노인은 농사일이 신통치 않다고 푸념을 늘어놓았지만, 레빈은 그것이 그냥 하는 말일 뿐 실은 그의 일이 번창하고 있다는 걸 알 수 있었다. 만일 농사가 잘 안 되었더라면 1데샤티나당 105루블씩이나 주고 땅을 사지도 않았을뿐더러 세 아들과 조카를 장가보내지도 못했을 것이고, 불이 난 뒤로 집을 두 번이나, 그것도 점점 더 근사하게 다시 짓지도 못했을 터였다. 푸념을 하면서도 자신의 부(富)와 자식들과 조카와 며느리들은 물론 말과 암소들, 그리고 무엇보다 농사일을 전부 스스로 관장한다는 사실을 자랑스레 여기고 있는 게 틀림없었다. 이야기를 나누어보니 노인은 새로운 방식의 도입을 꺼려하지 않는 사람 같았다. 그는 감자를 많이 심었는데, 레빈이 마차를 타고 지나가며 보았던 그의 감자밭에는 벌써 꽃이 지고 열매가 맺혀 있었다. 레빈의 감자밭은 이제 막 꽃을 피우는 참이었는데 말이다. 노인은 그가 〈플루크〉라고 부르는, 지주한테서 빌린 신식 쟁기로 감자밭을 일구고 있었다. 그는 밀도 심었다. 호밀밭에 김을 매면서 솎아 낸 호밀로 말을 먹였다는 사소한 대목이 레빈을 특히 놀라게 했다. 그 훌륭한 사료가 헛되이 버려지는 것을 보면서 레빈은 얼마나 그것들을 모으고 싶어 했던가. 하지만 그 일은 매번 불가능했다. 그런데 이 농부는 그 일을 해 냈을 뿐 아니라 이 사료를 입이 마르도록 예찬하는 것이었다.

「젊고 팔팔한 처자들을 뒀다 뭐하나요? 낟가리들을 길가에 내놓게 하면 짐마차가 와서 나르는 거죠.」

「그런데 우리 지주들은 늘 일꾼들과 티격태격한단 말이오.」 레빈이 노인에게 찻잔을 건네면서 말했다.

「고맙습니다.」 노인은 인사를 하고 찻잔을 받았지만, 먹다 남은 설탕 조각을 가리키며 새 설탕은 사양했다. 「일꾼들이랑 무슨 일을 도모하겠습니까? 하나같이 일을 망칠 뿐이죠. 스비야스키 댁만 해도 그렇습니다. 저희도 잘 압니다만, 그 땅이 얼마나 기막힌지요. 양귀비 씨처럼 새까만 게 말입니다. 그런데도 수확은 신통치 않습니다. 그게 죄다 부주의한 탓입니다.」

「하지만 당신도 일꾼들을 부리지 않소?」

「저희들 일이야 농부들 일입죠. 저희는 하나부터 열까지 저희 손으로 합니다. 일꾼들이 일솜씨가 서투르면 당장 내친다고요. 그러고는 식구들끼리 일궈 나가는 겁니다.」

「아버님, 피노겐이 타르를 가져다 달라는데요.」 덧신을 신은 아낙이 집 안으로 들어와 말했다.

「그럼 나리, 저는 이만!」 노인이 자리에서 일어나 레빈에게 천천히 성호를 그으며 감사 인사를 하고서 밖으로 나갔다.

마부를 부르러 굴뚝 없는 곁채로 들어간 레빈은 집안 남자들이 모두 식탁에 둘러앉아 있는 모습을 보았다. 아낙들은 선 채로 시중을 들고 있었다. 젊고 건장한 아들이 입안 가득 메밀죽을 문 채 무언가 우스운 얘기를 하자 모두들 껄껄대며 웃었는데, 양배추 수프를 그릇에 따르던 덧신 신은 아낙이 특히 즐거워했다.

아마 덧신을 신은 아낙의 단아한 얼굴이 농가의 정갈함을 한층 더 고조시킨 탓이기도 했겠지만, 레빈이 받은 인상은 도무지 떨쳐 버릴 수 없을 정도로 강렬한 것이었다. 노인의 집을 떠나 스비야시스키에게로 가는 중에도 그는 내내 이 농가를 떠올렸다. 어쩐지 이 집의 인상 가운데 무언가가 그에게 특별히 주의를 기울이기를 요구하는 것만 같았다.

26

스비야시스키는 군의 귀족단장이었다. 그는 레빈보다 다섯 살 위였고, 결혼한 지도 오래되었다. 젊은 처제가 그의 집에서 함께 살고 있었는데, 그녀는 레빈에게 큰 호감을 가지고 있었다. 레빈은 스비야시스키와 그의 아내가 이 처녀를 자신에게 시집보내고 싶어 한다는 것을 잘 아는 터였다. 그 누구에게도 결코 말하지 않을 작정이었지만, 소위 신랑감이라는 청년들이 으레 그러듯이 그는 의심할 바 없이 확실하게 그 사실을 알고 있었다. 또한 그는 비록 그 자신이 결혼하길 원하며 어느 모로 보나 대단히 매력적인 그 아가씨라면 틀림없이 훌륭한 아내가 될 것임에도 불구하고, 자신이 그녀와 결혼할 리는 만무하다는 사실 또한 잘 알고 있었다. 설사 키티 셰르바츠카야를 사랑하지 않았다 해도, 그녀와 결혼한다는 것은 하늘을 날 수 없는 것과 마찬가지로 있을 수 없는 일이었다. 그리고 이와 같은 사정은 그가 스비야시스키의 영지로 여행을 떠나며 만끽하고자 했던 쾌감을 망쳐 놓고 말았다.

사냥하러 오라는 스비야시스키의 편지를 받고서 레빈은 곧바로 그러한 정황을 떠올렸지만, 자신에 대한 스비야시스키의 계획은 그저 아무런 근거 없는 혼자만의 억측에 불과했기에 어쨌거나 떠나기로 마음먹었던 것이다. 뿐만 아니라 마음속 깊은 곳에서는 혹시 그 아가씨와 잘 맞는지, 자기 자신을 시험해 보고자 하는 바람도 있었다. 스비야시스키의 가정생활은 그지없이 단란했으며, 그가 생각하기에 가장 바람직한 유형의 젬스트보 활동가인 스비야시스키 자신 또한 레빈에게는 대단히 흥미로운 사람이었다.

스비야시스키는 레빈에게 늘 불가사의하게 여겨지는 그런 부류 중 하나였다. 그리 독창적이지는 않지만 대단히 논리 정연하게 자기 완결적으로 개진되는 사고에 반해, 지나치게 확고부동하고 일률적인 생활은 그 자체로 거의 언제나 사고와 모순되는 별도의 방향으로 나아가는 그런 사람들 말이다. 스비야시스키는 지나치게 자유주의적인 사람이었다. 그는 귀족 계층을 경멸했고, 소심해서 표현을 안 할 뿐 대다수의 귀족들은 마음속으로 농노제를 지지한다고 여겼다. 그에게 러시아는 터키처럼 이미 몰락한 나라이며, 정부 역시 그 활동을 진지하게 비판할 수조차 없을 정도로 형편없었다. 그러면서도 동시에 그는 공직에 복무했고, 모범적인 귀족단장이었으며, 외출할 때면 언제나 휘장을 달고 붉은 테를 두른 제모를 착용하곤 했다. 인간다운 삶이란 오직 외국에서만 가능하다며 틈만 나면 해외로 나가 지내면서도, 한편으로는 러시아에서 매우 복잡하고 개량된 형태의 농사일을 벌였고, 러시아에서 일어나는 일이라면 뭐든지 엄청난 관심을 가지고 주시할 뿐 아니라 모든 사안들을 훤히 꿰고 있었다. 러시아의 농부들은 발달 단계상 원숭이에서 인간으로 진화해 가는 과도기에 놓여 있다고 보면서도, 지방 의회 선거철이면 누구보다도 적극적으로 농부들과 악수를 나누고 그들의 의견을 경청하였다. 그는 귀신이고 죽음이고 뭐고 아무것도 믿지 않았지만, 성직자들의 생활 개선과 교구 축소 문제에 극도로 신경을 썼으며 자신이 사는 마을에 교회를 존속시키기 위해서 무척이나 애를 썼다.

여성 문제에 있어서 그는 여성의 완전한 자유, 특히 일할 권리를 극단적으로 지지하는 축에 속했다. 그러나 막상 자신은 아이도 없이 아내와 함께, 모두가 감탄할 정도로 우애 넘치는 가정생활을 영위하며, 〈어떻게 하면 시간을 더 즐겁게 보낼 수 있을까〉라는 남편과의 공통된 관심사 외에는 아내가 그 어떤 일도 하지 않고 할 수도 없게끔 유도했다.

만일 레빈이 사람들을 최대한 좋은 쪽으로 이해하려 드는 습관을 가지고 있지 않았더라면, 스비야시스키의 성품은 그에게 어떤 곤란이나 의문도 야기하지 않았을 것이다. 아마 속으로 〈바보 아니면 허접쓰레기〉라고 말했을 테고, 그것으로 모든 게 명확해졌을 테니까 말이다. 그러나 그를 가리켜 결코 **바보**라고 할 수는 없었으니, 왜냐하면 스비야시스키는 의심할 바 없이 매우 영리한 사람일 뿐만 아니라 학식이 풍부했고, 그러면서도 유달리 소박하고 겸손했기 때문이다. 아마 그가 모르는 분야란 없을 테지만 그는 꼭 필요한 경우에만 자신의 학식을 드러냈다. 더군다나 스비야시스키를 허접쓰레기라고 볼 수 없는 이유는, 그가 의심할 나위 없이 정직하고 선량하며 총명한 사람이었기 때문이다. 그는 주변 사람들 모두가 높이 평가하는 일을 즐겁고 활기차게, 지속적으로 해나갔다. 게다가 그 어떤 나쁜 짓도 결코 의도적으로는 저지르지 않았으며, 저지를 수도 없는 사람임이 틀림없었다.

레빈은 그를 이해하고자 애썼지만 결국 이해할 수 없었고, 오묘한 수수께끼를 대하듯이 그와 그의 삶을 바라보곤 했다.

서로 친밀한 사이였으므로 그에게 이것저것 꼬치꼬치 캐묻고 그의 인생관을 맨 밑바탕까지 알아내고자 했으나 번번이 허탕을 치곤 했다. 레빈은 자신이 스비야시스키의 지성이라는, 모두에게 개방된 접견실의 출입문 안쪽으로 침입하려 할 때마다 그가 살짝 당황하는 것을 알아챘다. 레빈이 자신을 간파할까 봐 두려워하는 듯 그의 눈빛에는 당혹스러워하는 내심이 알 듯 말 듯 내비쳤고, 그렇게 그는 정답고 쾌활한 투로 침입에 저항하곤 하는 것이었다.

농사일에 환멸을 맛본 지금, 레빈은 스비야시스키의 집에서 머물게 된 것이 특히 반가웠다. 스스로에게는 물론 그 모든 것에 만족스러워하는 이 행복한 원앙과 그들의 안락한 보금자리가 그에게 그저 유쾌한 기분을 불러일으킨다는 점은 말할 것도 없었다. 게다가 자신의 생활이 이토록 불만족스러운 이때, 스비야시스키에게서 삶을 그토록 명료하고 확고하며 유쾌하게 만들어 주는 비밀을 알아내고 싶기도 했다. 더하여 스비야시스키의 집에서는 이웃의 지주들도 만나게 되리라는 걸 레빈은 잘 알고 있었으니, 마침 그는 곡물의 수확이나 일꾼들의 고용 등 농사일에 관하여 이야기를 나누고 싶고,

듣고도 싶던 터였다. 레빈도 잘 알다시피 그런 유의 대화는 어쩐지 아주 저급한 것으로 치부되곤 했지만, 지금의 그에게는 더없이 중요하게만 여겨졌다. 〈농노제하에서나 영국에서는 어쩌면 그런 게 중요하지 않았을지도 몰라. 양쪽 모두 조건 자체가 고정적이었으니까. 하지만 모든 것이 급변하고 새롭게 조성되어 가는 지금의 러시아에서 그러한 조건들이 어떻게 안착될 것이냐는 굉장히 중요한 문제야.〉

사냥은 레빈이 기대했던 것보다 신통치 않았다. 늪지가 바짝 말라 도요새는 좀처럼 보이지 않았다. 하루 종일 헤매다가 겨우 세 마리만 잡아 왔다. 그렇지만 사냥에서 돌아올 때면 늘 그러듯이 왕성한 식욕과 그지없이 상쾌한 기분, 그리고 강도 높은 육체적 움직임이 언제나 동반하는 각성된 정신 상태를 느낄 수 있었다. 사냥터에서 아무런 생각도 없다고 느껴질 때마다, 레빈에게는 노인과 그 가족들이 또다시 떠오르곤 했다. 그러한 인상은 그의 주의를 끌 뿐만 아니라, 마치 그와 관련된 무언가를 해결하기를 그에게 요구하는 것만 같았다.

저녁때 후견에 관한 용무로 찾아온 두 지주와 동석하여 함께 차를 마시는 동안, 레빈이 기대했던 예의 흥미진진한 대화가 시작되었다.

레빈은 티 테이블에서 안주인 바로 옆자리에 앉아 있던 탓에, 그녀와 또 그 맞은편에 앉은 그녀의 여동생과도 이야기를 나눌 수밖에 없었다. 안주인은 얼굴이 둥그스름하고 키가 작은 금발의 여인으로, 온 얼굴에 보조개와 미소를 환하게 띠고 있었다. 그녀를 통해 레빈은 그녀의 남편이 내놓은 중대한 수수께끼의 해답을 캐내려고 애썼다. 그러나 자리가 너무나도 거북하여 도무지 자유롭게 생각할 수가 없었다. 그가 그토록 거북했던 까닭은 안주인의 여동생이 가슴팍이 사다리꼴로 깊이 파인 옷을 입고 하얀 젖가슴을 드러낸 채 그의 맞은편에 앉아 있었기 때문이다. 그가 생각하기에는 자신 때문에 일부러 그 드레스를 고른 것 같았다. 그녀의 젖가슴이 무척이나 새하얬음에도 불구하고, 아니 너무나 하얬던 바로 그 탓에, 이 깊숙한 사다리꼴이 레빈에게서 생각의 자유를 앗아가 버렸다. 틀림없이, 혹은 착각일지도 모르지만, 레빈은 자신을 염두에 두고 그녀가 그렇게 가슴팍을 드러냈으리라 짐작했으며, 자신한테는 그 부분을 쳐다볼 권리가 없다고 여겼기에 그쪽을 보지 않으려고 무진 애를 썼다. 그러나 그렇게 가슴 부분이 파였다는 사실만으로도 그는 죄책감이 들었다. 마치 자신이 누군가를 기만하고 있으며 무언가를 해명해야 할 것만 같았다. 그렇다고 정말로 그것을 해명할 수는 없는 노릇이라 그는 쉴 새 없이 얼굴을 붉힌 채 좌불안석이었던 것이다. 그의 거북함은 어여쁜 여동생에게도 전달되었지만, 안주인은 눈치를 못 챘는지 동생을 짐짓 대화에 끌어들이곤 했다.

「그러니까, 그 말씀은……」안주인이 시작된 대화를 이어 갔다. 「저희 남편이 러시아적인 것 일체에 관심이 없다는 거로군요. 하지만 정반대예요. 그이가 외국에서 즐겁게 지내는 건 사실이지만 여기서만큼은 아니랍니다. 여기서 그이는 자신의 고유한 영역에 머문다고 느끼죠. 그이가 하는 일이 얼마나 많은데요. 그만큼 그이는 온갖 일에 대한 관심을 타고났어요. 참, 저희 학교에 안 가보셨지요?」

「본 적은 있습니다만……. 담쟁이로 뒤덮인 건물 말씀이시죠?」

「네, 거긴 나스탸가 담당하고 있어요.」그녀가 동생을 가리켰다.

「직접 가르치시나요?」레빈은 그녀의 가슴팍을 외면하려 애쓰며 물었지만 어느 쪽으로 시선을 돌리더라도 그 부분이 보이는 것만 같았다.

「네, 제가 직접 가르쳤고 지금도 가르치고 있지만, 따로 훌륭한 여성 교사도 있어요. 체조 수업도 개설했고요.」

「아, 고맙습니다만 차는 이제 그만 마시겠습니다.」레빈은 얼굴을 붉히며 자리에서 일어섰다. 무례를 범하고 있다고 느꼈지만 더 이상은 대화를 지속할 수가 없었다. 「아주 흥미로운 얘기가 들려서 말이죠.」이렇게 덧붙이고서 그는 주인과 두 명의 지주가 앉아 있는 탁자의 반대편 끄트머리로 다가갔다. 스비야시스키는 탁자 쪽을 향해 비스듬히 앉은 채 팔꿈치를 괸 한쪽 손으로 찻잔을 돌렸고, 다른 손으로는 턱수염을 한 아름 쥐고서 냄새라도 맡으려는 듯 코에 가져가곤 하였다. 검은 눈동자를 반짝이며 콧수염이 희끗희끗한 지주가 열을 올리는 모습을 바라보고 있었는데, 그의 말에서 무언가 재미난 점을 발견한 모양이었다. 지주는 농민들에 대한 불만을 토로하고 있었다. 레빈이 보기에 스비야시스키는 지주의 불평에 대해 그가 하는 말의 의미를 모조리 뒤엎을 만한 답변을 알고 있으면서도, 자신이 처한 입장 때문에 입 밖에 내지 못한 채 상대의 우스꽝스러운 장광설을 나름 흥미롭게 듣고 있는 게 분명했다.

희끗한 콧수염을 기른 지주는 완고한 농노제 지지자이며 시골 토박이이자 열성적인 영지 경영자임이 틀림없었다. 레빈은 그의 옷차림, 즉 어색해 보이는 후줄근한 구식 프록코트에서도, 미간을 찌푸린 총기 어린 눈에서도, 유창한 러시아어와 연륜이 묻어나는 명령조의 말투에서도, 약지에 낡은 결혼 반지 하나만 낀 커다랗고 아름다우며 햇볕에 그을린 손의 단호한 동작에서도 그러한 징후를 발견할 수 있었다.

27

「공을 많이 들였는데 말이지……. 일궈 놓은 걸 버리는 게 아깝지만 않다면야 모든 걸 단념하고 내다 팔아 버린 뒤, 니콜라이 이바니치처럼 〈헬레네〉[16]나 감상할 텐데.」 총기 넘치는 늙수그레한 얼굴에 환한 웃음을 지은 채 지주가 말했다.

「그래도 버리지는 않으시잖습니까.」 니콜라이 이바노비치 스비야시스키가 말했다. 「그러니까 이득이 남는다는 얘기지요.」

「이득이라면 오로지 집에서 생활하는 것뿐이지. 돈 주고 산 것도 아니고, 빌린 것도 아닌 내 집 말이오. 그나저나, 여전히 농민들이 계몽되길 바라고들 있겠지. 하지만 참말이지, 허구한날 술타령에 방탕이나 일삼잖소! 모든 게 재분배된 뒤로는 소 한 마리, 말 한 마리 없소. 다들 굶어 죽게 생겼는데, 어디 한번 데려다가 일꾼으로 고용해 보시오. 농사일을 망쳐 놓을 기회만 노릴걸. 심지어 치안 판사한테까지 찾아갈 테지.」

「그러면 어르신도 치안 판사한테 가서 고소하시면 되잖습니까.」 스비야시스키가 반문했다.

「내가 고소를 한다고? 대체 뭣 때문에 그런 짓을 한단 말이오! 그런 얘기라도 돌아 봐요. 고소를 했다가 큰 코 다치는 게

16 오페레타 「아름다운 헬레네」를 말한다.

지! 얼마 전에는 공장에서 선금만 챙기고는 냅다 도망갔던 일이 있었잖소. 치안 판사가 뭘 했겠소? 무죄 판결이나 내리겠지. 그나마 면 재판소나 촌장들 손으로 처리하니 일이 굴러가는 거라오. 그치들은 옛날식으로 호되게 매질을 하거든. 그거라도 없으면 다 버리는 수밖에! 그러고는 세상 저편으로 줄행랑을 치는 거야!」

지주는 스비야시스키의 약을 올리고 있는 게 분명했는데, 스비야시스키는 화를 내기는커녕 오히려 즐기는 기색이었다.

「자, 보십시오, 저희들은 그런 방식을 취하지 않고도 농사일을 꾸려 가고 있지 않습니까.」 그가 웃으면서 말했다. 「저와 레빈, 그리고 저분도요.」

그는 또 다른 지주를 가리켰다.

「그래, 미하일 페트로비치 댁에서도 일이 잘되어 가고 있긴 하지. 한데 어떻게 해서 그런지 한번 물어보시겠소? 그게 과연 합리적인 경영이냐 말이오.」 〈합리적인〉이라는 단어를 입에 올리며 지주가 으스대듯 말했다.

「우리 집 농사는 소박합니다.」 미하일 페트로비치가 말했다. 「하느님께 감사할 따름이지요. 내 일이야 가을철에 인두세를 낼 돈을 미리 마련해 두는 게 전부니까요. 그럼 농부들이 찾아와서는 주인님, 나리, 살려 주십시오, 하며 난리를 칩니다! 이웃 사람들이라는 게 죄다 농부들이니 항시 가엾단 말이지요. 그러니 세금의 3분의 1을 빌려주는 겁니다. 그러고는 이렇게 말하는 거죠. 〈모두들 내가 도와준 걸 잊지 말고, 필요할 때 자네들도 나를 도와주게. 귀리를 파종하거나, 풀을 베거나, 추수할 때 말일세.〉 그러면서 두당 얼마씩이라고 말해 두는 겁니다. 개중에는 역시나 양심 없는 작자들이 있기 마련이니까요, 암 그렇고말고요.」

오래전부터 이 가부장적인 방식을 익히 알고 있던 레빈은 스비야시스키와 눈짓을 주고받은 뒤 미하일 페트로비치의 말을 끊고서 다시금 희끗한 콧수염을 기른 지주에게 말을 걸었다.

「어르신은 어떻게 생각하십니까? 그렇다면 이제 농사일을 어떻게 해나가야 할까요?」

「미하일 페트로비치처럼 할 수도 있겠지. 아니면 수확을 농부들과 절반씩 나누거나 농부들에게 임대를 줄 수도 있겠고. 가능한 방법이지만, 그렇게 되면 국가의 전체적인 부는 소멸하고 말 것이오. 농노제하에서는 경영을 잘했을 땐 우리 영지에서 아홉 배의 수확을 거두어들였는데, 반반씩 나눴을 경우엔 세 배의 수확만 거두었거든. 농노 해방이 러시아를 망쳐 놓은 게지!」

스비야시스키는 미소를 머금은 눈으로 레빈을 쳐다보았고, 심지어는 살짝 비웃는 티를 내기도 했다. 그러나 레빈은 노인의 말을 우습게 여기지 않았다. 그는 스비야시스키를 이해하는 이상으로 지주를 이해하고 있었다. 뒤이어 지주가 왜 농노 해방이 러시아를 몰락하게 만들었는지를 입증하기 위해 늘어놓은 대부분의 얘기들 또한 타당하게 들렸고, 참신하고 반박하기 어려운 견해로 여겨지기까지 했다. 지주는 자신만의 고유한 생각을 피력한 게 분명했으니, 이는 흔치 않은 경우였다. 이는 한가한 두뇌에 무언가 소일거리를 제공하려는 욕망에서 비롯된 생각이 아니었다. 고독한 시골에 처박혀 오랜 세월에 걸쳐 일궈 온 삶의 조건으로부터 자연스레 우러나온 것이자, 여러 방면에서 심사숙고해 온 결과였다.

「문제는 모든 진보가 오로지 권력에 의해서만 실현된다는 점이오.」 자신도 나름의 식자임을 내보이려는 듯 그가 말했다. 「표트르, 예카테리나, 알렉산드르의 개혁을 들어 봅시다. 유럽 역사도 마찬가지요. 더군다나 농사일의 관행에 있어서는 말할 것도 없지. 감자만 해도 그렇소. 강압에 의해 우리 나라에 들여왔잖소. 쟁기로 경작하는 것도 원래부터 그랬던 건 아니지. 그것도 밖에서 들여왔으니. 아마도 공후령 시절이었을 텐데, 강제로 도입한 게 분명할 거요. 현대에 들어 우리 지주들은 농노제하에서 영농법을 부단히 개량하며 농사를 지어 왔소. 건조기, 키, 거름 달구지, 그 밖의 농기구들, 그 모든 것을 우리 힘으로 들여왔단 말이오. 농부들은 처음엔 반대하다가도 결국에는 우리를 따라 하곤 했지. 그런데 농노제가 폐지된 지금 우리는 그 힘을, 권력을 박탈당했소.[17] 농업이 높은 수준에 도달한 시점에서 이제 가장 야만적이고 원시적인 상태로 곤두박질칠 수밖에 없게 됐단 말이오. 내 생각은 그렇소.」

「아니, 어째서 그렇습니까? 그것이 합리적인 일이라면, 노동자를 고용해서 경영하실 수도 있을 텐데요.」 스비야시스키가 말했다.

「권력이 없잖소. 내가 누구를 데리고 경영을 한단 말이오? 한번 물어봅시다.」

〈바로 그거야! 노동력. 농업의 주된 요소.〉 순간 레빈은 이런 생각에 잠겼다.

「노동자들이 있잖습니까.」

「노동자들은 일을 잘하려 들질 않고, 좋은 농기구로 일하

17 러시아에서 1861년 3월에 농노 해방령이 선포되었다.

기도 싫어한단 말이오. 우리 나라 노동자가 알고 있는 건 딱 하나뿐이라오. 돼지처럼 잔뜩 마시고 취하는 거지. 술에 취해서는 당신이 내준 모든 것을 망가뜨리는 거요. 말한테는 물을 너무 많이 먹이고, 좋은 마구는 잡아 떼 버리질 않나, 철제 바퀴까지 뜯어다가 팔아 술을 마시고, 망가뜨릴 작정으로 탈곡기에 바퀴 연결축을 쑤셔 넣고, 자기네들식이 아닌 건 뭐든지 싫다 이거요. 바로 그 때문에 농업의 전반적인 수준이 내려앉아 버렸소. 토지는 버려진 채 잡초만 무성하고, 아니면 농부들한테 쪼개서 불하해 버렸으니, 1백만 섬이 나던 곳에서 수십만 섬밖에는 소출이 안 날 수밖에. 전체적인 부가 줄어들었소. 같은 일을 한다고 쳐도 이런 점을 고려하면…….」

이윽고 그는 언급된 곤경들을 피할 수 있는, 자신만의 독특한 농노 해방 구상을 설명하기 시작했다.

그 얘기에는 별 관심이 없었기에, 레빈은 그가 말을 마치자마자 맨 처음의 화제로 돌아가 스비야시스키가 자신의 진지한 견해를 털어놓도록 부추길 심산으로 그에게 말을 걸었다.

「농업의 수준이 저하되고 있다는 것, 우리와 노동자들의 관계가 지금과 같다면 합리적이고 유리한 경영을 하기란 불가능하다는 것, 이는 전적으로 타당한 지적 아닌가.」

「나는 그렇게 생각하지 않네.」 스비야시스키가 당장에 진지한 어조로 반박했다. 「내가 보기에, 우리는 농사를 제대로 경영할 줄 모르네. 그리고 농노제하에서 우리가 일궈 온 농업은 그리 수준이 높지 않을 뿐 아니라, 오히려 저급하다네. 우리한테는 농기계도, 훌륭한 농업용 가축도, 제대로 된 영농법도 없으며, 심지어 우리는 계산도 제대로 할 줄 모르네. 지주들한테 한번 물어보게나. 뭐가 이롭고, 뭐가 불리한지도 모를 테니.」

「이탈리아식 부기로구먼.」 지주가 비아냥거렸다. 「그 식으로 하면 아무리 셈을 해도 모든 게 다 엉망이 돼버리고, 이득이라고는 하나도 안 남는 법이지.」

「어째서 엉망이 돼버린단 말입니까? 허접한 고물 탈곡기나 어르신네의 그 러시아식 탈곡기[18]는 망가질지 모르지만, 우리 증기식 탈곡기는 끄떡없습니다. 말은 또 어떻습니까? 꼬리를 잡아끌어야 겨우 움직이는 고삐 풀린 잡종이니 죄다 엉망이 되겠지요. 페르슈롱[19]이나 하다못해 비튜크[20]라도 데려와 보십시오. 그러면 망칠 리는 없을 겁니다. 요는 그겁니다. 우리는 농업의 수준을 더 높이 끌어올려야 한다는 것이지요.」

「어디서 그런 여유가 생기겠소, 니콜라이 이바니치! 당신네야 형편이 넉넉하겠지만, 나는 큰아들을 대학에 보내고, 작은아들들은 중학교에서 가르쳐야 하오. 그러니 페르슈롱을 살 여력이 없단 말이오.」

「그런 경우를 위해 은행이 있는 것이죠.」

「곡식 한 톨까지 다 경매에 내놓게? 천만에, 사양하겠소!」

「농업의 수준을 더 향상시켜야 하고, 그럴 수 있다는 의견에 나는 동의하지 않네.」 레빈이 말했다. 「지금껏 그 일을 해왔고 지금도 있지만, 난 아무 성과도 내지 못했지. 은행은 누구 좋으라고 있는 건지 모르겠고. 적어도 농사일에는 돈을 아

18 말이 밟아서 돌리는 탈곡기.
19 프랑스 페르슈 지방의 말.
20 돈강 지류인 비튜크강 유역에서 나는 말의 종자. 덩치가 크고 힘이 세서 주로 무거운 짐을 나르는 데 쓰인다.

낌없이 썼는데, 죄다 밑지는 장사였단 말이네. 가축도 손해를 보고, 기계도 손해를 봤지.」

「거참, 옳은 말씀이오.」콧수염을 기른 지주가 만족에 겨운 듯 웃음을 지으며 맞장구를 쳤다.

「나뿐만이 아니야.」레빈이 말을 이었다. 「합리적으로 농사를 경영하는 여러 지주들의 입장에서 하는 얘기일세. 드물게 예외적인 경우를 제외하고는 모두가 손해를 보고 있어. 어디, 얘기 좀 해보게. 자네의 경우 수익이 남는가?」이렇게 묻자마자 레빈은 순간적으로 스비야시스키의 눈에서 당황한 기색이 스쳐 지나가는 것을 감지했다. 바로 그 지성의 접견실로 들어가려 할 때마다 엿보이곤 하던 기색이었다.

사실, 레빈의 입장에서도 그 질문은 그리 떳떳한 것이 못되었다. 차를 마시는 동안 안주인이 그에게 전해 준 바로는, 올여름 그가 모스크바에서 불러온 부기에 능한 독일인이 5백 루블을 받고 영지 경영의 회계 정산을 해주었는데, 3천 루블 남짓 적자가 났음이 밝혀졌다는 것이었다. 그녀로서는 정확히 기억할 수 없지만, 아무튼 독일인은 4분의 1코페이카까지 계산해 냈다고 했다.

스비야시스키 영지의 수익이 도마에 오르자, 지주는 이 귀족단장과 이웃 지주의 영지 수익이야 빤하다는 투로 미소를 지었다.

「어쩌면 적자일지도 모르지.」스비야시스키가 대답했다. 「하지만 그것은 내가 무능한 경영주거나, 혹은 내가 지대의 비중을 늘리는 데 투자한다는 사실만을 말해 줄 뿐이네.」

「오호라, 지대라니!」레빈이 불쾌한 어조로 소리쳤다. 「유럽에는 지대가 존재하겠지. 거기서는 개간 사업 덕분에 토질이 좋아졌으니까. 하지만 우리 나라에서는 개간 탓에 오히려 토양이 더 나빠지고 있네. 즉, 비료도 없이 연속으로 경작을 해서 땅이 척박해지고 있단 말이지. 그러니 지대라는 게 있을 턱이 없네.」

「지대가 있을 턱이 없다니? 그건 법으로 정해진 건데.」

「그러니까 법은 딴 세상 얘기라는 걸세. 지대는 우리한테 아무것도 설명해 주지 못할뿐더러, 반대로 혼란스럽게 만들 뿐이야. 어디 한번 설명해 보게. 지대론이라는 게 어떻게 —」

「여러분, 요구르트 좀 드시겠습니까? 마샤, 요구르트나 산딸기 좀 내와요.」 그가 아내에게 말했다. 「올해는 산딸기가 아주 늦도록 열리더군요.」

그러더니 스비야시스키는 아주 유쾌한 기분으로 일어나서 자리에서 물러났다. 레빈으로서는 이제 막 얘기가 시작된 참인데, 그는 이미 대화가 끝났다고 짐작했던 것이다.

말상대를 잃은 레빈은 지주와 계속해서 대화를 이어 가면서, 모든 어려움이 러시아 노동자의 습성을 알려고 들지 않는 데서 비롯된다는 점을 입증하고자 했다. 하지만 외따로 떨어져 자기식으로만 사고하는 사람들이 그러듯이, 지주는 남을 이해하는 데 둔했고 자기 생각에만 집착했다. 그는 러시아의 농부들이란 돼지 같은 놈들이며 추잡한 짓을 일삼는다면서, 그들을 그런 짓거리에서 끄집어내려면 권력이 필요한데 그것이 없으니 필요한 것은 단지 몽둥이뿐라고 고집했다. 그런데 우리가 자유주의자들이 되는 바람에 1천 년이 넘도록 이어져 온 몽둥이를 그 무슨 변호사라든가 금고형으로 바꾸어 놓았으며, 그 결과 쓸모없고 악취 풍기는 농부들한테 양질의 수프를 먹이고, 몇 평방미터의 공기를 배당해 주고 있다는 것이었다.

「어째서 그렇게 생각하십니까?」 레빈이 본래의 문제로 말머리를 돌릴 요량으로 물었다. 「작업을 생산적인 것으로 만들어 주는 관계, 노동력과 그러한 관계를 찾는 게 어째서 불가능하다고 생각하시는지요?」

「러시아 농민들에 한해서는, 몽둥이 없이 그런 관계란 절대 있을 수 없소! 권력이 없으니까.」 지주가 대답했다.

「대체 어떤 새로운 조건이 모색될 수 있다는 건가?」 요구르트를 다 먹은 뒤 궐련에 불을 붙이고 논객들 곁으로 다시 다가오던 스비아시스키가 말문을 열었다. 「노동력과 가능한 모든 관계는 이미 규명되고 연구되었네. 야만의 잔재인 연대 보증 체제로 움직이는 원시 공동체는 저절로 소멸되었고, 농노제는 폐지되었으며, 남은 것은 자유로운 노동이란 말일세. 그리고 그 형태는 이미 결정되어 마련돼 있으니 그것을 수용해야만 하네. 머슴, 품팔이, 소작농 — 이들로부터 벗어날 수는 없는 거라고.」

「하지만 유럽은 그런 형태에 불만을 품고 있네.」

「그래서 새로운 것을 찾고 있지. 그리고 틀림없이 찾아낼걸세.」

「내 말이 바로 그 얘기라니까.」 레빈이 대꾸했다. 「왜 우리는 우리 나름대로 찾을 수 없다는 건가?」

「왜냐고? 철로를 놓는 기술이 이미 나와 있는데 그걸 또다시 궁리해 내봤자 매한가지 아닌가. 그것들은 이미 다 나와 있고, 고안되어 있단 말일세.」

「하지만 그게 우리한테는 안 맞다면? 부조리하다면?」

그 순간 레빈은 스비아시스키의 눈에서 예의 당황한 낌새를 또다시 포착했다.

「그러니까 얘긴즉슨, 유럽에서 찾던 바로 그것을 우리가 찾아냈다면서 모자를 던져 올리며 우쭐대겠다는 거지! 나도 그런 건 잘 알고 있네. 그런데 자네, 미안하지만, 노동력을 조직하는 문제와 관련하여 유럽에서 실행된 것들을 다 알고 있는 건가?」

「아니, 잘 모르네.」

「그 문제에 관해서는 현재 유럽 최고의 지성들이 연구하고 있다네. 슐체델리치[21] 학파라든가……. 그다음으로는 가장 자유주의적인 라살레[22] 학파의 노동 문제에 대한 저 방대한 강령적 문헌들하며…… 뮐하우젠[23] 기구며 — 자네도 잘 알겠지만, 이런 것들은 이미 기정사실 아닌가.」

「대충은 파악하고 있지만, 아주 어렴풋하게 알 뿐이야.」

「아니, 그저 말만 그렇지, 자네는 이 모든 것을 나 못지않

---

21 Franz Hermann Schulze-Delitzsch(1808~1883). 독일의 경제학자이자 정치가. 1850년대 초 작센 지방 판사로 근무하던 중 대기근으로 궁핍에 빠진 지역 주민들의 자활을 돕기 위해 독립적인 금융 협동조합 설립을 추진하였다. 1865년 러시아에는 슐체델리치의 금융 협동조합을 모델로 한 대부 금고가 처음으로 소개되었다.

22 Ferdinand Gottlieb Lassalle(1825~1864). 독일의 정치 활동가이자 노동 운동 지도자로 전 독일 노동자 연합의 창시자이기도 하다. 슐체델리치의 협동조합에 맞서 국가로부터 지원을 받는 생산 연합을 주창하였다. 노동조합과 파업 운동을 부정하며 노동 수익에 대한 국가의 원조를 철칙으로 삼는 라살레의 노선은 결국 프로이센의 군주제와 노골적으로 연대하게 된다.

23 독일 알자스 지방의 뮐하우젠시에서 당시 공장주였던 돌푸스에 의해 설립된 노동자 생활 개선 지원 조합. 주로 주택을 지어 보급하였는데, 노동자들은 장기간에 걸쳐 집값을 분할 상환하는 조건으로 주택을 소유할 수 있었다. 돌푸스의 조합은 본질적으로는 복지를 목적으로 한 영리적 기업이었으며, 〈뮐하우젠 기구〉를 통한 노동 문제 해결에는 실패했다.

게 잘 알고 있는 게 분명해. 물론 사회학 교수는 아니지만, 나
도 이 문제에는 관심을 갖고 있네. 자네도 관심이 있다면 한
번 연구해 보게.」

「그런데 그것들이 결국 어찌 되었나?」

「난 이만 실례하겠소……」

지주가 자리에서 일어나자, 스비야시스키는 자신만의 지
적 접견실의 배후를 들여다보려는 레빈의 그 불쾌한 버릇을
저지시키고는 손님들을 배웅하러 나섰다.

28

부인들과 함께 보내는 그날 저녁 시간은 레빈에게 견딜 수
없이 지루했다. 지금 절감하고 있는 농사에 대한 불만이 자신
만의 예외적인 상황이 아니라 러시아 농업이 처한 전반적인
조건이며, 노동자들이 어디서 일을 하든 그들을 오는 길에 보
았던 농가의 사람들처럼 조직해 내는 일이 한갓 꿈이 아닌,
반드시 해결해야 할 과제라는 생각이 그 어느 때보다도 그를
흥분시켰다. 더욱이 그 과제는 해결이 가능해 보였으며, 따라
서 이를 위해 노력해야 할 것만 같았다.

부인들과 밤 인사를 나누면서 내일 종일토록 머물며 말을
타고 근처 국유림에 있는 흥미로운 절벽을 구경하러 다녀오
기로 약속한 레빈은, 잠자리에 들기에 앞서 스비야시스키가
권한 노동 문제에 관한 책을 가지러 그의 서재에 들렀다. 스
비야시스키의 널찍한 서재에는 사방이 책장으로 둘러싸인
가운데 테이블 두 개가 놓여 있었다. 하나는 방 한가운데 자

리한 큼직한 책상이었으며 다른 하나는 둥근 탁자였는데, 거기 놓인 램프 주변에 각종 외국 잡지와 신문의 최근 호들이 별 모양으로 늘어서 있었다. 책상 옆에 있는 서랍장에는 세목별로 금빛 라벨이 달려 있었다.

스비야시스키는 책들을 꺼내 들고서 흔들의자에 앉았다.

「뭘 보고 있나?」 그가 둥근 탁자 앞에 서서 잡지들을 뒤적이고 있는 레빈에게 물었다.

「아, 그래, 거기 아주 흥미로운 논문이 실려 있지.」 레빈이 들고 있는 잡지에 관해 한마디 하더니 그는 쾌활한 말투로 덧붙였다. 「결론적으로 말이야, 폴란드 분할의 책임자는 프리드리히가 아니라는 거야.[24] 사실인즉슨······.」

그는 특유의 명쾌한 언변으로 새롭고도 매우 중요하며 흥미로운 이 발견에 관하여 짤막하게 소개했다. 지금 레빈은 무엇보다도 농사일에 관한 생각에 사로잡혀 있었지만, 그래도 주인의 이야기를 듣고서 스스로에게 질문을 던졌다. 〈저 인간 속에는 대체 뭐가 들어앉아 있는 걸까? 도대체 왜 폴란드의 분할이 흥미롭다는 거지?〉 스비야시스키가 이야기를 마치자, 레빈은 저도 모르게 물었다. 「그래서 뭐가 어찌 됐다는 건가?」 하지만 아무런 결론도 없었다. 단지 〈새로운 사실이 발견되었다는 점〉이 흥미롭다는 얘기뿐이었다. 그러나 스비야시스키는 그것이 자신에게 왜 흥미로운지를 설명하지 않았으며, 그럴 필요도 느끼지 못했다.

---

24 폴란드는 18세기 말 세 차례에 걸쳐 주변 강대국인 프로이센, 러시아, 오스트리아 제국에 분할·합병되었으며, 그 후 제1차 세계 대전이 종결될 때까지 독립 국가로서의 주권을 상실하게 된다. 폴란드의 분할은 1772년 프로이센의 왕 프리드리히 2세에 의해 최초로 제안되었다.

「그런데 말이지, 나는 그 성마른 지주가 흥미롭더군.」레빈이 한숨을 내쉬고는 말했다. 「영리한 분이던데, 옳은 말씀을 많이 하시더라고.」

「에잇, 됐네, 이 사람아! 다 그렇고 그렇듯이, 완고하고 음흉한 농노제 지지자라니까.」

「자넨 바로 그런 사람들을 선도하는 귀족단장 아닌가?」

「그래, 하지만 그들을 다른 쪽으로 선도할 따름이지.」스비야시스키가 웃으면서 대꾸했다.

「내 흥미를 끄는 건 이런 점이네.」레빈이 말했다.「그분이 옳게 지적하셨듯이, 우리 나라 농업은, 요컨대 합리적인 영농이 제대로 되질 않고, 그 조용한 지주의 경우처럼 지극히 단순한 고리대금업 같은 농사가 이루어진다는 거지. 이게 과연 누구 탓이겠나?」

「물론 우리 자신 탓이지. 그리고 말이야, 경영이 제대로 안되고 있다는 건 사실이 아니네. 바실치코프의 사업은 잘되고 있어.」

「그건 공장이고…….」

「그런데 자네는 뭐가 그리 놀랍다는 건지, 아무래도 이해가 안 가는구먼. 농민들은 물질적이고 정신적인 발전 수준이 저급해서, 낯선 거라면 뭐든 저항할 수밖에 없는 게 당연하네. 유럽에서 합리적인 경영이 이루어지는 이유는 농민들이 교육을 받았기 때문이지. 요컨대, 우리 나라 농민들을 교육시켜야 한다는 걸세. 그게 해답의 전부야.」

「하지만 어떻게 농민들을 교육시킨단 말인가?」

「농민들을 교육시키려면 세 가지가 필요하지. 그건 첫째도 학교, 둘째도 학교, 셋째도 학교라네.」

「하지만 방금 농민들의 물질적 발전 수준이 저급하다고 말하잖았나. 그런 상황에서 학교가 무슨 도움이 되겠나?」

「이보게, 환자에게 조언하는 내용의 그 우스갯소리가 떠오르는구먼. 〈설사약을 복용해 보시는 게 좋겠습니다.〉 〈먹었는데 더 나빠졌습니다.〉 〈거머리를 써보십시오.〉 〈써봤는데 더 나빠졌습니다.〉 〈그러면 하느님께 기도드리는 수밖에요.〉 〈해봤는데 더 나빠졌습니다.〉 자네와 나 또한 그런 식이란 말일세. 내가 정치 경제학을 거론하면 자네는 더 나쁘다고 하고, 사회주의를 얘기하면 더 나쁘다고 하고, 교육을 언급하면 더 나쁘다고 하잖나.」

「아니, 학교가 대체 무슨 도움이 된단 말인가?」

「그들에게 다른 종류의 욕구를 일깨워 주지.」

「바로 그 점을 나는 도무지 납득할 수가 없네.」 레빈이 열을 올렸다. 「도대체 학교가 어떤 식으로 농민들이 자기네 물질적 상황을 개선하는 데 도움을 준단 말인가? 학교가 그들에게 새로운 욕구를 일깨워 준다고? 그건 더 나쁘네. 왜냐하면 그들에게는 그런 욕구를 만족시킬 능력이 없으니까. 덧셈이나 뺄셈, 교리 문답 같은 지식이 그들의 물질적인 상황을 개선시키는 데 어떤 식으로 보탬이 된다는 건지, 도무지 이해할 수가 없군. 그저께 저녁에 젖먹이를 안고 가는 아낙과 마주쳤는데, 내가 어딜 가는 길이냐고 묻자 이렇게 말하더군. 〈무당한테 다녀오는 길입니다, 아이한테 울음병이 들어앉았거든요. 고치려고 데리고 다닌답니다.〉 그래서 다시 물었지, 무당이 어떻게 고치더냐고. 그랬더니, 〈닭장으로 데려다가 홰에 앉혀 놓고는 뭔가 중얼거리던데요〉 하더군.」

「그것 보라고, 자네 입으로 말하고 있잖나!」 스비야시스키가 유쾌하게 웃으며 말했다. 「울음병을 고치겠다고 닭장에 데리고 다니지 않게 하려면, 그러려면 ─」

「에잇, 그게 아니라니까!」 레빈이 짜증스럽다는 투로 말을 끊었다. 「그 치료법이야말로 내가 보기엔 학교를 통해서 농민들을 고치려 드는 것과 유사하단 말이네. 농민들은 가난하고 무식하다고. 아이가 우니까 무당이 울음병이 들어앉았다고 확신하듯이, 그건 우리에게 명백한 사실이야. 울음병을 고치는 데 홰에 앉은 닭들이 어떤 소용이 있는 건지 도통 알 수 없는 것과 마찬가지로, 가난과 무지라는 불행에서 벗어나는 데 학교가 어떻게 도움이 된다는 건지 나는 이해가 안 간다는 거네. 고쳐야 할 것은 가난하게 된 원인, 바로 그건데 말이지.」

「글쎄, 그 점에 있어서 자네는 적어도 자네가 그토록 좋아하는 스펜서[25]의 견해와 일치하는군. 그 또한 말하길, 교육은 막대한 부와 생활의 편의, 그리고 잦은 목욕의 결과이지, 읽고 셈하는 능력의 결과는 아니라고⋯⋯.」

「스펜서와 의견이 일치했다니, 무척 기쁘기도 하고 반대로 기분이 나쁘기도 하군. 내가 오래전부터 알고 있던 건 단지 이런 거야. 학교는 도움이 안 된다, 도움이 되는 건 농민들이 더 부유해지고 여가를 더 누릴 수 있게 해주는 경제적인 구조다, 학교는 그다음이다.」

「하지만 유럽 전역에서 학교는 필수적인 기관이라네.」

「그런데 말이지, 이 문제에 있어서 자네는 스펜서의 견해

25 Herbert Spencer(1820~1903). 영국의 철학자이자 사회학자. 여기서 스비야시스키는 스펜서의 교육론을 염두에 두고 있다. 스펜서의 교육론은 러시아에서 큰 관심을 불러일으켰고, 1874년 러시아 잡지 『즈나니예』는 그의 논문을 번역하여 싣기도 했다. 스펜서는 해당 논문에서 교육이 민중의 부를 창출하는 게 아니라, 부가 교육의 발전을 위한 필수 조건이라고 주장하였다.

에 동의하는 건가?」 레빈이 물었다.

순간 스비야시스키의 눈에서 놀라는 기색이 스쳐 지나갔지만, 그는 이내 웃으면서 말머리를 돌렸다.

「그것참, 그 울음병 얘기는 정말 기가 막히는군! 정말로 직접 그 얘기를 들었단 말인가?」

레빈은 이 인물에게서 삶과 사상 간의 연관 관계는 아무래도 찾아낼 수 없으리라는 걸 깨달았다. 자신의 사고가 무엇으로 귀결되든 아무 상관도 없을 게 분명했다. 그에게 필요한 것은 그저 사고의 과정일 뿐이었다. 그러다 사고가 교착 상태에 빠지면 불쾌해지고, 바로 그래서 그는 무언가 즐겁고 유쾌한 화젯거리로 말머리를 돌림으로써 그런 상황을 회피하는 것이었다.

오는 길에 만난 농부의 기억을 비롯하여, 그날 받은 모든 인상들이 레빈을 몹시 흥분케 했다. 오로지 사교의 쓰임새로만 사상을 붙잡고 있으며 레빈에게는 숨겨진, 모종의 다른 삶의 토대를 갖고 있는, 동시에 자신과는 무관한 사상들로 여론을 주도하는 무수한 사람들과 한통속인 저 다정한 스비야시스키. 삶 속에서 힘겹게 얻어 낸 사상에 있어서는 전적으로 정당하지만, 계급 전체, 그것도 러시아에서 가장 훌륭한 계급에 대한 악의에 있어서는 부당한 저 악에 받친 지주. 자신의 활동에 대한 개인적인 불만과 그 모든 것을 바로잡을 수 있으리라는 어렴풋한 희망 — 이 모든 것이 내면의 불안과 머지않은 해결에 대한 기대감 속에서 하나로 합쳐졌다.

배정된 방에 혼자 남은 레빈은, 몸을 움직일 때마다 갑작스럽게 팔과 다리가 출렁이는 스프링 매트에 누운 채 오래도록 잠을 이루지 못했다. 비록 스비야시스키가 나름의 현명한 얘기를 많이 하긴 했지만, 그럼에도 불구하고 그와 나눈 그어떤 대화도 레빈의 흥미를 끌지는 못했다. 반면에 지주의 논리는 검토해 볼 필요가 있었다. 레빈은 무심결에 그가 했던 말들 전부를 떠올리면서 머릿속으로 자신이 대꾸했던 말을 바로잡았다.

〈그래, 그분에게 이렇게 말했어야 했어. 어르신은 우리 나라의 농사가 제대로 되지 않는 이유가 농부들이 개량이라면 뭐든 싫어하기 때문이며, 따라서 그들은 권력으로 다스려야 한다고 말씀하셨습니다. 그런데 그러한 개량이 없이는 농사가 전혀 안 된다면 어르신 말씀이 옳습니다만, 농사일은 이루어져 가고 있지요. 바로 여기 오는 길에 만난 그 노인의 집에서처럼 농부들이 자신의 습성에 따라 일을 하는 곳에서는 그렇습니다. 농사에 대한 어르신과 제가 갖고 있는 전반적인 불만은, 우리들 아니면 농부들이 잘못하고 있다는 사실을 입증합니다. 우리는 오래전부터 노동력의 본성에 대해서는 고려하지 않은 채 자기 식대로 혹은 유럽식으로 밀어붙여 왔습니다. 노동력이란 것을 이상적인 노동 **능력**이 아니라, 고유한 본능을 지닌 **러시아의 농부**라고 인정해 봅시다. 그리고 그것에 맞춰서 농사일을 조직해 봅시다. 한번 상상해 보십시오 — 바로 이렇게 말했어야 했는데 — 댁의 농사일이 그 노인의 집에서처럼 이루어지고, 농부들로 하여금 일의 성과에 흥미를 갖게 만드는 방법과 농부들도 인정하는 개량의 절충점을 찾았다고 말입니다. 그러면 토양을 피폐하게 하는 일 없이 예전과는 달리 두 배, 세 배의 수확을 거둘 겁니다. 그걸 반으로 나눠서 절반은 노동자들에게 건네주십시오. 어르신께 남을 이득은 더 클 것이고, 노동자들도 더 많이 얻게 될 것입니다. 일이 그렇게 되게끔 하려면 영농의 수준은 낮추되 일의 성과에 대한 노동자들의 관심을 불러일으켜 줘야 합니다. 어떻게 이 일을 해낼 것인가, 그것은 세부적인 문제입니다. 하지만 그 일이 가능하다는 것은 의심의 여지가 없습니다.〉

이러한 생각으로 레빈은 흥분에 잠겼다. 자신의 생각을 실행에 옮기기 위한 세부적인 사항들을 곰곰이 따져 보느라 그는 밤새 자는 둥 마는 둥 했다. 이튿날 떠날 예정이 아니었지만, 그는 아침 일찍 집으로 가기로 마음먹었다. 뿐만 아니라 가슴팍이 깊이 파인 드레스를 입은 그 아가씨가, 그의 마음속에 마치 자신이 몹쓸 짓을 저지른 것 같은 수치심과 회한 비슷한 감정을 불러일으켰다. 중요한 건, 지체 없이 떠나야 한다는 것이었다. 가을 파종에 앞서서 늦지 않게 농부들에게 새로운 방안을 제안해야만 했다. 그래야만 새로운 기반 위에서 파종을 할 수가 있었다. 그는 예전의 농사 방식을 모조리 바꿔 버리기로 작정했다.

29

레빈의 계획을 실행에 옮기는 일에는 수많은 어려움이 수반되었다. 그러나 레빈은 전력을 다했으며, 바라던 만큼은 아니지만 스스로를 속이는 일 없이, 노력할 가치가 있다고 믿을 수 있을 만큼은 성과를 얻었다. 주된 난관 중 하나는, 농사가 이미 진행 중인 터라 일을 모두 중단시키고 처음부터 시작할 수는 없는 노릇이었으므로 도중에 기계를 수리해야 한다는 점이었다.

그날 저녁 집에 당도하자마자 그는 영지 관리인에게 자신의 계획을 전했다. 지금까지 해온 일은 죄다 엉터리에다 득이 될 게 없었다고 언급하는 대목에서 영지 관리인은 대놓고 흡족해하며 동의를 표했다. 오래전부터 자신이 그렇게 말해 왔지만, 사람들이 도통 자기 말을 귀담아듣지 않았다는 것이었다. 하지만 모든 사업에 마치 공동 출자자처럼 농부들과 함께 참여하겠다는 레빈의 안에 대해서는 몹시 침울한 표정만 지을 뿐 가타부타 말이 없었다. 그러더니 곧바로 내일은 남은 호밀 곡단을 나르고 일꾼들을 보내 두벌갈이를 시켜야 한다고 말하는 그의 품으로 보아, 아직은 그 얘길 꺼낼 때가 아닌 것 같다고 레빈은 생각했다.

농부들에게 이야기를 꺼내고 새로운 토지 임대 조건에 대한 제안을 하면서 그는 똑같은 난관에 부딪쳤다. 즉 그날그날의 주어진 일을 처리하기에 바쁜 농부들로서는 새로운 농사 방식이 득이 되는지 아닌지 깊이 생각해 볼 여유가 없었던 것이다.

순진한 농부인 가축지기 이반은 가축을 쳐서 소득을 내는 일에 가족들과 함께 참여해 보라는 레빈의 제안을 완벽하게 이해하고 그 사업안에 전적으로 공감하는 듯이 보였다. 그러나 레빈이 예상 소득에 관해 설명하자, 그의 얼굴에 불안한 표정이 일면서 얘기를 끝까지 들을 수 없다는 듯한 유감의 빛이 번져 갔다. 그러고는 쇠스랑을 들고 외양간의 건초를 치워야 한다느니, 물을 부어야 한다느니, 두엄을 치워야 한다느니 하면서 무언가 당장 해야 할 일들을 서둘러 떠올리는 것이었다.

또 다른 난관은 자기네들의 고혈을 짜내어 최대한의 이득을 챙기는 것 말고는 지주의 목적이 딴 데 있을 리가 없다는, 농부들의 가실 줄 모르는 불신이었다. 그들은 지주의 진짜 목적은 (그가 뭐라고 말하든 간에) 언제나 그가 말하지 않은 대목 속에 감춰져 있다고 굳게 믿고 있었다. 또한 그들 자신도 자기네 의사를 표명할 때 많은 말을 하지만 진짜 목적이 무엇인지는 결코 입 밖에 내지 않았다. 뿐만 아니라 (레빈은 그 성마른 지주가 옳았다는 것을 절감했는데) 농부들은 어떤 합의를 하든 새로운 영농 기법의 도입과 새로운 농기구의 사용을 강요당하지 않는 것을 변치 않는 첫 번째 조건으로 내세웠다. 신식 쟁기가 더 잘 갈리고, 속경구(速耕具)가 더 효율적이라는 사실에 동의하면서도, 이도저도 다 사용해서는 안 되는 수백 수천 가지 이유를 찾아내는 것이었다. 레빈으로서는 영농의 수준을 낮춰야 한다고 확신하면서도 명백하게 이득을 볼 수 있는 개량 농법을 포기해야만 하는 게 안타까웠다. 그러나 그 모든 어려움에도 불구하고 그는 뜻한 바를 달성해 냈으며, 가을 무렵에는 일이 제 궤도에 올랐다. 아니면 적어도 그에게는 그렇게 여겨졌다.

처음에 레빈은 새로운 협력 관계를 바탕으로 농사일을 전부 농부들과 일꾼들 그리고 영지 관리인에게 넘기고자 했다. 그러나 그것이 불가능하다는 것을 금세 깨닫고서 일을 분담하기로 결정했다. 축사, 과수원, 채소밭, 풀베기, 몇 개의 구역으로 나눈 경작지가 각각의 종목을 이루도록 했다. 레빈이 보기에 사업 계획을 가장 잘 이해한 순진한 가축지기 이반은 자기 가족들을 주된 구성원으로 하여 협동조합을 꾸리고는 축사의 주주가 되었다. 멀리 떨어져 8년 동안 휴경지로 방치되어 있던 들판은 영리한 목수 표도르 레주노프의 도움으로 여섯 가구가 새로운 집단 경작의 원칙하에 도맡기로 했다. 농부 슈라예프는 같은 조건하에 채소밭을 모두 임차했다. 나머지는 아직 예전 방식 그대로 유지되고 있었지만, 이 세 가지 종목이 새로운 체계의 시작이었으며, 레빈은 온 신경을 거기에 쏟았다.

사실 축사의 일은 그때까지 전보다 나아진 게 없었다. 이반은 암소를 찬 데 둬야 사료가 덜 들고 발효 크림이 소득을 올리는 데 더 유리하다고 주장하며 암소들을 따뜻한 곳에 두거나 버터를 생산하는 일에 강하게 반발했다. 또한 자신이 받는 돈이 급료가 아니라 소득의 지분을 선불로 당겨 받는 것이라는 사실에 일말의 관심도 두지 않은 채 전처럼 급료를 요구했다.

표도르 레주노프의 조합은 시간이 촉박하다는 변명을 늘어놓으며 파종 전에 신식 쟁기로 두벌갈이를 하기로 한 합의 내용을 이행하지 않았다. 이 조합의 농부들은 새로운 원칙대로 일을 하기로 약속해 놓고도 주어진 땅을 공유지라고 부르는 대신 반타작 땅이라고 불렀으며, 조합의 농부들도 레주노프 자신도 〈지대를 받으시지요, 그러면 나리도 좀 더 안심이 되시고, 저희도 맘이 편할 텐데 말입니다〉라고 말하곤 했다. 뿐만 아니라 그들은 온갖 구실을 대며 그 땅에 짓기로 약속한 축사와 곳간 건축을 계속해서 미루더니 결국 겨울이 올 때까지 늦추었다.

슈라예프도 자신이 임차한 채소밭을 농부들에게 잘게 쪼개서 소작을 주려고 했다. 그는 밭을 임차할 때의 계약 조건을 완전히, 그것도 고의로 왜곡시켜 이해한 게 분명했다.

농부들과 대화하고 새로운 사업의 온갖 이점에 관하여 설명하는 과정에서 레빈이 종종 느낀 바는, 농부들이 그의 얘기를 건성으로 흘려들을 뿐이며 그가 뭐라고 말을 하든 절대로 속아 넘어가지 않겠노라는 확고한 생각을 품고 있다는 것이었다. 그 점을 그는 농부들 중에서 가장 영리한 레주노프와 얘기를 나눴을 때 특히 절감했다. 레빈에 대한 조소를 뚜렷하게 내비치는 장난기와, 누군가 속아 넘어간다 해도 그건 레주노프 자신은 절대로 아닐 거라는 굳은 확신을 그의 눈에서 읽을 수 있었던 것이다.

이 모든 난관에도 불구하고 레빈은 일이 진척되고 있다고, 철저하게 계산하고 계획을 밀고 나아가 앞으로 새로운 체계가 가져다줄 이익을 농부들에게 입증해 보일 거라고, 그때 가서는 농사일이 저절로 굴러갈 거라고 생각했다.

그해 여름 꼬박 그러한 일들과 더불어 손수 처리해야 할 나머지 농사일, 그리고 서재에서의 저술 작업에 전념하느라 그는 사냥도 거의 나가지 않았다. 8월 말에야 레빈은 안장을 돌려주러 온 하인을 통해 오블론스키 일가가 모스크바로 떠났다는 사실을 알게 되었다. 다리야 알렉산드로브나의 편지에 답신을 보내지 않은 것, 수치심으로 얼굴을 붉히지 않고는 결코 떠올릴 수 없는 그 무지막지한 무례함으로 인해 그 집안으로 갈 수 있는 배를 제 손으로 불태우고 말았으며, 따라서 이제는 그곳에 결코 발을 디딜 수 없으리라고 그는 생각했다. 작별 인사도 하지 않고 떠남으로써 그는 스비야시스키에게도 똑같은 짓을 저질렀다. 하지만 그에게도 역시 다시는 찾아가지 않을 터였다. 이제 그런 일 따위는 아무래도 상관없었다. 새로운 체계 속에서 돌아가는 농사일만이, 평생 그런 적이 단 한 번도 없었을 정도로 그의 온 신경을 사로잡고 있었다. 그는 스비야시스키가 빌려준 책들을 모조리 읽으며 미처 생각지 못했던 부분들을 발췌하고 그 문제에 대한 정치 경제학 서적들과 사회주의 서적들을 독파했는데, 예상했던 대로 자신이 착수한 사업과 관련된 대목들은 전혀 발견하지 못했다. 가령 그가 처음으로 엄청난 열의를 갖고 연구했던 밀[26]의 저술 같은 정치 경제학 서적들 속에서도, 매 순간 현재 골몰하고 있는 문제들의 해결책을 찾고자 했지만 결국에는 유럽의 농업 현황에서 도출된 내용들만을 발견하곤 했다. 러시아에는 적용할 수 없는 그러한 내용들이 어째서 일반적인 법칙이 되어야 하는지 그는 이해할 수가 없었다. 똑같은 점이 사회주의 관련 서적에서도 발견되었다. 아직 대학생이던 시절에나 심취했던 응용 불가능한 근사한 환상 아니면 러시아의 농업과는 아무런 공통점도 없는, 유럽이 처한 정황의 개선안이나 수정안들뿐이었다. 정치 경제학은 유럽의 부를 발전시켜 왔으며 현재도 발전시키고 있는 법칙이 보편 타당하고 의심할 바 없는 법칙이라고 말하고 있었다. 반면 사회주의적 교의는 그러한 법칙에 따른 발전은 파멸에 이르고 말 거라고 주장했다. 그러나 그 어느 쪽도 레빈과 모든 러시아의 농부들 및 지주들이 공공의 부를 위해 최대한 생산성을 발휘하려면 수백만의 일손들과 땅을 가지고서 무엇을 해야 하는지에 대해서는, 해답은커녕 일말의 암시조차 제시해 주지 않았다.

이와 관련된 책들을 모두 독파한 그는, 일에 착수한 이상

26 John Stuart Mill(1806~1873). 영국의 철학자이자 사회학자. 1874년 러시아에서 발행되던 잡지 『유럽 통보』에 발표된 「존 스튜어트 밀과 그의 학파」라는 논문에는 다음과 같은 구절이 나온다. 〈영국의 경제학자들은 노동자, 자본가, 토지 소유주라는 생산의 세 가지 요소를 대하는 것이 습관이 되었다. 따라서 그들의 결론은 이러한 요소들이 존재하는 나라에만 적용될 수 있다.〉

그동안 여러 문제들에 있어서 자신이 종종 겪었던 경우가 이 문제에 있어서만큼은 일어나지 않도록 가을에는 외국으로 나가 현장에서 직접 탐구해 보기로 마음먹었다. 그가 상대방의 생각을 이해하고서 자신의 의견을 개진하기 시작하면 사람들은 항상 갑자기 이렇게 말하곤 했다. 〈카우프만은? 존스는? 뒤부아는? 미첼리는?[27] 아직 안 읽으셨군. 읽어 보시게나. 그들이 그 문제를 연구했으니까.〉

　그는 이제 카우프만과 미첼리가 자신에게 아무것도 얘기해 줄 수 없다는 점을 분명히 깨닫고 있었다. 자신이 무엇을 원하는지는 그 자신이 알고 있었다. 러시아는 훌륭한 땅과 훌륭한 노동자들을 갖고 있다는 것, 어떤 경우에는 길에서 만난 그 농부의 사례처럼 노동자와 토지가 많은 것을 생산해 내기도 한다는 것, 그러나 유럽식으로 자본이 투입되는 대부분의 경우에는 생산량이 적다는 것, 그리고 그런 일이 발생하는 이유는 오직 노동자들이 자신들의 고유한 방식으로만 일하려 들며 그런 방식으로만 일을 잘하기 때문인데, 그들의 저항은 우연한 것이 아니라 항구적인 것으로 바로 그들 자신, 농민들의 영혼에 근거를 두고 있다는 사실도 그는 알고 있었다. 주인 없는 광대한 땅에 의식적으로 거주하고 그것을 개간해야 할 소명을 지닌 러시아 농민들은 그 땅을 다 점유할 때까지 그 소명을 이행하는 데 필요한 기술들을 고수할 것이며, 그러한 기술들은 사람들이 보통 생각하듯이 형편없는 것이 아니라는 게 그의 판단이었다. 그리고 그러한 생각을 이론적으로는 자신의 저술을 통해서, 실제적으로는 농사일을 통해서 입

---

27 열거된 이름들은 톨스토이가 지어낸 것들이다. 그는 이 가상의 인물들을 통해서 확인되지 않은 권위에 의존하려 드는 사람들을 풍자하고 있다.

증해 보이고 싶었다.

30

9월 말에 조합에서 맡은 땅에 축사를 짓는 데 필요한 목재를 날라 왔고, 우유로 만든 버터를 팔아 남은 이득을 분배하였다. 농사일은 실질적으로 아주 잘 진척되고 있었으며, 적어도 레빈에게는 그렇게 느껴졌다. 한편 그는 모든 일을 이론적으로 규명해 내고, 또한 그 자신이 희망하는바 정치 경제학에 있어서 일대 전기를 마련할 뿐만 아니라 그 학문 자체를 폐기해 버리고 농민과 토지의 관계에 대한 새로운 학문의 기초를 정립해 낼 저술 작업을 완료하고자 했는데, 그러기 위해서는 외국으로 나가 이 문제와 관련하여 그곳에서 진행되는 모든 것들을 현장에서 고찰하고, 거기서 이루어지는 모든 일들이 필수적인 사항이 아니라는 점을 확실하게 입증할 근거들을 찾기만 하면 될 터였다. 레빈은 수금을 한 뒤 외국으로 갈 마음으로 밀의 출하만 기다리고 있었다. 그러나 비가 내리기 시작하자 들에 남아 있던 곡식들과 감자를 거두기가 여의치 않게 되어 밀의 출하를 비롯한 모든 일이 중단되고 말았다. 길은 발을 뺄 수 없을 정도로 진창이 되었고 방앗간 두 곳이 물에 휩쓸려 떠내려갔으며, 날씨는 점점 더 나빠졌다.

9월 30일에는 아침부터 해가 비치기에 레빈은 날이 갤 거라 생각하여 서슴없이 떠날 채비에 나섰다. 밀을 부대에 담으라고 이르고는, 영지 관리인을 상인에게 보내 돈을 빌려 오게 했다. 그리고 그 자신은 출발에 앞서서 마지막으로 지시를 내리고자 영지를 두루 돌아다녔다.

일을 다 마친 저녁 무렵, 레빈은 외투를 타고 목 뒤나 장화 목으로 흘러 들어온 물줄기에 흠뻑 젖은 모습으로, 그럼에도 생기 넘치고 기분 좋은 상태로 집으로 돌아왔다. 저녁이 되자 날씨는 악화되었다. 물에 푹 젖어 두 귀와 머리를 흔들어 대던 말은 세차게 내리치는 싸락눈을 맞으며 옆으로 비스듬히 달렸다. 반면에 방한용 두건을 쓴 덕에 그런대로 괜찮았던 레빈은 주변의 풍경을 흥겹게 둘러보았다. 마차 바퀴를 따라 흐르는 탁한 물줄기, 잎을 떨군 나뭇가지마다 매달려 있는 물방울들, 나무다리 널판 위에 녹지 않은 채로 남아 있는 싸락눈의 흰 얼룩, 헐벗은 나무 주위로 두터운 층을 이루며 쌓인 아직은 도톰하고 즙이 많은 느릅나무 잎사귀 등이 눈에 들어왔다. 주변의 자연이 어두침침함에도 그는 유달리 정신이 맑아지는 듯한 느낌이었다. 멀리 떨어진 마을에서 농부들과 나누었던 대화가 그들이 새로운 관계에 익숙해지기 시작했음을 알려 주었던 것이다. 몸을 말리려고 잠시 찾아갔던 문지기 노인 역시 레빈의 계획에 찬성하는 기색이 역력했고, 가축 구매 조합에 가입하겠다고 먼저 나서기까지 했다.

〈목표를 향해 부단히 전진하는 수밖에 없어. 그러면 원하던 바를 달성하게 될 거야.〉 레빈은 생각했다. 〈고생하면서 일하는 건 그럴 만한 까닭이 있기 때문이야. 이건 나 개인만이 아니라 공공의 복지에 관한 문제가 걸린 일이야. 농업 전체가, 보다 중요하게는 농민 전체의 입지가 완전히 바뀌어야 해. 빈곤 대신 공공의 부와 만족이, 적의 대신 이해의 연계와 조화가 이루어져야 해. 한마디로 혁명이지. 무혈의 혁명, 가장 위대한 혁명이 처음에는 우리 군의 작은 구역 안에서, 그다음에는 현에서, 그리고 러시아에서, 마침내 전 세계에서 전개되는 거야. 왜냐하면 온당한 사상은 결실이 없을 수가 없으니까. 그래, 이게 바로 일할 이유가 되는 목표인 거야. 그리고 이게 바로 나라는 것, 검은 넥타이를 매고 무도회에 갔다가 셰르바츠카야 양에게 거절을 당했으며, 스스로에게 안쓰럽고 보잘것없는 이 사람이 바로 코스탸 레빈이라는 것 — 이 사실이 증명하는 건 아무것도 없어. 확신컨대 프랭클린[28] 또한 스스로를 하찮게 여겼으며, 자신의 전부를 돌이켜 보면서 스스로를 신뢰하지 않았을 거야. 그러나 그건 아무런 의미도 없어. 그리고 그에게도 자신의 계획을 믿고 얘기할 자신만의 아가피야 미하일로브나가 있었을 테지.〉

이와 같은 생각을 하면서 레빈은 어두워져서야 집에 당도했다.

상인에게 갔었던 영지 관리인은 밀 판매 금액의 일부를 받아 왔다. 문지기와의 계약도 성사되었고, 관리인이 도중에 본 바로는 온 들판마다 곡식이 널려 있으며, 따라서 거두지 못한 자기네의 160가마는 다른 집과 비교하면 아무것도 아니라는 것이었다.

저녁 식사를 마친 뒤 레빈은 평소처럼 안락의자에 앉아 책을 읽으면서, 목전에 다가온 저술과 관련된 여행에 관하여 계속해서 생각했다. 오늘 그에게는 자기 사업의 모든 의미가 유달리 또렷하게 떠올랐고, 사상의 본질을 표현하는 일련의 구문들이 머릿속에 저절로 작성되어 가고 있었다. 〈이걸 적어 두어야겠군.〉 그는 생각했다. 〈전에는 불필요하다고 여겼던

---

28 Benjamin Franklin(1706~1790). 미국의 정치가. 톨스토이는 그의 일기를 매우 높이 평가했다.

짧은 서문을 이걸로 작성할 수 있을 거야.〉 그는 책상으로 가려고 자리에서 일어섰다. 그러자 그의 발치에 엎드려 있던 라스카가 기지개를 켜고는 마찬가지로 벌떡 일어나서 마치 어디로 가느냐고 묻는 듯이 그를 살폈다. 그러나 그는 그것을 적을 틈이 없었는데, 왜냐하면 그때 조합장들이 그에게서 지시 사항을 전달받기 위해 집으로 찾아왔기 때문이다. 레빈은 그들을 만나러 현관으로 나갔다.

지시 사항을 전달한 뒤, 즉 이튿날 해야 할 일들을 죄다 일러 주고 그에게 용무가 있어 찾아온 농부들과의 면담을 모두 마친 뒤, 레빈은 서재로 가서 저술 작업에 착수했다. 라스카는 책상 밑에 엎드렸고, 아가피야 미하일로브나는 손뜨개질 중이던 양말을 쥔 채 자기 자리에 편안한 자세로 앉았다.

얼마간 글을 쓰던 레빈의 머릿속에 갑자기 키티가, 그녀의 거절과 그녀와의 마지막 만남이 너무도 생생하게 떠올랐다. 그는 자리에서 벌떡 일어나 서재를 서성이기 시작했다.

「아니, 그리 무료해하실 게 뭐 있어요.」 아가피야 미하일로브나가 그에게 말했다. 「왜 집 안에 틀어박혀 계세요? 온천이라도 다녀오시면 좋으련만. 돈도 많이 모으셨는데요.」

「내일모레 떠날 거야, 아가피야 미하일로브나. 하던 일은 마쳐야 하니까.」

「일은 무슨 일이랍니까! 농부들한테 그만큼 잘해 주셨으면 된 거죠! 사람들이 말하기를, 당신네 나리는 황제 폐하께 총애를 받을 거랍니다. 거참 별스럽단 말이죠. 왜 나리께서는 그토록 농부들을 배려하시는 건지 모르겠어요.」

「그들을 배려하는 게 아니라 나 자신을 위해서 그러는 거라고.」

아가피야 미하일로브나는 레빈의 영농 계획을 그 세부적인 사항까지 모두 다 알고 있었다. 레빈이 그녀에게 자신의 생각을 자세히 설명하고, 종종 그녀와 논쟁하면서 그녀의 견해에 반박하곤 했던 것이다. 그러나 지금 그녀는 그가 자신에게 해준 모든 얘기를 영 다른 쪽으로 이해하고 있었다.

「본래 사람은 자기 자신의 영혼에 대해 깊이 생각해야 하는 법이죠.」그녀가 한숨을 쉬면서 말했다. 「파르펜 데니시치를 보세요. 무식한 사람이었지만 모두가 바라 마지않는 편안한 죽음을 맞이했잖아요.」그녀는 얼마 전에 죽은 머슴에 관해 이야기했다. 「성찬식도 베풀어 주고, 도유식도 해주고요.」

「그런 얘기가 아니란 말일세.」그가 말했다. 「내 말은, 나는 나 자신의 이익을 위해서 일한다는 거야. 농부들이 일을 더 잘하면 나한테 더 이로우니까.」

「나리께서 어떻게 하시든, 일꾼이 게으름뱅이면 모든 일이 굼뜨고 서투를 수밖에요. 양심이 있다면 일을 할 테고, 그렇지 않다면 아무것도 안 하겠지요.」

「아니, 유모도 자기 입으로 말하지 않았나, 이반이 축사를 더 잘 관리하게 됐다고.」

「제가 한 말씀만 드리지요.」아가피야 미하일로브나가 대답했다. 어쩌다가 내뱉는 말이 아니라 확고하고 논리 정연한 생각에서 비롯된 이야기임이 분명했다. 「나리는 결혼을 하셔야만 합니다. 암, 그렇고말고요!」

방금 전까지 자신이 생각하고 있던 바를 아가피야 미하일로브나가 꼭 집어내는 바람에 그는 대단히 불쾌했고, 자존심이 몹시 상했다. 레빈은 얼굴을 찌푸리고는 아무 대꾸도 하지 않은 채 자리에 앉아 조금 전까지 생각했던 자기 사업의 의의를 모두 돌이켜 보면서 다시 책을 쓰기 시작했다. 다만 가끔씩 정적 속에서 들려오는 아가피야 미하일로브나의 뜨개바늘 소리에 귀를 기울이곤 했으며, 떠올리고 싶지 않은 것이 떠오를 때마다 또다시 인상을 찌푸리곤 했다.

9시가 되자 종소리와 함께 진창길에서 마차가 삐그덕거리며 흔들리는 소리가 들렸다.

「자, 나리께 손님이 오셨군요. 이제 무료하시지는 않겠어요.」아가피야 미하일로브나가 이렇게 말하고는 자리에서 일어나 문 쪽으로 향했다. 그러자 레빈이 그녀를 앞질러 갔다. 일이 손에 잘 잡히지 않았던 것이다. 어떤 손님이든, 손님이 왔다는 사실 자체가 그는 반가웠다.

31

레빈이 계단을 절반쯤 내려갔을 때, 현관 쪽에서 귀에 익은 기침 소리가 들렸다. 그러나 자신의 발소리 때문에 분명치가 않았기에, 그는 내심 자신이 잘못 들었기를 바랐다. 그런데 곧이어 예의 기다랗고 뼈만 앙상한 낯익은 형상이 보이자 이미 스스로를 속일 수는 없다는 생각이 들었다. 그러면서도 여전히 그는 자신이 잘못 보았기를, 모피 외투를 벗으면서 기침을 내뱉는 이 키다리 사내가 니콜라이 형이 아니기를 바라고 있었다.

레빈은 형을 사랑했다. 그러나 그와 함께 있는 것은 언제나 고통스러웠다. 게다가 하필이면 지금, 머릿속에 떠오른 상념과 아가피야 미하일로브나의 지적으로 정신이 산란하고 착잡한 이 시점에 형과 곧 마주해야 한다는 건 특히 더 곤혹스럽게 여겨졌다. 쾌활하고 건강하고 낯선 인물, 바라건대 맑은 정신을 되돌려 줄 손님 대신에, 자신을 훤히 꿰뚫어 보고 마음속 가장 깊은 곳에 묻어 둔 사상들을 일깨우며 그것을 모조리 쏟아 내게 만드는 형과 조우해야만 하는 것이다. 그는 그러고 싶지 않았다.

이런 추악한 감정을 품는 자기 자신에게 화를 내면서 레빈은 현관으로 내달렸다. 형을 가까이서 보자마자 조금 전의 개인적인 환멸은 곧바로 사라지고 연민의 감정이 그를 사로잡았다. 예전에 니콜라이 형의 수척한 몸과 짙은 병색이 얼마나 끔찍했든 간에, 지금 그는 더욱더 수척하고 더욱더 기력이 쇠한 모습이었다. 흡사 가죽을 뒤집어쓴 해골이나 다름없었다.

그는 현관에 선 채, 경련이 이는 기다랗고 야윈 목에서 목도리를 벗겨 내며 안쓰럽고도 기묘하게 미소 짓고 있었다. 그 겸허하고 온순한 미소를 본 순간, 레빈은 목구멍이 콱 막히는 것만 같았다.

「자, 이렇게 내가 너를 찾아왔구나.」 니콜라이는 쉰 목소리로 말하며 한순간도 동생의 얼굴에서 눈을 떼지 않았다. 「오래전부터 오고 싶었지만 늘 건강이 안 좋았단다. 하지만 지금은 아주 괜찮아졌어.」 커다랗고 삐삐 마른 손으로 턱수염을 문지르면서 그가 말했다.

「네, 네, 그러셨군요!」 레빈이 대답했다. 그러고서는 입을 맞추다가, 형의 몸이 얼마나 메말랐는지를 입술로 느끼고 기이하게 빛나는 형의 커다란 눈동자를 가까이서 본 그는 한층 더 두려운 감정에 휩싸였다.

그보다 몇 주 전 레빈은 형제들 간에 분배되지 않은 채 남아 있던 유산의 일부를 처분한 결과 형이 그의 몫으로 대략 2천 루블을 받을 수 있게 되었다는 소식을 편지로 전했었다.

니콜라이는 바로 그 돈을 받으러 왔노라고, 더 중요하게는 고향집에 머무르며 흙을 만지면서 곧 개시할 활동을 위해 고대의 용사처럼 힘을 비축하고자 왔노라고 말했다. 등이 엄청나게 굽고 예의 큰 키 때문에 더 충격적으로 보일만큼 여위었음에도 불구하고, 그의 동작은 언제나처럼 재빠르고 돌발적이었다. 레빈은 그런 형을 서재로 안내했다.

형은 전에 없이 공을 들여 옷을 갈아입더니 곧고 듬성듬성한 머리칼을 빗고서 웃음 띤 얼굴로 위층으로 올라갔다.

형은 레빈이 종종 추억하는 어린 시절의 모습처럼 다정하고 쾌활했다. 심지어 아무런 악의도 없이 세르게이 이바노비치의 얘기를 꺼내기도 했다. 아가피야 미하일로브나와는 농담을 주고받고 그녀에게 나이 든 하인들의 근황을 묻기도 했다. 파르펜 데니시치의 소식은 그에게 좋지 않은 영향을 미쳤다. 얼굴에 놀라는 기색이 역력했다. 그러나 그는 곧바로 본래의 기분으로 돌아왔다.

「뭐, 워낙에 늙긴 했지.」 그가 이렇게 말하고는 화제를 바꾸었다. 「네 집에 두 달 정도 머물다가 모스크바로 갈 작정이다. 너도 알다시피, 먀흐코프가 일자리를 주선해 주기로 약속했거든. 공직에서 근무하게 될 거다. 이제 내 삶을 완전히 다르게 꾸려 갈 작정이야.」 그가 말을 계속했다. 「그리고 말이다, 그 여자는 내쫓았다.」

「마리야 니콜라예브나 말인가요? 아니, 도대체 무엇 때문에요?」

「아아, 정말이지 몹쓸 여자야! 나한테 수도 없이 나쁜 짓들을 저질렀지.」 그러나 그는 그 불쾌한 짓이 무엇인지는 이야기하지 않았다. 차 맛이 싱겁다는 이유로, 무엇보다 그녀가 자신을 환자 돌보듯 대했기 때문에 내쫓았다는 말을 할 수는 없었다. 「이제 생활을 완전히 바꿔 버리고 싶구나. 여느 사람들처럼 나도 물론 어리석은 짓들을 저질렀지만, 재산은 맨 마지막 문제다. 그쯤은 아깝지 않아. 건강만 바랄 뿐이지. 그런데 다행히도, 건강이 조금 회복되었단다.」

레빈은 형의 이야기를 들으면서 뭐라 대꾸할지 생각해 보았지만 도무지 떠오르는 게 없었다. 니콜라이 역시 똑같은 심정인 게 분명했다. 그는 동생의 사업에 대해서 이것저것 물었다. 레빈은 자기 얘기를 하게 되어 기뻤는데, 꾸며 대지 않고 얘기할 수 있기 때문이었다. 그는 자신의 계획과 활동을 형에게 들려주었다.

형은 듣고는 있었지만 별 관심이 없어 보였다.

두 사람은 서로 너무나도 가깝고 친근한 사이였기에, 아주 미세한 움직임이나 목소리의 음색 따위가 말로 할 수 있는 그 모든 것보다 그들에게는 더 많은 것을 전달해 주었다.

지금 두 사람에게는 오직 한 가지 생각뿐이었으니, 나머지 모든 것들을 압도하고 있는 그 생각은 바로 니콜라이의 병환과 임박한 죽음에 관한 것이었다. 어느 쪽도 감히 그 문제를 입 밖에 내지 못했다. 따라서 그들을 사로잡고 있는 그 한 가지에 관해 함구하는 한, 둘이서 무슨 말을 하건 그것은 모두 거짓이었다. 레빈은 밤이 깊어 잠자리에 들 시간이 되었다는 게 그토록 기뻤던 적이 없었다. 그 아무리 낯선 사람과의 만남이나 공식적인 회합의 자리라 해도, 그가 오늘처럼 부자연스럽고 위선적이었던 적은 없었다. 그러한 부자연스러움을 의식하거나 뉘우치는 것 모두 그를 더욱더 부자연스럽게 만들 뿐이었다. 죽어 가는 형 때문에 울고 싶은 마음이 간절한데도, 정작 앞으로 어떻게 살아갈지에 대한 형의 얘기를 들어주고 지지해 주어야만 했던 것이다.

집 안이 눅눅하고 방 하나에만 난방을 땐 터였기에 레빈은 형을 자신의 침실에 칸막이를 치고서 재우기로 했다.

잠자리에 누운 형은 잠이 들었는지 안 들었는지 알 수 없었으나, 병자가 으레 그러하듯 몸을 뒤척이거나 기침을 하곤 했다. 기침을 해서 가래를 뱉을 수가 없을 때면 무언가를 중얼거렸다. 때로 무거운 숨을 몰아쉬며 〈아이고, 하느님!〉이라고 내뱉기도 했다. 가래 때문에 숨이 막히면 짜증을 내면서 〈아이고! 빌어먹을!〉이라고 뇌까렸다. 그 소리를 듣느라 레빈은 한참 동안 잠을 이루지 못했다. 가지각색의 상념들이 떠올랐지만, 그 모든 상념들의 종착점은 오직 하나 — 죽음이었다.

죽음, 모든 것의 끝인 죽음이 처음으로 그에게 거역할 수 없는 힘으로 다가왔다. 비몽사몽간에 신음하면서 버릇대로 무심결에 〈하느님〉 혹은 〈빌어먹을〉을 뇌까리는 이 사랑하는 형에게 깃든 죽음은 예전에 생각했던 것처럼 그렇게 멀리 있지 않았다. 그것이 바로 그 자신 속에 깃들어 있음을 그는 느낄 수 있었다. 지금이 아니라면 내일, 내일이 아니라면 30년 뒤, 결국 이도 저도 다 마찬가지 아닌가? 이 불가피한 죽음이란 대체 무엇인가? 그는 그것을 모를 뿐만 아니라, 단 한 번도 생각해 본 적조차 없었다. 심지어 그에 대해 생각할 능력도 용기도 없었다.

〈나는 일하고 있고, 무언가를 해내고 싶다. 하지만 그러면

서 모든 게 결국은 끝난다는 걸, 죽음이라는 걸 잊고 있었어.〉

그는 침대 위에 앉아 어둠 속에서 무릎을 끌어안고 몸을 웅크린 채 긴장과 함께 숨을 죽이고서 생각에 잠겼다. 그러나 생각을 집중할수록 분명해지는 것은 한 가지 의심할 바 없는 사실이었다. 바로 자신이 삶에 있어서 하나의 작은 조건을 잊고 있었다는 것 — 즉, 죽음이 닥쳐와 모든 게 끝나리라는 사실, 따라서 아무것도 시작할 가치가 없고 어찌해도 이를 해결할 수는 없다는 사실을 잊고 있었으며, 지금에서야 그것을 통찰했다는 점이었다. 그렇다, 정말 끔찍하지만, 사실이 그러했다.

〈하지만 나는 아직 살아 있지 않은가. 그렇다면 이제 무엇을, 무엇을 해야 한단 말인가?〉 레빈은 절박한 심정으로 자문했다. 그는 촛불을 켜고 조심스레 일어나 거울로 다가가서 자신의 얼굴과 머리칼을 살펴보기 시작했다. 관자놀이에 새치가 보였다. 입을 벌리니 어금니가 상하기 시작한 것이 눈에 띄었다. 근육질의 팔뚝을 걷어 보았다. 힘이 넘쳤다. 그러나 저쪽에서 얼마 남지 않은 폐로 숨을 쉬고 있는 니콜렌카[29]도 전에는 건강한 신체를 갖고 있었다. 그 순간, 어릴 적에 형과 함께 잠자리에 들어 표도르 보그다니치가 문밖으로 나가기만을 기다렸다가 서로에게 베개를 던지면서 자지러지게 웃던 기억이 느닷없이 떠올랐다. 표도르 보그다니치에 대한 두려움조차도 그처럼 끓어넘치던 삶의 행복감을 멈추지는 못했었다. 〈그런데 지금은 저 일그러진 텅 빈 가슴…… . 그리고 스스로에게 무슨 일이, 왜 생길지 전혀 모르는 나는…… .〉

「콜록! 콜록! 에잇, 빌어먹을! 왜 그리 안 자고 뒤척이는 거

29 니콜라이의 애칭.

636

냐?」형이 그에게 소리쳤다.

「글쎄, 모르겠어요. 불면증인가 봐요.」

「나는 잘 잤다. 이제는 식은땀도 안 흘리지 뭐냐. 자, 이것 봐라, 셔츠 좀 만져 보라니까. 땀에 안 젖었잖니?」

레빈은 셔츠를 만져 보고는 칸막이 너머로 가서 촛불을 껐다. 그러나 여전히 한참 동안 잠을 이루지 못했다. 어떻게 살 것인가 하는 문제가 조금 풀리자마자, 죽음이라는 새롭고도 불가해한 문제가 제기된 것이다.

〈형은 죽어 가고 있어. 어쩌면 봄이 오기 전에 죽을지도 몰라. 그런데 뭘 어떻게 도와준단 말인가? 내가 무슨 말을 해줄 수 있지? 죽음에 대해서 내가 뭘 알고 있는데? 그것이 있다는 것조차 잊고 있었는데.〉

32

지나치게 겸손하고 공손해서 함께 지내기가 거북한 사람은, 머지않아 지나치게 까다롭고 편벽하게 굴어서 견디기 힘들어지기 마련이라는 생각을 레빈은 오래전부터 품어 왔다. 그런데 그러한 일이 형과의 사이에서도 일어날 거라는 예감이 들었다. 실제로, 니콜라이 형의 온순함은 오래가지 않았다. 그는 이튿날 아침부터 짜증을 내기 시작했고, 동생의 가장 아픈 곳을 건드리면서 집요하게 트집을 잡았다.

레빈 또한 자신에게도 잘못이 있다고 느꼈지만 그럼에도 어쩔 수가 없었다. 만일 그 두 사람이 가식 없이 진심에서 우러나오는 말, 즉 오로지 생각하고 느낀 것만을 말하게 된다면, 아마 서로의 눈을 노려보면서 콘스탄틴은 〈형은 죽을 거야, 죽을 거라고, 죽을 거라니까!〉라고만 외쳤을 테고, 니콜라이는 〈내가 죽을 거라는 건 나도 알아. 하지만 두려워, 두렵다고, 두렵단 말이야!〉라고만 대답했으리라. 그렇게 진심 어린 말을 내뱉고 나서 두 사람은 더이상 아무 말도 하지 않았을 것이다. 그러나 그런 식으로 살 수는 없는 법이다. 따라서 콘스탄틴은 평생 시도해 보았지만 결국에는 할 수 없었던 것, 그가 보기에는 많은 사람들이 잘 하고 있으며 그들이 살아가는 데 없어서는 안 되는 그것을 해보려고 노력하는 중이었다. 그는 생각하지도 않은 것을 말하려고 애를 썼고, 결국 그것은 허위에 불과하다는 것을 끊임없이 절감했다. 형은 바로 그 점을 알아차리고는 화를 내는 것이었다.

사흘째 되던 날 니콜라이는 동생을 부추겨 그의 계획을 다시 말하게 하더니, 그를 비난하고 나아가 공산주의와 연결시키면서 고의적으로 조롱하기 시작했다.

「너는 남의 사상을 도용할 뿐만 아니라 그것을 왜곡하고, 가당치도 않은 것에 적용하려 들고 있어.」

「분명히 말하지만, 이 일은 공산주의와 아무런 공통점이 없어요. 그들은 사유 재산, 자본, 유산 상속의 정당성을 부정하지만 나는 그러한 주요 **자극제**[30](레빈은 이런 단어를 쓰는 게 거슬렸지만, 자신의 일에 몰두해 온 이래 무심결에 자꾸만 외래어를 사용하게 된 터였다)를 부정하지 않아요. 다만 노동을 조직화하려는 것뿐입니다.」

「바로 그게 문제라니까. 너는 남의 사상을 가져다가 그것

30 여기서 레빈은 〈자극〉 혹은 〈자극제〉를 뜻하는 라틴어 〈stimulus〉의 러시아식 표현을 사용하고 있다.

의 원동력이 되는 것을 모조리 잘라 버리고는, 그게 무언가 새로운 것인 양 믿게 만들려 든단 말이다.」 니콜라이가 넥타이를 두른 목을 신경질적으로 씰룩거리며 말했다.

「아니, 그건 내 사상과 아무런 공통점이 없다니까요…….」

「거기에는…….」 악의에 찬 눈동자를 번득이며 비웃음을 띤 채 니콜라이가 대꾸했다. 「적어도 거기에는, 이를테면 기하학적 매력이랄까, 명료함과 확실성 같은 게 있지. 아마도 그건 유토피아겠지. 하지만 가령 일체의 과거의 것들을 tabula rasa(백지)[31]로 만들어 버릴 수 있다면, 즉 사유 재산도 없고, 가족도 없다면, 그러면 노동이 정비될 거다. 하지만 너에게는 아무것도 —」

「도대체 왜 분간을 못 하는 겁니까? 나는 결코 공산주의자인 적이 없단 말입니다.」

「나는 그런 적이 있었지. 난 그게 시기상조긴 하지만 합리적이고 장래성이 있다고 본다. 초기의 그리스도교가 그랬던 것처럼.」

「내 생각은 다만 노동력을 자연 과학적 관점에서 고찰해야 한다는 겁니다. 즉 그것을 연구하고 그것의 본성을 인정하고, 그래서 —」

「그건 전혀 소용없는 짓이야. 그 힘은 자신의 발전 정도에 따라서 일정한 활동 형태를 스스로 찾기 마련이니까. 처음에는 세상에 노예들 천지였고, 그다음엔 널린 게 metayers(소작인들)였지. 우리 나라에는 병작농도 있고, 소작농도 있고, 날품팔이도 있다. 그런데 네가 찾는 건 대체 뭐냐?」

31 아무것도 씌어 있지 않은 종이라는 의미로, 즉 감각적인 경험을 하기 이전의 마음의 상태를 가리킨다.

이 말을 들은 레빈은 갑자기 발끈했다. 그의 마음속 깊은 곳에서는 그것이 진실일까 봐 두려워하는 마음이 있었기 때문이다. 사실 자신은 공산주의와 다른 형식들 사이에서 균형을 찾으려고 했던 것인지도 모른다고, 그리고 그런 것이 가능할 리는 없다고 말이다.

「내가 찾는 것은 나 자신이나 노동자 모두에게 있어서 생산적으로 노동을 할 수 있는 방안입니다.」 그가 열을 올리며 대답했다. 「내가 정립하고 싶은 것은 ―」

「너는 아무것도 정립하고 싶어 하지 않아. 그저 일평생 그랬던 것처럼 유별나게 굴고 싶은 거지. 네가 단순히 농부들을 착취하는 것이 아니라, 이상을 갖고 그러는 거라면서 과시하고 싶은 거라고.」

「그래요, 그렇게 생각한다면, 날 좀 내버려 두세요!」 왼쪽 뺨의 근육이 주체할 수 없이 떨리는 것을 느끼며 레빈이 대꾸했다.

「너는 확신을 품은 적도 없고, 지금도 확신하고 있지 않아. 단지 스스로의 자존심을 달래고 싶을 뿐이지.」

「그래요, 아주 훌륭해요. 그러니 이제 나를 좀 내버려 두란 말입니다!」

「그래 널 놓아주마! 이미 한참 전에 그랬어야 했어. 너도 어서 지옥으로 꺼져 버려! 내가 여길 온 게 후회막급이다!」

나중에 레빈이 아무리 형을 진정시키려고 해도, 니콜라이는 아무 말도 들으려 하지 않은 채 떠나는 게 훨씬 낫다는 말만 되풀이했다. 형에게 이제 삶이란 견딜 수 없는 것이 되어 버렸음을 콘스탄틴은 깨달았다.

콘스탄틴이 다시 형에게 가서 자기 때문에 기분이 상했다면 용서해 달라고 겸연쩍게 사과를 했을 때 이미 니콜라이는 떠날 채비를 다 마친 뒤였다.

「참으로 너그러우시군!」형은 이렇게 내뱉더니 씩 웃었다. 「네가 옳기를 원한다면, 내가 그걸 만족시켜 줄 수도 있지. 그래, 너는 옳다. 하지만 그래도 나는 떠나련다.」

출발하기 직전에 니콜라이는 동생과 입을 맞추고는 기묘하게 진지한 눈빛으로 그를 바라보며 말했다.

「그래도 나를 나쁘게 생각하진 말아 다오, 코스탸!」순간 그의 목소리가 떨렸다.

이는 그가 진심으로 내뱉은 유일한 말이었다. 레빈은 이 말 속에 〈알다시피, 내 상태가 안 좋아. 어쩌면 우리는 더 이상 못 만날지도 모른다〉는 뜻이 담겨 있음을 알아챘다. 이를 감지한 레빈의 눈에서 눈물이 솟구쳤다. 그는 형에게 다시 한 번 입을 맞추었다. 하지만 아무 말도 할 수가 없었고, 뭐라 말해야 할지도 몰랐다.

형이 떠난 지 사흘째 되던 날 레빈은 외국 여행길에 올랐다. 기차간에서 레빈은 키티의 사촌인 셰르바츠키를 만났는데, 그는 레빈의 몹시 침울한 모습에 크게 놀랐다.

「자네 무슨 일 있나?」셰르바츠키가 그에게 물었다.

「아니, 아무 일 없네. 그저 세상에 즐거운 일이 별로 없을 뿐이야.」

「별로 없긴? 밀루즈 같은 데 말고 나랑 같이 파리에나 가세. 세상이 얼마나 즐거운지 보게 될 테니!」

「아닐세, 나는 이미 끝났네. 죽을 때가 다 됐어.」

「무슨 그런 농담을!」셰르바츠키가 웃으면서 말했다. 「나는 이제 막 시작할 준비가 됐는데 말이야.」

「그래, 나 역시 얼마 전까지 그렇게 생각했었네. 하지만 지금은 내가 곧 죽을 거라는 걸 알아.」

레빈은 최근에 떠올린 솔직한 생각을 털어놓았다. 그에게는 만사가 죽음으로, 혹은 죽음에 가까워지는 것으로 여겨졌다. 그러나 그만큼 더 자신이 시작한 일에도 신경이 쓰였다. 죽음이 오기 전까지는 어떻게든 삶을 마저 살아 내야만 했다. 어둠이 그의 모든 것을 덮어 버리고 있었지만, 다름 아닌 그 어둠으로 인하여 그는 그 속에서 자신을 이끌어 주는 유일한 끈이 바로 자신의 일이라는 점을 깨달았다. 따라서 그는 있는 힘을 다해 그것을 붙잡고 거기에 매달렸다.

제4부

1

카레닌 부부는 남편과 아내로서 계속해서 한집에 살면서 매일같이 마주치고 있었지만 사실상 서로가 완전히 남남이었다. 알렉세이 알렉산드로비치는 하인들이 제멋대로 추측하지 못하도록 매일 아내와 대면하는 것을 규칙으로 삼되, 집에서 식사하는 건 피하고 있었다. 브론스키는 알렉세이 알렉산드로비치의 집에 일체 발을 들여놓지 않았지만 안나는 집 밖에서 그와 만났으며, 남편도 그 사실을 알고 있었다.

세 사람 모두에게 고통스럽기 짝이 없는 상황이었다. 그런 상황이 돌변할 것이며 곧 지나가게 될 일시적인 고난일 뿐이라는 기대가 없었다면, 셋 중 어느 누구도 그러한 상태에서 단 하루도 버티지 못했을 것이다. 알렉세이 알렉산드로비치는 모든 게 지나가듯이 이 열정도 지나가기를, 그리하여 모두가 이 일에 대해 잊어버리고 자신의 이름이 더럽혀지지 않기를 고대했다. 이러한 상황의 근본 원인이자 그로 인해 누구보다도 고통스러운 안나는 이 모든 게 곧 끝장나고 결판이 나리라 고대할 뿐 아니라 굳게 확신했기에 그 상태를 견디고 있었다. 무엇이 이 상황을 해결해 줄 것인지는 전혀 알 수 없었지만, 그 무엇인가가 곧 닥쳐오리라고 그녀는 철썩같이 믿었다. 무심결에 그녀의 생각에 물들어 버린 브론스키 역시, 자기 자신과는 무관하지만 모든 난관을 해결해 줄 그 무언가를 고대하고 있었다.

겨울의 중턱에서 브론스키는 몹시 무료한 한 주를 보냈다. 그는 페테르부르크를 방문한 외국 왕자[1]를 접대하는 소임을 맡게 되어 수도의 명소를 안내해 주어야만 했다. 브론스키 자신이 풍채가 좋은 데다, 위풍 있고 정중하게 처신하는 법을 그는 터득하고 있었으며 그러한 인물들을 대하는 데도 익숙했으므로, 그가 왕자를 접대하게 된 것이었다. 하지만 이 소임이 그에게는 너무도 괴로운 일이었다. 왕자는 고향에 돌아갔을 때 사람들이 〈러시아에서 그건 봤어?〉라고 물을 만한 것이라면 어느 하나도 놓치지 않으려 했고, 동시에 최대한 러시아적인 유흥을 누리기를 원했다. 브론스키는 양쪽 방면에서 모두 그를 안내해야만 했다. 아침마다 그들은 명승지를 구경하러 다녔고, 저녁에는 전통적인 향락을 맛보았다. 이 왕자는 왕자들 중에서도 특히 유별난 건강의 소유자였다. 과도하게 쾌락에 몰두하는데도 불구하고 체조와 성실한 몸 관리로 정력을 키워 온 결과 그는 초록빛의 윤기 나는 큼직한 네덜란드산 오이처럼 싱싱해 보였다. 여행을 많이 다녀 본 왕자는 현대적 교통 수단의 편리함이 가져다주는 주된 이점 중 하나

1 독일, 영국, 덴마크의 왕자가 1874년에 러시아의 황제 알렉산드르 2세의 딸 마리야 알렉산드로브나와 앨프리드 에든버러 영국 왕자와의 결혼식 초청을 받고 페테르부르크를 방문하였다.

가 나라별로 고유한 유흥을 접하기가 수월해진 것임을 알게 되었다. 스페인에 방문했을 때 그는 세레나데를 몇 곡 부르다가 만돌린을 연주하던 스페인 여자와 사귀었다. 스위스에서는 **알프스 산양**을 쏘아 죽였다. 영국에서는 붉은색 연미복을 입고서 경주마에 올라 울짱을 넘었으며, 내기 사냥에서 꿩 2백 마리를 쏘아 죽였다. 터키에서는 하렘에 가보았고, 인도에서는 코끼리를 타고 다녔다. 이제 러시아에 왔으니 러시아만의 특별한 향락을 죄다 맛보아야 했다.

왕자의 의전을 담당한 브론스키에게 가장 고된 일은 여러 인사들이 왕자에게 제공하는 온갖 러시아식 유흥을 적절하게 안배하는 것이었다. 승마도 있었고, 블린[2] 시식도 있었으며, 곰 사냥과 트로이카[3] 시승, 그리고 롬인들과의 여흥에다 러시아식으로 술잔을 깨부수며 즐기는 주연도 있었다. 너무나 쉽게 러시아의 기운을 습득한 왕자는 잔이 놓인 쟁반들까지 깨부쉈고, 롬인 여자를 무릎에 앉히기도 했다. 그러고는 〈뭔가 더 있소? 아니면, 러시아의 기운은 겨우 이게 다요?〉라고 묻는 것만 같았다.

사실, 러시아의 온갖 향락 중에서 가장 왕자의 마음에 든 것은 프랑스 여배우와 발레리나, 그리고 하얀 라벨이 붙은 샴페인이었다. 브론스키는 왕자들을 대하는 일에 익숙했지만, 최근 들어 그 자신이 변한 탓인지, 아니면 이 왕자와 너무 가까이 지낸 탓인지, 그 한 주간은 지독한 고역으로 느껴졌다.

2 러시아식 팬케이크. 기름에 얇게 부쳐서 버섯, 허브, 치즈 등 갖가지 소를 넣어 먹는다.

3 세 필의 말이 끄는 러시아 특유의 마차. 보통 때는 마차로 이용하다가 겨울이 되면 바퀴를 떼어 내서 차체를 큰 썰매 위에 싣고 달린다.

일주일 내내, 그는 마치 위험한 미치광이를 곁에서 보좌하는 사람이 그 미치광이를 두려워하는 동시에 그와 가까워질수록 자신의 정신까지 어찌 될까 봐 걱정스러워하는 심정과 유사한 심정을 쉴 새 없이 느꼈다. 모욕당하지 않으려면 엄중하게 격식을 갖춘 경의를 표함에 있어서 단 한 순간도 그 강도를 늦춰서는 안 된다는 생각이 줄곧 브론스키의 머릿속을 채우고 있었다. 러시아식 향응을 제공하겠다며 브론스키로서는 깜짝 놀랄 정도로 안달복달하는 인사들을 왕자는 멸시하는 투로 대했다. 또한 그는 러시아 여인들을 탐구하고자 했는데, 이 여인들에 대한 그의 견해는 브론스키로 하여금 여러 차례 분노로 얼굴을 붉히게끔 만들기도 했다. 하지만 브론스키에게 왕자를 상대하는 일이 특히나 힘들었던 주요 원인은 뜻밖에도 그에게서 자기 자신의 모습을 보았기 때문이며, 더군다나 그 거울 속에서 본 모습이 그의 자존심을 만족시켜 주지 못한 까닭이었다. 그것은 무척 어리석고 자신만만하며 아주 건강하고 깔끔한 인간의 모습일 뿐, 그 이상은 아무것도 아니었다. 그는 신사였다. 그것은 의심할 바 없는 사실이었고, 브론스키도 그 점을 부인할 수는 없었다. 윗사람을 대할 때 알랑대는 기색 없이 의연했고, 대등한 이들을 대할 때는 거리낌 없고 소탈했으며, 아랫사람에게는 멸시 섞인 친절함을 드러냈다. 브론스키 자신이 바로 그런 사람이었고, 그러한 점을 스스로 커다란 장점이라 여긴 터였다. 그러나 왕자에게 그는 아랫사람이었다. 예의 멸시 섞인 선량함에 그는 심한 불쾌감을 느꼈다.

〈아둔한 고깃덩어리! 정말이지 내가 저런 인간이란 말인가?〉 그가 속으로 내뱉었다.

어쨌거나 이레째 되던 날 모스크바로 떠나는 왕자로부터 감사 인사를 받고서 그와 헤어졌을 때, 브론스키는 그토록 거북스러운 상황과 불쾌한 거울로부터 해방되어 행복했다. 그는 곰 사냥에서 돌아오던 길에 기차역에서 왕자와 헤어졌다. 사냥터에서 그들은 밤새도록 러시아식 용맹함의 시범을 보인 터였다.

2

집으로 돌아온 브론스키는 방에서 안나가 보낸 쪽지를 발견했다. 거기에는 이렇게 적혀 있었다. 〈나는 몸이 아프고 불행해요. 외출도 못 하겠어요. 하지만 더 이상 당신을 안 보고 견딜 수는 없어요. 저녁에 와주세요. 알렉세이 알렉산드로비치는 7시에 회의에 갔다가 10시까지는 거기 있을 거예요.〉집에 들이지 말라는 남편의 요구에도 불구하고 그녀가 집으로 자신을 부르는 게 이상하다는 생각이 한순간 스쳐 갔지만, 그는 가기로 마음먹었다.

올겨울 대령으로 승진한 브론스키는 연대에서 나와 혼자 지내고 있었다. 그는 아침 식사를 마치자마자 소파 위에 드러누웠다. 요 며칠 목격했던 추잡한 장면들이 5분가량 뒤죽박죽 혼란스레 떠오르더니 안나에 대한 인상과 곰 사냥에서 중요한 역할을 했던 몰이꾼 사내의 이미지와 뒤섞였다. 그러다가 이내 브론스키는 잠이 들었다. 어둠 속에서 공포에 떨며 잠에서 깨어난 그는 황급히 촛불을 켰다. 〈그게 뭐지? 뭐더라? 꿈에서 본 그 무서운 게 대체 뭐지? 그래, 맞아, 몰이꾼 사내렸어. 몸집이 작고 지저분하고 뻣뻣한 턱수염이 났던 것 같아. 그가 허리를 굽힌 채 뭔가를 하다가 갑자기 프랑스어로 이상한 말을 지껄이기 시작했지. 그래, 거기까지가 꿈에서 본 전부였어.〉 그가 생각했다. 〈그런데 그게 왜 그렇게 끔찍했을까?〉 그는 그 사내와 그가 지껄였던 알아들을 수 없는 프랑스어를 다시 한번 생생하게 떠올렸다. 그러자 싸늘한 공포가 등줄기를 훑고 지나갔다.

〈이 무슨 얼토당토않은 망상이냐!〉 브론스키는 속으로 이렇게 뇌까리고는 시계를 들여다보았다.

벌써 8시 30분이었다. 그는 벨을 울려 하인을 부른 다음 꿈에 관해서는 까맣게 잊은 채 늦을까 봐 안달하며 서둘러 옷을 입고 현관으로 나섰다. 카레닌가의 현관에 당도하여 시계를 보니 9시 10분 전이었다. 회색 말 한 쌍이 매인, 천장이 높고 폭이 좁은 사륜마차가 현관 입구에 서 있었다. 그는 그것이 안나의 마차임을 한눈에 알아보았다. 〈나한테 오려고 했군.〉 브론스키는 생각했다. 〈그게 더 나았을 텐데. 도무지 이 집에는 발을 들이기가 싫단 말이야. 하지만 아무래도 상관없다. 숨어 있을 수는 없는 노릇이니까.〉 그가 속으로 중얼거리고는 어릴 적부터 몸에 밴 당당한 자세로 썰매에서 내려 출입문으로 다가갔다. 그러자 문이 열리더니 모포를 손에 든 수위가 손짓으로 사륜마차를 불렀다. 세세한 것들에는 둔감한 편이었던 브론스키였지만 그 순간만큼은 자신을 쳐다보는 수위의 놀란 표정을 알아차렸다. 곧이어 바로 그 문가에서 브론스키는 알렉세이 알렉산드로비치와 정면으로 부딪칠 뻔했다. 원추형의 가스등 불빛이 검은 모자 밑의 창백하고 해쓱한 얼굴과 비버 털가죽 외투 깃 사이로 반짝이는 하얀 넥타이를 곧장 비추었다. 카레닌의 흔들림 없는 흐릿한 시선이 브론스키의 얼굴에 내리꽂혔다. 브론스키가 목례를 하자, 알렉세이 알렉산드로비치는 입을 꽉 다문 채 모자 위로 손을 올리고는 그대로 지나쳐 갔다. 그는 주변을 돌아보지도 않고 곧장 사륜마차에 오르더니 창문으로 모포와 쌍안경을 건네받고는 마차 안으로 사라졌다. 브론스키는 대기실로 들어갔다. 그의 눈썹은 일그러져 있었고, 두 눈은 오만과 독기가 서린 빛을 뿜고 있었다.

〈꼴좋게 됐군!〉 그는 생각했다. 〈그가 결투를 해서 자신의 명예를 지키려 한다면, 나 역시 거기에 응하며 내 감정을 표현할 수 있을 텐데. 저건 나약하거나 아니면 비열한 거야…… 그가 나를 비겁한 인간으로 몰아가고 있지만, 나는 그런 인간이 되고 싶지 않았고 지금도 그럴 마음은 없어.〉

브레데 부인의 별장 정원에서 안나와 속 얘기를 서로 털어놓은 뒤 브론스키의 생각은 많이 달라져 있었다. 그는 그에게 모든 것을 내맡긴 채 오로지 그의 결단에 자신의 운명을 걸고 있는 안나의 나약함에 자신도 모르게 굴종하였고, 지레 앞서서 모든 것에 굴복해 버렸으며, 그 무렵 그에게 들었던 생각, 즉 이런 식으로 지속되는 관계가 끝날 수도 있을 거라는 기대는 버린 지 오래였다. 그의 야심 찬 계획은 또다시 뒤로 물러났다. 그는 모든 것이 규정되어 있는 행동 범위를 벗어나 버렸다고 느끼면서도 자신의 감정에 스스로를 통째로 내맡겼으며, 그러한 감정은 그를 점점 더 강하게 그녀에게 얽어맸다.

대기실에서 그는 멀어져 가는 안나의 발소리를 들었다. 그는 그녀가 자신을 기다리다가 인기척을 느끼고는 이내 응접실로 돌아갔음을 알아챘다.

「안 돼요!」그를 보자마자 안나가 소리쳤다. 그 외마디 소리와 함께 그녀의 눈에서 눈물이 솟구쳤다.「이렇게는 안 돼요, 이 상태가 계속된다면, 훨씬, 훨씬 더 빨리 그 일이 일어날 거예요!」

「뭐가 말입니까?」

「뭐냐고요? 나는 괴로워하면서 기다리고 있었어요, 한 시간, 두 시간을⋯⋯. 아니요, 더 말하지 않을래요! 당신과 싸울 수는 없어요. 그래요, 당신도 어쩔 수가 없었던 거예요. 됐어요, 그만 말할래요!」

그녀는 그의 어깨에 두 손을 얹고서 그윽하고 환희에 찬 눈빛으로 한참 동안 유심히 그를 바라보았다. 그를 보지 못한 동안 그의 얼굴을 하나하나 자세히 떠올려 곱씹은 터였다. 모든 남녀의 만남에서 그러듯이, 그녀는 있는 그대로의 그의 모습을 자신이 상상한(비할 데 없이 멋진, 그러나 현실적으로는 있을 수 없는) 하나의 이미지와 합쳐 놓곤 했다.

3

「그이와 마주쳤죠?」두 사람이 램프 아래 놓인 탁자 앞에 앉았을 때 그녀가 물었다.「늦게 온 벌이에요.」

「그런데, 어찌 된 겁니까? 회의장에 가 있어야 하는 거 아닙니까?」

「거기 갔다가 돌아와서는 다시 어디론가 외출한 거예요. 하지만 상관없어요. 그 얘기는 그만두죠. 어디에 있었어요? 줄곧 왕자와 함께 있었던 거예요?」

그녀는 브론스키의 일거수일투족을 속속들이 알고 있었다. 그는 밤새 잠을 못 잔 탓에 그만 잠들어 버렸다고 말하고 싶었지만, 행복에 겨워 흥분된 그녀의 얼굴을 보고는 부끄러운 마음이 들었다. 그래서 왕자가 출발했다고 보고하러 가야만 했다고 말했다.

「그럼 이제 다 끝난 거죠? 그분은 떠난 거죠?」

「다행히도 끝났어요. 그 일이 얼마나 견디기 힘들었는지 모를 겁니다.」

「아니, 어째서요? 그건 당신네들 젊은 남자들이 모두 다 늘 겪는 일상이잖아요.」 그녀가 눈썹을 찌푸리며 말했다. 그러고는 이내 탁자 위에 놓여 있던 뜨개질감을 집어 들고서 브론스키에게서 눈길을 거둔 채 바늘 코를 빼내는 시늉을 했다.

「나는 그런 생활을 청산한 지 오래입니다.」 안나가 표정을 바꾸자 놀란 그가 그 의미를 파악하려 애쓰면서 말했다. 「그리고 고백하건대…….」 그는 하얗고 가지런한 이를 드러내며 미소 지었다. 「이번 주 내내 그 생활을 지켜보면서 거울을 들여다보는 것만 같았어요. 불쾌했답니다.」

그녀는 뜨개질은 하지도 않으면서 그저 뜨개질감을 손에 쥔 채, 기묘하게 반짝이는 적의 어린 눈초리로 브론스키를 바라보았다.

「오늘 아침 리자가 들렀어요. 리디야 이바노브나 백작 부인이 버티고 있는데도, 아직 사람들은 나를 보러 오는 걸 꺼려하지 않더군요.」 곧이어 그녀가 덧붙였다. 「당신네들의 그 음탕한 주연에 관해서 들었어요. 정말이지 추잡해요!」

「막 그 얘길 하려던 참이었는데 ─」

그녀가 말을 가로챘다.

「당신이 예전에 알고 지내던 그 테레즈인가 하는 여자도 있었다면서요?」

「그러니까 내 말은 ──」

「당신네들, 남자들이란 정말 추잡하기 짝이 없어요! 여자는 그런 일을 잊지 못한다는 생각을 왜 못 하느냔 말이에요.」 그녀는 점점 더 열을 올렸고, 그럼으로써 자신이 화가 난 이유를 드러내고 있었다. 「당신의 생활에 대해 알 수가 없는 여자는 특히 더 그렇다고요. 내가 뭘 알고 있죠? 내가 뭘 알고 있었냐고요? 당신이 나에게 얘기해 준 것뿐이죠. 그런데 그 얘기가 진실인지, 내가 어찌 알겠어요…….」

「안나! 당신은 지금 나를 모욕하고 있어요. 정말이지 나를 못 믿는단 말입니까? 당신에게 털어놓지 못할 생각 따위는 없다고 내가 말하지 않았던가요?」

「알겠어요, 알겠어.」 그녀가 질투 어린 생각을 쫓아 버리려 애쓰는 투로 대답했다. 「내가 얼마나 괴로웠는지 당신이 안다면! 당신을 믿어요, 믿고말고요……. 그런데, 무슨 얘기를 하려던 거였죠?」

그는 자신이 뭘 얘기하고자 했는지 얼른 생각해 낼 수가 없었다. 최근 들어 점점 더 자주 안나를 사로잡는 폭발적인 질투심은 브론스키를 섬뜩하게 만들었다. 아무리 감추려 해도, 그리고 그녀의 질투가 자신에 대한 사랑에서 비롯한 것임을 알고 있음에도 불구하고, 그로 인해 그녀에 대한 마음이 조금씩 식어 갔다. 그는 자신을 향한 그녀의 사랑이 곧 행복이라고 수없이 스스로에게 각인시켰다. 그리고 그녀 역시 삶에서 주어지는 모든 축복 가운데 가장 중요한 건 사랑이라 여기는, 그런 여자만이 할 수 있는 방식으로 그를 사랑해 주었다. 그런데도 그는 그녀를 뒤쫓아 모스크바를 떠나왔을 때보다 훨씬 더 행복으로부터 멀어져 있었다. 당시 그는 자신이 불행하다고, 행복은 미래에 찾아올 거라고 생각했다. 반면 지금의 그는 진정한 행복이 이미 지나가 버렸다고 느끼고 있었다. 안나는 그가 처음 보았을 때의 그 모습과 전혀 달라져 있었다. 육체적으로도 정신적으로도 더 나쁜 쪽으로 변해 버렸다. 몸매는 전체적으로 펑퍼짐해졌고, 여배우에 관해 얘기할 때면 얼굴이 흉악하게 일그러지곤 했다. 그는 자신이 꺾은 꽃이 시들어 가는 모습을 바라보는 사람의 심정으로 그녀를 바라보곤 했다. 애초에 그로 하여금 그것을 꺾어 망가뜨리게 만든 아름다움은 이제 찾아보기 힘들었다. 그럼에도 불구하고, 자신의 사랑이 더 강렬했던 당시에는 진정으로 원한다면 그 사랑을 자신의 심장에서 떼어내 버릴 수 있을 거라 여겼던 반면, 그녀에 대한 사랑의 감정이 별로 느껴지지 않는 지금에 와서는 오히려 그녀와의 관계를 끊어 버릴 수 없게 되었다는 사실을 그는 알고 있었다.

「왕자에 관해서 뭔가 말하려 했던 거 아녜요? 악령은 쫓아 버렸어요, 쫓아 버렸다니까요.」그녀가 덧붙였다. 둘 사이에서 질투는 악령이라 불렸다.「그래요, 왕자에 관해 뭔가 얘기를 꺼냈었잖아요. 왜 그렇게 괴로웠는데요?」

「어휴, 정말이지 견딜 수가 없었어요!」그가 놓쳐 버린 실마리를 다시 붙잡으려 애쓰며 말했다.「그는 가까워질수록 호감을 잃게 만드는 사람이에요. 한마디로 정의하자면, 잘 사육된 짐승 같아요. 가축 전시장에서 1등 메달을 딸 만한 그런 종류 말입니다. 그 이상은 아무것도 아니에요.」그는 불쾌한 어조로 이야기하며 그녀의 흥미를 끌었다.

「아니, 어떻게 그럴 수가 있죠?」 그녀가 되받아쳤다. 「어쨌거나 견문이 넓고 교양 있는 분이잖아요.」

「그건 전혀 다른 종류의 교양이에요. 그들만의 교양이죠. 오로지 교양을 경멸할 권리를 갖기 위해서 교육을 받은 게 분명해요. 그런 부류의 사람들이 동물적인 향락을 제외하고는 모든 것을 경멸하는 것처럼 말입니다.」

「아니, 당신네들 모두가 그런 동물적인 향락을 좋아하지 않나요?」 그녀가 말했다. 그는 또다시 그를 피해 달아나는 음울한 시선을 알아챘다.

「왜 그를 옹호하는 겁니까?」 그가 웃으면서 물었다.

「옹호하는 게 아니에요. 나랑은 뭐 전혀 상관없으니까. 하지만 내 생각에는, 당신 자신이 그런 향락을 싫어한다면 거절할 수도 있었을 텐데요. 그런데도 당신은 이브의 의상을 차려입은 테레즈를 음미하며 쾌감을 느끼고…….」

「또다시 그놈의 악령이군요!」 브론스키가 탁자 위에 놓인 안나의 손을 붙잡아 입을 맞추며 말했다.

「그래요, 어쩔 수가 없어요! 당신을 기다리는 동안 내가 얼마나 괴로웠는지 당신은 모를 거예요! 나는 질투심 강한 여자가 아니에요, 그런 여자가 아니란 말이에요. 당신이 여기, 나와 함께 있을 때는 당신을 믿어요. 하지만 당신이 어디선가 혼자서 나는 모르는 당신만의 생활을 꾸려 갈 때면…….」

안나는 그에게서 몸을 떼고 뜨개질감에서 코바늘을 마침내 빼내더니, 검지를 놀려 램프 아래 빛나는 하얀 털실의 뜨개코를 하나씩 떠나갔다. 자수가 놓인 소매 아래서 가녀린 손목이 빠르게 신경질적으로 움직였다.

「그래, 어땠나요? 어디서 알렉세이 알렉산드로비치와 마주친 건가요?」돌연 그녀의 음성이 부자연스럽게 울렸다.

「출입문에서 마주쳤어요.」

「당신에게 이렇게 인사했죠?」

그녀가 얼굴을 쑥 내밀더니 눈을 반쯤 감고는 재빨리 표정을 바꾸며 두 손을 모아 쥐었다. 순간 브론스키는 그녀의 아름다운 얼굴에서 아까 자신에게 인사하던 때의 알렉세이 알렉산드로비치의 얼굴 표정과 똑같은 모습을 읽었다. 그가 미소를 짓자, 안나는 그녀의 커다란 매력 가운데 하나인 예의 가슴에서 울려 나오는 사랑스러운 웃음을 터뜨리며 쾌활하게 웃었다.

「정말이지 그를 이해할 수가 없어요.」브론스키가 말했다. 「별장에서 당신의 속 얘기를 들은 뒤에 당신과 헤어졌더라면, 아니면 나에게 결투라도 신청했더라면…… 하지만 이런 경우는 도무지 이해할 수가 없어요. 이런 상태를 그는 어떻게 견딜 수 있는 거죠? 괴로워하고 있는 게 뻔히 보이던데.」

「그이가요?」그녀가 비웃는 투로 말했다. 「그는 전적으로 만족스러워하고 있어요.」

「모든 게 다 잘될 수 있는데, 대체 왜 우리 모두 이렇게 고통받는 겁니까?」

「그이만은 그렇지 않아요. 내가 그 사람을, 그 사람이 흠뻑 젖어 사는 그 허위를 모르겠어요? 만일 그이가 무언가를 느낀다면, 나랑 이런 식으로 살아갈 수가 있겠어요? 그이는 아무것도 이해하지 못하고, 아무것도 못 느껴요. 무언가 느끼는 사람이라면, **부정한** 아내와 한집에서 살 수가 있겠어요? 그런 아내와 말을 섞을 수 있겠어요? **여보,** 하고 부를 수나 있겠느냐고요.」

무심결에 그녀는 또 그를 흉내 냈다. 「여보, ma chère(여보), 안나!」

「그이는 남자가 아니에요, 인간이 아니에요. 그이는 인형이에요! 아무도 모를 테지만, 나는 알아요. 오, 내가 만일 그의 입장에 놓였더라면, 누구라도 그의 입장에 놓였더라면! 만일 내가 그 입장에 섰더라면, 나 같은 여자는 진작 죽였을 거예요, 갈기갈기 찢어 버렸을 거라고요. 그리고 ma chère(여보), 안나, 따위의 말은 입 밖에 내지도 않았겠죠. 그이는 사람이 아니라 관청의 기계예요. 그이는 내가 당신의 아내라는 걸, 자신은 남이며 군더더기라는 걸 이해하지 못해요. 이제 더 이상 이 얘기는 하지 말아요, 하지 말자고요!」

「그런 말은 **옳지 못합니다, 옳지 못해요.**」 브론스키가 그녀를 진정시키고자 애쓰며 말했다. 「하지만 어찌 됐든 그 사람 얘기는 하지 맙시다. 뭘 하고 지냈는지 얘기해 주세요. 무슨 일이 있었나요? 대체 무슨 병이 났다는 겁니까? 의사가 뭐라고 하던가요?」

안나는 조롱기가 역력한 눈초리로 브론스키를 바라보았다. 남편에게서 또 다른 우스꽝스럽고 흉한 면을 찾아내어 그걸 이야기하려고 뜸을 들이는 듯했다.

브론스키가 말을 이었다.

「병이 난 게 아니라 당신의 몸 상태 때문이 아닐까 짐작했어요. 그건 언제쯤이죠?」

그녀의 눈에서 조롱기가 사라지고 다른 종류의 미소가, 그가 모르는 무언가를 알고 있는 듯한 기색과 잔잔한 우수가 조금 전의 표정을 대체했다.

「머지않았어요, 금방이에요. 당신은 우리의 처지가 고통스럽다고, 그걸 해결해야만 한다고 말했죠. 그것 때문에 내가 얼마나 괴로운지 알기나 한다면! 자유롭게 마음 놓고 당신을 사랑할 수만 있다면, 나는 뭐든지 다 내놓을 텐데요! 질투심 때문에 괴로워하지도, 당신을 괴롭히지도 않을 텐데요……. 머지않았어요. 하지만 우리가 생각하는 것처럼 그렇게 되지는 않을 거예요.」

그 일을 생각하니 그녀는 스스로가 너무나도 불쌍하게 여겨지고 눈물이 솟구치는 바람에 하던 얘기를 계속할 수가 없었다. 그녀는 램프 아래서 반짝이는 반지와 흰 살결을 드러내고 있던 손을 브론스키의 소매 위에 얹었다.

「그 일은 우리가 생각하는 것처럼 되지 않을 거예요. 이 얘기는 하고 싶지 않았지만 당신이 털어놓게 만들었어요. 머지않아, 곧 모든 게 해결될 거예요. 그리고 우리 모두가 편안해지고 더 이상은 괴로워하지 않게 될 거예요.」

「무슨 말인지 모르겠군요.」 무슨 뜻인지 알면서도 그는 이렇게 대꾸했다.

「언제쯤이냐고 물었죠? 곧 닥칠 거예요. 그리고 나는 그걸 견뎌 내지 못할 거예요. 내 말을 가로막지 말아요!」 그녀가 서둘러 말을 이었다. 「나는 알아요, 확실하게 알고 있단 말이에요. 나는 죽을 거예요. 죽음으로 나 자신과 당신을 해방시켜 줄 수 있을 테니 정말 기뻐요.」

그녀의 눈에서 눈물이 흘렀다. 브론스키가 몸을 숙여 안나의 손에 입을 맞추었다. 그는 아무런 근거도 없다는 걸 잘 알면서도 떨쳐 버릴 수 없는 불안을 애써 감추고 있었다.

「그렇게 될 거예요, 그렇게 되는 게 더 나아요.」 그녀가 그의 손을 꼭 쥐면서 말했다. 「그게 우리에게 남은 유일한 거예요.」

그가 정신을 차리고서 고개를 들었다.

「무슨 얼토당토않은 얘깁니까! 정말이지 터무니없는 소리를 하고 있군요!」

「아니요, 그건 진실이에요.」

「뭐가, 대체 뭐가 진실이란 말입니까?」

「내가 죽으리라는 거 말이에요. 꿈을 꿨거든요.」

「꿈이라고요?」 브론스키가 되물었다. 그 순간 그의 꿈에 나타났던 사내가 떠올랐다.

「네, 꿈요.」 그녀가 말했다. 「벌써 오래전부터 그 꿈을 꾸곤 했어요. 내가 침실로 뛰어 들어가는 거예요, 거기서 뭔가를 가져가거나 뭔가를 알아내야만 하거든요. 알다시피, 꿈에서는 그런 일이 종종 일어나잖아요.」 그녀는 공포에 잠긴 눈을 크게 뜨고서 말을 이었다. 「그런데 침실에, 거기 한구석에 무언가 서 있는 거예요.」

「에잇, 무슨 말도 안 되는 얘깁니까? 그런 걸 믿다니…….」

그러나 그녀는 도중에 끼어들도록 내버려 두지 않았다. 지금 하는 말은 그녀 자신에게 너무나도 중요한 것이었다.

「그때 그 무언가가 뒤돌아서요. 알고 보니 그건 몸집이 작고 뻣뻣한 턱수염을 기른 무시무시한 농부예요. 나는 달아나고 싶은데, 그 사내가 자루 위로 몸을 숙인 채 두 손으로 무언가를 뒤적거리는 거예요…….」

그녀는 농부가 꿈지럭대며 자루 속을 뒤적이는 모습을 흉내 냈다. 그 얼굴에는 공포가 드리워 있었다. 브론스키 또한 자신의 꿈을 떠올리면서 똑같은 공포가 자신의 영혼을 가득 채우는 것을 느꼈다.

「그가 꿈지럭대면서 프랑스어로 재빠르게 뇌까리지 뭐에요. 〈r〉을 파리식으로 발음하면서 말이에요. 〈Il faut le battre le fer, le broyer, le pétrir(쇠를 벼려야 해, 두드리고 주물러야 해)……〉라고 말이죠. 나는 두려움에 잠에서 깨어나고 싶지만, 깨어나도 여전히 꿈속이에요. 그러면서 이게 무슨 뜻일까, 자문하기 시작해요. 그러면 코르네이가 나한테 이렇게 말하죠. 〈출산 중에 돌아가실 겁니다, 출산 중에요, 마님……〉 그리고 나서야 잠에서 깨어나는 거예요.」

「정말이지 말도 안 돼요, 쓸데없는 망상이라고요!」 브론스키가 말했다. 하지만 그 목소리에 설득력이라곤 전혀 실려 있지 않다는 것을 그 자신이 느끼고 있었다.

「그 얘긴 이제 그만하죠. 벨을 울려 주세요. 차를 내오라고 하겠어요. 잠시만 기다려 주세요, 잠깐 동안 나는……」

갑자기 그녀가 하던 말을 멈추었다. 그녀의 표정이 일순 돌변했다. 공포에 휩싸인 격정이, 침착하고 진지하며, 행복하고 신중한 표정으로 뒤바뀌었다. 그는 그러한 변화의 의미를 이해할 수가 없었다. 그녀는 자신의 내부에서 새로운 생명이 움직이는 소리를 들었던 것이다.

4

알렉세이 알렉산드로비치는 자기 집 현관에서 브론스키와 맞닥뜨린 뒤 예정대로 이탈리아 오페라를 관람하러 갔다. 거기서 2막까지 내리 앉아 있다가 만나야 할 인사들을 모조리 대면하였다. 집으로 돌아온 그는 옷걸이를 유심히 살피며 군용 외투가 없다는 걸 확인하고는 평소대로 자기 방으로 갔다. 그러나 여느 때와는 달리 잠자리에 들지 않은 채 새벽 3시까지 방 안을 서성였다. 예의를 지키려 들지 않고, 정부를 집 안에 들이지 말라는 자신이 제시한 단 한 가지 조건조차 이행하지 않는 아내에 대한 분노가 그에게서 안정감을 앗아가 버렸다. 아내가 그의 요구를 이행하지 않았으니 그녀를 벌하기 위해 이혼을 청구하고 아들을 빼앗아 버리겠다고 협박했던 바를 실행에 옮겨야만 했다. 그 일이 수반하는 온갖 골치 아픈 사안들에 대해 그는 잘 알고 있었지만, 그렇게 하겠노라고 엄포를 놓은 이상 이제 실행에 옮기지 않을 수 없었다. 리디야 이바노브나 백작 부인은 그 길만이 지금의 처지에서 벗어날 수 있는 최선의 돌파구이며, 최근 이혼에 관한 실무 절차가 개선되어 알렉산드르 알렉산드로비치로서는 형식상의 난항들을 극복할 방안을 찾을 수 있을 거라고 언질을 주기도 했었다. 마침 엎친 데 덮친 격으로 이민족 정착에 관한 사안과 자라이스크현 농경지 관개 사업이 알렉세이 알렉산드로비치에게 업무상 지독한 불쾌감을 안겨 주는 바람에, 요 근래 그는 내내 극도로 신경이 날카로워져 있던 참이었다.

밤새 잠이 오질 않았다. 곱절에서 곱절로 늘어 가던 그의 분노가 아침 녘에는 극한에 이르고 말았다. 아내가 깨어난 기척을 느끼자마자 그는 황급히 옷을 입고는 분노로 가득 찬 잔을 혹여 엎지를까 봐, 그리고 분노와 함께 아내와 담판을 짓는 데 필요한 정력마저 쏟아 버릴까 봐 초조해하는 듯한 기색으로 그녀의 방으로 들어갔다.

남편에 대해 그토록 잘 알고 있다고 자부해 온 안나이지만, 방으로 들어왔을 때의 그 모습에 그녀는 충격을 받았다. 이마는 잔뜩 주름져 있었고, 두 눈은 그녀의 시선을 피한 채 음울하게 정면을 응시하고 있었으며, 경멸을 머금은 입은 굳게 닫혀 있었다. 걸음걸이나 몸짓, 목소리에는 안나가 여태까지 본적 없는 단호함과 결연함이 배어 있었다. 방에 들어온 그는 아내에게 인사도 하지 않고 곧장 그녀의 책상으로 가서 열쇠로 서랍을 열었다.

「뭘 원하는 거죠?」 그녀가 소리를 질렀다.

「당신 정부가 보낸 편지들.」 그가 대답했다.

「그건 여기 없어요.」 안나가 서랍을 닫으며 말했다. 그러나 바로 그 행동으로 그는 자신의 추측이 옳았음을 깨닫고는 아내의 손을 거칠게 밀어내고서 그녀가 가장 긴요한 문서들을 담아 두는 서류 가방을 잽싸게 낚아챘다.[4] 안나가 서류 가방을 빼앗으려 했으나, 알렉세이 알렉산드로비치는 그런 그녀를 밀쳐 냈다.

「자리에 앉아요! 당신과 얘기를 좀 해야겠소.」 그가 서류 가방을 겨드랑이에 끼우고 어깨가 올라갈 정도로 팔꿈치로 단단히 누른 다음 말했다.

충격을 받고 겁을 먹은 그녀는 아무런 말도 못 한 채 남편을 바라볼 뿐이었다.

「당신 정부를 집으로 불러들이는 건 허락하지 않겠노라고 말했잖소.」

「그를 만나야만 했어요, 왜냐하면…….」

그녀는 아무 구실도 떠올리지 못하고 중간에 말을 멈췄다.

「무엇 때문에 여자가 정부를 만나야만 하는지, 자세히 알

---

4 당시의 법률에 따라 카레닌은 한 집안의 가장으로서 아내와 가정의 모든 통신문을 읽을 권리가 있다.

아볼 생각은 없소.」

「나는 단지…….」그녀가 발끈했다. 그의 거친 행동으로 울컥 화가 치밀자 갑자기 용기가 솟았다. 「당신이 얼마나 함부로 나를 모욕하는지, 정말 모르는 건가요?」그녀가 말했다.

「모욕이란 순결한 사람, 순결한 여자한테나 쓸 수 있는 말이오. 도둑에게 도둑이라고 말하는 건 la constatation d'un fait(사실의 확인)일 뿐이지.」

「당신에게 이런 새로운 면이, 이토록 잔혹한 면이 있는 줄 몰랐네요.」

「오로지 예의를 지키는 조건으로 남편이 아내에게 명예로운 은신처를 제공해 주고 자유를 허락하는 것을 잔혹함이라고 부르는군. 그게 잔혹한 거란 말이오?」

「잔혹한 것보다 더 나쁘죠. 그게 뭔지 정말 알고 싶나요? 그건 비열한 거예요!」안나는 악에 받쳐 고함을 지르고는 자리를 박차고 일어나 밖으로 나가려 했다.

「안 돼!」그가 평소보다 한 음계 더 높은 특유의 날카로운 음성으로 소리쳤다. 그러고는 예의 커다란 손으로 그녀의 손목을 팔찌 자국이 남을 정도로 세게 움켜쥐고서 강제로 자리에 앉혔다. 「비열하다고? 그런 표현을 쓸 생각이라면 내가 알려 주지. 비열함이란 이런 거요, 정부 때문에 남편과 아들을 버리고서도 남편이 벌어 오는 밥을 먹는 것 말이오!」

안나는 고개를 떨구었다. 어제 정부에게 했던 말, **당신**이야말로 나의 남편이며 그이는 군더더기라는 말은 입 밖에 내지 않았을 뿐만 아니라, 그럴 생각조차 할 수 없었다. 남편의 말이 전부 정당하다고 느꼈기에 다만 조용히 이렇게 대꾸했을 뿐이다.

「내 처지에 대해서 내가 어떻게 느끼는지는, 당신도 그보다 더 나쁘게 묘사하지 못해요. 그런데 도대체 왜 그런 말을 하는 거죠?」

「왜 내가 그런 말을 하느냐고? 왜냐고?」 그가 여전히 격앙된 어조로 말을 이었다. 「예의를 지켜 달라는 내 뜻을 당신이 이행하지 않았으니, 이 상태를 끝장내기 위한 조치를 취하겠다는 걸 알려 주기 위해서요.」

「곧, 곧 끝장날 거예요.」 그녀가 속엣말을 털어놓았다. 그러자 곧 다가올, 이제는 바라는 바인 죽음이 떠올라 또다시 두 눈에 눈물이 맺혔다.

「당신과 당신의 정부가 예상한 것보다는 더 빨리 끝날 거요! 당신들에게 필요한 건 동물적 욕구의 충족이니······.」

「알렉세이 알렉산드로비치! 관대하지 못하다는 말은 않겠어요. 하지만 이건 점잖지 못하잖아요. 쓰러진 사람을 때리다니요.」

「그래, 당신은 오직 자기 자신만을 생각할 뿐, 한때 당신의 남편이었던 사람의 고통 따위는 안중에도 없지. 남편의 삶이 통째로 무너져 버렸는데도, 당신은 아무 상관도 없는 거야, 그가 심히······ 심히······ 고통스러······ 한다는 것도.」

너무 황급히 말하다가 혀가 꼬여 버린 알렉세이 알렉산드로비치는 마지막 단어를 도무지 제대로 발음할 수가 없었다. 그리하여 결국에는 **고통스러버**라고 내뱉고 말았다. 안나는 내심 우스웠지만, 이런 순간에 뭔가를 우스워할 수 있다는 사실이 이내 부끄럽게 느껴졌다. 동시에 처음으로 남편이 짠하게 여겨져 그의 입장에 서보았다. 그러자 그가 가련해졌다. 하지만 그렇다고 해서 무슨 말을 하며, 무엇을 할 수 있단 말인가?

그녀는 고개를 숙인 채 아무 말도 하지 않았다. 알렉세이 알렉산드로비치 역시 잠시 침묵을 지키더니 아까보다는 덜 날카로운, 그러나 여전히 차가운 목소리로, 특별한 의미라곤 전혀 없이 생각나는 대로 튀어나오는 단어들을 힘주어 강조하면서 이야기를 시작했다.

「내가 온 건 당신한테 할 말이 있어서요…….」 그가 입을 열었다.

그녀는 남편의 얼굴을 쳐다보았다. 〈그래, 그건 내 착각이었어…….〉 그가 **고통스러버**라고 말했을 때의 표정을 떠올리며 그녀는 생각했다. 〈이렇게 눈빛이 흐리고 자기만족을 위해 냉정함을 고수하는 사람이 과연 무언가를 느낄 수가 있겠어?〉

「나는 어떤 점에서도 달라질 수가 없어요.」 그녀가 조그만 소리로 말했다.

「내일 나는 모스크바로 떠나 더 이상 이 집으로 돌아오지 않을 거라는 얘기를 하러 왔소. 당신은 이혼 실무를 맡게 될 변호사를 통해 내가 내린 결정들을 전해 듣게 될 거요. 내 아들은 누이에게 보낼 작정이오.」 아들 얘기를 하려 했던 것을 간신히 떠올리고 알렉세이 알렉산드로비치는 이렇게 말을 맺었다.

「당신한테 세료자는 나를 괴롭히기 위해서 필요한 거죠.」 그녀가 남편을 노려보면서 내뱉었다. 「당신은 그 애를 사랑하지 않아요……. 세료자는 그냥 놔두세요!」

「그렇소, 나는 아들에 대한 사랑마저 잃었소. 왜냐하면 당신에 대한 나의 혐오감이 그 아이에게까지 연결되어 있기 때문이오. 하지만, 그럼에도 불구하고 그 애를 데려가겠소. 그럼 이만!」

그러고서 그는 나가려 했지만, 이번에는 그녀가 그를 붙잡았다.

「알렉세이 알렉산드로비치, 세료자는 두고 가주세요!」 그녀가 다시 한번 속삭이듯 말했다. 「더 이상은 할 말이 없어요. 세료자는 그냥 두세요, 그때까지만……. 곧 출산하게 될 거예요. 그 애는 두고 가세요!」

순간 발끈한 알렉세이 알렉산드로비치는 그녀의 손을 뿌리치고는 말없이 방을 나갔다.

5

페테르부르크의 저명한 변호사의 접견실로 알렉세이 알렉산드로비치가 들어섰을 때, 그곳은 사람들로 붐비고 있었다. 노파와 젊은 처자, 상인의 아내를 포함한 세 명의 숙녀와 세 명의 신사가 있었는데, 한 사람은 손에 보석 반지를 낀 독일인 은행가였고 다른 이는 턱수염을 기른 상인, 나머지 한 명은 십자가를 목에 건 채 잔뜩 화가 나 있는 제복 차림의 관리였다. 한참 전부터 대기하고 있던 게 분명해 보였다. 두 조수가 책상에 앉아 펜촉을 삐걱대면서 뭔가를 쓰고 있었다. 필기구는 유난히 좋은 것들로 갖춰져 있었는데, 필기 용품 애호가인 알렉세이 알렉산드로비치가 그 점을 놓칠 리가 없었다. 조수 중 하나가 앉은 채로 눈을 가늘게 뜨고서 알렉세이 알렉산드로비치에게 퉁명스럽게 말을 걸었다.

「무슨 일로 오셨죠?」

「변호사에게 볼일이 있어서 왔소.」

「변호사님은 바쁘십니다.」 조수가 기다리는 손님들을 펜으로 가리키며 간간하게 대답하고는 필기를 계속했다.

「잠시 시간을 내주실 수 없겠소?」 알렉세이 알렉산드로비치가 말했다.

「한가할 틈이 없으십니다. 항상 바쁘시거든요. 좀 기다리십시오.」

「수고스럽겠지만 내 명함을 좀 건네주시오.」 본명을 밝힐 수밖에 없겠다고 판단한 알렉세이 알렉산드로비치가 위엄 있게 말했다.

명함을 건네받은 조수는 거기 적힌 것이 믿기지 않는다는 기색을 드러내며 문 안쪽으로 사라졌다.

알렉세이 알렉산드로비치는 공개 재판 제도에 원칙적으로 동의했지만, 그것을 러시아에서 적용하는 데 있어 몇 가지 세부적인 사항들과 관련해서는 자신에게 매우 익숙한 고위 공직상의 이해관계로 인하여 전적으로 동의하지는 않았다. 최고위급에서 승인된 무언가를 비판할 수 있는 범위 안에서 그것들을 비난하곤 하였다. 그는 일평생을 행정 일을 하며 보냈다. 때문에 그가 무언가에 동의하지 않을 때는, 모든 일에는 불가피한 오류가 있기 마련이며 개선될 가능성도 있다는 사실을 인정함으로써 그 반발심을 누그러뜨리곤 했다. 새로운 재판 제도에서도, 그는 다름 아닌 변호사 제도 도입과 관련된 사항들에 대해 반대하였다.[5] 그렇다고는 해도 지금까지는 변호사와 아무런 볼일이 없었으므로 단지 이론적으로만 그 제도에 반대해 왔는데, 변호사 사무실에서 받은 불쾌한 인상 때

5 변호사 제도는 1864년 사법 개혁 당시 공개 재판 제도와 함께 도입되었다. 이를 계기로 변호사직은 매우 수익이 높고 인기 있는 직종이 되었다.

문에 그의 반발심은 더욱더 커졌다.

「곧 나오실 겁니다.」조수가 말했다. 그러자 정말로 약 2분 뒤, 변호사와 뭔가 논의 중인 키 크고 호리호리한 늙은 법률가가 문가에 모습을 드러내더니 마침내 변호사가 나타났다.

변호사는 땅딸막하고 몸집이 다부진 대머리의 사내로 검붉은 턱수염과 기다란 금빛 눈썹, 툭 튀어나온 이마를 지니고 있었다. 넥타이와 두 줄의 체인에서부터 에나멜 부츠에 이르기까지 마치 새신랑처럼 성장(盛裝)한 모습이었다. 얼굴은 영리해 보였지만 촌티가 흘렀고, 한껏 멋을 낸 옷차림은 저급한 취향을 드러내고 있었다.

「어서 이쪽으로 드시지요.」변호사가 알렉세이 알렉산드로비치를 향해 말했다. 그러고는 침울한 표정으로 카레닌을 자기 방으로 들여보낸 뒤 문을 닫았다.

「앉으시겠습니까?」그가 서류들이 차곡차곡 쌓여 있는 책상 옆의 안락의자를 가리키더니 그 자신은 좌장 자리에 앉아 고개를 옆으로 비스듬히 숙인 채 짤막한 손가락에 하얀 솜털이 덮인 자그마한 두 손을 비벼 댔다. 그러나 그런 자세로 자리를 잡자마자 책상 위로 나방이 날아들었고, 그러자 변호사는 결코 예상할 수 없었던 날쌘 동작으로 두 손을 벌려 날벌레를 후려잡고는 다시 좀 전의 자세를 취하는 것이었다.

「내 용건을 얘기하기 전에…….」변호사의 행동을 놀란 눈으로 주시하던 알렉세이 알렉산드로비치가 이야기를 꺼냈다.「한 가지 짚고 넘어가야 할 게 있는데, 당신과 논의하게 될 사안은 비밀에 부쳐져야만 하오.」

눈에 띌까 말까 한 희미한 미소로 인해 변호사의 늘어진 붉은 콧수염이 살짝 벌어졌다.

「위임된 비밀들을 지키지 못한다면 변호사라고 할 수도 없겠죠. 그렇지만 확실하게 해두고 싶으시다면…….」

그의 얼굴을 본 알렉세이 알렉산드로비치는 총기 어린 잿빛 눈동자가 웃음을 머금고 있으며, 이미 그가 모든 것을 훤히 알고 있음을 눈치챘다.

「내 이름을 아시오?」 알렉세이 알렉산드로비치가 말을 이었다.

「선생님에 대해 잘 알고 있습니다. 그리고 선생님의 유익한…….」 그가 또다시 나방을 잡았다. 「활동에 대해서도요. 러시아 사람들 모두가 그렇듯이 말입니다.」 변호사가 몸을 수그리며 말을 맺었다.

알렉세이 알렉산드로비치는 용기를 내고자 깊이 숨을 들이쉬었다. 그렇게 한번 마음을 굳게 먹은 다음부터는 우물쭈물하거나 더듬거리는 일 없이, 몇몇 단어들을 강조하면서 특유의 날카로운 목소리로 이야기를 계속해 나갔다.

「불행하게도…….」 알렉세이 알렉산드로비치가 이야기를 시작했다. 「나는 남편으로서 기만당했고, 따라서 아내와의 관계를 법적으로 정리하려 하오. 요컨대 이혼을 하려는데, 다만 한 가지, 아들은 엄마한테 내주지 않았으면 하오.」

웃음 짓지 않으려 애를 썼음에도 불구하고 변호사의 잿빛 눈동자는 기쁨을 주체하지 못하고 번득였다. 알렉세이 알렉산드로비치는 그 눈에 어린 것이 단지 짭짤한 건수를 수임하게 된 사람의 기쁨만이 아님을 알아챘다. 거기에는 승리의 환희가 담겨 있었고, 언젠가 아내의 눈에서 보았던 것과 유사한 사악한 광채가 번득이고 있었다.

「이혼을 성사시키는 데 제가 도움을 드리기를 바라신단 말씀이시죠?」

「바로 그거요. 하지만 한 가지 경고해 두겠는데…….」 알렉
세이 알렉산드로비치가 말했다.「내가 당신의 배려를 악용할
지도 모른다는 점이오. 나는 당신과 단지 사전 논의를 하기
위해 찾아온 거요. 이혼을 원하지만, 나에게는 이혼을 가능케
하는 형식들이 중요하오. 만일 그 형식들이 내 요구에 부응하
지 않는다면 법적인 절차를 포기할 가능성이 크오.」

「오, 그거야 늘 그렇습니다.」변호사가 말했다.「그거야 항
상 선생님의 뜻에 달려 있는 것이죠.」

변호사는 자신의 눈에서 발하는 가눌 수 없는 기쁨이 고객
의 기분을 상하게 할지도 모른다는 생각에 알렉세이 알렉산
드로비치의 발치를 향해 시선을 떨구었다. 그러고는 코앞을
날아가는 나방을 발견하고서 손을 움찔하기는 했으나, 알렉
세이 알렉산드로비치의 처지를 존중하는 차원에서 나방을
잡지는 않았다.

「이 문제에 대한 국내 법규의 전반적인 윤곽은 나도 알고
있소만…….」 알렉세이 알렉산드로비치가 말을 이었다.「이
런 종류의 사건들이 실제적으로 처리되는 형식에 관해서 전
체적으로 좀 확인했으면 하오.」

「그러니까 원하시는 게…….」변호사가 눈을 내리깐 채 고
객의 말투를 흉내 내어 득의만만하게 대답했다.「선생님의
희망 사항을 실현해 낼 방도에 대해 설명을 듣고 싶으신 거
로군요.」

긍정의 표시로 고개를 끄덕이자 그는 군데군데 붉어진 알
렉세이 알렉산드로비치의 얼굴을 힐끗힐끗 곁눈질하며 이야
기를 시작했다.

「우리 나라 법에 따르면……」 나라의 법에 찬동하지 않는다는 뉘앙스를 살짝 풍기며 그가 설명을 시작했다. 「이혼은, 아시다시피 다음과 같은 경우에만 가능한데요…….[6] 잠시 기다리게!」 그가 문틈으로 고개를 쑥 내민 조수를 향해 말하고는, 그러고도 못내 일어나서 몇 마디 이른 뒤 다시 자리에 앉았다. 「다음과 같은 경우에 한합니다. 배우자에게 신체적 결함이 있을 때, 5년간 행방불명일 때……」 털이 수북이 덮인 짤막한 손가락을 꼽으며 그가 말했다. 「그다음은 간통을 했을 경우입니다(〈간통〉이라는 단어를 발음하는 그는 흡족한 기색이 역력했다). 세분하면 다음과 같습니다(앞서 말한 세 경우와 세부 사항은 함께 분류될 수 없음에도 불구하고, 그는 통통한 손가락을 꼽으며 말을 이었다). 남편 혹은 아내의 신체적 결함, 그다음으로는 남편 혹은 아내의 간통이지요.」 손가락을 전부 꼽아 버렸기에, 그는 손가락을 전부 펴고 이야기를 계속했다. 「그런데 이건 이론적인 견해이고, 선생님께서는 그것이 실제적으로 어떻게 응용되는지 알아보시고자 영광스럽게도 저를 찾아오신 거라 사료됩니다. 따라서 저로서는 선례에 의거하여, 이혼하게 되는 경우란 대부분 다음의 사항에 해당한다고 말씀드리는 바입니다. 제 추측입니다만, 신체적 결함은 없으시죠? 행방불명 또한 아니시죠?」

알렉세이 알렉산드로비치가 긍정의 표시로 고개를 끄덕

6 당시 러시아 법은 사실상 입수하기 어려운 유죄 증명이 이루어질 경우에만 이혼을 허용하였기에 보통은 부부 가운데 이혼을 원하는 쪽이 자신의 부정을 스스로 인정함으로써 이혼을 허락받곤 했다. 그러나 그럴 경우 부정한 쪽은 법률에 따라 참회를 해야 했을 뿐만 아니라, 재혼의 권리를 박탈당했다. 따라서 만일 안나 카레니나가 스스로의 부정을 인정할 경우 그는 브론스키와 재혼할 수가 없는 것이다.

였다.

「그렇다면 다음으로 귀결됩니다. 부부 중 한쪽이 간통을 하여 쌍방 합의하에 죄행을 증명하는 경우 내지는 쌍방 합의와는 별개로 뜻하지 않게 죄행이 증명되는 경우입니다. 후자의 경우는 실제로는 드물다는 점을 말씀드려야겠군요.」 말을 마친 변호사가 알렉세이 알렉산드로비치를 곁눈질로 쳐다보고는 입을 다물었다. 마치 총포상 주인이 이런저런 무기들의 이점들을 설명한 뒤 고객의 선택을 기다리고 있는 듯한 형국이었다. 하지만 알렉세이 알렉산드로비치 쪽에서 아무 말이 없기에 변호사는 다시금 설명을 해나갔다. 「제 생각에 가장 흔하고 간단하고 합리적인 경우는 쌍방의 합의하에 간통을 증명하는 것입니다. 지능이 떨어지는 사람을 대할 때는 이런 표현은 절대로 입에 담지 않습니다만……」 변호사가 말했다. 「선생님께서는 이해하실 거라 생각합니다.」

그러나 알렉세이 알렉산드로비치는 너무나 혼란스러운 나머지 쌍방의 합의하에 간통을 증명하는 게 합리적이라는 말을 곧바로 이해하지 못한 채 눈빛으로 의혹을 내비치고 있었다. 그러자 변호사가 당장 그를 거들어 주었다.

「부부가 더 이상 함께 살 수가 없다, 이게 하나의 사실입니다. 만일 쌍방이 그 점에 동의한다면, 세부적인 형식들이야 아무래도 상관없습니다. 게다가 그게 가장 간단하고 확실한 방법이지요.」

그제야 알렉세이 알렉산드로비치는 모든 걸 이해했다. 하지만 그에게는 그러한 방식을 채택할 수 없게 만드는 종교적인 요구 사항이 있었다.

「이 경우에 그런 방식은 불가능하오.」 그가 말했다. 「여기서는 오직 한 가지 경우만 가능하오. 즉 뜻하지 않은 죄행의 적발 말이오. 내가 소지하고 있는 편지들이 그걸 확증해 줄 거요.」

편지 얘기를 들은 변호사는 입을 꽉 다물더니, 동정하는 동시에 멸시하는 듯한 가느다란 음성으로 말했다.

「제 말씀 좀 들어 보십시오.」그가 이야기를 시작했다.「이런 종류의 사건은 선생님께서도 아시다시피 종교 기관에서 해결하곤 합니다. 신부들과 사제장들은 이런 일이라면 아주 자잘한 사항들까지 캐내려 들지요.」그가 사제장들의 취향에 공감하는 듯한 미소를 머금고서 말을 이어 갔다.「편지들이 물론 부분적으로 죄상을 확인해 줄 수야 있겠지요. 하지만 유죄 증거는 직접적인 방식으로, 즉 증인들에 의해서 입수되어야만 합니다. 결론적으로 말씀드리자면, 선생님께서 저를 신뢰하신다면 어떠한 방도를 취해야 할지는 제가 선택하게 해주십시오. 결과를 얻고자 하는 자가 방법도 택하는 법이니까요.」

「만일 그렇다면……」갑자기 얼굴이 창백해진 알렉세이 알렉산드로비치가 입을 열었다. 그러나 그 순간 변호사가 자리에서 일어나 또다시 문가에서 그를 방해하는 조수 쪽으로 갔다.

「그 부인에게 전하게, 우리는 싸구려 사건은 맡지 않는다고!」그는 이렇게 이르고 알렉세이 알렉산드로비치에게 돌아왔다.

자리로 돌아오면서 그는 눈에 띄지 않게 나방을 또 한 마리 잡았다. 〈여름이 올 때쯤 멋진 우단 커버가 생기겠군!〉그가 눈썹을 찌푸리며 속으로 중얼거렸다.

「그러니까 선생님 말씀은……」그가 말했다.

「내 결정은 서면으로 알려 드리겠소.」알렉세이 알렉산드로비치가 자리에서 일어나면서 이렇게 말하고 책상을 붙잡았다. 그러고는 잠시 말없이 서 있다가 다시 입을 열었다. 「당신의 말을 종합하여 내가 내릴 수 있는 결론은, 이혼이 가능하다는 거요. 당신의 수임 조건 역시 내게 알려 주시오.」

「저에게 전적으로 권한을 일임해 주신다면 뭐든지 가능합니다만.」변호사가 질문에는 답하지 않고 이렇게 말했다. 「언제쯤 선생님으로부터 통보를 받을 수 있을까요?」변호사가 문 쪽으로 걸음을 옮기며 눈동자와 에나멜 부츠를 반짝였다.

「일주일 안에 알려 주겠소. 그럼 당신도 이 일을 맡을 건지, 맡는다면 어떤 조건으로 할 건지 알려 주기 바라오.」

「여부가 있겠습니까.」

깍듯이 인사하고 고객을 문밖으로 내보낸 변호사는 홀로 남게 되자 기쁨에 흠뻑 젖어들었다. 너무나 신이 난 나머지 자신의 원칙을 어기고 수임료를 흥정하던 부인에게 값을 깎아 주기까지 했으며, 나방을 잡는 일도 그만두었다. 그러고는 올겨울 시고닌네처럼 가구들을 우단으로 갈아 씌우기로 마침내 결정을 내렸다.

6

8월 17일 위원회 회의 때 알렉세이 알렉산드로비치는 눈부신 승리를 거두었다. 그러나 그 승리의 후과가 그를 쓰러뜨리고 말았다. 이민족의 생활상을 전면적으로 연구할 새로운 위원회가 구성되어 알렉세이 알렉산드로비치의 주도하에 이례적으로 신속하고도 정력적으로 현장에 투입되었고, 석 달 뒤에 보고서가 제출되었다. 이민족들의 생활이 정치적, 행정적, 경제적, 민속학적 측면과 물질적이고 종교적인 측면에서 연구되었다. 모든 문제들에 대한 답변이 훌륭하게 기술되었고 그러한 답변들은 의심할 여지가 없었는데, 왜냐하면 그것들은 늘 오류를 범하곤 하는 관념의 산물이 아니라 전부 공무 활동의 산물이었기 때문이다. 답변들은 모두 군수들과 관구장들의 보고에 기초하여 현 지사와 고위 성직자들이 올린 보고문과 공식적인 자료들의 결과였다. 군수들과 관구장의 보고 역시 면의 관리들과 교구 사제들의 보고에 의거한 것이었기에, 그 모든 답변들은 의심할 바 없이 확실했다. 가령 왜 흉작이 발생하는지, 왜 주민들이 자신들의 신앙을 고수하는지 등등과 관련된 모든 문제들, 공무 기관에서 제공하는 설비들 없이는 해결되지 않으며 수 세기가 흘러도 해결될 수 없는 문제들이 명료하고 확실한 해결책을 얻은 것이었다. 그리고 해결책은 알렉세이 알렉산드로비치에게 유리한 결과를 가져오게 되어 있었다. 하지만 지난번 회의에서 몹시 자존심이 상한 스트레모프가 위원회의 보고를 받을 때 알렉세이 알렉산드로비치로서는 미처 예기치 못한 전술을 구사했다. 몇몇 다른 위원들을 자기 쪽으로 끌어들인 스트레모프가 갑자기 알렉세이 알렉산드로비치 편이 되어서는 그가 제안한 조치들을 실행에 옮기는 안을 열렬히 옹호했을 뿐 아니라 동일한 취지하에 다른 극단적인 방안들마저 제안한 것이었다. 알렉세이 알렉산드로비치의 기본 구상과는 어긋나는 방향으로 강화된 그 조치들은 결국 채택되었으며, 그러자 스트레모프의 전술의 전모가 드러났다. 극단으로 치달은 그 방안들이 곧바로 황당무계한 것으로 판명 나면서, 정부 관료들과 사회 여론 및 똑똑한 귀부인들과 일간지들이 일제히 그 방안 자체는 물론 그것의 공인된 원흉인 알렉세이 알렉산드로비치에 대해 공분을 표하며 비난을 퍼부어 댔던 것이다. 반면 스트레모프는 그저 카레닌의 계획을 맹목적으로 추종했을 뿐이라는 듯, 벌어진 일에 대해서 그제야 놀라고 당황하는 척하며 한발 물러섰다. 그 일이 알렉세이 알렉산드로비치에게 일격을 가했다. 그러나 건강이 악화되어 감에도 불구하고, 또 가정사로 인한 마음고생에도 불구하고 알렉세이 알렉산드로비치는 굴하지 않았다. 위원회는 분열되었다. 스트레모프를 수장으로 삼는 일군의 위원들은 알렉세이 알렉산드로비치의 지도하에 보고서를 제출한 조사 위원회를 신뢰했을 뿐이라고 자신들의 오류를 정당화하며, 해당 위원회의 보고서는 엉터리에다 단지 글자만 가득 적힌 종잇장에 불과하다고 말했다. 알렉산드르 알렉산드로비치는 공문서에 대한 그처럼 극단적인 태도의 위험성을 감지한 분파 사람들과 함께 조사 위원회가 작성한 자료들을 계속해서 지지하였다. 그 결과 고위층에서뿐만 아니라 사회 전체적으로 일대 혼란이 일었다. 그 사건이 모든 사람들에게 첨예한 관심을 불러일으켰음에도 불구하고 실제로 이민족들이 가난에 찌들어 몰락하고 있는지, 아니면 번창하고 있는지는 그 누구도 알 수가 없었다. 그 사건의 결과와 더불어, 부분적으로는 아내의 부정으로 인한 멸시 때문에 알렉세이 알렉산드로비치의 입지는 매우 불안해졌다. 이러한 정황 속에서 알렉세이 알렉산드로비치는 중대한 결정을 내렸다. 그는 본인이 직접 사안의 조사를 위해 현장으로 갈 수 있도록 허락해 줄 것을 요청하노라고 공표하여 위원회를 충격에 빠뜨렸다. 그리하여 허락을 받아 낸 알렉세이 알렉산드로비치는 멀리 떨어져 있는 현으로 출발했다.

알렉세이 알렉산드로비치의 행차는 세상을 떠들썩하게 했다. 더군다나 출발에 앞서 그가 목적지까지 여비로 지급된 역마 열두 필 치의 비용을 서면을 통해 공식적으로 반납한 터였다.

「그건 참으로 고결한 행동이라고 생각해요.」 벳시도 그 일에 관해서 먀흐카야 공작 부인과 이야기를 나누었다. 「지금은 어디나 철로가 깔려 있다는 걸 만인이 알고 있는 판에 역마 삯은 뭣하러 지급한답니까?」

하지만 먀흐카야 공작 부인은 동의하지 않았으며, 심지어 트베르스카야 공작 부인의 견해에 화가 치밀어 올랐다.

「부인께서는 그렇게 말하실 수 있겠죠. 몇 백만인지도 모를 재산을 갖고 계시니까요. 하지만 난 여름에 남편이 감찰하러 다니는 게 참 좋은걸요. 그이도 여행 다니는 걸 아주 좋아할뿐더러, 나한테는 마차랑 마부를 부릴 돈도 들어오니까요.」

알렉세이 알렉산드로비치는 먼 곳에 있는 현으로 가는 도중에 모스크바에 사흘간 머물렀다.

모스크바에 도착한 다음 날 총독을 알현하러 나선 그는, 마차들과 삯마차들로 늘 붐비는 가제트니 골목[7]의 교차로에서 우렁차고 쾌활하게 자신의 이름을 부르는 소리를 듣고는 문득 돌아보지 않을 수 없었다. 인도 모퉁이에 최신 스타일의 짧은 외투 차림에 역시 최신식 작달막한 모자를 비스듬히 쓰고서 붉은 입술 사이로 하얀 이를 드러낸 채 환한 미소를 짓

7 모스크바 시내의 중심가.

고 있는, 젊고 명랑하며 화색이 도는 스테판 아르카디치가 서서 카레닌의 마차를 멈춰 세우려고 있는 힘껏 줄기차게 소리치고 있었다. 그는 모퉁이에 멈춰 서 있는 사륜마차의 창문을 한 손으로 붙들고서 웃으며 손짓으로 매제를 부르고 있었고, 그 창문 밖으로 벨벳 모자를 쓴 부인과 두 아이의 머리가 불쑥 나왔다. 부인 역시 선량한 미소를 지으며 알렉세이 알렉산드로비치에게 손을 흔들었다. 아이들과 함께 있는 돌리였다.

알렉세이 알렉산드로비치는 모스크바에서 아무도 만나고 싶지 않았고, 처남은 더더욱 그러했다. 그는 모자를 살짝 들어 올리고 지나가려 했지만, 스테판 아르카디치가 마부에게 멈추라고 이르더니 쌓인 눈을 밟으며 그에게로 달려왔다.

「아무런 전갈도 없다니, 이러기요! 온 지 오래되었소? 어제 뒤소 호텔에 갔다가 거기 흑판에 〈카레닌〉이라고 적힌 걸 봤었지. 그런데 그게 매제인 줄은 생각을 못 했어!」 스테판 아르카디치가 창문으로 고개를 들이밀고는 말했다. 「그런 줄 알았으면 방에 들렀을 텐데. 만나서 반갑구먼!」 그러고는 한쪽 발로 다른 쪽 발을 툭툭 쳐 눈을 털어 냈다. 「연락도 없다니, 너무했소!」

「짬이 없었소. 무척 바빴던 탓에.」 알렉세이 알렉산드로비치가 무뚝뚝하게 대답했다.

「집사람한테 갑시다. 집사람이 매제를 얼마나 보고 싶어 했는지 모른다니까.」

알렉세이 알렉산드로비치는 추위를 잘 타는 두 다리에 감싸두었던 담요를 걷어 내고는 마차에서 내려 눈을 간신히 헤치며 다리야 알렉산드로브나에게로 다가갔다.

「어쩜, 알렉세이 알렉산드로비치, 이렇게 우리를 외면하시다니요?」돌리가 서운함이 깃든 미소를 지으며 말했다.

「무척 바빴습니다. 정말 반갑습니다.」일이 이렇게 되어 유감스러운 마음을 분명히 드러내는 말투로 그가 말했다.「건강은 어떠신지요?」

「그보다 우리 안나 아가씨는 어떻게 지내나요?」

알렉세이 알렉산드로비치는 무언가를 중얼거리더니 돌아가려고 했다. 하지만 스테판 아르카디치가 그를 멈춰 세웠다.

「자, 그럼 내일 이렇게 합시다. 돌리, 매제를 식사에 초대해요! 모스크바의 인텔리겐치아들이 손님 대접을 할 수 있도록 코즈니셰프와 페스초프도 부릅시다.」

「부디 저희 집에 와주세요.」돌리가 말했다.「5시나, 원하신다면 6시에 기다리고 있을게요. 그런데 우리 안나 아가씨는 어떻게 지내나요? 본 지가 너무 오래돼서…….」

「건강하게 잘 지내고 있습니다.」알렉세이 알렉산드로비치가 인상을 찌푸린 채 중얼거렸다.「뵙게 되어 반가웠습니다!」그러고서 그는 자신의 마차로 향했다.

「오실 거죠?」돌리가 소리쳤다.

알렉세이 알렉산드로비치가 무언가를 중얼거렸으나, 돌리는 지나가는 마차들의 소음 때문에 알아듣지 못했다.

「내가 내일 들르겠소!」스테판 아르카디치가 그에게 소리쳤다.

마차에 올라탄 알렉세이 알렉산드로비치는 아무것도 보지 않으려고, 그리고 자기 모습도 보이지 않도록 안쪽 깊숙이 자리를 잡았다.

「괴짜라니까!」스테판 아르카디치는 아내에게 이렇게 한마디 던진 뒤 시계를 흘낏 보고는, 얼굴 앞에서 손짓으로 아내와 아이들에게 애정을 표하고서 씩씩하게 인도를 따라 걸어갔다.

「스티바! 스티바!」 돌리가 얼굴을 붉히며 소리쳤다.

그가 뒤를 돌아보았다.

「그리샤에게 외투를 사줘야 한단 말이에요, 타냐한테도요. 돈 좀 주고 가요!」

「괜찮아, 내가 나중에 계산할 거라고 전해.」 그는 마차를 타고 지나가던 지인을 향해 쾌활하게 고개를 끄덕여 보이더니 이윽고 시야에서 사라졌다.

7

이튿날은 일요일이었다. 스테판 아르카디치는 발레 시연이 열리는 볼쇼이 극장에 들러서 무용수들에 대한 자신의 후원으로 새롭게 입단하게 된 미녀 마샤 치비소바에게 전날 밤약속했던 산호 목걸이를 전해 주고, 대낮에도 어두운 극장 무대 뒤편에서 그의 선물 덕택에 환하게 빛나는 그녀의 자그마한 얼굴에 입을 맞추기까지 하였다. 산호 목걸이를 건네는 일말고도 그녀와 발레 공연 후에 만나자는 약속을 해야만 했다. 그는 공연이 시작될 때는 올 수가 없다고 사정을 설명하고는, 막이 끝날 즈음 와서 저녁 식사 자리에 그녀를 데리고 가겠노라 약속했다. 극장을 나선 스테판 아르카디치는 오호트니랴트[8]로 가서 만찬용 생선과 아스파라거스를 손수 골랐고,

8 크렘린과 붉은 광장에서 곧바로 이어지는 모스크바의 중심가. 주요 정부 청사들이 위치하고 있으며 볼쇼이 극장이 그 근방에 있다.

12시에는 이미 뒤소 호텔에 당도해 있었다. 거기서 그는 세 사람을 만나야 했는데, 운 좋게도 셋이 모두 같은 호텔에 투숙하고 있던 터였다. 얼마 전에 외국 여행에서 돌아와 여기에 묵고 있는 레빈, 고위직에 막 임관하여 모스크바 감찰을 나온 신임 상관, 그리고 반드시 만찬에 데리고 가야 하는 매제 카레닌이 바로 그들이었다.

스테판 아르카디치는 만찬을 즐겼지만, 그중에서도 특히 음식과 음료, 그리고 손님들을 엄선하여 소규모로 연회를 베푸는 일이 좋았다. 오늘의 구성이 그는 무척 마음에 들었다. 우선 음식과 음료로는 살아 있는 민물 농어와 아스파라거스, 그리고 la pièce de résistance(주방장 특선)로 근사하면서도 단순한 로스트비프와 그것에 적절하게 어울리는 포도주들이 나올 예정이었다. 손님으로는 키티와 레빈이 올 텐데, 그들의 만남이 눈에 띄지 않도록 사촌 누이와 셰르바츠키 일가의 젊은 친구도 불렀고, la pièce de résistance(주방장 특선)로 세르게이 코즈니셰프와 알렉세이 알렉산드로비치 카레닌이 참석하기로 되어 있었다. 세르게이 이바노비치 코즈니셰프는 모스크바에서 온 철학자, 알렉세이 알렉산드로비치는 페테르부르크에서 온 실무가였다. 여기에 추가로 이름난 괴짜이자 열성분자이며, 자유주의자, 수다쟁이, 음악가, 역사가인, 쉰 살짜리 귀여운 청년 페스초프를 부를 생각이었다. 코즈니셰프와 카레닌에게는 양념이나 곁들인 음식 같은 존재로서 그들의 활기를 북돋아 주거나 싸움을 부추길 인물이었다.

상인으로부터 2차로 받은 삼림 대금이 아직 탕진되지 않은 채 남아 있었고 돌리는 최근 들어서 아주 다정하고 순하게 구는 데다 오늘 만찬에 대한 구상이 여러 면에서 스테판 아르카디치를 흡족하게 해주었다. 기분이 더할 나위 없이 좋았다. 약간 불쾌한 사안 두 가지가 있기는 했지만, 모두 스테판 아르카디치의 마음에 일렁이는 호인다운 쾌활함의 바다 밑으로 가라앉아 버렸다. 그 두 가지 사안이란 이러한 것이었다. 첫째는, 어제 길거리에서 알렉세이 알렉산드로비치를 만났을 때 눈치챈바 자신을 대하는 그의 태도가 냉담하고 고압적이었으며, 그때 알렉세이 알렉산드로비치의 표정과 그가 집으로 찾아오지도 않고 왔다는 소식조차 전하지 않았다는 점을 안나와 브론스키에 관해서 들려오는 소문들과 연결 지어 본 결과, 그들 부부 사이에 뭔가 문제가 있는 것만 같았다.

그것이 불쾌한 사안 중 하나였고 또 다른 약간 불쾌한 사안은, 신임 상관이 다른 모든 신임 상관들과 마찬가지로 아침 6시에 일어나서 소처럼 일하고 아랫사람들한테도 자기와 똑같이 일할 것을 요구하는 무서운 사람이라는 평판이었다. 그뿐 아니라 이 신임 상관은 사람들을 대하는 데 있어서 곰처럼 답답하게 구는 데다, 소문에 따르면 전임 상관이 지켜 왔고 지금까지 스테판 아르카디치 자신이 고수해 온 입장과는 정반대되는 노선을 견지한다는 것이었다. 어제 스테판 아르카디치가 제복 차림으로 출근했을 때, 신임 상관은 마치 지인을 대하듯이 그를 친근하게 대하고 그와 서슴없이 담소도 나누었었다. 그래서 스테판 아르카디치는 프록코트를 차려입고 그를 방문하는 것이 자신의 의무라고 여겼다. 그런데 신임 상관이 그런 자신을 홀대할지도 모른다는 생각, 바로 그것이 또 하나의 불쾌한 점이었다. 그러면서도 한편으로 그는 모든 게 다 **잘 수습될 거라고** 본능적으로 예감하고 있었다. 〈모든 사람들, 모든 인간들은 매한가지로 죄인인 법이야. 그런데 서로 아귀다툼을 해야 할 이유가 뭐가 있냐고.〉 호텔 안으로 들어서며 그가 생각했다.

「잘 있었는가, 바실리.」 모자를 비뚜름하게 쓰고서 복도를 지나가던 그가 안면이 있는 급사에게 말을 걸었다. 「자네, 구레나룻을 길렀구먼? 레빈은 7호실에 있는 게지? 어서 안내해 주게. 그리고 아니치킨 백작(이 사람이 신임 상관이었다)을 좀 뵐 수 있는지 알아봐 주게.」

「예, 알겠습니다.」 바실리가 미소 띤 얼굴로 대답했다. 「오랜만에 찾아 주셨군요.」

「어제도 왔었네. 다른 출입구로 들어왔었지. 여기가 7호실인가?」

스테판 아르카디치가 방 안으로 들어섰을 때, 레빈은 트베리에서 온 농부와 함께 방 한가운데 선 채 갓 사냥한 곰의 가죽을 자로 재고 있었다.

「어이구, 자네가 잡았나?」 스테판 아르카디치가 소리쳤다. 「아주 좋은 가죽이로군! 암컷인가? 잘 있었나, 아르히프!」

그가 농부와 악수를 하고서 외투와 모자도 벗지 않은 채 의자에 앉았다.

「외투는 좀 벗고서 앉아 있게!」 그의 모자를 벗기면서 레빈이 말했다.

「아닐세, 시간이 없어. 잠깐만 있다 가려고.」 스테판 아르카디치가 대답했다. 하지만 그는 이내 외투 자락을 펼치더니 아예 벗어 버리고는 한 시간을 내리 앉아서 레빈과 사냥 얘기라든가 다른 정겨운 얘기들을 나누었다.

「얘기 좀 해보게, 외국에서는 무얼 했나? 어딜 갔었어?」 농부가 나가자 스테판 아르카디치가 물었다.

「독일이랑 프로이센, 프랑스, 영국에 갔었네. 수도에 갔던 건 아니고, 공업 도시를 방문했지. 새로운 것들을 많이 봤어. 만족스러운 여행이었네.」

「그래, 노동자 조직에 대한 자네 생각을 잘 알지.」

「전혀 아닐세. 러시아에 노동자 문제는 있을 수가 없어. 러시아가 안고 있는 문제는 노동 대중과 토지의 관계라네. 외국에도 이 문제는 존재하지만, 거기서는 망가진 것을 수리하는 식인 반면, 우리 나라에서는…….」

스테판 아르카디치는 레빈의 얘기를 주의 깊게 들었다.

「그래, 맞아!」 그가 말했다. 「분명 자네 말이 옳을 거야. 뭣보다 자네가 활기차 보여서 좋구먼. 곰 사냥도 하고, 일도 하고, 문젯거리에 열중하고. 셰르바츠키가 그러더군. 자네와 마주쳤다면서? 그런데 어쩐지 우울해 보였다던데, 내내 죽음에 관해서 얘기하질 않나…….」

「정말 그렇다네, 끊임없이 죽음에 대한 생각을 하고 있지.」 레빈이 말했다. 「죽을 때가 됐지 뭔가. 그러니 모든 게 무의미하네. 진실을 말하는 걸세. 나는 내 일과 사상을 아주 소중히 여기네. 하지만 생각 좀 해보게. 본질적으로 이 세상은 아주 작은 행성에서 자라난 미미한 곰팡이에 불과하지 않느냐는 말이야. 우리는 우리 자신에게 뭔가 대단한 게 있다고 생각하지, 사상도 있고 과업도 있다고! 하지만 그런 건 다 모래알에 불과해.」

「이 친구야, 그런 건 이 세상만큼이나 낡아 빠진 얘기라고!」

「낡은 얘기지. 하지만 그걸 분명히 깨닫게 되면 모든 게 하찮아진다네. 오늘이나 내일 죽어서 아무것도 남지 않는다면 모든 건 하찮을 뿐이지! 나는 내 사상을 무척이나 중요하게 생각하지만, 그것 또한 하찮다는 말일세. 저 곰을 잡듯이 그것을 실현한다 해도 말이야. 그러니 삶을 살아가고 사냥도 즐기고 일을 하지만, 그게 다 죽음에 대한 생각을 지워 버리기 위한 거라고.」

레빈의 이야기를 듣는 스테판 아르카디치의 얼굴에 희미하게 온화한 미소가 떠올랐다.

「그럼, 물론이지! 이제야 자네가 내 편이 되었군. 기억하나? 삶에서 쾌락만을 찾는다고 자네가 나를 나무라지 않았나?

오, 도덕주의자여, 그렇게 엄격하게 굴지 마시오!」[9]

「아니야, 그럼에도 불구하고 삶 속에 좋은 게 있긴 해…….」 레빈은 갈팡질팡했다. 「아니, 나도 모르겠네. 다만 내가 아는 건 곧 죽을 거라는 거야.」

「어째서 곧 죽는다는 건가?」

「그게 말이지, 죽음에 대해 생각하면 살맛이 떨어지기는 하지만 마음은 더 편해지거든.」

「그 반대로, 끝이 다가올수록 더 신나는 법일세. 어쨌거나 이제 가봐야겠네.」 벌써 열 번째로 자리에서 일어나면서 스테판 아르카디치가 말했다.

「무슨 소린가, 더 있다 가게!」 레빈이 그를 만류했다. 「안 그러면 언제 또 보겠나? 나는 내일 떠날 걸세.」

「내 정신 좀 보게! 그래서 내가 온 건데 말이지. 오늘 꼭 우

9 러시아의 시인 A. A. 페트의 번역 시 「하피즈의 시 중에서」의 첫 행을 잘 못 인용한 것. 원작의 시행은 다음과 같다. 〈오, 신학자여, 그렇게 엄격하게 굴 지 마시오! 도덕주의자여, 만인에게 화내지 마시오!〉

리 집에 저녁 식사 하러 오게! 자네 형님도 오실 거고, 매제 카레닌도 올 거라네.」

「그가 여기 있단 말인가?」 레빈이 말했다. 실은 그는 키티에 관해 묻고 싶었다. 초겨울에 그녀가 페테르부르크에 사는 외교관 부인인 언니 집에서 지낸다는 소식을 듣기는 했지만, 그 뒤로 돌아왔는지 안 왔는지는 모르는 채였다. 하지만 그는 물어볼 생각을 접었다. 〈왔건 안 왔건, 상관없어.〉

「올 거지?」

「음, 물론이지.」

「5시에, 프록코트를 입고 오게.」

그러고서 스테판 아르카디치는 자리에서 일어나 아래층에 묵고 있는 신임 상관에게 갔다. 그의 예감은 빗나가지 않았다. 무섭다는 신임 상관은 알고 보니 아주 온화한 사람이었다. 스테판 아르카디치는 그와 오찬을 함께한 뒤 한참을 더 앉아 있다가 3시가 되어서야 알렉세이 알렉산드로비치의 방으로 갔다.

8

아침 예배에 참례하고 돌아온 알렉세이 알렉산드로비치는 오전 내내 방 안에만 있었다. 이날 오전 중에 그는 두 가지 일을 처리해야만 했다. 첫째로는 페테르부르크로 이주하는 도중에 마침 모스크바에 머물고 있는 이민족 대표단을 접견하고 그들에게 지침을 내려 주는 일이요, 둘째로는 변호사에게 보내기로 약속한 편지를 써야 하는 것이었다. 대표단은 알렉세이 알렉산드로비치 자신이 발의해서 소환된 것이긴 했지만 여러 가지 난처하고 심지어 위험한 상황마저 불러일으켰으므로, 그는 모스크바에서 그들을 접견하게 된 것을 다행스럽게 여겼다. 대표단의 구성원들은 자신들의 역할과 임무에 대해 아무런 자각이 없었다. 순진하게도 자신들에게 필요한 것들과 작금의 상황에 대해 설명하고 정부의 지원을 요청하는 게 임무라고 믿을 뿐, 자신들이 올린 몇몇 청원이 오히려 반대파를 도와주는 바람에 모든 일을 망치고 있다는 건 전혀 깨닫지 못하고 있었다. 알렉세이 알렉산드로비치는 그들과 오랫동안 씨름한 뒤 그들이 결코 어겨서는 안 되는 강령을 써주고 그들을 보낸 다음, 페테르부르크로 대표단의 지도를 부탁하는 편지를 썼다. 이 일에 중요한 조력자가 되어 줄 사람은 리디야 이바노브나 백작 부인이었다. 대표단에 관해서라면 그녀는 전문가였고, 그녀만큼 대표단을 선전해 주고 그들에게 진정한 지침을 내려 줄 사람은 그 누구도 없었다. 그 일을 끝내고서 알렉세이 알렉산드로비치는 변호사에게 보낼 편지를 썼다. 그는 추호의 망설임도 없이 변호사가 재량껏 조치를 취할 것을 허락했다. 편지에는 자신이 가로챈 안나의 서류철 속에 들어 있던 것들, 즉 브론스키가 안나에게 보낸 석장의 쪽지를 동봉했다.

알렉세이 알렉산드로비치가 가족에게 돌아가지 않을 작정을 하고 집을 나온 이후로, 그리고 변호사에게 들러 비록 단 한 사람에게나마 자신의 결심을 털어놓은 이후로, 특히 일생일대의 문제를 서류상의 문제로 전환시킨 이후로 그는 자신의 결심에 더욱더 애착을 느끼게 되었으며, 이제는 그것의 실행이 가능하다고 분명하게 느끼고 있었다.

그가 변호사에게 보낼 편지를 봉할 때 스테판 아르카디치가 내지르는 고함 소리가 들려왔다. 알렉세이 알렉산드로비치의 시종과 언쟁을 하면서 자신이 온 것을 아뢰라고 다그치는 소리였다.

〈아무려면 어때.〉 알렉세이 알렉산드로비치가 생각했다. 〈차라리 더 잘된 걸지도 몰라. 그의 누이에 대한 내 입장을 지금 알리고, 자기 집에서 열리는 만찬에 왜 갈 수 없는지 설명해야겠군.〉

「들어오시라고 하게!」 그가 종이들을 모아 압지첩에 끼워 넣으면서 큰 소리로 말했다.

「자, 보게, 자네가 거짓말을 했잖은가, 여기 이렇게 계시는데!」 스테판 아르카디치가 안으로 들여보내 주지 않던 시종에게 대꾸하고는 외투를 벗으면서 방에 들어섰다. 「만나서 반갑소! 자, 그럼…….」 스테판 아르카디치가 쾌활하게 이야기를 꺼냈다.

「나는 갈 수 없소.」 알렉세이 알렉산드로비치가 선 채로, 손님에게 앉으라고 권하지도 않고서 냉담하게 말했다.

그는 이제 막 착수한 이혼 소송 상대인 아내의 오라비에게 응당한 냉담한 태도를 취할 작정이었다. 그러나 그는 스테판 아르카디치의 영혼으로부터 바닷물처럼 밀려드는 온화함의 물결을 미처 고려하지 못했다.

스테판 아르카디치는 해맑게 반짝이는 두 눈을 커다랗게 치떴다.

「왜 못 온다는 거요? 무슨 얘길 하려는 건데?」 그가 의아하다는 듯이 프랑스어로 말했다. 「그건 안 되지, 이미 약속했잖소? 우리 모두 매제가 오는 걸로 알고 있는걸.」

689

「내 말인즉, 우리 사이에 있었던 친족 관계가 이제 끝장날 거라서 갈 수가 없다는 거요.」

「그게 무슨 소리요? 그런 일이 어떻게 있을 수 있단 말이오? 뭣 때문에?」 스테판 아르카디치가 미소를 거두지 않은 채 물었다.

「왜냐하면 내가 당신의 누이, 즉 내 아내와의 이혼 소송을 시작했기 때문이오. 나는 응당 —」

그러나 알렉세이 알렉산드로비치가 얘기를 다 마치기도 전에 스테판 아르카디치는 전혀 예상치 못했던 반응을 보였다. 한숨을 내쉬고는 안락의자에 풀썩 주저앉은 것이다.

「아니, 알렉세이 알렉산드로비치, 지금 무슨 말을 하는 거요!」 오블론스키가 소리쳤다. 그의 얼굴에는 고통스러운 기색이 역력했다.

「사실 그대로요.」

「미안하지만, 그런 얘기는 도저히 믿지 못하겠소…….」

알렉세이 알렉산드로비치는 자리에 앉았다. 그는 자신의 얘기가 기대했던 효과를 불러일으키지 못했으며 정황 설명을 해야만 한다는 것, 그리고 어떻게 설명하든 처남과의 관계는 그대로 유지되리라는 사실을 직감했다.

「그렇소, 나는 이혼을 요구할 수밖에 없는 힘든 상황에 처하게 되었소.」 그가 말했다.

「한 가지만 얘기하겠소, 알렉세이 알렉산드로비치. 나는 매제를 훌륭하고 공정한 사람이라 생각하고, 안나 역시 마찬가지라오. 미안하지만, 누이에 대한 내 생각을 바꿀 수가 없구려. 그 애 역시 훌륭하고 멋진 여자라고 나는 알고 있으니 말이오. 따라서 미안하지만, 그 말을 믿을 수가 없소. 뭔가 오해가 있나 보오.」그가 말했다.

「정말이지, 단지 오해일 뿐이라면 ―」

「잠깐만, 나는 이해하오.」스테판 아르카디치가 그의 말을 가로챘다.「하지만, 물론…… 한 가지만 얘기하자면, 서두를 필요는 없다는 거요. 서두를 필요는 없단 말이지, 그럴 필요는 없다고!」

「서두르지 않았소.」알렉세이 알렉산드로비치가 차갑게 말했다.「게다가 이런 일은 그 누구와도 의논할 수 없는 노릇이니까. 나는 굳게 마음먹었소.」

「정말이지 끔찍하군!」스테판 아르카디치가 무겁게 한숨을 내쉬며 말했다.「한 가지 부탁이 있소, 알렉세이 알렉산드로비치. 제발 이 청은 들어 주시오!」그가 말했다.「내가 보기에 아직 소송이 시작된 건 아닌 것 같은데, 시작되기 전에 내 아내와 만나서 얘기를 좀 나눠 보길 바라오. 아내는 안나를 친자매처럼 사랑하고 매제도 좋아하오. 게다가 아내는 정말 비범한 여자요. 제발 부탁이니, 그녀와 이야기를 좀 나눠 보시오! 이 우정만은 꼭 베풀어 주길, 제발 부탁이오!」

알렉세이 알렉산드로비치는 생각에 잠겼다. 스테판 아르카디치는 침묵을 깨뜨리지 않고 연민을 품은 채 그를 바라보았다.

「아내를 만나러 가겠소?」

「잘 모르겠소. 사정이 그러해서 처남에게 찾아가지 않았던 거요. 우리의 관계는 달라져야 한다고 생각하니까.」

「왜 그래야 하지? 그래야 하는 까닭을 나는 도통 모르겠소. 내가 생각하기엔, 사돈 간이라는 것과 별개로 매제는 나에 대해 비록 부분적일지언정 우정 어린 감정을 품고 있었고, 나 역시 매제에 대해 항상 같은 감정을 품어 왔는데……. 그리고 진심 어린 존경심도 말이오.」스테판 아르카디치가 그의 손을 잡으며 말했다. 「심지어 매제가 품고 있는 최악의 가정이 사실이라 해도 나는 그 어느 쪽도 옳다 그르다 판단하지 않을 거고, 앞으로도 결코 그럴 일은 없을 것이며, 우리의 관계가 변해야만 하는 이유도 납득하지 못하겠소. 어쨌든 지금은 내가 청한 대로 아내한테 가주시오.」

「우리는 이 일을 서로 다르게 보고 있군.」알렉세이 알렉산드로비치가 냉정하게 대꾸했다. 「하지만 이 이야기는 그만둡시다.」

「아니, 왜 올 수 없다는 거요? 오늘 만찬조차 안 된단 말이오? 집사람이 기다리고 있단 말이오. 제발 와주시오. 그리고 중요한 건, 집사람과 얘길 나눠 보라는 거요. 그녀는 비범한 여자라니까. 제발 부탁이오, 무릎 꿇고 빌겠소!」

「그토록 원한다면, 가겠소.」알렉세이 알렉산드로비치가 한숨을 내쉬며 말했다.

그러고는 화제를 돌리고자 두 사람의 공통 관심사인 스테판 아르카디치의 신임 상관에 대해 물었다. 그는 아직 그럴 만한 연배가 아닌데도 갑자기 고위직에 오른 터였다.

예전에도 아니치킨 백작을 좋아하지 않았고 늘 그와는 의견을 달리하였던 알렉세이 알렉산드로비치는, 이제 공직에서 패배를 겪은 사람이 승진하는 사람에 대해 느끼는, 관료들이라면 이해할 만한 증오심을 억누를 수가 없었다.

「그래, 그분은 만나 보셨소?」알렉세이 알렉산드로비치가 독기 어린 미소를 머금고서 물었다.

「당연하지, 어제 우리 사무실에 들르셨는걸. 보아하니 업무를 훤히 파악하고 계시고 활동적인 분인 것 같소.」

「그렇군. 그런데 그분의 활동은 대체 무얼 지향하는 것이오?」알렉세이 알렉산드로비치가 물었다. 「일이 되게끔 하는 쪽이오? 아니면 이미 다 된 일을 변경하는 쪽이오? 우리 나라의 불행은 관료주의적 행정이고, 그분은 그 대표 격이라 할 수 있소.」

「정말이지 나는 그분에게서 비난할 만한 구석이 뭐가 있는지 잘 모르겠소. 그분이 지향하는 바는 모르겠지만 한 가지 분명한 건, 그가 아주 멋진 사람이라는 거요.」스테판 아르카디치가 대꾸했다. 「방금 전에 그분 방에 있었는데, 정말이지 멋진 분입니다. 함께 아침 식사를 하면서 내가 바로 그 음료, 그러니까 포도주에 오렌지를 곁들여 마시는 법을 가르쳐 드렸지. 그걸 마시면 기분이 아주 상쾌해지니까. 놀랍게도, 그걸 아직 모르고 계셨지 뭐요. 아주 좋아하시더군. 정말 멋진 분이오.」

그러면서 스테판 아르카디치는 시계를 힐끗 보았다.

「아이고 맙소사, 벌써 4시로군. 돌고부신한테 마저 들러야 하는데! 자, 그럼 우리 집 만찬에 부디 와주시오. 안 오면 나랑 집사람이 얼마나 낙담할지 상상도 못 할 거요.」

알렉세이 알렉산드로비치는 아까 그를 맞이할 때와는 완전히 다른 태도로 처남을 배웅했다.

「약속했으니 가겠소.」그가 음울한 어조로 말했다.

「진심으로 고맙게 생각하오. 그리고 매제도 후회하지 않을 거요.」스테판 아르카디치가 미소를 지으며 말했다.

걸어 나가면서 외투를 입던 그는 시종의 머리를 손으로 툭 치고는 씩 웃어 보이고서 방을 나섰다.

「5시에, 프록코트를 입고 오시게, 꼭!」 그가 문 쪽을 돌아보며 다시 한번 소리쳤다.

9

집주인이 귀가했을 때는 벌써 5시가 지난 시각이었고, 몇몇 손님들은 이미 와 있었다. 그는 현관에서 마주친 세르게이 이바노비치 코즈니셰프와 페스초프와 함께 집 안으로 들어섰다. 그들은 오블론스키가 일컫듯이 모스크바 지성계의 주요 대표자들로 두 사람 모두 성품이나 지식에 있어서 존경받는 인물들이었다. 그들 역시 서로를 존경했지만, 거의 모든 사안에 있어서 가망이 없다 할 정도로 전적으로 의견을 달리했다. 그러나 그것은 그들이 대립적인 유파에 속했기 때문이 아니라, 같은 진영에 속해 있으면서도(반대파들은 그들을 같은 사람인 줄 혼동하곤 했다) 그 안에서 각자의 색깔을 지니고 있기 때문이었다. 절반쯤 추상적인 문제들에 대한 의견 차이처럼 일치시키기 어려운 것은 없었기에 그들은 의견을 같이한 적이 결코 없었으며, 그뿐 아니라 어쩔 도리가 없는 서로의 오해에 대해 화내지 않고 그저 웃어 넘기는 데 익숙해진 지도 이미 오래였다.

스테판 아르카디치가 뒤쫓아 왔을 때, 그들은 날씨에 관해 이야기를 주고받으며 현관문으로 들어서고 있었다. 응접실에는 이미 오블론스키의 장인 알렉산드르 드미트리예비치 공작과 젊은 셰르바츠키, 투롭친, 키티 그리고 카레닌이 앉아 있었다.

스테판 아르카디치는 자신이 없는 사이 응접실 분위기가 영 말이 아니었음을 금세 알아차렸다. 화려한 잿빛 실크 드레스 차림의 다리야 알렉산드로브나는 아이들 방에서 저희들끼리 밥을 먹어야 하는 아이들 때문에도, 아직 오지 않은 남편 때문에도 신경이 곤두선 기색이 역력했고, 워낙에 남편 없이 혼자서 사람들을 잘 융화시킬 줄 모르기도 했다. 모두들 (노공작의 표현대로) 남의 집을 방문한 사제의 딸처럼 앉아서 자신들이 대체 왜 여기에 와 있는지 모르겠다는 투로 다만 침묵을 면하고자 억지로 이야기를 꺼내고 있었다. 성격 좋은 투롭친도 불편해하는 기색이 역력했는데, 그가 스테판 아르카디치를 보고서 두툼한 입술에 드리운 미소는 〈이보게, 아주 똑똑한 양반들 속에 나를 앉혀 놨구먼! Château des Fleurs(꽃들의 성)에서 한잔하는 게 나한테는 어울리는 데 말이야〉라고 말하는 것만 같았다. 노공작은 말없이 앉아서 반짝이는 조그만 두 눈으로 카레닌을 힐끔거리고 있었다. 스테판 아르카디치는 노공작이 이미 손님들의 철갑상어 요리로 초대된 저 관료의 기를 죽일 만한 경구를 생각해 냈음을 눈치챘다. 키티는 콘스탄틴 레빈이 들어올 때 얼굴을 붉히지 않으려고 안간힘을 쓰면서 문 쪽만 바라보고 있었고, 아무도 소개를 해주지 않아서 카레닌과 인사를 나누지 못한 젊은 셰르바츠키는 이 상황이 전혀 거북하지 않은 척하려 애썼다. 카레닌은 페테르부르크의 관습대로 귀부인들과 함께하는 만찬에 참석할 때 으레 그렇듯이 프록코트와 흰 넥타이 차림이었는데, 그의 표정을 본 스테판 아르카디치는 그가 단지 약속을 지키기 위해서 왔을 뿐이며, 이 모임에서 자리를 지키며 힘겨운 의무를 이행하고 있음을 알아차렸다. 스테판 아르카디치가 오기 전까지 모든 방문객을 얼어붙게 만든 냉기의 근원이 바로 그였다.

스테판 아르카디치는 응접실로 들어서면서 손님들에게 사죄를 하고, 그가 지각하거나 외출할 때면 늘 구실이 되어 주던 어느 공작의 이름을 들먹이며 그 때문에 지체되었다고 변명했다. 그는 단숨에 모두를 소개한 뒤, 알렉세이 알렉산드로비치와 세르게이 코즈니셰프를 함께 앉히더니 폴란드의 러시아화[10]라는 주제를 슬쩍 꺼냈고, 그러자 두 사람은 페스초프와 함께 곧바로 그 얘기에 달려들었다. 이어 그는 투롭친의 어깨를 잡아 흔들며 무언가 우스갯소리를 속삭인 다음, 그를 아내와 공작 곁에 앉혔다. 그런 다음에는 키티에게 오늘따라 아주 예쁘다고 칭찬을 해주고서, 셰르바츠키를 카레닌에게 소개해 주었다. 그런 식으로 그가 이 사교계의 밀가루 반죽을 단번에 주물러 이겨 놓은 덕택에 응접실 분위기는 나무랄 데 없이 좋아졌고, 사람들의 말소리가 활기 있게 울려 퍼지기 시작했다. 단 한 사람, 콘스탄틴 레빈만 오지 않았다. 그러나 그건 오히려 잘된 일이었다. 스테판 아르카디치가 식당으로 들어가 보니 포트와인과 셰리주가 레비 상점이 아닌 데프레 상점에서 가져온 것이었기 때문이다. 그래서 그는 최대한 빨리 마부를 레비 상점으로 보내라고 이른 다음 다시 응접실로 발길을 돌렸다.

식당에서 그는 콘스탄틴 레빈과 마주쳤다.

10 러시아 제국은 18세기 후반에 세 차례에 걸쳐서(1772년, 1793년, 1795년) 프로이센 및 오스트리아와 손을 잡고 폴란드를 분할 합병하였다. 합병 이후 폴란드인들의 독립을 쟁취하기 위한 무장봉기가 여러 차례 지속적으로 전개되었는데, 1863년 1월에도 러시아에 저항하는 무력 투쟁이 대대적으로 벌어졌다.

「내가 늦지는 않았나?」

「자네가 안 늦을 리가 있나!」 스테판 아르카디치가 그의 팔을 잡고서 말했다.

「손님들은 많이 오셨고? 누가 왔나?」 레빈이 장갑으로 모자 위의 눈을 털면서 저도 모르게 얼굴을 붉히고 물었다.

「다 친한 분들일세. 키티도 왔고. 가세, 카레닌에게 자네를 소개해 주겠네.」

특유의 자유주의적 성향에도 불구하고 스테판 아르카디치는 카레닌과의 통성명은 영광스러운 일이 아닐 수 없다고 내심 생각했기에 친한 친구들을 그렇게 대접했다. 그러나 그 순간 콘스탄틴 레빈은 새로운 만남이 주는 기쁨을 제대로 느낄 만한 상태가 아니었다. 전에 대로변에서 잠깐 마주쳤던 그 순간을 제외하면, 그는 브론스키와 대면했던 잊지 못할 그날 밤 이후로 키티를 만난 적이 없었다. 내심 오늘 여기서 그녀를 보게 되리라는 것을 감지했으면서도 자신의 생각이 제멋대로 나래를 펼치지 못하도록 제어하며 그러한 사실을 모르고 있다고 애써 스스로를 설득하던 터였다. 그런데 그녀가 여기 있다는 얘기를 들은 지금, 갑자기 기쁨과 동시에 공포가 느껴져 숨이 막히는 바람에 그는 하려던 말을 내뱉을 수가 없었다.

〈그녀는 어떤 모습일까? 예전 같을까, 아니면 마차를 타고 가던 그때 같을까? 다리야 알렉산드로브나가 한 말이 사실이라면 어쩌지? 아니 대체 뭣 때문에 진실이 아닌 얘기를 하겠어?〉 그가 생각했다.

「아, 그래, 카레닌을 소개해 주게.」 그는 간신히 말을 내뱉고서 필사적이고도 단호한 걸음으로 응접실로 들어서서 그녀를 보았다.

그녀는 예전 같지 않았고, 마차를 타고 가던 때의 모습과도 달랐다.

그녀는 완전히 다른 사람 같았다. 겁먹은 채 두려워하고 부끄러워하는 듯 보였는데 그래서 더욱 매력적이었다. 응접실로 들어선 바로 그 순간 그녀도 레빈을 보았다. 그를 기다리고 있었던 것이다. 그녀는 기뻐하면서도 자신이 느끼는 기쁨으로 인해 얼마나 당황했는지, 레빈이 안주인에게 다가와 그녀를 다시 쳐다보았을 때 그녀 자신은 물론 레빈도, 또 모든 걸 보고 있던 돌리도, 한순간 그녀가 견디지 못하고서 울음을 터뜨리는 것이 아닌가 생각할 정도였다. 키티는 그가 다가오기를 기다리는 동안 얼굴을 붉히는가 싶다가 파리해졌고, 다시 얼굴을 붉히더니, 입술을 떨면서 거의 자지러질 지경이었다. 레빈은 그녀에게 다가와 고개 숙여 인사하고는 말없이 손을 내밀었다. 입술의 미세한 떨림과 두 눈에 어린 반짝이는 물기만 아니라면, 입을 열었을 때 그녀의 미소는 평온해 보였을 것이다.

「참으로 오랜만에 뵙네요!」 그녀는 있는 힘을 다해 단호한 태도를 보이며 자신의 차가운 손으로 그의 손을 잡았다.

「당신은 못 보셨겠지만, 저는 당신을 봤습니다.」 레빈이 행복에 겨워 환한 미소를 지으며 말했다. 「기차역에서 예르구쇼보로 가실 때 말이죠.」

「언제요?」 그녀가 놀라서 물었다.

「마차를 타고 예르구쇼보로 가고 계셨죠?」 레빈이 영혼을 가득 채우는 행복으로 숨이 막힐 듯한 기분을 느끼며 말했다. 〈어찌 감히 내가 그런 불순한 생각을 이 감동적인 존재와 연결시킬 수 있었단 말인가! 다리야 알렉산드로브나가 말한 게 진실이었나 보다.〉 그는 생각했다.

스테판 아르카디치가 그의 손을 잡고서 카레닌 쪽으로 데려갔다.

「서로 인사하시죠.」 그가 두 사람의 이름을 말해 주었다.

「다시 뵙게 되어 반갑습니다.」 알렉세이 알렉산드로비치가 레빈과 악수하며 냉담하게 말했다.

「서로 구면이신가?」 스테판 아르카디치가 놀라서 물었다.

「기차간에서 세 시간을 함께 있었지.」 레빈이 웃으면서 말했다. 「가면무도회에 있다가 나올 때처럼 호기심을 잔뜩 품고 기차에서 내렸었네. 적어도 나는 말이야.」

「저런, 그랬군! 자, 여러분, 어서 가시지요.」 스테판 아르카디치가 식당 쪽을 가리켰다.

남자들은 식당으로 가서 전채 요리가 놓인 식탁으로 다가갔다. 거기에는 여섯 종류의 보드카와 그만큼 다양한 치즈가 은수저와 함께 혹은 수저 없이 놓여 있었고, 어란, 청어, 각종 통조림과 프랑스 빵이 담긴 접시가 차려져 있었다.

남자들이 향이 좋은 보드카와 전채 요리 곁에 섰다. 세르게이 이바노비치 코즈니셰프와 카레닌, 페스초프 사이에서 오가던 폴란드의 러시아화에 대한 대화는 만찬을 기다리는 중에 잦아들었다.

몹시 추상적이고 심각한 논쟁을 느닷없이 아티카의 소금을 뿌림으로써[11] 끝내고 대화의 분위기를 바꾸는 데 그 누구보다 능숙한 세르게이 이바노비치가 이번에도 능력을 발휘했다.

알렉세이 알렉산드로비치는 폴란드의 러시아화가 러시아

---

11 라틴어 경구 〈Cum grano salis(소금을 약간 뿌려서)〉에서 비롯한 표현으로, 기지 넘치는 우스갯소리를 뜻한다.

행정 당국이 도입해야 할 차원 높은 원칙에 의해서만 완수될 수 있음을 논증하려 했다.

페스초프는 하나의 민족이 다른 민족을 자신에게 동화시키려면 인구 밀도가 더 높아야만 한다고 주장했다.

코즈니셰프는 양쪽 견해를 다 인정했으나 몇 가지 단서를 달았다. 그들이 응접실에서 나오던 중에 그는 대화의 결론을 맺고자 웃으면서 말했다.

「따라서 이민족을 러시아화하는 데는 한 가지 방도가 있습니다. 할 수 있는 한 아이를 많이 낳는 것이죠. 동생과 내가 남들보다 무능한 점이 바로 그겁니다. 기혼자이신 여러분들은, 특히 당신, 스테판 아르카디치는 철저하게 애국을 행하고 계시지요. 아이가 몇이시죠?」 그가 고개를 돌리고는 주인에게 조그만 술잔을 내밀며 정겨운 미소를 지어 보였다.

모두가 웃음을 터뜨렸고, 특히 스테판 아르카디치는 아주 유쾌하게 웃었다.

「맞습니다, 그게 가장 좋은 방법이지요!」 그가 치즈를 씹으며 내민 술잔에 뭔가 특별한 종류의 보드카를 따르면서 말했고, 사실상 대화는 정말로 농담으로 끝난 셈이었다.

「이 치즈는 나쁘지 않군요. 좀 드시겠습니까?」 주인이 말하고는 왼손으로 레빈의 근육을 더듬으며 그에게 말을 걸었다. 「자네 설마 다시 근력 운동을 하는 건 아니겠지?」 레빈이 웃으면서 팔에 힘을 주자 스테판 아르카디치의 손 아래, 프록코트의 얇은 나사 천에서 무쇠처럼 단단한 알통이 둥근 치즈처럼 올라왔다.

「이 이두박근 좀 보게! 삼손이 따로 없군!」

「곰 사냥을 하려면 대단한 힘이 필요할 테죠.」 사냥에 관해서는 아주 막연하게 알고 있을 뿐인 알렉세이 알렉산드로비치가 빵의 연한 부분에 치즈를 발라 거미줄처럼 얇게 뜯어내며 말했다.

레빈이 미소를 지었다.

「전혀 그렇지 않습니다. 오히려 어린아이도 곰을 잡을 수 있지요.」안주인과 함께 전채 요리가 놓인 식탁 쪽으로 다가오는 귀부인들을 위해 뒤로 물러서서 가볍게 목례를 하며 그가 말했다.

「얘기 들었는데, 곰을 잡으셨다면서요?」키티가 하얀 팔이 내비치는 레이스 소매를 흔들면서 자꾸 미끄러지는 버섯을 포크로 집으려 헛되이 애를 쓰며 말했다. 「정말 영지에 곰이 있나요?」그녀는 귀여운 머리를 그를 향해 비스듬히 돌리고는 미소를 지으며 덧붙였다.

그녀의 말에 특별한 것이라곤 없어 보였다. 그러나 레빈에게는 그 말 한 마디 한 마디에, 그녀의 입술이며 눈이며 손의 모든 움직임 속에 말로써 표현할 수 없는 그 얼마나 많은 의미가 담겨 있는 것만 같았는지! 거기에는 용서를 구하는 마음과 그에 대한 신뢰, 그리고 부드럽고 수줍은 애무와 약속과 희망, 믿지 않을 수가 없으며, 그를 행복으로 숨 막히게 하는 그에 대한 사랑이 담겨 있었다.

「영지는 아니고, 트베리현에 다녀왔답니다. 거기서 돌아오는 기차 안에서 당신의 형부, 아니, 형부의 매제와 만났지 뭡니까.」그가 웃으면서 말했다. 「재미있는 만남이었죠.」

그러고서 그는 밤새 한잠도 못 자고서 반코트 차림으로 알렉세이 알렉산드로비치가 타고 있던 기차간에 뛰어든 얘기를 신나고 재미있게 들려주었다.

「격언과는 달리, 차장이 복장만 보고서 나를 끌어내리려고 하더군요. 그래서 내가 고상한 말투로 설명하기 시작했죠. 그리고…… 선생님께서도 역시…….」카레닌의 이름을 잊은 레빈이 그를 향해서 말했다. 「처음에는 반코트를 보고 쫓아내려 하셨지만, 나중에는 고맙게도 저를 두둔해 주셨지요.」

「대체로 승객이 자리를 선택할 권리라는 게 아주 애매해서요.」알렉세이 알렉산드로비치가 손수건으로 손가락 끝을 닦으며 말했다.

「저를 믿지 못하시는 것처럼 보였습니다.」레빈이 호인다운 미소를 머금었다. 「제 반코트의 죄과를 씻어 내기 위해 서둘러 기지 넘치는 대화를 시도하려 했지요.」

세르게이 이바노비치는 안주인과 대화를 이어 가면서도 한쪽 귀로는 동생이 하는 말을 들으며 곁눈질로 그를 쳐다보았다. 〈쟤가 오늘 웬일이지? 기세등등하네.〉 그는 생각했다. 레빈이 날개를 단 듯한 기분을 느끼고 있다는 걸 그로서는 알 리가 없었다. 레빈은 자신이 하는 말을 그녀가 듣고 있다는 것, 자신의 얘기를 들으며 그녀가 즐거워한다는 것을 의식했고, 오직 그 사실 하나에 사로잡혀 있었다. 이 방만이 아니라 세상 전체를 통틀어 그에게 존재하는 것은, 스스로에게 커다란 의미와 중요성을 띠게 된 그 자신과 그녀뿐이었다. 머리가 핑핑 돌 정도로 높은 곳에 있는 기분이 들었고, 저 아래 멀리 어딘가 선량하고 멋진 카레닌들과 오블론스키들, 그리고 세상 전체가 있는 것만 같았다.

스테판 아르카디치는 전혀 눈에 띄지 않게, 두 사람 쪽은 쳐다보지도 않고, 마치 다른 데는 앉힐 자리가 없다는 듯이 레빈과 키티를 나란히 앉혔다.

「여기라도 앉게.」그가 레빈에게 말했다.

만찬은 스테판 아르카디치의 취향이 드러나는 식기만큼이나 훌륭했다. 마리루이즈수프는 훌륭했으며, 입에서 살살 녹는 작은 피로조크도 흠잡을 데가 없었다. 흰 넥타이를 맨 두 하인과 마트베이는 아무도 모르게, 조용하고 날렵하게 요리와 포도주를 챙겼다. 만찬은 물질적인 면에서 성공적이었으며, 비물질적인 면에서도 못지않게 성공적이었다. 때론 전체가, 때론 일부가 참여하던 대화는 잦아들 줄 모르다가 만찬 말미에는 무척 활기가 넘쳐서 남자들은 식탁에서 일어나면서도 얘기를 멈추지 않았고, 심지어 알렉세이 알렉산드로비치마저 생기를 띠었다.

10

논의를 끝까지 끌고 가기를 원했던 페스초프는 세르게이 이바노비치의 발언에 불만을 품고 있었다. 게다가 자신의 견해가 그릇되었음을 느끼던 터였다.

「내 생각은 결코…….」수프를 먹으면서 그가 알렉세이 알렉산드로비치에게 말했다. 「인구 밀도만 높으면 된다는 얘기가 아닙니다. 그것은 근본적인 토대와 결부된 문제입니다, 원칙이 아니라요.」

「내가 보기에는…….」알렉세이 알렉산드로비치가 나른한 어투로 느긋하게 대답했다. 「같은 얘기라고 생각됩니다만. 제 소견상 다른 민족에게 영향을 미칠 수 있는 민족은 오로지 더 높은 수준의 발전을 이루었으며, 또 ―」

「바로 그 점에 문제가 있습니다.」자기 얘기를 얼른 하고 싶어서 늘 조바심을 내고, 자신이 하는 말에 온 신경을 쏟는 페스초프가 특유의 낮은 목소리로 그의 말을 가로챘다. 「어떤 점에서 더 높은 수준으로 발전했다고 볼 수 있을까요? 영국인들, 프랑스인들, 독일인들, 그들 가운데 누가 더 발전 수준이 높습니까? 누가 누구를 자민족화하겠느냐고요? 알다시피 라인 지방은 프랑스화되었지만, 독일인들이 더 저급한 건 아닙니다!」그가 소리쳤다. 「여기에는 다른 법칙이 존재한단 말입니다!」

「제 생각에, 영향을 미치는 쪽은 언제나 참된 교육이 이루어지는 쪽인 것 같습니다.」알렉세이 알렉산드로비치가 눈썹을 살짝 치올리며 대꾸했다.

「하지만 대체 어떤 점들을 참된 교육의 징후로 볼 수 있을까요?」페스초프가 물었다.

「그 징후들은 잘 알려져 있다고 봅니다만.」알렉세이 알렉산드로비치가 대답했다.

「그것들이 전부 다 알려져 있을까요?」세르게이 이바노비치가 옅은 미소를 지으며 대화에 끼어들었다. 「오늘날 인정되는 바로는 진정한 교육이란 순수하게 고전적인 교육일 수밖에 없다고 하지만,[12] 알다시피 양편에서 치열한 논쟁이 벌

12 러시아 인민 계몽부의 기획에 따라 1871년 실무 교육 전문 학교와 고전 교육 중학교가 분리되어 설립되었다. 이러한 두 교육 기관은 무신론과 유물론이라는 〈위험한〉 이념의 원천으로 간주되던 자연 과학의 강의 여부에 의해 구분되었다. 고전 교육 중학교의 프로그램에서는 청년들을 혁명적 분위기로부터 벗어날 수 있게 해주리라는 희망에 따라 고전 어문학(그리스어와 라틴어)이 우세하게 배치되었다. 톨스토이는 이러한 학교 개혁을 조롱조로 대했고, 그 속에는 정치적인 의미가 명백하게 내포되어 있다고 보았다.

어지고 있습니다. 게다가 부정해서는 안 될 것이 있으니, 반대편 진영 역시 자기들에게 유리한 유력한 근거를 갖고 있다는 점입니다.」

「선생님은 고전주의자이시군요, 세르게이 이바노비치? 적포도주 한잔 드시겠습니까?」 스테판 아르카디치가 말했다.

「이런저런 교육에 대한 내 견해를 피력하려는 게 아닙니다.」 어린아이를 대할 때처럼 관대한 미소를 머금은 채 세르게이 이바노비치가 잔을 내밀면서 대꾸했다. 「다만 내가 하려는 말은, 양쪽 모두 유력한 논거를 갖고 있다는 것입니다.」 그는 알렉세이 알렉산드로비치에게 고개를 돌리고서 말을 이어 갔다. 「나도 교육받은 바로는 고전주의자입니다만, 이 논쟁에서만큼은 개인적으로 설 자리를 찾지 못하겠습니다. 왜 실제적인 학문에 비해서 고전주의적 학문이 우월하다는 건지, 명백한 근거가 보이질 않아요.」

「자연 과학도 그만큼의 교육적이고 발전적인 영향을 미칠 수 있지요.」 페스초프가 그의 말을 받아 이었다. 「천문학만 해도 그렇고, 식물학이나 보편적인 법칙들의 체계를 갖춘 동물학을 보십시오!」

「그 견해에 전적으로 동의할 수는 없습니다.」 알렉세이 알렉산드로비치가 응수했다. 「제 소견으로는, 언어의 형태를 탐구하는 과정 자체가 정신적 발전에 특히 유익한 영향을 끼친다는 사실을 인정해야만 한다고 봅니다. 그뿐 아니라, 고전주의적 작가들이 미치는 영향이 고도로 윤리적인 것임을 부정해서는 안 됩니다. 반면에 불행하게도 자연 과학 강의는 우리 시대의 종양을 이루는 해롭고 거짓된 학설들과 결부되어 있지요.」 세르게이 이바노비치가 무언가 얘기하려 했지만,

페스초프가 굵직한 저음으로 그의 말을 가로채더니 알렉세이 알렉산드로비치의 견해가 왜 부당한지에 대해 열을 내며 논증하기 시작했다.

세르게이 이바노비치는 말을 마치기를 잠자코 기다렸는데, 상대편을 확실히 이길 수 있는 반박을 준비해 둔 게 분명했다.

「하지만……」 세르게이 이바노비치가 엷은 미소를 지으며 카레닌을 향해 말했다. 「내가 동의하지 않을 수 없는 점은, 양쪽 학문의 모든 이점과 단점들을 모조리 완벽하게 저울질하기는 어려우며, 어느 학문을 선호하느냐의 문제도 선생님이 방금 지적하신 것처럼 고전주의적 교육에 그 윤리적인 우월성이 없다면, 그러니까 disons le mot(직설적으로 말해서) 반(反)니힐리즘적인 영향력이 없다면, 빠른 시일 내에 최종적으로 해결이 나지는 않으리라는 것입니다.」

「여부가 있겠습니까.」

「만일 고전주의적 학문 쪽에 반니힐리즘적 영향력이라는 그 우월성이 없었다면, 우리는 좀 더 고민했을 테고, 쌍방의 논거들을 더 저울질해 보았을 겁니다.」 엷은 미소를 띤 채 세르게이 이바노비치가 말을 이었다. 「양쪽 유파 모두에 여지를 좀 더 주었겠지요. 하지만 지금 우리는 고전주의적 교육이라는 알약에 반니힐리즘이라는 치유력이 있다는 걸 알고 있으니, 그것을 우리의 환자들에게 대담하게 처방하는 겁니다……. 그런데 치유력이 없으면 어떡하지요?」 그가 〈아티카의 소금〉을 뿌리며 결론을 맺었다.

세르게이 이바노비치의 알약 이야기에 모두가 웃음을 터뜨렸다. 대화를 들으면서 우스운 얘기가 나오기만을 기다리고 있던 참에 마침내 그것을 듣게 된 투롭친은 유달리 큰 소리로 유쾌하게 웃었다.

스테판 아르카디치가 페스초프를 초청하며 예상했던 바는 틀리지 않았다. 그가 있으니 기지 넘치는 대화가 단 한 순간도 그칠 줄을 몰랐다. 세르게이 이바노비치가 방금 전 농담으로 대화를 끝맺자마자, 페스초프는 새로운 주제를 꺼냈다.

「이런 견해에도 동의할 수 없습니다.」 그가 말했다. 「정부가 그러한 목표를 갖고 있다는 견해 말입니다. 정부는 채택된 방안이 지니는 영향력에 대해서는 무관심한 채 일반적인 생각에 이끌리고 있는 게 틀림없습니다. 가령 여성 교육의 문제는 유해한 것으로 간주되어야 하는데도, 정부는 여학교와 여자 대학을 설립하고 있단 말입니다.」

그 순간 대화는 갑자기 여성 교육이라는 새로운 주제로 옮겨 갔다.[13]

알렉세이 알렉산드로비치는 여성의 교육은 보통 여성의 자유라는 문제와 혼동되기 마련이며, 오로지 그 이유만으로도 유해한 것으로 간주될 법하다는 입장을 피력하였다.

「그와 반대로, 나는 그 두 가지 문제가 불가분적으로 연결

---

13 러시아에서는 1869~1870년에 여성 해방을 지지하는 존 스튜어트 밀의 책 『여성의 예속』이 세 차례나 번역되어 출간되었고, 이를 주된 계기로 민주주의적이고 급진주의적 성향의 모든 책들이 평등의 근간으로서 여성의 교육을 옹호하기 시작했다. 또한 1870년대에 들어서 정신적이고 사회적인 삶속에서 자립하고자 하는 여성들의 지향이 사회적으로 뚜렷해졌다. 톨스토이와 가까운 사이였던 N. I. 스트라호프 같은 인사는 서구에서 유입되는 여성 해방에 관한 담론이 러시아의 현실과는 전혀 상관없다는 보수적인 입장을 취했는데, 톨스토이는 그에게 보내는 편지를 통해 당시 우체국이나 전신국에서 자신의 자주적인 능력을 경주하는 여성들에 대해 회의적인 태도를 보이며 여성의 보다 고급한 능력은 가정을 돌보는 데서 발휘된다는 견해를 피력한다.

되어 있다고 봅니다.」 페스초프가 말했다. 「이건 악순환이에요. 여성은 교육이 부족해서 권리를 박탈당하는데, 교육의 부족은 또한 권리의 부재에 의해서 비롯됩니다. 잊지 말아야 할 것은, 여성의 예속은 너무나 방대하고 오래된 일이라 우리는 종종 그들을 우리와 구분하는 저 깊은 어둠을 이해하려 들지 않는다는 점입니다.」 그가 말했다.

「권리라고 하셨는데,」 세르게이 이바노비치는 페스초프가 입을 다물기를 기다렸다가 얘길 꺼냈다. 「그게 배심원직이나 지방 자치회 의원직, 지방 관청장직에 오를 권리, 공직자나 국회 의원이 될 권리를 뜻하는 ㅡ」

「당연하지요.」

「하지만 여성이 예외적이고 드문 경우로서 그러한 직위를 맡을 수가 있다고 칩시다. 그렇다면 당신은 〈권리〉라는 표현을 잘못 사용하신 겁니다. 의무라고 해야 더 옳을 겁니다. 누구나 동의하겠지만, 배심원이나 지방 자치회 의원, 전신국 관리 같은 직무를 수행하면서 우리는 의무를 수행한다고 느낍니다. 따라서 여성들은 의무를 찾고 있다고 해야 옳을 테고, 또한 그래야 전적으로 합법적일 겁니다. 또한 남성 일반의 일을 돕고자 하는 그들의 그러한 바람에도 공감할 수밖에 없지요.」

「전적으로 옳으신 말씀입니다.」 알렉세이 알렉산드로비치가 말했다. 「문제는 여성들에게 그러한 의무를 수행할 능력이 있느냐 하는 점이겠지요.」

「틀림없이 있을 겁니다.」 스테판 아르카디치가 끼어들었다. 「그들에게 교육이 널리 제공되면 말입니다. 그걸 우리는 지금 확인하고 ㅡ」

「그런데 속담이 있잖소?」 한참 전부터 대화에 귀를 기울이고 있던 노공작이 예의 조롱기 어린 작은 눈을 반짝이며 말했다. 「딸들 앞이지만 얘기하자면, 여자의 머리카락은 길지만——」[14]

「혹인들에 대해서도 그들이 해방되기 전까지는 똑같이 그렇게 생각했단 말입니다!」 페스초프가 성을 냈다.

「나로서는 다만 여성이 새로운 의무를 찾고 있는 게 이상할 뿐입니다.」 세르게이 이바노비치가 말했다. 「보다시피, 불행하게도 우리 남자들은 보통 의무를 회피하는데 말이지요.」

「의무는 권리와 결부되어 있는 법이니까요. 권력, 돈, 명예, 바로 이것들을 여성들은 원하는 것입니다.」 페스초프가 말했다.

「그러니까 내가 유모가 될 권리를 얻으려 하는 것과 똑같군. 여자들한테는 보수를 주는데, 나한테는 줄 생각이 없다고 화를 내는 격이라니까.」 노공작이 말했다.

투롭친이 박장대소를 터뜨렸고, 세르게이 이바노비치는 그 말을 자신이 하지 못했다는 것에 안타까워했다. 심지어 알렉세이 알렉산드로비치마저 미소를 지었다.

「하지만 남자는 젖을 먹일 수가 없지요.」 페스초프가 말했다. 「반면 여자는——」

「아니요, 어느 영국 남자는 배에서 자기 애를 길렀답니다.」 늙은 공작은 딸들 앞에서도 이런 대화에 자유롭게 끼어들 수 있는 특권을 마구 누리며 말했다.

「그런 영국 남자들의 머릿수만큼, 딱 그만큼의 여자들이

<hr>

14 언급되는 러시아 속담의 전문은 다음과 같다. 〈여자의 머리카락은 길지만, 지혜는 짧다.〉

관리가 되겠군요.」세르게이 이바노비치가 응수했다.

「그렇다면, 가정이 없는 여자는 대체 어떡하란 말입니까?」
내내 치비소바를 염두에 둔 채 페스초프에게 공감하며 그의
입장을 지지하던 스테판 아르카디치가 대화에 끼어들었다.

「개인사를 잘 캐보면, 그 아가씨가 자기 가정을 버렸거나
아니면 언니의 가정을 버렸다는 걸 알게 될 거예요. 거기서
여자가 할 일을 찾을 수 있었는데도 말이에요.」다리야 알렉
산드로브나가 예기치 않게 대화에 뛰어들어 신경질적으로
내뱉었다. 스테판 아르카디치가 어떤 여자를 염두에 두었는
지 짐작하고 있는 게 틀림없었다.

「우리는 원칙과 이상을 옹호하고 있단 말입니다!」낭랑하
게 울리는 저음으로 페스초프가 반론을 폈다. 「여성들은 자
립할 수 있고, 교육을 받을 수 있는 권리를 갖고 싶어 합니다.
그러면서도 그것이 불가능하다는 생각에 억눌려서 주저하고
있습니다.」

「그렇다면 나는 보육원에서 나를 유모로 받아들여 주지 않
을 거라서 기가 죽어 있는 게로군.」노공작의 한마디가 또다
시 투롭친에게 큰 기쁨을 안겨 주었다. 그는 웃다가 아스파라
거스의 굵직한 끝부분을 소스 속에 떨어뜨리고 말았다.

11

모든 이들이 공통의 대화에 가담하였으나, 키티와 레빈만
은 예외였다. 처음에 어느 민족이 다른 민족에 미치는 영향력
에 관한 대화가 오갈 때, 그 주제에 관해서라면 자기한테도

할 얘기가 있다는 생각이 레빈에게 떠올랐었다. 그러나 예전에 그에게 무척이나 중요했던 그 생각은 마치 꿈속인 양 머릿속을 스치고 지나갔을 뿐, 지금은 눈곱만큼의 흥미도 불러일으키지 못했다. 심지어 그는 아무에게도 소용이 없는 것을 왜 저렇게 열심히 떠들고 있는지 의아스럽기까지 했다. 키티도 매한가지로 여성의 교육과 권리에 대한 사람들의 대화에 응당 흥미를 느껴야만 했다. 외국에서 만난 친구 바렌카, 그녀의 예속된 처지를 떠올리며 얼마나 많이 이 문제를 생각했던가! 만일 결혼을 하지 않는다면 어떻게 될지, 자기 자신에 관해 얼마나 많이 생각했으며 그 문제를 두고서 언니와 얼마나 많이 말다툼을 했던가! 하지만 지금 그런 것들은 전혀 그녀의 흥미를 끌지 못했다. 그녀와 레빈 사이에서는 두 사람만의 대화가 오가고 있었는데, 그것은 대화라기보다 일종의 신비한 소통으로서 매 순간 그들을 더욱더 가까이 묶어 주었으며, 그들이 들어선 미지의 세계에 대한 희열과 두려움을 쌍방 모두에게 불러일으켰다.

먼저 작년에 어떻게 자기를 보게 되었느냐는 키티의 질문에, 레빈은 풀베기를 마치고서 큰길을 걸어가다가 그녀를 보았던 일을 들려주었다.

「아주 이른 아침이었습니다. 당신은 잠에서 막 깨어난 것 같았어요. 당신의 maman(어머니)은 구석에서 주무시고 계셨죠. 경이로운 아침이었습니다. 나는 걸으면서 〈저 사륜마차에 탄 사람은 누굴까?〉 생각했습니다. 작은 방울들이 달린 멋진 사륜마차였죠. 그런데 순간적으로 당신이 어른거렸어요. 그래서 마차 안을 바라보니, 당신이 양손으로 머리쓰개의 끈을 붙잡고서 무언가를 골똘히 생각하고 있더군요.」 그가 미소를 지었다. 「그때 당신이 무슨 생각을 했는지 얼마나 궁금했는지 몰라요. 뭔가 중요한 것이었나요?」

〈내 꼴이 흉하진 않았으려나?〉 그녀는 생각했다. 그러나 세세한 사항들을 떠올리는 그의 얼굴에 기쁨의 미소가 번지는 것을 보고는, 반대로 자신이 아주 좋은 인상을 불러일으켰음을 직감했다. 그녀는 얼굴을 붉히고서 기쁨에 겨워 웃음을 터뜨렸다.

「정말이지 기억이 안 나요.」

「투롭친은 참 흥겹게 웃는군요!」 레빈이 투롭친의 눈물에 젖은 두 눈과 마구 흔들리는 몸을 홀린 듯 바라보며 말했다.

「저분을 안 지 오래됐나요?」 키티가 물었다.

「저 친구를 모르는 사람이 누가 있겠어요!」

「보아하니, 당신은 저분을 형편없는 인간이라고 여기는군요?」

「형편없는 게 아니라, 하찮은 인간이라 생각합니다.」

「그러지 마세요! 그런 생각일랑 얼른 그만두세요!」 키티가 말했다. 「나 역시 저분이 아주 저열한 사람이라고 생각했었어요. 하지만 저분은 너무도 친절하고, 놀라울 정도로 착한 사람이에요. 마음씨가 황금 같아요.」

「아니, 어떻게 당신이 저 사람 마음에 대해서 알 수 있었답니까?」

「막역한 친구 사이예요. 저분을 아주 잘 알지요. 지난겨울에…… 당신이 우리 집에 다녀가시고 얼마 안 돼서…….」 그녀가 미안해하면서도 신뢰가 담긴 미소를 지으며 말을 이었다. 「돌리 언니의 아이들이 모조리 성홍열에 걸렸었는데, 그때 어쩌다가 저분이 언니를 찾아온 거예요. 그런데 어떻게 됐는지 아세요?」 그녀가 속삭였다. 「저분은 언니를 너무나 가엾이 여기고는 집에 그대로 남아 아이들을 돌보는 일을 도와주었답니다. 그렇게 3주를 언니 집에서 지내면서 마치 유모처럼 아이들을 돌봐 줬지 뭐예요.」

「콘스탄틴 드미트리치에게 아이들이 성홍열에 걸렸을 때 투롭친이 도와준 얘길 해주고 있어.」 그녀가 언니 쪽으로 몸을 굽히며 말했다.

「그래, 놀라웠지. 정말 멋졌어!」 돌리가 자기 얘기를 하고 있다는 걸 알아챈 투롭친에게 눈길을 주고는 온화한 미소를 지어 보였다. 레빈은 다시 한번 그를 힐끗 보며 자신은 어째서 저 사람의 그런 엄청난 매력을 느끼지 못했는지 의아하게 생각했다.

「잘못했습니다, 잘못했어요. 앞으로는 절대로 사람들을 나쁘게 생각하지 않겠어요!」 그가 지금 막 느낀 생각을 정직하게 털어놓으며 쾌활하게 이야기했다.

12

여성의 권리에 대해서 시작된 대화 중에는 부인들이 있는 자리에서 얘기하기가 좀 껄끄러운, 결혼 생활에 있어서 권리의 불평등에 관한 문제도 포함되어 있었다. 페스초프는 만찬 중에 몇 차례 이 문제에 달려들었지만, 세르게이 이바노비치와 스테판 아르카디치가 조심스레 그를 제지하였다.

모두가 식탁에서 일어서고 부인들이 밖으로 나갔을 때, 페스초프는 그들을 따라나서지 않고 알렉세이 알렉산드로비치를 향해 불평등의 주된 이유에 관해 논하기 시작했다. 그의 견해에 따르면, 부부지간의 불평등은 아내의 부정과 남편의 부정이 법과 여론에 의해 불평등하게 심판받는다는 데 있었다.

스테판 아르카디치가 재빨리 알렉세이 알렉산드로비치에게 다가가 담배를 피우자고 권했다.

「아니요, 나는 담배를 피우지 않소.」 알렉세이 알렉산드로비치는 태연하게 대답하고는, 마치 자신이 그런 대화를 두려워하지 않는다는 점을 일부러 보여 주려는 듯 차가운 미소를 지으며 페스초프 쪽으로 고개를 돌렸다.

「제 소견으로는, 그러한 관점의 근거는 문제의 본질 자체에 있는 것 같군요.」 말을 마친 뒤 그는 응접실로 가려고 했다. 그러나 그 순간 갑자기 투롭친이 알렉세이 알렉산드로비치에게 뜻밖의 이야기를 전했다.

「프랴치니코프에 관한 소식을 들으셨습니까?」 샴페인을 잔뜩 마셔서 생기가 오른 투롭친이 말했다. 그는 한참 전부터 자신을 괴롭혀 온 알렉세이 알렉산드로비치의 오랜 침묵을 깨뜨릴 기회를 노리고 있던 터였다. 「바샤 프랴치니코프 말입니다.」 그는 축축한 붉은 입술에 특유의 선량한 웃음을 드리운 채 주빈인 알렉세이 알렉산드로비치를 겨냥하고는 말을 이었다. 「오늘 들었는데, 그가 트베리에서 크비츠키와 결투를 하다가 결국 그를 죽였답니다.」

때릴 때는 마치 일부러 그러는 양 꼭 상대의 아픈 곳을 때리기 마련이듯이, 스테판 아르카디치가 느끼기에 오늘의 대화는 운수 사납게도 매번 알렉세이 알렉산드로비치의 아픈 곳을 건드리는 것만 같았다. 그는 매제를 다시 다른 곳으로 데려가려 했으나, 알렉세이 알렉산드로비치 본인은 흥미롭다는 듯이 되물었다.

「무엇 때문에 프랴치니코프가 결투를 했답니까?」

「아내 때문이지요. 아주 용감한 처사지 뭡니까! 결투를 신청해서 죽여 버렸으니 말이죠!」

「아하!」 알렉세이 알렉산드로비치는 무심하게 대꾸한 다음, 눈썹을 치올리고는 응접실로 향했다.

「와주셔서 정말 기뻐요.」 응접실로 향하는 통로에서 돌리가 그를 맞이하며 겁먹은 듯한 미소를 지은 채 말했다. 「얘기를 좀 나눴으면 해요. 이쪽으로 앉으시지요.」

알렉세이 알렉산드로비치는 치오른 눈썹 덕분에 더 두드러져 보이는 예의 무심한 표정으로 다리야 알렉산드로브나의 옆자리에 앉아 억지 미소를 지었다.

「안 그래도 부인께 양해를 구하고 이제 막 가보려던 참이었습니다. 내일 떠나야만 해서요.」

다리야 알렉산드로브나는 안나의 결백을 굳게 믿고 있었기에, 이토록 태연하게 자신의 무고한 친구를 파멸시키리라 작정한 이 냉혹하고 비정한 사람에 대한 분노로 얼굴이 파리해지고 입술이 떨리는 것을 느꼈다.

「알렉세이 알렉산드로비치…….」 그녀가 안간힘을 쓰며 단호하게 그의 눈을 쳐다보며 말했다. 「안나의 안부를 물었는데, 대답을 안 해주셨네요. 잘 지내고 있나요?」

「잘 지내는 것 같습니다, 다리야 알렉산드로브나.」 알렉세이 알렉산드로비치는 그녀를 보지도 않은 채 대답했다.

「알렉세이 알렉산드로비치, 죄송합니다, 이럴 권한이 저에겐 없지만……. 하지만 저는 안나를 친자매처럼 사랑하고 존경합니다. 제발 부탁드려요. 두 분 사이에 무슨 일이 있는지 제게 말씀해 주세요. 무슨 일로 안나를 질책하시는 건가요?」

알렉세이 알렉산드로비치는 찌푸린 얼굴로 눈을 감다시피 하고는 고개를 숙였다.

「내가 왜 안나 아르카디예브나와의 관계를 변화시켜야만 한다고 생각하는지, 그 이유는 남편분한테서 전해 들으셨을 텐데요.」 그가 돌리의 시선을 외면한 채, 응접실을 지나가는 셰르바츠키를 불만스럽게 쳐다보면서 대꾸했다.

「저는 믿기지가 않아요. 못 믿겠어요. 그런 얘긴 믿을 수가 없어요!」 돌리는 뼈마디가 앙상한 손을 맞잡으며 격렬하게 몸을 움직이고는 재빨리 자리에서 일어나 한 손을 알렉세이 알렉산드로비치의 손 위에 얹었다. 「여기는 방해꾼이 많아서 안 되겠어요. 저쪽으로 가시지요.」

다리야 알렉산드로브나의 흥분이 알렉세이 알렉산드로비치에게까지 전해져 왔다. 그는 자리에서 일어나 얌전히 그녀의 뒤를 따라 공부방으로 갔다. 그들은 여기저기 주머니칼로 베인 자국투성이인 방수포에 덮여 있는 책상 앞에 앉았다.

「못 믿겠어요, 그럴 리가 없어요!」 돌리가 자신의 시선을 피하는 그의 눈길을 붙잡으려 애쓰며 말했다.

「사실을 믿지 않으면 안 됩니다, 다리야 알렉산드로브나.」 그가 사실이라는 단어에 힘을 주며 말했다.

「그녀가 뭘 했다는 거죠? 대체 무슨 일을 저질렀는데요?」 다리야 알렉산드로브나가 물었다. 「그러니까 그녀가 저지른 일이 정확히 뭔가요?」

「자신의 의무를 소홀히 하고 남편을 배신했습니다. 그게 바로 그녀가 저지른 일입니다.」 그가 대답했다.

「아니, 아니에요, 그럴 리가 없어요! 아니에요, 분명 오해하신 걸 거예요!」 돌리가 관자놀이에 두 손을 얹으며 눈을 감았다.

알렉세이 알렉산드로비치는 그녀와 자기 자신에게 확고한 입장을 보여 주려는 듯 입술로만 차가운 미소를 드러냈다. 이러한 열렬한 변호가 그의 마음을 흔들어 놓지는 못했지만, 그의 상처를 자극하긴 했다. 그는 자못 활기 있게 얘기하기 시작했다.

「아내 스스로가 남편에게 공표하는데, 그걸 오해하기란 힘들지 않겠습니까. 8년간의 결혼 생활과 아들, 그 모든 게 실수였으며 처음부터 다시 삶을 시작하고 싶다더군요.」 그가 코를 씩씩거리며 말했다.

「안나와 죄악이라니, 저로서는 이 두 가지를 결부시킬 수가 없네요. 믿을 수가 없어요.」

「다리야 알렉산드로브나!」 이제는 선량함과 흥분이 뒤섞인 돌리의 얼굴을 똑바로 쳐다보면서, 말문이 저절로 터지는 것을 느끼며 그가 말했다. 「아직도 의심하는 게 가능하다면, 전 아무리 비싼 대가라도 치를 겁니다. 의심을 했던 때도 괴로웠습니다만 지금보다는 괜찮았어요. 그때만 해도 희망이 있었으니까요. 하지만 지금은 희망이 없습니다. 그럼에도 불구하고, 전 여전히 모든 걸 의심하고 있습니다. 모든 게 의심스럽고, 아들이 밉습니다. 때로는 그 아이가 제 아들이라는 것도 못 믿겠어요. 저는 아주 불행합니다.」

이 말은 할 필요도 없었다. 다리야 알렉산드로브나는 그가 자신의 얼굴을 쳐다보자마자 사태를 알아차린 터였다. 그러자 그녀는 그가 가엾어졌고, 친구가 결백하다는 믿음 또한 마음속에서 잠시 흔들렸다.

「아아! 끔찍해요, 끔찍한 일이에요! 그게 정말인가요? 이혼하기로 결심하셨다는 거 말이에요.」

「최후의 조치를 취하기로 했습니다. 그것 말고는 할 수 있는 게 없습니다.」

「할 수 있는 게 없다, 할 수 있는 게…….」 그녀가 눈물을 글썽이며 중얼거렸다. 「아니에요, 아무것도 없지는 않아요!」 그녀가 말했다.

「이런 종류의 재앙을 겪을 때 끔찍한 것은, 다른 경우들, 상실이나 죽음의 경우처럼 십자가를 짊어지는 것만으로는 안 되고, 행동에 나서야 한다는 점이지요.」 그가 마치 그녀의 생각을 알아맞힌 듯 말했다. 「자신이 처한 모욕적인 상황에서 벗어나야만 합니다. 셋이 같이 살아서는 안 되는 것이죠.」

「저는 이해해요, 그런 상황을 너무나도 잘 이해합니다.」 돌리가 말하고는 고개를 떨구었다. 그녀는 말없이 자기 가정의 불행을 떠올렸다. 그러더니 갑자기 힘차게 고개를 들고서 애원하듯이 두 손을 포갰다. 「잠시만요! 당신은 그리스도교 신자이시잖아요. 그녀 생각을 좀 해보세요! 당신이 안나를 버리면 그녀는 어떻게 되겠어요?」

「저도 생각해 봤습니다, 다리야 알렉산드로브나, 많이 생각해 봤어요.」 알렉세이 알렉산드로비치가 대꾸했다. 그의 얼굴은 군데군데 불그스레해졌고, 흐릿한 두 눈은 돌리를 똑바로 쳐다보고 있었다. 다리야 알렉산드로브나는 이제 온 마음을 다해서 그에게 연민을 느꼈다. 「그녀가 저의 치욕을 공표한 직후에 바로 그렇게 했습니다. 모든 걸 예전 그대로 놔두고 개선의 여지를 주었지요. 그녀를 구하려고 노력했습니다. 그런데 어찌 되었겠습니까? 그녀는 예의를 지켜 달라는 가장 간단한 요구조차 이행하지 않았습니다.」 그가 열을 올렸다. 「파멸을 원치 않는 사람만 구할 수 있는 법이죠. 하지만 파멸 자체가 구원처럼 여겨질 정도로 본성이 전부 망가지고 타락했을 때는, 뭘 어쩌겠습니까?」

「다른 건 몰라도, 이혼만은 안 돼요!」 다리야 알렉산드로브나가 대꾸했다.

「하지만 다른 게 뭐가 있겠습니까?」

「안 돼요, 그건 끔찍해요. 그녀는 그 누구의 아내도 되지 못할 거예요, 파멸하고 말 거예요!」

「제가 대체 뭘 할 수 있단 말입니까?」 알렉세이 알렉산드로비치가 어깨와 눈썹을 치올리며 다시 물었다. 아내의 마지막 행동을 떠올리자 화가 치밀어 그는 대화를 시작했을 때처럼 다시 냉담해지고 말았다. 「관심 가져 주셔서 고맙습니다만, 이제 가봐야겠습니다.」 그가 자리에서 일어서며 말했다.

「아니, 잠시만요! 그녀를 파멸시켜서는 안 돼요. 잠시만요, 제 얘기를 해드릴게요. 결혼한 후에 남편은 저를 기만했어요. 저는 분노와 질투에 사로잡혀서 모든 걸 버리려고 했지요. 저 자신마저……. 하지만 생각을 고쳐먹었어요. 누구 덕분인지 아세요? 안나가 저를 구해 줬어요. 그래서 지금 이렇게 살아 있답니다. 아이들은 커가고, 남편은 가정으로 돌아오고, 자기 잘못을 느끼면서 더 깨끗해지고, 더 나아지고 있어요. 그래서 제가 살아가고 있는 거예요……. 저는 용서했어요. 당신도 용서해야만 해요!」

그녀의 말을 듣고는 있었지만, 그 말은 이미 알렉세이 알렉산드로비치에게 영향을 미치지 못했다. 이혼을 결심했던 그날의 노여움이 그의 마음속에서 다시 솟구쳐 올라왔다. 그는 몸을 부르르 떨면서 크고 날카로운 목소리로 말했다.

「미안합니다만 저는 그럴 수 없고, 그러고 싶지 않습니다. 그건 부당하다고 생각합니다. 나는 그 여자를 위해서 모든 걸 다 했습니다만, 그녀는 전부 자신의 본질인 그 진흙탕 속에 짓밟아 버렸어요. 저는 악한 사람이 아니며 그 누구도 결코 증오해 본 적이 없습니다. 그러나 그녀만은 온 마음으로 증오합니다. 그녀가 나한테 저지른 그 모든 악행이 너무나도 증오스럽기 때문에 그녀를 용서할 수가 없습니다.」 그가 악에 받쳐 울먹이는 목소리로 뇌까렸다.

「너를 증오하는 자들을 사랑하라는 말도……」 다리야 알렉산드로브나가 수줍은 음성으로 속삭였다.

알렉세이 알렉산드로비치는 경멸스럽다는 듯이 코웃음을 쳤다. 이 경구를 그는 오래전부터 알고 있었지만 자신의 경우에는 적용할 수 없었다.

「자기를 증오하는 사람들을 사랑하라는 것이지, 나 자신이 증오하는 자들을 사랑할 수는 없는 법입니다. 실망시켜 드려 죄송합니다. 각자의 고통만으로 충분한데 말입니다!」 이윽고 알렉세이 알렉산드로비치는 마음을 추슬러 침착하게 작별 인사를 하고는 길을 나섰다.

13

사람들이 식탁에서 일어났을 때 레빈은 키티를 따라서 응접실로 가고 싶었다. 하지만 너무나 노골적으로 그녀의 꽁무니를 쫓는 것만 같아서 그녀가 혹시 불쾌해지지는 않을까 염려스러웠다. 남자들 편에 남아 공통의 대화에 끼어든 그는 키티에게 눈길을 주지 않으면서도 그녀의 움직임과 그녀의 시선, 응접실에서 그녀가 머무는 자리가 어딘지를 감지하고 있었다.

모든 사람들을 항상 좋게 생각하고 모든 이들을 사랑하겠다는 그녀와의 약속을 그는 지금 조금의 노력도 들이지 않고 이행하고 있었다. 대화는 농촌 공동체에 관한 얘기로 접어들었는데 페스초프는 거기서 모종의 특수한 원리, 그가 명명하기로는 〈합창의 원리〉를 발견했다고 하였다.[15] 레빈은 페스초프의 의견에도, 그리고 러시아 농촌 공동체의 의의에 대해 나름대로 인정하다가도 부인하는 형의 의견에도 동의하지 않았지만 그들을 화해시키거나 반박을 누그러뜨리면서 대화를 나누고 있었다. 그는 자신이 하는 말에 전혀 관심이 없었고, 그들이 하는 얘기에는 더더욱 관심이 없었으며, 단 한 가지, 그들과 모든 사람들이 기분 좋고 유쾌하기만을 바랄 뿐이었다. 그는 이제 중요한 단 하나만을 알고 있었다. 그 하나는 처음에는 거기, 응접실에 있다가 움직이기 시작하더니 문가에 멈춰 섰다. 그는 돌아보지 않았음에도 불구하고 자신을 향한 시선과 미소를 느꼈으며, 그래서 돌아보지 않을 수 없었다. 그녀가 셰르바츠키와 함께 문가에 서서 그를 바라보고 있었다.

「피아노를 치러 가시는 줄 알았는데요.」 그녀에게 다가가

15 전통적인 농촌 공동체를 〈정서적인 합창〉으로 간주하는 것은 근대 러시아의 주된 사상적 조류인 슬라브주의의 입장이었다. 여기서 페스초프는 〈농촌 공동체의 합창적 원리〉를 강조했던 슬라브주의의 대표자인 K. S. 악사코프의 진술을 그대로 반복한다.

며 그가 말했다. 「그게 바로 시골에는 없는 것이죠.」

「아니에요, 당신을 부르러 가던 중이었어요. 그리고 고마워요.」 그녀가 마치 선물인 양 미소로써 그에게 보답했다. 「이렇게 와주신 것 말이에요. 뭣 때문에 저리도 논쟁을 하는 걸까요? 정말이지 결코 한 사람이 다른 사람을 설복시킬 수는 없는 법이잖아요.」

「네, 맞습니다.」 레빈이 말했다. 「대부분의 경우 열띠게 논쟁을 하는 이유는 단지 상대편이 무엇을 입증하려고 하는지를 이해하지 못하기 때문이죠.」

레빈이 종종 목도한 바로는 아주 똑똑하다는 사람들 사이에서 논쟁이 벌어지는 경우, 엄청난 정력을 들이고 엄청난 논리적 섬세함을 발휘하고 수많은 말들을 쏟아 낸 다음, 논쟁의 당사자들은 마침내 다음과 같은 깨달음에 도달하곤 했다. 즉, 그들이 한참을 싸우면서 서로에게 논증해 보이려고 했던 것은 이미 한참 전부터, 논쟁이 시작될 때부터 그들이 잘 알고 있던 내용이고, 그들은 서로 다른 것을 좋아할 뿐이라는 사실 말이다. 하지만 그들은 논쟁에서 지고 싶지 않기에 자신이 좋아하는 그것을 결코 입 밖에 내지 않는 것이다. 레빈은 가끔씩 논쟁 중에 상대편이 좋아하는 것이 뭔지 깨닫고 갑자기 그것을 자신도 좋아하게 됨으로써 그 즉시 그것에 동의하게 되는 경우를 종종 경험했으며, 그럴 때면 모든 논거들이 효력을 잃고서 쓸모없는 것이 되어 버렸다. 반면에 가끔씩은 그 반대의 경우를 경험하곤 했다. 즉 논거를 대면서 자기가 좋아하는 것을 이야기하던 중, 어쩌다가 조리 있고 진실한 설명이 나오면 갑자기 상대방이 그에 동의하고 논쟁을 그만두는 것이었다. 그는 바로 이런 얘기를 하고 싶었다.

이마를 잔뜩 찌푸린 채 그의 말을 이해하려 애쓰던 키티는, 그러나 설명을 듣자마자 곧바로 그의 뜻을 알아차렸다.

「무슨 말인지 알겠어요. 무엇 때문에 논쟁을 하는 건지, 무엇을 상대가 좋아하는지 알아내야 한다는 거죠, 그러면…….」

그녀가 난삽하게 표현된 레빈의 생각을 전부 알고 표현해내자 레빈은 기쁨이 가득한 미소를 지어 보였다. 페스초프와 형과 벌이던 어지럽고 장황한 논쟁에서 벗어나 복잡한 생각들이 이토록 간단명료하게, 말조차 필요 없이 전달되는 국면으로 이행하게 된 것이 그는 너무나 놀라웠다.

셰르바츠키가 그들 곁에서 물러난 뒤, 키티는 거기 놓여 있던 카드놀이용 탁자에 다가가 앉더니 분필을 쥐고서 새로 깐 녹색 나사 천 여기저기에 동그라미를 그리기 시작했다.

그들은 만찬 때 오갔던 여성의 자유와 일에 대한 대화를 다시 이어 갔다. 레빈은 결혼하지 않은 여자는 가정에서 여성이 할 일을 찾아야 한다는 다리야 알렉산드로브나의 의견에 동의했다. 그는 그 근거로서 어떤 가정도 도와주는 여자 없이는 유지될 수 없으며, 가난하건 부유하건 간에 모든 가정에는 고용된 혹은 친척인 유모가 있어야만 한다는 점을 들었다.

「그렇지만은 않아요.」키티가 얼굴을 붉힌 채, 그러나 그만큼 대담하게, 진심 어린 눈으로 그를 쳐다보면서 말했다.「미혼 여성은 치욕스러움을 느끼지 않고서는 가정생활을 할 수 없게끔 되어 있는지도 몰라요. 그렇지만 그 자신은…….」

이에 그는 그녀가 암시하는 바를 곧장 이해했다.

「아, 맞아요! 그래요, 그래, 당신이 옳아요, 당신이 옳습니다!」

키티가 마음속에 미혼 여성으로서의 두려움과 굴욕감을

품고 있었다는 걸 깨닫게 된 것만으로, 그는 페스초프가 만찬 때 여성의 자유에 대해서 논했던 모든 내용을 이해하게 되었다. 그리고 그녀를 사랑했기에, 그 두려움과 굴욕감을 느끼자마자 그는 곧바로 자신의 논거를 내던져 버렸다.

침묵이 드리웠다. 그녀는 여전히 탁자 위에 분필로 그림을 그리고 있었다. 그녀의 두 눈은 고요한 빛을 뿜으며 반짝였다. 그 분위기에 매료된 레빈은 점점 더 강렬해지는, 행복에 겨운 긴장감을 온몸으로 느끼고 있었다.

「어머나, 내가 탁자 한가득 낙서를 해버렸네요!」 그녀가 이렇게 말하고는 일어설 듯 엉거주춤한 자세를 취했다.

〈키티 없이…… 나 혼자 남게 되면 어떡하지?〉 문득 두려운 생각에 사로잡힌 그가 분필을 쥐었다. 「잠깐만요.」 그가 탁자 쪽으로 다가앉으며 말했다. 「전부터 한 가지 물어보고 싶은 게 있었습니다.」

그는 놀라움이 어려 있는 키티의 다정한 눈을 똑바로 쳐다보았다.

「물어보세요.」

「자, 이겁니다.」 그가 말하고는 〈당, 나, 그, 없, 수, 대, 때, 그, 절, 안, 된, 건, 아, 그, 그, 건〉이라고 단어의 첫 글자만을 적었다. 이 글자들은 다음을 의미했다. 〈당신이 나에게 **그럴 수는 없다**고 대답했을 때, 그것은 절대로 안 된다는 건가요, 아니면 그때만 그랬던 건가요?〉 그녀가 이 복잡한 어구들을 이해할 리는 전혀 없었다. 그러나 그는 그녀가 이 말을 이해하느냐 못 하느냐에 자신의 일생이 달려 있는 듯한 표정으로 그녀를 바라보았다.

키티는 그를 진지하게 응시한 다음, 찌푸린 이마를 손으로 받치고서 글자를 읽기 시작했다. 가끔씩 그녀는 〈이게 내가 생각하는 그건가요?〉라고 묻는 듯한 눈빛으로 그를 쳐다보았다.

「알겠어요.」 그녀가 얼굴을 붉히며 말했다.

「이게 무슨 단어죠?」 레빈이 **절대로**를 뜻하는 **절**을 가리키며 물었다.

「그건 **절대로**를 뜻해요.」 그녀가 대답했다. 「하지만, 그건 사실이 아니에요!」

레빈은 적어 놓은 글자들을 재빨리 지운 다음 그녀에게 분필을 건네고서 자리에서 일어섰다. 그녀가 〈그, 내, 달, 대, 수, 없〉이라고 적었다.

알렉세이 알렉산드로비치와 나눈 대화로 인해 수심에 잠겨 있던 돌리는 이 두 사람의 모습을 보고서 마음이 완전히 편안해졌다. 키티는 수줍고도 행복한 미소를 머금은 채 분필을 손에 쥐고는 탁자 위로 몸을 숙인 레빈의 아름다운 모습을 올려다보았고, 그의 타는 듯한 두 눈은 탁자와 그녀를 번갈아 가며 주시하고 있었다. 그의 얼굴이 갑자기 환해졌다. 알아맞힌 것이다. 그것은 다음을 의미했다. 〈그때는 내가 달리 대답할 수가 없었어요.〉

그가 궁금해하는 눈초리로 수줍게 그녀를 바라보았다.

「그때만 그랬던 건가요?」

「네.」 그녀가 미소로 대답했다.

「그렇다면, 지금…… 지금은요?」 그가 물었다.

「자, 이걸 읽어 보세요. 내가 원하던 걸 얘기할게요. 간절히 원하던 것을요!」 그녀가 〈그, 일, 잊, 용, 바〉라고 적었다. 〈그날 일은 잊고 용서하길 바라요〉라는 뜻이었다.

그가 긴장하여 떨리는 손가락으로 분필을 쥐다가 부러뜨리고는 첫 글자만으로 다음과 같이 썼다. 〈잊어야 할 것도 용서해야 할 것도 없습니다. 나는 당신에 대한 사랑을 그만둔 적이 없었으니까요.〉

그녀는 가실 줄 모르는 미소를 머금은 채 그를 바라보았다.

「알겠어요.」 그녀가 속삭이듯 말했다.

그가 자리에 앉아서 긴 문구를 적었다. 모든 걸 파악한 그녀는 〈이런 뜻인가요?〉라고 묻지도 않고 분필을 쥐더니 곧바로 대답을 적었다.

그는 그녀가 쓴 것을 한참 동안 이해하지 못한 채, 그녀의 눈만 자꾸 쳐다보았다. 너무 행복한 탓에 정신이 혼미했다. 그녀가 염두에 둔 말을 도저히 알아맞힐 수 없었다. 그러나 행복으로 빛나는 그녀의 사랑스러운 눈빛에서 그는 알아내야 할 모든 것을 이해할 수 있었다. 그가 글자 세 개를 적었다. 끝까지 다 적기도 전에, 그의 손만 보고서 이미 글자를 읽어 낸 그녀는 자신이 직접 그 문장을 끝내고는 〈네〉라고 대답을 적었다.

「서기 흉내 내기를 하는 겐가?」 공작이 다가와서 말했다. 「극장에 늦고 싶지 않으면 어서 가자꾸나.」

레빈은 자리에서 일어나 문까지 키티를 배웅했다.

이 대화 속에서 모든 이야기가 오고 갔다. 그녀가 그를 사랑하고 있다는 것, 그리고 내일 아침 그가 집으로 올 거라고 아버지와 어머니에게 말씀드리겠노라는 얘기였다.

14

키티가 떠난 뒤 홀로 남은 레빈은 그녀가 없다는 사실에 엄청난 불안감을 느꼈고, 그녀를 다시 만나 영원히 함께하게 될 내일 아침이 어서 빨리 오기를 초조한 마음으로 고대하였다. 그녀 없이 보내야 하는 열네 시간이 마치 죽음인 양 두려웠다. 혼자 남지 않기 위해, 그리고 시간을 의식하지 않기 위해 누군가와 이야기를 나눠야만 했다. 스테판 아르카디치가 그에게는 가장 좋은 말벗이지만, 그는 연회에 가려는 참이라고 했다. 실제로는 발레 공연을 보러 가는 것이었지만 말이다. 레빈은 그에게 자신은 행복하며 그를 사랑하고 있다고, 그가 자신을 위해 해준 일을 절대로 잊지 않겠노라는 말만 가까스로 전할 수 있었다. 스테판 아르카디치의 눈빛과 미소는 레빈이 느끼는 감정이 어떤 것인지 그 역시 잘 알고 있음을 말해 주었다.

「그래, 어떤가? 아직 죽을 때는 아니지?」 스테판 아르카디치가 레빈의 손을 잡으며 감격스럽게 말했다.

「아니고말고!」 레빈이 대답했다.

다리야 알렉산드로브나 역시 레빈과 작별 인사를 나누며 축하한다는 듯이 이렇게 말했다.

「키티와 다시 만나서 얼마나 기쁜지 몰라요. 오래된 우정이니 소중히 여기셔야죠.」

그러나 다리야 알렉산드로브나의 이 말은 레빈에게 그리 유쾌하게 들리지 않았다. 다리야 알렉산드로브나는 이 모든 게 얼마나 고결하고 그녀로서는 범접할 수 없는 것인지를 모르고 있었으며, 따라서 그것에 관해 감히 언급해서는 안 되는 것이었다.

레빈은 그들과 헤어진 뒤 혼자 남기 싫어서 형에게 들러붙었다.

「형은 어디로 가세요?」

「회의하러 간다.」

「나도 같이 갈래요. 그래도 되죠?」

「왜 그러는데? 그래, 같이 가자꾸나.」 세르게이 이바노비치가 웃으면서 말했다. 「너 오늘 무슨 일이 있었던 게냐?」

「저요? 행복해서요. 행복이 찾아왔거든요.」 레빈이 형과 함께 탄 마차의 창문을 내리며 말했다. 「괜찮으세요? 좀 답답해서요. 행복하거든요! 형은 왜 결혼을 안 하셨어요?」

세르게이 이바노비치가 살며시 웃었다.

「아주 기쁘구나. 그 아가씨는 참 매력적인 처자인 것 같더라……」 세르게이 이바노비치가 이야기를 꺼냈다.

「말하지 마세요, 말하지 마시라고요!」 레빈이 두 손으로 형의 외투 깃을 잡고 여며 주면서 소리쳤다. 〈참 매력적인 처자〉라는 말은 그가 느끼는 감정에 어울리는 않는, 너무나 단순하고 저속한 표현이었다.

세르게이 이바노비치는 유쾌하게 웃음을 터뜨렸는데, 그로서는 보기 드문 일이었다.

「그래도 내가 아주 기쁘다는 말은 해도 되겠지.」

「내일은 해도 돼요, 내일요. 더 이상은 안 돼요! 안 된다고요, 이제 그만, 조용!」 레빈은 이렇게 말하고 나서, 다시 한번 형의 외투를 여며 주고는 이렇게 덧붙였다. 「형을 너무나 사랑해요. 그런데, 내가 회의에 같이 가도 될까요?」

「물론 되고말고.」

「오늘 안건은 뭔가요?」 레빈이 여전히 미소 띤 얼굴로 물었다.

그들은 회의장에 도착했다. 레빈은 서기가 더듬거리면서 스스로도 이해하지 못하는 회의록을 낭독하는 소리를 들었다. 그러나 서기의 얼굴을 보고서 곧 그가 얼마나 사랑스럽고 착하고 좋은 사람인지를 알아챘다. 회의록을 읽으면서 머뭇거리고 당황하는 모습에서 그 점을 분명하게 알 수 있었다. 이제 발언이 시작되었다. 일정한 금액을 공제하는 문제와 어떤 관(管)을 부설하는 안에 대해서 논의가 이루어졌다. 세르게이 이바노비치는 두 명의 의원을 공격하여 기분을 상하게 했고, 무언가에 대해 한참 동안 의기양양하게 떠들었다. 종이에 무언가를 적고 있던 또 다른 의원은 처음에는 기가 죽어 있더니, 나중에는 그에게 독설을 퍼부으며 멋지게 응수했다. 그다음에는 스비야시스키(그도 거기에 있었다) 역시 뭔가 아주 멋들어지고 우아한 이야기를 했다. 그들이 하는 말을 들으면서 레빈은 공제된 액수나 관 따위는 아무것도 아님을, 저들은 지금 화를 내고 있는 것이 전혀 아니며 죄다 아주 선량하고 훌륭한 사람들임을, 저들 사이에서 모든 일이 순조롭게 잘 진행되고 있음을 분명하게 느꼈다. 그들은 그 누구도 방해하지 않았고, 모두가 흡족해했다. 레빈에게 놀라웠던 점은, 지금 그들 모두가 속까지 훤히 들여다보인다는 것이었다. 예전에는 눈에 띄지 않았던 작은 징후를 통해서 그는 사람들 각각의 영혼을 알아보게 되었으며, 모두가 착한 사람들이라는 것을 분명히 깨닫게 되었다. 특히 오늘은 그를, 레빈을 모든 이들이 너무나도 사랑해 주었다. 그와 대화를 나누는 사람들의 모습에서, 심지어 모르는 사람들마저 죄다 그를 사랑스럽게,

다정하게 바라보는 것에서 그 점을 분명히 알 수 있었다.

「그래, 어떠냐, 만족스러웠느냐?」세르게이 이바노비치가 물었다.

「무척요. 이렇게 재미있는 줄은 정말 몰랐어요! 멋져요, 훌륭합니다!」

스비야시스키가 레빈에게 다가와 자기 집에 차를 마시러 가자고 권했다. 레빈은 자기가 스비야시스키의 어떤 점을 못마땅하게 여겼었는지, 그에게서 뭘 찾아내려고 했었는지 이해할 수도 기억할 수도 없었다. 그는 지혜롭고 놀라울 정도로 선량한 사람이었다.

「아, 좋고말고.」레빈은 대답하고는 그의 아내와 처제의 안부를 물었다. 그의 머릿속에서 스비야시스키의 처제에 대한 생각은 이상한 연상 작용에 의해서 결혼과 관련되어 있었기에, 자신의 행복에 관해 얘기하는 데 스비야시스키의 아내와 처제보다 더 좋은 상대는 없을 것 같았다. 그래서 그들을 만나러 가는 게 참으로 기뻤다.

스비야시스키는 그에게 시골 영지의 농사에 관해 물었으며, 언제나 그렇듯이 유럽에서 볼 수 없는 무언가를 거기서 발견할 가능성은 전혀 염두에 두지 않았다. 그러나 지금 레빈에게 그런 것쯤은 전혀 불쾌하지 않았다. 오히려 반대로 스비야시스키의 생각이 옳으며, 농사일이고 뭐고 다 하찮게 느껴지는 것이었다. 게다가 스비야시스키가 자신의 정당성을 입증하려는 발언을 놀라울 만치 점잖고 온화한 태도로 자제하고 있다는 사실을 그는 알아차렸다. 스비야시스키의 아내와 처제 또한 아주 상냥했다. 레빈은 그들이 모든 걸 이미 다 알고서 자신에게 공감하고 있으면서도 조심하느라 얘길 꺼내지 않는 거라고 생각했다. 그는 한 시간, 두 시간, 세 시간을 내리 앉아서 온갖 것에 대해 떠들었지만 그것들이 오직 자신의 영혼을 가득 채우고 있는 그 한 가지만을 암시했으며, 그들이 자신에게 몹시 싫증이 났고, 잠자리에 들 시간이 지나도 한참 지났다는 사실조차 눈치채지 못했다. 스비야시스키는 하품을 하면서, 친구의 상태가 참으로 이상하다고 여기며 그를 현관까지 배웅해 주었다. 1시가 넘은 시각이었다. 호텔로 돌아온 레빈은 아직도 남아 있는 열 시간을 이제 혼자서 초조하게 보내야 한다는 생각에 겁을 먹었다. 불침번을 도는 하인이 그의 방에 촛불을 켜주고 나가려는 걸 레빈이 멈춰 세웠다. 예고르라는 이름의 그 하인을 전에는 눈여겨보지 않았는데, 알고 보니 아주 영리하고 성격 좋고, 무엇보다 선량한 사람이었다.

「어떤가, 예고르, 잠을 못 자서 힘들지?」

「뭐 어쩌겠습니까! 제 직무가 그런 건데요. 주인 나리 댁에서 일하면 더 편하겠지만, 그 대신 여기 있으면 수입이 더 들어오니까요.」

예고르에게는 가족이 있었다. 아들 셋과 재봉사 딸 하나를 두었는데, 딸은 마구상 점원에게 시집보낼 작정이라고 했다.

그 참에 레빈은 예고르에게 결혼에서 중요한 것은 사랑이며, 사랑만 있다면 항상 행복할 것이라고, 왜냐하면 행복은 자신의 내면에 있는 것이기 때문이라고 자신의 생각을 전했다.

레빈이 하는 말을 주의 깊게 들은 예고르는 그의 생각을 완전히 이해한 게 분명했고, 레빈으로서는 느닷없는 언급으로 그것을 확인시켜 주었다. 얘기인즉, 그는 좋은 주인을 모시고 살 때면 항상 주인 나리에게 만족했으며, 지금도 비록 주인이 프랑스인이긴 하지만 그에게 전적으로 만족하고 있다는 것이었다.

〈정말로 착한 사람이야.〉 레빈은 생각했다.

「그런데, 예고르, 자네는 결혼할 때 아내를 사랑하고 있었나?」

「어떻게 사랑하지 않을 수가 있겠습니까?」 예고르가 대답했다.

레빈이 보기에는 예고르 역시 가슴이 벅차올라서 자신의 감정을 털어놓고 싶어 하는 것 같았다.

「제 인생도 참 희한했답니다. 저는 어릴 적부터…….」 그가 눈동자를 빛내며 자기 얘기를 시작했다. 사람들이 하품에 전염되듯이, 레빈의 환희가 그에게도 전염된 게 틀림없었다.

그러나 바로 그때 초인종이 울리는 바람에 예고르는 가버리고 레빈 혼자 남았다. 만찬 때 아무것도 안 먹다시피 한 데다 스비야시스키 집에서도 차와 저녁 식사를 사양했음에도, 레빈은 저녁밥 생각이 나질 않았다. 간밤에도 잠을 못 잤지만, 잠잘 생각 역시 나질 않았다. 선선한 방 안에서도 그는 열기 때문에 답답했다. 레빈은 양쪽 통풍창을 모두 열고서 창문 맞은편의 탁자 옆에 앉았다. 눈 덮인 지붕 너머 사슬 무늬가 돋아 있는 십자가가 보였고, 그 위로는 노랗게 빛나는 카펠라 성과 세모꼴의 마부좌가 드높이 솟아올라 있었다. 그는 십자가와 별자리를 번갈아 바라보며 방 안으로 고르게 들어오는 냉랭하고 신선한 공기를 들이마셨고, 마치 꿈속인 양 머릿속에 떠오르는 이미지와 기억들을 좇았다. 3시경 그는 복도를 지나가는 발소리를 듣고서 문틈으로 밖을 내다보았다. 그와 안면이 있는 도박꾼 먀스킨이 클럽에서 돌아오는 길이었다.

그는 침울한 표정으로 이맛살을 찌푸리고 기침을 내뱉으며 걷고 있었다. 〈가여워라, 불쌍한 사람 같으니라고!〉 레빈은 생각했다. 그 사람에 대한 사랑과 연민으로 눈에 눈물이 고였다. 그와 이야기를 나누고 그를 위로해 주고 싶었다. 하지만 자신이 달랑 루바시카만 걸치고 있다는 것을 상기하고는 마음을 돌렸고, 차가운 공기에 멱을 감기 위해, 말이 없으되 그에게는 의미로 충만한 저 신기한 모양의 십자가와 높이 떠올라 노랗게 반짝이는 별을 바라보기 위해 다시 창가에 앉았다. 6시가 되자 청소부들의 웅성거림과 함께 예배를 알리는 종소리가 울렸다. 레빈은 온몸에 스며드는 한기를 느꼈다. 그는 통풍창을 닫고서 세수를 한 다음 옷을 입고 거리로 나섰다.

15

거리는 아직 황량했다. 레빈은 걸어서 셰르바츠키 일가의 저택으로 갔다. 출입문은 잠겨 있었고, 아직 모두가 잠들어 있었다. 그는 다시 호텔 방으로 되돌아가서는 커피를 주문했다. 이제 예고르가 아닌 당직 하인이 커피를 날라 왔다. 레빈은 그와 얘기를 나누고 싶었지만, 벨이 울리는 바람에 그는 나가 버렸다. 레빈은 커피를 한 모금 마시고서 흰 빵을 입에 넣었으나, 입은 도무지 그 흰 빵을 가지고서 뭘 해야 할지를 모르는 것 같았다. 레빈은 빵을 뱉어 내고는 외투를 입고서 다시 나가 거리를 거닐었다. 그가 두 번째로 셰르바츠키 저택의 현관에 도착했을 때는 9시가 지나 있었다. 집 안에서는 사람들이 이제 막 잠자리에서 일어난 참이었고, 요리사는 식료

품을 사러 가는 중이었다.

적어도 두 시간은 더 있어야 했다. 그 전날 밤과 당일 오전 내내 레빈은 완전히 무의식 속에서 지냈고, 물질적인 삶으로부터 완전히 벗어난 것 같은 기분이었다. 하루 종일 아무것도 먹지 않은 데다 이틀 밤을 꼬박 새우고 옷도 제대로 입지 않은 채 영하의 추위 속에서 몇 시간을 보냈는데도 그는 자신이 그 어느 때보다 생기 있고 건강하다고 생각했으며, 그러면서도 육신으로부터 완벽하게 해방된 듯한 느낌이 들었다. 근육에 힘을 들이지 않고도 움직일 수가 있었고, 모든 것을 다 할 수 있을 것만 같았다. 필요하다면 공중으로 날아오르거나 건물 한구석을 옮겨 놓을 수도 있으리라는 확신이 들었다. 그는 끊임없이 시계를 들여다보거나 주위를 둘러보면서 거리를 거닐며 남은 시간을 보냈다.

그리고 그때 그는, 그 후로 다시는 보지 못할 것들을 보았다. 등교하는 아이들과 지붕에서 보도로 날아드는 회청색 비둘기들, 보이지 않는 손이 진열해 놓은 밀가루가 뿌려진 둥그런 흰 빵이 특히 그를 감동시켰다. 그 흰 빵과 비둘기들, 두 명의 사내아이는 이 세상의 존재가 아니었다. 그 모든 일이 동시에 일어났다. 한 소년이 비둘기를 향해 달려왔고, 미소를 지은 채 레빈을 쳐다보았다. 비둘기는 날개를 퍼덕이더니 햇빛을 받아 반짝이며 대기를 떠다니는 눈먼지 속으로 날아올랐다. 조그만 창문에서는 구운 빵 냄새가 풍기더니 흰 빵들이 놓여졌다. 한꺼번에 벌어진 이 모든 일이 너무나 좋아서 레빈은 웃었고, 또 기쁨에 겨워 울었다. 그는 가제트니 골목과 키슬롭카 거리를 따라 한참을 우회하여 다시 호텔로 돌아와서는 시계를 앞에 놓고 앉아 12시가 되기를 기다렸다. 옆방에서 사람들이 무슨 기계와 속임수에 관해 뭔가 얘기를 나누면서 아침결의 마른기침 소리를 냈다. 그들은 시곗바늘이 벌써 12시를 향하고 있다는 것도 모르고 있었다. 마침내 시곗바늘이 12시를 가리켰다. 레빈은 현관으로 나왔다. 마부들도 모든 걸 알고 있는 듯했다. 그들은 흐뭇한 표정을 지은 채 레빈을 에워싸고는 서로 말다툼을 하면서 자기 마차를 타라고 권했다. 레빈은 남은 마부들의 기분이 상하지 않도록 신경을 쓰면서 나중에 그들 것도 타겠노라고 약속한 뒤 그중 한 사람을 불러다가 셰르바츠키 댁으로 가자고 일렀다. 마부의 모습은, 카프탄 바깥으로 나온 셔츠 깃이 굵고 다부진 불그레한 목 주변에 빳빳하게 세워져 있는 게 꽤 멋졌다. 이 마부의 썰매는 높다랗고 편안했는데, 레빈은 그 뒤로는 두 번 다시 그런 것을 타볼 수 없었다. 말도 멋졌다. 말은 달리려고 기를 쓰면서도 제자리에서 움직이지 않는 것만 같았다. 셰르바츠키가의 저택을 잘 알고 있던 마부는 승객에 대한 예의로서 유달리 정중하게 양쪽 팔꿈치를 약간 굽히고서 〈프루!〉 하고 외치고는 현관 앞에 말을 멈춰 세웠다. 셰르바츠키 저택의 문지기도 모든 사정을 파악하고 있는 것 같았다. 두 눈에 머금은 미소와 그가 하는 말에서 그것을 느낄 수 있었다.

「오랜만에 오셨군요, 콘스탄틴 드미트리치!」

그는 모든 걸 알고 있을 뿐만 아니라, 레빈에게 확연히 느껴지는바 기쁨으로 벅차 있었으며 그런 기색을 감추려 애쓰는 것 같았다. 늙은이의 정다운 두 눈을 바라보면서 레빈은 자신의 행복에 무언가 새로운 점이 또 있었다는 걸 깨달았다.

「다들 일어나셨는가?」

「어서 드시지요! 이건 여기 두시고요.」 레빈이 모자를 가지러 되돌아오려고 하자 그가 빙그레 웃으면서 말했다. 무언가를 의미하는 미소였다.

「어느 분께 아뢸까요?」하인이 물었다.

나이 어린 신출내기로, 멋을 잔뜩 부렸지만 아주 착하고 좋은 사람이었다. 그 역시 모든 걸 파악하고 있었다.

「공작 부인께…… 공작님께…… 아가씨에게도…….」레빈이 말했다.

그가 처음으로 마주친 사람은 마드무아젤 리농이었다. 그녀는 홀을 가로질러 걸어왔는데, 말아 올린 머리채와 얼굴이 환히 빛나고 있었다. 레빈이 그녀와 막 대화를 시작했을 때, 갑자기 문 뒤에서 발소리와 옷자락이 사각거리는 소리가 들렸다. 그러자 마드무아젤 리농은 레빈 곁에서 사라져 버리고, 자신의 행복이 가까이 있다는 기쁨에 찬 두려움이 그의 온몸에 퍼졌다. 마드무아젤 리농은 그를 남겨 둔 채 서둘러 다른 쪽 문으로 향했다. 그녀가 막 나갔을 때 가벼운 종종걸음 소리가 마룻바닥을 따라 울렸다. 그의 행복이자 그의 삶이며 그 자신, 그가 그토록 오랫동안 찾고 원했던, 자기 자신보다 더 훌륭한 존재가 그를 향해 전속력으로 다가오고 있었다. 그녀는 걷고 있는 게 아니라, 어떤 보이지 않는 힘에 의해 그에게로 향하고 있었다.

레빈의 눈에 보이는 것이라고는 오직 그의 마음을 가득 채운 것과 똑같은 사랑의 기쁨으로 두려워하는 그녀의 맑고 진실한 눈동자뿐이었다. 그 눈동자는 점점 더 가까이서 반짝이며 눈부신 사랑의 빛으로 그의 눈을 멀게 했다. 그녀가 레빈에게 기대며 그의 곁에 멈춰 섰다. 그러고는 팔을 올려 그의 어깨 위에 얹었다.

그녀는 할 수 있는 모든 것을 했다. 그에게 다가와, 두려움 속에서도 기뻐하며 온몸을 내맡겼다. 그는 그녀를 안고서 그의 입맞춤을 갈구하는 그녀의 입술에 자기 입술을 포갰다.

그녀 또한 밤새 잠을 못 이루었고, 오전 내내 그를 기다렸다. 어머니와 아버지는 두말할 것도 없이 찬성이었으며, 그녀의 행복으로 자신들도 행복해했다. 그녀는 레빈을 기다리고 있었다. 자신이 먼저 그를 만나 자신과 그의 행복을 고하고 싶었던 것이다. 혼자서 그를 맞이할 작정이었고, 그런 생각에 흐뭇해하면서도 겁을 내기도 하고, 부끄러워하기도 했으며, 무엇을 해야 할지 스스로도 알 수 없어 갈팡질팡했다. 그녀는 그의 발소리와 목소리를 듣고서 문 뒤에 선 채 마드무아젤 리농이 물러가기만을 기다리고 있었다. 마드무아젤 리농이 떠났고, 그러자 그녀는 무엇을 어떻게 할 것인지 자문하지도, 생각하지도 않고서, 그에게 다가가 방금 전의 일을 해낸 것이다.

「어머니를 뵈러 가요!」 그녀가 그의 손을 잡고 말했다. 그는 한참 동안 아무 말도 할 수가 없었다. 말을 함으로써 자신의 고귀한 감정을 망쳐 버릴까 염려했다기보다는, 뭔가 말하려고 할 때마다 매번 말 대신 행복의 눈물이 쏟아질 것 같았기 때문이었다. 그는 그녀의 손을 잡고서 입을 맞췄다.

「이게 정말 사실입니까?」 그가 마침내 꽉 잠긴 목소리로 말했다. 「당신이 나를 사랑한다는 게 믿기지가 않아요!」

〈당신〉이라는 말과, 자신을 쳐다보는 그의 눈에 어린 수줍음에 그녀는 미소를 지었다.

「사실이에요!」 그녀가 천천히, 의미심장하게 말을 이었다. 「나는 너무나 행복해요!」

그녀는 그의 손을 놓지 않은 채 응접실로 들어섰다. 그들을 본 공작 부인이 잦은 숨을 들이쉬더니 울음을 터뜨리고는 다시 활짝 웃었다. 그러고는 레빈으로서는 예기치 못한 힘찬 발걸음으로 다가와 그의 얼굴을 부여잡고는 입을 맞추며 그의 뺨을 눈물로 적셨다.

「이제 다 됐구나! 나는 기쁘다네. 이 아이를 사랑해 주게. 엄마는 기쁘단다, 키티!」

「일이 빨리도 풀렸구먼!」 공작이 무심한 척하려 애를 쓰며 말했다. 그러나 레빈은 자신을 돌아보는 그의 두 눈이 젖어 있는 것을 알아챘다.

「오래전부터 늘 이렇게 되기를 바랐네!」 그가 레빈의 손을 잡고서 자기 쪽으로 끌어당기며 말했다. 「저 바람기 많은 딸애가 갑자기 그런 생각을 했을 때도 나는 —」

「아빠!」 키티가 소리를 지르고는 얼른 공작의 입을 손으로 막았다.

「그래, 그만하마!」 그가 말했다. 「나는 너무, 너무, 기쁘…… 허! 참! 내가 이토록 바보같이…….」

그는 키티를 품에 안고서 그녀의 얼굴과 손에, 그리고 다시 얼굴에 입을 맞추고는 성호를 그어 주었다.

레빈은 키티가 아버지의 통통한 손에 한참을 다정하게 입 맞추는 것을 보고서, 이제껏 낯설기만 했던 이 사람, 노공작에 대한 새로운 애정에 사로잡혔다.

16

공작 부인은 안락의자에 앉아 말없이 웃고만 있었다. 공작도 그녀 곁에 앉았다. 키티는 여전히 공작의 손을 놓지 않은 채 그의 의자 옆에 서 있었다. 모두가 말이 없었다.

공작 부인이 먼저 나서서 온갖 것을 주워섬기며 생각과 감정을 온통 현실의 문제로 돌려놓았다. 처음에 그것은 모두에게 똑같이 이상하고, 심지어 고통스러운 것으로 느껴졌다.

「언제 하죠? 축복도 해주고 모두에게 알려야 하잖아요. 결혼식은 언제 할까요? 당신 생각은 어때요, 알렉산드르?」

「여기 이 친구가 있잖소.」노공작이 레빈을 가리키며 말했다.「이제 이 사람이 주인공이오.」

「언제 하냐고요?」레빈이 얼굴을 붉히며 말했다.「내일요. 만약 제 의견을 물으신다면, 제 생각으로는 오늘 축복을 받고 내일 결혼식을 올리는 게 좋겠습니다.」

「됐네, mon cher(이 사람아), 터무니없는 소리!」

「그럼, 일주일 뒤에 하죠.」

「확실히 제정신이 아니군.」

「아니, 왜 그러십니까?」

「아이고, 그만하게!」그토록 서두르는 모습에 공작 부인이 흐뭇하게 웃으며 말했다.「지참금은 어떻게 할까?」

〈정말로 지참금이니 뭐니 하는 그 온갖 것들을 다 챙겨야 하나?〉레빈은 속으로 경악했다. 〈하지만 그렇다고 지참금이니 축복이니 하는 것들이 과연 나의 행복을 망칠 수 있을까? 그 무엇도 망칠 수 없어!〉키티를 힐끔 쳐다본 그는 지참금에 대한 생각이 그녀의 기분을 전혀 상하게 하지 않았음을 알아챘다. 〈그러니까, 이건 필요한 거야.〉

「저는 아무것도 모릅니다. 다만 제 바람을 말씀드렸을 뿐이에요.」그가 사죄하듯 말했다.

「그러면 우리가 알아서 정하겠네. 이제 축복해 주고 사람들에게 알려도 되겠군. 그러면 되겠어.」

공작 부인은 남편에게 다가가 입을 맞추고는 자리를 뜨려했다. 하지만 공작이 그녀를 붙잡아 끌어안고는 사랑에 빠진 청년처럼 다정하게 미소 띤 얼굴로 그녀에게 여러 차례 입을 맞추었다. 자기들이 다시 사랑에 빠진 것인지, 아니면 자기네 딸이 그런 것인지, 노부부가 순간적으로 제대로 인지하지 못하고 헷갈린 게 틀림없었다. 공작과 공작 부인이 나가자 레빈은 다시 자신의 신부에게 다가가 손을 잡았다. 그는 이제 스스로를 제어하고, 말도 할 수 있었다. 그는 키티에게 많은 얘기를 해야 했다. 그러나 정작 해야 할 말이 아닌 다른 이야기가 입에서 튀어나왔다.

「이렇게 될 줄 알았어요! 결코 희망을 가진 적은 없었지만, 마음속으로는 항상 확신하고 있었어요.」 그가 말했다. 「이건 예정되어 있었다고 믿어요.」

「나는 어떤 줄 아세요?」 그녀가 입을 열었다. 「심지어 그때도…….」 그녀가 하던 말을 멈추고서 특유의 진심 가득한 눈으로 그를 단호하게 쳐다보더니 다시 말을 이었다. 「심지어 내가 나 자신에게서 행복을 밀어냈을 때조차도 나는 믿고 있었어요. 나는 늘 당신 한 사람만을 사랑했지만, 정신이 팔렸던 거예요. 이 말은 해야겠어요……. 그 일을 잊어 줄 수 있나요?」

「아마도 전화위복인 것 같습니다. 당신이야말로 저의 많은 것들을 용서해야 해요. 당신에게 해야 할 말이 있는데…….」

그것은 그가 키티에게 털어놓기로 결심한 것 중 한 가지였다. 그는 그녀에게 첫날부터 두 가지 사실을 고백하기로 결심한 터였다. 하나는 그가 키티처럼 순결하지 않다는 사실이었고, 다른 하나는 그가 신자가 아니라는 점이었다. 괴로운 일이었지만 그는 두 가지 모두 얘기해야 한다고 생각했다.

「아니, 지금은 아닙니다. 나중에 하죠!」 그가 말했다.

「좋아요, 나중에 하세요. 하지만 꼭 얘기해 줘야 해요. 나는 아무것도 두렵지 않아요. 나는 모든 걸 알아야 해요. 이제 다 정해졌으니까요.」

그가 마저 덧붙였다.

「내가 어떤 사람이든, 당신은 나를 받아 주기로, 나를 거부하지 않기로 정해진 거죠? 그렇죠?」

「네, 그래요.」

그들의 대화는 마드무아젤 리농에 의해 중단되었다. 그녀는 가식적이긴 하지만 어쨌거나 정다운 미소를 지은 채 와서 자신의 사랑하는 제자를 축하해 주었다. 그녀가 나가기도 전에 이번에는 하인들이 축하 인사를 전하러 왔다. 그다음으로는 친척들이 찾아와 행복으로 가득한 북새통을 이루었고, 레빈은 결혼식 다음 날까지 그런 난리법석에서 벗어날 수가 없었다. 내내 거북하고 무료했지만 행복한 긴장감은 점점 커져만 갔다. 그로서는 알지 못하는 많은 것들이 자신에게 요구되고 있다는 것을 그는 끊임없이 실감하면서도 사람들이 요구하는 온갖 것들을 그는 다 해냈으며, 그 모든 것이 그에게 행복감을 안겨 주었다. 자신의 혼사는 다른 경우들과 비슷한 점이 전혀 없을 것이며, 혼사의 흔한 조건들은 자신의 행복을 망쳐 버릴 뿐이라고 생각해 온 그였다. 그러나 결국에는 그 역시 다른 사람들이 하는 것과 똑같이 하였는데, 그로 인해 오히려 행복은 점점 커지기만 할 뿐 다른 경우와 비슷한 점이라곤 전혀 없고 앞으로도 없을 특별한 것이 되어 갔다.

「이제 당과를 좀 먹읍시다.」마드무아젤 리농이 말하자, 레빈은 썰매를 타고 당과를 사러 갔다.

「참으로 기쁘네.」스비야시스키는 이렇게 말했다. 「부케는 포민의 가게에서 사게나.」

「그래야 하나요?」그래서 그는 포민의 가게로 갔다.

형은 선물이니 뭐니 하여 지출이 많아질 테니 돈을 빌려야 한다고 일러 주었다.

「선물을 사야 하나요?」그래서 그는 풀데의 가게로 갔다.

과자 가게, 포민의 가게, 풀데의 가게 모두에서 사람들이 그를 기다리고 있었으며, 최근 그와 용무가 있었던 다른 모든 이들과 마찬가지로 그를 반기며 행복을 축하해 주었다. 기묘했던 건, 모든 사람들이 그를 좋아해 줄 뿐만 아니라 전에는 그에게 냉담하고 차갑고 무관심했던 사람들이 그를 보고 감탄하면서 매사에 그의 뜻을 따르고, 그의 감정을 조심스럽게 대하고, 신붓감이 너무나 완벽하기 때문에 자신이 세상에서 가장 행복한 사람이라는 그의 확신에 공감해 주는 것이었다. 키티 역시 똑같은 감정을 느꼈다. 노드스톤 백작 부인이 자신은 좀 더 나은 상대를 바랐다는 암시를 주었을 때, 키티는 화를 벌컥 내면서 레빈보다 더 나은 상대는 이 세상에 결코 있을 수 없다고 단호하게 말했다. 그리하여 노드스톤 백작 부인은 그 사실을 인정해야만 했으며, 이제 키티 앞에서 기쁨의 미소를 짓지 않고서 레빈을 맞이하는 일은 없었다.

그가 약속했던 고백이 그 시절에 벌어진 단 하나의 비통한 사건이었다. 그는 노공작과 의논하고 그의 허락을 받아, 자신을 괴롭혀 온 사연이 적혀 있는 일기장을 키티에게 건네주었다. 미래의 신붓감을 염두에 두고서 썼던 일기였다. 두 가지 사실, 즉 자신이 순결하지 못하다는 점과 신앙이 없다는 점이 그를 괴롭혔다. 신자가 아니라는 사실은 별다른 일 없이 넘어 갔다. 그녀는 종교적인 사람이었고 종교의 진리를 한 치도 의심한 적이 없었지만, 그의 외면적인 불신앙은 그녀에게 전혀 문제 될 것이 없었다. 그녀는 사랑으로 그의 영혼을 샅샅이 알고 있었으며 그의 영혼 속에서 자신이 원하던 바를 발견하곤 했기에, 그러한 영혼의 상태가 불신자라고 일컬어진다는 것은 그녀에게 아무 상관 없는 일이었다. 하지만 또 다른 고백은 그녀로 하여금 쓰디쓴 눈물을 흘리게 했다.

레빈이 내면의 갈등 없이 그녀에게 자신의 일기장을 건넨 것은 아니었다. 그는 자신과 그녀 사이에는 비밀이 있을 수 없으며 있어서도 안 된다고 알고 있었고, 따라서 응당 그렇게 해야만 한다고 판단을 내렸던 것이다. 하지만 그러한 처사가 어떤 영향을 미칠 것인지에 대해서는 제대로 이해하지 못했으며, 그녀의 입장에 서보지도 못했다. 다만 그날 저녁 극장 공연을 보러 가기 전에 집으로 와서 그녀의 방으로 들어가 자신이 초래한 돌이킬 수 없는 고통으로 눈물범벅이 된 불행하고 가엾고 사랑스러운 그 얼굴을 보았을 때에야, 그는 자신의 치욕스러운 과거를 그녀의 비둘기 같은 순결함으로부터 갈라놓는 그 수렁의 존재를 이해하였고, 자신이 저지른 짓에 대해 경악하였다.

「이 끔찍한 공책들을 가져가세요, 가져가라고요!」 그녀가 책상 위에 놓인 공책들을 밀쳐 내면서 말했다. 「왜 나에게 저 것들을 줬나요! ……아니에요, 그럼에도 불구하고 이러는 편이 더 나아요.」 절망에 잠긴 그의 얼굴을 보고서 연민을 느낀 그녀가 덧붙였다. 「하지만 이건 끔찍해요, 끔찍하단 말예요!」

그는 고개를 떨군 채 말이 없었다. 아무 말도 할 수 없었다.

「나를 용서해 주지 않을 테죠.」 그가 속삭이듯 말했다.

「아니에요, 용서했어요. 하지만 끔찍해요!」

그러나 행복이 너무나 컸기에, 그 고백조차 그것을 깨뜨리지 못했고 단지 새로운 뉘앙스를 더해 줄 뿐이었다. 그녀는 그를 용서했다. 하지만 그때부터 그는 더욱더 자신을 그녀보다 못한 존재로 여기게 되었으며, 그녀 앞에서 도덕적으로 스스로를 더욱 낮추고 자신의 과분한 행복을 한층 더 귀하게 여기게 되었다.

17

만찬 때와 그 후에 나누었던 대화에서 받은 인상들을 하나씩 음미하듯 무심결에 떠올리며, 알렉세이 알렉산드로비치는 자신의 쓸쓸한 호텔 방으로 돌아왔다. 용서하라는 다리야 알렉산드로브나의 말은 그에게서 노여움만을 불러일으켰다. 자신이 겪은 일에 그리스도교적 규범을 적용할 것이냐 말 것이냐는 쉽게 논할 수 없는 너무나 어려운 문제였으며, 이미 오래전에 알렉세이 알렉산드로비치에 의해서 부정적인 방향으로 매듭지어진 터였다. 그날의 발언들 가운데 그의 머릿속에 가장 인상 깊게 박힌 것은 우둔하지만 선량한 투롭친의 말이었다. 〈아주 **용감한 처사다. 결투를 신청해서 죽여 버렸으니.**〉 예의를 차리느라 말은 하지 않았지만, 모두가 그 말에 공감하고 있는 게 틀림없었다.

〈하지만 이미 끝난 일이니 이걸 가지고서 더 이상 고민할 건 없어.〉알렉세이 알렉산드로비치는 생각했다. 그러고는 목전에 다가온 출장과 감찰 업무에 대해서 생각했다. 그는 호텔 방으로 가서 그를 안내해 준 수위에게 자신의 시종은 어디 있느냐고 물었다. 시종은 방금 전에 나갔다고 수위가 전했다. 알렉세이 알렉산드로비치는 차를 시킨 다음 탁자에 앉아 프룸[16]을 집어 들고 여행 경로를 따져 보기 시작했다.

「전보가 두 통 왔습니다.」 호텔로 돌아온 시종이 방으로 들어오면서 말했다. 「죄송합니다, 각하. 방금 전에 나갔다가 들어오는 길입니다.」

알렉세이 알렉산드로비치는 전보를 받아 들고서 봉투를 뜯었다. 첫 번째 것은 그가 오르고자 했던 자리에 스트레모프가 임명되었다는 소식이었다. 그는 전보를 내던지고는 얼굴을 붉힌 채 자리에서 일어나 방을 서성이기 시작했다. 그는 〈Quos vult perdere dementat(신은 자신이 파멸시키고자 하는 사람들에게서 이성을 앗아가 버린다)〉라고 중얼거렸는데, 여기서 quos(사람들)는 이 인사에 협력한 자들을 염두에 둔 표현이었다. 그 자리를 얻지 못한 것이나, 자신이 틀림없이 배제되었으리라는 점은 억울하지 않았다. 하지만 수다쟁이에다 허풍쟁이인 스트레모프가 그 누구보다도 그 자리에 부적합하다는 사실을 사람들이 몰랐다는 건 도무지 납득이 가지 않고 놀라울 뿐이었다. 이런 인사가 자기 자신을, 자신의 prestige(위신)를 망쳐 버린다는 걸 어떻게 그들은 모른단 말인가!

---

16 페테르부르크에서 1870년 F. B. 프룸이 출간한 『러시아 철도 안내』의 줄임말. 러시아어로 출간되었으나 표제에는 영어가 병기되어 있었다. 러시아 주요 역에서 구입할 수 있었다.

「또 이런 유의 소식이겠지.」그가 두 번째 전보를 뜯으면서 신경질적으로 뇌까렸다. 전보는 아내에게서 온 것이었다. 파란색 연필로 적힌 〈안나〉라는 서명이 가장 먼저 그의 눈에 띄었다. 〈나는 죽어 가고 있어요. 제발 부탁이에요, 돌아와 주세요. 용서를 받으면 더 편하게 눈감을 수 있을 거예요.〉그는 경멸에 찬 미소를 지으며 전보를 내던졌다. 처음 든 생각은, 의심의 여지가 전혀 없는 교활한 속임수라는 추측이었다.

〈그녀가 저지르지 못할 속임수는 없어. 분명 아이를 낳았을 테지. 어쩌면 산증(疝症)일지도 몰라. 한데, 저들의 목적이 대체 뭘까? 아이를 호적에 올려서 내 명예를 훼손하고 이혼을 방해하려는 건가.〉그가 생각했다. 〈그런데 무슨 얘기더라……. 죽어 간다고 했나…….〉그는 전보를 다시 읽었다. 그러자 갑자기 거기 적힌 말의 문자 그대로의 의미가 그에게 충격을 가했다. 〈이게 만일 사실이라면?〉그가 자문했다. 〈만약 정말로 그녀가 고통과 임박한 죽음 앞에서 진심으로 회개하고 있는 거라면, 그런데도 내가 그걸 속임수라 여기고 돌아오라는 청을 거절한다면? 그건 단지 잔인한 처사에 그치지 않아. 모두가 나를 비난할 테고, 내 입장에서도 어리석은 짓이 될 거라고.〉

「표트르, 마차를 잡게. 페테르부르크로 가겠네.」그가 시종에게 말했다.

알렉세이 알렉산드로비치는 페테르부르크로 가서 아내를 만나 보기로 결심하였다. 만일 그녀의 병이 속임수라면, 그는 아무 말도 없이 떠날 것이었다. 그녀가 정말로 병을 얻어 죽음을 앞두고서 그를 보고 싶어 하는 거라면, 그는 그녀를 용서할 참이었다. 아직 살아 있을 때 보게 된다면 말이다. 만에 하나 너무 늦게 도착하게 된다면 영결식에라도 참석할 작정이었다.

길을 가는 내내 그는 무엇을 해야 할지에 대해서는 더 이상 생각하지 않았다.

한밤중의 기차간에서 몰려드는 피로감과 씻지 못해 꺼림칙한 느낌을 품은 채, 페테르부르크의 새벽안개를 뚫고서 텅 빈 넵스키 대로를 지나던 알렉세이 알렉산드로비치는 무엇이 자신을 기다리고 있을지 생각하지 않은 채 그저 앞만 바라보았다. 자신을 기다리는 것을 떠올리면 아내의 죽음이 이 힘든 상황을 단번에 타개해 주리라는 기대를 떨쳐 버릴 수가 없었기에, 그는 그런 생각을 할 수가 없었다. 빵집들, 문이 닫힌 상점들, 밤거리의 마부들, 보도를 쓸고 있는 문지기들이 눈에 아른거렸다. 그는 자신을 기다리고 있는 것, 감히 바라서는 안 되는 것이지만 그럼에도 불구하고 내심 갈망하고 있는 것을 마음속에서 지워 버리려 애쓰면서 그 모든 것을 관찰하였다. 그가 탄 마차가 현관 앞에 당도했다. 삯마차와 잠든 마부가 타고 있는 유개 마차가 현관 앞에 서 있었다. 현관 안으로 들어서면서 알렉세이 알렉산드로비치는 머릿속 귀퉁이에서 결심을 꺼내듯 다시 확인해 보았다. 그것은 다음과 같은 내용이었다. 〈만일 속임수라면 조용히 경멸을 표하고 떠날 것. 만일 사실이라면, 예의를 지키는 거다.〉

알렉세이 알렉산드로비치가 초인종을 울리기도 전에 수위가 문을 활짝 열었다. 페트로프 혹은 카피토니치라고 불리는 수위는 넥타이도 없이 낡은 프록코트를 입고 단화를 신은 기묘한 차림이었다.

「마님은 어찌 되셨는가?」

「어제 무사히 해산하셨습니다.」

그 자리에 멈춰 선 알렉세이 알렉산드로비치의 낯빛이 창백해졌다. 자신이 얼마나 그녀의 죽음을 바랐는지 그는 이제야 분명히 깨달았다.

「건강은 어떠신가?」

코르네이가 앞치마 차림으로 계단을 뛰어 내려왔다.

「아주 안 좋으십니다.」 그가 대답했다. 「어제 의사가 왕진을 다녀갔고, 지금도 와 있습니다.」

「짐을 들여놓게.」 그래도 어쩌면 죽을 수도 있다는 희망적인 소식에 한결 마음을 놓으며 그가 수위에게 일렀다.

현관 안으로 들어서니 옷걸이에 군용 외투가 걸려 있었다. 그것을 본 알렉세이 알렉산드로비치가 물었다.

「집에 누가 와 있나?」

「의사와 산파, 그리고 브론스키 백작님이 계십니다.」

알렉세이 알렉산드로비치는 집 안으로 들어섰다.

응접실에는 아무도 없었다. 그의 발소리를 듣고서 보라색 리본이 달린 머리쓰개를 쓴 산파가 안나의 방에서 나왔다.

그녀는 임박한 임종에 익숙한 태도로 알렉세이 알렉산드로비치에게 다가가 그의 팔을 잡고서 침실로 데려갔다.

「천만다행으로 오셨군요! 시종일관 나리 얘기만, 나리 얘기만 하셨지 뭡니까.」 그녀가 말했다.

「얼음을 가져오게, 얼른!」 의사가 명령조로 말하는 음성이 침실에서 들려왔다.

알렉세이 알렉산드로비치는 아내의 방으로 들어갔다. 그녀의 책상 옆 나지막한 의자에 브론스키가 옆구리를 등판 쪽으로 향한 채 걸터앉아서 얼굴을 두 손으로 가리고 울고 있었다. 의사의 목소리에 두 손을 거두고 자리에서 벌떡 일어난 그는 알렉세이 알렉산드로비치를 발견하더니 당황하여 다시 제자리에 앉아 마치 어디론가 사라져 버리길 바라는 듯 목을 어깨 쪽으로 깊숙이 움츠렸다. 그러나 이윽고 스스로를 제어하고는 자리에서 일어나서 말했다.

「안나는 죽어 가고 있습니다. 의사 말로는 희망이 없다는군요. 당신 뜻에 달려 있습니다만, 제가 여기 있도록 허락해 주십시오……. 하지만 당신 뜻에 달려 있습니다. 저는…….」

브론스키의 눈물을 본 알렉세이 알렉산드로비치는 남들이 고통스러워하는 모습을 볼 때마다 그러듯 정신적 혼란이 밀려드는 것을 느끼며 고개를 돌리고는, 그의 말을 다 듣기도 전에 서둘러 문 쪽으로 걸어갔다. 침실에서 무언가 말하는 안나의 음성이 들려왔다. 생기 있고 활달했으며, 억양이 너무나도 또렷한 목소리였다. 알렉세이 알렉산드로비치는 침실로 들어가 침대 곁으로 다가갔다. 안나는 그가 있는 쪽으로 고개를 돌린 채 누워 있었다. 뺨은 홍조를 띠었고 눈은 빛났으며 웃옷 소매 밖으로 나온 하얗고 조그만 손은 장난치듯 이불 귀퉁이를 돌돌 말고 있었다. 건강하고 생기 있을 뿐만 아니라, 기분도 최고로 좋아 보였다. 그녀는 유달리 또렷하고 감정이 절절하게 묻어나는 어조로 빠르고 낭랑하게 말했다.

「왜냐하면, 알렉세이가 — 내가 말하는 건 알렉세이 알렉산드로비치랍니다(둘 다 알렉세이라니 이 얼마나 기이하고 끔찍한 운명인가) — 내 청을 거절하지는 않을 테니까요. 나는 잊을 테고, 그이는 용서해 줄 거예요……. 그런데 왜 안 오는 거죠? 그이는 착한 사람이에요, 자기가 얼마나 착한지 그이 자신이 모를 뿐이죠. 아아, 하느님, 너무나 갑갑해요! 어서

나에게 물을 가져다주세요, 어서요! 아아, 그건 아기에게, 내 딸아이에게 해로울 거예요! 그래, 좋아요, 아기에게 유모를 붙여 주세요. 그래요, 동의해요, 그게 더 나을 거예요. 그이가 올 텐데, 아기를 보는 게 괴로울 거예요. 아기를 이리 주세요.」

「안나 아르카디예브나, 남편께서 오셨답니다. 자, 여기 계시잖아요!」 산파가 알렉세이 알렉산드로비치 쪽으로 안나의 주의를 돌리려 애쓰며 말했다.

「아아, 이 무슨 허튼소리람!」 안나가 남편은 보지도 않은 채 계속해서 말했다. 「아기를, 딸아이를 나에게 줘요, 달라니까요! 그이는 아직 오지 않았어요. 당신은 그이가 용서하지 않을 거라고 하지만, 그건 그이를 잘 몰라서 하는 소리예요. 아무도 몰라요. 나 혼자만 알죠. 그래서 힘들어졌어요. 그이의 눈 말이에요. 그걸 알아야만 해요, 세료자의 눈도 그이 것과 똑같아요. 그래서 나는 그 아이의 눈을 쳐다볼 수가 없어요. 세료자에게 밥은 먹였나요? 정말이지 나는 알아요. 모두가 잊을 거예요. 그이는 잊지 않겠죠. 세료자를 구석방으로 데려가서, 마리에트에게 개랑 같이 자달라고 해야 돼요.」

그녀가 갑자기 몸을 움츠리고 조용해지더니 놀란 표정을 하고서, 마치 타격이 가해질 것을 기다리며 스스로를 방어하듯 두 팔을 얼굴을 향해 들어 올렸다. 남편을 알아본 것이다.

「아니야, 아니야……」 그녀가 입을 열었다. 「나는 그이를 두려워하지 않아. 내가 두려워하는 건 죽음이야. 알렉세이, 이리로 다가와요. 마음이 급해요. 나는 시간이 없거든요. 살아 있을 시간이 조금밖에 남지 않았어요. 곧 열이 나기 시작할 거예요. 그러면 아무것도 이해하지 못할 거예요. 지금은 이해해요. 다 이해하고, 다 보고 있어요.」

알렉세이 알렉산드로비치의 주름진 얼굴이 고통에 찬 표정으로 뒤덮였다. 안나의 손을 잡고 무언가를 말하려 해봐도, 도무지 말이 입 밖으로 나오질 않고 아랫입술만 덜덜 떨렸다. 그렇게 그는 자신의 격정과 여전히 싸우며 가끔씩 그녀를 바라볼 뿐이었다. 그리고 그럴 때마다 매번 그의 시선은 전에는 결코 본 적이 없는, 환희에 차 감격스럽게 자신을 바라보는 그녀의 다정한 눈과 마주쳤다.

　「잠시만요, 당신은 몰라요……. 잠시만, 잠시만요…….」 그녀가 생각을 모으려는 듯 말을 멈추었다. 「그래요…….」 그녀는 다시 이야기를 시작했다. 「그래, 그래요, 맞아요. 내가 말하려는 건 이런 거예요. 나를 보고 놀라지 마세요. 나는 여전히 그대로예요……. 하지만 내 안에는 또 다른 여자가 있어요. 나는 그 여자가 무서워요. 그 여자가 그 사람을 사랑했고, 그래서 나는 당신을 증오하려 했죠. 그런데 나는 예전의 나를 잊을 수가 없었어요. 그 여자는 내가 아니에요. 이제 나는 진정한 나, 온전한 나예요. 지금 나는 죽어 가고 있어요. 내가 죽을 거라는 걸 나는 알아요. 저 사람에게 물어보세요. 지금 내 두 손에, 두 발에, 손가락에 몇 푸드가 들려 있는 게 느껴져요. 이 손가락 좀 보세요, 이렇게 커다랗잖아요! 하지만 이제 곧 끝날 거예요……. 나한테 필요한 건 딱 한 가지예요. 나를 용서해 주세요. 깨끗이 용서해 주세요! 나는 끔찍한 여자예요. 하지만 유모가 말했어요. 성스러운 수난자, 이름이 뭐였더라? 아무튼 그녀는 더 형편없었대요. 나는 로마로 갈 거예요. 거기에는 사막이 있어요. 그러면 나는 아무도 방해하지 않게 될 거예요. 다만 세료자랑 딸아이는 데려가겠어요……. 아니에요, 당신은 용서하지 못할 거예요! 나는 알아요, 그건 용서할 수가 없다는 걸! 아니요, 아니에요, 가세요. 당신은 너무나 좋은 사람이에요.」 그녀는 뜨겁게 달아오른 한 손으로는 그의 손을 잡고 있었고, 다른 손으로는 그를 밀쳐 내고 있었다.

알렉세이 알렉산드로비치의 혼란은 점점 더 심해져서 이제 그는 그것과 씨름하길 그만둘 지경에 다다랐다. 그러다 문득, 정신적 혼란이라 여겼던 것이 실은 그 반대로 여태껏 한 번도 경험하지 못했던 새로운 행복을 느닷없이 안겨 주는 지극히 행복한 정신 상태라는 사실을 그는 느꼈다. 평생 따르고자 했던 그리스도교의 율법이 원수를 용서하고 사랑하라고 자신에게 명하고 있다고 생각한 것은 아니었다. 하지만 원수들에 대한 사랑과 용서의 기쁜 감정이 그의 영혼을 가득 채웠다. 그는 무릎을 꿇고 앉은 채, 그녀의 팔꿈치에 머리를 얹고서 어린애처럼 엉엉 울었다. 그녀의 팔꿈치에서 윗옷을 투과하며 뿜어져 나오는 열기가 그를 태울 듯했다. 그녀는 숱이 앙상한 그의 머리를 끌어안고서 그에게로 바짝 다가붙어 오만하고도 도전적으로 두 눈을 치떴다.

「이게 그이예요. 나는 알아요. 이제 모두들 안녕, 잘 있어요! ……또다시 저 사람들이 왔군요. 왜 저 사람들은 나가지 않는 거죠? ……이 모피 코트 좀 벗겨 주세요!」

의사가 그녀의 팔을 떼어 내어 조심스레 그녀를 베개에 눕히고는 어깨까지 이불을 덮어 주었다. 그녀는 얌전히 똑바로 누운 채 반짝이는 눈으로 정면을 응시했다.

「이거 하나만 기억해 줘요. 나에게 필요한 건 용서뿐이라는 것, 그 이상은 아무것도 원하지 않는다는 걸요……. 대체 왜 그이는 오지 않는 거죠?」 그녀가 브론스키가 있는 문 쪽을 돌아보며 말했다.

「이리 와요, 가까이 오라고요! 이이에게 손을 내미세요.」

브론스키가 침대 가장자리로 다가가서 그녀를 보고는 또다시 두 손으로 얼굴을 가렸다.

「얼굴에서 손을 떼고, 이이를 보세요. 이이는 성자예요.」그녀가 말했다.「자, 얼굴을 열어 보이라니까요!」그녀가 성을 냈다.「알렉세이 알렉산드로비치, 저이의 얼굴을 열어 보여 주세요! 저이를 보고 싶어요.」

알렉세이 알렉산드로비치가 브론스키의 손을 잡아 얼굴에서 떼어 냈다. 내면에 담긴 고통과 수치심으로 그의 얼굴은 흉측했다.

「저이에게 손을 내미세요. 저이를 용서해 주세요.」알렉세이 알렉산드로비치는 흐르는 눈물을 주체하지 못한 채 그에게 손을 내밀었다.

「다행이에요, 다행이에요……」그녀가 말을 꺼냈다.「이제 준비가 다 됐어요. 다리만 좀 펴면 되겠어요. 그래, 이렇게요, 그래요, 아주 좋아요. 이 꽃들은 정말이지 멋이 없게 생겼네요. 제비꽃이랑 하나도 안 닮았잖아요.」그녀가 벽지를 가리키며 말했다.「하느님, 하느님! 이게 언제 끝이 날까요? 모르핀을 좀 놔주세요. 의사 선생님! 모르핀을 놔주세요. 하느님, 하느님!」

그러고서 그녀는 침상 위에서 몸부림치기 시작했다.

주치의와 의사들은 말하기를, 이것은 산욕열이며 1백 명 중 아흔아홉이 죽음을 맞이하게 된다고 했다. 하루 종일 고열과 헛소리, 실신이 이어졌다. 자정쯤에 환자는 감각도 맥박도 거의 없이 늘어져 있었다.

매 순간 사람들은 임종을 기다렸다.

브론스키는 집으로 돌아갔지만, 아침에 어찌 되었는지 알아보러 다시 왔다. 현관 대기실에서 그와 마주친 알렉세이 알렉산드로비치가 말했다.

「남아 있어 주시오, 아내가 당신을 찾을지도 모르니.」 그러고서 직접 그를 아내의 방으로 데리고 갔다.

아침 녘에, 안나는 다시 흥분하며 활기를 띠기 시작했고 생각과 말이 빨라졌다가 또다시 실신으로 끝이 났다. 사흘째 되는 날도 마찬가지였는데, 의사는 희망이 있다고 했다. 그날 알렉세이 알렉산드로비치는 브론스키가 앉아 있는 서재로 들어가 문을 잠그고는 그의 맞은편에 앉았다.

「알렉세이 알렉산드로비치……」 담판을 지을 순간이 다가온 것을 느끼며 브론스키가 말했다. 「저로서는 말도 못 하겠고, 아무것도 모르겠습니다. 저를 용서해 주십시오! 당신이 아무리 힘들다 해도, 믿어 주십시오, 저는 더 괴롭습니다.」

그는 자리를 뜨려 했지만 알렉세이 알렉산드로비치가 그의 손을 잡았다.

「내 얘기를 들어 주길 바라오. 이건 꼭 해야 할 말이오. 나를 이끌어 주었던, 그리고 앞으로 이끌어 줄 나 자신의 감정을 당신에게 설명해야겠소. 당신이 나에 대해 오해하지 않도록 말이오. 당신도 알다시피, 나는 이혼을 결심했고 심지어 절차를 밟기 시작했소. 숨기지 않겠소. 그 일에 착수하면서 나는 망설이게 되었고, 고통스러웠소. 고백하건대, 당신과 아내에게 복수하고 싶은 욕망이 나를 집요하게 따라다녔소. 전보를 받고서도 같은 감정을 품은 채 이리로 왔고, 그 이상을 이야기하자면, 나는 그녀가 죽길 바랐소. 하지만……」 그는 입을 다물고서 자신의 감정을 털어놓을지 망설였다. 「하지만 그녀를 보고서 나는 용서했소. 용서함으로써 얻은 행복감이 나에게 나의 의무에 대해 알려 줬소. 나는 깨끗이 용서했소. 심지어 다른 쪽 뺨도 내밀고 싶소. 내 겉옷을 채 간다면 속옷까지 내주고 싶소. 그리고 하느님께 오로지 용서함의 행복을 거둬 가시지 말라고 기도할 뿐이요!」 눈물이 맺힌, 밝고 고요한 그의 시선이 브론스키를 놀라게 했다. 「내 입장은 그러하오. 당신은 나를 진흙탕에 짓밟아도 되고, 세상의 웃음거리로 만들어도 괜찮소. 하지만 나는 그녀를 버리지 않을 거고, 당신을 비난하지도 않을 거요.」 그가 이야기를 계속했다. 「나의 의무는 분명하게 예정되었소. 나는 그녀와 함께해야만 하고 그렇게 할 것이오. 그녀가 당신을 만나길 원한다면, 당신에게 알려 주겠소. 하지만 지금 생각으로는 그녀에게서 떨어져 있는 편이 좋을 것 같소.」

그는 자리에서 일어났고, 이야기는 흐느낌으로 인해 중단되었다. 브론스키 또한 자리에서 일어나 몸을 엉거주춤하게 숙인 상태로 의아스럽게 그를 바라보았다. 그는 주눅 들어 있었다. 알렉세이 알렉산드로비치의 감정을 이해하지 못했지만, 그것이 무언가 고결한 것이며, 심지어 자신의 세계관으로는 도달 불가능한 경지임을 느꼈던 것이다.

18

알렉세이 알렉산드로비치와 대화를 나눈 뒤 브론스키는

카레닌가의 현관으로 나와 멈춰 선 채 자신이 어디에 있으며 어디로 가야 하는지, 걸어서 가야 하는지 아니면 마차를 타고 가야 하는지조차 간신히 생각해 냈다. 그는 창피당하고 모욕당한 기분, 그리고 죄스러운 기분이었으며, 자신의 굴욕을 씻어 낼 기회마저 박탈당한 느낌이었다. 지금까지 그토록 당당하고 아무렇지 않게 다니던 궤도에서 내동댕이쳐진 것만 같았다. 그토록 굳건해 보였던 모든 습관과 생활의 규칙들이 갑자기 거짓되고 쓸모없는 것으로 여겨졌다. 지금까지 가없은 존재이자 그의 행복을 우연히 가로막은 약간 희극적인 방해물로만 보였던 그 남편, 기만당한 남편이 갑자기 그녀에 의해 호출되어 사람들의 마음에 굴종을 불러일으키는 저 높은 경지로 들려 올라간 것이다. 저 높은 곳에서 그러한 남편의 모습은 사악하고 위선적이고 우스꽝스럽기는커녕 선량하고 소탈하며 위풍당당했으니, 그 점을 브론스키는 느끼지 않을 수가 없었다. 역할이 갑자기 뒤바뀌었다. 브론스키는 그의 높은 경지와 자신의 굴욕, 그의 공정함과 자신의 허위를 절감했다. 남편은 비애 속에서도 관대하며, 자신은 스스로의 기만 속에서 저열하고 치졸하다는 사실을 절감했다. 그러나 자신이 부당하게 경멸했던 인간 앞에서 스스로의 저열함을 자각하는 것은 슬픔의 작은 일부일 뿐이었다. 그는 지금 자신이 형언할 수 없이 불행하다고 느꼈다. 그 이유는 최근 들어 식어 가는 듯했던 안나에 대한 열정이, 그녀를 영원히 잃고 말았음을 알게 된 지금 그 어느 때보다도 강렬해졌기 때문이었다. 병을 앓는 내내 그녀를 보면서 그녀의 영혼을 알게 되자 이제까지 자신은 그녀를 사랑한 적도 없었던 것만 같았다. 그런데 그녀에 대해 알게 되고 그에 마땅한 사랑을 하게 된 지금, 그는 그녀 앞에서 굴욕을 겪고, 그녀에게 자신에 대한 수치스러운 기억 하나만을 남긴 채 그녀를 영원히 잃고 만 것이다. 무엇보다 끔찍한 것은 알렉세이 알렉산드로비치가 자신의 양손을 겸연쩍은 얼굴에서 떼어 냈을 때의 그 수치스러운 형국이었다. 그는 어찌할 바를 모른 채 카레닌가의 현관에 넋이 나간 듯 서 있었다.

「삯마차를 불러올까요?」 수위가 물었다.

「그래, 불러 주게.」

사흘 밤을 뜬눈으로 지새우고 집으로 돌아온 브론스키는 옷도 벗지 않은 채 소파에 엎드려서 엇갈린 양팔 위에 머리를 얹었다. 머리가 무거웠다. 기이하기 짝이 없는 잔상들, 기억들, 상념들이 너무나도 빠르고 또렷하게 차례로 교차했다. 그것은 그가 병자에게 따라서 숟가락으로 떠먹여 준 약이었다가, 산파의 흰 손이기도 했고, 침대 앞 바닥을 딛고 선 알렉세이 알렉산드로비치의 기묘한 자세이기도 했다.

「잠이나 자자! 잊어버리자!」 지쳐서 자고 싶으면 곧바로 잠들 거라고 믿는 건강한 사람의 확신에 찬 태연한 어조로 그가 중얼거렸다. 그러자 정말로 바로 그 순간 그의 머릿속에 혼돈이 일었고, 그는 망각의 심연 속으로 빠져들었다. 무의식이 벌써 바다의 물결처럼 그의 머리 위로 밀려왔다. 그때, 마치 아주 강력한 전하(電荷)가 내면에 갑자기 흘러들기라도 한 양, 그는 소파의 용수철 위에서 온몸이 펄떡거릴 정도로 흠칫 몸을 떨더니 화들짝 놀라 두 손을 짚고 무릎을 꿇은 채 벌떡 일어났다. 마치 전혀 잠을 자지 않은 듯 두 눈이 휘둥그렜다. 조금 전에 느꼈던 머리의 무거움과 사지의 나른함이 별안간 싹 가셨다.

〈당신은 나를 진흙탕에 짓밟아도 되오.〉 알렉세이 알렉산드로비치의 말소리가 들렸고, 눈앞에 그가 보였다. 이어 고열로 인해 홍조를 띤 채 두 눈을 반짝이는 안나의 얼굴이 나타났다. 그녀는 온유하고 애정 어린 표정으로 그가 아니라 알렉세이 알렉산드로비치를 바라보고 있었다. 그다음에는 알렉세이 알렉산드로비치가 그의 얼굴에서 손을 떼어 냈을 때의 자신의 모습, 그의 생각에 어리석고 우스꽝스럽기 짝이 없는 모습이 보였다. 그는 다시 다리를 펴고 조금 전의 자세로 소파에 몸을 내던져 두 눈을 감았다.

〈자자, 자자!〉 그가 속으로 되뇌었다. 그러나 눈을 감자 경마가 있던 날, 그 잊지 못할 저녁에 본 안나의 얼굴이 더욱더 또렷하게 떠올랐다.

「그 일은 없었던 거고, 앞으로도 없을 거야. 게다가 그녀는 자신의 기억 속에서 그 일을 지워 버리고 싶어 해. 하지만 나는 그것 없이 살 수가 없어. 도대체 어떻게 하면 우리가 화해할 수 있을까, 어떻게 하면 우리가 화해를 할 수 있겠냐고!」 그가 소리 내어 내뱉고는 무의식중에 같은 말을 되뇌었다. 그렇게 되풀이해 이야기하자 머릿속에서 무리 지어 있는 듯한 새로운 형상들과 기억들이 떠오르지 않고 억제되는 것 같았다. 그러나 반복해서 말함으로써 생각을 제어하는 것도 그리 오래가지는 못했다. 또다시 좋았던 순간들과 얼마 전에 겪은 굴욕이 빠르게 연이어서 떠올랐다. 〈손을 떼세요〉라고 안나의 음성이 말한다. 그는 손을 떼어 내고는 자신의 얼굴에 드리운 겸연쩍고 바보 같은 표정을 절감한다.

그는 한 가닥 희망도 없다고 느끼면서도 여전히 누운 채 잠들려고 애를 썼고, 아무 상념이든 거기서 비롯한 우연한 단어들을 반복하여 속삭임으로써 새로운 이미지들이 떠오르는 것을 막고자 했다. 귀를 기울이니 광인의 기이한 속삭임이 반복적으로 들렸다. 〈소중히 여길 줄도 몰랐고, 이용할 줄도 몰랐다. 소중히 여길 줄도 몰랐고, 이용할 줄도 몰랐다.〉

〈이게 뭐지? 혹시 내가 미쳐 가는 걸까?〉 그가 생각했다. 〈그럴지도 모르지. 왜 사람들은 미치는 걸까, 왜 사람들은 권총 자살을 하는 걸까?〉 스스로 묻고 답하다가 눈을 뜬 그는 머리맡에 바랴 형수가 수놓아 만들어 준 베개가 놓여 있는 것을 보고는 깜짝 놀랐다. 그는 베개의 술을 만지작거리면서 바랴를, 그녀를 마지막으로 봤을 때를 떠올렸다. 그러나 무언가 다른 일을 생각하는 건 고통스러웠다. 〈그래, 자야 해!〉 그는 베개를 끌어다가 머리를 파묻었다. 하지만 눈을 감고 있는 것 역시 고역이었다. 그는 자리를 박차고 일어나 앉았다. 〈나에게 이 일은 끝장난 거다.〉 그가 되뇌었다. 〈뭘 할 건지 생각해야 한다. 뭐가 남아 있지?〉 그는 머릿속으로 안나에 대한 사랑을 제외한 생활을 재빠르게 훑었다.

〈야심? 세르푸홉스코이? 사교계? 궁정?〉 그 어떤 것에도 그는 미련이 없었다. 예전에는 그 모든 것이 의미를 지녔었지만, 이제 그런 것들일랑 안중에도 없었다. 그는 소파에서 일어나 프록코트를 벗고 혁대를 푼 뒤, 좀 더 편하게 숨을 쉬기 위해 털이 무성한 가슴팍을 풀어 헤치고는 방 안을 서성였다. 〈이런 식으로 사람들은 미치는 거야.〉 그가 되뇌이고는 천천히 덧붙였다. 〈그리고 이러다가 자살하는 거고……. 수치심을 느끼지 않으려고 말이지.〉

그는 문 쪽으로 다가가 방문을 잠갔다. 그러고서 흔들림 없는 눈초리로 이를 악다물고 책상으로 가 리볼버를 꺼내 들어 살핀 다음 탄창을 장전된 쪽으로 돌려놓고는 생각에 잠겼다. 2분가량 그는 권총을 두 손에 쥐고 골똘한 표정으로 고개를 떨군 채 가만히 서서 생각했다. 〈물론이지.〉 마치 논리적이고 지속적이며 명료한 사고의 행보가 그를 의심할 바 없는 결론으로 이끌어 주기라도 한 듯 그가 속으로 되뇌었다. 사실 확신에 찬 이 〈물론이지〉는 한 시간 동안 벌써 수십 번을 되풀이한 똑같은 기억과 상념의 결과일 뿐이었다. 영원히 잃어버린 행복에 대한 회상도, 삶에서 닥쳐올 모든 것들의 무의미함에 대한 상념도, 자신의 굴욕에 대한 자각도 똑같았다. 그리고 그러한 상념과 감정들의 순서 역시 똑같았다.

〈물론이지.〉 그가 되뇌었다. 그의 생각은 또다시 예의 마법에 걸린 회상과 상념의 원을 따라 세 번째로 돌고 있었다. 그는 리볼버를 왼쪽 가슴에 겨누고는 갑자기 주먹을 쥐려는 듯 손 전체에 심하게 경련을 일으키다가 방아쇠를 당겼다. 총알이 발사되는 소리는 듣지 못했으나, 가슴에 가해진 강한 일격에 그는 넘어지고 말았다. 책상 끄트머리를 잡고서 간신히 서 있던 그가 리볼버를 떨어뜨렸다. 이어 잠시 비틀거리더니 바닥에 주저앉아서는 놀란 듯 주변을 둘러보았다. 자신의 방을 알아보지 못한 채 휘어진 책상다리와 서류함, 그리고 호랑이 가죽을 아래로부터 바라보았다. 응접실을 허겁지겁 지나쳐 오는 하인의 삐걱거리는 발소리에 그는 정신을 차렸다. 간신히 생각을 집중하여 자신이 바닥에 주저앉아 있음을 깨달았고, 호랑이 가죽과 손에 묻은 피를 보고서 스스로에게 총을 쐈다는 사실을 자각했다.

「바보 같으니! 명중시키지 못했군.」 손을 더듬어 리볼버를 찾으며 그가 중얼거렸다. 권총은 바로 옆에 있었지만, 그는 멀리서 그걸 찾고 있었다. 계속해서 권총을 찾던 그는 다른 쪽으로 몸을 뻗었고, 이윽고 균형을 유지할 힘을 잃고서 피를 흘리며 쓰러지고 말았다.

자신의 섬약한 신경에 관해서 지인들에게 수차례 하소연 하곤 했던, 구레나룻을 기르고 차림새가 우아한 하인은 바닥에 드러누운 주인 나리를 보고 너무나 놀라 피를 흘리는 그를 그대로 내버려 둔 채 도움을 청하러 뛰쳐나갔다. 한 시간 뒤 바랴 형수가 세 명의 의사들을 대동하고 들어왔다. 그녀는 백방으로 사람을 보내 의사들을 찾아냈는데, 그들이 동시에 도착한 것이었다. 그녀는 부상당한 브론스키를 침상에 눕히고 그를 돌보기 위해 그의 집에 남았다.

19

알렉세이 알렉산드로비치가 저지른 실수는, 아내와 만날 채비를 하면서 그녀의 참회가 진실하여 자신이 그녀를 용서하는 경우, 그리고 그녀가 죽지 않는 경우에 대해 생각하지 못했다는 점이었다. 그러한 실수는 모스크바에서 돌아온 지 두 달이 되었을 때 위력을 발휘하며 그의 눈앞에 전모를 드러냈다. 그러나 이는 그가 모든 경우를 고려하지 못했다는 것 뿐만 아니라, 죽어 가는 아내와 조우하던 날까지 스스로의 속 마음조차 모르고 있었다는 점에서 비롯한 것이었다. 병든 아내의 침상 곁에서, 그는 생전 처음으로 타인의 고통이 불러일 으키곤 했던 바로 그 측은지심에 몸과 마음을 모두 내맡겼다. 예전에는 그러한 감정을 이롭지 못한 나약함이라 생각하고 부끄럽게 여기던 그였다. 아내에 대한 연민도, 그녀가 죽기를 바란 마음에 대한 회오도, 중요하게는 용서의 기쁨 자체도 그에게 갑작스러운 고통의 경감뿐 아니라 예진에는 단 한 번도 경험해 보지 못한 마음의 평화를 가져다주었다. 그는 고통의 원천이었던 것이 갑자기 정신적 기쁨의 원천으로 변모하는 것을 느꼈으며, 비난하고 질책하며 증오할 때는 해결될 수 없다고 여겨지던 것이 용서하며 사랑하고 나니 간단명료해지는 것을 느꼈다.

그는 아내를 용서했고, 그녀의 고통과 참회를 가엾이 여겼다. 그는 브론스키를 용서했고, 특히 그의 절망적인 행동에 대한 소문을 접한 뒤로는 불쌍히 여기기까지 했다. 그는 예전보다 더 아들을 가엾게 생각했으며, 아들에게 너무도 신경을 쓰지 않았던 스스로를 책망했다. 그러나 갓 태어난 어린 여자아이에게 느껴지는 것은, 단지 연민뿐 아니라 애틋함에 가까운 어떤 특별한 감정이었다. 자신의 딸도 아니며, 산모가 병 치레를 하는 동안 방치된 채 아마도 그 자신이 보살피지 않았더라면 죽고 말았을 갓 태어난 연약한 여자아이를 처음에는 오로지 연민의 감정에 의해 돌보았었다. 자신이 그 아이를 사랑하게 되었다는 것도 알아채지 못했다. 그는 하루에도 몇 차례나 아기방에 찾아가서는 한참 동안 앉아 있었다. 그리하여 한동안은 그 앞에서 겁을 먹고 우물쭈물하던 유모와 보모도 그에게 익숙해졌다. 간혹 잠든 아이의 노르스름하고 불그레한 얼굴을, 주름지고 솜털이 난 조그만 얼굴을 반 시간가량 말없이 바라보면서, 찌푸린 이마의 움직임과 손가락을 오므린 채 손등으로 양미간을 매끄럽게 문지르곤 하는 그 자그맣고 통통한 손을 관찰하였다. 특히 그런 순간에 알렉세이 알렉산드로비치는 완전한 내면의 평정과 조화로움을 느꼈다. 자신의 처지에서 어떤 이상한 점이나 바꿔야겠다 싶은 그 무엇도 전혀 발견하지 못했다.

그러나 시간이 흐를수록, 이러한 상황이 지금 자신에게 아무리 자연스러울지언정 사람들이 자신을 이 상태로 있게끔 용납해 주지 않으리라는 것을 그는 점점 분명하게 깨닫게 되었다. 자신의 영혼을 이끄는 선한 영적 힘 외에, 그만큼 혹은 그보다 더 강력하게 자신의 삶을 주도하는 또 다른 난폭한 힘이 존재하며, 그 힘이 그가 바라는 겸허한 마음의 평화를 허락하지 않는다는 것을 그는 느꼈다. 모두가 자신을 의아스럽게 바라보고 아무것도 이해하지 못한 채 자신에게서 무언가를 고대하고 있음을 깨닫게 된 것이다. 특히 그는 아내와의 관계가 견고하지 못하며 부자연스럽다는 사실을 절감하고 있었다.

죽음을 앞두고서 아내의 내면에서 우러나오던 그 온유함이 사라지자 알렉세이 알렉산드로비치는 안나가 자신을 두려워한다는 것을, 자신으로 인해 중압감을 느끼고 똑바로 쳐다보지도 못한다는 것을 알아챘다. 그녀는 무언가 말하고 싶으면서도 이야기를 꺼낼 용단을 내리지 못하는 듯했으며, 역시나 그들의 관계가 지속될 수 없음을 느끼면서 그에게 무언가를 기대하고 있는 것 같았다.

2월 말, 역시 안나라고 이름을 지어 준 그녀의 갓난 딸아이가 병이 났다. 아침에 아기방을 들여다본 알렉세이 알렉산드로비치는 의사를 불러오라고 지시를 내린 뒤 부처로 출근했다. 일을 마치고서 그는 오후 3시가 넘어서 귀가하였다. 현관에 들어서자 금줄이 박힌 정복 차림에 곰 털 망토를 걸치고서 미국산 개틸로 지은 흰 부인복을 들고 있는 잘생긴 하인이 눈에 띄었다.

「누가 오셨는가?」 알렉세이 알렉산드로비치가 물었다.

「엘리자베타 표도로브나 트베르스카야 공작 부인께서 와 계십니다.」 알렉세이 알렉산드로비치가 보기에 하인은 얼굴에 미소를 띠고 있는 것 같았다.

그 힘겨웠던 시절 내내 알렉세이 알렉산드로비치는 사교계의 지인들, 특히 여성들이 자신과 아내의 삶에 유달리 참견하고 있음을 느끼던 터였다. 그 모든 지인들에게서 그는 간신히 감춰진 모종의 기쁨을 발견했으니, 예의 변호사의 눈에서, 그리고 방금 하인의 눈에서 발견한 바로 그 기쁨이었다. 마치 누군가를 시집이라도 보내는 양 모두가 환희에 들떠 있었고, 그와 마주칠 때면 애써 희색을 감추며 안나의 건강에 대해 묻는 것이었다.

트베르스카야 공작 부인의 방문은, 그녀와 관련한 기억들도 그렇고 전반적으로 그녀를 좋아하지 않았던 알렉세이 알렉산드로비치에게는 불쾌한 일이었으며, 따라서 그는 곧장 아이들 방으로 향했다. 첫 번째 방에서는 세료자가 책상에 가슴을 대고 엎드린 채 의자 위에 두 다리를 올려놓고는 쾌활하게 조잘대면서 무언가를 그리고 있었다. 안나의 병중에 프랑스 출신 여교사를 대신하여 들어온 영국인 여교사가 세료자 옆에 앉아서 손뜨개로 레이스를 뜨고 있다가 황급히 자리에서 일어나더니 무릎을 굽혀 인사하고는 세료자를 끌어당겼다.

알렉세이 알렉산드로비치는 아들의 머리칼을 쓰다듬고는 아내의 안부를 묻는 가정 교사의 질문에 대답한 다음 baby(아기)에 관해서 의사가 뭐라고 했는지 물었다.

「위험한 건 전혀 없다고 합니다. 그러고는 목욕 처방을 내려 주었습니다, 나리.」

「그런데 아기는 여전히 고통스러워하는군.」 옆방에서 아기가 울부짖는 소리에 귀를 기울이며 알렉세이 알렉산드로비치가 말했다.

「제 생각에 유모는 도움이 안 되는 것 같습니다, 나리.」 영국 여자가 단호하게 말했다.

「어째서 그렇게 생각하시오?」 그가 발걸음을 멈추고서 물었다.

「폴 백작 부인 댁에서도 그랬거든요. 의사가 아기를 치료하긴 했는데, 알고 보니 아기는 그저 배를 곯았던 것이었죠. 유모한테 젖이 부족했던 것입니다, 나리.」

알렉세이 알렉산드로비치는 몇 초 동안 선 채로 곰곰이 생각에 잠겼다가 옆문으로 들어갔다. 아기는 찌푸린 얼굴로 고개를 젖힌 채 몸을 꿈틀거리며 유모의 팔 위에 누워 있었다. 풍만한 젖가슴을 권하는데도 그것을 쥐려 하지 않았고, 유모와 그녀 위에서 몸을 숙이고 있던 보모가 두 번이나 〈쉬 — 쉬 —〉 하며 어르는데도 울음을 그치지 않았다.

「여전히 차도가 없소?」 알렉세이 알렉산드로비치가 그녀에게 물었다.

「심히 걱정스럽습니다.」 보모가 속삭이듯 말했다.

「에드워드 양이 그러는데, 어쩌면 유모한테 젖이 없을지도 모른다더군.」

「저 또한 그렇게 생각합니다, 알렉세이 알렉산드로비치.」

「그런데 왜 얘길 하지 않았나?」

765

「누구한테 얘길 합니까? 안나 아르카디예브나는 여전히 편찮으신걸요.」보모가 불만스러운 투로 대꾸했다.

보모는 집안에서 오래도록 일해 온 하인이었다. 그래서 그녀의 이 단순한 몇 마디는 알렉세이 알렉산드로비치에게 자신의 처지에 대한 암시로 들렸다.

아기는 목 쉰 소리로 자지러지듯 더 크게 울어 댔다. 보모는 한 손을 내젓더니 아기에게 다가가 유모에게서 아기를 받아 안고 서성이며 흔들어 달래기 시작했다.

「의사에게 유모를 살펴봐 달라고 해야겠군.」알렉세이 알렉산드로비치가 말했다.

잘 차려입은 차림에 겉으로는 건강해 보이는 유모는 해고당할까 겁이 나 무언가 혼잣말을 웅얼거리더니 커다란 젖가슴을 가리고는 자신에게 젖이 없다는 의심을 향해 경멸 어린 웃음을 흘렸다. 그 웃음 속에서도 알렉세이 알렉산드로비치는 스스로의 처지에 대한 조소를 발견하였다.

「가엾은 아가!」보모가 아기에게 〈쉬 — 쉬!〉하면서 계속해서 걸음을 이리저리 옮기고 있었다.

알렉세이 알렉산드로비치는 탁자에 앉아 고통에 잠긴 침울한 얼굴로 앞뒤로 서성이는 보모를 쳐다보았다.

마침내 잠잠해진 아기를 깊숙한 침대에 내려놓고 베개 매무새를 가다듬은 뒤 보모가 아기 곁에서 물러나자, 알렉세이 알렉산드로비치는 자리에서 일어나 힘겹게 까치발로 아기에게 다가갔다. 잠시 그는 여전히 침울한 표정으로 말없이 아기를 바라보았지만 갑자기 그의 머리칼과 이맛살이 움찔하더니 미소가 얼굴에 번져 갔고, 이윽고 그는 여전히 조용하게 방을 나섰다.

식당에서 그는 벨을 울리고는 하인이 들어오자 사람을 보내 의사를 다시 불러오도록 일렀다. 저토록 귀여운 아기를 보살피지 않는 아내에게 그는 화가 났다. 이렇게 화가 난 기분으로는 그녀에게 가고 싶지 않았고, 공작 부인 벳시 역시 만나고 싶지 않았다. 그러나 왜 평소처럼 자기 방으로 오지 않는지 아내가 이상하게 여길 수도 있었기에, 결국은 스스로를 다잡고서 침실로 향했다. 부드러운 양탄자를 밟으며 문 쪽으로 걸어가던 그는 무심결에 듣고 싶지 않은 대화를 듣게 되었다.

「그가 떠나는 것만 아니라면, 당신의 거절과 그이의 거절도 이해하겠어요. 하지만 당신의 남편은 분명 그런 건 초월한 분이잖아요.」 벳시의 목소리였다.

「남편을 위해서가 아니라 나를 위해서 원치 않아요. 그 얘기는 하지 마세요!」 안나가 흥분한 목소리로 대꾸했다.

「그래요, 하지만 당신 때문에 자살까지 시도한 사람과 작별 인사를 하기조차 원치 않다니 그럴 수가 있나요…….」

「바로 그래서 싫은 거예요.」

알렉세이 알렉산드로비치는 잘못이라도 저지른 듯한 표정으로 멈춰 서 있다가 살그머니 되돌아가려고 했다. 그러나 그런 행동은 위신에 걸맞지 않다고 생각하고는 다시 몸을 돌려 한차례 헛기침을 하고는 침실로 향했다. 대화가 멎었고, 그는 방 안으로 들어섰다.

안나는 잿빛 실내 가운 차림으로, 짧게 자른 둥근 머리에는 솔이 빽빽한 브러시처럼 검은 머리털이 자라나 있었다. 그녀는 침대 겸 소파에 앉아 있었다. 언제나 그렇듯이 남편이 나타나자 그녀의 얼굴에서 일순 생기가 사라졌다. 그녀는 고개를 떨구고는 불안한 눈초리로 벳시를 살폈다. 벳시는 최신 스타일로 차려입은 모습이었다. 머리 위 어딘가에 높이 떠 있는 고깔 모양의 램프 갓 같은 모자를 썼고, 몸통과 치맛자락에 서로 반대 방향으로 비스듬하고 가느다란 줄무늬가 들어간 회청색 드레스 차림이었다. 그녀는 납작하고 긴 상반신을 곧게 펴고서 고개를 옆으로 기울인 채 조소 띤 얼굴로 알렉세이 알렉산드로비치를 맞이했다.

「어머나!」 그녀가 깜짝 놀란 듯이 말했다. 「댁에 계시다니 무척 반가워요. 아무 데도 안 나타나셔서 안나가 병석에 누운 뒤로는 통 못 뵈었네요. 걱정하신다는 얘기는 늘 듣고 있습니다. 정말이지 훌륭한 남편이세요!」 마치 아내를 대하는 그의 행동에 대해 아량 넘치는 훈장이라도 하사하는 양 의미심장하면서도 상냥한 태도로 그녀가 말했다.

알렉세이 알렉산드로비치는 차갑게 목례를 한 뒤 아내의 손에 입을 맞추고는 건강 상태를 물었다.

「좀 나아진 것 같아요.」 안나가 남편의 시선을 피하며 대답했다.

「하지만 얼굴색은 열이 있는 듯하구려.」 그가 〈열〉이라는 단어에 힘을 주며 말했다.

「저희가 너무 수다를 떨었네요.」 벳시가 말했다. 「너무 제 생각만 했나 봐요. 이제 가봐야겠어요.」

그녀가 자리에서 일어나자 안나가 갑자기 얼굴을 붉히더니 황급히 그녀의 손을 잡았다.

「안 돼요, 조금만 더 있어 줘요, 제발. 당신에게 할 얘기가 — 아니, 그러니까 당신에게요.」 그녀가 알렉세이 알렉산드로비치를 향해 눈길을 돌렸다. 홍조가 그녀의 목과 이마를 뒤

덮었다. 「당신에게 나는 아무것도 숨기고 싶지 않고, 숨길 수도 없어요.」 그녀가 말했다.

알렉세이 알렉산드로비치는 손가락 마디를 꺾으며 고개를 숙였다.

「벳시가 그러는데, 브론스키 백작이 타슈켄트로 떠나기 전에 작별 인사를 하러 우리 집에 오고 싶어 한대요.」 그녀는 남편을 쳐다보지 않았다. 힘들지언정 얼른 전부 말하려고 서두르는 기색이 역력했다. 「나는 그를 받아들일 수 없다고 말했어요.」

「이봐요, 나한테는 그 일이 알렉세이 알렉산드로비치에게 달려 있다고 말했잖아요.」 벳시가 그녀의 말을 바로잡았다.

「아니에요, 나는 그를 받아들일 수 없어요. 그리고 그건 아무런 도움도 되지 않을…….」 갑자기 그녀가 말을 멈추고는 의문스러운 눈길로 남편을 바라보았다(그는 그녀를 보지 않고 있었다). 「한마디로 말해서, 나는 원치 않아요…….」

알렉세이 알렉산드로비치가 다가서서 그녀의 손을 잡았다.

처음에 그녀는 자신의 손을 찾고 있는, 굵은 힘줄이 튀어나온 축축한 남편의 손에서 자신의 손을 떼어 내려 했다. 하지만 아마도 스스로를 제어했는지 마침내는 그의 손을 쥐었다.

「나를 신뢰해 줘서 감사하오. 하지만…….」 그가 입을 열었다. 당혹감과 울화가 치미는 가운데, 독자적으로 쉽고 명료하게 결정을 내릴 수 있는 사안인데도 트베르스카야 공작 부인이 있는 자리에서는 쉽사리 판단을 내릴 수가 없다는 사실을 그는 깨달았다. 그에게 트베르스카야 공작 부인은, 사교계가 주시하는 그의 삶을 주관하고 사랑과 용서의 감정에 스스로를 내맡기는 그를 방해하는 예의 난폭한 힘의 화신인 양 여겨졌던 것이다. 그는 트베르스카야 공작 부인을 바라보며 하던 말을 멈췄다.

「그럼, 잘 있어요, 내 사랑스러운 친구.」 벳시가 자리에서 일어나며 말하고는 안나에게 입을 맞춘 뒤 방을 나섰다. 알렉세이 알렉산드로비치는 그녀를 배웅했다.

「알렉세이 알렉산드로비치! 저는 당신이 진정으로 관대한 분이라고 알고 있어요.」 그녀가 작은 응접실에서 멈춰 서더니 다시 한번 그의 손을 각별히 꼭 잡으면서 입을 열었다.「저야 제삼자이지만, 그래도 전 그녀를 너무나 사랑하고 당신을 존경한답니다. 그래서 감히 조언을 드리는 거예요. 그를 받아들여 주세요. 알렉세이는 명예의 화신이에요. 게다가 타슈켄트로 떠날 거고요.」

「관심과 조언에 감사드립니다, 공작 부인. 하지만 아내가 누군가를 집에 들일 수 있는지 없는지는 그녀 자신이 결정할 겁니다.」

그는 습관대로 눈썹을 치올리고서 당당하게 얘기했지만, 어떤 말을 하든 자신의 처지에서 당당함이란 있을 수 없다는 생각이 곧바로 떠올랐다. 방금 자신이 한 말을 듣고는 사악함과 조소가 어린 절제의 미소를 짓고 있는 벳시의 표정을 보고서 깨달은 사실이었다.

20

알렉세이 알렉산드로비치는 응접실에서 벳시에게 목례를 한 뒤 아내에게 돌아왔다. 그녀는 누워 있다가 그의 발소리를 들고는 황급히 조금 전의 자세로 앉아서 겁먹은 표정으로 그를 쳐다보았다. 아내가 울고 있었다는 걸 그는 알아챘다.

「나를 신뢰해 줘서 무척 고맙소.」그가 벳시에게 프랑스어로 했던 말을 러시아어로 온화하게 되풀이한 다음 그녀 곁에 앉았다. 그가 러시아어로 얘기하거나 그녀에게 〈당신〉이라고 말할 때마다, 그 〈당신〉 소리는 안나를 견딜 수 없을 정도로 짜증 나게 했다. 「그리고 당신의 결정에 무척 감사하오. 나역시 브론스키 백작이 떠날 거라면, 여기 올 이유가 전혀 없다고 생각하오. 하지만 ──」

「내가 이미 말했잖아요. 왜 그걸 반복하는 거죠?」안나가 미처 억누르지 못한 화를 내지르면서 그의 말을 끊었다.

〈올 이유가 전혀 없다고.〉그녀가 생각했다. 〈자신이 사랑하는 여자와 작별 인사를 하려는데, 그녀를 위해 죽으려 했었고 자살 시도까지 했었는데, 자신이 없으면 못 사는 여자인데, 그래도 올 이유가 전혀 없단 말이지!〉그녀는 입술을 앙다물고는 남편의 힘줄 솟은 손 위로 반짝이는 두 눈을 떨구었다. 그는 한 손으로 다른 손을 천천히 문지르고 있었다.

「그 얘기는 더 이상 하지 말기로 해요.」그녀가 한결 침착해진 어조로 덧붙였다.

「나는 그 문제의 해결을 당신에게 맡겼고, 무척 기쁘게 생각하오…….」알렉세이 알렉산드로비치가 말문을 열었다.

「나의 바람이 당신의 바람과 일치해서 말이죠.」그녀가 재빨리 끝을 맺었다. 남편이 뭐라 말할지 이미 모두 알고 있는 마당에 그가 천천히 말을 잇자 짜증이 치밀었다.

「그렇소.」그가 확실하게 인정했다. 「그리고 트베르스카야 공작 부인은 심히 복잡 미묘한 가정사에 너무도 부적절하게 개입하고 있소. 특히 그녀는 —」

「사람들이 그녀에 관해서 하는 말들, 난 전혀 믿지 않아요.」 안나가 재빠르게 말했다. 「그녀가 나를 진심으로 좋아한다는 걸 난 알아요.」

알렉세이 알렉산드로비치는 한숨을 내쉬고는 입을 다물어 버렸다. 그녀는 남편에 대한 육체적인 혐오의 감정을 고통스럽게 품은 채 그를 바라보면서 실내 가운에 달린 술을 불안스레 만지작거렸다. 그러한 감정을 느끼는 스스로를 질책하곤 했지만, 그것을 극복할 수는 없었다. 그녀가 지금 바라는 건 단 한 가지, 역겨운 남편의 존재로부터 해방되는 것뿐이었다.

「의사를 부르러 사람을 보냈소.」 알렉세이 알렉산드로비치가 말했다.

「나는 건강한데 뭣하러 의사를 부르나요?」

「그게 아니라, 아기가 울고 있소. 유모한테 젖이 부족하다는구려.」

「내가 그토록 간청했는데, 왜 내가 젖을 먹이는 걸 허락하지 않은 거죠? 어차피(알렉세이 알렉산드로비치는 이 〈어차피〉라는 말의 뜻을 알아차렸다) 걔는 갓난아이잖아요. 사람들이 걔를 죽이고 말 거예요.」 그녀는 벨을 울려서 아기를 데려오라고 일렀다. 「젖을 먹이게 해달라고 간청했는데, 다들 허락하지 않았어요. 그래 놓고 지금에 와서는 나를 책망하고 있죠.」

「나는 책망하지 않 —」

「아니에요, 당신은 나를 책망하고 있어요! 하느님 맙소사! 나는 왜 죽지 않은 걸까!」 그녀가 흐느껴 울기 시작했다. 「미

772

안해요, 내가 신경이 날카로워요. 내가 잘못했어요.」 제정신을 차리고서 그녀가 말했다.「어쨌든 이제 가보세요.」

〈그래, 이 상태로 둘 수는 없어.〉 아내의 방을 나서면서 알렉세이 알렉산드로비치는 스스로에게 단호히 되뇌었다.

세상이 눈여겨보는 한 현상 유지는 불가능하다는 사실, 자신에 대한 아내의 증오심, 그리고 자신의 마음과는 반대 방향으로 삶을 이끌며 자기 의지의 실행이나 아내와의 관계에 변화를 요구하는 예의 난폭하고 비밀스러운 힘의 막강한 위력이 지금처럼 그에게 분명하게 현시된 적은 없었다. 그는 온 세상과 아내가 자신에게 무언가를 요구하고 있다는 것을 똑똑히 깨달았지만, 꼭 집어서 무얼 요구하는지는 알 수가 없었다. 그로 인해 평온함은 물론 모든 공로와 위업을 자신의 마음속에서 파괴해 버리는 사악한 감정이 솟구치는 것 같았다. 그는 안나를 위해서는 브론스키와의 관계를 끊어 버리는 게 좋다고 생각했으나, 두 사람 모두 그게 불가능하다고 여긴다면 또다시 그 관계를 허용할 각오가 되어 있었다. 다만 아이들에게 망신을 줘서는 안 되며, 아이들을 빼앗겨서도 안 되고, 자신의 입지에 변화가 생겨도 안 된다는 전제하에 말이다. 그게 아무리 꼴사납다 해도, 결별보다는 나았다. 결별할 경우 그녀는 헤어날 길 없는 치욕스러운 처지에 놓이고, 그 자신은 사랑하는 모든 것을 잃게 될 터였다. 그러나 그는 자신이 무력하다는 사실을 절감했다. 그는 모두가 자신의 뜻에 반대할 것임을, 지금 자신의 눈에는 이토록 자연스럽고 좋게만 보이는 일을 실행하도록 사람들이 놔두지 않을 것임을, 모두가 나쁘지만 응당 그래야 한다고 여겨지는 일을 실행하도록 종용할 것임을 훤히 내다보고 있었다.

21

벳시는 미처 응접실을 나서기도 전에 문가에서 스테판 아르카디치와 맞닥뜨렸다. 그는 생굴을 들여온 옐리세예프의 가게에 들렀다가 오는 길이었다.

「앗! 공작 부인! 이렇게 뵙게 되다니 반갑습니다!」그가 말문을 열었다. 「댁에 갔었거든요.」

「아쉬운 만남이네요. 제가 이제 떠나는 길이라.」벳시가 미소 띤 얼굴로 장갑을 끼면서 말했다.

「잠시만요, 공작 부인. 장갑을 잠시 거두시고 손에 입 맞출 수 있도록 허락해 주시지요. 손에 입 맞추는 것만큼 해묵은 유행이 되살아나서 고마운 경우도 없지요.」그가 벳시의 손에 입을 맞췄다. 「그럼 언제 뵐 수 있을까요?」

「별 볼 일 없는 분이라.」벳시가 웃으며 말했다.

「별 볼 일 많을 겁니다, 왜냐하면 제가 엄청나게 진지한 사람이 되었거든요. 제 집안일뿐만 아니라 남의 가정사까지 돌본답니다.」그가 의미심장한 표정으로 대꾸했다.

「어머나, 반가운 소리네요!」그것이 안나를 겨냥한 얘기임을 곧바로 알아챈 벳시가 말했다. 그들은 응접실로 되돌아와 한쪽 구석으로 갔다. 「그가 안나를 죽이고 말 거예요.」벳시가 의미심장하게 속삭였다. 「이건 있을 수 없는 일이에요. 정말이지 있을 수 없는 일이라고요.」

「그렇게 생각해 주시니 기쁩니다.」스테판 아르카디치가 연민의 정이 담긴, 괴롭고 심각한 표정으로 고개를 저으며 말했다. 「사실 그 일 때문에 페테르부르크에 왔답니다.」

「온 도시가 이 일에 대해 떠들어 대고 있어요.」그녀가 말했다.「정말이지 참을 수 없는 상황이에요. 그녀는 바짝바짝 말라만 가고요. 그녀가 자신의 감정을 소홀히 여길 수 없는 여자라는 것을 그는 이해하지 못하죠. 둘 중 하나예요. 그녀를 데리고 가서 단호하게 대처하든가, 아니면 이혼을 해주든가. 지금의 상황은 그녀를 질식시킬 뿐이에요.」

「그래요, 그래, 바로 그겁니다…….」오블론스키가 한숨을 내쉬었다.「바로 그 때문에 제가 온 겁니다. 그러니까 단지 그 때문만은 아니고……. 제가 시종관 자리에 오르게 됐거든요. 그래서 감사의 뜻을 표해야 해서요. 어쨌거나 중요한 건 이 일을 처리하는 겁니다.」

「하느님이 도와주시길 빌어요!」벳시가 말했다.

현관까지 벳시를 배웅한 스테판 아르카디치는 다시 한번 그녀의 손에, 장갑 위쪽 맥박이 뛰는 자리에 입을 맞추고는 그녀로서는 화를 내야 할지 웃어야 할지 모를 점잖지 못한 허튼소리를 뇌까린 뒤에 누이에게로 갔다. 그가 갔을 때 누이는 눈물을 흘리고 있었다.

스테판 아르카디치의 기분은 아주 즐겁고 신이 난 상태였지만, 그는 즉시 누이의 기분에 맞추어 연민과 시적인 감흥에 젖은 분위기로 자연스레 옮겨 갔다. 그는 건강 상태가 어떤지, 오전은 어찌 보냈는지 그녀에게 물었다.

「아주, 아주 안 좋아요. 낮이나 아침이나, 지난 모든 날들이나 앞으로 다가올 날들 모두요.」그녀가 말했다.

「내 생각에 너는 우울한 기분에 빠져든 것 같아. 털어 버려야 해. 인생을 똑바로 응시해야 한다고. 힘들다는 거 알아, 하지만 —」

「여자들은 상대방이 지닌 결함 때문에도 상대방을 사랑한다는 애기를 들었어요.」안나가 문득 말문을 열었다. 「하지만 나는 그이가 베푼 선행 때문에 그이를 증오해요. 그이와 함께 못 살겠어요. 그거 아세요? 그이의 모습은 나한테 물리적으로 영향을 미쳐요. 그래서 난 자제력을 잃고 마는 거예요. 못 살겠어요, 그이랑은 못 살겠다고요. 어쩌면 좋죠? 나는 불행했었고, 더 불행해질 수는 없다고 생각했어요. 지금 겪고 있는 이런 끔찍한 상황은 상상조차 할 수 없었으니까요. 아마 믿지 못하실걸요. 그이가 선량하고 훌륭한 사람이라는 걸 알면서도, 내가 그이의 발끝에도 못 미친다는 걸 알면서도, 그럼에도 불구하고 그이를 증오한단 말이에요. 그이가 관대한 사람이라 그이를 증오하는 거예요. 나에게 남은 거라곤 아무것도 없어요, 다만 —」

그녀는 죽음을 언급하려 했지만, 스테판 아르카디치가 끝까지 말하도록 내버려 두지 않았다.

「병이 나서 신경이 예민해진 게야.」그가 말했다. 「너는 지금 정말이지 상황을 엄청나게 과장하고 있어. 그렇게까지 끔찍할 건 전혀 없다고.」

그러고서 스테판 아르카디치는 미소를 지었다. 그 누구도 스테판 아르카디치의 입장에 서서 그토록 절망적인 이야기를 듣게 된다면 감히 미소를 짓지는 못할 터이지만(미소는 무례하게 보일 수도 있으니 말이다), 그의 미소에는 넘치는 선량함과 거의 여성적인 상냥함마저 담겨 있었으며, 따라서 상대에게 모욕감을 안겨 주기는커녕 기분을 완화시키고 안정시켜 주곤 했다. 마음을 진정시키는 그의 조용한 화술과 미소는 아몬드기름처럼 진정 작용과 완화 작용을 했으니, 안나 또한 이내 그 점을 느꼈다.

「아니에요, 스티바.」 그녀가 말했다. 「나는 글렀어요, 파멸했다고요! 파멸한 것보다 더 나빠요. 아니, 아직 파멸하지 않았어요, 모든 게 끝장났다고는 할 수는 없어요. 오히려 아직 끝장나지 않았다는 걸 느껴요. 나는 마치 팽팽하게 당겨진 줄 같아요. 필시 끊어지고 말겠죠. 아직은 끝나지 않았지만⋯⋯ 끔찍하게 끝나고 말 거예요.」

「괜찮아, 줄은 조금씩 늦출 수 있잖아. 출구 없는 상황은 없는 법이야.」

「생각하고 또 생각했어요. 오직 한 가지뿐이에요⋯⋯.」

그녀가 생각하는 그 한 가지 출구란 곧 죽음임을 그녀의 겁먹은 눈초리에서 또다시 읽어 낸 그가 그녀의 말을 가로막았다.

「전혀 그렇지 않아.」 그가 말했다. 「내 말 좀 들어 봐. 너는 너 자신의 상황을 나처럼 볼 수가 없어. 내 의견을 솔직하게 얘기하마.」 그는 또다시 조심스럽게 예의 아몬드 기름 같은 미소를 지어 보였다. 「처음부터 시작할게. 너는 너보다 스무 살이나 많은 사람과 결혼을 했어. 애정도 없이, 혹은 사랑이란 걸 모른 채 결혼을 한 거지. 그게 말하자면 실수였어.」

「끔찍한 실수였죠!」 안나가 말했다.

「하지만 거듭 말하건대, 그건 이미 기정사실이야. 그다음에는, 말하자면 남편이 아닌 사람을 사랑하게 되는 불행에 처한 거야. 그건 불행이야. 하지만 그 또한 기정사실이지. 그리고 네 남편은 그 사실을 인정하고 용서했어.」 한 문장이 끝날 때마다 그는 반박을 기다리며 잠깐씩 뜸을 들였지만, 그녀는 아무런 대꾸도 하지 않았다. 「일이 그렇게 된 거야. 이제 문제는 네가 네 남편이랑 계속해서 살 수 있느냐, 바로 그거야. 너는 그러길 원하니? 그러길 원해?」

「나는 아무것도, 아무것도 모르겠어요.」

「하지만 조금 전에 네 입으로 말했잖니, 그를 견딜 수가 없다고 말이야.」

「아니요, 나는 말하지 않았어요. 취소하겠어요. 나는 아무것도 모르겠고, 아무것도 이해가 안 돼요.」

「그래, 하지만 있잖니 ―」

「오라버니는 나를 이해하지 못해요. 나는 고개를 거꾸로 처박고서 어떤 수렁으로 추락하는 기분이에요. 하지만 거기서 빠져나와서는 안 되는 거예요. 그럴 수도 없고요.」

「괜찮아, 우리가 담요를 깔아 두고 너를 받아 낼 테니까. 너를 이해한다. 네가 감히 자신의 바람을, 자신의 감정을 털어놓지 못하는 걸 이해한다고.」

「나는 아무것도, 아무것도 원하는 게 없어요……. 그저 모든 게 끝나기를 바랄 뿐이에요.」

「한데 그 사람도 이런 상황을 잘 알고 있잖니. 그가 이 문제로 너보다 덜 괴로울 거라고 생각하는 건 아니겠지? 너도 괴롭고 그도 괴로운데, 과연 이 상황에서 뭘 얻을 수 있겠니? 반면에 이혼은 만사를 해결해 줄 거다.」 스테판 아르카디치가 어렵사리 자신의 의견을 밝히고서 의미심장하게 그녀를 바라보았다.

그녀는 아무 대답도 없이 부정의 뜻으로 짧게 깎은 머리를 내저었다. 그러나 갑자기 전과 같은 미모로 환히 빛나는 누이의 얼굴 표정을 보고서, 그는 그녀가 이혼을 바라지 않는 이유가 오로지 그것을 불가능한 행복으로 여기기 때문임을 눈치챘다.

「너희 부부가 너무나 가엾구나! 내가 이 문제를 해결하면 얼마나 행복할까!」 스테판 아르카디치가 어느덧 아까보다 더 과감하게 미소를 지으며 말했다. 「아무 말 말아라, 아무 말도! 하느님이 내 심정을 있는 그대로 표현할 수 있게 해주신다면 얼마나 좋을까. 이제 그 사람한테 가봐야겠다.」

안나는 생각에 잠긴 형형한 두 눈으로 그를 바라볼 뿐 아무 말도 하지 않았다.

22

스테판 아르카디치는 자기 사무실의 좌장 자리에 앉아 있을 때처럼 다소 엄숙한 표정을 하고서 알렉세이 알렉산드로비치의 서재에 들어섰다. 알렉세이 알렉산드로비치는 뒷짐을 진 채 방 안을 거닐며 스테판 아르카디치와 안나가 나누었던 바로 그 문제에 대해 생각하고 있었다.

「내가 방해한 건 아닌지?」 매제를 본 스테판 아르카디치는 평소와는 달리 문득 당혹감을 느꼈다. 그런 마음을 감추기 위해 그는 방금 전에 구입한, 여는 방식이 색다른 담뱃갑을 꺼내서 가죽 향을 맡아 보고는 궐련 한 개비를 집어 들었다.

「아니요, 무슨 용건이라도 있소?」 알렉세이 알렉산드로비치가 마지못해 대꾸했다.

「있잖소……. 그게 말이오……. 그러니까, 얘기를 좀 했으면 싶소.」 평소와는 달리 소심한 자신의 태도에 내심 놀라며 스테판 아르카디치가 말문을 열었다.

그러한 감정은 너무나 뜻밖이고 생소해서, 이것이 지금 그가 하려는 일에 대해 경종을 울리는 양심의 소리라는 사실을 스테판 아르카디치는 믿을 수가 없었다. 그는 자제력을 발휘하여 갑자기 밀어닥치는 두려움을 이겨 냈다.

「바라건대 누이에 대한 내 사랑, 그리고 매제에 대한 진심 어린 애정과 존경을 믿어 주었으면 하오.」 그가 얼굴을 붉히며 말했다.

알렉세이 알렉산드로비치는 가만히 선 채로 아무 대답도 하지 않았다. 그러나 그의 얼굴에 드리운 온순한 희생양 같은 표정을 보고 스테판 아르카디치는 적이 놀랐다.

「그러니까…… 누이에 대해서, 그리고 두 사람의 처지에 대해서 얘기를 좀 하고 싶소.」 스테판 아르카디치가 여전히 전에 없던 수줍음과 씨름하며 말을 이었다.

알렉세이 알렉산드로비치는 음울한 미소를 띠고 처남을 바라보았다. 그러고는 아무 대꾸도 없이 탁자로 다가가서 쓰다 만 편지를 집어다가 처남에게 건넸다.

「나 역시 같은 문제를 끊임없이 생각하고 있소. 자, 내가 막 쓰기 시작한 편지요. 내 존재가 그녀를 언짢게 하기에 글로 얘기하는 게 낫겠다 싶었소.」 그가 편지를 건네며 말했다.

편지를 받아든 스테판 아르카디치는 자신을 가만히 응시하는 흐릿한 눈동자를 의아스럽게 바라보고는 읽기 시작했다.

내 존재가 당신을 힘들게 한다는 걸 알고 있소. 나로서는 그 사실을 믿기가 무척 어렵지만 실제로 그러하며 상황은 달라질 수 없다는 것도 알고 있소. 나는 당신을 비난하지 않소. 그리고 하느님이 입증해 주실 터, 병석에 누워 있는 당신을 보고서 우리 사이에 있었던 모든 일을 잊고 새로운 삶을 시작하기로 진심으로 결심했소. 나는 내가 행한 일에 대해 후회하지 않으며, 앞으로도 결코 후회하지 않을 것이오. 어쨌든 내가 바라 온 것은 단 하나, 당신의 행복, 당신 영혼의 행복이오. 그리고 지금 나는 그것을 달성하지 못했다는 걸 잘 알고 있소. 무엇이 당신에게 진정한 행복과 마음의 평화를 가져다줄 수 있는지 당신 스스로 말해 주시오. 내 모든 것을 당신의 의지와 공명정대한 감정에 의탁하겠소.

스테판 아르카디치는 편지를 돌려주고는 할 말을 잊은 채 아까와 같은 의아한 눈초리로 매제를 바라보았다. 그러한 침묵은 양쪽 모두에게 몹시 거북스러운 것이어서, 입을 꼭 닫고 카레닌의 얼굴에서 눈을 떼지 못하던 스테판 아르카디치의 입술에 경련이 일기까지 했다.

「이게 내가 그녀에게 하고 싶었던 얘기요.」 알렉세이 알렉산드로비치가 그의 눈길을 외면하며 말했다.

「그, 그래…….」 스테판 아르카디치는 눈물로 목이 메어 대답을 할 수가 없었다. 「그래요, 그래, 이해하오.」 마침내 그가 이렇게 내뱉었다.

「그녀가 뭘 원하는지 알고 싶소.」 알렉세이 알렉산드로비치가 말했다.

「아무래도 누이는 자신의 처지를 이해하지 못하고 있는 것 같소. 걔는 판관이 아니니까.」 마음을 가라앉히며 스테판 아르카디치가 말했다. 「누이는 위축되어 있소. 다름 아닌 매제의 관대함에 위축되어 있단 말이오. 누이가 이 편지를 읽는다면 아무 말도 못 하고 고개만 푹 숙일 거요.」

「하지만 그렇다면 어떻게 해야겠소? 그녀의 처지를 어떻게…… 그녀가 원하는 바를 어떻게 알아내면 좋겠소?」

「내 의견을 말해 보라면, 이러한 상황을 종식시키기 위해 매제가 필요하다고 생각하는 방안을 허심탄회하게 밝히는 건 매제 자신한테 달려 있다고 생각하오.」

「그러니까 이 상황을 종식시켜야 한다는 거로군?」 알렉세이 알렉산드로비치가 그의 말을 가로챘다. 「하지만 어떻게?」 그가 눈앞에 대고 익숙지 않은 손짓을 하면서 덧붙였다. 「그어떤 돌파구도 보이지가 않는데 말이오.」

「어떤 상황이든 돌파구는 있는 법이오.」 스테판 아르카디치는 자리에서 일어나 활기를 띠며 말했다. 「매제가 결별을 원했던 때가 있었지……. 만일 부부지간의 행복을 이룰 수 없다고 지금도 확신한다면 —」

「행복은 생각하기 나름이오. 하지만 내가 모든 것에 동의하고, 아무것도 원치 않는다고 칩시다. 그렇다고 해서 우리가 처한 상황에 도대체 어떤 출구가 있단 말이오?」

「내 의견을 말하자면…….」 스테판 아르카디치의 얼굴에 안나와 얘기할 때 보였던, 아몬드기름처럼 부드럽고 긴장을 누그러뜨리는 미소가 떠올랐다. 그 선량한 미소는 알렉세이 알렉산드로비치로 하여금 무심결에 스스로의 나약함을 느끼고 그것에 자신을 내맡긴 채 스테판 아르카디치가 하는 말을 믿으려 들게끔 만들 정도로 설득력이 있었다. 「누이는 결코 이 얘길 입 밖에 내지 않을 거요. 하지만 한 가지 가능한 게, 걔가 바랄 수 있는 게 딱 한 가지 있소.」 스테판 아르카디치가 말을 이었다. 「그건 인연을 끝내는 것이오. 인연과 거기 엮인 모든 추억도 말이오. 내 생각에, 두 사람이 처한 상황에서는 새로운 관계의 정립이 불가피하오. 그리고 그러한 관계는 오직 쌍방이 자유로워짐으로써 정립될 수 있소.」

「이혼 말씀이군.」 알렉세이 알렉산드로비치가 불쾌감을 드러내며 말을 가로막았다.

「그렇소, 내가 말하는 건 이혼이오. 그래, 이혼 말이오.」 스테판 아르카디치가 상기된 표정으로 되풀이했다. 「두 사람과 같은 그런 관계에 놓인 부부에게는 그게 모든 면에서 가장 합리적인 돌파구란 말이오. 부부가 함께 생활하는 게 불가능하다는 걸 깨달은 이상 뭘 더 할 수 있겠소? 그런 일은 언제든 일어날 수 있는 법이오.」 알렉세이 알렉산드로비치는 무거운 한숨을 내쉬고는 눈을 감았다. 「여기서 고려해야 하는 건 단하나, 부부 중 한쪽이 다른 사람과 결혼하기를 원하는가, 그것뿐이오. 원하지 않는다면 문제는 아주 간단하오.」 소심함을 점점 떨쳐 내면서 스테판 아르카디치가 말을 이어 갔다.

알렉세이 알렉산드로비치는 흥분하여 얼굴을 찌푸린 채무언가 혼잣말을 중얼거릴 뿐 아무런 대꾸도 하지 않았다. 스테판 아르카디치에게는 그토록 간단해 보이는 그 일을 알렉세이 알렉산드로비치는 수천 번 심사숙고했었다. 그 모든 게 그에게는 그리 간단하지 않을 뿐만 아니라 오히려 전적으로 불가능해 보였다. 상세한 절차를 이미 알아보기까지 했던 이혼이 이제는 있을 수 없는 일로 여겨졌던 것이다. 자존심과 종교에 대한 경외심이 그로 하여금 허구적인 간통에 대한 비난을 감수하도록 허용하지 않았으며, 그가 이미 용서했고 사랑하는 아내의 죄상이 세상에 폭로되어 망신을 겪는 일은 더더욱 용납하지 않았기 때문이다. 그리고 또 다른 이유, 더욱더 중요한 이유로 이혼은 그에게 불가능한 것이 되었다.

이혼을 하게 되면 아들은 어떻게 되겠는가? 아이를 엄마한 테 맡길 수는 없었다. 이혼한 엄마는 합법적이지 못한 가정을 갖게 될 것이고, 의붓아들의 처지와 양육은 필시 형편없으리라. 그렇다면 자신이 아이를 맡는다? 자기 쪽에서는 그게 복수가 되리라는 걸 알고 있었지만, 그는 그러길 원치 않았다. 그러나 그 외에도 알렉세이 알렉산드로비치에게 이혼이 다른 모든 방안들보다도 불가능한 것으로 여겨진 이유는, 그가 이혼에 동의할 경우 바로 그 때문에 안나는 파멸하게 될 것이기 때문이었다. 모스크바에서 다리야 알렉산드로브나가 이혼하기로 결정을 내리려는 그에게 했던 말, 자기 자신만을 생각할 뿐 돌이킬 수 없는 파멸을 맞이할 안나에 대해서는 생각하지 않는다고 했던 그 얘기가 그의 마음속에 깊은 인상을 남겨 놓은 터였다. 그리고 그는 그 말을 자신이 베푼 용서와 아이들에 대한 애착과 결부시켜 이제 자기 나름대로 해석하고 있었다. 이혼에 동의함으로써 그녀를 자유롭게 해주는 것은 그의 관념으로는 마지막 생명 줄이나 마찬가지인 사랑하는 아이들을 스스로에게서 앗아 가는 짓이며, 그녀에게서는 선으로 향할 수 있게 해주는 마지막 버팀목을 앗아 가 결국은 그녀를 파멸로 몰아넣는 짓을 의미했다. 이혼을 하면 그녀는 브론스키와 같이 살 게 뻔한데, 그 관계는 불법적일 뿐 아니라 죄악이 될 것이다. 교회의 법에 따르면 남편이 살아 있는 한 아내에게 재혼이란 허용되지 않는 일이니 말이다. 〈아내가 그와 같이 살게 되면, 한두 해 지나서 그가 아내를 버리거나 아니면 그녀가 새로운 내연관계에 빠져들겠지.〉 알렉세이 알렉산드로비치는 생각했다. 〈그러니까 나는 비합법적인 이혼에 동의함으로써 그녀를 파멸시키는 장본인이 되는

784

셈이다.〉 이런 생각을 수백 번 거듭한 그였으니, 이혼이 처남의 말처럼 그리 간단한 일이 아님은 물론 심지어 전혀 불가능한 일이라고 확신할 수밖에 없었다. 그는 스테판 아르카디치가 한 말 중 한 마디도 신뢰하지 않았으며, 그의 말 한 마디한 마디마다 수천 가지 논박할 근거를 갖고 있었다. 그러나 처남의 말을 통해, 자신의 삶을 이끌며 자신의 순종을 요구하는 예의 강력하고 난폭한 힘이 드러나는 것을 느꼈기에 그의애기에 귀를 기울였던 것이다.

「문제는 단지 매제가 어떤 조건하에서 이혼에 동의할 것인지에 달려 있소. 누이는 아무것도 원하지 않고, 감히 요구하지도 않을 것이오. 그 애는 모든 것을 매제의 아량에 맡기고 있다오.」

〈하느님 맙소사! 하느님 맙소사! 대체 뭘 위해서 그런단 말인가?〉 알렉세이 알렉산드로비치는 남편 쪽에서 그 책임을 떠안게 되는 이혼의 세부 절차를 떠올리고는 속으로 생각했다. 그러고는 얼굴을 가리던 브론스키의 모습처럼, 수치스러움에 두 손으로 얼굴을 가렸다.

「심란한 모양이군. 이해하오. 하지만 말이오, 깊이 생각해본다면…….」

〈오른쪽 뺨을 때린 자에게 왼쪽 뺨도 내밀어라. 겉옷을 가로채 간 자에게 속옷까지 내주어라.〉 알렉세이 알렉산드로비치가 생각했다.

「그래, 좋소!」 그가 새된 소리로 외쳤다. 「내가 치욕을 감수하고 심지어 아들까지 내주겠소. 하지만…… 하지만 이대로 두는 게 낫지 않겠소? 아니, 원하는 대로 하라지.」

그러고서 알렉세이 알렉산드로비치는 처남이 자신을 보지

못하도록 몸을 돌려 창가에 놓인 탁자 앞에 앉았다. 그는 슬펐고, 수치스러웠다. 그러나 그러한 슬픔이나 수치심과 더불어, 스스로의 고결한 겸허 앞에서 희열과 감동 또한 느꼈다.

스테판 아르카디치 역시 감동을 받았다. 그는 잠시 침묵을 지켰다.

「알렉세이, 정말이지 누이는 처남의 관대함을 높이 평가할 거요.」그가 입을 열었다. 「하지만 아마도 이건 신의 뜻이겠지.」그는 자기가 덧붙인 말이 어리석었다는 걸 깨닫고 자조의 웃음이 나오려는 걸 간신히 참았다.

알렉세이 알렉산드로비치는 무언가 대답을 하려 했지만 눈물이 그의 말을 가로막았다.

「이건 어쩔 수 없는 불행이오. 그러니 그것을 인정해야만 하지. 나는 이 불행을 기정사실로 인정하고 처남과 누이를 돕고자 애쓰고 있소.」스테판 아르카디치가 말했다.

매제의 방을 나왔을 때 스테판 아르카디치는 감동에 젖어 있었지만, 그러한 감동도 일을 성공적으로 완수했다는 만족감을 느끼는 데는 아무 거리낌이 없었다. 왜냐하면 그는 알렉세이 알렉산드로비치가 자신이 한 말을 철회하지 않으리라 확신했기 때문이다. 그리고 그의 만족감에 또 하나의 생각이 더해졌으니, 그는 이 일이 수습되면 아내와 가까운 지인들에게 이러한 질문을 던질 심산이었다. 〈나와 국왕 사이에 무슨 차이가 있을까? 왕이 라즈보드[17]를 행할 경우 그로 인해 형편

17 러시아어 〈라즈보드razvod〉는 〈각자의 위치에 배치하는 것〉과 〈서로 떼어 놓는 것(이혼)〉이라는 두 가지 의미를 지닌 추상 명사다. 여기서 국왕이 행하는 라즈보드는 군사 용어로서 보초병을 제 위치에 배치하는 것을 말한다. 스테판 아르카디치는 이러한 중의적인 의미를 활용하여 재미난 수수께끼를 지어내려는 것이다.

이 더 좋아지는 사람은 아무도 없는 반면, 내가 라즈보드를 추진했더니만 셋이 더 좋아졌다는 거 아니겠나…… 아니면, 나와 왕 사이에 어떤 유사점이 있을까? 가령…… 아니야, 더 괜찮은 걸 궁리해 낼 테야.〉 그가 미소 띤 얼굴로 생각했다.

23

심장을 비껴 가긴 했지만 브론스키의 부상은 위험한 것이어서, 그는 며칠 동안이나 생사의 기로에 놓여 있었다. 처음으로 다시 말을 할 수 있게 되었을 때 그의 방에는 형수인 바랴밖에 없었다.

「바랴!」 그가 그녀를 엄숙한 눈빛으로 쳐다보며 말했다. 「본의 아니게 나 자신을 쏘았어요. 그러니 제발 이 일에 대해 절대로 얘기하지 말아 주세요. 모두에게도 그렇게 일러 주시고요. 그러지 않으면 일이 아주 우스꽝스럽게 될 거예요.」

바랴는 아무 대답도 없이 몸을 숙이고는 기쁨의 미소를 지으며 그의 얼굴을 바라보았다. 그의 눈빛은 해맑았고 열이 오르지도 않았지만, 표정만은 엄숙했다.

「천만다행이에요!」 그녀가 말했다. 「아프지는 않아요?」

「여기가 약간.」 그가 가슴을 가리켰다.

「붕대를 다시 감아 줄게요.」

자신의 몸에 붕대를 새로 감는 동안 그는 넓적한 광대뼈에 힘을 꽉 주고서 말없이 형수를 쳐다보았다. 그러고는 그녀가 일을 마치자 입을 열었다.

「허투루 하는 소리가 아니에요. 제발, 내가 자살 기도를 했

787

다는 얘기가 나오지 않게끔 해주세요.」

「아무도 그런 말 안 해요. 단지 앞으로는 본의 아니게 총을 쏘지 않기를 바랄 뿐이에요.」 그녀가 의혹의 기색이 어린 미소를 지었다.

「당연히 그래야죠. 다시는 그런 일 없을 겁니다. 하지만 차라리⋯⋯.」

이어 그의 얼굴에는 음울한 미소가 떠올랐다.

바랴로서는 무척이나 염려스러웠던 그 말과 미소에도 불구하고, 염증이 사라지고 회복되자 그는 자신에게 주어진 고통의 일부분으로부터 완전히 해방되었음을 느꼈다. 마치 그러한 처신을 통해 지금껏 겪은 수치심과 굴욕감을 모두 씻어버린 것만 같았다. 이제 알렉세이 알렉산드로비치에 대해서도 편안하게 생각할 수 있었다. 그의 관대함을 인정했지만, 자신이 굴욕을 당했다는 느낌은 이미 사라졌다. 뿐만 아니라 그는 예전의 생활 패턴을 되찾았다. 수치심 없이 사람들을 똑바로 바라보며 자신의 습성에 따라 살아갈 수 있다는 걸 그는 실감했다. 그러나 끊임없이 감정과 씨름을 하면서도 마음속에서 털어 버릴 수가 없었던 단 한 가지가 있었으니, 그것은 바로 그녀를 영원히 잃었다는 사실에 대한 절망에 가까운 회한이었다. 그녀의 남편 앞에서 자신의 잘못을 속죄한 지금 그녀와 절연해야만 하며, 앞으로는 참회한 그녀와 그녀의 남편 사이에 결코 끼어들어서는 안 된다는 생각이 마음속에 굳게 자리하고 있는 것은 사실이었다. 그럼에도 그녀의 사랑을 잃은 데 대한 상실감을 도무지 마음 한구석에서 털어 낼 수가 없었으며, 그녀와 함께하며 알게 된, 당시에는 소중히 여길 줄 몰랐으나 지금에 와서는 온갖 매력을 띠고 그를 집요하게 따라다니는 그 행복했던 순간들에 대한 추억을 그는 지워 버릴 수가 없었다.

세르푸홉스코이가 그를 위해 타슈켄트로 부임하는 방법을 궁리해 냈고, 브론스키는 일말의 망설임도 없이 그의 제안을 받아들였다. 하지만 떠날 때가 다가올수록 그래야 마땅하다고 여기며 치르는 희생은 점점 더 괴로워졌다.

상처가 아물었고, 그는 이미 밖을 나다니며 타슈켄트행을 준비하고 있었다.

〈그녀를 딱 한 번만 볼 수 있다면 어딘가에 파묻혀 살든 죽든, 아무려면 어떠리.〉 그는 이런 생각을 했고, 작별 인사를 하러 간 자리에서 벳시에게 그 생각을 털어놓았다. 그의 의사를 전달하러 안나에게 갔던 벳시는 부정적인 답변을 가지고 그에게 왔다.

〈차라리 이게 나을지도 몰라.〉 소식을 접한 브론스키가 생각했다. 〈그건 나의 마지막 남은 힘을 거세해 버릴지도 모를 나약함이었어.〉

다음 날 아침 벳시는 몸소 브론스키를 찾아와 오블론스키로부터 긍정적인 소식을 전해 들었다고 공표했다. 얘긴즉슨, 알렉세이 알렉산드로비치가 이혼을 하기로 했으며 따라서 안나를 만날 수 있다는 것이었다.

브론스키는 벳시를 배웅할 생각조차 못 하고, 자신이 결심한 바도 모조리 잊어버린 채, 언제 만날 수 있는지, 그녀의 남편은 어디 있는지 묻지도 않고서 그 즉시 카레닌가로 갔다. 계단을 내달리면서 그는 아무도, 아무것도 보지 않았고, 달음질을 간신히 자제하며 재빠른 걸음으로 그녀의 방에 들어섰다. 그러고는 방에 누가 있는지 없는지 생각하지도, 알아채지도 못한 채 그녀를 껴안고서 얼굴과 두 손과 목덜미에 입맞춤 세례를 퍼부었다.

안나는 이 만남을 준비하면서 그에게 할 말을 생각하고 있었으나, 그중 한 마디도 할 틈이 없었다. 그의 열정에 그녀 또한 사로잡혔던 것이다. 그를 진정시키고 자기 자신도 진정시키려 하였지만, 이미 때는 늦고 말았다. 그의 감정이 그녀에게 고스란히 전달되었다. 입술이 너무 떨려서 한참 동안 그녀는 아무 말도 할 수 없었다.

「그래요, 당신이 나를 사로잡았어요. 나는 당신 거예요.」그의 손을 자신의 가슴에 얹으며 그녀가 마침내 내뱉었다.

「그렇게 되었어야 했어요!」그가 말했다. 「우리가 살아 있는 한 반드시 그렇게 될 겁니다. 이제야 그걸 알겠어요.」

「맞아요.」그녀가 말했다. 점점 더 파리해져 가는 낯빛으로 그녀가 그의 머리를 얼싸안았다. 「그럼에도 불구하고 모든 일이 벌어진 뒤에야 이렇게 되었다니, 무언가 무서운 면이 있는 것 같아요.」

「모든 게 지나갈 겁니다, 다 지나갈 거라고요. 우리는 아주 행복해질 겁니다! 만일 우리의 사랑이 더 강렬해진다면, 바로 그 속에 무언가 무서운 면이 있기 때문일 거예요.」그가 고개를 들고서 예의 단단한 치아를 드러내며 웃었다.

그러자 그녀 또한, 그의 말이 아니라 사랑에 빠진 그의 눈동자에 미소로써 화답하지 않을 수 없었다. 그녀는 그의 손을 집어다가 자신의 차가워진 두 뺨과 짧게 깎은 머리털을 쓰다듬었다.

「이렇게 머리를 짧게 깎다니 몰라보겠습니다. 참 예뻐졌군요. 소년 같아요. 하지만 너무나 창백해요!」

「네, 무척 쇠약해졌어요.」그녀가 미소를 머금은 채 말했다. 입술이 또다시 떨리기 시작했다.

「우리 이탈리아로 갑시다. 그러면 당신도 회복될 거예요.」그가 말했다.

「정말로 그게 가능할까요? 우리가 남편과 아내처럼 단둘이서, 당신과 내가 한 가족처럼 될 수 있을까요?」그녀가 그의 눈을 가까이 응시하며 물었다.

「나로서는 지금까지 그렇게 되지 않았다는 사실이 희한할 뿐입니다.」

「스티바가 그러더군요, 그이가 모든 것에 동의했다고요. 하지만 나는 그이의 관용을 받아들일 수 없어요.」그녀는 생각에 잠겨 브론스키의 얼굴을 외면한 채 입을 열었다. 「나는 이혼을 원치 않아요. 이제는 아무래도 상관없어요. 다만 그이가 세료자에 대해 어떻게 결정을 내릴지 모르겠어요.」

이렇게 조우하게 된 이 순간 어떻게 아들과 이혼 문제를 떠올리고 생각할 수 있는지, 그로서는 도무지 이해할 수가 없었다. 정말이지 아무래도 상관없지 않은가?

「그 얘긴 하지도 말고 생각하지도 말아요.」그는 그녀의 손을 돌려 잡고 관심을 자신에게로 집중시키려 애썼다. 그러나 그녀는 여전히 그를 외면했다.

「아아, 왜 나는 죽지 않은 걸까요, 죽었으면 좋았으련만!」이 말에 이어 흐느낌도 없이 눈물만 그녀의 두 뺨 위로 흘러내렸다. 그러면서도 그녀는 브론스키의 애를 태우지 않도록 미소를 지어 보이려 했다.

과분하고도 위험한 타슈켄트로의 임관을 고사하는 것은 과거 브론스키의 관념으로는 있을 수 없는 수치스러운 일이었다. 하지만 지금의 그는 한 치의 망설임도 없이 그 자리를 거절하였으며, 고위층에서 자신의 처신에 대한 비난이 오간다는 걸 눈치채고는 곧바로 퇴역해 버렸다.

한 달 뒤, 알렉세이 알렉산드로비치는 아들과 함께 자신의 집에 남았고, 안나와 브론스키는 이혼을 받아들이기는커녕 단호하게 거부한 채 외국으로 떠났다.

〈하권에 계속〉

열린책들 세계문학 236 안나 카레니나 상

옮긴이 이명현 1969년 서울에서 태어나 고려대학교 노어노문학과를 졸업했다. 동
대학 대학원에서 알렉산드르 블로크의 예술적 산문에 대한 연구로 박사 학위를 받
았으며, 모스크바 국립 대학에서 블로크의 서사시를 연구하여 문학 박사 학위를 받
았다. 블로크를 비롯한 러시아 모더니즘 시와 은세기 문화를 연구해 왔으며, 최근에
는 한국과 러시아 근현대 문학의 비교 연구에 주력해 왔다. 현재 고려대학교 노어노
문학과 교수로 재직 중이다. 주요 논문으로 「서정적 주인공에 관하여」, 「『카라마조프
가의 형제들』과 『삼대』」, 「안나 아흐마토바의 타슈켄트 시절」 등이 있으며, 저서로는
『러시아 인문 가이드』(공저), 『나를 움직인 이 한 장면 — 러시아문학에서 청춘을 단련
하다』(공저), 역서로는 표도르 도스토옙스키의 『백야 외』(공역), 니콜라이 고골의 『감
찰관』, 『삶은 시작도 끝도 없다 — 러시아 현대 대표 시선』 등이 있다.

지은이 레프 톨스토이 **옮긴이** 이명현 **발행인** 홍예빈·홍유진
발행처 주식회사 열린책들 **주소** 경기도 파주시 문발로 253 파주출판도시
전화 031-955-4000 **팩스** 031-955-4004 **홈페이지** www.openbooks.co.kr
Copyright (C) 주식회사 열린책들, 2018, *Printed in Korea.*
ISBN 978-89-329-1236-3 04890 **ISBN** 978-89-329-1499-2 (세트)
발행일 2018년 8월 30일 세계문학판 1쇄 2023년 7월 10일 세계문학판 7쇄 2024년
3월 20일 세계문학판 2판 1쇄

이 도서의 국립중앙도서관 출판예정도서목록(CIP)은 서지정보유통지원시스템 홈페이지(http://seoji.nl.go.kr)와
국가자료공동목록시스템(http://www.nl.go.kr/kolisnet)에서 이용하실 수 있습니다.(CIP제어번호: CIP2018025818)